KB047402

메밀꽃 필 무렵

만년의 이효석

1929년 경성제대 재학시절

부인 이경원 여사와 함께

〈메밀꽃 필 무렵〉의 삽화

단편집 《노령근해》의 표지

단편집 《황제》의 표지

한국문학대표작선집 24

메밀꽃 필 무렵 외

이효석

종합출판 문학사상

자연, 성, 그리고 인간
—이효석의 작품세계

이상옥(서울대 명예교수)

이효석은 1907년 2월 23일에 태어나 1942년 5월 25일에 세상을 떠났다. 사람들의 평균수명이 얼마 되지 않았고 많은 작가들이 질병으로 요절하곤 하던 시대에 그가 살기는 했지만, 당시의 기준으로 볼 때도 서른다섯은 실로 아까운 나이이다.

이효석의 습작기 작품들이 처음 활자화된 것이 1925년에 대학 예과에 입학할 무렵이었으므로 그의 창작기간은 늘려 잡아서 15년 남짓한 셈인데, 이 기간은 우리의 현대 역사, 특히 문학사에 있어서의 격동기라고 할 수 있다. 그는 3·1독립운동이 발발하던 기미년의 이듬해인 1920년에 고향 땅 강원도 평창을 떠나 서울의 제일고등보통학교에 입학했고, 5년 후에 그가 입학한 경성제국대학은 창설된 지 1년밖에 되지 않은 한반도의 유일한 본격적 고등교육기관이었다. 그가 대학의 예과와 본과에 재학하면서 문단을 기웃거리던 1920년대의 마지막 5년은 당대의 많은 주도적 작가들이 프롤레타리아 이념의 문학적 구현에 심취해 있던 시기와 거의 일치한다.

1930년대에 접어들면서 일제가 좌익이념에 철퇴를 가하기 시작하자

프로문학 운동은 퇴조하게 되었고, 많은 작가들은 이른바 민족문학 혹은 순수문학을 표방하는 쪽으로 방향을 진환하기 시작하였다. 그러나 1930년대 후반에 들어 일제가 동아시아 침탈 정책을 확대하면서 한반도에서의 군국주의 압제는 다시 강화되었고, 1941년 12월에 태평양전쟁을 도발할 무렵을 전후해서는 우리말의 사용을 금지하고 창씨개명을 강요하는 등 작가들에게는 험악하고 모욕적인 분위기를 자아내고 있었다. 이런 숨 막히는 정치적 환경이 아니더라도 이효석은 자기 당대의 지적·문화적 환경이 너무 빈약하여 늘 불만에 싸인 채 살고 있었다.

이 답답한 정치적·문화적 공간 속에서 이효석은 더러 이 분위기에 순응하려 하였고, 또 더러는 그로부터 도피할 길을 모색하였다. 이 점은 그의 작품들을 연대순으로 살펴볼 경우에 어느 정도 명백히 부각된다. 그리고 한 작가로서 그의 정신적 편력이 남긴 궤적은, 그 자체의 중요성이나 문학사적 평가와는 상관없이, 늘 우리에게 흥밋거리가 될 수 있다. 그러나 어떻게 된 영문인지 이효석은 많은 작품을 남기고서도 그간 우리의 평단에서 소홀히 대접받는 경향이 없지 않았다.

문학과 이념 사이, '동반자 작가' 시절의 초기작

이효석은 작가로 등단할 무렵부터 '동반자 작가'라고 불려졌는데, 그가 이 호칭을 어떻게 받아들였는지를 오늘날 우리는 알기 어렵다. 만약에 '동반자'라는 수식어가 좌익이념에 동조는 하되 그 운동에의 능동적 참여를 꺼린 작가들을 폄훼하는 말이라면, 그가 이 호칭을 거북하게 여겼을 수도 있다. 한편 유진오兪鎭午가 회고한 대로 이효석이 당대의 문단에서 카프계열 작가들이 보이던 '문학적 치졸'에 식상한 나머지 그들의 이념적 운동에 적극적으로 동참하기를 꺼렸다면, 이 '동반자 작가'라는 호칭을 별로 개의치 않았을 수도 있다.

어쨌든 그가 문단에 나섰을 때 그는 무엇보다도 한 사람의 좌익 작가로 주목을 끌고 있었다. 1928년에 〈도시都市와 유령幽靈〉을 가지고 문단에 본격적으로 데뷔한 그는 이내 단편집 《노령근해露領近海》를 냄으로써 프롤레타리아 작가로서의 위치를 굳혔다. 1931년의 제1차 카프 검거사건이 있자 이내 좌익이념의 예봉은 꺾였지만, 그 이념이 그의 작품에서 완전히 사라지기까지는 4∼5년이라는 세월이 더 흘러야 했다. 즉 1935년경이 되어서도 그의 작품 속에는 좌익이념의 잔재가 사라지지 않았을 뿐 아니라, 오히려 그는 문학의 주류가 '계급적으로 흘러야 할 것은 마땅한 일'이라는 등의 발언을 일삼고 있었다. 이처럼 좌익 이데올로기는 15여 년밖에 되지 않는 이효석의 전 창작 기간의 전반부에 걸쳐 집요하게 잔존하고 있었다.

단편집 《노령근해》에 수록된 8편의 단편들에서 공통점을 찾아본다면 그것은 좌익이념의 구호를 생경하게 부르짖는다든지, 소설미학적 처리가 하나같이 미숙하다는 점 등을 들 수 있다. 가령 〈도시와 유령〉에서 서술자가 "현명한 독자여! 무엇을 주저하는가" 운운하면서 사회적 병폐를 상대로 투쟁을 벌일 것을 촉구한다든지, 혹은 〈행진곡行進曲〉의 주인공이 "생각보다는 행동하자! 나가자! 일하자!"고 부르짖는 것을 볼 때, 우리는 문학적 이념 구현의 조잡함에 대해 안쓰러워하는 데 그치지 않고 소설을 정치 팸플릿으로 전락시킨 데 대해 분노까지도 느끼게 된다. 따라서 《노령근해》를 한 권의 '창작집'으로 보고 기대감을 갖고 읽기 시작한 독자들이라면 응당 적잖은 실망을 느끼지 않을 수 없을 것이다. 그러나 이 단편집에 수록되지 않은 다른 작품들, 이를테면 〈깨뜨려지는 홍등紅燈〉 〈약령기弱齡記〉 〈프렐류드〉 등은 비교적 짜임새가 있고 좌익이념을 문학적으로 꽤 잘 소화하고 있어서 그런 대로 읽을 만하다.

이처럼 이효석의 초기 작품 중에서 읽을거리를 찾기가 어려운 것은 그가 아직도 신진 작가로서의 수업기修業期를 벗어나지 못한 탓이기도 하겠지만, 그것보다는 좌익 이데올로기에 대한 그의 신임이 절실하지 못한 채 소극적이거나 피상적이었기 때문이 아니었던가 싶다. 말하자면, 그는 미처 체득體得되지 않았거나 기껏 시류에 따라 추종했을 뿐인 한 정치이념을 섣불리 소설 속에 구현하려 함으로써 소설미학적으로 용납하기 어려운 작품들을 쓰고 있었던 셈이다.

　여기서 우리가 주목해야 할 것은 그가 1932년에 〈오리온과 임금林檎〉을 쓰는 것을 고비로 좌익 이데올로기를 탈피하기 시작한 후에도 그 이념과 끊은 듯이 결별하지 못하고 그 주변을 오랫동안 맴돌고 있었다는 점이다. 이 점은 1935년에 쓴 〈계절季節〉에서 주인공이 어떤 여인과의 퇴폐적인 동거생활을 청산하고 '운동'에 다시 뛰어들기 위해 동경으로 건너가는 대목 등에서 확인될 수 있다. 그러나 〈독백獨白〉〈주리야朱利耶〉〈수난受難〉〈소라〉〈장미薔薇 병病들다〉 등 일련의 작품 속에서 주인공들이나 서술자들이 보이는 언동 속에 확연히 드러나 있듯이, 이효석이 좌익이념을 서서히 벗어나면서 작가적 변신을 꾀하고 있었다는 것만은 부인할 수 없다.

성性에 대한 두 가지 시각, 도덕적 퇴폐주의와 원시생명성의 근원

　이효석이 좌익 이데올로기의 대안으로 추구한 세계는 성性과 자연이었다. 그러나 여기서 '대안'이라고 하는 말은 조심스럽게 써야 한다. 왜냐하면 성과 자연은 좌익이념의 전면적 몰각을 전제로 해서 새삼스럽게 추구된 세계라기보다도, 처음부터 그의 작품 속에 암시적으로 또는 명시적으로 내재해 있었기 때문이다. 특히 성의 세계는 〈도시와 유령〉, 〈북국점경北國點景〉 및 〈북국사신北國私信〉 등과 같은 좌익이념이 실린 초기 단편들 속에서부터 찾아볼 수 있는 여성의 성적 매력에 대한 관심을 통해 이미 심상찮게 부각되고 있었다. 그러므로 이효석이 성의 세계를 추구한 것은 좌익 이데올로기와 갑작스런 단절을 위한 대안이었다기보다는 원래부터 나타나고 있던 것을 좀 더 두드러지게 부각시킨 것에 불과하다고 할 수 있다. 그러나 그가 정치적 이념을 탈피하는 과정에 쓴 많은 주요 단편들 속에서 볼 수 있듯이, 성은 점차적으로 좌익이념을 몰아내고 그 빈 자리를 채우는 새 이데올로기 역할을 하고 있었다.

이효석의 성 이데올로기를 특징짓는 것으로 무엇보다도 그 심미주의적 성격을 들 수 있다. 특히 초기 작품부터 드러난 탐미적 성향 및 도덕적 퇴폐주의는 그가 한때 추구하던 좌익이념이 원초적으로 취약한 것이었음을 보여주지만, 그보다는 이 심미주의가 이효석에게는 원초적으로 더 편하고 더 뿌리 깊은 것이었음을 말해 준다. 사실, 성에 대한 집착은 초기에서 말기에 이르는 거의 모든 작품 속에서 고루 나타나고 있으며 특히 《화분花粉》 및 《벽공무한碧空無限》 같은 장편소설 속에서 그 절정에 달한다.

다음으로 우리는 성의 타락적 양상을 생각하지 않을 수 없다. 물론 이효석에게 있어 성이 늘 타락적으로만 부각되는 것은 아니다. 이를테면 〈산山〉〈들〉〈메밀꽃 필 무렵〉〈고사리〉 등에서처럼 성은 원시적 야성, 신비성 혹은 인간 성장을 위한 통과제례 등으로 비침으로써 그 본질적 건강성 및 자연친화성을 드러내기도 한다. 그러나 그의 전 창작기간에 걸쳐 성은 건강한 면보다는 본질적으로 건강하지 못한 면을 드러내기 일쑤이다. 이 점은 이효석의 작품 속에서 관음증觀淫症, 동성연애, 혼음 등 부정적인 면이 빈번히 엿보인다든지 또는 결혼한 부부가 행복한 삶을 영위하는 사례를 좀처럼 찾아보기 어렵다는 데에서 쉽게 확인될 수 있다.

이효석의 작품세계에서 성이 건강한 모습으로 드러내는 것은 오직 그것이 인간의 원시적 욕구 및 자연회귀 본능과 같은 궤軌를 그릴 때에 한한다. 특히 동물적 욕구로서의 성을 두드러지게 부각시킴으로써 우리의 주목을 끄는 작품은 〈돼지豚〉〈독백獨白〉〈들〉〈분녀粉女〉 등이 있고, 인간의 성적 욕구가 자연의 마력에 의해 촉발되는 예가 절실하게 부각된 작품으로는 〈산〉〈메밀꽃 필 무렵〉〈산정山精〉 등을 들 수 있다. 이 단편들 속에서는 성의 퇴폐적 타락상이 거의 나타나고 있지 않으며, 오히려 그 건강하고 긍정적인 측면만이 한껏 구가되고 있다. 그리고 이효석의 문학에 있어서 핵심을 이룬다고 할 수 있는 이 작품들을 검토하다 보면 우리는 성적 본능의 근원으로서의 자연에 대해서까지 눈을 돌리지 않을 수 없게 된다.

인간, 성, 자연의 혼연일치, 이효석 문학의 심미적 속성

위에서 간단히 살펴본 대로, 이효석에게 있어서 성은 두 가지 상반된 측면을 가지고 있지만 자연을 바라보는 눈만은 늘 일정한 친화성을 보이고 있다.

첫째, 인간과 인간의 사회적 행태에 대해서 부정적인 시각을 지니고 있던 이효석에게 자연은 구원적 덕목을 지니고 있는 무엇이었다. 〈약령기〉라든가 〈분녀〉 등 일부 작품 속에서 주인공들이 당하는 사회적·개인적 고통은 자연의 아름다움과 대조되어 그 절실함이 강하게 부각되기도 하지만, 이효석의 모든 작품에 걸쳐 이 아름다움은 궁극적으로 인간의 고통을 감싸주는 효능을 지니고 있다. 그리고 이 점은 이효석이 자기의 감정과 소신을 어느 정도 걸러낼 수밖에 없는 소설 속에서보다 평소의 생각과 느낌을 비교적 솔직하게 담을 수 있는 비소설산문 속에서 더욱더 분명히 드러나고 있다. 이런 의미에서 〈주을朱乙의 지협地峽〉이니 〈낙엽을 태우면서〉니 하는 수필들은 주목할 만하다.

둘째, 이효석이 자연에서 찾고 있는 최고의 가치는 인간과 자연의 합일상태이다. 이 합일상태가 달성된 예를 보여주기 위해서 그는 옷을 완전히 벗어버린 인간들이 바닷물 속이나 정원에서 노니는 원시적 광경을 그려내기도 하거니와, 그가 참으로 가치 있게 여기는 이상적 상태는 인간이 자연과 이루는 조화이다. 이 조화의 비전을 가장 잘 보여주는 작품은 〈산〉이다. 별다른 플롯 없이 주인공이 자기의 생각만을 펼치고 있는 이 작품에서는 인간이 자연 속에서 꿈꿀 수 있는 하나의 유토피아가 아낌없이 구가되고 있다.

한편, 〈들〉과 〈소라〉 같은 작품은 주인공들이 한때 몸담았던 좌익이념을 철저히 몰각하고 자연과 인간 간의 조화를 이루어 내는 예를 보여주므로 주목할 만하다. 그러나 인간, 성, 그리고 자연 사이의 혼연일체상태가 참으로 하나의 극치를 이루는 곳은 〈메밀꽃 필 무렵〉이다. 이 작품에서는 인간과 자연과의 조화 속에서 허 생원과 동이의 이야기는 아름답게 전개되어 독자들의 경탄을 산다.

마지막으로, 우리가 유감스럽게 여기지 않을 수 없는 것은 만년에 이르러 이효석의 심미주의 추구가 심화됨에 따라 인간과 자연 간의 조화가 차츰 빛을 잃어갔다는 점이다. 이는 자연 자체보다도 작품 속에 예술적으로 수용된 자연을 더 귀하게 여기곤 하는 심미주의의 속성을 감안할 때 결코 놀랄 일이 아닐지 모른다. 그러나 자연을 보는 그의 안목이 변질되어감에 따라 그는 〈메밀꽃 필 무렵〉 같은 완벽한 작품을 더 이상 쓰지 못하고 말았으며, 바로 이 점은 우리들에게 크나큰 상실감을 남긴다.

민족정기에 대한 자각, 일어로 씌어진 후기 작품들

일제가 조선어 사용을 금하고 작가들에게 일어로만 글을 쓰도록 강요하고 있던 시절에 이효석은 극소수의 조선 작가들과는 달리 붓을 꺾지 않았다. 그러나 이 시기에 그가 당대의 '신체제'에 석극석으로 동조했다든가 혹은 이른바 '내선일체'나 '국민문학'에 부합하는 작품을 발표한 적은 없다. 그는 장편 《녹색의 탑》을 비롯하여 〈은은한 빛〉, 〈엉겅퀴의 장章〉 및 〈봄 의상衣裳〉 등 여러 편의 작품을 일어로 발표하면서 작가 활동을 계속하였는데, 이 작품들을 일관하는 성격을 꼬집어 내어 무어라고 요약해서 말할 수는 없다. 오직 일제의 요구에 영합하려 한 흔적이 그의 작품 속에서는 거의 나타나고 있지 않다는 사실에 주목할 수 있을 뿐이다.

이 작품들을 통해 이효석이 드러내는 새로운 면모가 있다면 그것은 민족정기에 대한 자각이며, 이런 면에서 우리의 각별한 주목을 끄는 작품은 〈은은한 빛〉이다. 이처럼 좌익 이데올로기에의 봉사로 시작된 작가적 경력이 성과 자연의 세계를 추구하면서 심미주의를 지향하는 동안 그가 단 한번도 내색하지 않았던 민족혼이 일어로 작품을 쓰면서부터 비로소 드러나기 시작했으니 이 심상찮은 징후에 우리 독자들은 긴장할 수밖에 없다. 이 새로운 면모의 추이推移는 당연히 우리의 관삼사가 되겠지만, 아깝게도 이효석은 1942년 5월에 급환으로 이 세상을 하직하고 말았다.

죽는 날까지 창씨개명도 하지 않았던 이효석이 태평양전쟁이 끝나도록 살아 있었더라면 어떻게 되었을까? 1945년에 해방을 맞을 때까지의 3년여 동안 그는 어떻게 처신하고 있었을까? 해방 후에 좌우익이 대립하던 시대에는 그가 또 어떤 자세로 창작에 임하고 있었을까? 6·25사변을 겪고도 살아남았다면 1950년대에서 1960년대에 걸친 정치적 격동기에 그는 어떤 작품을 쓰고 있었을까? 이런 의문들을 놓고 추측해 본다면 흥미롭겠지만 물론 모두 부질없는 것이다.

남은 과제들, 이효석 문학을 바라보는 새로운 시각

그러므로 여기서는 이효석을 학구적 관심의 대상으로 삼음에 있어서 마땅히 고려되어야 할 몇 가지 연구과제를 생각해 보기로 한다. 그간의 연구는 작품 속에 드러난 성, 자연, 심미주의, 이국 취향, 좌익이념 따위의 성격을 밝히는 일 등에 치중되어 온 편이다. 이런 주제의 연구도 각각 한 작가의 면모를 밝히는 데에는 중요한 보탬이 되겠지만, 이제는 비평적 안목을 좀 더 넓혀서 이효석의 문학을 총체적으로 보는 길을 모색해야 하지 않을까 싶다.

우선, 이효석이라는 한 작가의 인간상을 부각시키기 위해서 정신분석학적 접근을 시도해 볼 필요가 있다. 이 방향의 연구를 위해서는 그의 일생에서 찾을 수 있는 자질구레한 전기적傳記的 사실은 말할 것도 없고, 작품 속에 드러난 작가의 견해나 등장인물들의 언변 및 행동 양태가 모두 면밀히 분석·해명되어야 한다. 가령 그가 어려서 친모를 여의고 난 후 계모와의 관계가 그리 돈독하지 못했다고 하는 사실이라든가, 고향 땅인 강원도 평창에 자주 내려가거나 그곳을 무대로 한 작품을 별로 쓴 적이 없다고 하는 사실을 근거로 해서 우리는 상모증喪母症 혹은 실향증失鄕症이 혹시 그의 인격 형성에 어떤 영향이라도 주지 않았는지 또는 무의식중에 그의 작품 속에 표출되지나 않았는지 비평적으로 검토를 해볼 수 있을 것이다.

뿐만 아니라 그가 성인이 된 후에 보인 사회적 행태, 이를테면 시대를 앞서는 멋 내기 및 미식美食, 여색에의 경도, 서구문학 및 문화의 숭상에 근거한 이국정취 및 세계주의의 추구 등도 그 원인을 정신분석학적 측면에서 찾아볼 수 있지 않을까 싶다. 이런 연구를 위해서는 마땅히 정신과 전공의로서 문학에 깊은 관심을 가진 사람이 동원되어야 하겠지만, 정신분석학적 문예비평에 조예가 깊은 비평가라면 누구나 이런 접근을 꾀할 수 있을 것이다.

　다음으로, 우리는 이효석 문학의 특성을 해명하는 한 방도로 철저한 스타일 분석을 시도해 볼 수 있을 것이다. 이런 분석이 중요한 것은 그것이 비단 문학의 특성을 이해하는 데 도움을 주기 때문만이 아니고, 작가의 인격이나 정신의 구조를 밝히는 데까지 중요한 단서를 제공해 주기 때문이다. 이효석은 현란하고 매혹적이면서도 논리와 설득력을 갖춘 산문을 써서 주목을 받은 작가이다. 이 산문을 분석함으로써, 가령 동사나 형용사의 빈도를 통계학적으로 밝혀내고 빈발하는 상징 및 이미지를 분석하는 한편 취향과 기호의 근간根幹까지 해명해 낼 수 있다면, 우리 현대문학에서 가장 뛰어난 스타일리스트 중 한 사람의 정체를 해명하는 데에 크게 기여하게 될 것이다.

　그리고 이제는 우리가 이효석의 문학에 대해 비교문학적 관심을 쏟을 때도 되었다고 생각한다. 그는 영문학을 전공했을 뿐만 아니라 10여 년간 영어와 영문학을 가르치기도 했기 때문에 당대의 작가들 중 어느 누구 못지않게 서구문학에 친숙했으리라 추측된다. 그러므로 그가 대학에서 이수한 교과과정이라든가 그 과정 이수를 위해서 읽어야 했던 서적의 목록 및 당시 유행하던 지식인들의 독서 경향 등을 알아내어 살필 수만 있다면, 이는 적어도 영향 관계에 치중하는 비교문학적 접근을 하기 위한 핵심적 단서로 이용될 수 있을 것이다. 특히 그의 작품에서 특징을 이루고 있는 점들, 이를테면 성에 대한 개방적 견해 및 그 한계 또는 이국 취향, 악마주의 및 도덕적 퇴폐주의 등을 포함하는 넓은 의미의 심미주의의 모태가 된 서구문학의 배경을 밝힐 수만 있다면, 이는 그의 문학을 이해하고 연구하는 데에 커다란 도움이 될 것이다.

　마지막으로, 이효석의 문학사적 위치를 재정립할 필요가 있다. 근 30

년 전에 간행된 어느 유수한 현대문학사에서는 이효석의 작품이 거론되지 않았고 그의 이름은 색인에조차 오르지 않았다. 이처럼 그는 일부 문학사가들에게 그간 박대를 받아온 편이다. 여기서 그 원인을 따지기는 어려우나 대체로 그에게 읽을 만한 작품이 많지 않다고 여겨졌기 때문이 아닌가 한다. 가령 '위대한 리얼리즘'의 숭상을 비평의 정도正道인 양 여기던 비평가들이 보기에 이효석은 강건한 '리얼리스트'와는 거리가 먼 작가였다. 또 좌파문학 이론이 평단을 휩쓸고 있을 때 이효석은 기껏 프롤레타리아문학을 잠시 피상적으로 기웃거렸을 뿐 이내 그것을 배반한 작가로만 비칠 수도 있다.

이처럼 편벽한 눈으로 문학을 보지 않는 비평가들에게도 이효석은 별로 읽을 만한 작품이 없는 작가로 보일 수 있다. 가령 〈메밀꽃 필 무렵〉 같은 작품이 몇 편이나 되느냐고 따질 수도 있다. 그러나 이런 비평적 자세는 이효석 뿐만 아니라 그의 동시대 작가들을 위해서도 결코 공평치 못할 것이며, 이런 가혹한 기준으로 한 작가의 문학사적 위치를 설정하려 든다면 우리의 현대문학사를 기술한 책은 아주 얇아질 수밖에 없을 것이다. 그러므로 이효석이 한 작가로서 남긴 발언 및 그가 보인 행태는 모두 응분의 문학사적 관심의 대상이 되어야 하며, 또 그렇게 해야 비로소 우리의 현대문학사도 올바로 씌어질 수 있을 것이다.

차 례

일러두기

1. 맞춤법과 띄어쓰기는 현대어 표기법에 준해 고쳐놓았으나, 방언의 경우 작가의 뜻을 살려 원본 그대로 두었다.

2. 의미를 알기 어려운 단어의 경우 찾아보기를 통해 독자의 이해를 편리하도록 했다.

노령근해 露領近海

노령근해露領近海

동해안의 마지막 항구를 떠나 북으로 북으로! 밤을 새우고 날을 지나니 바다는 더욱 푸르다.

하늘은 차고 수평선은 멀고.

뱃전을 물어뜯는 파도의 흰 이빨을 차면서 배는 비장한 행진을 계속하고 있다.

마스트mast 위에 깃발이 높이 날리고 연기가 찬바람에 가리가리 찢겨 날린다.

두만강 넓은 하구를 건너 국경선을 넘어서니 노령露領 연해의 연봉이 바라보인다―하얗게 눈을 쓰고 북국 석양에 우뚝우뚝 빛나는 금자색 연봉이.

저물어가는 갑판 위는 고요하다.

살롱에서 술타령하는 일등 선객들의 웃음소리가 간간이 새어 나올 뿐이요, 그 외에는 인기척조차 없다.

배꼬리 살롱 뒤 갑판. 은은한 뱃전에 의지하여 무언지 의논하는 두 사람의 선객이 있다. 한 사람은 대모테 쓴 청년이요, 한 사람은 코 높은 '마우자' 이다.

낙타빛 가죽 셔츠 위에 띤 검은 에나멜 혁대며 온 세상을 구를 만한 굵은 발소리를 생각게 하는 튭튭한 구두가 창 빠른 모자와 아울러 그를 한층 영웅적으로 보이게 한다.

연해주의 각지를 위시하여 네르친스크 치타 방면을 끊임없이 휘돌아치느니만큼 그들에게는 슬라브족다운 큼직하고 호활한 풍모가 떠돈다.

'마우자'는 대모테 청년과 조선말 아닌 말로 은은히 지껄인다.

냄새 잘 맡는 ……는 빨빨거리며 어디든지 안 쫓아오는 곳이 없다.

정신없이 의논하다가도 그들은 가끔 말을 그치고 살롱 쪽을 흘끗흘끗 돌아본다.

―거기에는 확실히 XX에서 쫓아오는 친구가 있을 것이다.

푸른 바다는 안개 속으로 저물어간다.

어디서 나타났는지 흰 갈매기 두어 마리 끽끽 소리치며 배 앞을 건너 안개 속으로 사라진다.

갈매기 소리 사라지니 갑판 위는 더 한층 고요하다.

뺑끼 냄새 새로운 살롱에서는 육지 부럽지 않은 잔치가 열렸다.

국경선을 넘어서 외지에 한걸음 들여놓았을 때에 꺼릴 것 없이 진탕 마시고 얼근히 취하는 것이 그들의 상습이다.

흰 탁자 위에는 고기와 과일 접시가 수없이 놓였고 술병과 유리잔이 쉴새없이 돌아다닌다.

대개가 상인인 만치 그들 사이에는 주권 이야기, 미두米豆 이야기가 꽃피었다.

그들에게는 모든 것이 유리한 시장에서 어떻게 하면 싫도록 돈을 짜내볼까 하는 것이 대머리를 기름지게 번쩍이는 그들의 똑같은 공론이다.

'서의 명령이니 쫓아만 오면 그만이지 바득바득 애쓰며 직무를 다할 것은 없다'고 생각하는 ……의 친구도 한편 구석에서 은근히 어떻게 하면 배를 좀 불려볼까 하는 생각에 똑같이 취하고 있다.

유쾌한 취흥과 유쾌한 생각에 그들은 마음껏 즐겁다.

술병이 쉴새없이 거품을 쏟는다.

유리잔이 쉴새없이 기울어진다.

흰 옷 입은 보이가 쉴새없이 휘돌아친다.

"놈들 돼지같이 처먹기도 한다."

취사장에서 요리 접시를 나르던 보이는 중얼거리며 윈치winch 옆을 돌아올때에 남몰래 요리 접시 두엇을 감쪽같이 빼서 윈치 뒤에 감춰 두었다.

'놈들의 양을 줄여서 나의 동무를 살려야겠다.'

살롱 갑판에서 몇 길 밑 쇠줄 사다리를 타고 내려간 곳에 기관실이 있다.

흰 식탁 위에 술이 있고 해가 비치고 뺑끼 냄새가 새로운 선창에 푸른 바다가 보이고 간혹 달빛조차 비끼는 살롱이 선경이라면 초열과 암흑의 기관실은 온전히 지옥이다─육지의 이 그릇된 대조를 바다 위의 이 작은 집합 안에서도 역시 똑같이 노골적으로 드러내놓고 있다.

어둡고 숨차고 '보일러'의 열로 찌는 듯한 이 지옥은 이브를 꼬시다가 아흐레 동안이나 아래로 아래로 떨어진 사탄의 귀양 간 불비 오는 지옥에야 스스로 비길 바가 아니겠지만, 그러나 또한 이 시인의 환영으로 짜놓은 상상의 지옥이 이 세상의 간교로 짜놓은 현실의 지옥에야 어찌 비길 바 되랴.

얼굴을 익혀가며 아궁 앞에서 불 때는 화부들, 마치 지옥에서 불장난 치는 악마들같이도 보이고 어둠 속에 웅크린 반나체의 그들은 마치 원시림 속에 웅크린 고릴라와도 흡사하다.

교체한 지 몇 분이 못 되어 살은 이그러지고 땀은 멋대로 쏟아진다.

폭이 두 칸에 남지 않는 좁은 데서 두 칸에 남는 긴 화저火箸로 아궁을 쑤시면 화기와 석탄재가 보얗게 화실을 덮는다.

다 탄 끄르터기를 바께쓰에 그뜩그뜩 담아내고 그 뒤에 삽으로 석탄을 퍼 던지면 널름거리는 독사의 혀끝 같은 불꽃이 확확 붙어 오른다.

둘째 아궁과 셋째 아궁마저 이렇게 조절하여 놓으면 기관실은 온전히 불 붙는 지옥이다.

아궁 위의 여섯 개의 보일러는 백 파운드가 넘는 증기를 올리면서 용솟음친다.

불을 쑤시고 또 석탄을 넣고…….

땀은 쏟아지고 전신은 글자대로 발갛게 익는다.

양동이에 떠온 물이 세 사람의 화부 사이에서 볼 동안에 사라지고 만다. 사실 물이라도 안 마시면 잠시라도 견뎌 나갈 수가 없다.

북국의 바다가 이러하니 적도 직하의 인도양을 넘을 때에야 오죽하랴.

—이렇게 하여 배는 움직이는 것이다. 살롱은 취홍을 돋우리만치 경쾌하게 흔들리는 것이다.

교체한 지 반시간만 넘으면 화부의 체력은 낙지 다리같이 느른해진다. 부삽 하나 쳐들 기맥조차 없어진다. 보일러의 파운드가 내리기 시작한다.

먼 브릿지에서 항구의 계집을 몽상하던 선장은 전화통으로 소리친다.

"기관에 주의!"

"속력을 높여라!"

역시 항구 계집의 젖가슴을 환상하던 기관장은 이 명령에 벌떡 일어나 화실로 쫓아온다.

"무엇들 하느냐!"

화부는 느릿느릿 아궁에 석탄을 집어넣는다.

"무엇 해, 일하지. 너희들같이 편한 줄 아니."

그러나 이것이 입밖에 나오지는 않았다. 폭발은 마땅한 때를 얻어야 할 것이다.

"부지런히 해라, 이놈들아!"

기관장의 무서운 시선이 화부들의 등날을 재촉질한다.

'부삽으로 쳐서 아궁 속에 태워버릴까. 삼 분이 못 되어 재가 되어버릴 것이다.'

이 똑같은 생각이 세 사람의 머리 속에 똑같이 솟아올랐다.

깊은 암흑.

이 세상과는 인연을 끊어 놓은 듯한 암흑의 공간.

─철벽으로 네모지게 이 세상을 막은 석탄고 속은 영원의 밤이다.

간단없는 동요 기관 소리가 어렴풋이 흘러올 따름.

이 죽음 속에 확실히 허부적거리는 동체가 있다. 허부적거릴 때마다 석탄덩이가 와르르 흩어진다.

"으─"

"아─"

이 원시적 모음의 발성은 구원을 부르는 소리라느니보다는 자기의 목소리를 시험하려는, 즉 생명이 아직 남아 있나 없나를 시험하여 보려는 듯한 목소리이다.

"으─"

"아─"

기맥이 쇠진하여 그 자리에 쓰러졌는지 잠시 고요하다.

가 와르르 흩어지는 석탄더미 위에 네 활개를 펴고 엎드린 청년의 초췌한 얼굴을 비춘다.

허벅숭이 밑에 끄스른 얼굴은 푸른빛을 받아 처참하고 저 혼자 살아있는 듯한 말똥한 눈동자에는 찬바람이 휙휙 돈다.

"물!"

절망적으로 외치면서 다시 불을 그었다.

불빛에 조가조가 부서진 빵조가과 물병이 보인다.

흔드는 물병 속에는 한 방울의 물도 없다.

물병을 던지고 청년은 허둥허둥 일어서 또 외친다.

"물!"

"물!"

"무—ㄹㅅ!"

어둠 속에서 미친놈같이 그는 싸움의 대상도 없이 혼자 날뛴다. 아니 싸움의 대상이 없는 것은 아니다. ……이 없는 것은 아니다. 그러나 눈앞에 보이는 것은 어둠뿐이요, 기갈뿐이다.

석탄덩이가 어둠 속에서 날린다.

두 주먹으로 철벽을 두드리는 소리가 난다.

그러나 세상과 담쌓은 이 암흑의 공간에서 아무리 들볶아친다 하여도 그것은 결국 이 버림 받은 공간에서의 헛된 노력에 지나지 못할 것이다.— 독에 빠진 쥐의 필사적 노력이 독 밖의 세상과는 아무 인연을 가지지 못한 것같이.

"아—ㅅ!"

"물, 물, 무—ㄹㅅ!"

그는 몸을 철벽에 부딪치면서 마지막 힘을 내었다.

급한 걸음으로 쇠줄 사다리를 타고 내려오는 발자취가 있다.

발자취 소리는 석탄고 앞에서 그쳤다.

회중전등의 광선이 달덩이 같은 윤곽을 석탄고 문 위에 어지럽게 던진다.

광선은 칠 벗은 검붉은 뼁끼 위에 한 점을 노리더니 그곳이 마침 열쇠로 열렸다.

찬바람이 얼굴을 스치고 어둠이 앞을 협박한다. 회중전등의 광선이 석탄고 속을 어지럽게 비추더니 나중에 한가운데에 쓰러져 있는 처참한 청년의 얼굴 위에 머물렀다.

"물!"

"물!"

두 팔을 내밀면서 그는 부르짖는다.

세상과 인연 끊겼던 이 암흑의 공간에 한 줄기의 광명을 인도한 사람은 살롱의 보이였다.

"미안하에."

하면서 그는 청년을 붙들고 그의 입에 물병을 기울인다.

"술을 따러라, 잔을 날러라 하면서 놈들이 잠시라도 놓아야지."

보이는 사과하는 듯이 그를 위로한다.

정신없이 물을 켜던 청년은 입을 씻고 숨을 내쉰다.

"정신을 차리고 이것을 먹게!"

보이는 가져왔던 바스켓을 열고 가지가지의 먹을 것을 낸다.

고기, 빵, 과일, 그리고 금빛 레테르 붙은 이름 모를 고급 양주─ 일등 선객의 요리를 감춘 것이니 범연할 리 없다.

"그들의 한 때의 양을 줄이면 우리의 열 때의 양은 찰걸세."

고마운 권고에 청년은 신선한 식욕으로 빵조각을 뜯으면서 동무에게 묻는다.

"대관절 몇 리나 남었나?"

"눈 꾹 감고 하루만 더 참게."

"또 하루?"

"하루만 참으면 목적한 곳에, 그리고 자네 일상 꿈꾸던 나라에 감쪽같이 내리게 되네."

"오— 그 나라에!"

청년은 빵조각을 떨어뜨리고 비장한 미소를 띠면서 꿈꾸는 듯이 잠시 명상에 잠겼다가 감동에 넘쳐 흘러내리는 한줄기 눈물을 부끄러운 듯이 손등으로 씻는다.

"그곳에 가면 나도 이놈의 옷을 벗어버리고 이제까지의 생활을 버리겠네."

"아! 그곳에 가면 동무가 있다. 마우자와 같이 일하는 동무가 있다!"

울려오는 배의 동요에 석탄 덩이가 굴러 내린다.

파도 소리와 기관 소리가 새롭게 울려 온다.

"그럼 난 그만 가보겠네. 종일 동안만은 충실해야 하잖겠나."

동무는 자리를 일어선다.

"하루! 배나 든든히 채우고 하루만 꾹 참게. 틈나는 대로 그들의 눈을 피해 내 또 한번 오리."

회중전등을 청년의 손에 쥐이고 입었던 속옷을 한 꺼풀 벗어 몸을 둘러주고는 그는 석탄고를 나갔다.

두 층으로 된 삼등 선실은 층 위나 층 아래가 다 만원이다.

오래지 않은 항해이지만 동요와 괴로움에 지친 수많은 얼굴들이 생기를 잃고 떡잎같이 시들었다.

누덕감발에 머리를 질끈 동이고 '돈 벌러' 가는 사람이 있다— 돈 벌기 좋다던 '부령 청진 가신 낭군'이 이제 또다시 '돈 벌기 좋은' 북으로 가는 것이다. 미주 동부 사람들이 금 나는 서부 캘리포니아를 꿈꾸듯이 그는 막연히 '금덩이 구는' 북국을 환상하고 있다.

'부자도 없고 가난한 사람도 없고 다 같이 살기 좋은 나라'를 막연히 찾아가는 사람도 많다. 그중에는 '삼 년 동안이나 한 잎 두 잎 모아 두었던 동전'으로 마지막 뱃삯을 삼아서 떠난 오십이 넘은 노인도 있다.

'서울로 공부 간다고 집 떠난 지 열세 해 만에 아라사에 가서 객사한' 아들의 뼈를 추리러 가는 불쌍한 어머니도 있다.

색달리 옷 입고 분바른 젊은 여자는 역시 '돈 벌기 좋은 항구'를 찾아가는 항구의 여자이다. '돈 많은 마우자는 빛깔 다른 조선 계집을 유달리 좋아한다'니 '그런 나그네는 하룻밤에 둘만 겪어도 한 달 먹을 것은 넉넉히 생긴다'는 돈 많은 항구를 찾아가는 여자다.

이 여러 가지 층의 사람 숲에 섞여서 입으로 무엇인지 중얼중얼 외는 청년이 있다.

품에 지닌 만국지도 한 권과 손에 든 노서아어의 회화책 한 권이 그의 전 재산이다.

거개 배에 취하여 악취에 코를 박고 드러누운 그 가운데에서 그만은 말끔한 정신을 가지고 노서아어 단어를 한마디 한마디 외워간다.

'가난한 노동자—베드느이 라보—치'

'역사—이스토—리야'

'전쟁—보이나'

책을 덮고 눈을 감고 다시 한마디 한마디 속으로 외워간다.

'깃발—즈나—먀'

'아름다운 내일—크라시브이 자브트라'

창구멍같이 뻥 뚫린 선창에는 파도가 출렁출렁 들이친다.

흐린 유리창 밖으로 안개 깊은 수평선을 바라보는 젊은 여자, 그에게
는 며칠 전 항구를 떠날 때의 생각이 가슴속에 떠오른다.

—윈치가 덜컥덜컥 닻 감는 소리 항구 안에 요란히 울렸다. 닻이 감
기자 출범의 기적 소리 뚜— 하고 길게 울리며 배가 고요히 움직이기
시작하니 부두와 갑판에서 보내고 가는 사람 손 흔들며 소리 지르며 수
건 날렸다. 어머니도 오빠도 이웃 사람도 자기를 보내는 사람은 아무도
없었으나 배와 부두의 거리가 멀어지자 그에게는 눈물이 푹 솟았다. 어
쩐지 다시 돌아오지 못할 길을 마지막으로 떠나는 것 같아서 배가 항구
를 벗어나 산모롱이를 돌 때까지 정든 산천을 돌아보며 그는 눈물지었
다. 눈물지었다! 눈물을 담뿍 뿜은 깊은 안개 선창 밖에 서리었고 갤 줄
모르는 애수 흐린 가슴속에 서리었다.

대모테와 '마우자'는 무언지 여전히 은근히 지껄이며 삼등 선실 안으
로 들어와 각각 자리로 간다.

노서아어에 정신없던 청년은 마우자를 보자 웃음을 띠며 무언지 말
하고 싶은 충동을 금할 수 없는 듯하다.

"루스키 하라쇼!"

"루스키 하라쇼!"

능치 못한 말로 되구말구 그는 이렇게 호의를 표한다.

'마우자' 역시 반가운 듯이 웃음을 띠며 그에게로 손을 내민다.

밤은 깊었다.

바다도 깊고 하늘도 깊고.

깊은 하늘 먼 한편에 별 하나 반짝반짝.

연해의 하늘에 굽이친 연봉도 깊은 잠 속에 그의 윤곽을 감추었다.

높은 마스트 위의 붉은 불 푸른 불이 잠자는 밤의 아련한 숨소리같이

빛날 뿐이요, 갑판 위는 고요하다. 고요한 갑판 난간에 의지하여 얕은 목소리로 수군거리는 두 개의 그림자가 있으니 대모테와 마우자이다.

인기척 없고 발자취 소리 끊어진 갑판 위에서 그래도 그들은 가끔 뒤를 돌아보며 무언지 은근히 의논한다.

뱃전을 고요히 스치는 파도 소리가 때때로 그들의 회화를 끊을 뿐이다.

깨뜨려지는 홍등

깨뜨려지는 홍등

1

"여보세요."

"이야기가 있으니 이리 좀 오세요."

"잠깐 들어와 놀다 가세요."

"너무 히야카시 마시구 이리 좀 와요."

"앗다 들어오세요."

"여보세요."

"여보세요."

"여보세요."

…….

저문 거리 붉은 등에 저녁 불이 무르녹기 시작할 때면 피를 말리우고 목을 짜내며 경칩의 개구리 떼같이 울고 외치던 이 소리가 이 청루靑樓에서는 벌써 들리지 않았고 나비를 부르는 꽃들이 누 앞에 난만히 피지도 않았다.

'상품'의 매매와 흥정으로 그 어느 밤을 물론하고 이른 아침의 저자같이 외치고 들끓는 '화려한' 이 저자에서 이 누 앞만은 심히도 적막하였다.

문은 쓸쓸히 닫히었고 그 위에 걸린 홍등이 문 앞을 희미하게 비추고 있을 따름이다.

사시장청四時長靑 어느 때를 두고든지 시들어본 적 없는 이곳이 이렇게 쓸쓸히 시들었을 적에는 반드시 심상치 않는 일이 일어났음이 틀림없었다.

2

몇백 원이나 몇천 원 계약에 팔려서 처음으로 이 지옥에 들어오면 너무도 기막힌 일에 무섭고 겁이 나서 몇 주일 동안은 눈물과 울음으로 세상이 어두웠다. 밤이 되어 손님을 맡아 가지고 제 방으로 들어갈 때에는 도살장으로 끌리는 양이었다. 너무도 겁이 나서 울고 몸부림을 하면 어떤 사람은 가여워서 그대로 가버리고 어떤 사람은 소리를 치고 주인을 부르고 포악을 부렸다. 그러면 주인이 쫓아 와서 사정없이 매질하였다. 눈물과 공포와 매질에 차차 길든다 하더라도 일 년 열두 달 하루도 안 내놓고 밤새도록 부대끼고 나면 몸은 점점 피곤하여 가서 나중에는 도저히 체력을 지탱하여 갈 수 없었다. 그러나 병이 들어 누웠을 때면은 미음 한술은커녕 약 한 첩 안 달여주었다. ―몸 팔고 매 맞고 학대받고⋯⋯개나 돼지에도 떨어지는 생활을 그들은 하여왔던 것이다.

사람으로서의 대접을 못 받아오는 그들이 불평을 품고 별러온 지는 이미 오래였다. 학대받으면 받을수록 원은 맺혀가고 분은 자라갔다. 비록 그들의 원과 분이 어떤 같은 목표를 향하여 통일은 되지 못하였을망정 여덟이면 여덟 사람 억울한 심사와 한 많은 감정만은 똑같이 가졌던 것이었다.

유심히도 피곤한 날이었다.

오정 때쯤은 되어서 아침들을 마치고 나른한 몸으로 층 아래 넓은 방에 모였을 때에 누구의 입에선지 이런 탄식이 새어나왔다.

"우리가 왜 이렇게 고생을 하는가."

말할 기맥氣脈조차 없는 듯이 모두 잠자코 있는 가운데에 봉선이라는 좀 나어린 창기가 뛰어 나서며 말하였다.

"너나 내가 팔자가 기박해서 그렇지 않으냐. 그야 남처럼 버젓한 남편을 섬겨서 아들딸 낳고 잘살고 싶은 생각이야 누가 없겠니마는 타고난 팔자가 기박한 것을 어떻게 하니."

무엇을 생각하는지 한참이나 잠자코 있던 부영이라는 나찬 창기가 이 말에 찬동하지 못하겠다는 듯이 항의를 하였다.

"팔자가 다 무어냐. 다 같이 이목구비를 갖추고 무엇이 남만 못해서 부모를 버리고 동기를 잃고 고향을 떠나 이짓까지 하게 되었단 말이냐. 이렇게 많은 사람이 왜 모두 그런 기박한 팔자만 타고 났겠니?"

"그것이 다 팔자 탓이 아니냐."

"그래도 너는 팔자구나…… 아무리 생각해도 나는 팔자밖에 우리를 요렇게 맨들어 놓은 무엇이 있는 것 같더라."

경상도 어느 시골서 새로 팔려와 밤마다의 울음과 매에 지친 채봉이가 뛰어 나서면서 쉰 목소리로 외쳤다.

"내 세상에 보다 보다 X팔아먹는 놈의 장사 처음 보았다. 문둥이 같은 놈의 세상!"

눈물 많은 그는 제 입으로 나온 이 말에 벌써 감동이 되어 눈에 눈물이 글썽하였다.

부영이가 그 뒤를 이었다.

"그래 채봉이 말마따나 문둥이 같은 놈의 세상? 우리를 요렇게 맨들어논 것이 기박한 팔자가 아니라 이 문둥이 같은 놈의 세상이란다."

"세상이 우리를 기구하게 맨들었단 말이냐."

봉선이는 미심한 듯하였다.

"그렇지 않으냐. 생각해 보려무나. 애초에 우리가 이리로 넘어올 때에 계약인지 무엇인지 해가지구 우리를 팔아먹은 놈은 누구며 지금 우리가 버는 돈을 푼푼이 뺏어내는 놈은 누구냐. 밤마다 피를 말리우고 살을 팔면서도 우리야 돈 한 푼 얻어보았니?"

"그야 그렇지."

"한 사람이 하룻밤에 적어도 육 원씩만 번다고 하여도 우리 여덟 사람이 벌써 근 오십 원 돈을 버는구나. 그 오십 원 돈이 다 뉘 주머니 속에 들어가고 마니? 하루에 단 오 원어치도 못 얻어먹으면서 우리 여덟이 애쓰고 벌어서 생판 모르는 남 좋은 일만 시켜주지 않았니?"

한참이나 있다가 봉선이가 탄식하였다.

"그러고 보니 우리가 멍텅구리 아니냐."

"암 그렇구말구. 우리는 사람이 아니구 물건이란다. 놈들의 농간으로 이리저리 팔며 다니며 피를 짜 놈들을 살찌게 하는 물건이란다."

"니 정말 그런고?"

"생각해 봐라. 곰곰히 생각해 보려무나 안 그런가?"

"그럼 우리가 멀건 천치 아이가."

"천치란다. 멀건 천치란다. 팔자가 기박하고 이목구비가 남만 못한 것이 아니라 이런 천치 짓을 하는 우리가 못났단다."

"……."

"우리가 사람 같은 대접을 받아왔나 생각해 봐라. 개나 돼지보다도 더 천하게 여기어 오지 않았니?"

부영이의 목소리는 어쩐지 여기서 떨렸다.

"먹고 싶은 것 먹어봤니, 놀고 싶을 때 놀아봤니, 앓을 때에 미음 한술 약 한 모금 얻어먹었니. 처음 들어오면 매질과 눈물에 세상이 어둡고 기한이 되어도 내놓지 않는구나."

어느덧 그의 눈에는 눈물이 돌았다. 그러나 떨리는 목소리로 여전히 계속하였다.

"저 명자만 해두 올 때에 계약한 돈을 다 벌어주지 않았니. 그리고 기한이 넘은 지도 벌써 두 달이 아니냐. 그런데두 주인은 어데 내놓나 보아라. 한 방울이라도 더 우려내고 한푼이라도 더 뜯어내려고 꼭 잡고 내놓지 않는구나."

이 소리를 듣는 명자의 눈에는 눈물이 괴었다. 기어코 참을 수 없이 그만 울음이 터져 나오고야 말았다.

채봉이도 따라 울었다.

나 어린 봉선이는 설움을 못 이겨서 몸부림을 치면서 흑흑 느끼기까지 하였다.

이렇게 하여 이윽고 각각 설운 처지를 회상하는 그들은 일제히 울어버리고야 말았던 것이다.

부영이만은 입술을 지그시 깨물고 울음을 억제하면서 말 뒤를 이었다.

"우리는 사람이 아니다. 이 개나 돼지만도 못한 천대를 너희들은 더참을 수 있니. 꾸역꾸역 더 참을 수 있겠니?"

"······."

"이 천대를 더들 참을 수 있겠니?"

"참을 수 없으면 어이 하노?"

채봉이는 눈물 섞인 목소리로 한탄하였다.

부영이는 한참 동안이나 대답이 없었다.

그러다가 마침내 그는 좌중을 돌아보면서,

"울지를 말아라. 울면 무엇하니."

하고 고요히 심장에서 울려내는 듯이 한마디 또렷또렷이 뱉어냈다.

"울지 말고 우리 한번 해보자!"

"무얼 해보노."

"우리 여덟이 짜고 주인과 한번 해보자!"

"해보다니 어떻게 한단 말이냐."

눈물 어린 얼굴들이 일제히 부영이를 향하였다.

"우리 원이 많지 않으냐. 그 원을 들어달라고 주인한테 떼 써 보자꾸나."

"우리 원을 주인이 들어준다디."

채봉이 생각에는 얼토당토않은 듯하였다.

"그러니까 떼 써서 안 들어주면 우리는 우리 할 대로 하잔 말이다."

"우리 할 대로?"

눈물에 젖은 눈들이 의아하여서 다시 부영이를 바라보았다.

"모두 짜고 말을 안 들어주면 그만이 아니냐. 돈을 안 벌어주면 그만이 아니냐."

"그렇게 하게 하겠니?"

"일제히 결심하고 죽어도 말 안 듣는데 전들 어떻게 한단 말이냐."

"옳지!"

"그렇지!"

그들은 차차 알아들 갔다.

마침내 부영이의 설명과 방침을 잘 새겨들은 그들은 두 손을 들고 기쁨에 넘쳐서 뛰고 외쳤다.

"좋다!"

"좋다!"

"부영아 이년아, 니 어디서 그런 생각 배웠나?"

"그전에 공장에 다니던 우리 오빠에게서 들었단다. 그때 공장에서도 그렇게 해서 월급 오르고 일시간 적어지고 망나니 감독까지 내쫓았다더라."

"니 이년아 맹랑하다."

"우리도 하자!"

"하자!"

"하자!"

수많은 가냘픈 주먹이 꿋꿋이 쥐이고 눈물에 흐렸던 방 안은 이제 계획과 광명에 활짝 개어 올랐다.

이렇게 하여 결국 그들은 어여쁜 결심을 한 끈에 맺어 일을 단행하게 되었다. 이때까지 이 세상에서 받아온 학대에 대한 크나큰 원한과 분이 이제 이 집주인과의 대항이라는 한 구체적 형식으로 표현되었던 것이다.

처음인 그들은 일의 교섭을 부영이에게 일임하였다. 부영이는 전에 오빠에게서 들은 것이 있어서 구두로 주인과 담판하기를 피하고 오빠들의 예를 본받아서 요구서 비슷한 것을 작성하기로 하였다.

여덟 사람 입에서 나오는 수많은 조목 중에서 대강 다음과 같은 요구의 조목을 추려서 능치는 못하나 대강 읽을 줄 아는 부영이는 한 장의 종이를 도돌도돌한 다다미 위에 놓은 채 그 위에 연필로 공을 들여서 내려 적었다.

1. 기한 넘은 명자를 하루라도 속히 내놓을 일.

1. 영업시간은 오후 여섯 시로부터 새로 두 시까지로 할 일.(즉 두 시

이후에는 손님을 더 들이지 말 일)

　1. 낮 동안에는 외출을 마음대로 시킬 일.

　1. 한 달에 하루씩 놀릴 일.

　1. 처음 들어온 사람을 매질하지 말 일.

　1. 앓을 때에는 낫도록 치료를 하여줄 일.

　이렇게 여섯 가지 조목을 저고 그 다음에 만약 이 조목의 요구를 하나라도 들어주면 동맹하여 손님을 안 받겠다는 뜻을 간단히 쓰고 끝에 여덟 사람의 이름을 연서連書하고 각각 제 이름 밑에 지장을 찍었다.

　다 쓴 뒤에 부영이가 한 번 읽어주었다. 제 입으로 한마디 한마디 떠듬떠듬 뜯어들 읽기도 하였다.

　다 읽은 뒤에 그들은 벌써 일이 다 되고 주인이 굽실굽실 끌려오는 듯 하여서 손을 치고 소리지르고 한없이 기뻐들 하였다. 전에는 생각지도 못하였던 합력의 공이 끔찍이도 큰 것을 처음으로 안 것도 기쁜 일이었다.

　뛰고 붙으고 마음껏 기뻐들 한 끝에 그들은 제비를 뽑아서 공을 집은 사람이 요구서를 주인한테 가지고 가서 내기로 하였다.

3

　"아, 요런 년들."

　"아니꼬운 년들 다 보겠다."

　"되지 못한 년들."

　"주제 넘은 년들."

주인 양주兩主는 팔짝 뛰면서 번차례로 외치면서 방으로 쫓아왔다.

"같지않는 년들 이것이 다 무어냐."

요구서가 약오른 그의 손끝에서 바르르 떨렸다.

"너희 할 일이나 하구 애초에 작정한 돈이나 벌어주면 그만이지, 요 꼴들에 요건 다 무어냐."

한 사람 한 사람씩 노리면서 그는 떨리는 손으로 요구서를 쭉쭉 찢어 버렸다.

"되지 못한 년들, 일일이 너희들 시중만 들란 말이다. 돈은 눈꼽만큼 벌어주고 큰소리가 무슨 큰소리냐."

분은 터져 오르나 주인의 암팡스런 권막에 모두들 잠자코 있는 사이에 참고 있던 부영이가 마침내 입을 열었다.

"당신이 그럼 우리를 사람으로 대접해 왔단 말요?"

"이년아 그럼 너희들을 부잣집 아가씨처럼 대접하란 말이냐."

"부잣집 아가씨구 빌어먹을 것이구 당신이 우리를 개나 돼지만큼이나 여겨왔소?"

"그렇게 호강하고 싶은 년들이 애초에 팔려 오기는 왜 팔려왔단 말이냐?"

"우리가 팔려오고 싶어 팔려왔소?"

"그러게 말이다. 한껏 이런 데 팔려오는 너희 년들이 무슨 건방진 소리냐 말이다."

"이런 데 팔려오는 사람은 다 죽을 거란 말요? 너무 괄세 말구려."

"요 꼴들에 괄세는 다 무어냐 같지않게."

"같지 않다는 건 다 무어야."

"아, 요런 년 버릇없이."

팔짝 뛰면서 그는 부영이의 따귀를 찰싹 갈겼다.

순간 약오른 그들의 얼굴에는 핏대가 쭉 뻗쳐올랐다.

"이놈아 왜 치니?"

"무슨 재부로 사람을 함부로 치느냐?"

"너한테 매여만 지낼 줄 알았드냐?"

"발길 놈아."

"죽일 놈아."

그들은 약속한 바 없었으나 약속하였던 것같이 일제히 일어서서 소리높이 발악을 하였다.

"하, 같지 않은 것들."

주인은 '같지 않아서' 보다도 예기치 아니한 소리 높은 발악에 기를 뺏겨서 목소리를 낮추고 주춤 물러섰다.

"이때까지 너희들 먹여 살린 것이 누구냐? 은혜도 모르고 너희들이 그래야 옳단 말이냐?"

"은혜? 같지않다. 누가 누구의 은혜를 입었단 말이냐?"

"배가 부르니까 괜 듯만 싶으냐. 밥알이 창자 속에 곤두서니까 너희들 세상만 싶으냐."

"두말 말고 우리 말을 들어줄랴면 주고 안 들어줄랴면 그만이고 생각대로 하구려."

"홍, 누가 몸이 다나 두고 보자. 굶어 죽거나 말거나 이년들 밥 한술 주나 봐라."

이렇게 위협하면서 주인은 방을 나가 버렸다.

"원 나중엔 별것들 다 보겠네."

한쪽 구석에 말없이 서 있던 주인여편네도 중얼거리며 따라 나갔다.

이렇게 하여 주인과 대전한 지 사흘이었다.

식료는 온전히 끊기었었다.

사흘 동안 속에 곡식 한 톨 넣지 못한 그들은 기맥이 쇠진하였다.

오늘도 명자는 이층 한구석 제 방에서 엎드려 울기만 하였다.

며칠 동안 손님을 안 받으니 몸이 가뿐하기는 하였으나 그 대신 배가 고파서 견딜 수 없었다.

"공연히 이 짓을 했지. 이 탓으로 나갈 기한이 더 늦어지면 어떻게 하나."

고픈 배를 부둥켜안고 엎드렸다 일어났다 하면서 그는 걱정하였다.

이 생각 저 생각에 설워지면 품에 지닌 사진을 몇 번이고 몇 번이고 꺼내보았다. 사진을 들여다보면 그는 재없이 한바탕 울고야 말았다. 그러나 눈물이 마를 만하면 그는 또다시 사진을 꺼내보았다.

이 지옥에 들어온 지 삼 년 동안 그 사진만이 그의 유일한 동무였고 위안이었다. 그것은 정든 님의 사진이 아니라 그의 어렸을 때의 집안 식구와 같이 박은 것이었다(그의 집안은 그때에는 남부럽지 않게 살았던 것이다). 아버지 어머니가 뒤에 서고 그는 어린 동생들과 손을 잡고 앞줄에 서서 박은 것이다. 추석날 읍에서 사진쟁이가 들어왔을 때에 머리 빗고 새 옷 입고 박은 것이었다. 벌써 칠 년 전이다. 그 후에 어찌함인지 가운이 기울기 시작하여 집에 화재가 난다 땅이 떠내려간다 하여 불과 사 년 동안에 가계가 폭삭 주저앉았던 것이다. 그리하여 삼 년 전에 서리서리 뒤틀린 괴상한 연줄로 명자가 이리로 넘어오게까지 되었었다. 고향을 끌려 나올 때에 단 한 가지 몸에 지니고 나온 것이 곧 이 한 장의 사진이었다.

어머니 아버지가 보고 싶을 때마다 동생들이 생각날 때마다 그는 사진을 내보고 실컷 울었다. 집도 절도 없는 고향에 지금 아버지 어머니가 있을 리 만무할 것이다. 그릇 이고 쪽박 차고 알지 못하는 마을을 헤매이고 있을는지도 모른다. 그러나 그것도 저것도 고향에 가야 알 것이다. 얼른 고향에 가야 그들의 간 곳도 찾아낼 수 있을 것이다.

이렇게 생각하는 그는 하루도 몇 번 사진과 눈씨름하면서 얼른 삼 년이 지나 계약한 기한이 오기만 고대하였다. 그러나 삼 년이 지나 기한이 넘어도 주인은 그를 내놓으려고 하지 않았다.—

이 생각 저 생각에 분하고 원통하여서 오늘도 종일 사진을 보며 울기만 하였다.

사진 보고 생각하고 울고 하는 동안에 오늘 하루도 다 가고 어느새 밤이 되었다.

명자는 눈물을 씻고 일어나서 커튼을 열었다.

창밖에는 넓은 장안이 끝없이 깔렸고 암흑의 거리거리가 층층의 생활을 집어삼키고 바다같이 깊다.

그 속에 수많은 등불이 초저녁의 별같이 쏟아져서 깜박깜박 사람을 부르는 듯하였다.

명자는 창을 열고 찬 야기夜氣를 쏘이면서 시름없이 거리를 내려다보았다.

그 속은 어쩐지 자유로울 것 같았다. 속히 이곳을 벗어나 저 속에 마음껏 헤엄쳐볼까 하고도 그는 생각하였다.

매력 있는 거리를 한참이나 바라보다가 그는 다시 창을 닫고 커튼을 쳤다.

새삼스럽게 기갈이 북받쳐 왔다.

그는 그 길로 바로 곧은 층층대 타고 내려가 층 아랫방으로 갔다.

넓은 방에는 사흘 동안의 단식에 눈이 푹 꺼진 동무들이 맥없이 눕기도 하고 혹은 말없이 앉았기도 하였다.

"배고파 못살겠다."

명자는 더 참을 수 없어 항복하여 버렸다.

말없는 그들도 따라서 외쳤다.

"속 쓰리다."

"배고프다."

"이게 무슨 못할 짓인고."

"X을 팔면 팔지 내사 배곯구는 몬 살겠다."

누웠던 부영이가 일어나서 그들을 진정시키려고 쇠진한 의기를 채질하였다.

"사흘 동안 굶어서 설마 죽겠니. 옛날의 영악한 사람은 한달이나 굶어도 늠실하였다드라."

"옛날은 옛날이고 지금은 지금이 아니냐."

"지금 사람이 더 영악해야 하잖겠니. 저의가 아쉬운가 우리가 꿀리나 어데 더 참아 보자꾸나."

부영이가 이렇게 말하면,

"죽든지 살든지 해보자!"

"더 참아보자!"

그는 한패와 그래도,

"못 살겠다."

"못 견디겠다."

"배고파 죽겠다."

하는 패가 있었다.

"그다지도 고프냐?"

부영이는 이제 더 달래갈 수는 없었다.

"눈이 뒤집히는 것 같고 몸이 뒤틀리는 것 같아서 못살겠다."

"그럼 있는 대로 모아서 요기라도 하자꾸나."

부영이는 치마춤을 뒤지더니 백통전을 두어 잎 방바닥에 던졌다.

"자, 너희들도 있는 대로 내놓아라. 보자."

치마춤에서들 백통전이 한 잎 두 잎씩 방바닥에 떨어졌다.

그것은 손님을 받을 때에만 가외로 한잎 두잎 얻어둔 것이었다.

볼 동안에 여남은 잎 모인 백통전을 긁어모아서 부영이는 채봉이에게 주었다.

"자, 너 좀 가서 무엇이든지 먹을 것을 사오려무나."

채봉이는 돈을 가지고 건너편 가게에 나가서 두 팔에 수북이 빵을 사들고 들어왔다.

5

"넌들 맹랑하거든."

하루도 채 못 가 항복하리라고 생각한 것이 사흘이나 끌어왔으니 주인은 놀라지 않을 수 없었다. '넌들의 소행이 괘씸' 하기도 하였으나 애초에 잘 달래놓을 것을 그런 줄 모르고 뻗대온 것이 큰 실책인 듯도 생각되었다. 하룻밤이 아까운 이 시절에 사흘 밤이나 문을 닫치는 것은 그에게 곧 막대한 손해를 의미한다. 더구나 다른 누보다도 유달리 번창하는 이 누이니만치 손해는 더욱 큰 것이다. 숫자적 타산이 언제든지 머리 속을 떠날 새 없는 주인은 한 시간이 아까워 견딜 수 없었다. 더구나 밤이 시작됨을 따라 밖에서 더욱 요란하여지는 사내들 노래를 들으려니 한시도 더 참을 수 없어서 그는 또 방으로 쫓아왔다.

"애들 배 안 고프냐."

목소리를 힘써 부드럽게 하였다.

"우리 배 고프든 안 고프든 무슨 상관이요?"

용기를 얻은 봉선이는 대담스럽게 톡 쏘아붙였다.

"공연히 그렇게 악만 쓰면 너희만 곯지 않느냐. 이를 때에 고분고분히 잘 들으려무나. 나중에 후회 말구."

"우리야 후회를 하든지 말든지 남의 걱정 퍽 하우."

이제 빵으로 배를 다진 그들은 쉽게 넘어가지는 않았다.

"제발 그만들 마음을 돌려라."

"그럼 우리의 원을 들어주겠단 말요?"

"아예 그런 딴소리는 말로 밥들이나 먹고 할 일들이나 해라."

"딴 소리가 다 무어요? 우리의 원을 들어주겠느냐 안 들어주겠느냐 말요?"

"자, 일어들 나거라. 벌써 사흘 밤이 아니냐?"

"사흘 아니라 석 달이래도 우리는 원을 이루고야 말 터예요."

"글쎄 너희들 일이 됐니. 밥 먹여 살리는 주인한테 이렇게 대드는 법이 세상에 어데 있단 말이냐?"

"잔소리는 그만두어요. 우리의 원을 들어주겠으면 주고 싶으면 그만이지 딴소리가 웬 딴소리요."

부영이가 한마디 한마디 또박또박 캐서 들이 밀었다.

"너희 년들 말 안들을 테냐."

누그러졌던 주인은 별안간에 발끈하였다. 노기에 세모진 눈이 노랗게 빛났다.

"어르니까 괜듯만 싶어서 년들이."

"앗다 어르지 않으면 어떻게 할 테요. 어떻게 할 테야."

"그래도 그년이."

"그년이란 다 무어야."

"아, 요런 년."

주인은 팔짝 뛰면서 부영이의 볼을 갈겼다. 푹 고꾸라지는 그의 머리
통을 뒤미처 갈기고 풀어진 머리채를 한 손에 감아쥐면서 그는 큰소리
로 그들을 위협하였다.

"이년들 다들 덤벼봐라."

그러나 악 오른 것은 그만이 아니었다. 동무가 이렇게 얻어맞고 창피
한 욕을 당하는 것을 보는 그들은 일시에 똑같이 분이 터져 올랐다. 전
신에 새빨간 핏대가 쭉 뻗쳤다. 그러나 너무도 악이 북받쳐서 한참 동
안은 벌벌 떨기만 하고 입이 붙어 말이 안 나왔다.

"이년들 다들 덤벼라."

놈은 머리채를 지그시 감아쥐면서 범같이 짖었다.

"이놈아 사람을 또 친단 말이냐."

"너 듣기 싫으면 피차 그만이지 왜 사람을 치느냐."

"몹쓸 놈아!"

"개 같은 놈아."

맥은 없으나마 힘은 모자라나마 그들은 악과 분을 한데 모아 일제히
놈에게 달려들었다. 놈의 옷자락도 붙들고 놈의 따귀도 치고 놈의 머리
도 들고 놈의 다리에도 매달리고 놈의 살도 물어뜯고 그들은 악 나는
대로 힘 자라는 대로 벌 떼같이 놈의 몸에 움켜 붙었다.

나찬 몸에 힘이 좀 부치기는 하였으나 원체 뼈대가 단단하고 매서운
사나이라 놈은 몸에 들어붙은 그들을 한 손으로 뿌리쳐 뜯기도 하고 발

길로 차서 떨어뜨리기도 하면서 여전히 부영이의 머리채를 휘어잡은 채 이 구석 저 구석 넓은 방 안을 질질 몰고 다녔다.

밑에서 밟히고 끌리는 부영이의 입에서는 피가 흘렀다. 이리저리 끌리는 대로 넓은 방바닥에 핏줄이 구불구불 고패를 쳤다.

이윽고 한쪽에서는 분을 못이기는 울음소리가 터져 나왔다.

"몹쓸 놈아, 쳐라."

"너도 사람의 종자냐."

"벼락을 맞을 놈아."

"혀를 빼물고 거꾸러져도 남지 않을 놈아."

"사람을 죽이네!"

"순사를 불러라!"

그들은 소시를 다하고 악을 다하였다. 나중에 주인 여편네가 기겁을 하고 쫓아왔다.

옷이 찢기고 멍이 들고 피가 흘렀다.

그것도 저것도 다 헤아리지 않고 그들은 온갖 힘을 다하여 이를 악물고 놈과 세상과 접접하였다.

6

"문 열어라."

"자고 가자."

밤이 익어 감을 따라 문밖에서는 취객들의 외치는 소리가 쉴새없이 높이 났다.

"다들 죽었니."

"명자야."

"부영아."

"채봉아."

문 두드리는 소리가 새를 두고 흘렀다. 그래도 안에서 대답이 없으면 부서져라 하고 난폭하게 한참씩 문을 흔들다가는 무엇이라고 욕지거리를 하면서 다른 곳으로 가버렸다.

이렇게 한떼 가버리고 나면 다음에 또 한떼가 나타났다.

"문 열어라."

"웬일이냐 사흘이나!"

"봉선아."

"채봉아."

"봉선아."

방에서는 모두들 맥을 잃고 누웠었다.

극렬한 싸움 뒤에 피곤―하였다느니보다도 실신한 듯이 잔약한 여병졸들은 피와 비린내와 난잡 속에 코를 막고 죽은 듯이 이리저리 눕고 있었다. 분이 나서 쌔근쌔근―하지도 못하였던 것이다. 그러기에는 너무나 기맥이 쇠진하였었다. 말없이 죽은 듯이 그들은 다만 눕고 있었다. 그러나 그들은 한 사람도 그들이 졌다고는 생각하지 않았다. 잠시 피곤할 따름이다. 맥이 나면 놈과 또다시 싸워야 할 것이다―고 그들은 생각하고 있었다.

"봉선아."

"내다, 봉선아."

"너 이년 나를 괄세하니."

"봉선아."

"봉선아."

밖에서 부르는 소리가 하도 시끄럽기에 봉선이는 일어나서 방을 나가 문을 열었다.

"봉선아, 너 이년 나를 몰라보니."

하면서 달려드는 사내를 자기를 맡아 놓고 사주는 나지미였다. 그러나 봉선이는 오늘만은 그를 반가운 낯으로 대하지 않았다.

"아녜요. 오늘은 안 돼요."

하면서 그는 붙드는 사내를 밀치고 문을 닫치려 하였다.

"안 되긴 왜 안 된단 말이냐. 사흘이나."

사내는 그를 붙들고 놓지 않았다.

"주인 녀석과 싸우고 벌이 않기로 했어요."

"주인과 싸웠어?"

사내들은 새삼스럽게 그의 찢긴 옷, 헝크러진 머리, 피 흔적을 자세히 들여다보았다.

"자, 다음날 오구 오늘들은 가세요."

"아니, 왜 싸웠단 말이냐."

"주인놈이 몹쓸 녀석이라우…… 우리 말을 들어주기 전에는 우리가 일을 하나 봐라."

"주인이 몹쓸 놈이어서 싸웠단 말이냐."

봉선이는 주춤하고 뜰을 내려가서 목소리를 높였다.

"사람을 굶기고 그 위에 죽도록 치고…… 주인놈이 천하에 고약한 놈이지 지금 저 방에는 죽도록 얻어맞고 피를 토한 동무들이 죽은 듯이 눕고 있다우."

하면서 방을 가리키는 그의 눈에는 눈물이 핑 돌았다.

봉선이의 높은 목소리에 이웃집 문전에서 떠들고 흥정하고 노래하던 사내와 계집들이 한 사람 두 사람씩 옹기종기 이리로 모여들었다.

봉선이는 설어서 견딜 수 없었다. 맡길 곳 없는 설움을 이제 이 많은 사람 앞에서 마음껏 하소연하여 보고 싶었다.

그는 뜰에 올라서서 두 손을 들고 고함을 쳤다.

"들어보시오! 당신들도 피가 있거든 들어보시오! 우리는 사람이 아니오. 우리가 사람 같은 대접을 받아온 줄 아오? 개나 돼지보다도 더 천대를 받아왔소. 당신네들이 우리의 몸을 살 때에 한 번이나 우리를 불쌍히 여겨본 적이 있었소. 우리는 개만도 못하고 돼지만도 못하고, 먹고 싶은 것 먹어봤나 놀고 싶을 때 놀아봤나 앓을 때에 미음 한 술 약 한 모금 얻어먹었나. 처음 들어오면 매질과 눈물에 세상이 어둡고 계약한 기한이 지나도 주인놈이 내놓기를 하나, 한 방울이라도 더 울려내고 한푼이라도 더 뜯어낼려고 꼭 잡고 내놓지 않는다. 우리는 사람이 아니다. 사람이 아니구 물건이다. 애초에 우리가 이리로 넘어올 때에 계약인지 무엇인지 해가지고 우리를 팔아먹은 놈 누구며, 지금 우리의 버는 돈을 한푼 한푼 다 빨아내는 놈은 누군가. 우리는 그놈들을 위해서 피를 짜내고 살을 말리우는 물건이다. 부모를 버리고 동기를 잃고 고향을 떠나 개나 돼지만도 못한 천대를 받게 한 것은 누구인가. 누구인가."

그는 흥분이 되어서 그도 모르게 정신없이 이렇게 외쳤다. 며칠 전 부영이에게서 들어두었던 말이 이제 그의 입에서 순서는 뒤바뀌었을망정 마치 제 속에서 우러나오는 말같이 한마디 한마디 뒤를 이이서 쏟아져 나왔던 것이다. 장황은 하나 그는 이것을 다 말하지 않고는 배길 수 없었다. 그는 여전히 흥분된 어조로 계속하였다.

"다같은 이목구비를 갖추고 무엇이 남보다 못나서 이 짓을 하게 되었나. 이 더러운 짓을 하게 되었는가. 남처럼 버젓하게 살지 못하고 왜 이렇게 되었는가. 우리의 팔자가 기박해서 그런가. 팔자가 무슨 빌어먹을 놈의 팔잔가."

사흘 전에 부영이에게 반대하여 팔자를 주장하던 그가 이제 와서 확실히 팔자를 부정하였다. 그는 벌써 사흘 전의 그가 아니었다. 사흘 후인 이제 그는 똑바로 세상을 볼 줄 알았던 것이다.

"이 문둥이 같은 놈의 세상이, 놈들의 농간이, 우리를 이렇게 기구하게 맨들지 않았는가."

봉선이가 주먹을 쥐고 이렇게 높게 외치자 사람 숲에서는 여러 가지 소리가 들려오고 가운데에는 감동하여 손뼉 치는 사람도 있었다.

"옳다!"

"고년 맹랑하다."

"똑똑하다."

같은 처지에 있으니만큼 그중에 모여 섰던 이웃집 창기들에게는 봉선이의 말이 뼛속까지 젖어 들어가서 그들은 감격한 끝에 길게 한숨도 쉬고 남몰래 눈물도 씻으면서 얕은 목소리로 각각 탄식하였다.

"정말 우리는 사람이 아니다."

"개만도 못한 천대를 받아만 오지 않았니."

"부모 형제 다 버리고 이것이 무슨 죄냐."

"몹쓸 놈의 세상 같으니."

맡길 곳 없는 설움을 이제 이렇게 뭇사람 앞에서 마음껏 하소연한 봉선이의 속은 자못 시원하였다. 동시에 여러 사람 앞에서 한 번도 지껄여 본 적 없고 남이 하는 연설 한마디 들어본 적 없는 무식하고 철모르던 그가 어느 틈에 이렇게 철이 들고 구변이 늘었는가를 생각하매 자기스스로 은근히 탄복하지 않을 수 없었다.

그는 이를 악물고 높은 구변으로 계속하였다.

"우리는 이 천대를 더 참을 수 없다. 천치같이 더 속아넘어갈 수 없다. 우리는 일제히 짜고 주인놈과 싸웠다. 놈은 우리의 말을 한마디도 안 들어주고 우리를 사흘 동안이나 굶기면서 됩데 우리를 때리고 차고 죽일놈 같으니, 지금 저 방에는 죽도록 얻어맞은 동무들이 피를 토하고 누워 있다. 저 방에, 저 방에."

하면서 가리키는 그의 손을 따라 사람들은 그쪽을 향하였다.

정신없이 지껄인 바람에 잠깐 사라졌던 분이 이제 또다시 그의 가슴에 새삼스럽게 타올랐다. 그는 악을 다하여 소리 소리쳤다.

"주인놈이 죽일 놈이다. 우리가 다시 일을 하나 봐라. 다시 이 짓을 하나 봐라. 우리는 벌써 너에게 매인 몸이 아니다. 깍정이 같은 놈. 다시 돈 벌어주나 봐라."

주인이 바로 눈앞에 있는 것처럼 그는 눈을 노리고 욕을 퍼부었다.

분통이 터져서 전신이 바르르 떨렸다.

"다시 일을 하나 봐라. 이 놈의 집에, 이 더러운 놈의 집에 다시 있는가 봐라."

그는 이제 집 그것을 저주하는 듯이 터지는 분과 떨리는 몸을 문에다 갖다 탁 부딪쳤다.

문살이 부서지며 유리가 깨뜨려졌다.

미친 사람같이 그는 허둥지둥 다시 일어나 땅에서 돌을 한 개 찾아 들더니 '봉학루' 라고 쓰인 문 위에 달린 붉은 등을 겨누었다.

다음 순간 뎅그렁 하고 깨뜨려지는 홍등이 땅에 떨어지기가 무섭게 으싹하고 조밥이 되어버렸다.

해끗한 유리 조각이 주위에 팍삭 날고 집 앞은 순식간에 암흑으로 변하였다.

잠시 숨을 죽이고 그의 거동을 살피던 사람들은 어둠 속에서 수물거리기 시작하였다.

"봉선아, 너 미쳤구나."

"주인놈을 잡아내라!"

"잘 깼다. 질내 이놈의 짓을 하겠니."

"동맹파업이다."

"잘했다!"

"요 아래 추월루에서도 했다드라!"

깨뜨려진 홍등. 어두운 이 문전을 중심으로 이 밤의 이 거리, 이 저자
는 심히도 수물거리고 동요하였다.

약령기 弱齡記

약령기 弱齡記

해가 쪼이면서도 바다에서는 안개가 흘러온다. 헌칠한 벌판에 얕게 깔려 살금살금 기어오는 자줏빛 안개는 마치 그 무슨 동물과도 같다. 안개를 입은 교장 관사의 푸른 지붕이 딴 세상의 것같이 바라보인다. 실습지가 오늘에는 유난히도 넓어 보이고 안개 속에서 일하는 동물들의 모양이 몹시도 굼뜨다. 능금꽃이 피는 시절임에도 실습복이 떨릴이 만큼 날씨가 차다.

쇠고랑으로 퇴비를 푹 찍어 올리니 김이 무럭 나며 뜨뜻한 기운이 솟아오른다. 그 속에 발을 묻으니 제법 훈훈한 온기가 몸을 싸고 오른다. 학수는 그대로 그 위에 힘없이 풀썩 주저앉았다. 그 속에 전신을 묻고 훈훈한 퇴비 냄새를 실컷 맡고 싶었다.

"너 피곤한가 보구나."

맥없는 학수의 거동을 바라보고 섰던 문오가 학수의 어깨를 치며 그의 쇠스랑을 뺏어들고 그 대신 목코에 퇴비를 담기 시작하였다.

"점심도 안 먹었지."

"……."

"……배우는 학과의 실험이라면 자그마한 실습지면 그만 이지, 이렇게 넓은 땅을 지을 필요가 있나……."

혼잣말같이 중얼거리며 문오는 퇴비를 다 담고 나서,

"자, 이것만 갖다 붓고 그만 쉬지."

학수는 힘없이 일어나서 목코의 한끝을 매었다.

제3 가족의 오늘의 실습 배당은 제2 온상溫床의 정리였다. 학수는 온상까지 가는 길에 한 시간 동안에 나른 목코의 수효를 속으로 헤어보았다. 열일곱 번째였다. 그 사이에 조금이라도 게을리하여서는 안 되는 것이다. 퇴비를 새로 만드는 온상에 갖다 붓고 나니 마침 휴식의 종이 울린다.

"젖 먹은 힘 다 든다―실습만 그만두라면 나는 별일 다 하겠다."

옆에서 새 온상의 터를 파고 있던 삼학년생이 부삽을 던지고 함정 속에서 뛰어나온다. 그도 점심을 못 먹은 패였다. 흐르는 땀을 손등으로 받아 뿌리면서 물을 켜러 허둥지둥 수도 있는 곳으로 걸어갔다.

학교를 둘러싸고 있는 사면의 실습지 구석구석에 퍼져서 삼백여 명의 생도는 그 종적조차 모르겠더니 휴식 시간이 되니 우줄우줄 모여들어 학교 앞 수도를 둘러싸고 금시에 활기를 띠었다.

온상을 맡은 가족은 그곳으로 가는 사람이 적고, 대개 그 자리에 주저앉아 땀을 들였다. 학수와 문오도―같은 사학년인 두 사람은 각별히 친밀한 사이였다―떨어지지 아니하고 실습복채로 땅 위에 주저앉았다.

"능금꽃이 피었구나."

확실한 초점 없는 그의 시야 속에 앞밭에 능금나무가 어리었다. 흰꽃에 차차 시선이 집중되자 '능금꽃'의 의식이 새삼스럽게 마음속에 떠올랐다.

"―아니, 마른 가지에."

보고 있는 동안에 하도 괴이하여서 학수는 일어서서 그곳으로 갔다. 확실히 마른 가지에 꽃이 피어 있다! 그 알 수 없는 힘의 성장을 경탄하고 있을 때에 등 뒤에서 부르는 소리에 그는 뒤로 돌아섰다.

남부 농장에서 실습하던 같은 급의 창구가 온상 옆에 서 있다.

"꽃구경 하고 있다."

싱글싱글 웃으며,

"능금꽃 필 때 시집가는 사람은 오죽 좋을까."

괭이자루를 무의미하게 두드리고 앉았던 다른 동무가 문득 생각난 듯이,

"아 참, 금옥이가 쉬이 시집간다지."

창구가 맞장구를 치며,

"마을의 자랑거리가 또 하나 없어지는구나. 두헌이가 X로 넘어갔을 때 우리는 마을의 자랑거리를 하나 잃었더니 이제 우리는 마을의 명물을 또 하나 잃어버리는구나—물동이 이고 울타리 안으로 사라지는 민출한 자태도 더 볼 수 없겠지."

"신랑은 XX 사는 쌀장수라지—금옥이네도 가난하던 차에 밥은 굶지 않겠군."

"우리도 섭섭하지만 정두고 지내던 학수 입맛이 어떤가."

싱글싱글 웃으면서 창구는 학수를 바라본다. 빈속에 슬픈 기억이 소생되어 학수는 현기증이 나며 정신이 흐려졌다.

"헛물만 켜고 분하지 않은가— 그러나 가난한 학생에게는 안 준다니 할 수 없지만……"

창구의 애꿎은 한마디에 학수는 별안간 아찔하여지며 정신을 잃고 그 자리에 쓰러졌다.

핏기 한 점 없는 해쓱한 얼굴로 뻣뻣하게 쓰러지는 학수를 문오는 날쌔게 달려와서 등 뒤로 붙들었다. 창구가 달려와서 그의 다리를 붙들었다.

"웬일이냐."

보고 있던 동무들이 우르르 모여들었다.

"─가끔 빈혈증을 일으키니."

"주림과 실습과 번민과─이 속에서 부대끼고야 졸도하기 첩경이지."

그 어느 한편을 부축하려고 가엾은 동무를 둘러싸고 그들은 우줄우줄하였다.

"공연히 실없는 소리를 했더니 야유가 지나쳤나 부다."

창구는 미안한 생각을 금할 수 없어서 몇 번이나 사과하는 듯이 말하면서 문오와 같이 뻣뻣한 학수를 맞들고 숙직실로 향하였다.

다른 가족의 동무들이 의아하여 울레줄레 따라왔다. 감독 선생이 두어 사람 먼 데서 이것을 보고 쫓아왔다.

숙직실에 데려다 눕히고 다리를 높이 고였다. 웃통을 활짝 풀어 헤치고 물을 축여 가슴을 식히고 있는 동안에, 핏기가 얼굴에 오르면서 차차 피어나기 시작한다. 십 분도 채 못 되어 의사가 달려왔을 때에는 학수는 회복하고 눈을 떴다. 의사가 따라주는 포도주를 반잔쯤 마시고 나니 새 정신이 들었다. 골이 아직 띵하였으나 겸연쩍은 생각에 학수는 벌떡 일어났다.

"겨우 마음 놓았다. 사람을 그렇게 놀래니."

창구는 정말 안심한 듯이 웃으며,

"실없는 말 다시 안 하마."

"감독 선생께 말할 터이니 실습 그만두고 더 누워 있어라."

문오는 학수 혼자 남겨 두고 창구와 같이 실습지로 나갔다.

숙직실에 혼자 남아 있기도 거북하여 학수는 허둥지둥 방을 나와 마음 편한 부란기孵卵器 당번실로 갔다.

훈훈한 빈 방에 혼자 누워 있으려니 여러 가지 생각과 정서가 좁은

66

가슴속에 넘쳐 흘러나왔다.

"병아리만도 못한 신세!"

윗목 우리 속에서 울고 돌아치는 병아리의 무리ㅡ, 그보다도 못한 신세라고 학수는 생각하였다. '병아리에게는 나의 것과 같은 괴로움은 없겠지.'

창 밖으로는 민출한 버드나무가 내다보였다. 자랄 대로 자라는 밋밋한 버드나무ㅡ그만도 못한 신세라고 학수는 생각하였다. 아무 생각 없이 순진하게 자라야 할 어린 그에게 너무도 괴로움이 많다. 그 가지가지의 괴로움이 밋밋하게 자라는 그의 혼을 숫제 무지러뜨린다. 기구한 사정에 시달려 기개는 꺾어지고 의지는 찌그러진다. 금옥이ㅡ서로 정 두고 지내던 그를 잃어버리는 것은 피차에 큰 슬픔이었다. 성 밖 능금밭에서 만나던 밤, 금옥이도 울고 그도 울었다. 그러나 학수의 괴로움은 그 틀어지는 사랑의 길뿐이 아니다. 집에 가도 괴롭고, 학교에 와도 괴롭고, 가난과 부자유ㅡ이것이 가지가지의 괴로움을 낳고 어린 혼의 생장生長을 짓밟았다.

생각하고 있는 동안에 두 눈에는 더운 것이 넘쳐 나왔다. 뒤를 이어 자꾸만 흘러나왔다. 웬만큼 눈물을 흘리면 몸이 가뿐하여지건만 마음속에 서러운 검은 구름이 풀리지 않는 이상, 눈물은 비 쏟아지듯 무진장으로 흘러내렸다. 흐릿한 눈물 속으로 학수는 실습을 마치고 들어온 문오의 찌그러진 얼굴을 보았다.

"너무 흥분하지 말아라."

어지러운 그의 꼴이 문오의 눈에는 퍽도 딱하였다.

"……금옥이 때문에?"

"보다도 나는 학교가 싫어졌다."

"학교가 싫어진 것은 지금에 시작된 일이냐? 좋아서 학교 오는 사람이 어디 있겠니. 기계가 움직이듯 아무 의지도 없이 맹목적으로 오는 데가 학교야. 그렇다고 학교에 안 오면 별수가 있어야지."

"즐겁게 뛰노는 곳이 아니고 사람을 XX히는 곳이야."

"흙과 친하라고 말하나 (…) 흙과 친할 수 있는가."

"어디로든지 먼 곳으로 가고 싶어."

"가서는 어떻게 하게? 지금 세상 가는 곳마다 다 괴롭지, 편한 곳이 어디 있겠니?"

"너무도 괴로우니 말이다."

"가버리면 집안사람들은 어떻게 하겠니. —꾹 참고, 있는 때까지 있어 보자꾸나."

"……."

"오늘 밤에 용걸이한테 놀러나 갈까."

문오는 학수를 데리고 당번실을 나갔다.

아침.

조례 시간에 각 학년 결석 보고가 끝난 후, 교장이 성큼성큼 등단하였다.

엄숙하게 정렬한 삼백여 명의 대열이 일순 긴장하였다. 교장의 설화가 있을 때마다 근심 반 호기심 반의 육백의 눈이 단 위로 집중되는 것이다.

"다달이 주의하는 것이지만……."

깨어진 양철같이 울리는 목소리의 첫 마디를 들은 순간 학수는 넉넉히 그 다음 마디를 짐작할 수 있었다.

"번번이 수업료 미납자가 많아서 회계 처리에 대단히 곤란하다……."

짐작한 대로였다. 다달이 한 번씩 이 말을 들을 때마다 학수는 마치

죄진 사람같이 마음이 우울하였다. 다달이 불과 몇 원 안 되는 금액이지만 가난한 농가의 자제에게는 무거운 짐이었다. 교장의 설유가 있을 때마다 매 맞는 양같이 마음이 움츠러졌다.

"이번 주일 안으로 안 바치면 처분할 터이니 단연코……."

판에 박은 듯한 늘 듣는 선고이지만 학수의 마음은 아프고 걱정되었다.

종일 동안 마음이 우울하였다.

때도 떳떳이 못 먹는 처지에 그만큼의 돈을 변통할 도리는 도저히 없었다. 달마다 괴롭히는 늙은 아버지의 까맣게 그슬린 꼴을 생각만 하여도 가슴이 저렸다. 가난한 집안을 업고 가기에 소나무같이 구부러진 가련한 꼴이 그림같이 그의 마음속에 들어붙어 떨어지지 않았다. 일 년 동안이나 공들여 길렀던 돼지는 달포 전에 세금에 졸려 팔아버렸다. 일 년 더 길러 명년 봄에 팔아 감자밭을 몇 고랑 더 화리禾利 맡으려던 아까운 돼지를 하는 수 없이 팔아버렸다. 그만큼 세금의 재촉이 불같이 심하였던 것이다.

그날 일을 학수는 지금까지도 잘 기억하고 있다. 면소에서는 나중에 면서기가 술기를 끌고 나왔다. 어머니는 그것이 소용없는 일인 줄 알면서도 욕지거리를 하였다. 아버지는 뜰 앞에 앉아 말없이 까만 얼굴에 담배만 푹푹 피웠다. 밥솥을 빼어 실은 술기가 문 앞을 굴러나갈 때, 어머니는 울 모퉁이까지 따라나가며 소리를 치며 울었다. 하는 수 없이 아버지는 다음 날 아끼던 돼지를 팔고 밥솥을 찾아내었다. 돼지를 없애고 어머니는 세 때나 밥술을 들지 않았다. 그때 일을 학수는 잊을 수가 없다.

"돼지도 없으니 이달 수업료를 어떻게 하노."

걱정의 반날을 지우고 집에 돌아갔을 때 밭에 나간 아버지는 아직 돌아오지 않았다.

호미를 쥐고 뜰 잎 나물밭을 가꾸고 있는 동안에 아버지가 돌아왔다. 그러나 피곤하여 맥없는 그 꼴을 볼 때, 귀찮은 말로 그를 더 괴롭힐 용기가 나지 않았다.

가난한 저녁상을 마주 대하고 앉았을 때, 아버지 쪽에서 무거운 입을 열었다.

"요사이 학교 별일 없니?"

"늘 한 모양이지요."

"공부 열심히 해라. 졸업한 후 직업에라도 속히 붙어야지, 늙은 몸으로 나는 더 집안을 다스려 갈 수 없다."

그것이 너무도 진정의 말이기 때문에 학수는 도리어 적당한 대답을 찾지 못하였다.

"날씨가 고약해서 농사는 올해도 또 낭패될 것 같다. 비료도 몇 가마니 사서 부어야겠는데 큰일이다. 작년에도 비료를 못 쳤더니 땅을 버렸다고 최 직장이 야단야단 치는 것을 올해는 빌고 빌어서 간신히 한 해 더 얻어부치게 되지 않았니."

학수는 다시 우울하여져서 중간에서 밥숟갈을 놓아 버렸다.

"암만 해도 돼지를 또 한 마리 사서 기를 수밖에는 도리가 없다. 닭을 쳐도 시원하지 못하고 그저 돼지밖에는 없어. ―학교 돼지 새끼 낳았니?"

아버지는 단 한 사람의 골육인 아들에게 모든 것을 이야기하고 의논하였다.

그러나 농사일에 정신없는 아버지 앞에서 학수는 차마 수업료 말을 꺼내지 못하였다. 물을 마시고 방을 뛰쳐나갔다.

밤이 이슥하였을 때, 학수는 울타리 밖 우물에 물 길러 온 금옥이에게 눈짓하여 성 밖에서 만나기로 하였다.

　달이 너무도 밝기에 따로따로 떨어져 학수는 먼저 성 밖으로 나가 능금밭 초막 뒤편에 의지하여 금옥이가 나오기를 기다렸다.

　보름달이 박덩이같이 희다. 벌판 끝에 바다가 그윽한 파도소리와 함께 우련한 밤 속에 멀다. 윤곽이 선명한 초막의 그림자가 그 무슨 동물과도 같이 시꺼멓게 능금밭 속까지 뻗쳐 있고, 그 속에 능금나무가 잎사귀와 꽃이 같은 푸르스름한 빛으로 우뚝 솟아 있다. 달밤의 색채는 반드시 흰빛과 묵화빛만이 아니다. 달빛과 밤빛이 짜내는 미묘한 색채―자연은 이것을 그 현실의 색채 위에 쓰고 나타난다. 이것은 확실히 현실을 떠난 신비로운 치장이다. 그러나 달밤은 또한 이 신비로운 색채뿐이 아니다. 색채 외에 확실히 일종의 독특한 향기를 품고 있다. 알지 못할 그윽한 밤의 향기―이것이 있기 때문에 달밤은 더 한층 아름다운 것이다. 인류가 태곳적부터 가진 이 낡은 달밤―낡았다고 빛이 변하는 법 없이 마치 훌륭한 고전古典과 같이 언제든지 아름다운 달밤!

　그러나 괴로움 많은 학수에게는 이 달밤의 아름다운 모양이 새삼스럽게 의식에 오르지 않았다. 금옥의 생각이 달보다 먼저 섰던 것이다. 만나는 마지막 밤에 다른 생각 다 젖혀버리고 금옥이를 실컷 생각하고 그 아름답고 안타까운 마지막 기억을 마음속에 곱게 접어두고 싶었다.

　초막 건너편 능금나무 사이에 금옥이가 나타났다. 능금꽃과 같은 빛으로 솟아 보이는 민출한 자태와 달빛에 젖은 오리오리의 머리카락―마지막으로 보는 이런 것이 지금까지 본 그 어느 때보다도 더 한층 아름다웠다.

　"겨우 빠져 나왔어요."

　너무도 밝은 달빛을 꺼리는 듯이 손등으로 얼굴을 가리우고 금옥이는 가까이 왔다.

"요새는 웬일인지 집안사람들이 별로 나의 거동을 살피게 되었어요. 날이 가까웠으니 몸조심하리고 늘 당부하겠지요."

학수는 금옥이의 손을 잡으면서,

"며칠 안 남았군."

"그 소리는 그만두세요."

"그날을 기다리는 생각이 어떻소?"

"놀리는 말씀예요?"

"놀리다니, 내가 금옥이를 놀릴 권리가 있나?"

"그렇지 않아도 슬픈 마음을 바늘로 찌르는 셈예요?"

"누가 누구의 마음을 찌르는고!"

"팔려가는 몸을 비웃으려거든 그날이 오기 전에 나를 어떻게든지 처치해 주세요."

"아, 어떻게 하면 좋은가! 나같이 힘없고 못생긴 놈이 또 있을까!"

말도 끝마치기 전에 학수에게는 참고 있던 울음이 탁 터져 나왔다. 목소리가 높아지며 어린아이 모양으로 엉엉 울었다. 금옥이의 얼굴도 달빛에 번쩍번쩍 빛났다.

그는 벌써 아까부터 학수의 눈에 뜨이지 않게 눈물을 흘리고 있었던 것이다.

"어떻게든 처치해 주세요."

느끼는 목소리로 간신히 말하고 얼굴을 학수의 가슴에 푹 파묻었다. 울음소리가 별안간 높아졌다.

"처치라니, 지금의 나에게 무슨 힘이 있고 수단이 있나? 도망—그것은 이야기 속에나 나오는 일이지. 맨주먹의 우리가 어떻게 그것을 하노."

학수는 가슴을 쥐어뜯었다.

"그것도 할 수 없다면 두 가지 길밖에는 없지요. 불쌍한 집안사람들의 뜻은 어길 수가 없으니 그날을 점잖게 기다리든지, 그렇지 않으면 내 한 목숨을 없애든지……."

금옥이의 목소리는 떨렸다. 며칠 동안에 눈에 띄리만큼 여윈 것이 학수의 손에 다치는 그의 얼굴 모습으로도 알렸다. 턱이 몹시 얇아지고 손목이 놀라리만큼 가늘어졌다.

"어떻게 하면 좋은고."

학수는 괴로운 심장을 빼내버린 듯이 몸부림을 쳤다.

"사람의 일이란 될 대로밖에 안 되는 것 같아요. ―이것이 우리들의 만나는 마지막이 될는지도 모르지요."

울음 속에서도 금옥이의 태도는 부자연스러우리만큼 침착하다.

아무 해결도 없는 연극의 막을 닫는 듯이, 달이 구름 속에 숨기고 파도 소리가 별안간 요란히 들린다.

눈물에 젖은 금옥이의 치맛자락이 배꽃같이 시들었다.

모든 것을 단념한 후의 무서운 괴로움과 낙망 속에 금옥이의 혼인날이 가까워왔다. 능금밭 초막에서 만난 밤 이후, 학수는 다시 금옥이를 만나지 못한 채 그날을 당하였다.

통곡하는 마음을 부둥켜안고 학교에도 갈 생각 없이 그는 아침부터 바닷가로 나갔다.

무슨 심술로인지 공교롭게도 훌륭한 날씨이다. 너무나 찬란히 빛나는 햇빛에 학수는 얼굴을 정면으로 들기가 어려웠다. 한들한들 피어난 나뭇잎이 은가루같이 반짝반짝 빛났다. 굵게 모여와서 깨뜨려지는 파도 조각에 눈이 부셨다. 정어리 냄새와 해초 냄새와―그의 쇠잔한 가슴에는 너무도 센 바다 냄새가 흘러왔다.

포구에는 고깃배가 들어와 사람들의 요란히 떠드는 소리가―생활의 노래가 멀리 흘러왔다. 사람 자취 없는 물녘에는 다만 햇빛과 바람과 파도소리가 있을 뿐이다. 끝이 없는 먼 바다의 너무노 신한 빛에 눈동자가―전신이―푸르게 물드는 듯도 하다. 두 다리를 뻗고 앉아서 학수는 모래를 집어 바다에 뿌리면서 금옥이와 같이 물녘에서 놀던 가지가지의 장면을 추억하였다. 뿌리는 모래와 함께 모든 과거를 바다 속에 묻으려는 듯이 이제는 눈물도 없고 울음도 나오지 않았다. 다만 빠직빠직 타는 속에 바닷바람도 오히려 시원찮았다.

주머니 속에 지니고 왔던 하이네의 시집을 집어냈다. 금옥이와 첫사랑을 말할 때 책장이 낡아버리도록 읽던 하이네를 이제 마지막으로 또 한 번 되풀이하고 싶었다. 그것으로써 슬픈 첫사랑의 막을 내릴 작정이었다.

수없이 사랑의 노래와 실망의 노래―아무 실감 없이 읽던 실망의 노래가 지금의 그에게 또렷한 감정을 가지고 가슴속에 울려왔다. 다음 시에 이르렀을 때 그는 그것을 두 번 세 번 거푸 읽었다. 그것은 곧 학수 자신의 정의 표시요, 사랑을 묻은 묘의 비석이었다.

낡아빠진 노래의 가락 가락 음과
마음을 괴롭히는 꿈의 가지가지를
이제 모두 다 장사 지내버리련다.
저 커다란 관을 가져 오너라…….
그리고 열두 사람의 장정을 데려 오너라.
쾨룬의 절간에 있는
크리스톱 성자의 상像보다도 더 굳센 열두 사람의 장정을.
장정들에게 관을 지워서 바다 속 깊이 갖다 버려라.
이렇게 큰 관을 묻으려면 커다란 묘가 필요할 터이지.

여기에서 그만 슬픔의 결말을 맺고 책을 덮어버리려다가 그는 시의 힘에 끌리어 더욱더욱 책장을 넘겨갔다. 낮이 지나고 해가 기울었다. 연지 찍고 눈을 감은 금옥이가 채 밑에서 신랑과 마주 앉아 상을 받고 있을 때였다. 학수는 모래 위에 누운 채 몸도 요동하지 않고 시에 열중하였다.

가느다란 갈대 끝으로 모래 위에 쓰기를,
'아그네스, 나는 너를 사랑하노라!'
그러나 심술궂은 파도가 한바탕 밀려와,
이 아름다운 마음의 고백을 여지없이 지워버렸다.
약한 갈대여. 무른 모래여.
깨어지기 쉬운 파도여. 너희들은 벌써 믿을 수 없구나.
어두워지니 나의 마음 용달음치네.
억센 손아귀로 노르웨이 숲 속에서
제일 큰 전나무 한 대 잡아 뽑아다
타오르는 에드나의 화산 속에 담가,
새빨갛게 단 그 위대한 붓으로
어두운 하늘에 줄기차게 써볼까.
'아그네스, 나는 너를 사랑하노라!'

학수는 두 번 세 번 거듭 여남은 번 이 시를 읽었다. 읽을수록 알지 못할 위대한 흥이 솟아나왔다. '아그네스'를 '금옥이'로 고쳤다가 다시 여러 가지 다른 것으로 고쳐 보았다. '동무'로 해보았다. '이 땅'을 놓아보았다. 나중에는 '세상'으로 고쳐보았다. 그것이 무엇이라고 꼬집어 말할 수 없는 위대한 감격이 가슴속에 그득히 북받쳐 올라왔다.

"백두산 꼭대기에서 제일 큰 참나무 한 대 뽑아다 이 가슴의 열정으로 시뻘겋게 달궈 가지고 어두운 하늘에 줄기차게 써볼까. '그 무엇이여, 나는 너를 사랑하노라!' 고."

모래를 차고 학수는 벌떡 일어났다. 저물어가는 바다가 아득하게 멀고 쉴 새 없이 날아오는 파도 빗발에 전신이 축축이 젖었다.

그날 밤에 학수는 며칠 전 문오와 같이 찾아갔던 후로는 다시 만나지 못한 용걸이를 찾아갔다. 오래 전에 빌려온 몇 권의 책자도 돌려보낼겸.

독서에 열중하고 있던 용걸이는 책상 앞에서 몸을 돌리고 학수를 맞이하였다. 좁은 방에는 사면에 각색 표지의 책이 그득히 쌓여 있다. 그 책의 위치가 구름의 좌향같이 자주 변하였다. 책상 위에 펴 있는 두터운 책의 활자가 아물아물하게 검고 각테 안경 속에 담은 동무의 열정이 시꺼멓게 빛났다. 열정에 빛나는 그 눈. 바다 같은 매력을 가지고 항상 학수의 마음을 끄는 것은 그 눈이었다. 깊고 광채 있고 믿음직한 그 눈이었다. 학교에 안 가도 좋고 눈에 뜨이게 하는 일 없이 그는 두 눈의 열정을 모아 날마다 독서에 열중하는 것이 일과였다.

그가 서울을 쫓겨 고향으로 내려온 지 거의 반년이 넘는다. 근 사 년 동안 어떤 사립학교에서 공부하다가 작년 가을에 휴교 사건으로 학교를 쫓겨난 후 즉시 고향으로 내려온 것이다. 학교를 쫓겨났다고 결코 실망하는 빛 없이 도리어 싱싱한 기운에 넘쳐 그는 고향을 찾아왔다. 부끄러워하는 대신에 그에게는 엄연한 자랑의 티조차 있었다. 부끄러워하지 않고 겁내는 법 없는 파들파들한 기운에 학수들은 처음에 적지 아니 놀랐다. 그들의 어둡고 우울한 마음에 비겨볼 때 용걸이의 그 파들파들한 기운 광채는 얼마나 부러운 것이던가. 같은 마을에서 같은 어린 시절을 보낸 그들을 이렇게 다른 두 길로 나누어 놓은 것은 용걸이가 고향을 떠난 사 년 동안의 시간이었다. 사 년 동안에 용걸이는 서울서 무엇을 배우고 무엇을 하고 그의 굳은 신념은 무엇에서 나왔던가를 학수는 문오와 같이 그의 집에 자주 드나드는 동안에 듣고 짐작하고 배워왔다. 마을에서는 용걸이를 위험시하고 갖가지의 소문을 내었으나 그는 모든 것을 모르는 체하고 싱싱한 열정으로 공부를 열중하였다. 그 늠름한 태도가 또한 학수들의 마음을 끌고 잡아 흔들었다.

"요사이 번민이 심하지?"

용걸이는 학수의 사정을 대강 알고 그의 괴로움을 짐작할 수 있었다.

"아니 오늘 잔칫날 아닌가?"

다시 생각하고 용걸이는 검은 눈에 광채를 더하여 숭굴숭굴 웃었다.

학수에게 아무 대답이 없으니 용걸이는 웃음을 수습하고 어조를 변하였다.

"그러나 그런 개인적 번민은 누구에게나 한두 가지씩은 다 있는 것이네."

이어서,

"가지가지의 번민을 거치는 동안에 차차 사람이 되지."

경험 많은 노인과 같이 목소리가 침착하고 무겁다.

성공하지 못한 용걸이의 과거의 연애 사건을 학수도 잘 알고 있다. 근 일 년을 넘는 연애가 상대자의 의사와 그 집안의 반대로 깨어지고 말았다. 물론 그들의 반대의 이유가 용걸이의 가난에 있다는 것은 말하지 않아도 확실한 것이었다. 용걸이의 번민은 지금의 학수의 그것과도 같이 컸었고 그의 생각에 큰 변동이 생긴 것도 이때부터였다. 그는 이를 갈고 독서에 열중하였다. 그러는 동안에 배척받은 열정을 정신적으로 바칠 다른 큰 것을 발견하였던 것이다.

"개인적 번민보다도 우리에게는 전 인류적 더 큰 번민이 있지 않은가."

드디어 이렇게 말하게까지 된 것이다.

"그러기 때문에 나도 오늘에는 개인적 번민을 청산하고 새로 솟는 위대한 열정을 얻었단 말이네."

하고 학수는 해변에서 느낀 감격이 사라질까를 두려워하는 듯이 흥분한 어조로 그 하루를 해변에서 지낸 이야기와 하이네 시에서 얻은 위대한 감격을 이야기하였다.

"하, 그렇게 훌륭한 시가 있던가―읽은 지 오래어서 하이네도 이제는 다 잊어버렸군."

하이네의 시를 듣고 용걸이도 새삼스럽게 감탄하였다.

"백두산 꼭대기에서 제일 큰 참나무 한 대 잡아 뽑아다 이 가슴의 열정으로 시뻘겋게 달궈 가지고 어두운 하늘에 줄기차게 써볼까. '짓밟힌 XXX이여 나는 너를 사랑하노라!' 고."

'백두산'의 구절이 조금 편벽된 것 같다고는 하면서도 용걸이는 학수가 고친 이 시의 구절을 두 번 세 번 감동된 목소리로 읊었다.

"용걸이 있나?"

이때에 귀익은 목소리가 나며 문이 펄떡 열렸다.

"현균가?"

학수는 그의 출현을 예측하지 않았기 때문에 오래간만의 그를 반갑게 바라보고 있다.

"공부 잘하나?"

현규는 한껏 이렇게 대꾸하면서 학수를 보았다. 그만큼 그들의 관계와 교섭은 그다지 친밀한 것이 못 되었다. 그가 들어왔기 때문에 학수와 용걸이의 회화가 중턱에서 끊어졌고, 또 학수가 있기 때문에 용걸이와 현규의 사이도 어울리지 아니 하고 서먹서먹한 것 같았다.

현규―그도 역시 용걸이와 같은 경우에 있었다. 학교를 중도에서 폐한 후로부터는 용걸이와 같은 길을 걷게 되었던 것이다. 두 사람은 자주 만났다. 그러나 그것은 결코 사람들의 눈에 역력히 뜨이지 않게 교묘하게 하였다. 용걸이는 학수를 만나 보는 것과는 또 다른 의도와 내용으로 현규와 만나는 것 같았다.

오늘 밤에도 그 무슨 일로 미리 약속하고 현규가 찾아온 것이 확실하리라 생각하고 학수는 그만 자리를 일어섰다.

"그러면 이번에는 이것을 가지고 가서 읽어보게."

나가는 학수에게 용걸이가 두어 권의 작은 책자를 시렁에서 뽑아주었다.

그것을 가지고 학수는 집을 나갔다.

기울어지는 반달이 흐릿하게 빛났다.

좁은 방에서 으슥하게 만나는 두 사람의 청년―그 뜻 깊은 풍경을 학수는 믿음직하게 마음속에 그렸다.

무슨 새인지, 으슥한 밤중에 숲 속에서 우는 새 소리를 들으면서 희미한 발길을 더끔더끔 걸었다.

이튿날 학수는 수업료 미납으로 정학 처분 중에 있는 줄을 번연히 알면서도 오후부터 학교에 나갔다. 그날 학우회 총회가 있는 것을 안 까닭이다. 학우회에는 기어이 출석할 생각이었다. 예산 편성 등으로 가난한 그들에게 직접 이해관계가 큰 총회를 철모르는 어린 동무들에게 맡겨 망치고 싶지 않았던 것이다.

실습을 폐하고 총회는 오후부터 즉시 시작되었다. 사월에 열어야 할 총회가 일이 바쁜 까닭에 변칙적으로 오월에 들어가는 수가 많았다.

새로 선 강당은 요란하게 불어 올랐다. 학생들은 하루 동안 실습이 없어진 그 사실만으로 벌써 흥분하고 기뻐하였다.

천장과 벽과 바닥의 새 재목빛에 해가 비쳐 들어와 누렇게 반사하였다. 그 속에 수많은 얼굴이 떡잎같이 누르칙칙하게 빛났다. 재목 냄새와 땀 냄새에 강당 안은 금시에 기기 막혔다. 발벗은 학생이 많았다. 가끔 양말을 신은 사람이 있어도 다 떨어져 발허리만에 걸치고 있는 형편의 것이었다. 냄새가 몹시 났다. 맨발에는 개기름과 땀이 지르르 흘러 무더운 냄새가 파도같이 화끈화끈 넘쳐 밀려왔다.

여러 번 창을 열고 공기를 갈면서 회가 진행되었다.

교장의 사회가 끝난 후에 즉시 각부의 예산 편성 결정으로 들어갔다. 학교에서 작성한 예산안 초안을 앞에 놓고 와글와글 떠들기 시작하였다. 부마다 각각 자기의 부를 지키고 한 푼의 예산도 양보하지 않았다. 떠들고 뒤끓으며 별것 아니요 벌 떼의 싸움이었다. 하다못해 공책 한 번 쥐어본 적 없는 아무 부에도 속하지 않는 중간층의 학생들은 이 부에도 저 부에도 붙지 못하고 중간에서 유동하였다. 두 시간 동안이 지나도 각 부의 예산은 결정되지 못하였다.

뒷줄 벤치 위에 숨어 앉아 학수는 무더운 화기에 정신이 얼떨떨하였다. 지지할 만한 또렷한 한 부에 속하지 않은 그는 한마디도 입을 열지 아니하고 싸우는 꼴들을 냉정히 바라보고 있을 부이었다. 생각으로는 운동의 각 부보다도 변론부, 음악부, 학예부 등을 지지하고 싶었으나 예산 편성이 끝난 후 열을 토하고 XX지 않으면 안 될 더 중대한 가지가지의 조목을 위하여 그는 열정의 낭비를 피하고 입을 꾹 다물었다. 해마다 문제되는 스포츠 원정비의 적립을 철저히 반대할 일―(…)

이것이 제일 중요한 조목이었다. 다음에 '학우회 기본금과 입회금의 적립 반대, 가족 실습의 수입 이익은 가족에게 분배할 일……' 등등의 일반 학생의 이익을 위하여 싸워 뺏지 않으면 안 될 여러 가지 조목이 그의 가슴속에 맴돌고 있었다.

거의 네 시간이 지났을 때에야 겨우 예산이 이럭저럭 결정되고 선수

원정비 시비에 들어갔다.

서울과의 거리가 먼 까닭에 스포츠, 더욱이 정구와 축구의 원정에는 막대한 비용이 들었다. 빈약한 학우회비만으로는 도저히 지출할 수 없는 까닭에 기왕에는 기부금 등으로 이럭저럭 미봉하여 왔으나, 금년부터는 매월 학우 회비를 특별히 더하여 원정비로 채우려는 설이 학교 당국에서부터 일어났다. 이 제의를 총회에 걸어 그 시비를 결정하자는 것이었다.

교장의 설명이 있는 후 즉시 운동부장인 XX이가 직원 좌석에서 일어섰다. 개인개인의 산만한 운동보다도 규율 있는 단체적 스포츠가 필요함을 그는 역설하고 그럼으로써 원정비 적립을 지지하라는 일장의 설화를 하였다.

학생들의 의견도 나기 전에 미리 뭇 의견의 방향을 결정하려는 그 심사가 괘씸하여서 학수는 벌떡 자리에서 일어서서 첫 소리를 쳤다.

"지금의 학우회비로써 지출할 수 없다면 원정은 그만두자. 우리들의 처지를 새로이 회비를 더 내서까지 원정을 갈 필요가 있는가?"

회장이 물 뿌린 듯이 고요하다.

어린 학생들은 대개 어떻게 하는 것이 옳을지를 몰라 갈팡질팡하는 때가 많다. 그것을 잘 아는 학수는 절실한 인상으로 그들을 다른 방향으로 인도하겠다고 그 자리에 선 채 말을 이었다.

"지금의 수업료도 과한 가난한 농군의 자식인 우리들에게는 다만 이이십 전이 결코 적은 돈이 아니다. 지금의 수업료조차 못 내서 쩔쩔매면서 이 위에 또 더 바칠 여유가 있는가. 철없는 행동은 모두들 삼가자!"

그가 앉기가 바쁘게 다른 학년의 축구 선수가 한 사람 일어서서 잘 돌아가지 않는 혀로 원정의 필요를 말한 후, 기왕에 원정 가서 얻어 온

우승기―그것을 영구히 학교의 것으로 만들 작정이니 원정을 후원하라고 거의 애걸하다시피 하였다.

우승기―이것이 철모르는 눈을 어둡히고 이끄는 것임을 문득 느끼고 학수는 한층 목소리를 높였다.

"그렇게 말하는 너부터 잘 생각해 보아라. 한 사람의 선수를, 한 사람의 영웅을 내기 위하여 이 많은 사람이 마음에도 없는 희생을 당하여야 옳단 말이냐. 한 사람의 선수가 우리에게 무엇을 가져왔나. 우승기? 아무 잇속 없는 한 폭의 허수아비에 지나지 못한다. 학교의 명예? 대체 무엇 하는 것이냐. 그 따위 명예가 우리에게 무슨 이익을 갖다 주었나. 우승기, 명예―일종의 허영에 지나지 못하는 것이다. 동무들아, 선수 원정을 반대하자!"

"옳다!"

"원정비 반대다."

동의의 소리가 이 구석 저 구석에서 일어났다.

XX이의 얼굴이 붉어지고 직원석이 수물수물 움직였다.

하급생 좌석에서 어린 학생이 일어서서 수물거리는 시선과 주의를 일신에 모았다. 등뒤에 커다란 조각을 댄 양복을 입은 그는 이마에 빠지지 흐르는 땀을 씻으면서 가느다란 목소리를 내었다.

"실습, 이것이 우리에게는 훌륭한 운동이다. 이 외에 무슨 운동이 더 필요한가. 알맞은 체육이면 그만이지 우리에게 그 이상의 기술과 재주는 필요하지 않다. 가난한 우리는 너무도 건강하기 때문에 배가 고픈데 이 위에 더 운동까지 해서 배를 곯릴 것이 있는가?"

허리춤에서 수건을 뽑아서 땀을 씻고 한참 무주무주하다가 걸터앉았다. 그 희극적 효과에 웃음소리가 왁 터져 나왔다. 수물거리는 강당 안을 정리하려고 학수는 다시 자리를 일어서서 목소리를 더 한층 높였다.

"옳다─(30자 생략) 괴로워하는 집안사람들을 이 위에 더 괴롭힐 용기가 있는가. 수업료가 며칠 늦으면 담임선생이 불러들여 학교를 그만두라고 은근히 퇴학을 권유할 때, (25자 생략) 우리는 우리들의 처지를 생각하여야 한다."

같은 형편과 생활에서 나온 절실한 실감이 동무들의 가슴을 흔들었다.

"그렇다."

"원정비 적립을 그만두자."

찬동의 소리가 강당을 들어갈 듯이 요란히 울렸다.

"학수, 학수!"

요란한 가운데에서 별안간 날카로운 고함이 들렸다. 직원 좌석이 어지럽게 동요하고 그 속에서 XX이의 성낸 얼굴이 학수를 무섭게 노렸다.

"학수, 너는 당장에 퇴장하여라. 수업료도 안 내고 가만히 와서 총회에 출석할 권리가 없다."

(200줄 생략)

그는 아무 일도 안 일어났던 듯이 시치미를 떼고 천연스럽게 집으로 돌아갔다.

정주에서 어머니가 뛰어나왔다.

"학수야."

그스른 얼굴과 심상치 않은 목소리에 학수는 황당한 어머니를 보았다.

"학수야. 금옥이가……."

어머니는 달려와서 옷자락을 붙들었다.

"금옥이가……."

어머니의 눈에 그렁그렁하는 눈물을 보고 학수는 놀래서,

"금옥이가 어떻게 했단 말예요?"

"……떠났단다."

"예?"

"바다에 빠져서……."

"금옥이가 죽었단 말예요? 금옥이가……."

"대체 어떻게 된 노릇이냐. 혼인날 종일 네 이름만 부르더니 밤중에 신방을 도망해 나갔단다."

"그래 지금 어디 있어요? 지금 어디……."

"금옥이네 집안식구들은 모두 바다에 몰려가 있다……. 아까 포구 사람이 달려와서 시체를 건졌다고 전했단다. 지금 모두 해변에 몰려가 있다."

"바다……. 금옥이."

학수는 엉겁결에 허둥지둥 뛰어나갔다. 바다로 향하여 오 리나 되는 길을 줄달음쳤다.

며칠 전에 학수가 사랑을 잊으려고 하이네를 읽으며 하루를 보낸 바로 그 자리를 금옥이는 마지막 장소로 골랐던 것이다. 가지가지의 추억을 가진 그곳을 특별히 고른 그 애처로운 마음을 학수는 더 한층 슬피 여겼다.

물녘에는 통곡 소리가 흘렀다. 집안사람들은 시체를 둘러싸고 가슴을 뜯으며 어지럽게 울었다.

얼굴을 가리운 시체—보기에도 참혹한 것이었다. 사람의 몸이 아니고 물통이었다. 입에서는 샘솟듯 물이 흘러나왔다. 혼인날 입은 새 복색 그대로였다. 바다에서 올린 지 얼마 안 되는지 전신에서 물이 지어서 흘렀다. 그 자리만 모래가 축축히 젖어 있다.

미칠 듯한 심사였다.

학수는 달려들어 그 자리에 푹 쓰러졌다. 수건을 벗기고 얼굴을 보았다. 물에 씻기운 연지의 자리가 이지러진 얼굴에 불그스레하게 퍼져 있다. 홉뜬 흰 눈이 원망하는 듯이 학수를 보았다.

"금옥이……."

얼굴이 돌같이 차다.

"왜 이리 빨리 갔소."

가슴이 터질 듯이 더워지며 눈물이 솟았다.

"학수, 어쩌자고 이렇게 해 놓았소."

금옥이의 어머니가 원망하는 듯이 학수를 보며 들고 있던 한 장의 사진을 주었다.

"학수의 사진을 품고 죽을 줄이야 꿈에나 생각했겠소."

받아 보니 언제인가 박아준 그의 사진이었다. 학수 대신에 영혼 없는 사진을 품고 간 것이다.

겉장을 벗기니 물에 젖어 피어난 글씨가 흐릿하게 읽혔다.

　　학수, 나는 가오. 태산같이 막힌 골짜기에서 나는 제일 쉬운 이 길을 취하겠소. 당신에게만 정을 바친 채 맑은 몸으로 나는 가오. 혼자 간다고 결코 당신을 원망하지 않으리다. 공부 잘해서 가난한 집안을 구하시오.

"결국 내가 못난 탓이지……. 그러나 이렇게 쉽게 갈 줄이야 몰랐소."

학수는 시체를 무릎 위에 얹고 차디찬 얼굴을 어루만졌다.

"금옥아, 학수 왔다. 금옥아, 눈을 떠라."

어머니는 마주앉아서 찬 수족을 만지면서 몸을 전후로 요동하며 울었다.

"학수, 생사람을 잡았으니 어쩌란 말이오. 그러면 그렇다고 혼인 전에 진작 말이나 해주었다면 좋지 않았겠소? 금옥이가 갔으니 어떻게 하면 좋소."

통곡하는 소리가 학수의 뼛속을 살근살근 갉아내는 듯하였다.

"집으로 데리고 갑시다."

학수는 눈물을 수습하고 일어났다.

"금옥아, 이 꼴을 하고 집으로 다시 들어오려고 나갔더냐?"

금옥이의 아버지가 시체를 일으켰다.

"내가 업지요."

들것에 메우기가 너무도 가엾어서 학수는 시체를 등에 업었다. 돌같이 무거웠다. 중량밖에는 아무 감각이 없는 무감동한 육체였다. 똑똑 떨어지는 물이 모래 위와 길 위에 줄을 그었다.

조그만 행렬이 길 위에 뻗쳤다.

어두워가는 벌판에 통곡 소리가 처량히 울렸다.

짧은 그의 생애가 너무도 기구하여서 학수는 금옥이의 옆을 떠나지 않고 그를 지켰다.

피어오르는 향불의 향기―일전에 능금밭에서 마지막으로 만났을 때 맡은 달밤의 향기와 너무도 뼈저린 대조였다.

촛불에 녹은 초가 눈물과 같이 흘러내렸다.

금옥이의 장삿날이 왔다.

진한 안개가 잔뜩 끼어 외로이 가는 어린 혼과도 같이 슬픈 날이었다.

너무도 짧은 장사의 행렬이었다. 빨리 간 그의 청춘과도 같이 너무도 짧은―시집에서는 배반하고 나간 그의 혼을 끝까지 돌보지 아니하였고 장례는 전부 친가에서 서둘러 하였다.

상여 뒤에서 바로 학수가 서고 그 뒤에 집안사람들이 따라 섰다.

짧은 행렬이 건듯하면 안개 속에 사라지려 하였다. 외로운 영혼을 남몰래 고이 장사 지내버리려는 듯이.

앞에서 울리는 요령 소리조차 안개 속에 마디마디 사라져버렸다.

학수의 속눈썹에도 안개가 진하게 맺혀 눈물과 함께 흘러내렸다.

어린 초목의 잎이 요령 소리에 떨리는 듯이 안개 속에서 가늘게 흔들렸다.

산모퉁이를 돌아 행렬은 산골짜기로 들어갔다.

묘지까지 이르렀을 때에 상여는 슬픔과 안개에 푹 젖었다.

주검을 묻는 것이 첫 경험인 학수에게는 그것이 너무도 끔찍한 짓같이 생각되어 뼈를 긁어내는 듯도 한 느낌이었다.

젖은 흙 속에 살이 묻혀지는 것이다. 사람의 의식儀式으로 이보다 더 참혹한 것이 있는가. 퍼붓는 눈물이 흙을 적시었다.

"너도 같이 가거라."

학수는 지니고 왔던 하이네 시집을 ─ 해변에서 금옥이를 생각하며 읽던 그 시집을 금옥이의 관 위에 같이 던졌다. 금옥이를 보내는 마지막 선물로 그의 관 위에 뿌려줄 꽃 대신으로 생전에 같이 읽던 노래를 던져주었다. 그것은 동시에 그의 슬픈 과거를 영영 장사 지내버리는 셈도 되었다. 그는 장사 지내는 하이네 시집 속에서 '백두산 꼭대기에서 제일 큰 참나무 한 대 뽑아'의 위대한 열정을 얻은 것과 같이 금옥이의 죽음에서도 슬픔만이 온 것이 아니라 말할 수 없는 일종의 힘이 솟아나왔다.

"그대의 혼을 지키면서 나는 나의 힘이 진할 때까지 일하고 싸워보겠다."

시집과 관이 흙 속에 완전히 사라졌을 때에 학수는 그 위에 다시 흙을 뿌리며 피의 눈물과 말의 슬픔으로 그 조그만 묘를 다졌다.

어느덧 황혼이 짙어 안개가 더 깊었다.

"나도 떠나겠다."

어느 때까지 울어도 슬픔은 새로워질 뿐이지 한이 없었다.

학수는 시에서 얻은 열정과 죽음에서 얻은 힘을 가지고 묘 앞을 떠났다.

그러나 뒷걸음질하여 마을길로 돌아서지 아니하고 고개를 향하여 앞으로 앞으로 걸음을 떼어 놓았다.

"어디로 가오?"

금옥이네 식구들이 물었다.

"고개 너머 먼 곳으로 가겠소."

"먼 곳이라니……?"

"이곳에서 무엇을 바라고 살겠소?"

대답하고 학수는 속으로 혼자 중얼거렸다.

"용걸이가 걸은 길을 밟도록 먼 곳에 가서 길을 닦겠소이다."

그들과 작별하고 학수는 고개로 향하였다.

고개 너머 정거장에서 기차를 타고 어디로든지 향할 작정이었다.

"어디로? 너무도 막연하다. ―그러나 항상 막연한 데서 일은 열리고 시작되는 것이 아닌가. 막연한 모험과 비약―이것이 없이 큰일을 할 수 있는가."

고개 위에 올라서니 거리가 내려다보이고 그 속에 정거장이 짐작되었다.

"아버지는? 집안사람은?"

고향을 이별하는 마지막 순간에 그에게는 여러 가지의 생각이 한꺼번에 솟아올랐다.

"내가 학교를 충실히 다닌다고 아버지와 집안을 근본적으로 건질 수 있을까? 차라리 이제 가서 장래의 큰 길을 닦는 것만 같지 못하다."

중얼거리는 주먹을 지그시 쥐었다.

"아버지여. 금옥이여. 문오들이여. 고향이여 — 다 잘 있으오. 더 장한 얼굴로 다시 만날 날이 있으오리."

눈물을 뿌리고 학수는 고향을 등졌다. 한 걸음 두 걸음 고개를 걸어 내려가는 그의 마음속에는 결심이 한층 더 새로워질 뿐이었다.

북국사신 北國私信

북국사신北國私信

R군!

북국의 이 항구에 두텁던 안개도 차차 엷어갈 젠 아마 봄도 퍽은 짙었나부에. 그동안 동지들과 무사히 건투하여 왔는가? 항구에 안개 끼고 부두에 등불 흐리니 고국을 그리워하는 회포 무던히도 깊어가네.

내가 이곳에 상륙한 지도 어언 두주일이 넘지 않았나. 그동안 찾을 사람도 찾았고 볼 것도 모조리 보았네. 모든 인상이 꿈꾸고 상상하던 것과 빈틈없이 합치되는 것이 어찌도 반가운지 모르겠네. 남녀노소를 물론하고 다 같이 위대한 건설사업에 힘쓰고 있는 씩씩한 기상과 신흥의 기분! 이것이 나의 얼마나 보고자 하고 배우고자 한 것인지 이것을 이제 매일같이 눈앞에 보고 접대하는 내 자신 신이 나고 흥이 난다면 군도 대강은 짐작할 수 있겠지. 더구나 차근차근 줄기 찾고 가지 찾아서 빈틈없이 일을 진행하고 나가는 제삼인터내셔널의 비범한 활동이야말로 오직 탄복하고 놀라지 않을 수밖에 없네.

여기에 관한 자세한 이야기야 하려 들면 한이 없을 듯하기에 그것은 다음 기회로 밀고 이 편지는 내가 이곳에 온 후의 첫 편지이고 군 역시 이곳을 무한히 그리워하던 터이므로 여기서는 대강 이 도시의 인상과 나의 사생활에 관한 재미있는 한 편의 에피소드를 군에게 소개하려네―

두 가닥의 반도가 바다를 폭 싸고 있는 것만큼 항구는 으슥하고도 잔잔하네. 잔잔한 그 안에 새로운 기를 펄펄 날리는 수많은 기선과 정크 junk와 화물선. 항구 위로 훤히 터진 도시. 발달된 지 오래인 만큼 건축이 대개는 낡았고 생각하였던 것보다는 좀 고색을 띤 듯하네. 가장 번화한 거리인 해안과 평행하여 길게 뻗친 레닌가, 그 속에 즐비한 건축—은행, 극장, 호텔, 국영백화점, 그 외 각 회관, 구락부, 극동XX학 등이 모두 제정시대의 건물 그대로 있고 언덕 중턱에는 백의동포의 거리가 있으니 역시 정결치 못한 낡은 거리이데. 그러나 대체로 보아 희고 노란 석조의 건축들의 시가의 전체에 밝은 색조를 주는—밝은 풍경 맑은 도시임은 틀림없네.

국영판매소 앞에는 언제든지 사람의 행렬이 끊일 새 없고 노파, 젊은이, 아이들이 길게 열을 짓고 움직이면서 차례를 기다려서 여러 가지의 필요한 식료품을 사는 것이네, 흐레프(빵), 먀쏘(고기), 아보스치(야채), 씨—하르(사탕), 보드카 등의 모든 식료품이 국영판매소에서만 팔리고 사사로이 경영하는 소매상이라고는 시중에 극히 희소하다는 것은 군도 아는 바이겠지. 빵을 사려는 노파는 바구니를 들고, 보드카를 사려는 늙은이는 병을 들고 유유히 움직이는 풍경, 이것은 오로지 새 시대의 풍경의 하나일 것이니, 옛날의 생활 형태를 철저히 청산하여 버린 이 신흥의 도시에서만 볼 수 있는 풍경일 것이네.

오후 다섯 시만 되면 시가는 온전히 노동자의 거리이니 한 시간 에누리 없이 꼭 여덟 시간의 노동을 마친 수많은 노동자들이 공장에서 일터에서 무수히 거리를 쏟아져 나오네. 검소하게 옷 입은 그들이 자랑스런 걸음으로 당당하게 거리를 활보할 때 거리는 우리의 것이다, 세상은 우리의 것이다!—그들의 자랑스런 태도와 굵은 보조가 이것을 또렷이 말하는 듯하네.

이것으로 보면 고색을 띤 이 거리가 실상은 가장 활기를 띤 새날의 거리라는 것은 누구나 다 느끼겠지. 신흥의 기상이, 신선한 생장력이 거리의 구석구석에 충만하여 있고, 그 속에서 굵은 조직의 크나큰 건설이 한층 한층 굳어가는 것이네. 노동자들이 노동을 마치고도 날마다 각가지 의회에 출석하기 위하여 분주히 돌아치고 젊은 학생들과 청년들이 질소質素한 옷을 입고 책을 끼고 역시 건설의 사업에 분주히 휘돌아치고 있는 것은 물론이어니와 오직 남자뿐이 아니라 신흥계급의 여자역시 그러하네. 노동부인이나 여학생이나 다 같이 수건으로 머리를 싸고 굽 얕은 구두를 신고 건강한 걸음으로 거리를 걸어다니네, 북국의 능금같이 신선한 그들의 얼굴빛, 밋밋하고 탄력 있는 그들의 다리! 굽 높은 구두 끝에 불안정한 체력을 싣고 휘춘휘춘 걸어가는 엷은 다리에 멸망하여 가는 계급의 불건강한 미학이 있다면 굽 얕은 구두에 전신을 든든히 싣고 탄력있게 걸어가는 밋밋한 다리에는 신흥한 이 나라의 건강한 미학이 있다고 나는 생각하네.

이 나라의 미인―자유롭고 순진하고 건강하고 그야말로 기쁨과 힘의 상징이요, 새날의 매력이 아니면 무엇일까.

도시의 인상은 이만하여 두고 나는 아까 말한 나의 사생활에 관한 에피소드라는 것을 다음에 소개하겠네. 그것은 나답지 않은 끔찍이도 달콤하고 재미있는 이야기니―다른 것이 아니라 이 내가 (결코 자랑스런 일은 아니나) 아름다운 이 나라의 미인의 키스를 받고 사랑을 얻은 이야기라네. 설마 군이 사치하고 불건강하다고 비웃지는 않을 줄 믿네. 일상 소설을 좋아하는 나는 이 이야기에 예술적 윤택을 가하여 소설의 형식으로 쓰겠으니 난센스의 한 편이 되고 말지라도 이 북국의 봄 나의 첫 선물로만 알고 과히 허물은 말게.

상륙한 지 일주일이 되니 항구의 지리도 대강 터득되고 그들의 기풍도 차차 알아는졌으나 아직 할 일이 손에 잡히지 않은 관계상 나는 일정한 숙소도 없이 박군과 김군에게 번차례로 폐를 끼칠 뿐이었다.

'카페 우스리―'―안정치 못한 이 며칠 동안 자주 출입하게 된 것은 이 부두 가까이 외롭게 서 있는 '카페 우스리―'였다. 저녁부터 자욱한 안개 속에 붉은 불을 희미하게 던지고 있는 '카페 우스리―'―그곳은 온전히 노동자들의 오아시스였다.

모보들이 재즈를 추고 룸펜들이 호장된 기염을 토하는 곳이 아니요, 그야말로 똑바른 의미에서의 노동자의 안식처였다. 마도로스 파이프에서 피어오르는 담배 연기 속에 서린 이 나라의 제일 큰 공로자의 초상 밑에는 유쾌한 노동자의 웃음이 있고, 건강한 선원들의 흥이 있었다. 하루의 노동을 마치고 긴 항해를 마치고 동무들과 '카페 우스리―'를 찾아오는 것은 곧 그들의 기쁨의 하나인 듯도 하였다. 그것은 물론 순진한 노동자 숲에서만 우러나오는 이 집의 유쾌하고 건강한 기분을 사랑하여서지만 솔직하게 말한다면 보다 더 카페 주인의 딸 되는 사―샤의 매력에 끌려서라고 할까.

늙은 아버지의 타는 수풍금에 맞춰 기타를 뜯는 사―샤. 낭랑한 목소리로 슬라브의 민요를 노래하는 사―샤. 손님 숲을 유쾌히 돌아치는 사―샤. 그의 한 마디 한 동작이 다 말할 수 없이 귀여운 사―샤였다. 슬라브 독특한 아름다운 살결. 능금같이 신선한 용모. 북국의 하늘같이 맑은 눈. 어글어글한 몸맵시. 풍부한 육체.―북국의 헬렌이다. 손가락 하나 대지 말고 신선한 향기 그대로, 맑은 자태 그대로를 하루면 종일 바라보고도 싶고, 가지째 곱게 꺾어 향기째 꽃송이째 한입에 넣고 잘강잘강 씹어버리고도 싶은 아름다운 꽃이다.

상륙 당시 내가 이 카페에 자주 출입하게 된 것도 실상인 즉 사―샤의 매력에 끌린 까닭이었다. 붉은 수건으로 머리를 싸고 기타에 맞춰서 순박한 민요를 읊을 때의 사―샤. 한 번 보고 두 번 봄을 따라 넓은 세상에는 그와 같은 존재는 다시 없으리라고까지 생각되었다. 사―샤! 세상에 둘도 없는 사―샤! 가련한 웃음을 띠고 낭랑한 목소리로 "야 류 푸류― 파―스" 하면서 품에 와서 넘싯 안긴다면 그 순간에 죽어도 이 세상에 났던 보람이 있겠다고 평소의 나답지 않은 이러한 당치 않은 생각에 나중에는 센티멘털하게까지 되었다. 일이 많고 짐이 무거운 몸에 이러한 헛된 생각과 사치한 욕심에 마음을 괴롭게 할 처지가 아니라고 스스로 꾸짖어보았으나 사람으로서의 이 영원한 감정만은 어찌할 수 없었다.

'우스리―'를 찾은 지 사흘 되는 밤이었다.

육중한 기중기와 창고와 기선의 허리가 안개 속에 몽롱한 밤 부두에는 '우스리―'의 창에서 흐르는 향기로운 불빛을 향하여 선원들의 검은 그림자가 하나씩 둘씩 모여들기 시작하였다.

김군과 박군과 나의 세 사람도 그들 중에 가까이 쓸렸던 것이다.

넓은 카페 안에는 어느덧 사람들이 그득하였고 값싼 마홀카의 푸른 연기가 방 안에 자욱하였다.

늙은 아버지는 손님 시중들기에 분주하였고, 사―샤는 한편 구석 소파 위에 걸어앉아서 기타의 줄을 한 오리 한 오리 맞추고 있었다.

붉은 수건으로 머리를 싸고 기타의 줄을 은은히 올리는 사―샤의 목가적 자태를 볼 때에 그가 낮 동안 부두에 나와 바닷바람을 쏘여가면서 새로 닻 내린 배에 올라 정신없이 무엇을 적으면서 선객들을 한 사람 한 사람 취조하는 해상국가보안부의 여서기인 줄야 누가 첫눈에 짐작할 수 있으랴. 그리고 그가 몇 해 전에 모스크바에 있을 때에 열렬한 콤사몰카의 한 사람으로 낮 동안에는 회관에서 일보고 밤에는 또한 동무들과 혁명사 강의를 들으러 다니던 그 사―샤일 줄야 누가 짐작하랴. 혁명에 오빠와 어머니를 잃은 사―샤는 모스크바에서 열심으로 공부하고 일 보던 그때에도 외로이 떨어져 있는 늙은 아버지를 지극히 사랑하였던 끝에 마침내 도읍을 떠나 동쪽 항구까지 멀리 아버지를 찾아왔던 것이다. 그리하여 여서기로는 바쁜 일을 보아가면서도 아버지를 위하여 그가 경영하는 카페를 또한 도와 나가던 것이다. 낮에는 바쁘게 휘돌아치면서도 밤에는 수많은 노동자와 선원들을 상대로 목가와 기쁨에 취하는 이 두 가지의 생활을 사―샤는 가장 자유롭고 양기롭게 해나가던 것이다.

사―샤는 한참이나 기타의 줄을 맞추더니 익숙한 기술로 마주르카의 한 곡조를 뜯기 시작하였다.

우리 세 사람은 한편 구석 탁자를 차지하고 유쾌한 흥에 잠기면서 사―샤의 기타 소리에 귀를 기울였다.

잡담과 웃음에 요란하던 사람들도 그 음조에 취한 듯이 방 안은 고요하였다. 힘과 땀의 노동을 마친 뒤에 고요한 마주르카의 한 곡조는 사실 한모금의 청량제일 것이다. 방 안은 이 고요한 맛에 취한 듯하였다. 그러나 나는 은은한 음조보다도 능란히 놀리는 그의 손맵시보다도 더 많이 어여쁜 사―샤의 용모에 정신이 쏠렸었다.

한 곡조가 그치자 박수하는 소리가 파도같이 일어나고 치하의 소리가 물 퍼붓듯 쏟아졌다.

"사―샤!"

"푸라포!"

이 물 끓듯 하는 환조의 사이에서 성원인 듯한 건장한 한 사나이가 문득 자리를 일어서더니 무엇이라고 높게 외치면서 사―샤의 앞으로 걸어갔다.

"크라시―파야 테―포슈카!"

만면에 웃음을 띠고 이렇게 외치더니 그는 다짜고짜로 사―샤를 번쩍 들어 탁자 위에 올려 세웠다. 사람들은 의아하여서 그의 거동을 잠자코 보고만 있었다. 사―샤 역시 영문을 모르나 그러나 그는 여전히 양기로운 웃음을 띠우면서 기타를 한 손에 든 채 탁자 위에 서슴지 않고 올라섰다.

사나이는 또 소리 높이 외쳤다.

"아욱숀니 톨기"

"!"

"?"

"아나 파세루―이"

당돌한 그 사나이의 거동에 의아해하고 있던 사람들은 그의 외치는 이 한마디에 기뻐하고 소리치고 박수하면서 찬동의 뜻을 표하였다.

"하라쇼!"

"푸라포!"

그러나 나는 생각할 수 없었다. 그리고 그들의 장난에는 놀라지 않을 수 없었다. 키스를 경매하다니! 나의 은근히 생각하여 오던 사―샤의 키스를! 생각할 수 없었다. 허락할 수 없었다. 나의 가슴은 알 수 없이 떨렸다.

그러나 사―샤의 얼굴을 보았을 때에는―이 순진한 처녀는 그들의 제의에 승낙하는 듯한 양기롭게 웃고만 있었다. 그리고 그의 아버지 역시 박수를 하면서 동의의 뜻을 표하고 있었다.

"모를 백성들이다."

그들의 미친 장난을 이해키 어려운 나는 속으로 이렇게 중얼거렸다.

세 사람이 수군수군 이야기하고 있는 동안에 열광적 흥분과 환조 가운데에서 경매의 막은 드디어 열리고 말았따.

건장한 시나이는 사―샤의 옆에 선 군중을 향하여 소리쳤다.

"치토―스토―야트?

이 말이 끝나기가 무섭게 먼 구석 한편 탁자 옆에 앉았던 키 작은 노인이 일어서면서 마도로스 파이프를 입에서 빼더니 모기 소리만한 목소리로 가늘게 불렀다.

"아딘 루―브랴."

별안간 웃음소리가 봇살 터지듯이 방 안에 그득히 티져 나왔다. 키스 한 번에 일 루블이라는 것이 결코 망발된 값은 아니었으나 개시로 그것을 부른 것이 호호한 노인이었고, 또 그의 태도가 하도 우스운 까닭에 모두들 터지는 웃음을 금할 수 없었던 것이다.

"오―첸 도세브."

무참하여서 자리에 도로 주저앉은 노인을 보고 사나이는 이렇게 말하고 다시 "치토 스토―야트!"를 부르니 시세는 차차 올라가기 시작하였다.

"드바 루―브랴."

"트리 루―브랴."

"파티 루―브랴."

오 루블까지 오르더니 시세는 더 오르지 않고 잠깐 머물렀다.

건장한 사나이는 "파티" "파티"를 연발하면서 사람 숲을 휘돌아보았으나 거기에는 침묵이 있을 뿐이요 값을 더 올리는 사람은 없었다.

그러자 한참이나 있다가,

"데―파샤티!"

하고 한편 구석에서 벌떡 일어서는 사나이가 있었으니 그것이 곧 나였다.

처음에는 그들의 당돌한 행동에 자못 놀랐으나 차차 그들의 무작위한 태도와 사―샤의 유쾌한 자태를 봄을 따라 나도 그 속에 한몫 끼어 아름다운 사―샤의 한 송이의 사랑을 얻어볼까 하고 알맞은 때를 기다려오던 터였다.

십 루블이 결코 많은 돈은 아니다. 그러나 그것으로 사―샤의 아름다운 입술을 살 수가 있다면 그것은 얼마나 귀중한 십 루블이며 영광스런 십 루블일 것인가! 흥분된 나는 이런 생각을 하면서 탁자 옆에 일어서서 사―샤를 바라보았다.

사―샤 역시 나를 똑바로 바라보았다. 지그시 이쪽을 바라보는 묵직한 응시 속에는 그 무슨 깊은 의미가 있다―고 적어도 나는 생각하였다. 사흘이나 이곳을 찾아온 만큼 그는 나의 존재도 이미 짐작하였을 것이다. 그의 응시에는 차차 미소가 떠올랐다. 미소를 띤 그를 이렇게 정면으로 대하니 그는 얼마나 더 아름다운가. 아름다운 그의 입술이 십 루블에… 단 생각에 취하면서 나는 나에게 쏠려 있는 수많은 시선을 무시하면서 정신없이 사―샤를 바라보았다.

그러나 이 단 생각도 중턱에서 끊어져버리고야 말았다.

"드바타티!"

엄청나게 큰소리로 부르짖으면서 나의 옆 탁자에 앉았던 늠름한 한 사나이가 나의 흥정을 가로챘기 때문이다. 그리고 그가 뭇사람의 시선과 사―샤의 시선을 독점하였기 때문이다.

그러나 이 역시 또 다른 사람에게 가로채어버리고 시세는 또다시 차차 폭등하기 시작하엿다.

"트리타티."

"소―로크."

"파티데샤티."

처음에는 일 루블씩 오르던 것이 이제 와서는 십 루블씩 올라갔다. 그리고 한 사람이 봉을 떠놓으면 웬일인지 그것이 가속도적으로 급속하게 올라갔다. 올라갈 때마다 나의 속은 죄이고 떨리고 흥분되어 갔던 것이다.

"셰스티데샤티."

"셰스티데샤티."

"셰스티데샤티."

드디어 팔십 루블까지 올라갔다. 키스 한 번에 팔십 루블, 그것을 아름다운 사―샤와 달아볼 때에는 별로 무거운 것이 아니지만 넉넉지 못한 노동자나 선원들의 처지와 달아볼 때에는 팔십 루블은 곧 저울대가 휘리만치 무거운 돈일 것이다. 사―샤의 아름다운 자태를 눈앞에 놓고도 시세가 이 팔십 루블까지 와서는 그대로 침체하여 버리고 더 올라갈 형세를 보이지 않은 것도 그 때문일 것이다.

이 팔십 루블을 부른 사나이는 몸이 부대한 것이라든지 해군모를 엇비슷하게 쓴 품이 틀림없는 선장 격의 사나이였다. 그는 그가 부른 가격에 십분의 만족과 자신을 가지고 자랑스럽게 주위를 휘돌아보았다. 그리고 그를 쫓으려는 사람이 없음을 깨달았을 때에 그는 유유히 자리를 일어서서 사―샤에게로 가려 하였다.

처음에는 무작위하게 장난으로 시작한 것이 일이 차차 이렇게 참스럽게 되고 나중에는 한 사나이가, 그것도 그다지 마음먹지 않는 사나이가 자기 앞으로 서슴지 않고 달려듦을 볼 때에 사―샤는 적지 아니 실망한 듯하였다.

드디어 그는 군중을 돌아보면서 호소하는 듯이 두 손을 들었다. 그러는 즈음에 기타줄에 걸려선지 그의 치마가 높게 들리며 양말 속에 향기로운 하―얀 두 다리가 무릎 위에까지 드러났다. 새빨간 드로어즈 밑으로 기름지게 드러난 백설 같은 감각이 전깃불을 받아 눈이 부시게 현란하였다.

"데바노—스토."

이 우연히 드러난 현란한 관능의 공인지는 모르나 잠시 중단되었던 시세는 별안간 팔십 루블을 차버리고 구십 루블로 올랐다.

구십 루블을 부른 사나이는 역시 모자를 엇비슷하게 쓴 젊은 사나이였다. 그는 늠름히 일어서서 백분의 자신을 가지고 주위를 휘돌아보았다. 그러나 벌써 더 부를 만한 사람은 보이지 않았다. 이 분이 지나고 삼 분이 지나고 오 분이 지났다. 그러나 이 시세를 돌파할 새 시세는 나오지 않았다. 구십 루블이 최후의 결정적 기록인 듯하였다. 젊은 사나이는 최대의 자신을 가지고 한 걸음 두 걸음 사—샤의 앞으로 걸어갔다.

한 걸음 두 걸음… 나는 참을 수 없었다. 사—샤의 사랑이 결국 이 사나이의 것이 된단 말인가 하고 생각할 때에 나는 모욕이나 받은 듯하였다. 안 된다. 안 된다. 그럴 수 없다. 사—샤가 사—샤가…… 나는 부지중에 벌떡 자리를 일어섰다. 그리고 어느 곁엔지 모르게,

"스토!"

하고 정신없이 백 루블을 불러버렸다. 물론 아무 분별도 주책도 없이였다. 다만 머리 속에 있는 것은 사—샤를 뺏겨서는 안되겠다는 생각뿐이었다.

박군과 김군은 의아하여 나를 똑바로 바라보았고 뭇사람의 시선 역시 일제히 나에게로 쏠렸다. 나를 정면으로 응시하는 사—샤의 얼굴에는 말할 수 없이 요조한 미소가 떠올라 있었다. 그리고 그 미소 가운데에는 처음에 내가 "데—샤티!"를 불렀을 때에 보여준 그것 이상 몇몇 배의 깊은 의미와 호의의 표정이 떠올라 있는 것은 속일 수 없는 사실이었다. 그의 눈은 나를 부르는 듯도 하지 않았던가.

사—샤의 옆에 섰던 건장한 사나이는 군중을 향하여 "스토!" "스토!"를 연호하였으나 그 이상 올리는 사람도 올릴 만한 사람도 보이지는 않았다.

사—샤는 결국 내 차지였다. 나는 당당히 자리를 나서서 한 걸음 두 걸음 사—샤에게로 발을 옮겼다.

사—샤 역시 반기는 낯으로 두 팔을 내밀면서 나에게로 가까이 달려왔다.

결국 나는 사—샤의 손을 잡고 그 역시 말없이 나의 손을 든든히 잡았다. 그의 맑은 눈, 거룩한 미소, 든든한 파악—이 모든 그의 무언의 자태가 기실 나의 꿈꾸고 있던 "야 류푸류 파—스"를 한마디 한마디 또렷또렷이 속삭였다. 나는 꿈이나 아닌가 하였다. 꿈이 아니고는 이렇게 끔찍한 행복이 나에게 굴러 떨어질 리 만무할 것이다. 세상에도 아름다운 사—샤 희랍의 '헬렌'인들 애란의 '데아드라'인들 어찌 사—샤에게 미칠 수 있었을까— 해는 비웃고 달을 비웃을 사—샤!(동무여 나의 이때의 이 감상을 허락하라) 그는 나의 생애에 처음으로 나타났고 또 마지막으로 나타난 유일의 사람인 듯하였다.

황홀과 행복감에 흥분된 나는 몽롱한 의식 가운데에서도 감사의 눈으로 사—샤를 똑바로 대하면서 손을 옮겨 그의 팔을 붙들었다.

별안간 나의 팔을 꽉 잡고 사—샤와 나의 사이를 가로막는 것이 있으니 그것은 곧 처음부터 사—샤의 옆에 서 있던 건장한 사나이였다.

그는 사—샤를 나에게서 떼더니 자기 옆에 세워 놓고,

"드베스티!"

하고 부르짖더니 주머니 속에서 이백 루블의 지폐 뭉치를 집어냈다.

처음에 경매를 제의한 것이 이 사나이였던 것을 보고 이제 또 그의 행동을 보매 그가 처음부터 사—샤에게 마음을 둔 것이 확실하였다.

시세가 오를 대로 올라 그 이상 더 오르지 못할 그 형세를 살펴서 그보다 높은 시세로 사―샤를 손에 넣겠다는 것이 이 사나이의 처음부터의 계획이었던 것이 틀림없었다.

나는 말할 수 없이 흥분되고 당혹하였다.

사―샤의 표정 역시 적지 아니 혼란되어 있음을 보았을 때에 나는 정신없이 부르짖었다.

"트리스타!"

삼백 루블이 나의 주머니 속에 있고 없고는 문제가 아니었다. 나는 아무 분별도 없이 당혹한 가운데에서 그저 이렇게 불렀던 것이다.

"체트레스티!"

그 사나이 역시 나에게 지지 않을 만한 높은 소리로 이렇게 부르짖으면서 또 이백 루블의 지폐 뭉치를 주머니 속에서 집어내서 합 사백 루블의 지폐를 두 손에 갈라 쥐었다.

이렇게 되면 죽든 살든 필사적이었다.

"파티소―티!"

나는 백 루블을 더 올렸다.

이때까지 늠름하던 그 사나이는 여기서 적지 않은 당혹의 빛을 나타냈다. 눈을 동그랗게 뜨고 불안과 의혹의 표정으로 나를 똑바로 바라보더니 손등으로 입을 씻고 어떤 결의의 빛을 보이면서 에라 마지막이다 하는 듯이 최후의 분발을 하였다.

"셰스티소―티!"

주머니 속을 툭툭 긁어모아 합 육백 루블을 탁자 위에 던지더니 입맛이 쓴 듯이 그는 맥없이 의자 위에서 주저앉아서 나의 입만 쳐다보았다.

이것이 마지막이로구나 하고 깨달았으나 나는 더 올려야 좋을지 안 올려야 좋을지 반은 광태에 빠진 나의 의식은 몽롱할 뿐이었다.

사—샤의 애원하는 듯한 시선이 매질하는 듯이 나의 전신에 흘렀다. 나는 그 시선을 배반하여 버릴 수 없었다. 온전히 미친 듯이 나는 목소리를 다하여 마지막으로,

"티샤차!!"

하고 외치고는 의식을 잃고 그 자리에 쓰러져버렸던 것이었다. 나의 입만 바라보고 앉았던 그 사나이가 실망한 듯이 탁자 위의 지폐 뭉치를 도로 주섬주섬 주머니 속에 넣고 알지 못할 웃음을 커다랗게 웃으면서 군중 숲에서 사라진 것과 그 뒤에 파도 같은 박수와 환호가 군중 사이에서 일어난 것과, 그리고 영문 모를 〈신세계〉의 노래가 집을 들어갈 듯이 높게 울린 것이 어렴풋이 짐작될 뿐이요, 그 뒷일은 도무지 의식 밖의 일이었다.

어느 맘 때는 되었는지 새로 의식을 회복하였을 때 나는 그 카페 안의 넓은 소파 위에 누워 있었다.

요란하던 손님들은 다 가버리고 밤 깊은 카페 안은 고요하였다.

나의 깨나기를 기다리기에 지쳤는지 박군과 김군은 건너편 탁자 위에 두 팔로 머리를 괴인 채 잠들어 있고 나의 옆에는 사—샤가 꿇어앉아 있었다.

내가 눈을 방끗 떴을 때에 거기에는 두 팔을 소파에 걸치고 곤하지도 않은지 지그시 나를 바라보고 있는 사—샤의 시선이 있었다. 그는 그때까지 나를 지키고 있었던 것이다.

나는 그의 키스를 사려고 모든 대적을 물리치고 천 루블을 불렀다. 그러나 물론 나의 수중에 천 루블이라는 큰돈이 있는 것은 아니었다. 천 루블은커녕 백 루블도, 아니 단 십 루블도 없었던 것이다. 몸을 전부 팔아도 단 십 루블이 안될 내가 대담하게도 천 루블이란 값을 붙인 것은 온전히 광태狂態 속에서였다. 사—샤를 뺏겨서는 안되겠다는 열중된 광

106

태 속에서였다. 그러나 이제 이렇게 새 정신으로 실상 그를 대하였을 때에는 그에 대한 미안한 생각과 부끄러운 마음을 금할 수 없었다. 무슨 주제에 천 루블의 끔찍한 대금을 부르고 그를 이렇게 붙들어두었던가.

사―샤를 생각하던 열정도 간 곳 없고 다만 짝없이 부끄럽기만한 나는 말없이 소파에서 일어나서 동무를 깨워 가지고 이 집을 나갈 작정으로 자리를 일어섰다.

그러나 나의 표정을 일일이 바라보고 있던 사―샤는 벌떡 일어나면서 나를 붙들었다.

"니에트! 니에트!"

다시 나를 소파 위에 앉히고 그 역시 나의 앞에 바싹 다가앉더니 두 팔을 나의 어깨 위에 걸었다.

나는 그의 이 행동을 이해하기 어려웠다.

그러던 차에 다음과 같은 연연한 그의 한마디는 나를 이를 데 없이 혼란케 하였다.

"야 류푸류―카레이스쿠!"

"……"

나는 잠시 멍멍하였다. 그러나 그것은 어처구니가 없어서가 아니라 너무도 큰 기쁨에 놀라서였다. 그는 그의 입으로 틀림없이 "야 류푸류―카레이스쿠!"를 연연히 부르짖었다.

모든 것은 명백하였다. 내가 사―샤를 생각하였던 것같이 그 역시 처음부터 나를 생각하였던 것이다. 그는 아무러한 인종적 편견도 가지지 아니하고 조선 사람인 나를 사랑하였던 것이다.

나는 기쁘고 말고 정신이 없이 좋았다.

만면에 웃음을 띠고 두 팔로 그의 어깨를 든든히 잡았을 때에 거기에는 모든 것을 허락하는 사―샤가 있었다. 향기로운 용모가 애원하는 듯한 가련한 눈초리가 방긋 열린 입술이—황홀한 사랑이 나를 기다리고 있었던 것이다.—

이렇게 하여 나는 아름다운 사—샤의 키스와 사랑을 샀네. —아니 얻었네. 그리고 지금 역시 받고 있네. 그나 내가 낮에는 바쁘게 일하고 밤에 다시 '우스리—'에서 만날 때에는 사랑과 안식이 있다네. 이제는 벌써 '우스리—'에 모이는 사람들 가운데에는 누구 한 사람 그의 키스를 경매하려고 하는 사람은 없다네.

경매라니 말이지 처녀의 키스를 경매한다면 퍽 음란하고 야비하게 들릴 것일세. 그러나 알고 보면 그것이 이곳에서는 극히 건강하고 허물없는 장난에 지나지 못하네, 퇴폐적 비열한 행동인 줄 알았던 것이 실상인 즉 단순하고 무작위한 노름에 지나지 못함을 나는 깨달았네. 여기에 또한 슬라브다운 기풍이 나타나 있으니 이곳이 아니면 도저히 보기 어려운 장난일 것일세.

R군!

내가 지금 이런 쓸데없는 이야기를 이렇게 길게 써보낼 처지는 아니로되 낯모르던 땅에 처음으로 상륙하자마자 우연히 겪은 나의 사생활의 잊지 못할 한 장의 이야기인 만큼 큼직한 슬라브의 풍모도 일단도 소개할겸 허물없는 군에게만은 기탄없이 말하고 싶었던 것일세. 그런 줄 알고 너그럽게 용서하게.

요 다음에는 무게 있는 좋은 소식 많이 들려줌세. 내내 군과 여러 동지의 건투를 빌고 이만 그치네.

프렐류드
—여기에도 한 서곡이 있다

프렐류드—여기에도 한 서곡이 있다

1

"나—한 사람의 마르크시스트라고 자칭한들 그다지 실언은 아니겠지.—그리고 마르크시스트라고 그러지 말라는 법 없으렷다."

중얼거리며 몸을 트는 바람에 새까맣게 끄스른 낡은 등의자가 삐걱삐걱 울렸다. 난마亂麻같이 어지러운 허벅숭이 밑에서는 윤택을 잃은 두 눈이 초점 없는 흐릿한 시선을 맞은편 벽 위에 던졌다. 윤택은 없을망정 그의 두 눈이 어둠침침한 방 안에서—실로 어둠침침하므로— 부엉이의 눈 같은 괴상한 광채를 띠었다.

'그러지 말라' 는 '죽지 말라' 의 대명사였다.

가련한 마르크시스트 주화는 밤낮 이틀 동안 어두운 방에 틀어박혀 죽음의 생각에 잠겨 왔다. 그가 자살을 생각한 것은 오래되었으나 며칠 전부터 그것은 강렬한 매력을 가지고 그의 마음을 전부 차지하였던 것이다. 그는 진정으로 자살을 꾀하였다. 첫째 그는 자살의 정당성을 이론화 시키려고 애쓰고 다음에 그 방법을 강구하고, 그리고 가지가지의 자살의 광경을 머리 속에 그렸다.

자살의 '정당성' 의 이론화—삶의 부정과 죽음의 긍정 —이것이 가장

난관이었다. 그래도 많은 사람이 무조건으로 긍정을 하여 왔을망정 한 사람도 일찍이 밝혀 보지 못한 '인류 문화 축적의 뜻과 목적'을 그는 생각하였다. 인류 이전에 이 지구를 차지하였던 동물은 파충류였고 그 이전의 동물이 '맘모스'였음은 학자가 증명하는 바다. 이러한 역사에 비춰보더라도 인류가 영원히 지구를 차지하고 있을 수는 없는 것이니 인류 다음에 올 고등동물은 '캥거루'라고 간파한 학자도 이미 있지 않은가. '캥거루'의 세상에서도 인류의 문화가 의연히 통용될 수 있을 것인가. 쌓이고 쌓인 인류 문화의 찬란한 탑은 자취도 없이 헐리어져 버릴 것이다.

그때에 어디에 가서 인류 문화의 뜻과 간 곳을 찾을 수 있으리오. 문화의 탑―그것은 잠시간의 화려한 신기루에 지나지 못하는 것이다. 그 신기루를 둘러싸고 춤추고 애쓰는 것이 그것이 벌써 애달픈 노력이고 우울한 사실이 아닌가.―이렇게 주화는 생각하였다.

세상의 일만 가지 물상이 변증법적으로 변천하여 가는 것은 사실이다. 그러므로 또한 혁명이 있은 후의 상태라고 결코 완전무결한 마지막의 상태는 아닐 것이니 티가 없다고 생각되는 그 상태 속에는 어느 결에 이미 모순이 포태되어 그것이 차차 자라서 다음의 혁명을 가져올 것이다. 결국 변천하고 또 변천하여 그칠 바를 모르는 것이니 최후의 안정된 절대의 상태라는 것을 사람은 바랄 수 없을 것이다.

이 또한 안타까운 사실이 아닌가. 그리고 어디까지든지 통일을 구하여 마지않는 사람은 이 그칠 줄 모르는 변천 가운데에서 공연한 헛수고에 피로하여 버릴 것이다. 인류의 모든 움직임과 혁명을 조종하는 근본은 식과 색이니 이 단순한 동물적 충동에 끌려 보기 흉하게 날뛰는 사람들의 꼴, 이것이 또한 우울한 것이 아닌가.―이렇게도 주화는 생각하였다.

혁명과 문화의 뜻이 이미 이러하거늘 그래도 괴로움을 억제하고 바득바득 애쓰며 건설자의 한 사람으로서의 힘을 다하지 않으면 안될 필요가 나변那邊에 있는가. 그것은 밝히지도 못하고 세상 사람이 공연히 삶을 위한 삶을 주장하고 용기를 위한 용기를 외침은 가소로운 일이다. 사람은 왜 살지 않으면 안 되느냐? '장하고 거룩한' 문화를 세우려. 문화는 왜 세우느냐?—여기에는 대답이 없고 설명이 없다. 요컨대 문제는 '취미'의 문제요, '흥미'의 문제인 것이다. 사람은 삶에 '취미'를 가졌기 때문에 사는 것이다. 그러므로 삶에 '취미'를 잃은 때에는 죽는 것이다. 즉 삶도 죽음도 결국 '취미'의 문제다.

삶에 '취미'를 가지거나 죽음에 취미를 가지거나 그것은 누구나의 자유로운 동등한 권리이다. 삶에 '취미'를 가지고 사는 사람이 죽음에 '취미'를 가지고 죽는 사람을 논란할 권리와 자격은 조금도 없는 것이다. 자살의 길을 패부敗父의 길이라고 비난한다면 자살자의 입장으로서는 죽지도 못하고 질질 끌려가며 살려고 애쓰는 사람의 가련한 꼴이야말로 그대로가 바로 패부의 자태라고 비난할 수 있을 것이다. 자살이 삶의 도피라면 삶은 죽음의 도피가 아닌가. 어떻든 삶에 '흥미'를 잃은 때에 삶과 대립되는, 그러나 동등한 지위에 있는 죽음의 길을 취함은 극히 정당한 일이다. 그는 제삼자의 어리석은 비판을 초월하여 높게 서는 것이다.

마르크시즘과 자살. 마르크시즘은 삶 이후의 문제다. 혹 삶이 마르크시즘 이전의 문제인 만큼 죽음도 마르크시즘 이전의 문제다. 마르크시스트의 자살—결코 우스운 현상이 아니다. 비웃는 자를 도리어 가련히 여겨 자살한 마르크시스트의 얼굴이 창백한 웃음을 띠우리라.

밤이 맞도록 날이 맞도록 이렇게 생각하고 되풀이하고 고쳐 생각하여 이틀 동안에 주화는 어떻든 처음부터 계획하였던 그의 얻고자 한 결

론을 얻었다. 마르크시스트인 그가 무릇 마르크시즘의 입장과 범주와
는 멀리 멀리 떠난— '마르크시스트'의 이름을 상할지언정 위하지는 못
할 이러한 경지에서 방황하여 그의 요구하는 결론을 얻기 전에 뒤틀어
서 꾸며냈던 것이다.

그러나 '스켑티시즘'과 '로맨티시즘'과 '소피즘'과 '니힐리즘'의 이
모든 것을 섞은 칵테일과 범벅 가운데에서 나온 그의 이론과 결론이 아
무리 구부러지고 휘어진 것이었든지 간에 그의 마음은 이제 일종의 안
정을 얻었다. 어지러운 머리 속과 어수선한 감정이 구부러졌든 말았든
간에 마지막의 통일을 내렸던 까닭이다. 혹은 그 일류의 칵테일의 향취
에 취한 까닭일지도 모른다.

"—나는 단연코 죽을 것이다."

어떻든 이 결론을 마지막으로 중얼거렸을 때에 주화의 창백한 얼굴
에는 한 단락을 지은 뒤의 비장하고 침착한 표정이 떠올랐다.—

마지막 작정을 하고 등의자에서 일어선 주화는 문득 책시렁 위에 놓
인 거울 속에 비친 그의 이지러진 용모에 새삼스럽게 놀라지 않을 수
없었다. 깎아내린 듯이 여윈 두 볼, 윤택 없는 두 눈, 그 자신 정이 떨어
졌다. 이렇게 여위고서야 사실 죽는 것이 마땅할 것이다—고 그는 생
각하였다. 벽 위에 붙인 마르크스의 초상이 가련히 여겨서인지 그를 듬
짓이 내려다보았다. 주화는 그의 체면으로는 차마 정면으로는 마르크
스를 딱 쳐다보지 못하였다.

"마르크스도 지금의 나와 같이 마음과 물질에 있어서 이렇게까지 궁
해 본 적이 있었을까?"

하고 생각하였을 때에 그러나 주화는 별안간 불끈 솟아오르는 반감
을 느꼈다. 그의 조상이요, 스승이요, 동지인 마르크스에 대하여 그는
전에 없던 반감을 이제 불현듯이 느꼈던 것이다.

신경질로 떨리는 그의 손은 어느결엔지 벽 위의 초상을 뜯어 물었다. 다음 순간 마르크스의 수염이 한 사람의 제자의 손에서 가엾게도 쭉쭉 찢겼다.

"죽어가는 마지막 날에 이 호인인 아저씨에게 작별의 절을 못할망정 이렇게까지 참혹하게 그를 모욕할 필요가 있었을까."

찢어진 초상화의 조각조각이 어지러운 방바닥에 휘날려 떨어질 때 주화에게는 한줌의 후회가 없을 수 없었다. 별안간의 그의 신경의 격동과 경솔한 거동을 책망하지 않을 수 없었다. 이렇게까지 히스테릭한 것도 결국 이 며칠 동안 굶었던 탓이 아닐까 하고 생각하니 그 자신의 가련한 신세에 눈물이 푹 솟았다.

눈을 꾹 감아 눈물을 떨어뜨려 버리고 그는 가난한 책시렁에서 가장 값있는 자본론의 원서 두어 권을 빼어 들었다. 그가 대학에서 공부할 때부터 그를 인도하고 배양하여 온 머리의 양식이 이제 그의 자살의 약값으로 변하는 것이다.

재학시대의 유물인 단벌의 쓰메에리를 떨쳐입고 책을 긴 채 주화는 어두운 방을 뛰어나갔다.

2

아무 미련도 남기지 아니하고 오랫동안 숭배하여 오던 마르크스를 두어 징의 얇은 지폐와 바꾼 주화는 단골인 매약점에 가서 잠 안 옴을 칭탁請託하고 사기 어려운 '알로날' 한 갑을 손에 넣었다. '칼모린' '쥐약' '헤로인' '청산가리' '스토리키니네' '알로날' ―병원에 있는 친구에게 틈틈이 농담 삼아 물어두었던 이 수많은 약 가운데에서 그는 '알로날' 을 골랐던 것이다. 한 주먹 안에도 차지 않는 조그만 한 갑에 일원 이십오 전은 확실히 괴한 값이었으나 그것이 또한 영원의 안락을 가져올 최후의 대상이라는 것을 생각하였을 때에 그는 두말없이 새파란 미소를 남기고 약점을 나왔다.

저무는 가을 저녁이 쌀쌀하게 압박하여 왔다. 오랫동안 거리에 나오지 않았던 그에게는 지나쳐 신선한 가을이었다.

맑은 하늘에는 어지러진 달이 차게 빛났다. 오늘의 번화한 이 거리를 내려다보고 또한 내일의 폐허가 되어버릴 이 거리를 아울러 내려다볼 그 달이므로인지 몹시도 쌀쌀한 용모다—고 주화는 느꼈다.

어두운 방으로 돌아가 세상을 하직하기 전에 신선한 밤거리를 한 바퀴 돌아볼 작정으로 그는 번화한 거리에 막연히 발을 넣었다.

'어리석은 인간들의' 참혹한, 혹은 화려한 각가지의 생활상이 구석구석에 애달게 빛났다. 거기에는 천편일률인 '습관' 의 연속과 '평범한 철학' 의 되풀이 이외의 아무것도 없다. 부르주아나 프롤레타리아나 그 모래 같은 평범 속에 '취미' 를 느끼는 꼴들이 그에게는 한없이 어리석게 보였다.

찬란한 일루미네이션의 난사를 받는 거리에는 가뜬하게 단장한 계집들이 흐르고 밝은 백화점 안에는 여러 가지 시설의 생활품과 식료품이 화려하게 진열되어 있으나 한 가지도 그를 끄는 것은 없다. 라디오와 레코드가 양기롭게 노래하나 그의 마음은 춤추지 않았다. 죽기 전에 먹고 싶은 것은 없나? 하고 휘돌러보았으나 그의 마음은 "없다" 하고 확연히 대답하였다. 진열장에 얼굴을 바싹 대고 겨울 옷감을 고르고 섰는 아름다운 한 쌍의 부부의 회화도 그를 유혹하지는 못하였다.

"이 거리에는 한 점의 미련도 없다!"

결국 이렇게 결론한 그는 올라가던 거리를 중도에서 되돌아섰다. 찌그러진 나의 마음속에는 확실히 호장된 고집이 뿌리박고 있을는지는 모르나 적어도 지금의 나의 감정은 바른 것이다—고 주화는 마음속으로 중얼거렸다.

번잡한 거리를 나와 넓은 거리를 지나고 다시 좁은 거리거리를 빠져 나온 그는 집으로 향하는 길에 역시 마지막으로 그가 일상 사랑하던 정등고개에 이르렀다.

"결국 나는 싸늘한 저 달과 동무하여야 할 것이다."

인기척이 없고 거리의 음향이 멀리 들리는 적막한 고개를 넘으면서 그는 다시 달을 치어다보았다. 차고 맑고 높은 달의 기개에 취하여서인지 그의 마음은 죽음의 나라로 길 떠나기 전의 맑은 정신, 고요한 심경 그것이었다.—

별안간 그의 귀를 스치는 것이 있었다.

그것은 확실히 달려오는 발소리였다.

무심코 돌아섰을 때에 멀리서 고개를 달려오는 한 개의 동체가 있었다. 상반은 희고 하반은 검은 단순한 색채가 흐릿한 달빛 속을 급하게 헤엄쳐 올라오는 것이다.

주화는 그 자리에 문득 머물러 서서 그 난데없는 인물의 동향을 살폈다.

숨차게 고개를 헤엄쳐 올라온 색채는 주화의 앞에 바싹 달려들어 머물렀다. 스물을 넘을락말락 한 가뜬한 소녀였다. 한편 팔에는 종이뭉치를 수북이 들고 있었다.

"당신은 무엇입니까?"

낯모르는 소녀의 이 돌연한 질문에 주화는 가슴이 혼란하였다.

"무엇 무엇이라니요?"

"형사 아니에요?"

"형사? 아니외다."

순간 긴장이 풀린 듯한 소녀의 자대는 비상히 아름다웠다. 솟아보이는 오똑한 코와 굵은 눈방울이 높은 향기같이 달빛 속에 진동쳤다. 거룩한 것을 대한 듯이 주화의 가슴속은 몽롱하게 빛났다.

"뒤에서 나를 쫓아오는 사람이 있으니 만나거든 이 고개를 곧게 내려 갔다고만 말해 주세요."

"······?"

"그리고 미안하지만 이 삐라를 이곳에 어지럽게 뿌려주세요."

소녀는 날쌔게 말하고 들었던 삐라 뭉치를 주화의 손에 넘겨주고는 길 옆 긴 담 모퉁이 으슥한 곳에 부리나케 가서 숨어버렸다.

아름다운 소녀의 광채로 인하여 몽롱하여진 주화는 영문 모를 소녀의 분부와 거동에 다시 정신이 혼란하였다. 그러나 막연히나마 소녀의 신변에 위험이 있다는 것을 직각한 그는 소녀의 분부대로 삐라를 그곳에 난잡히 뿌리면서 소녀가 달려온 고개를 내려다보았다.

시커먼 두 개의 그림자가 날쌔게 뛰어 올라오는 것이 보였다.

주화는 시침을 떼고 돌아서서 그의 길을 태연히 걸어 내려갔다.

몇 걸음 못 가서 그는 고개를 뛰어 넘어온 두 사람의 사나이에게 붙들렸다.

"뛰어가는 여자 한 사람 못 보았소?"

인상이 좋지 못한 한 사람의 사나이가 황급하게 물었다.

"이 길로 곧게 내려갑디다."

"이 삐라는 웬 것이야?"

"그 여자가 뿌리길래 주운 것이외다."

"이런 것 주워서는 안돼."

사나이는 거칠게 주화의 손에서 삐라를 빼앗았다. 그리고 주위에 흐트러진 삐라를 공들여 한장 한장―모조리 다 주워 가지고는 소녀의 간 곳을 찾아 언덕을 날래게 뛰어 내려갔다.

그러나 남은 한 사람의 사나이는 동료의 뒤를 쫓지는 않고 그 자리에 머무른 채 주화를 날카롭게 노렸다.

"나는 서의 사람인데 자네 무엇 하는 사람인가."

그러리라고 짐작하지 못한 바는 아니었으니 이렇게 정면으로 당하고 보니 주화는 마음이 언짢고 불안하였다.

"별로 하는 것 없소이다."

"무직이란 말인가.―장차 하려는 일은 무엇인가."

"장차―죽으려고 하는 중이외다."

"죽어―?"

형사는 주화의 대답이 그를 모욕하려는 농담인 줄로 알고 괘씸하다는 듯이 주화를 노렸다.

"가진 것 무어?"

"없소이다."

형사는 그의 손으로 주화의 주머니 속을 마음대로 뒤졌다. 옷주머니 속에서 몇 장의 명함이 나와 길바닥에 우수수 헤어지고 아랫주머니 속에서는 '알로날'의 갑이 나왔을 뿐이었다.

"무엇이야?"

"잠자는 약이외다."

"흠―"

형사는 무엇을 깨달은 듯이 '알로날'의 갑을 달빛에 비추어보면서 질문을 계속하였다.

"―아까의 그 여자와는 어떠한 관계가 있나?"

"관계라니요.―나는 그를 모릅니다."

"정말인가?"

"거짓말이 아니외다."

"그 여자가 어데로 갔나?"

"이 길로 곧게 내려갑디다."

"정말인가?"

"거짓말이 아니외다."

아까의 구족 그대로 시침을 떼고 대답한 것이 아무 부자연한 기색을 형사에게 보이지는 않았다.

그러나 그는 주화를 한참이나 찬찬히 다시 훑어보더니 나중에 제의하였다.

"─더 물을 것이 있으니 잠깐 서에까지 같이 가야 돼."

그다지 마음에 쓰이지 않는 제의였다.

"물을 것이 있거든 여기에서 다 물어주시오."

"잠깐만 가."

그의 손을 붙들었다.

"죽을 사람이 서에 가서는 무엇 한단 말요?"

손을 뿌리쳤으나 형사는 다시 그의 손을 든든히 잡아끌었다.─

자살하기 전에 거리 구경을 나왔다가 마지막 이 고개에서 이 돌연한 변을 당하는 것이 주화에게는 뼈 저린 희극으로밖에는 생각되지 않았다. 서로 끌려가는 것이 그로서는 겁날 것은 없었으나 소녀에 대하여 좀 더 곡절을 알고 싶은 충동이 그의 뒤를 궁금하게 하였다. 아까 소녀가 주던 삐라의 내용은 대체 무엇인지 황급한 바람에 그것도 읽지 못한 자기의 경솔을 그는 책하였다. 형사에게 끌려 고개를 내려가는 주화는 몸을 엇비슷이 틀어 소녀가 숨어 있는 담 모퉁이를 멀리 흘긋흘긋 바라보았다.

아름다운 소녀의 자태가 ─어글어글한 눈방울이─ 오똑한 코가─ 높은 향기같이 그의 마음속에 흘러왔다. 이 거리의 이 세상의 아무것에 도 미련을 느끼지 않던 그의 가슴속에 이제 확실히 처음 본 그 빛나는 소녀에게 대한 미련이 길게 길게 여운의 꼬리를 진동시켰던 것이다.

3

호모毫毛도 그 자신의 탓이 아니요. 전연 뜻하지 아니하였던 아름다 운 처녀와의 우연한 교섭으로 인하여 애매한 사흘 동안의 검속 구류를 마친 주화는 나흘 되는 날 늦은 오후 C서를 나왔다. 물론 사흘 동안의 취조에도 불구하고 그에게서 우러나는 것은 아무것도 없었고 공연히 막연한 혐의에 사흘씩이나 고생하게 된 것이 그에게는 매우 애매한 것 이었다. 그러나 그는 이 억울한 첫 경험을 그다지 분하게는 여기지 않 았다. 이 첫 경험을 인도한 것은 아름다운 처녀였고, 그 아름다운 처녀 의 자태는 그를 만난 첫 순간부터 주화의 가슴속에 빛나기 시작하였으 니까.

처녀의 오똑한 코와 어글어글한 눈방울이 어두운 사흘 동안 높은 향 기같이 그의 가슴속에 흘렀고 지옥같이 어둡던 그의 마음속을 우렷이 비치었다. 실로 그의 앞에 나타난 그 돌연한 등불로 인하여 그는 한번 잃었던 삶에 대한 미련을 회복하였고 나흘 전의 무서운 악몽은 그의 마 음속에서 자취도 없이 사라졌던 것이다. 그러므로 그는 억울한 사흘을 그다지 괴롭게는 여기지 않았기에 서를 나오는 이제 그의 마음은 명 랑히 개이고 그의 걸음은 스스로 가벼웠다.

"뜻하지 아니하였던 한 점을 중심으로 하고 고요히 열리 재생의 날─

또한 아름답기도 하다!"

이렇게 중얼거리고 그가 아침에 취조실에서 그를 빈정거리며 '알로날'의 갑을 감추어버리던 형사의 시늉을 이제는 도리어 귀엽게 생각하면 서의 문을 나섰을 때에 쾌청한 가을 오후의 햇빛이 뜻하고서인지 그의 전신을 푹신히 둘러쌌다. 따뜻한 젖에 목이 메어 느끼는 어린아이와 같이 그는 따뜻한 햇빛에 전신이 느껴졌다.

며칠 전 차디찬 달빛 밑에서 죽음의 지옥을 생각하던 그의 마음은 이제 이 따뜻한 햇빛 밑에서 재생의 기쁨에 타오르는 것이다. 이 끔찍하고 신기한 마음의 변동에 그는 그 자신 놀라지 않을 수 없었다. 달빛과 햇빛만큼이나 차이가 큰 죽음과 삶의 사이를 수일 동안에 결정적으로 헤매이던 움직이기 쉬운 그의 마음에 그는 놀라지 않을 수 없었다. 그만큼 또 그는 그때의 그의 감정은 어떠한 것이었든지 간에 쉽게 자살을 작정한 경망한 그의 이론과 생각을 꾸짖지 않을 수 없었다.

그러나 어떻든 이제는 재생의 햇빛이 그의 전신을 둘러쌌고 그의 마음은 기쁨에 뛰노는 것이다.

서의 앞을 떠나 거리를 걸어가던 주화의 눈에는 이제 거리의 모든 것이 일률로 신선하게 비치고 그의 마음의 백지 위에 새로운 뜻을 가지고 뛰놀았다.

"이 기쁜 마음으로 속히 나의 마음의 등불―그 처녀를 만났으면―"

며칠 전의 '니힐리즘'을 쏘아 죽이고 이제 새로이 '삶'에 대한 취미를 발연이 일으키는 햇빛 밑 '새로운' 거리거리를 걸어가는 그의 뛰노는 가슴속에는 아름다운 처녀의 자태가 유연히 솟아올랐다.

그러나 그 처녀의 사는 곳을 당장에 찾을 길이 없는 그는 우선 자기 숙소로 향할 수밖에는 없었다.

어수선한 뒷골목을 지나 주인집에 이르렀을 때 그는 끄스른 대문을 조용히 열고 들어섰다.─방세 밀린 주인을 행여나 만날까 두려워하면서 어둠침침한 방, 어지럽게 늘어놓은 방─ 방문을 연 순간 그는 정이 뚝 떨어지는 듯하였다. 명랑한 밖 일기에 비하여 얼마나 음울한 분위기인가. 이러한 어둡고 음울한 분위기 속에 틀어박히고야 사실 죽음밖에는 생각할 것이 없으리라고 생각하매 그는 그가 나흘 전 마지막으로 죽음을 작정한 것은 실로 그의 사는 방이 어둡고 침침한 까닭이라는 것을 깨달았다. 어두운 방에 살게 된 것은 그에게 일정한 생활의 보증이 없는 까닭이요. 일정한 생활의 보증이 없음은 그에게 일정한 직업이 없고 그렇다고 부유한 계급에 속하지도 못하는 까닭이다. 결국 그가 결정적으로 자살을 꾀한 것은 그가 빈한한 계급에 속하고 그 위에 몸과 마음을 바쳐서 해나가는 일이 없는 까닭이었다. 즉 그가 삶에 '취미'를 잃은 것은 풍족한 생활에 포화飽和된 탓이 아니요, 실로 모든 물질에 있어서 극도로 빈궁한 까닭이었다는 것을 그는 깨달았다.─이 단순한 논리를 이제야 겨우 깨닫게 된 것이 그에게는 오히려 괴이한 일이었다.

침침한 방에 들어서니 어수선한 발밑에는 조각조각 찢어진 마르크스의 수염이 어지럽게 밟혔다.

그는 몸을 굽혀 나흘 전에 그의 손으로 쭉쭉 찢어버렸던 마르크스의 초상화를 조각조각 공들여 주웠다. 나흘 전에 신경질적 격분에 떨리던 그의 손은 이제 스승에 대한 죄송한 참회의 염念에 떨렸다. 떨리는 손으로 그가 초상화의 조각을 한 조각 두 조각 주워 가노라니 어지러운 휴지 가운데에서 문득 그의 시선을 끄는 한 장의 종이가 있었다.

날쌔게 집어드니 한 장의 엽서였다. 서신의 내왕조차 끊인 지 이미 오래인 그에게 돌연히 어디서 온 편지일까 하고 들여다보니 표면에는 발신인의 씨명이 없고 이면 본문 끝에 '주남죽朱南竹'이라는 여자의 솜씨다운 가는 필적이 눈에 띄었다. 낯모르는 초면의 여성에게서 온 편지! 호기에 뛰노는 마음에 그의 시선은 서면의 글자를 한자 한자 탐내 훑어 내려갔다. 훑어 내려가는 동안에 그 미지의 여성의 정체가 요연히 그에게 짐작되었다.

전날 밤 정동고개에서는 초면에 돌연히 실례가 많았습니다. 저 때문에 뜻하지 아니한 변을 당하시는 것을 담 옆에서 엿보고 있으려니 미안한 생각을 금할 수 없었습니다. 들어가셔서 그다지 고생이나 안 하셨는지요. 나오시는 대로 한 번 찾아와주시기를 바랍니다 그날 밤 가신 뒤 행길바닥에서 선생의 명함을 주웠고 그 속에서 선생의 주소를 발견하였던 까닭에 이제 사례 겸 두어 자 적어 올리는 터입니다.

XX동 89 ― 주남죽

"그가 주남죽이었던가.―주남죽!"

그는 너무도 기쁜 마음에 한참이나 엽서를 손에 든 채 다시 탐스럽게 한자 한자 내려 읽었다. 그리고 몇 번이나 몇 번이나 "주남죽!"을 부르며 속으로 그에게 감사하였다.

"주남죽.―고맙다."

돌연히 솟아오르는 기쁨에 그는 마침 자리를 뛰어 일어났다.

"이 길로 곧 찾아가 볼 것이다."

엽서를 주머니 속에 집어넣고 초상화의 조각을 어지러운 방 속에 그대로 버려둔 채 그는 방을 뛰어나갔다.

저무는 석양의 거리를 급한 걸음을 재촉하여 화동길을 올라간 그가 좀 복잡한 골목을 이리저리 빠져서 목표의 번지를 찾고 보니 끄스른 대문의 낡은 집이었다.

두근거리는 마음으로 대문을 열었을 때에 바로 대문 옆 행랑방에서 십오륙 세의 단정한 소녀가 나와서 그를 맞았다.

"주남죽 씨 계십니까?"

"안 계십니다."

"밖에 나가셨나요?"

"공장에서 아직 안 돌아오셨어요."

"공장에서요?"

"네ㅡ. 요새 공장에 풍파가 생겨서 언니의 돌아오시는 시간이 날마다 이렇게 늦답니다."

"바로 그분이 언니가 되시나요?"

"그렇습니다."

그렇다면 어쩐지 전날 밤 달빛 밑에서 만난 짧은 순간의 기억이언만 그의 인상과 이 소녀의 용모와의 사이에는 콧날이며 눈방울이며 비슷한 점이 많음을 그는 쉽게 발견할 수 있었다.

소녀에게 대하여 돌연히 친밀한 느낌이 버썩 나서 그는 지나친 짓이라고는 생각하면서도 마침내 그들의 일신상에까지 말을 돌렸다

"부모님도 이 댁에 같이 계신가요?"

"아니에요.ㅡ고향은 시골인데 우리 두 형제만이 올라와서 이 방을 빌려 가지고 살아간답니다."

하며 소녀는 약간 주저되는 듯이 행랑방을 가리켰다. 그 태도가 몹시 귀엽게 생각되어서 주화는 미소를 띠며 소녀의 신상을 물었다.

"그래 학교에 다니시나?"

소녀는 부끄러운 듯이 고개를 숙이며,

"아직 아무 데도 다니는 곳은 없어요."

"그럼 놀고 계시나?"

"─시골학교에서 동맹파업 사건으로 출학을 당하였지요. 그래서 집에서 놀고만 있기도 멋쩍어서 언니를 따라 올라온 것이지 별로 학교를 목적한 것은 아니에요."

"흠.─그러고 보니 어린 투사이시군."

부끄러워서 다시 고개를 숙이는 소녀의 귀여운 용모 가운데에 사실 장래의 투사를 약속하는 듯한 굳센 선이 흘러 있음이 그에게는 반갑고 믿음직하게 생각되었다.

소녀와의 몇 마디의 문답으로 하여 주화는 그 두 사내의 내력과 위인을 대강 짐작하였고 처녀의 처지와 방향을 한 가닥 두 가닥 알아가면 갈수록 그의 처녀에 대한 애착과 희망은 더하여 갈 따름이었다.

그러나 처녀도 없는 동안에 대문간에 오랫동안 서서 소녀와 너무 장황하게 문답하는 것도 떳떳한 짓이 아닌 듯하여 그는 명함 한 장을 내서 소녀에게 주고 부탁하였다.

"언니가 돌아오시거든 이것을 드리고 찾아왔었다는 것을 말하여 주시오."

말이 막 끝나자마자 그의 등 뒤에서 대문이 삐걱 열리며 단순한 색채가 가볍게 흘러 들어왔다.

"이제 오세요, 언니."

하고 반갑게 맞는 소녀의 목소리를 듣지 않았을지라도 상반은 희고 하반은 검은 그 단순한 색채가 전날 밤 정동고개에서 만난 바로 그 색채임을 주화가 직각直覺하지 못할 리 없었다. 그의 가슴속은 다시 몽롱히 빛나며 약간 후둑이는 것을 또한 억제할 수 없었다.

"손님이 찾아오셨어요."

소녀가 이렇게 고하기보다도 먼저 처녀는 벌써 주화를 인식하였던 것이다.

126

"주화 씨예요!"

하며 반갑게 인사하는 처녀에게 주화도 고개를 숙이며 반갑게 답례하였다.

"주신 편지 감사히 받았습니다."

그러는 즈음 다시 대문이 열리며 처녀와 같이 와서 대문 밖에서 기다리고 섰는 듯한 삼십줄을 훨씬 넘어 보이는 어른 한 분이 들어왔다.

"방으로 들어오세요."

한 걸음 먼저 방에 들어간 두 자매는 주하에게 들어오기를 청하였다.

"서 선생님도 들어오세요."

처녀의 청에 응하여 중년의 어른은 서슴지 않고 방으로 들어가고 주화도 누차의 청을 거절하기 어려워서 마침내 방으로 들어갔다.

두 사람의 손님을 맞아들이니 좁은 방은 빽빽하였다. 그러나 주화는 그다지 협착한 느낌을 받지는 않고 도리어 넉넉하고 안온한 느낌을 받았다.

두 손님에게 자리를 권하고 나중에 사뿐히 자리에 앉는 처녀는 두 사람에게 미소를 등분으로 던지다가 나중에 '서 선생님'을 바라보며 입을 열었다.

"이분이 바로 일전에 말씀한 그분예요."

별안간 소개를 입은 주화는 어쩔 줄을 모르고 황급히 고개를 숙였다.

"하. 그러신가. 이 자리에서 돌연히 만나게 되어 미안하외다."

이렇게 겸손하게 답례한 '서 선생'은 그의 성명을 통한 후,

"일전에는 얼마나 수고하셨습니까."

하며 그의 손을 청하여 굳은 악수를 하여주었다. 겸손한 서 선생의 이 의외의 굳은 가수를 주화는 깊이 감사하지 않을 수 없었다, 동시에 그는 서 선생들의 엄숙한 영토 안에 이미 한 걸음 들여놓은 듯한 엄숙

한 느낌을 받았다.

"얼마나 고생하셨어요?"

처녀는 미소를 띠우고 그의 며칠 동안의 구류를 위로하였다. 그러나 단 사흘의 고생을 가지고 이 아름답고 장한 처녀의 과한 치하에 대답하기에는 자못 겸연쩍어서 주화는 바른 대답을 발견치 못하였던 것이다.

이럭저럭 십 분 동안이나 이야기가 어우러진 뒤였을까, 서 선생은 시계를 내보더니 어조를 변하여 가지고 처녀에게 말하였다.

"자, 그럼 이만 가봅시다."

"네―."

처녀는 대답하고 미안한 듯이 주화에게 양해를 빌었다.

"요사이 공장에서 일이 터진 까닭에 동무 직공들을 조종해 나가기에 매우 바쁘답니다.―모처럼 오셨는데 미안하지만 또 와주세요. 저도 쉬 한 번 가 뵙겠습니다."

뒤를 이어 서 선생의 당부였다.

"앞으로 자주 만날 기회가 있었으면 좋겠소이다."

이 처녀의 사죄와 서 선생의 당부가 그에게는 과분한 듯이 생각되어서 주화는 또 바른 대답을 발견하지 못하였다.―

집을 같이 나와 뒷골목에서 서 선생과 처녀에게 작별하고 혼자 거리를 걸어 내려오는 주화의 가슴속에는 아름다운 처녀의 자태가 더한층 빛나기 시작하였고 그의 행동이 처음 만난 서 선생의 인상과 아울러 그의 마음속에 굳게 들어붙었던 것이다.

4

뜨거운 샘물같이 뒤를 이어 솟고 또 솟았다. 그득히 고여서는 양편 볼을 타고 줄줄 흘러내렸다. 붉은 피가 고여 있을 사람의 몸 어느 구석에 맑은 물이 이렇게 많이 고여 있을까 하고 의심하지 않을 수 없으리만치 그것은 쉴새없이 흘러내렸다.

어느덧 베고 누운 베개의 양편이 축축이 젖었다. 시력이 흐려져버린 눈앞에는 고향의 자태가 몽롱이 떠올랐다. 늙은 양친의 자태와 어린 누이동생들의 자태가 번갈아 눈앞을 지나갔다. 그들의 구체적 자태는 눈물로 어지러워진 주화의 시각 앞에서 어느덧 가난한 계급 일반의 늙은 양친, 어린 누이동생들의 추상적 자태로 변하였다가 다시 주화 자신의 양친과 누이동생들의 구체적 자태로 변하였다. 눈을 부르대고 그를 책망하는 공격적 태도가 아니요, 빈곤과 쇠약에 쪼들려 단 하나 믿었던 한 사람의 자식이요, 한 사람의 오빠인 주화 자신을 원망스럽게 바라보는 가련한 그들의 자태이므로 그것은 더욱 힘있는 공격이요, 그들의 무력한 화살이 주화의 가슴을 더욱 찌르는 것이다.

답답한 가슴을 쥐어뜯으려 할 때에 바른 손에 꾸겨 들었던 고향 아버지에게서 온 편지의 한 구절이 다시 그의 눈에 띄었다.

"—장차 주림이 닥쳐올 날도 앞으로 며칠 남지 않은 듯하다. 이제는 다만 매일과 같이 어린것들과 손잡고 울밖에는 별 도리가 없다는 것을 너도 짐작할 줄로 생각한다……."

단순한 사실의 기록이 기실은 무거운 호소의 쇠공이가 되어서 그의 전신을 내려친 듯도 하다.

"세상에 가난한 어버이를 가진 것은 너 한 사람뿐이 아니다."

늘 들어오던 이 경계에도 불구하고 이러한 비색한 처지에 놓이니 그에게는 오히려 가난한 어버이를 가진 것은 그 한 사람뿐인 듯한 느낌을 금할 수 없었다. 사실 몇 해 전부터 벌써 쇠운의 걸음을 떼어놓기 시작한 그의 집안이 그가 돌아가 보지 못한 여러 해 동안 얼마나 많이 기울이졌을끼가 그에게는 아프게 짐작되었다.

그러나 대체 어떻게 하였으면 좋은가. 어떻게 하면 가련한 그의 집안을 건질 수 있을 것인가—를 생각하면 다만 눈앞이 캄캄하여질 뿐이다.

캄캄하여지는 눈에서는 여전히 눈물이 솟아 흘렀다. 흐르는 눈물 사이로 집안 식구들이 자태가 다시 한 사람 한 사람씩 희미하게 떠올랐다. 헐벗은 누이동생들의 이름을 하나씩 하나씩 불러보고 싶은 충동을 그는 느꼈다.

오래간만에—며칠 전 그가 죽음을 꾀하였을 때에도 집안에 대한 걱정과 절망적 염려가 그의 의식 속에 잠재하여 있지 않은 바는 아니었으나 — 끊어졌던 아버지의 편지를 문득 받으니 집안에 대한 걱정이 새로이 그의 말랐던 눈물을 푹 짜냈던 것이다.

돌연히 고요한 그의 방문을 노크하는 가는 소리가 그의 귀를 스치지 않았던들 진종일 흐르는 그의 눈물은 어느 때까지나 그칠 바를 몰랐을 것이다.

벌떡 일어나서 눈물을 씻고 문을 여니 의외의 손님임에 그는 먼저 놀랐다.

"참으로 뜻밖입니다."

"돌연히 찾아올 일이 있어서요—."

양기로운 미소를 띠면서 들어오는 손님의 명랑한 표정을 주화는 이때까지 침울한 눈물을 흘리면서 누웠던 그 자신의 어지러운 표정으로 대하기가 부끄러워서 얼굴을 정면으로 들기조차 주저되었다.

"대단히 어지럽습니다."

방도 어지럽거니와 그의 주제도 어지러워서 그는 이렇게 변명하면서 얼굴을 돌려버렸다.

그러나 손님은 그의 표정을 날쌔게 살핀 듯하였다.

"너무 침울하게만 지내실 때가 아니지요."

좀 지나친 충고였지만 지나친 것이므로 주화에게는 그것이 더욱 친밀한 느낌을 가지고 고맙게 들렸다. 주화가 그를 만나는 것은 이것이 단 세 번째임에 지나지 않았으나 주화의 어느 모를 관찰하고서인지 이렇게 믿음직한 말을 던져 주는 것이 일전의 그의 행동과 아울러 주화에게는 말할 수 없이 고맙게 들렸다.

"지금 시절에 있어서 개인적 형편이 딱하지 않은 사람이 어데 있겠어요.―"

친밀한 손님―주남죽―은 주화의 괴로운 형편의 내용까지 짐작하였는지 한층 친밀한 어조로 그를 위로하며 말을 이었다.

"―한 개인의 난관으로나 가정의 형편으로나, 혹은 기타 여러 가지의 계루로 인한 번민을 가지지 않은 사람이야 없겠지요. 그러나 한 걸음 나가 그런 번민을 떨쳐버리고―."

그에게 대하여서는 계몽적 언사에 지나지 않으나 남죽의 친밀한 충고이므로 그것은 주화에게 같지 않게 들리지는 않고 도리어 고맙게 생각되었다.

"집안 형편이 하도 딱해서요."

"그러니까 더욱 용기를 내셔서 나서야지요."

"―작정은 벌써 하였으나 간간이 마음이 침울하여지는 것은 어쩔 수 없어요."

"든든한 신념으로 그것을 극복해 가야지요."

알 맞띤 말을 주화는 속으로 은근히 기뻐하는 한편 감사히 여겼다.

"마음이 침울하신 것은 아마 일이 없는 까닭이겠지요."

"그런지도 모르지요."

"그러면 일을 좀 맡으세요.—사실 오늘 이렇게 돌연히 찾아온 것은 진한 부탁이 있어신데요."

"무슨 부탁입니까."

"들어주시겠지요.—"

무거운 시선으로 주화의 안색을 깊이 살피며 그는 가져왔던 책보를 조심스럽게 풀기 시작하였다.

근 오백 매나 될까. 도련이 단정한 반지판대半紙版大의 종이 뭉치가 나왔다.

그것을 들어서 주화의 앞에 내놓았다.

"이것을 좀 처치해 주셔야겠는데요."

"……"

좁은 지면에서 진한 먹 냄새가 신선하게 흘러왔다. 굵고 작은 활자의 나열과 그것이 가져오는 의미가 그의 시각을 쏘았다. 순간 박하를 마신 듯한 짜릿한 느낌을 받았다. —항상 이지러진 문자와 말살된 구절에 익어온 그의 시선이 이제 이렇게 처음으로 자유롭고 신선하고 완전한 문자를 대하니 찬란한 감동을 받지 않을 수 없었다. 사실 낱낱의 명사와 동사와 형용사에서 박하의 신선미가 흘러왔던 것이다.

"전일의 것과 성질은 비슷한 것예요."

"그날 밤 것 말씀이지요?"

입으로 물을 뿐이요, 주화의 시선은 지면에서 떨어지지 않았다. 감동에 타는 시선이 그것을 한 줄 한 줄 탐스럽게 훑어 내려갔다.

"손이 부족하기에 할 수 없이 주화 씨에게까지 청을 왔어요."

"고맙습니다."

하고 감사하기보다도 먼저 그런 일은 처음 당하는 터이라 주화는 가슴이 움칫하여짐을 깨달았다. 그러나 그렇게까지 그를 신뢰하여 주는 것이 그에게는 끔찍이도 기쁘고 고맙게 생각되었다. 그들 자신 주화를 예민히 관찰하여 믿음직한 점을 발견한 탓도 탓이겠지만 전일 정동고개에서 그를 처음으로 만나던 때부터 그 후 그를 찾아갔을 때에 서 선생과 같이 그를 친하게 대하여 주던 일이며, 또 오늘 이렇게 친히 찾아와서 중한 일을 맡기는 것이며―이렇게까지 그를 믿어주는 것이 주화에게는 말할 수 없이 고마웠다.

그 고마운 마음에 무거운 임무에 대한 염려와 불안을 차버리고 주화의 가슴에는 대담한 감격이 솟아올랐다. 그러나 그의 마음에 단연한 결정을 준 것은 다만 이 대담한 감격뿐이 아니요, 그의 마음속에 깊이 숨은 무거운 양심의 채찍이었으나 하여간 그는 돌아온 이 첫 책임을 기쁘게 승낙하였던 것이다.―

"맡아보지요!"

듬직한 그의 승낙에 남죽은 무거운 미소를 던지며 감사를 표하였다. 어글어글한 두 눈― 정동고개에서부터 그에게 깊은 인상을 준 그 두 눈이 기름진 윤택을 띠고 주화를 듬짓이 바라보았다. 아까의 수심과 눈물을 완전히 잊은 주화의 두 눈이 역시 감격에 빛나며 '동지'의 시선의 일직선상을 같이 더듬었다.

"오늘밤에 꼭 처치해 주세요."

"하지요!"

그날 밤이 깊어 가기를 기다렸다가 주화는 드디어 그 일을 하여버렸다.

예측치 아니한 열정이 솟아오름을 느꼈다.

맡은 구역은 넓고 달빛은 지나쳐 밝았다. 달빛에 끌리는 그림자를 귀찮게 여겨 빌딩 옆으로 바싹 붙어 긴 거리를 달렸다. 날도 쌀쌀은 하였지만 첫 경험이라 가슴과 손이 가늘게 떨렸다. 그러나 장장을 알뜰히 붙이고 널어놓으면서 긴 거리를 훑어 달리니 전신에는 진땀이 빠지지 흘러내렸다.

가끔 뒤를 돌려다 보며 일해 놓은 뒷자리를 살펴볼 여유조차 없도록 마음과 손이 바빴다.

일을 다 마친 것은 거의 삼경을 넘은 뒤였을까.

고요히 잠든 거리를 바쁜 걸음으로 달려서 집에 돌아왔을 때에 겨우 안심의 숨이 길게 새어나왔다.

5

이튿날 오후 주화는 공장의 파업시간을 대중하여 남죽을 집으로 찾았다.

지난 밤 맡은 임무의 자취 고운 성과를 보고도 할겸, 또 다른 그 무슨 소리도 들을겸.

그러나 공장에서 나올 시간이 훨씬 지났을 터인데도 남죽의 자태는 보이지 않고 전일과 같이 그의 동생이 그를 맞을 뿐이었다.

그 동생의 자태에도 전일과 같이 기뻐하는 기색은 없고 만면 침울한 기색이 돌고 있음이 주화에게는 이상스럽게 생각되었다.

방에서 혼자 울고 있는 듯한 침울한 기색―아니 두 볼에는 확실히 눈물 흔적이 고여 있음을 주화는 발견하였다.

"왜 울었소?"

"끌려갔어요."

"응?"

"이른 새벽에 몰려들 와서 언니를 끌고 갔어요―"

주화는 가슴이 뭉클하였다. "아차!"하는 때늦은 탄식이 입을 새어나
왔다.

누이동생은 노여운 구조口調로 말을 이었다.

"—저도 같이 끌려가서 종일 부대끼다가 이제야 겨우 나온 길예요.—
언니는 언제 나올는지도 모르지요."

"무슨 일입니까."

"아마 어젯밤 X문 사건인가봐요."

"호—."

그러려니 짐작은 하였지만 이런 변을 당하고 보니 주화는 가슴이 내
려앉으면 감정이 요동하였다.

"새벽에 들어가니 서 선생님도 어느 결엔지 벌써 와 계시더군요."

"호—."

"일은 심상치 않은가 봐요."

주화의 불안은 더하여 갔다.

"—그다지 고생이나 하지 않았소."

"간단한 취조만 하더니 내보내더군요.—저야 그까짓 하루 동안이니
고생이라고 할 것이 있나요. 그러나 언니들은 아마도 좀 고생할 것 같
애요."

"너무 걱정 마시오."

그러나 이렇게 위로하여 주던 주화 자신 그들의 신변이 매우 걱정되
었다.

우두커니 침울한 기색에 빠져 있던 소녀는 별안간 정신을 가다듬고
주화를 바라보았다.

"참 얼른 가세요!"

"에?"

"여기에 오래 서 계시지 말고 얼른 집으로 돌아가세요."

"왜—왜요?"

"이곳은 위험 지대예요.—"

소녀는 황급한 구조로 설명하였다.

"아마 이 근처를 샅샅이 뒤지고 우리 집은 이 며칠 동안 감시할 것이에요.— 아까 제가 서를 나올 때에도 오늘 우리 집에 오는 사람의 이름을 일일이 적어두라고 같지않은 부탁을 하더군요.—이때쯤은 우리 집에다 '하리코미'의 감시망을 베풀 것예요. 그러니 대단히 위험해요.— 속히 이곳을 떠나시는 것이 좋아요……."

주화는 소녀의 충고를 요연히 양해하였다. 임박하여 있는 그 자신의 위험을 깨닫고 전신이 긴장되었다.

"가겠소."

"언니가 나오시면 알려드리겠으니 그때까지는 찾아오지 않으시는 것이 유리할 것 같아요."

"알았소.—고맙소."

소녀의 건재를 빌고 주화는 그곳을 떠났다.

별안간 골목쟁이에서 쑥 내달아 붙잡지나 않을까를 염려하여 빠른 걸음으로 골목골목을 빠져서 화동거리에 나섰을 때에 그는 약간 침착한 의식을 회복하였다.

자신의 신변의 위험과 남죽들에 대한 걱정으로 인하여 어수선한 그의 머리 속에는 지난 바의 그의 행동에 대한 사상이 이제 가달가달 풀려나왔다.

지난 밤의 사소한 그의 행동에 대하여 물론 '영웅적' 자랑을 느끼는 바는 아니었으나 자취 맑게 행한 그의 첫 임무에 대하여서는 그는 일종의 기쁨과 쾌감을 느끼지 아니치 못하였다. 거대한 기개의 중추에는 참례치 못하였다 할지라도 그의 행동이 그 복잡한 작용 속의 한 조그만 나사의 작용은 되리라고 생각하매 흔연한 쾌감을 금할 수 없었다. 그리고 그에게 대한 남죽의 신뢰를 감사히 여기는 동시에 그들의 엄숙한 영토 안에 이미 한 걸음 완전히 들어선 듯한 느낌을 받지 않을 수 없었다.

날이 얕고 경력이 적은 그로서, 물로 그 느낌은 지나친 자부自負일는지도 모른다. 그러나 적어도 그 영토 안에 들어설 줄은 잡은 것이요, 또 그가 그것을 애쓰는 것만은 사실임을 부정할 수는 없었다. 한 여자를 줄로하여 그 줄을 더듬어서 엄숙한 세상 속에 들어가고 있는 현재의 과정을 부정할 수는 없는 것이다.

처녀를 처음 만났을 때에 그의 마음속에 비친 처녀의 뜻은 다만 그가 한 사람의 일꾼이라는 뜻과는 다른 것이었고 지금까지도 역시 그의 심정 속에 비치는 처녀의 인상과 인격 속에는 일면 그러한 뜻이 흘러 있는 것은 사실이나, 그러나 주화가 지금의 그의 과정에 이른 것은 다만 '그러한 뜻'의 시킨 바뿐이 아니라 그 배후에는 실로 그 자신의 잠을 깬 양심의 명령과 지도가 엄연히 서 있던 것이다. 즉 말하자면 잠을 깬 그의 양심이 처녀의 울리는 종소리를 듣고 벌떡 일어났던 것이다. 다시 말하면 양심의 불에 처녀가 기름을 부었던 것이다.

"여기에—."

그의 '서곡'이 있고 생애의 출발이 시작되었다고 주화는 생각하였다. '서곡'에는 여러 가지의 음조가 있을 것이다. 그 여러 가지의 음조 속에서 주화의 경우와 같은 것도 확실히 그 음조의 한 가지의 양식樣式이리라고 그는 생각하였다.

그렇다고는 하더라도 현재의 그의 심경과 수일 전 자살을 계획하던 때의 심경과의 사이에는 얼마나한 큰 변천과 차이가 있는가. 그 소양지판宵壤之判의 변천을 생각할 때에 그는 처녀의 공덕을 크다고 아니할 수 없으며 그에게 대한 애착과 감사를 깊이 깨닫지 않을 수 없었다.

화동길을 걸어 내려가 넓은 거리에 나선 주화의 머리 속에는 남죽에게 대한 걱정이 서리어 오르며 동시에 그의 앞에는 앞으로 닥쳐올 괴로움과 위험의 험한 길이 구불구불 내다보임을 깨달았다.

저무는 서편 하늘 일대는 때아닌 노을이 뱉어놓은 붉은 피에 젖어 있었다. 붉은 피 속으로는 무거운 해가 몰락을 섭섭히 여기어 최후의 일순을 주저하고 있었다. 피투성이가 되어서도 뻔히 결정된 마지막 운명을 게두덜거리며 다투고 있는 해의 꼴이 주화의 눈에는 흉측스럽게 비추었다.

내일의 여명은 찬란히 빛나리라! ─1월 7일 기記

오리온과 능금

오리온과 능금

1

'나오미'가 입회한 지는 두 주일밖에 안 되었고, 따라서 그가 연구회에 출석하기는 단 두 번임에 불구하고 어느덧 그의 태도가 전연 예측지 아니하였던 방향으로 흐름을 알았을 때에 나는 놀라지 않을 수가 없었다. 사람의 감정의 음직임이란 예측하기 어려운 것이지만 짧은 시간에 그가 나에게 대하여 그러한 정서를 품게 되었다는 것은 도무지 뜻밖의 일이었음을 나는 놀라는 한편 현혹한 느낌을 마지않았던 것이다.

하기는 '나오미'가 S의 소개로 입회하게 된 첫날부터 벌써 나는 그에게 '동지'라는 느낌보다도 '여자'라는 느낌을 더 받았다. 그것은 '나오미'가 현재 어떤 백화점의 여점원이요, 따라서 몸치장이 다소 사치한 까닭이라는 것보다도 대체로 그의 육체와 용모의 인상이 너무도 연하고 사치한 까닭이었다. 몸이 몹시 가늘고 입이 가볍고 눈의 표정이 너무도 풍부하였다. 그의 먼 촌 아저씨가 과거에 있어서 한 사람의 굳건한 XX으로서 현재 영어의 몸이 되어 있다는 소식도 S를 통하여 가끔 들은 나였건만 그러한 나의 지식과 '나오미'의 인상과의 사이에는 한 점의 부합의 연상도 없고 물에 뜬 기름 모양으로 서로 동떨어진 것이었다. 그것은 마치 같은 가지에 붉은 꽃과 푸른 꽃의 이 전연 색다른 두 송이의 꽃이 천연스럽게 맺히는 것과도 같은 격이었다. 그러나 연약한 인상이라고 그의 미래를 약속하지 못하는 법은 없을 것이다.

그러므로 진실한 회원이요, 믿음직한 동지인 S가 그를 소개하였을 때에 우리는 그의 입회를 승낙하기에 조금도 인색하지 않았던 것이다.

그러나 차차 그를 만나게 될수록 '동지'라는 느낌은 엷어가고 '여자'라는 느낌이 그에게서 받는 느낌의 거의 전부였다.

한편 나에게 대한 그의 태도와 행동은 심히 암시적이었다. 내가 그것을 깨닫게 된 것은 물론 다음과 같은 일이 있은 후로부터였지만.

'나오미'가 입회한 후 두 번째 연구회에 출석하던 날이었다. 오류 인되는 회원들이 S의 여공임을 비롯하여 학생 점원 등 층층을 망라한 관계상 자연 모이는 시간이 엄수되지 못하였고, 또 독일어의 번역과 대조하여 읽고 토의하여 가던 'XXXX'에 어려운 대문이 많았던 까닭에 분량이 많이 나가지 못하는 데다가 회를 마치고 나면 모두 피곤하여지는 까닭에 될 수 있는 대로 초저녁에 모여서 밤이 깊기 전에 파하는 것이 일쑤였다. 그날 밤도 일찍이 파하고 S의 집을 나오니 집에의 방향이 같은 관계상 나는 또 '나오미'와 동행이 되었다.

"어떻소. 우리들의 기분을 대강은 이해할 만하게 되었소?"

회원들 가운데에서 피를 달리한 사람은 '나오미' 한 사람뿐이므로 낯익지 않은 그룹 속에 들어와서 거북한 부조화와 고독을 느끼지 않는가를 염려하여 오던 나는 어두운 골목을 걸어 나오면서 그의 생각도 들어보고 또 그를 위로도 할겸 이런 말을 던졌다.

"이해하고 말고요. 그리고 저는 이 분위기를 대단히 좋아해요. 저를 맞아주는 동무들의 심정도 좋고 선생님께 대하여서는 더구나 친밀한 느낌을 더 많이 품게 되었어요."

142

"그렇다면 다행이외다─혈족에 대한 그릇된 편견으로 인하여 잘못을 범하는 예가 아직도 간간이 있으니까요."

"깨달음이 부족한 까닭이겠지요─ 어떻든 저는 우리 회합에서 한 점의 거북한 부자유도 느끼지 않아요─ 마음이 이렇게 즐겁고 좋아요."

진실로 즐거운 듯이 '나오미'는 몸을 가늘게 요동하며 목소리를 내서 웃었다.

미묘하게 움직이는 그의 시선을 옆얼굴에 인식하면서 골목을 벗어나오니 네거리에 나섰다.

늘 하는 버릇으로 모퉁이 서점에 들러 신간을 한 바퀴 살펴본 후 다시 나올 그때까지 '나오미'의 미소는 꺼지지 않았다.

서점 옆 과일점 앞을 지날 때에 '나오미'는 그 미소를 정면으로 나에게 던지면서 복잡한 표정으로 나를 쳐다보며 제의하였다.

"능금이 먹고 싶어요!"

"능금이?"

그로서는 의외의 제의인 까닭에 나는 반문하면서 그를 바라보았다.

"신선한 능금 한 입 베어먹었으면."

'나오미'는 마치 내 자신이 한 개의 능금인 것같이 과일점의 능금 대신에 나를 똑바로 쳐다보며 바싹 나에게로 붙었다.

나는 은전 몇 잎을 던져주고 받은 능금 봉지를 '나오미'에게 쥐어주었다.

걸으면서 '나오미'는 밝은 거리를 꺼리는 법 없이 새빨간 능금을 껍질째 버적버적 먹었다.

"대담하군요."

"어때요 행길에서─능금─프롤레타리아답지 않아요?"

'나오미'의 하아얀 이빨이 웃음 띠며 능금 속에 빛났다.

"금욕은 프롤레타리아의 도덕이 아니에요—솔직한 감정을 정직하게 표현히는 것이 프롤레타리이기 이닐끼요?"

그러나 밝은 밤거리에서 아름다운 여자가 능금을 버적버적 먹는 풍경은 프롤레타리아답다느니보다는 차라리 한 폭의 아름다운 '모던' 풍경이었다. 그만큼 아름다운 '나오미'의 자태에는 프롤레타리아다운 점은 한 점도 없으며 미래에도 그가 얼마나한 정도의 프롤레타리아 투사가 될까도 자못 의문이었다—너무도 아름답고 사치하고 '모던' 한 '나오미'였다.

"능금 좋아하세요?"

"능금 싫어하는 사람이 어데 있겠소."

"모두 아담의 아들이요, 이브의 딸이니까요—자 그럼 한 개 잡수세요."

'나오미'는 여전히 미소하면서 능금 한 개를 나의 손에 쥐어주었다.

"—그렇지요. 조상 때부터 좋아하던 능금과 우리는 인연을 끊을 수는 없어요. 능금은 누구나 좋아하는 것이고 또 영원히 좋은 것이겠지요—공간과 시간을 초월하여 높게 빛나는 능금이지요. 마치 저 하늘의 '오리온'과도 같이 길이길이 빛나는 것이에요."

"능금의 철학?"

"이라고 해도 좋지요.—그러니까 프롤레타리아 투사에게라도 결코 능금이 금단의 과일이 아니겠지요. 밥을 먹지 않으면 안 되는 투사가 능금을 먹지 말라는 법이 어데 있어."

'나오미'의 암시가 나에게는 노골적 고백으로 들렸다. 그러므로 나는 예민하게 나의 방패를 내들지 않을 수 없었다.

"그것이 진리임은 사실이나 문제는 가치와 효과에 있을 것이오. 그리고 또 우리에게는 일정한 체계와 절제節制가 있어야겠지요. 아무리 아름

다운 능금이기로 난식을 하여 그것이 도리어 계급적 사업에 해를 끼치
게 된다면 그것은 가엾은 짓이 아니겠소."

2

이런 일이 있은 후로부터 나는 웬일인지 항상 '나오미'와 능금을 연
상하게 되어서 그를 생각할 때에나 만날 때에는 반드시 능금의 연상이
머리 속을 스치게 되었다. 그렇게 하여 때로는 그가 마치 능금의 화신
같이 생각되는 때도 있었다. 물론 다음과 같은 일이 있은 후로부터는
그런 인상이 더욱 두터워갔다.

두 주일가량 후이었을까. 오랫동안 생각 중에 있던 어떤 행동에 있어
서의 다른 어떤 회와의 합류 문제가 돌연한 결정을 지었던 까닭에 그
뜻을 회원들에게 급히 알려야 할 필요상 나는 그 보고를 가지고 회원의
입을 일일이 방문하지 않으면 안 되었다. 그날 저녁때 마지막으로 찾은
것이 '나오미'였다. 직접 그의 숙소가 아니요, 그의 일터인 백화점으로
찾은 까닭에 그 자리에서 그에게 장황한 소식도 말할 수 없는 터이므로
진열되어 있는 화장품 사이로 간단한 보고만을 몇 마디 입 재게 전하여
줄 따름이었다.

그러나 낯설은 손님도 아니요, 그렇다고 동지도 아니요, 마치 정다운
애인을 대하는 듯이 귀여운 미소를 띠며 귀를 바싹 대고 나의 보고를
고요히 듣고 섰던 '나오미'는 나의 말이 끝나자 은근한 눈짓을 하고 그
자리를 떠나면서 나에게 그의 뒤를 따르기를 청하였다. 영문을 모르는
나는 의아하면서도 시침을 떼고 그의 뒤를 따라 같이 올라가는 승강기
를 탔다. 위층에서 승강기를 버린 '나오미'는 층층대를 올라가 옥상정

원에까지 나섰을 때에 다시 은근한 한편 구석 철난간으로 나를 인도하였다.

"무슨 일요?"

심상치 않은 일이 있은 것같이 예측되었기에 그곳까지 이르자 나는 조급하게 물었다.

"선생님께 드릴 것이 있어서요."

철난간에 피곤한 몸을 의지하여 흐트러진 머리카락을 쓸어 올리는 '나오미'는 조금도 조급한 기색은 없이 천천히 대답하면서 나를 듬짓이 바라보았다.

"무엇이란 말요?"

"무엇인 듯해요?"

"글쎄―"

그러나 '나오미'는 거기서 곧 대답은 하지 않고 피곤한 듯한 손짓으로 이지러진 옷자락과 모양을 고치면서 탄식하였다.

"하루에 열 시간 이상의 노동을 하려니까 피곤해서 못 배기겠어요."

"그러니까 부르짖게 되지요."

"십 시간 이상 노동 절대 반대― 그러나 지내보니까 이 속에는 한 사람도 똑똑한 아이가 없어요. 결국 이런 곳의 조직의 필요성은 아직 제 시기에 이르지 못한 것 같아요."

"―그것은 그렇다고 해두고 지금 나에게 줄 것이 대체 무엇이란 말요?"

"참, 드릴 것을 드려야지요."

하면서 '나오미'는 새까만 원피스 주머니 속에 손을 넣었다.

"일전에 제가 선생님께서 능금을 받았지요.― 그러니까 저도 능금을 드려야지요."

그의 바른손에는 한 개의 새빨간 능금이 들려 있었다.

"능금?"

"왜 실망하세요. 능금같이 귀한 것이 세상에 또 있을까요?"

동의를 구하려는 듯이 '나오미'는 나를 반듯이 바라보았다.

"저곳을 내려다보세요. 번잡한 거리에서 헤매이고 꾸물거리는 저 많은 사람들의 찾는 것이 결국 무엇일까요— 한 그릇의 밥과 한 개의 능금이 아닌가요. 번잡한 이 거리의 부감도俯瞰圖는 아름다운 능금의 탐색도探索圖인 것 같아요."

하면서 '나오미'는 거리로 향한 몸을 엇비슷이 틀면서 손에 든 능금을 높이 쳐들었다. 두어 오리 흐트러진 머리카락과 옆얼굴의 윤곽과 부드러운 다리와 손에 든 능금에 찬란한 석양이 반사되어 완연 그의 전신에서 황금빛 햇발이 발사되는 듯도 하여 그의 자태는 마치 능금을 든 이브와도 같이 성스럽고 신비로운 한 폭의 그림같이 보였다.

"능금을 받으세요."

원피스를 떨쳐입은 '모던' 이브는 단 한 개의 능금을 나의 앞에 내밀었다. 그의 자태와 행동에 너무도 현혹하여 묵묵히 서 있으려니 그는 어떻게 생각하였든지 한 개의 능금을 두 손 사이에 넣고 힘을 썼다.

"'코카서스' 지방에서는 결혼할 때에 한 개의 능금을 두 쪽을 내어서 신랑 신부가 그 자리에서 한 쪽씩 먹는다지요."

하면서 '나오미'는 두 쪽으로 낸 능금의 한 쪽을 나의 손에 쥐어주고 나머지 한 쪽을 그의 입으로 가져갔다.

철난간에 의지하여 곁눈으로 저물어가는 거리의 부감도를 내려다보며 반쪽의 능금을 먹는 '나오미'의 자태는 아까의 성스러운 그림과는 정반대로 속되고 평범한 지상적地上的 풍경으로밖에는 보이지 않았다.

3

"―그래 '나오미'는 어떻게 생각하오?"

"코론타이 자신 말예요."

"보다도 왓시릿사에 대해서말요."

"가지가지의 붉은 사랑을 맺어가는 왓시릿사의 가슴속에는 물론 든든한 이지의 조종도 있었겠지만 보다도 끓는 피와 감정에 순종함이 더 많았겠지요―이런 점에 있어서 저도 왓시릿사를 좋아하고 찬미할 수 있어요."

"사업 제일, 연애 제이, 어디까지든지 이 신조를 굽히지 않고 나간 것이 용감하지 않소."

"그러나 사업 제일이라는 것은 결국 왓시릿사에게는 한 개의 방패와 이유에 지나지 못하는 것이 아닐까요. 한 사람의 사나이로부터 다른 사나이에게 옮아갈 때 거기에는 사업이라는 아름다운 표면의 간판보다도 먼저 일의적인 좋고 싫다는 감정의 시킴이 있을 것이 아닌가요? 결국 근본에 있어서는 감정 제일 사업 제이일 것이에요. 사랑은―그것이 장난이 아니고 사랑인 이상―도저히 사업을 통하여서만은 들 수 없는 것이요, 무엇보다도 먼저 피차의 시각視覺을 통해서 드는 것이니까요."

"그렇다고 왓시릿사의 행동을 갖다가 곧 감정 제일 사업 제이로 판단하는 것은 좀 심하지 않소."

"그것이 솔직한 판단이지요. 그렇게 판단하지 않고는 왓시릿사의 행동을 이해하기 어려울 것이에요. 그리고 왓시릿사 자신의 본심으로 실상은 그런 판단을 받는 것이 본의가 아닐까요―결국은 왓시릿사는 능금을 대단히 좋아하였고, 그 좋아하는 감정을 솔직하게 표현하였다고 할 수 있지요. 다만 그는 심히 약고 영리한 까닭에 그것을 표현함에 사업이라는 방패를 써서 교묘하게 그 자신을 카무플라주하고 그의 체면을 보존하려고 하였을 뿐이지요."

감격한 구변으로 인하여 상기된 '나오미'의 얼굴은 책상 위에 촛불을 받아 더 한층 타는 듯이 보였다. 진한 눈썹 밑에 열정을 그득히 담은 눈동자는 마치 동물과 같이 교교한 광채를 던지고 불빛에 물든 머리카락은 그 주위의 붉은 열정의 윤곽을 뚜렷이 발상하고 있지 않은가!

"결국 능금이구료."

"그럼은요. 능금이 아니고는 모든 것을 설명할 수 없지요."

"아, 능금―"

나는 내 자신의 의견과 판단도 있었지만 그것을 정황하게 말하기를 피하고 그 이야기에는 그만 끝을 맺어버리려고 이렇게 짧은 탄식을 하면서 거짓 하품을 하려 할 때에 문득 나의 팔의 시계가 눈에 띄었다.

"시간이 훨씬 넘었는데 웬일일까."

"글쎄요. 아마 공장에 무슨 변이 있나 보군요."

"다른 회원들은 웬일인고."

연구회의 시작될 시간이 훨씬 넘었고, 또 그곳이 S의 방임에 불구하고 회원인 '나오미'와 나 두 사람이 먼저 와서 기다리고 있는지도 이미 오래이고 코론타이의 화제가 끝났을 그때까지도 S 자신은 새려 다른 회원들의 자태가 아직 한 사람도 안 보임이 이상하여서 나는 궁금한 한편 초조한 마음을 금할 수 없었다.

"공장의 폭발한 기세가 농후하여졌다더니 기어코 폭발되었나 보군요."

"글쎄, S는 그래서 늦는 것 같은데―."

나는 초조한 한편 또 무료도 하여서 중얼거리며 S가 펴놓고 간 책상 위의 '로사' 전기에 무심코 시선을 던지고 무의미하게 훑어 내려갔다.

"능금이라니 말이지 로사도—"

같이 쓸려 역시 '로사'의 전기 위에 시선을 던진 '나오미'는 이렇게 화제를 돌리며 말을 이었다.

"그가 본국에 돌아올 때에 사업을 위한 정책상 하는 수 없이 기묘한 연극을 하여 뜻에 없는 능금을 딴 일은 있지만 그것도 실상은 속의 속을 캐어보면 전연 뜻에 없는 능금은 아니었겠지요—적어도 저는 그렇게 생각하고 싶어요."

'나오미'의 말에 끌려 새삼스럽게 나는 그와 같이 시선을 책상 위편 벽에 걸린 로사의 초상으로—전등을 끊기우고 할 수 없이 희미한 촛불 속에 뚜렷이 가난한 방 안과 그 속에서 로사를 말하고 있는 젊은 여자를 듬짓이 내려다보고 있는 로사의 초상으로—무심코 던지지 않을 수 없었다.

그러자 웬일인지 돌연히! 의외에도 로사의 초상이 우리들의 시선을 거부하는 듯이 걸렸던 그 자리를 떠나서 별안간 책상 위에 떨어졌던 것이다.

순간, 책상 모서리에 부딪친 초상화 판의 유리가 바싹 부서지고 같은 순간에 화판 밑에 깔리운 촛불이 쓰러지며 방 안은 별안간 어둠 속에 잠겨버렸다.

"에그머니!"

돌연히 놀란 '나오미'는 반사적으로 나에게 바싹 붙었다.

"그에게 대하여 공연히 불손한 언사를 희롱한 것을 노여워함이 아닌가."

돌연한 변에 뜨끔하여서 이렇게 직각적으로 느끼며 어찌할 바를 몰라 잠시 잠자코 있던 나는 그러나 더 놀라운 것을 당하였다. —별안간 목덜미와 얼굴 위에 의외의 따뜻하고 부드러운 촉감을 받았던 것이다.

150

그리고 피의 향기가 나의 전신을 후끈하게 둘러쌌다.

다음 순간 목덜미의 부드러운 촉감은 든든한 압박감으로 변하고 얼굴에는 전면 뜨거운 피를 끼얹는 듯한 화끈한 김과 향기가 숨차게 흘러오고—입술에는 타는 입술이 와서 맞닿았다.

그리고 물론 동시에 다음과 같은 떨리는 '나오미'의 애원하는 목소리가 후둑이는 그의 염통의 고동과 함께 구절구절 찢기면서 나의 귀를 스쳤던 것이다.

"안아주세요! 저를 힘껏 좀 안아주세요."

돼지

돼지

옛성 모퉁이 버드나무 까치등우리 위에 푸르둥한 하늘이 얕게 드리 웠다. 토끼 우리에서는 하아얀 양토끼가 고슴도치 모양으로 까칠하게 웅크리고 있다. 능금나무 가지를 간들간들 흔들면서 벌판을 불어오는 바닷바람이 채 녹지 않은 눈 속에 덮인 종묘장種苗場 보리밭에 휩쓸려 돼지 우리에 모질게 부딪친다.

우리 밖 네 귀의 말뚝 안에 얽어매인 암돼지는 바람을 맞으면서 유난 히 소리를 친다. 말뚝을 싸고 도는 종묘장 씨돝種豚은 시뻘건 입에 거품 을 품으면서 말뚝의 뒤를 돌아 그 위에 덥석 앞다리를 걸었다. 시커먼 바위 밑에 눌린 자라 모양인 암돼지는 날카로운 비명을 울리며 전신을 요동한다. 미끄러진 씨돝은 게걸덕거리며 다시 말뚝을 싸고 돈다. 앞뒤 우리에서 응하는 돼지들 고함에 오후의 종묘장 안은 들썩했다.

반 시간이 넘어도 여의치 않았다. 둘러싸고 보던 사람들도 흥이 식어 서 주춤주춤 움직인다. 여러 번째 말뚝 위에 덮쳤을 때에 육중한 힘에 말뚝이 와싹 무지러지면서 그 바람에 밑에 깔렸던 돼지는 말뚝의 테두 리로 벗어져서 뛰어났다.

"어려서 안 되겠군."

종묘장 기수가 껄껄 웃는다.

"황소 앞에 암탉 같으니 쟁그러워서 볼 수 있나."

"겁을 먹고 달아나는데."

농부는 날쌔게 우리 옆을 돌아 뛰어가는 돼지의 앞을 막았다.

"달포 전에 한 번 왔다 갔으나 씨가 붙지 않아서 또 끌고 왔는데요."

식이는 겸연쩍어서 얼굴이 붉어졌다.

"아무리 짐승이기로 저렇게 어리구야 씨가 붙을 수 있나."

농부의 말에 식이는 다시 얼굴을 붉혔다.

"빌어먹을 놈의 짐승."

무안도 무안이려니와 귀찮게 구는 짐승에게 식이는 화를 버럭 내면서 농부의 부축을 하여 달아나는 돼지의 뒤를 쫓는다. 고무신이 진창에 빠지고 바지춤이 흘러내린다.

돼지의 허리를 매인 바를 붙들었을 때에 그는 홧김에 바를 뒤로 잡아나꾸며 기운껏 매질한다. 어린 짐승은 바들바들 뛰면서 비명을 올린다. 농가 일 년의 생명선—좀 있으면 나올 제일기 세금과 첫여름 감자나 나올 때까지의 가족의 양식의 예산의 부담을 맡은 이 어린 짐승에 대한 측은한 뉘우침이 나중에는 필연코 나련마는 종묘장 사람들 숲에서의 무안을 못 이겨 식이의 흔드는 매는 자연 가련한 짐승 위에 잦게 내렸다.

"그만 갖다 매시오."

말뚝을 고쳐 든든히 박고 난 농부는 식이에게 손짓한다. 겁과 불안에 떨며 허둥거리는 짐승을 이번에는 한결 더 든든히 말뚝 안에 우겨 넣고 나뭇대를 가로질러 배까지 떠받쳐 요동하지 못하게 탐탁하게 얽어매었다.

털몸을 근실근실 부딪히며 그의 곁을 궁싯궁싯 굼도는 씨돝은 미처 식이의 손이 떨어지기도 전에 화차와도 같이 말뚝 위에 엄습한다. 시뻘건 입이 욕심에 목메어서 풀무같이 요란히 울린다. 깔리운 암톹은 목이 찢어져라 날카롭게 고함친다.

둘러선 좌중은 일제히 웃음 소리를 멈추고 일시 농담조차 잊은 듯하였다.

문득 분이의 자태가 눈앞에 떠오른다. 식이는 말뚝에서 시선을 돌려 딴전을 보았다.

'분이 고것 지금엔 어디 가 있는구.'

―제이기분은새려 일기분 세금조차 밀려오는 농가의 형편에 돼지보다 나은 부업이 없었다. 한 마리를 일 년 동안 충실히 기르면 세금도 세금이려니와 잔돈푼의 가용돈은 훌륭히 우러나왔다. 이 돼지의 공용을 잘 아는 식이다. 푼푼이 모은 돈으로 마을 사람들의 본을 받아 종묘장에서 가주 난 양돼지 한 자웅을 사놓은 것이 지난 여름이었다. 기름이 자르르 흐르는 새까만 자웅을 식이는 사람보다도 더 귀히 여겨 가주 사왔던 무렵에는 우리에 넣기가 아까워 그의 방 한구석에 짚을 펴고 그 위에 재우기까지 하던 것이 젖이 그리워서인지 한 달도 못 돼서 수놈이 죽었다. 나머지에 암놈을 식이는 애지중지하여 단 한 벌의 그의 밥그릇에 물을 받아 먹이기까지 하였다. 물도 먹지 않고 꿀꿀 앓을 때에는 그는 나무하러 가는 것도 그만두고 종일 짐승의 시중을 들었다. 여섯 달을 기르니 겨우 암돼지 티가 났다. 달포 전에 식이는 첫 시험으로 십 리가 넘는 읍내 종묘장까지 끌고 왔었다. 피돈 오십 전이나 내서 씨를 받은 것이 종시 붙지 않았다. 식이는 화가 났다. 때마침 정을 두고 지내던 이웃집 분이가 어디론지 도망을 갔다. 식이는 속이 상해서 며칠 동안 일이 손에 잡히지 않았다. 늘 뾰로통해서 쌀쌀하게 대꾸하더니 그 고운 살을 한 번도 허락하지 않고 늙은 아비를 혼자 둔 채 기어이 도망을 가버렸구나 생각하니 분이가 괘씸하였다. 그러나 속 깊은 박 초시의 일이니 자기 딸 조처에 무슨 꿍꿍이 수작을 대었는지 도무지 모를 노릇이었

다. 청진으로 갔느니 서울로 갔느니 며칠 전에 박 초시에게 돈 십 원이 왔느니 소문은 갈피갈피였으나 하나도 종잡을 수 없었다. 이래저래 상할 대로 속이 상했다. 능금꽃 같은 두 볼을 잘강잘강 씹어 먹고 싶던 분이인만큼 식이는 오늘까지 솟아오르는 심화를 억제할 수 없었다.

"다 됐군."

딴전만 보고 섰던 식이는 농부의 목소리에 그쪽을 보았다. 씨돝은 만족한 듯이 여전히 꿀꿀 짖으면서 그곳을 떠나지 않고 빙빙 돈다.

파장 후의 광경이언만 분이의 그림자가 눈앞에 어른거리는 식이는 몹시도 겸연쩍었다. 잠자코 섰는 까칠한 암돼지와 분이의 자태가 서로 얽혀서 그의 머리 속에 추근하게 떠올랐다. 음란한 잡담과 허리 꺾는 웃음 소리에 얼굴이 더 한층 붉어졌다. 환영을 떨쳐버리려고 애쓰면서 식이는 얽어매었던 돼지를 풀기 시작하였다. 농부는 여전히 게걸덕거리며 어른어른 싸도는 욕심 많은 씨돝을 몰아 우리 속에 가두었다.

"이번에는 틀림없겠지."

장부에 이름을 올리고 오십 전을 치러주고 종묘장을 나오니 오후의 해가 느지막하였다. 능금밭 건너편 양옥 관사의 지붕이 흐린 석양에 푸르뎅뎅하게 빛난다. 옛성 어귀에는 드나드는 장꾼의 그림자가 어른어른한다. 성 안에서 한 대의 버스가 나오더니 폭 넓은 이등 도로를 요란히 달아온다. 돼지를 몰고 길 왼편가로 피한 식이는 푸뜩 지나가는 버스 안을 흘끗 살펴본다. 분이를 잃은 후로부터는 그는 달아나는 버스 안까지 조심스럽게 살피게 되었다. 일전에 나남에서 버스차장 시험이 있었다더니 그런 데로나 뽑혀 들어가지 않았을까. 분이의 간 길을 이렇게도 상상하여 보았기 때문이다.

"장이나 한 바퀴 돌아올까."

북문 어귀 성 밑 돌틈에 돼지를 매놓고 식이는 성을 들어가 남문거리로 향하였다.

분이가 없는 이제 장꾼의 눈을 피하여 으슥한 가게 앞에 가서 겸연쩍은 태도로 매화분을 살 필요도 없어진 식이는 석유 한 병과 마른 명태 몇 마리를 사들고 장판을 오르락내리락하였다. 한 동네 사람의 그림자도 눈에 뜨이지 않기에 그는 곧게 성 밖으로 나와 마을로 향하였다.

어기죽거리며 돼지의 걸음이 올 때만큼 재지 못하였다. 그러나 이제 매질할 용기는 없었다.

철로를 끼고 올라가 정거장 앞을 지나 오촌포 한길에 나서니 장 보고 돌아가는 사람의 그림자가 드문드문 보인다. 산모퉁이가 바닷바람을 막아 아늑한 저녁빛이 한길 위를 덮었다. 먼 산 위에는 전기의 고가선이 솟고 산 밑을 물줄기가 돌아내렸다. 온천 가는 넓은 도로가 철로와 나란히 누워서 남쪽으로 줄기차게 뻗쳤다. 저물어 가는 강산 속에 아득하게 뻗친 이 두 줄의 길이 새삼스럽게 식이의 마음을 끌었다. 걸어가는 그의 등뒤에서는 이상한 생각이 들었다.

"이 길로 아무 데로나 달아날까."

장에 가서 돼지를 팔면 노자가 되겠지, 차 타고 노자 자라는 곳까지 달아나면 그곳에 곧 분이가 있지 않을까, 어디서 들었는지 공장에 들어가기가 분이의 소원이더니 그곳에서 여직공 노릇하는 분이와 만나 나도 노동자가 되어 같이 살면 오죽 재미있을까. 공장에서 버는 돈을 달마다 고향에 부치면 아버지도 더 고생하실 것 없겠지. 돼지를 방에서 기르지 않아도 좋고 세금 못 냈다고 면소서기들한테 밥솥을 빼앗길 염려도 없을 터이지. 농사같이 초라한 업이 세상에 또 있을지. 아무리 부지런히 일해도 못살기는 일반이니……. 분이 있는 곳이 어디인가……. 돼지를 팔면 얼마나 받을까. 암돼지 양돼지…….

"앗!"

날카로운 소리에 번쩍 정신이 깨었다.

찬 마람이 휙 앞을 스치고 불시에 일신이 딴 세상에 뜬 것 같았다. 눈 보이지 않고 귀 들리지 않고 잠시간 전신이 죽고 감각이 없어졌다. 캄캄하던 눈앞이 차차 밝아지며 거물거물 움직이는 것이 보이고 귀가 뚫리며 요란한 음향이 전신을 쓸어 없앨 듯이 우렁차게 들렸다. 우레 소리가…… 바다 소리가…… 바퀴 소리가…… 별안간 눈앞이 환해지더니 열차의 마지막 바퀴가 쏜살같이 눈앞을 달아났다.

"앗 기차!"

다 지나간 이제 식이는 정신이 아찔하며 몸이 부르르 떨린다.

진땀이 나는 대신 소름이 쭉 돋는다. 전신이 불시에 비인 듯이 거뿐하다. 글자대로 전신을 비었다. 한쪽 팔에 들었던 석웅병도 명태 마리도 간 곳이 없고 바른손으로 이끌던 돼지도 종적이 없다.

"아, 돼지!"

"돼지구 무어구 미친 놈이지. 어디라구 건널목을 막 건너."

따귀를 철썩 맞고 바라보니 철로 망보는 사람이 성난 얼굴로 그를 노리고 섰다.

"돼지는 어찌 됐단 말이오?"

"어젯밤 꿈 잘 꾸었지. 네 몸 안 친 것이 다행이다."

"아니 그럼 돼지가 치었단 말요?"

"다음부터 차에 주의해!"

독하게 쏘아붙이면서 철로 망꾼은 식이의 팔을 잡아나꿔 밖으로 끌어냈다.

"아 돼지가 치었다니 두 번이나 종묘장에 가서 씨받은 내 돼지 암돼지 양돼지……."

엉겁결에 외치면서 훑어보았으나 피 한 방울 찾아볼 수 없다. 흔적조

160

차 없다니—기차가 달룽 들고 간 것 같아서 아늑한 철로 위를 바라보
았으나 기차는 벌써 그림자조차 없다.

"한 방에서 잠재우고, 한 그릇에 물 먹여서 기른 돼지, 불쌍한 돼
지……."

정신이 아찔하고 일신이 허전하여서 식이는 금시에 그 자리에 푹 쓰
러질 것도 같았다.

수탉

수탉

을손은 요사이 울적한 마음에 닭 시중도 게을리하게 되었다. 그 알뜰히 기르던 닭들이 도무지 눈에도 들지 않으며 마음을 당기지 못하였다. 모이는새려 뜰 앞을 어른거리는 꼴을 보면 나뭇개비를 집어들게 되었다. 치우지 않은 우리 속은 지저분하기 짝없다.

두 마리를 팔면 한 달 수업료가 된다. 우리 안의 수효가 차차 줄어짐이 그다지 애틋한 것은 아니었다. 도리어 제때 가질 운명을 못 가지고 우리 안을 헤매는, 한 달 동안의 운명을 벗어난 두 마리의 꼴이 눈에 거슬렸다. 학교에 안 가는 그 한 달 수업료가 늘려진 것이다.

그 두 마리 중에서도 못난 한 마리의 수탉—가장 초라한 꼴이었다. 허울이 변변치 못한 위에 이웃집 닭과 싸우면 판판이 졌다. 물어 뜯기운 맨드라미에는 언제 보아도 피가 새로이 흘러 있다. 거적눈인데다 한쪽 다리를 전다. 죽지의 깃이 가지런하지 못하고 꼬리조차 짧았다. 어떤 때면 암탉에게까지 쫓겼다. 수탉 구실을 못 하는 수탉이 보기에도 민망하였으나 요사이 와서는 민망한 정도를 넘어 보기 싫은 것이었다. 더구나 한 달의 운명을 우리 안에 더 붙이게 된 것이 을손에게는 밉살스럽고 흉측스럽게 보일 뿐이었다.

학교에 못 가는 마음이 몹시 답답하였다.

능금을 따고 낙원을 쫓기운 것은 전설이나 능금을 따다 학원을 쫓기운 것은 현실이다.

농장의 능금은 금단의 과실이었다.

을손들은 그 율칙을 어긴 것이다.

동무들의 꾀임에 빠졌다느니보다도 을손 자신 능금의 유혹에 빠졌던 것이다. 능금은 사치한 욕망이 아니다. 필요한 식욕이었다.

당번은 다섯 명이었다. 누에를 다 올린 후라 별로 할 일 없이 한가하였던 것이 일을 저지른 시초일는지 모른다. 잡담으로 자정이 되기를 기다렸다가 일제히 방을 나가 어둠 속에 몸을 감추고 과수원의 철망을 넘었다.

먹다 남은 것을 아궁이 속에 넣은 것은 감쪽같았으나 마지막 한 개를 방 구석 뽕잎 속에 간직한 것이 실책이었다.

이튿날 아침 과수원 속의 발자취가 문제되었을 때 공교롭게도 뽕잎 속의 그 한 개가 발견되었다.

수색의 길은 빠하다. 간밤에 다섯 명의 당번이 차례로 밤 담임 앞에 불리우게 되었다.

굳게 언약을 해놓고서도 어느 때나 마찬가지로 그 어디로부터인지 교묘하게 부서진다. 약한 한 사람의 동무의 입에서 기어이 실토가 된 모양이었다. 한 사람씩 거듭 불려 들어갔다.

두 번째 호출이 시작되었을 때 을손은 괴상한 곳에 있었다.

몸이 무거워 그곳에 들어간 것이 아니라 얼마 동안의 귀찮은 시간을 피하려 일부러 그런 곳을 고른 것이었다.

한 사람이 들어가 간신히 웅크리고 앉았을 만한 네모진 그 좁은 공간—거북스럽기는 하여도 가장 마음 편한 곳도 그곳이었다. 그곳에 앉았으면 마치 바닷물 속에 잠겨 있는 것과도 같이 몸이 거뿐한 까닭이다.

밖 운동장에서는 동무들이 지껄이는 소리, 웃음소리, 닫는 소리에 섞여 공 구르는 가벼운 소리가 쉴 새 없이 흘러와 몸은 그 즐거운 소리를 타고 뜬 것 같다.

을손은 현재 취조를 받고 있을 당번의 동무들과 자신의 형편조차 잊어 버리고 유유히 주머니 속에서 담배를 한 개 집어내서 불을 붙였다. 실상인즉 담배도 능금과 같이 금단의 것이었으나 율칙을 어김은 인류의 조상이 끼쳐준 아름다운 공덕이다. 더구나 그곳에서 한 모금 피우기란 무상의 기쁨이라고 을손은 생각하는 것이었다.

이것도 그곳의 특이한 풍속으로 벽에는 옷을 입지 않을 때의 남녀의 원시적 자태가 유치한 필치로 낙서되어 있다. 간단한 선, 서투른 그림이면서도 그것은 일종의 기쁨이었다.

을손도 알 수 없는 유혹을 받아 주머니 속에서 무딘 연필을 찾아 향기로운 연기를 길게 뿜으면서 상상을 기울여 그림을 그리기 시작했다.

능금을 먹은 위에 담배를 피우며 낙서를 하며—우빈을 거듭하는 동안에 을손은 문득 학교가 싫은 생각이 불현듯이 들었다—가령 학교에서 능금 딴 제자를 문초한 교사가 일단 집에 돌아갔을 때 이웃집 밭의 능금을 딴 어린 아들을 무슨 방법으로 처벌할 것이며, 그 자신 능금을 따던 소년 시대를 추억할 때 어떤 감상과 반성이 생길 것인가. 또 혹은 학교에서 절제의 미덕을 가르치는 교사 자신이 불의의 정욕에 빠졌을 때 그 경우는 어떻게 설명하여야 옳을 것인다.—마치 십계명을 설교하는 목사 자신이 간음의 죄에 신음하는 것과도 흡사한 그 경우를.

가깝게 생각하여 특수한 과학과 기술을 배워야 그것을 이용할 자신의 농토조차 없는 형편이 아닌가.

변변치 못하다. 초라하다. 잗단 보수를 바라 이 굴욕을 받는 것보다는 차라리 좁고 거북한 굴레를 벗어나 아무 데로나 넓은 세상으로 뛰고 싶다.

을손의 생각은 고삐를 놓은 말같이 그칠 바를 몰랐다.

아마도 오래된 듯하다.

하학 종소리가 어지럽게 울렸다.

이튿날 아버지는 단벌의 나들이 두루마기를 입고 학교에 불리었다.

무기 정학의 처분이었다.

아버지는 어안이 벙벙한 모양이었다. ─정든 아들을 매질할 수도 없었으므로.

을손은 우리 안의 닭을 모조리 훌두드려 팔아 가지고 내빼고 싶은 생각이 불같이 났으나 그것도 할 수 없어 빈 손으로 집을 떠났다.

이웃 고을을 헤매이다 사흘 만에 다시 집으로 돌아왔다.

밭일도 거들 맥 없이 며칠은 천치같이 보낼 수밖에 없었다.

우리 안의 닭의 무리가 눈에 나보였다. 가운데에서도 못난 수탉의 꼴은 한층 초라하다. 고추장에 밥을 비벼 먹여도 이웃집 닭에게 지는 가련한 신세가 보기에도 안타까왔다.

못난 수탉, 내 꼴이 아닌가─을손은 화가 버럭 났다.

한가한 판이라 복녀와는 자주 만날 수는 있는 처지였으나 겸연쩍은 마음에 도리어 주저되었다.

을손의 처분을 복녀는 확실히 좋게 여기지는 않는 눈치였다.

복녀는 의지의 여자였다. 반 년 동안의 원잠종 제조소의 견습생 강습을 마친 터이라, 오는 봄부터는 면의 잠업 지도생으로 나갈 처지였다. 건듯하면 게을리되는 을손의 공부를 권하여 주고 매질하여 주는 복녀였다. 학교를 마치면 맞들고 벌자는 언약이었으나 을손의 이번 실수가 복녀를 실망시킨 것은 확실하였다. 무능한 사내─복녀에게 이같이 의미없는 것은 없었다.

하루 저녁 복녀를 찾았을 때 을손에게는 모든 것이 확적히 알렸다.

나온 것은 복녀가 아니요, 복녀의 어머니였다.

"앞으론 출입도 피차에 잦지 못하게 될 것을 생각하니 섭섭하기 그지 없네."

뜻을 몰라 우두커니 서 있으니 복녀의 어머니는 말을 이었다.

"기어이 알맞은 사람을 하나 구해 봤네."

천근 같은 무쇠가 등골을 내려쳤다.

"조합에 얌전한 사람이 있다기에 더 캐지도 않고 작정하여 버렸어."

복녀는 찾아볼 생각도 못 하고 을손은 허전허전 뛰어나왔다.

"복녀의 뜻일까, 춘향모의 짓일까."

물을 필요도 없었다.

눈앞이 어둡고 천지가 헐어지는 것 같았다.

며칠 동안은 눈에 아무것도 어리우지 않았다.

앙상한 밤송이 같은 현실.

한 달이 넘어도 학교에서는 복교의 통지도 없다.

저녁 때였다.

닭이 우리 안에 들어 각각 잠자리를 차지하였을 때 마을 갔던 수탉이 어슬어슬 돌아왔다.

또 싸운 모양이었다.

찢어진 맨드라미에는 피가 생생하고 퉁겨진 죽지의 깃이 거꾸로 뻗쳤다.

다리를 저는 것은 일반이나 걸어오는 방향이 단정치 못하다. 자세히 보니 눈이 한쪽 찌그러진 것이었다. 감긴 눈으로 피가 흘러 털을 물들였다.

참혹한 꼴이었다.

측은한 생각은 금시에 미움의 감정으로 변하였다. 을손은 불같은 화가 버럭 났다.

─그 꼴을 하고 살아서는 무엇해.

살기를 띤 손이 부르르 떨렸다. 손에 잡히는 것을 되구 말구 닭에게 던졌다.

공칙하게도 명중되어 순간 다리를 뻗고 푸득거리는 꼴에서 을손은 시선을 피해 버렸다. 끊었다 이었다 하는 가엾은 비명이 을손의 오장을 뒤흔들어 놓은 듯하였다.

독 백

독백

아침에 세수할 때 어디서 날아왔는지 버들잎새 한 잎 대야물 위에 떨어진 것을 움켜쥐더니 물도 차거니와 누렇게 물든 버들잎의 싸늘한 감각! 가을이 전신에 흐름을 느끼자 뜰 저편의 여윈 화단이 새삼스럽게 눈에 들어왔다. 장승같이 민출한 해바라기와 코스모스—모르는 결에 가을이 짙었구나. 제비초와 애스터와 도라지꽃—하늘같이 차고 푸르다. 금어초, 카카리아, 샐비어의 붉은빛은 가을의 마지막 열정인가. 로탄제—종이꽃같이 꺼슬꺼슬하고 생명 없고 마치 맥이 끊어진 처녀의 살빛과도 같은 이 꽃이야말로 바로 가을의 상징이 아닐까. 반쯤 썩어져버린 홍초와 글라디올러스, 양귀비의 썩은 육체와도 같은 지저분한 진홍빛 열정의 뒤꿀, 가을 화초로는 추접하고 부적당하다—가을은 차고 맑다. 마치 바닷물에 젖은 조개껍질과도 같이.

나의 두 귀는 조개껍질이 아니나 그리운 바다 소리가 너무나 또렷이 들려온다. 이것도 가을 하늘이 지나쳐 맑은 탓이겠지. 화단을 어정거릴 때에나 방에 누웠을 때에나, 그 무엇을 생각할 때에나, 한결같이 또렷이 울려오는 바다 소리—궂은 비 같은 바다 소리—느껴 우는 울음과도 같은 바다 소리—가을 바다는 소리만 들어도 처량해. 어저께 저녁 바닷가 모래밭을 거닐 때에도 등에 업은 어린것만 아니라도 처량한 소리에 이끌려 그대로 푸른 바다 속에 걸어 들어갈 뻔하지 않았던가. 그렇지 않아도 산란하고 뒤숭숭한 심사가 바나 소리를 들으면 그대로 미쳐버릴 듯도 하다. 그러면서도 날마다 바다를 찾는 가을의 모순된 마음. 어리석은 마음을 꿰뚫고 한 줄기 곧게 뻗치는 추억의 실마리. 그 추억의 실마리에 조개껍질을 무수히 끼어서 그에게 보냈건만—소포 속에 조개껍질을 포기포기 싸서 멀리 그에게 차입하여 보냈건만 국한된 네 쪽의 육중한 벽 안에 갇혀 있는 그가 그것을 받았는지 어땠는지. 받았으면 조개껍질을 귀에 대고 오죽이나 바다 소리를 그리워할까. 손바닥만한 높은 창으로 좌향 달은 별을 치어다보면서 오죽이나 '고향'을 그리워할까. 서대문에서 묵은 지 두 해요. 서대문에서 다시 대전으로 넘어간 지 반년이다. 서울에 있어서 차입시중을 들던 나는 대전까지 쫓아갈 수는 없어서 그가 그리로 떠난 다음 날 하는 수 없이 반대의 방향인 이 고향으로 내려온 것이다.

얼크러진 실뭉치같이 어수선하던 사건과 마음. 그 속에서 모든 것이 꿈결같이 흘렀다.

지금 와서는 뒤숭숭한 마음속으로 삼 년 동안이나 손가락 하나 대어보지 못한 남편의 육체에 대한 열정이 송곳같이 날카롭게 솟아오를 뿐이다. 모든 분한과 원망이 한 줄기의 육체적 열정으로 환원된 듯도 하다. 싸늘한 가을임에 불구하고 마음의 불길은 뜨겁게 타오른다. 화단에 피어있는 새빨간 샐비어—이것의 표정이 나의 마음을 그대로 번역하여 놓은 것이 아닐까. 조개같이 방긋이 벌어진 떨기 사이로 불꽃같이 피어오르는 한 송이의 붉은 꽃—이것이 곧 나의 마음의 상징인 것이다. 이것도 모두 남편과 나와의 육체적 거리가 가져온 것임을 생각할 때 마음은 더한층 안타깝게 뒤끓는다. 가을이 짙을수록 꿈자리가 어지롭고 머리가 띵하고 전신에 뜨겁게 열이 솟는다. 골을 동이고 자리에 누우면 가슴이 죄어지고 모르는 결에 입에서 신음소리가 새어난다. 대낮에 홀연히 잠이 들었다가 부끄러운 꿈을 꾸고 얼굴을 붉히며 깜짝 놀라 깨나는 때가 많다. 바다로 가는 길에 종묘장을 지나게 되고 종묘장을 지날 때에 반드시 돼지우리의 그것이 눈에 뜨이는 것이다. 이 무례한 돼지우리의 풍속―이것이 마치 마법사와도 같이 나의 민첩한 마음을 활활 붙여준다.

　사실 타오르는 나의 마음의 동요가 모두 이 야릇한 돼지우리의 풍속의 죄가 아닌가도 생각한다. 거기에는 원시의 욕망 이외에 아무것도 없다. 그러나 그 원시의 자태가 사람의 일면과 흡사함을 볼 때에 나는 일부러 면을 쓰는 사람의 꼴을 더 밉게 생각할 때조차 있다. 우리 밖에는 날마다 씨돝을 끼고 여러 마리의 돼지가 네 귀로 짠 말뚝에 매었다. 육중한 씨돝은 울고 고함치는 돼지 사이로 돌아다니면서 기관차와도 같이 한 마리씩 엄습하였다. 힘과 부르짖음과―거기에는 생활의 최고 노력의 표현이 있는 것이다. 그 금단의 풍경을 나도 모르게 한참이나 물끄러미 바라보고 섰다가 문득 정신을 차리고 나는 황당하게 그곳을 떠나는 것이다. 그 꼴을 누에게 들키지나 않았을까 하고 한참 동안은 얼굴을 푹 숙인 채 종종걸음으로 재게 걷는다. 붉어진 얼굴이 쉽사리 꺼지지 아니하고 전신이 불같이 탄다. 바닷가까지 허둥허둥 한달음에 내걷는다. 도장같이 가슴속에 찍힌 새빨간 풍경이 생생한 꽃같이 살아서 바닷바람에도 쉽게 꺼지지 않았다. 그리고 타는 몸―바닷물에 빠지기 전에는 그것이 식을 리 없다. 번번이 왜 그것을 보았던가 하고 후회하면서 결국 또 보는 것이다. 그것은 일종의 마술이다.―이렇게밖에는 생각할 수 없다. 오늘 그곳을 지날 때에도 나는 역시 그 풍경에 눈을 감지 않았던 것이다. 바다에 이르니 마음이 산란하고 추억이 날카로웠다. 모래 위에 발자취가 어지럽고 상기된 눈동자에 바다가 무더웠다. 벌판을 휘돌아 집에 돌아왔을 때까지 몸은 식지 않았다. 대야에 물을 떠놓고 그 속에 주워 온 조개와 손을 담았으나 아침의 싸늘하던 대야의 감각은 먼 옛날의 기억과도 같이 아득하게 사라져 있지 않은가. 저물어가는 뜰 한구석에서는 깻잎 냄새가 진하게 흘러왔다. 그 높은 향기 또한 가지가지의 추억을 품고 있는 것이다. 허전허전 걸어가서 (그 맥없고 휘뚱휘뚱한 꼴이야 마치 도깨비나 허수아비의 그것과도 같지 않았을까) 깻잎을 뜯어 주먹 위에 얹고 손바닥으로 치니 부드럽고 둥글둥글한 음향이 저녁의 적막을 깨뜨렸다. 이 깻잎의 음향 역시 가지가지의 옛이야기를 가지고 있다. 깻잎 으끄러진 냄새가 콧속을 화끈 찔렀다. 그 냄새에 더운 몸이 더 한층 무덥고 괴롭다. 이 고요한 저녁에 네 쪽의 벽 속에 웅크리고 앉은 남편의 회포인들 오죽할까. 더구나 서울 있을 때에는 별것을 다 차입해 달라고 청하던 그가 아니던가. 그의 청대로 차입하는 책 갈피에 몸의 털을 두어 오리 뽑아서 넣었더니 태워먹었는지 삼켜버렸는지. 지금의 나의 감정 같아서는 삼 년 전에 그가 수군거리고 돌아다닐 때에 그를 붙들고 말렸더면 하는 안 된 생각조차 난다. 동무들이 이 소리를 들으면 얼마나 나를 비웃고 꾸짖을까. 그러나 이것은 거짓 없는 참된 마음인 것이다. 나는 지금 어색한 투갑을 입은 영웅되기보다도 한 사람의 천한 지어미됨에 만족하는 것이다. 그리운 남편에게도 이것을 원하는 것이다. 어색한 영웅과 천한 지아비─어느 것이 더 뜻있고 값있는 것인가는 다른 문제이다. 뜻과 값의 문제를 떠나서 지금의 나의 심회는 솔직하게 똑바로 솟아오른다. 사람이란 진실을 말하기가 하늘의 별을 따기보다도 어렵다. 마음속과 입밖에 내놓는 말과의 사이에는 항상 먼 거리가 있다. 이제 천한 지어미에 만족하는 나의 고백은 한 점의 티끌도 거짓도 없는 새빨간 마음 그대로이다. 영웅의 투갑을 버릴 때에 사람의 마음이 이렇게까지 진실하게 됨은 그러나 대체 무슨 까닭인고.

높은 창에 비끼는 별을 바라보면서 괴롭게 몸을 뒤틀고 앉았을 남편의 꼴을 생각하니 이 마음 쓰리고 안타깝다. 별이라니 벌써 가을 하늘에 별이 총총 돋았네. 저것이 '오리온'인가. 빛이 제일 청청하고 밝으면서도 일상 청승맞고 처량한 것이 저 별이야. 견우와 직녀성—긴 강을 사이에 두고 오늘밤에는 왜 저리 흐리고 슬픈 꼴을 지니고 있는가—서로 빤히 건너다보면서도 해를 두고 서로 보지도 못하는 이 땅 위의 인간은 어찌란 말인고.

아니 방에 누인 어린것이 몹시 울고 있네. 어느 틈에 깨어났노. 아비를 알 나이에 아비의 얼굴조차 모르고 지내는 어린것의 꼴이 울 때에는 더 한층 측은히 생각된다. 젖도 벌써 이렇게 지었네. 가난한 젖이나 먹고 무럭무럭 자라기나 하여라. 별안간 요란한 이 벌레 소리! 가을 벌레는 무슨 까닭으로 또 이렇게 청승맞게 우노. 모르는 결에 내린 이슬에 전신이 촉촉이 젖었네. 이슬이 녹고 하늘이 맑고 밤이 차건만 나의 몸은 아직도 덥다. 화단 위의 샐비어는 밤 기운에 오므라졌건만 나의 마음의 붉은 꽃은 아직까지도 조개같이 방긋이 열린 채 닫아지지 않는구나. 익을 대로 익은 능금송이 같은 새빨간 별이 열린 조개 틈으로 엿보고 있네. 그가 그 밑에 잠들어 있을 먼 남쪽 하늘이 붉게 타오르누나. 그렇게 맑던 하늘이, 아니 그것이 정말인가, 나의 눈의 착각인가. 왜 이리 정신이 어지러운가. 이러다가 미치지 않을까. 머리 속이 어질어질한 품이 크게 병들 것도 같다. 괴로운 이 밤을 또 어떻게 새우노…….

---

*《삼천리》 1933년 12월호에 〈가을의 서정〉으로 발표. 1941년 간행된 《이효석단편선》에 〈독백〉으로 개제改題

계 절

계절

1

"천당에 못 갈 바에야 공동변소에라도 버릴까."

겹겹으로 싼 그것을 나중에 보에다 수습하고 나서 건은 보배를 보았다.

"아무렇기로 변소에다 버릴 수 있소."

자리에 누운 보배는 무더운 듯이 덮었던 홑이불을 밀치고 가슴을 헤쳤다. 멀쑥한 얼굴에 땀이 이슬같이 맺혔다.

"그럼 쓰레기통에라도."

"왜 하필 쓰레기통예요."

"쓰레기통은 쓰레기만은 버리는 덴 줄 아우 ―그럼 거지가 쓰레기통을 들쳐낼 필요가 없어지게."

건은 농담을 한 셈이었으나 보배는 그것을 받을 기력조차 없는 듯하였다.

"개천에나 던질 수밖에."

"이왕이면 맑은 물 위에 띄워주세요."

보배는 얼마간 항의하는 듯한 어조로 말뒤를 재쳤다.

"―땅 속에 못 파묻을 바에야 맑은 강 위에나 띄워주세요."

"고기의 밥 안되면 썩어서 흙 되기야 아무 데 버린들 일반이 아니오."

하고 대꾸를 하려다가 건은 입을 다물어버렸다.

─보배에게서 문득 '어머니'를 느낀 까닭이다. 그것이 두 사람의 사랑의 귀찮은 선물일망정 ─아직 생명을 이루지 못한 핏덩이에 지나지 못할망정─몇 달 동안 배를 아프게 한 그것에 대하여 역시 어머니로서의 애정이 흐러 있음을 본 것이다.

유물론자인 건이지만은 구태여 모처럼의 그의 청을 거역하고 싶지는 않았다.

"소원대로 하리다."

하고 새삼스럽게 운명의 보를─다음에 보배를 보았다. 눈의 착각으로 보배의 여윈 팔이 실오리같이 가늘어 보였다. 생활과 병에 쪼들려 불과 일년에 풀잎같이 바스라져 버렸다. 눈과 눈썹이 원래 좁은 사이에 주름살이 여러 오리 잡혀졌다.

단칸의 셋방이 몹시 덥다. 소독용 알코올 냄새에 섞여 휘덥덥한 땀냄새가 욱신욱신하다. 협착한 뜰 안의 광경이 문에 친 발 속에 아지랑이같이 어른거린다.

몇 포기의 화초에 개기름같이 찌르르 흐러 있는 여름 햇볕이 눈부시다. 커브를 도는 전차 바퀴 소리가 신경을 찢을 듯이 날카롭다.

"맑은 물에 띄우면 이 더위에 오죽 시원해할까."

보를 들고 일어서려 할 때 보배는 별안간 몸을 뒤틀며 괴로워하였다.

또 복통이 온 모양이었다.

"아이구……."

입술을 꼭 물었고 이마에는 진땀이 빠지지 돋았다. 눈도 뜨지 못하고 전신은 새우같이 꾸부러졌다.

"약이나 먹어보려우."

별수 없이 건은 매약을 두어 알 보배의 입에 넣어 주고 물을 품겼다. 이불 위로 배를 문질러도 주었다.

한참 동안이나 신음하다가 보배는 일어나서 뒷문으로 갔다. 뒤가 무거운 것이다.

연일 연복한 약이 과한 모양이었다. 약이라야 의사에게 의논할 바 못 되므로 책에서 얻어들은 대로 위산과 피자기름을 다량으로 연복한 것이었다. 공교롭게 효험이 있어서 목적을 달하였으나 원체 근 다섯 달에 가까운 것이었으므로 모체가 받은 영향이 큰 모양이었다. 몸이 쇠약한 위에 복통이 심하였다. 다른 병이나 더 일으키지 말았으면 하는 것이 지금 와서는 건의 유일의 원이었다. 보배는 들어와 다시 요 위에 쓰러졌다.

"가슴이 아파요."

"설상가상으로."

"폐마저 상해 버리는 셈인가요. 상할 대로 상하라지요. 어차피 반갑지 않은 인생!"

"고요히 눕구려."

보배의 표정이 얼마간 평온하여진 것을 보고 건은 운명의 보를 들고 거리로 나갔다.

전차에 올랐을 때에 차 안의 시선이 일제히 건에게로 쏠렸다. 알코올 냄새의 탓이거니 하고 시침을 떼고 자리에 걸터 앉았으나 보 위에 모인 사람들의 시선이 쉽사리 흩어지지도 않았다.

사람들은 이 보의 것을 무엇으로 생각할까.

가령 맞은편에 앉은 양장한 처녀의 앞에 이것을 갖다가 풀어 보인다면 그의 표정은 어떻게 변할까. 기겁을 하고 아우성을 치면서 달아날 것이 아닌가.

도회란 속속으로 비밀을 감추고 있는 음침한 굴 속이 아닌가―.

다리 위에 섰을 때에 얼마간의 용기가 필요하였다. 사람들이 다리 위를 지나거나 말거나 건은 한 개의 돌멩이를 던지는 셈치고 그것을 던지지 않으면 안되었다. 털썩 하고 물 위에 흐린 음성이 났다. 검은 보는 쉽사리 물속에 젖어버려 다음 순간에는 보의 위치와 모양조차 사라져 버렸다. 슬픔도 두려움도 양심도 죄악의 의식도—아무 감정도 없었다. 목석같이 무감정한 그의 마음을 건은 도리어 의아하게 여겼다. 발을 돌릴 때에 하음은 한결 시원하였다. 몸이 자유로워진 것 같고 걸음이 가뿐하였다.

"두서없던 생활에 결말이 났다."

보배와의 일년 동안의 생활도 끝났고 수년간의 그의 무위의 생활도 끝났다. 이것을 기회로 새로운 생활로—한 번 벗어났던 운동의 선 위로— 돌아갈 수 있는 것이다. 바다를 건너간 동무들이 그를 부른 지 오래다. 지금에야 네 활개를 펴고 그들의 부름에 응할 수 있는 것이다.

—건이 그것을 버린 지 삼 년이 넘었다. 어찌할 수 없는 커다란 시대의 움직임이었다. 그 역 한 시험이라고 생각할 수밖에는 없었다. 많은 동무들이 선 위에서 떨어졌다.

그 세상에 가 있는 사람 외에는 거개 타락하여 일개의 시민이 되거나 그렇지 않으면 표변하여 버렸거나 하였다. 그중에서 양심을 버리지 않는 사람이 어느결엔지 바다를 건너 날쌔게 달아났다. 당시에는 갈 바를 몰라 마음이 설레던 것도 때를 지남을 따라 초조의 속에서도 차차 마음이 가라앉았다. 반년 동안이나 우물쭈물 지나는 동안에 그는 알맞은 사람을 얻어 잡지를 시작하게 되었다. 물론 그것이 마지막 목적은 아니었으나 그럭저럭 하는 동안에 마음의 안정도 얻고 한편으로 시세도 살피자는 뜻이었다.

그러나 일년도 지탱하지 못하고 잡지는 실패였다. 끌어댄 친구는 가 없게도 얼마 안 되는 자본을 완전히 소탕하여 버렸다. 그마저 없어지니 건은 입에 풀칠할 도리조차 없어 가난과 불안의 구렁 속에서 헤매일 수밖에 없었다. 카페의 여급으로 있는 보배를 알게 되고 가까워진 것은 이런 때였다. 건은 보배를 원하였고 보배도 건을 구하였다. 반드시 연애가 아닌 것도 아니었으나 보배가 건을 구한 것은 그 역 당시 마음의 가난과 불만이 있었기 때문이었다.

보배는 그때의 실연의 괴로움과 상처가 아직 온전히 사라지지 않은 중이었다. 학교 시대의 스승이요, 학교를 나와서는 애인이라고 믿었던 사람이 사랑의 유물까지 남긴 뒤 하필 사람이 없어 그의 동창의 동무를 이끌고 달아난 것이었다. 생각하여 보면 한 사람의 불량한 스승이 장기인 음악을 낚시 삼아 두 사람의 제자를 교묘하게 차례차례로 낚은 셈이었다.

학교를 마쳤을 뿐 인생에 미흡한 보배는 기막힌 생각에 무엇이 무엇인지 분간할 수도 없었다.

애인을 후려간 상대자가 그의 친우임을 믿을 수 없었던 것이다. 가지가지의 소문을 옆 귀로 흘리며 얼마 동안은 괴롭게 몸부림치지 않으면 안되었다. 그러나 이때부터 그는 비로소 인생에 눈뜨게 되었다.

눈물을 씻고 새로 분을 발랐다. 직업에서 직업으로 생활을 쫓는 동안에 가슴의 상처는 완전히는 아물지 않았을망정 옛 애인과 동무에게 대한 태도는 벌써 관대하고 무심한 것이었다. 그것보다도 날마다의 생활의 걱정과 쇠약하여 가는 건강이 의식의 전부를 차지하였다.

건을 알게 된 것은 이런 때였다. 같은 불여의不如意의 처지가 두 사람을 쉽사리 접근시켰고 감정의 소통이 마음의 문을 서로 열게 하였다. 두 사람은 단칸의 셋방에 만족하였다. 반드시 연애가 아닌 것도 아니었으나, 말하자면 일종의 공동생활이었던 것이다. 건은 일정치 않은 수입을 보배의 것과 합자하였다. 이것도 생활의 한 방편이요 형식이거니 생각하였다.

이러한 형식으로 모인 살림이기 때문에 보배가 옛 애인과의 소생을 유모에게 맡겨두고 그의 관심과 수입의 일부분이 그리로 들어간다 하여도 건에게는 아랑곳도 없는 노릇이요, 불쾌히 여길 필요도 없는 것이었다. 물론 보배 역시 건에게 대하여 그것을 미안히 여기지는 않았다. 건은 이러한 공동생활 속에서도 끊임없이 앞을 내다보고 일을 생각하고 열정을 북돋우면 그만이었다. 공동생활은 말하자면 그가 다음 일의 실마리를 찾을 때까지 유숙하고 있으면 족한 일종의 정류장이었다. 그렇기 때문에 두 사람의 애정의 산물이 생겼을 때에도 그것을 길러갈 욕망도 능력도 없는 두 사람은 합의의 결과 그 수단을 써서 그 노릇을 한 것이었다.

무사히 성사된 것만 다행이었다. 건은 이것으로 보배에 대한 애정이며 지금까지의 무위의 생활이며를 청산한 셈이었다. 자유로운 몸으로 바다 밖에서 부르는 동무의 소리에 응하여 뛰어갈 수 있는 것이다.

백화점 지하층에 들러 보배의 즐겨하는 음식을 사가지고 돌아왔다.

"보배의 건강만 회복되었으면 시름을 놓으련만."

걸음걸음 이런 생각을 하고 오던 터이라 건은 방문을 열었을 때에 놀라고 낙담하지 않을 수 없었다. 나갈 때에 누웠던 보배는 자리에 웅크리고 앉아서 괴로워하는 것이다. 요 위와 그위 옷자락에는 피가 임리淋漓하여 있다.

"웬 피요."

몸서리를 치면서 소리를 쳤다.

"하혈이 이때 멈추지 않았던 말요?"

186

절망의 목소리였다.

"그럼 동맥을 끊었단 말이요?"

대답하는 대신에 보배는 기침을 두어 번 하였다. 입 안에 고인 것을
뱉었다. 거품 섞인 피였다.

"아니 각혈이란 말요?"

건은 몸을 주물트렸다. 보배는 이어서 입 안의 것을 두어 번 그릇에
뱉었다. 가는 핏방울이 옷섶에 뛰었다. 얼굴은 도화빛으로 불그레 상기
되었다.

요동하는 보배의 몸을 눕히고 건은 급스럽게 방을 나갔다. 오랜 후에
그는 면목이 있는 의사를 데리고 왔다. 토혈은 외출혈이 아니라 역시
폐에서 나온 것이었다. 출혈을 멈추게 하는 주사는 피하에 두어 대 놓
은 후 정맥에 '야토코인'을 놓았다. 입이 무거운 의사는 아무 말도 하지
는 않았으나 침착한 표정 그것이 무서운 선고였다.

'야토코인'을 오랫동안 맞아야 할 것을 말하고 안정을 시키라는 충고
를 남긴 후 참고로 보배의 혈담을 싸가지고 의사는 가버렸다.

"─기어코 올 것이 왔구나."

하는 생각에 건은 도리어 엉거주춤하던 마음이 이상하게도 가라앉음
을 느꼈다. 일난─難이 가고 다시 일난이 오는 기구한 운행을 막아내려
야 막아낼 수는 없는 것이다. 아직 극히 가벼운 증세라는 의사의 말을
빙탁하여 보배의 위로하고 간호에 힘쓸 뿐이었다.공교롭게도 각혈은
쉽게 그치고 기침도 차차 가라앉고 열도 내리기 시작하였다. 일주일 동
안을 정양하니 안색도 회복되고 식욕이 늘었다.

일주일이 넘었을 때에 보배 다니는 카페에서는 사람이 왔다. 보배는
며칠 후부터 다시 나가겠다는 뜻을 품겨서 돌려보냈다.

"그 몸으로 어떻게 일한단 말요. 다 집어치우고 고향으로 돌아가는

수밖에는 없소."

건은 딱하다는 것보다도 보배를 측은히 여겼다.

"이 주제를 하고 고향엔들 어떻게 돌아가요. 좁은 고장에 소문만 요란히 펴놓고 이제 이 꼴로 헤적헤적 돌아갈 수 있단 말예요."

"고향의 체면을 꺼려서 이 무서운 곳에서 죽어야 한단 말요."

"……."

"별수 없소. 하루라도 속히 내려가도록 생각하우.—완전히 회복한 후에 다시 오면 좋지 않소."

한참 동안 말이 없다가 보배의 어조는 별안간 애달파졌다.

"나를 처치해 놓고 가버리실 작정이지요. 동경 있는 동무에게서 편지 자주 오는 줄 알고 있어요."

"내 일이야 내 멋대로 처리하겠거니와 보배의 건강을 걱정하여서 말요. 우리에게 무슨 다른 도리가 있소."

"……."

"날을 보아서 하루 바다에 나갔다 옵시다. 몸이 웬만치 가뿐하여지면 두말 말고 고향으로 가기로 하고."

건은 혼자 지껄이고 있는 동안에 문득 보배의 눈에 고인 눈물을 보고 말을 끊어버렸다.

2

보배의 기분이 상쾌한 날을 가려 건은 인천으로 해수욕을 떠났다.

번잡한 곳이니 필연코 그 무슨 귀찮은 것을 만나게 될 듯한 예감도 있는 까닭에 보배는 그다지 마음에 쓰이지 않는 것을 억지로 그의 건강도 시험하여 볼겸 끌어낸 것이었다.

거리에서나 차 속에서나 걱정하였던 것보다는 비교적 굳건한 보배의 몸을 건은 기뻐하였다. 오늘이 보배와의 마지막 날이다, 라는 은근한 생각이 있기 때문에 이날 보배에게 대한 그의 애정이 평소보다 더 한층 두터움을 느꼈다. 보배의 건강이 웬만하다는 것만 증명되면 건으로서는 이 마지막 날에 더 바랄 것이 없는 것이다. 보배의 한 표정 한 거동이 모두 건의 주의의 과녁이었다. 그의 품 속에는 며칠 전 동무에게서 온 급한 편지가 감추어 있는 것이었다.

여름의 해수욕장은 어지러운 꽃밭이었다. 청춘을 자랑하는 곳이요, 건강을 경쟁하는 곳이었다. 파들파들한 여인의 육체―그것은 탐나는 과실이요 찬란한 해수욕복―그것은 무지개의 행렬이었다. 사치한 파라솔 밑에는 하아얀 살결의 파도가 아깝게 피어 있다. 해수욕장에 오는 사람들은 생각건대 바닷물을 즐기고자 함이 아니라 청춘을 즐기고자 함 같다. 찬란한 광경이 너무도 눈부신 까닭에 건들은 풀께를 떠나 사람의 그림자 없는 북쪽으로 갔다.

더위를 견디기 어려워 건은 요 며칠 답답한 방 안에서 해수욕복을 입고 지냈으나 바다에 잠겨보고 바다의 고마움을 짜장 느꼈다. 보배도 해수욕복으로 갈아입으니 치마를 입었을 때의 인상보다는 그다지 몸이 축나지 않았음을 알 수 있었다. 허리 아래는 역시 여자답게 활짝 펴져서 매력을 감추고 있는 것이었다.

물속에 잠겼다 모래펄에 나왔다 하는 동안에 건은 언제부터인지 얼마 떨어지지 않은 물속에서 농탕치고 있는 한 사람의 여자를 보고 있었다.

명랑한 얼굴 탄력 있는 거동을 살피면서 처녀인가 아닌가를 마음속으로 점치며 은근히 보배와 비교도 하여보았다. 처녀의 감정은 어려운 노릇이겠으나 확실히 보배보다는 나이의 테두리가 한 고패 젊고 그의 인생도 그만큼 젊으리라고 생각하고 있는 동안에 그 여자는 이쪽을 보고 뛰어오는 것이다.

"보배 언니!"

가까이 달려와서,

"얼마만요."

보배의 손을 쥐었다.

"옥련이오. 우연히 만나게 되는구려."

보배의 이 한마디에 건은 그 여자가 바로 공교롭게도 보배의 이왕의 사랑의 적수임을 깨달을 수 있었다. 다시 그를 훑어보았다.

"고생한다는 말을 저쪽에서 잘 듣고 있었지요. 그러나 그렇게까지 사람을 몰라 보시게 되었어요."

아무 속심사도 없어 보이는 순진한 목소리였다. 보배는 동하지 않는 침착한 태도였다. 어울리지 않는 듯이 그 어디인지 엿보았다.

"언제 나왔소?"

"한 일주일 될까요."

"동경 재미는 어떱디까?"

"재미가 있으면 나왔겠어요."

"아주 나왔단 말요?"

"생각 같에서는 다시 들어갈 것 같지 않아요."

옥련은 숨김없이 걱실걱실 대답하였다.

"음악공부는 집어치웠소?"

"공부고 뭐고 허송세월하고 놀았어요."

"옥련이 나오는 날 난 공회당에서 오래간만에 고명한 독창을 듣게 될 줄 알았더니."

농담이 아니었다. 보배는 평소에 생각하고 있던 것을 그대로 말했음에 지나지 않았다.

"작작 놀리세요, 호호호."

하아얀 이빨이 신선하게 드러났다. 귀여운 얼굴이었다.

"도회에 가서 걱정 없이 허송세월하는 것도 좋겠지."

"걱정 없이가 무어예요. 이래 보여도 고생 톡톡히 했어요."

"무슨 고생. 사랑 고생. 안방 고생."

"그야 언니의 고생에 비기면야 고생이랄 것도 없겠지만.─그래도 가령 화수분이 아닌 이상에야 돈이 떨어져 고생한 때 있었고─."

"사랑에 끌려간 바에야 사랑만 있으면 그만이겠지."

"또 조롱이야."

옥련은 웃을 수밖에는 없었다. 허물이 있는 이상 자연히 겸양의 태도를 지었다. 그러나 보배 자신은 미흡하고 나어린 동무를 측은히 여기면 여겼지 마음속으로 미워하지는 않았다. 그렇기 때문에 미묘한 관계에 있는 두 사람으로서는 다따가 만난 자리에 사이가 화목한 편이었고 피차에 말이 많았다.

"조롱은 무슨 조롱.─고생했다는 얼굴이 전보다 더 푸냥해졌어."

보배는 기어코 한마디 더해 붙이고 요변에는 어조를 부드럽게 했다.

"그래 나오기는 혼자 나왔소?"

"아니에요. 같이 나왔어요."

하고 옥련은 저쪽 모래밭을 턱으로 가리켰다. 보배는 그쪽을 보았다. 건도 그의 시선을 따랐다. 해수욕복을 입은 한 사람의 후리후리한 사나이가 모래를 털면서 이쪽으로 걸어오는 중이었다.

"궐자厥者이구나."

알아차린 순간 건은 어깨를 으쓱하였다. 흉측한 벌레나 본 듯한 떫은 표정을 하였다. 입에 도는 군침을 모래 위에 뱉었다.

이때 옥련은 처음으로 건의 존재를 발견한 듯이 그를 돌려다보면서 몸의 자세를 틀고 보배와 건을 나란히 볼 수 있는 위치에 앉았다.

그러나 보배는 옥련에게 건을 자세히 관찰할 여유를 주지 않고 꾀바르게 또 이야기를 시작하였다. 물론 한편으로는 가까이 걸어오는 사나이 태규―사랑의 배반자에게 시선을 주고 싶지 않은 까닭도 있었다.

"돌아온 건 무슨 목적이오.―앞으로 어떻게 할 작정이냐 말요."

"작정이나 웬 있나요. 할 일 없으니까 조촐한 차점茶占이나 하나 열어 볼 생각예요."

"돈도 없다면서."

"피아노 한 대 남은 것 팔아버린다나요."

"흥, 그것도 좋지."

앞에 사람의 그림자가 어른거렸다. 태규가 와서 앞에 선 것이었다.

"보배. 오래간만요."

몹시 겸연쩍은 태도였다.

"―풍편에 소식은 가끔 듣고 있었지만."

보배는 고개를 돌리지 않았다. 딴편을 향할 때 그의 인사를 옆귀로 흘렸다.

별안간 벌떡 건이 일어서는 눈치였다. 보배가 얼굴을 돌렸을 순간에는 건은 이미 태규의 볼을 보기 좋게 갈긴 뒤였다.

"벌레 같은 것…… 무슨 염치로 간실간실 눈앞에 나타나."

거의 본능적으로 하려는 것을 다리를 걸어 그 자리에 넘어트렸다.

"하, 웬 놈야. 무례한 것―비신사적―"

"나는 물론 그 신사 축에 들고 싶지도 않다. 너 같은 것을 용납하여 두는 세상도 무던히는 관대한 셈야. 이 신사! 망할 신사!"

비슬비슬 일어서는 것을 붙들어서 바닷물까지 끌고 가 다시 딴죽을 걸어 쓰러뜨렸다. 일어설 여유도 안 주고 물속에 잠긴 머리를 발로 지긋지긋 밟아 얼굴째 거꾸로 물속에 묻어버렸다.

"저이가 왜 저래. 다따가 모르는 사람을 무엇으로 여기고, 무례한 양반.─"

옥련은 두 주먹을 흔들고 발을 구르면서 어쩔 줄을 모르는 모양이었다. 보배는 무감동한 표정으로 냉정하게 그 광경을 방관할 뿐이었다.

"신사! 힘의 맛이 어때."

물을 켜고 허덕허덕 일어나는 태규를 건은 다시 머리를 밟아 물속에 틀어박았다.

해변에서 한 걸음 먼저 여관으로 돌아온 건은 혼자 식탁을 마주하고 앉아 맥주를 마시면서 보배가 돌아오기를 기다렸다.

보배와의 마지막 날에 최후의 만찬을 성대히 할 작정으로 건은 깨끗한 여관을 골라 사치한 식탁을 분부한 것이었다.

하녀가 가져온 두 번째 병의 맥주를 따랐을 때에 보배가 돌아왔다.

"보배도 한결 몸이 가뿐해졌수."

건이 바다 이야기, 요리 이야기를 너저분히 꺼냈다. 아무리 기다려야 낮에 해변에서 겪은 사건은 이야기하지 않는 까닭에 보배 쪽에서 그것을 끄집어내지 않을 수 없었다.

"아까는 무슨 망령예요."

"무엇. 나는 벌써 잊어버리고 있었구료."

건은 엉뚱하게 딴소리를 하였다.

"─오래간만에 팔이 근질근질해서."

"그것으로 마음이 시원하단 말예요?"

"시원하구 말구. 보배는 시원치 않소."

뒤슬뒤슬 웃고 나서 잔을 들었다.

"초면에 폭력을 쓰는 것은 어떨까요?"

"나 역 궐자가 그다지 미운 것은 아니었으나 그때의 복잡한 감정은 그 방법으로밖에는 정리할 수 없었던 거요."

"원시인의 방법이 아닌가요?"

"병든 현대에 있어서는 원시인의 방법이 가끔 시원한 경우가 많아."

건은 팔을 내저으면서 힘을 자랑하는 듯이 웃었다.

"오늘 저녁은 특별히 부탁한 요리요. 실컷 먹고 푹 쉬고 내일 돌아갑시다."

저녁을 마친 후,

"내 거리를 한번 휘돌고 들어오리다."

하고 건은 자별스럽게 보배를 품 안에 안아보고는 여관을 나갔다. 새삼스러운 그의 거동을 수상히 생각하였다. 아니나다를까, 건은 종시 돌아오지 않았다. 보배는 요 위에서 궁싯거리면서 밤중에 여러 번 눈을 떠보았으나 돌아오는 기척은 없었다. 물론 밤이 훤히 밝은 후까지도.

쓸쓸한 하룻밤을 세우고 이튿날 아침 첫차로 보배는 서울로 돌아왔다.

섭섭한 느낌을 종잡을 수 없었다. 전에는 이런 적이 없었는데 생각하며 마음을 억지로 굳게 가지고 방에 돌아왔을 때에 구석에 늘 놓여 있던 트렁크가 눈에 띄지 않았다.

"기어코 혼자 가버렸구나."

더 한층 쓸쓸한 것은 한쪽 벽에 밤낮으로 걸렸던 건의 잠자리옷이 사라졌음이다.

물론 구석구석에 놓였던 몇 권의 책자도 간 곳이 없고 책상 위 종이 조각에는 연필 자취가 어지러웠다.

─밤차로 돌아와 부랴부랴 짐을 꾸려 가지고 지금 집을 떠나려고 하는 것이오. 보배를 이별하려면 이 수밖에는 없소. 정거장에서 작별하다가는 자칫하면 눈물을 흘리게 될는지도 모르니까. 그러나 지금에는 급하고 바쁜 생각뿐이오. 될 수 있는 대로 속히 고향으로 내려가시오. 간신히 구한 여비 속에서 이것을 떼어서 놓았소. 주사 값을 치르고 여비를 삼으시오. 품에 지녔던 시계─이것도 보배에게 주고 가겠소. 나의 앞으로의 생활에는 밤낮의 구별조차 없을 터이니 시계도 필요치 않을 것이오. 시계 보고 틈틈이 생각이나 해주오. 나의 가슴은 지금 열정에 뛰놀고 있소. 나의 행동을 양해하여 주시오. 차시간이 바빠 이만 쓰겠소. 가서 또 편지할 날이 있으리라고 생각하오. 제발 몸 튼튼히 하시오. 건─.

앞에 놓인 봉투 속에서는 지폐 다섯 장과 끼워 놓은 시계가 나왔다.
보배는 순간 눈물이 핑 돌았다. 뼈가 찌르르 아팠다. 평소에 무심히 지녔던 애정이 한꺼번에 솟아오르는 듯하였다.
"언제까지든지 같이 지낼 수 없었는가."
가지가지의 기억이 머리 속을 피뜩피뜩 스쳤다. 무뚝뚝은 하였으나 무언지 굵은 애정으로 항상 보배의 마음을 녹여주었다. 태규와의 기억이 마음속에 남아 있지 않음에도 불구하고 건과의 기억이 가슴속에 굵게 굵게 맺히고 있음은 반드시 시간의 거리가 가까운 탓만은 아닌 것 같았다.
건이 버리고 간 헌옷가지에 얼굴을 묻고 있으려니 어느 때까지라도 눈물이 나올 것 같다. 보배는 일어서서 방 안을 어정어정 걸었다 뜰에 나갔다 하였으나 쉽사리 마음은 개이지 않았다.

3

이튿날 보배는 오래간만에 다니던 카페를 찾았다. 근무를 계속할 생각에서가 아니라 마지막 작별차였다.

교섭을 마치고 아래층으로 내려왔을 때에 대낮의 카페 안에서 술 마시고 있는 태규를 문득 만나 보배는 주춤하였다. 동무 여급들의 눈도 있고 하여 모르는 체하고 나가려고 하다가 기어코 불리우고 말았다.

동무들 있는 앞에서 뿌리치고 나가기도 도리어 수상스러워질까 보아 순직하게 의자에 앉아버렸다.

"일전에는 실례가 많았소."

쌍꺼풀진 눈가에 불그스레한 술기운을 띤 태규는 보배를 보는 눈망울에 몹시 윤택이 있었다.

보배는 그 아름다운 눈을 보아서는 안 되겠다는 듯이 시선을 피하면서 무엇이 실례인가 하고 그가 말한 '실례'의 뜻을 생각하려고 애썼다.

"다따가 실례라니까 잘 모르겠죠."

태규는 보배의 표정을 살펴 가느다란 단장으로 두 손을 받치고 말을 이었다.

"하기야 모욕을 받은 것은 나니까 실례를 한 것은 보배들 쪽이겠지만 나는 그날 집에 돌아가 곰곰이 생각한 결과 역시 실례가 내 쪽에 있다고 판단한 것이오. ─ 오랫동안 실례가 많았소."

두 팔 밑에서 단장이 휘춘휘춘 휘었다.

"낸들 보배를 근본적으로야 배반했겠소? 다만 그때의 감정에 충실하였던 거요. 사람은 생각하면 변새 많은 동물 같소. 원래가 늘 다른 것을 ─ 자유를 원하는 것이 사람의 본성이 아니겠소. 나는 구태여 과거의 행동을 합리화시키려고 하는 것도 아니요, 나의 행동의 정당성을 보배에게 주장하려는 것도 아니요. 원컨대 사람의 자유로운 행동이 그대로 바르게 용납되는 세상이야말로 마지막 이상이 아니겠소. 그런 세상에서는 나의 행동도 응낙될 것이오. 어떻게 말하면 보배에게는 잠꼬대같이 들릴 것이오. 나는 얼토당토않은 이상주의자일는지도 모르오."

장황한 태규의 말을 새삼스럽게 들을 필요도 없어 보배는 딴편만 보고 있기에 그 자리가 심히 괴로웠다.

"—저쪽에 있을 때에도 보배의 소문이 조각조각 들릴 때마다 마음이 아팠고 적어도 늘 걱정만은 하고 있었던 것요."

보배는 얼마간 귀찮아서 딴 편을 본 채 동무들과 몇 마디 말을 건네고 있었다. 태규는 단장을 놓고 술잔을 들어 보배에게도 권하였다.

보배는 물론 거절하였다. 그러나 그 이상 권하지도 않고 태규는 그의 잔을 마시고 일어섰다.

"오래간만에 한 곡조 쳐보고 싶구려."

하고 구석에 놓인 피아노 옆에 앉았다.

귀 익은 '드리고'의 〈세레나데〉가 울렸다. 태규는 고개를 들고 창을 노리며 일종의 정서를 가지고 뜯는 모양이었다. 그러나 보배는 몇 해 전 같은 지붕 밑에서 아침 저녁으로 듣던 면면한 그 곡조를 이제는 무심히 옆귀로 흘리는 것이었다. 웬일인지 문득 일전에 해변에서 옥련이가 피아노를 팔아서 차점 열겠다고 전하던 말이 생각났다. 보배는 이 얼토당토않은 딴 생각에 잠기면서 피아노에 열중하고 있는 몰락한 피아니스트인 옛애인의 뒷모양을 물끄러미 바라보았다.

피아노를 마친 후까지도 태규의 얼굴에는 일종의 정서가 쉽사리 사라지지 않았다. 술도 마시지 않고 여급들과 말도 없이 일어선 채 모자를 쓰고 보배를 재촉하였다.

"나갑시다.—차마 보배 다니던 술집에 오래 있고 싶지는 않구려."

거리에 나왔을 때에 태규는 자유롭게 목소리를 내었다.

"해야 할 몇 마디 말도 있소. 보배의 집까지 간대도 물론 안내함이 없으니 알맞은 차점으로나 가지 않으려우."

거리의 한복판에서 실례를 할 수도 없어서 또 하는 수 없이 태규의 뒤를 따라 뒷골목 차점으로 들어갔다.

"어린것 잘 자라오?"

의자에 앉지마자 다짜고짜로 이 소리였다.

"상관할 것 있어요?"

"그렇게 매정하게 굴 것이야 있소. 나는 이 이상 더 보배에게 귀찮게 굴자는 것이 아니오. 다만 오늘 이 몇 시간만 거역 없이 나의 말과 생각을 존중히 하여주구려."

태규는 차를 이르고 나서,

"애정 문제는 별것으로 하더라도 어린것의 양육에 관하여서야 내게도 책임이 있는 것이 아니오. 혼자 공연한 수고만 말고 모처럼이니 내 청도 들어달란 말요."

"누가 책임을 지랬어요?"

"내 청이래야 그다지 훌륭하고 넉넉한 것은 못되오마는."

하면서 속주머니를 들쳐 한 장의 두툼한 봉투를 보배의 앞에 내놓았다.

"나중에는 또 다른 도리도 있을는지 모르나 우선 지금에는 이것이 나의 기껏의 정성이니 받아주시오."

차를 가져온 보이가 간 뒤에 태규는 말을 이었다.

"또 한 가지 청—이것도 오늘 하루만의 청이니 거절하지 말고 들어주시오."

차를 한 모금 마시고 나서,

"어린것을 한 번만 보여주시오."

한참이나 생각하다가 보배는 한마디로 잡아떼었다.

"그럴 것 없어요. — 이것도 받을 필요 없고."

봉투마저 그의 앞으로 밀쳐버렸다. 보배의 생각으로는 돈도 받아서는 안 되고 어린것도 보여서는 안 되었다. 이제 와서 그런 멋대로의 동정과 제의를 하는 것이 보배의 비위에 맞지 않는 것이다. 후회, 동정 — 이런 것을 보배는 극도로 미워하고 배척하였다.

여러 번의 간청에도 보배의 뜻은 종시 굽히지 않았다.

"만날 필요조차 없는 것을."

오늘 태규와 만나게 된 것까지 불쾌히 여기면서 물론 차도 마시지 않고 혼자 차점을 뛰어나와 버렸다. 태규가 행여나 쫓아오지나 않을까 하여 골목을 교묘히 빠져 재게 걸었다.

며칠 후 보배는 의외의 신문기사를 보고 눈을 둥글게 떴다. 삼단의 굵은 제목이 태규의 사기 사건을 보도하였다.

— 낭비에 궁한 결과 부동산의 문서를 위조하여 사기를 한 탓으로 검거되었다는 것이었다. '몰락한 음악가'이니 '약관의 피아니스트'이니 하는 조롱의 문구가 눈에 띄었다. 보배는 그와의 과거에까지 캐어 올라가지 않은 것을 다행으로 여겼다. 사기까지 하게 된 형편에 일전에 양육비로 내놓던 돈은 대체 어떻게 하여 변통한 것인가. 받지 않기 다행이었다고 보배는 생각했다. 아마도 차점인가를 경영하기 위하여 그 노릇까지 한 것 같은데 그러면 대체 옥련은 어떻게 되었을까. 태규를 잃은 옥련이라는 것은 생각할 수 없는 가엾은 존재임에 틀림없다. 옥련이 역시 나와 같은 길을 밟게 되지 않을까. — 생각하는 보배의 마음은 여러 가지로 궁금하였다.

"세상이란 헤아릴 수 없이 교묘하게 틀어져 나가는구나."

보배는 모르는 결에 한숨 비슷한 걸 내쉬었다.

4

몸이 괴로워서 보배는 다음 날부터 다시 자리에 누웠다. 아픈 데는
없었으나 어딘지 없이 몸이 노곤하였다. 주사는 계속하여 맞는 중이었
다. 물론 각혈의 증세는 없었으나 다만 전신이 괴로울 뿐인 정도였다.

이 생각 저 생각에 지쳐 무료히 누워 있으려니 편지가 왔다. 피봉에
이름은 없었으나 건에게서 온 것이었다. 실종 후의 첫 편지였다. 무료
하던 차에―더구나 건을 생각하고 있던 차이므로 보배는 조급하게 내
려 읽었다.

보배, 이것이 보배에게 보내는 첫 편지고, 혹은 마지막 편지일는지도
모르오. 왜 그러냐 하면 앞으로는 자주 편지 쓸 기회도 없을 듯하니까.
지금 이 편지를 쓰는 곳은 어디인 줄 아오? 지도에도 오르지 않은 대동
경 동남쪽 구석에 있는 빈민굴이라면 보배는 놀라겠소. 서울의 방을 무
덥다고 여겼으나 이 방에 비기면 오히려 사치한 셈이죠. 단칸방에 사오
인의 동무가 살고 있소. 벽이 떨어지고 다다미가 무지러진 것은 말하지
않더라도 보배 자신이 상상할 수 있을 것이오. 세상에서 제일 불결하고
누추한 곳을 머리 속에 떠올려본다면 족할 것이니까 말이요. 그러나 이
불결한 방과는 반대로 마음은 반드시 불행한 것이 아니오. 도리어 한없
이 즐겁소. 피가 뛰논다―고 말하면 어린애 수작같이 들릴는지 모르겠
으나 실상 옛날에 느낀 열정을 지금 다시 느끼고 있는 중이오. 날마다
보는 것, 그것은 이 방에서 떨어진 벽이 아니고 그 너머의 세상이요. 날
마다 생각하는 것, 그것은 반드시 먹고 입는 것에 대한 걱정만이 아니
고 날마다 계획하는 것, 그것은 적어도 일상 생활을 떠난 앞날에 대한
것이요. 동무들은 아침에 나갔다가 다음 날 새벽에 돌아오고, 혹은 며

칠씩 안 돌아오는 수도 있소. 피차에 만나면 웃는 법 없고 살림 걱정하는 법 없고 잠자코 무표정한 얼굴로 맡은 일을 볼 뿐이오. 세상 사람들과는 혈족이 다른 감동 없는 무쇠덩이와도 같은 사람들이오. 그러나 그들 속에서 나는 얼마나 친밀한 애정과 굳은 신념을 느끼고 있는지 모르오. 굳게들 믿고 즐겁게 일하여 가는 것이오. 이 이상 우리의 생활을 구체적으로 적는대야 보배에게는 흥미 없는 일일 것이오. 우리의 혈관 속에 굵게 맺히고 있는 열정만이라도 보배가 알아야 된다면 족하겠소. 내말만 하다가 문안이 늦었소. 그동안 건강은 웬만치 회복되었소. 아직도 시골 안 갔으면 제발 속히 내려가오. 만일 후일에 다시 만날 날이 있다 하더라도 그것은 보배의 건강이 있은 후의 일이 아니겠소. 내 충고 어기지 마오. 문밖에 돌아오는 동무의 발소리가 나기에 이만 그치겠소. 여기 있는 동무들은 고향에나 동무에게 결코 편지 쓰는 법 없소. 일도 바쁘거니와 그런 마음의 여유를 만들지 않는 것이오. 나는 여기에 온후로는 서울서 겪은 일을 차차 잊어갈 뿐이오. 이만.　　　　　　건

편지에는 물론 주소도 번지도 기록되지 않았다. 봉투에 찍힌 일부인에 나타난 '후카가와'라는 흐릿한 글자로 보이는 건의 처소를 막연히 짐작할 수 있을 뿐이었다. 읽고 나니 건이 느끼고 있는 열정이라는 것을 아련히나마 느낄 수 있었다. 건의 건강한 육체, 굵은 감정이 새삼스럽게 생각났다. 나도 몸만 건강하다면 건이 하는 일 속으로 뛰어들어갈 수 있을까―얼토당토않은 생각도 하여 보았다.

괴로운 것도 잊어버리고 이모저모 건을 생각하고 있는 동안에 반날이 지났다.

저녁때 의외에도 뜻하지 않은 옥련이 돌연히 찾아왔다.

"일전에 일러주신 번지를 생각하고 더듬어 왔죠."

두 마디째에 옥련은 다짜고짜로 이야기에 들어갔다.

"신문 보셨어요?"

"어떻게 된 일이요?"

"집에는 들어가지도 않고 방을 빌리고 있었죠. 별안간 습격이에요.―
요행히 저는 빠졌지만.―차점이고 무엇이고 다 틀렸어요."

"피아노 팔지 않게 됐구려."

"세상일이 왜 그리 잘 깨뜨려져요.―마치 물거품 모양으로.―언니,
앞으로 어떻게 했으면 좋겠소."

소녀다운 형용이었으나 실감이 흘렀다.

보배는 결국 나와 같은 운명을 밟게 되었구나 생각하며 미흡한 동무
의 미래가 측은하게 내다보이는 것 같았다.

그가 간 후에 보배는 울울한 마음에 건의 일이 다시 생각났다. 별일
이 없으면서도 또 한 번 읽고 싶은 생각이 나서 건의 편지를 다시 펴들
었다.

산

산

1

나무하던 손을 쉬고 중실은 발 밑에 깨금나무 포기를 들췄다. 지천으로 떨어지는 깨금알이 손 안에 오르르 들었다. 익을 대로 익은 제철의 열매가 어금니 사이에서 오드득 두 쪽으로 갈라졌다.

돌을 집어던지면 깨금알같이 오드득 깨어질 듯한 맑은 하늘, 물고기 등같이 푸르다. 늦게 뜬 조각구름 떼가 햇볕에 뿌려진 조개껍질같이 유난스럽게도 한편에 옹졸봉졸 몰려들 있다.

높은 산등이라 하늘이 가까우련만 마을에서 볼 때와 일반으로 멀다. 구만 리일까. 십만 리일까. 골짜기에서의 생각으로는 산기슭에만 오르면 만져질 듯하던 것이 산허리에 나서면 단번에 구만 리를 내빼는 가을 하늘.

산 속의 아침나절은 졸고 있는 짐승같이 막막은 하나 숨결이 은근하다. 휘엿한 산등은 누워 있는 황소의 등허리요, 바람결도 없는데 쉴새 없이 파르르 나부끼는 사시나무 잎새는 산의 숨소리다. 첫눈에 띄는 하얗게 분장한 자작나무는 산 속의 일색. 아무리 단장한대야 사람의 살결이 그렇게 흴 수 있을까. 수북 들어선 나무는 마을의 인총보다도 많고 사람의 성姓보다도 종자가 흔하다. 고요하게 무럭무럭 걱정 없이 잘들 사란다. 산오리나무, 물오리나무, 가락나무, 참나무, 졸참나무, 박달나무, 사수래나무, 떡갈나무, 피나무, 물가리나무, 싸리나무, 고로쇠나무, 골짜기에는 산사나무, 아그배나무, 갈매나무, 개옷나무, 엄나무. 산등에 간간이 섞여 어느 때나 푸르고 향기로운 소나무, 잣나무, 전나무, 향나무, 노간주나무─산 속은 고요하나 웅성한 아름다운 세상이다.

과실같이 싱싱한 기운과 향기, 나무 향기, 흙 냄새, 하늘 향기, 마을에서는 찾아볼 수 없는 향기다.

낙엽 속에 파묻혀 앉아 깨금을 알뜰히 바수는 중실은 이제 새삼스럽게 그 향기를 생각하고 나무를 살피고 하늘을 바라보는 것이 아니었다. 그런 것은 한데 합쳐서 몸에 함빡 젖어 들어 전신을 가지고 모르는 결에 그것을 느낄 뿐이다. 산과 몸이 빈틈없이 한데 얼린 것이다.

눈에는 어느 결엔지 푸른 하늘이 물들었고 피부에는 산 냄새가 배었다. 바심할 때의 짚북더기보다도 부드러운 나뭇잎─여러 자 깊이로 쌓이고 쌓인 깨금잎, 가랑잎, 떡갈잎의 부드러운 보료─ 속에 목을 파묻고 있으면 몸뚱아리가 마치 땅에서 솟아난 한 포기의 나무와도 같은 느낌이다. 소나무, 참나무 총중叢中의 한 대의 나무다. 두 발은 뿌리요, 두 팔은 가지다. 살을 베이면 피 대신에 나무진이 흐를 듯하다. 잠자코 섰는 나무들의 주고받는 은근한 말을, 나뭇가지의 고갯짓 하는 뜻을 나뭇잎의 소곤거리는 속심을, 총중의 한 포기로서 넉넉히 짐작할 수 있다. 해가 쪼일 때에 즐겨하고 바람 불 때 농탕치고 날 흐릴 때 얼굴을 찡그리는 나무들의 풍속과 비밀을 역력히 변역해 낼 수 있다. 몸은 한 포기의 나무다.

별안간 부드득 솟아오르는 힘을 느끼고 중실은 벌떡 뛰어 일어났다. 쭉 펴는 네 활개에 힘이 뻗혀 금시에 그대로 하늘에라도 오를 듯싶다.

넘치는 힘을 보낼 곳 없어 할 수 없이 입을 크게 벌리고 하늘이 울려라 고함을 쳤다. 땅에서 솟는 산 정기의 힘찬 단순한 목소리다.

산이 대답하고 나뭇가지가 고개짓 한다. 또 하나 그 소리에 대답한 것은 맞은편 산허리에서 불시에 푸드득 날아 뜨는 한 자웅의 꿩이었다. 살찐 까투리의 꽁지를 물고 나는 장끼의 오색 날개가 맑은 하늘에 찬란하게 빛났다.

살찐 꿩을 보고 중실은 문득 배가 허출함을 깨달았다. 아랫편 골짜기 개울 옆에 간직하여 둔 노루고기와 가랑잎에 싸둔 개꿀이 있음을 생각하고 다시 낫을 집어들었다. 첫참 때까지에는 한 짐을 채워 놓아야 파장되기 전에 읍내에 다다르겠고, 팔아 가지고는 어둡기 전에 다시 산으로 돌아와야 할 것이다. 한참 쉰 뒤라 팔에는 기운이 남았다. 버스럭거리는 나뭇잎 소리가 품 안에 요란하고 맑은 기운이 몸을 한바탕 먹감긴 것 같다. 산은 마을보다 몇 곱절 살기 좋은가. 산에 들어오기를 잘했다고 중실은 생각하였다.

2

세상에 머슴살이같이 잇속 적은 생업은 없다.

싸우려야 싸운 것이 아니라 김 영감 편에서 투정을 건 셈이다. 지금와 보면 처음부터 쫓아낼 의사였던 것이 확실하다. 중실은 머슴 산 지 칠팔 년에 아무것도 쥔 것 없이 맨주먹으로 살던 집을 쫓겨났다. 원통은 하였으나 애통하지는 않았다.

해마다 사경을 또박또박 받아본 일 없다. 옷 한 벌 버젓하게 얻어 입은 적 없다. 명절에는 놀이할 돈도 푼푼이 없이 늘 개보름 쇠듯하였다.

장가 들이고 집 사고 살림을 내준다던 것도 헛소리였다. 첩을 건드렸나는 생뚱같은 디짐이었으나, 그것은 처음부터 계책한 억지요, 졸색의 등글개 따위에는 손대일 염도 없었던 것이다. 빨래하러 갔던 첩과 동구 밖에서 마주쳐 나뭇짐을 지고 앞서고 뒤서서 돌아왔다고 의심받을 법은 없다. 첩과 수상한 놈팽이는 도리어 다른 곳에 있는 것을 애매한 중실에게 엉뚱한 분풀이가 돌아온 셈이다. 가살스런 첩의 행실을 휘어잡지 못하고 늘그막판에 속 태우는 영감의 신세가 하기는 가엾기는 하다. 더욱 얼크러질 앞일을 생각하고 중실은 차라리 하직하고 나온 것이었다.

넓은 하늘 밑에서도 갈 곳이 없다. 제일 친한 곳이 늘 나무 하러 가던 산이었다. 짚북더기보다도 부드러운 두툼한 나뭇잎의 맛이 생각났다. 그 넓은 세상은 사람을 배반할 것 같지는 않았다. 빈 지게만을 짊어지고 산으로 들어갔다. 그 속에서 얼마 동안이나 견딜 수 있을까가 한 시험도 되었다.

박중골에서도 오 리나 들어간 마을과 사람과는 인연이 먼 산협이다. 산등이 펑퍼짐하고 양지 쪽에 해가 잘 쪼이고 골짜기에 개울이 흐르고 개울가에 나무 열매가 지천으로 열려 있는 곳이다. 양지 쪽에서는 나무 하러 왔다 낮잠을 잔 적도 여러 번이었다. 개울가에 불을 피우고 밭에서 뜯어 온 옥수수 이삭을 구웠다. 수풀 속에서 찾은 으름과 나뭇가지에 익어 시든 아그배와 산사로 배가 불렀다. 나뭇잎을 모아 그 속에 푹 파고든 잠자리도 그다지 춥지는 않았다.

이튿날 산을 헤매다가 공교롭게도 주영나무 가지에 야트막하게 달린 벌집을 찾아냈다. 담배 연기를 피워 벌 떼를 어지러뜨리고 감쪽같이 집을 들어냈다. 속에는 맑은 꿀이 차 있었다. 사람은 살라고 마련인 듯싶다. 꿀은 조금으로도 요기가 되었다. 개와 함께 여러 날 양식이 되었다.

꿀이 다 떨어지지도 않은 그저께 밤에는 맞은편 심산에 산불이 보였다. 백일홍같이 새빨간 불꽃이 어둠 속에 가깝게 솟아올랐다. 낮부터 타기 시작한 것이 밤에 들어가서 겨우 알려진 것이다. 누에게 먹히는 뽕잎같이 아물아물해지는 것 같으나, 기실은 한 자리에서 아롱아롱 타는 것이었다. 아귀의 혀끝같이 널름거리는 불꽃이 세상에도 아름다웠다. 울밑에 꽃보다도, 비단결보다도, 무지개보다도, 맨드라미보다도 곱고 장하다.

중실은 알 수 없이 신이 나서 몽둥이를 들고 산등을 따라오르고 골짜기를 건너 불붙는 곳으로 끌려 들어갔다. 가깝게 보이던 것과는 딴판으로 꽤 멀었다. 불은 산등에서 산등으로 둘러붙어 골짜기로 타 내려갔다. 화기가 확확 튀어 가까이 갈 수 없었다. 후끈후끈 무더웠다. 나무뿌리가 탁탁 튀며 땅이 쩽쩽 울렸다. 민출한 자작나무는 가지가지에 불이 피어올라 한 포기의 산호수 같은 불 나무로 변하였다. 헛되이 타는 모두가 아까웠다. 중실은 어쩌는 수 없이 몸뚱이를 쓸데없이 휘두르며 불 테두리를 빙빙 돌 뿐이었다. 불은 힘에 부치는 것이었다.

확실히 간 보람은 있었다. 그슬러진 노루 한 마리를 얻은 것이었다. 불 테두리를 뚫고 나오지 못한 노루는 산골짜기에서 뱅뱅 돌다 결국 불벼락을 맞은 것이다. 물론 그것을 얻을 때는 불도 거의 다 탄 새벽녘이었으나 외로운 짐승이 몹시 가여웠다. 그러나 이미 죽은 후의 고기라 중실은 그것을 짊어지고 산으로 돌아갔다. 사람을 살리자는 산의 뜻이라고 비위 좋게 생각하면 그만이었다. 여러 날 동안의 흐뭇한 양식이 되었다. 다만 한 가지 그리운 것이 있었다. 짠 맛—소금이었다. 사람은 그립지 않으나 소금이 그리웠다. 그것을 얻자는 생각으로만 마을이 그리웠다.

3

힘에 자라는 데까지 졌다.

이십 리 길을 부지런히 걸으려니 잔등에 땀이 내뱄다. 걸음을 따라 나뭇짐이 휘청휘청 앞으로 휘었다.

간신히 파장 전에 대었다.

나무를 팔 때의 마음이 이날같이 즐거운 적은 없었다.

물건을 살 때의 마음도 이날같이 즐거운 적은 없었다.

그것은 짜장 필요한 물건이기 때문이었다.

나무 판 돈으로 중실은 감자 말과 좁쌀 되와 소금과 냄비를 샀다.

산 속의 호젓한 살림에는 이것으로써 족하리라고 생각되었다.

목숨을 이어가는 데 해어쯤이 없으면 어떨까도 생각되었다.

올 때보다 짐이 단출하여 지게가 가벼웠다. 거리의 살림은 전과 다름 없이 어수선하고 지지부레하였다. 더 나아진 것도 없으려니와 못해진 것도 없다.

술집 골방에서 왁자지껄하고 싸우는 것도 전과 다름없다.

이상스러운 것은 그런 거리의 살림살이가 도무지 마음을 당기지 않는 것이다. 앙상한 사람들의 얼굴이 그다지 그리운 것이 아니었다.

무슨 까닭으로 산이 이렇게도 그리울까. 편벽된 마음을 의심도 하여 보았다. 그러나 별로 이치도 없었다. 덮어놓고 자작나무가 눈에 들고 떡 갈잎이 마음을 끄는 것이다. 평생 산에서 살도록 태어났는지도 모른다.

김 영감의 그 후의 소식은 물어 낼 필요도 없었으나, 거리에서 만난 박 서방 입에서 우연히 한 구절 얻어듣게 되었다.

병든 둥글개첩은 기어이 김 영감의 눈을 감춰 최 서기와 줄행랑을 놓 았다. 종적을 수색중이나 아직도 오리무중이라 한다.

사랑방에서 고시랑고시랑 잠을 못 이룰 육십 노인의 꼴이 측은하게 눈에 떠올랐다. 애매한 머슴을 내쫓았음을 뉘우치리라고도 생각되었다. 그러나 중실에게는 물론 다시 살러 들어갈 뜻도, 노인을 위로하고 싶은 친절도 가지기 싫었다.

다만 거리의 살림이라는 것이 더한층 어수선하게 여겨질 뿐이었다.

산으로 향하는 저녁 길이 한결 개운하다.

4

개울가에 냄비를 걸고 서투른 솜씨로 지은 저녁을 마쳤을 때에는 밤이 적이 어두웠다.

깊은 하늘에 별이 총총 돋고 초생달이 나뭇가지를 올개미 지웠다.

새들도 깃들이고, 바람도 자고, 개울물만이 쫄쫄쫄쫄 숨쉰다. 검은 산등은 잠든 황소다.

등걸불이 탁탁 튄다. 나뭇잎 타는 냄새가 몸을 휩싸며 구수하다. 불을 쪼이며 담배를 피우니 몸이 훈훈하다. 더 바랄 것 없이 마음이 만족스럽다.

한 가지 욕심이 솟아올랐다.

밥 짓는 일이란 머슴애 할 일이 못 된다. 사내자식은 역시 밭 갈고 나무 하는 것이 옳은 것이다. 장가를 들려면 이웃집 용녀만한 색시는 없다. 용녀를 데려다 밥일을 맡길 수밖에는 없다고 생각하였다.

용녀를 생각만 하여도 즐겁다. 궁리가 차례차례로 솔솔 풀렸다.

굵은 나무를 베어다 껍질째 도막을 내 양지 쪽에 쌓아올려 단칸의 조촐한 오두막을 짓겠다. 펑퍼짐한 산허리를 일궈 밭을 만들고 봄부터 감자와 귀리를 갈 작정이다. 오랍뜰에 우리를 세우고 염소와 돼지와 닭을 칠 터. 산에서 노루를 산 채로 붙들면 우리 속에 같이 기르고, 용녀가 집일을 하는 동안에 밭을 가꾸고 나무를 할 것이며, 아이를 낳으면 소 같이 산같이 튼튼하게 자라렷다. 용녀가 만약 말을 안 들으면 밤중에 내려가 가만히 업어올걸. 한 번 산에만 들어오면 별수 없지―.

불이 거의거의 이스러지고 물소리가 더한층 맑다.

별들이 어지럽게 깜박거린다.

달이 다른 나뭇가지에 걸렸다.

나머지 등걸불을 발로 비벼 끄니 골짜기는 더한층 막막하다.

어느 만 때인지 산 속에서는 때도 분별할 수 없다.

자기가 이른지 늦은지도 모르면서 나무 밑 잠자리로 향하였다.

낟가리같이 두두룩하게 쌓인 낙엽 속에 몸을 송두리째 파묻고 얼굴만을 빼꼼히 내놓았다.

몸이 차차 푸근하여 온다.

하늘의 별이 와르르 얼굴 위에 쏟아질 듯싶게 가까웠다 멀어졌다 한다.

별 하나 나 하나, 별 둘 나 둘, 별 셋 나 셋―.

어느 결엔지 별을 세고 있었다. 눈이 아물아물하고 입이 뒤바뀌어 수효가 틀려지면 다시 목소리를 높여 처음부터 고쳐 세곤 하였다.

별 하나 나 하나, 별 둘 나 둘, 별 셋 나 셋―.

세는 동안에 중실은 제 몸이 스스로 별이 됨을 느꼈다.

분 녀 粉女

분녀粉女

1

우리도 없는 농장에 아닌 때 웬일인가를 의아하게 여기고 있는 동안에 집채 같은 돼지는 헛간 앞을 지나 묘포밭으로 달아온다. 산돼지 같기도 하고 마바리 같기도 하여 보통 돼지는 아닌 데다가 뒤미처 난데없는 호개胡犬 한 마리가 거위영장같이 껑충대고 쫓아오니 돼지는 불심지가 올라 갈팡질팡 밭 위로 우겨든다. 풀 뽑던 동무들은 간담이 써늘하여 꽁무니가 빠져라 산지사방으로 달아난다. 허구 많은 지향 다 두고 돼지는 굳이 이쪽을 겨누고 육박아 오는 것이다.

분녀는 기겁을 하고 도망을 하나 아무리 애써도 발이 재게 떨어지지 않는다. 신이 빠지고 허리가 휘는데 엎친 데 덮치기로 공칙히 앞에는 넓은 토벽이 막혀 꼼짝 부득이다.

옆으로 빗뻬려고 하는 서슬에 돼지는 앞으로 왈칵 덮친다. 손가락 하나 놀릴 여유도 없다.

육중한 바위 밑에서 금시에 육신이 터지고 사지가 떨어지는 것 같다. 팔을 옴짝달싹할 수 없고 고함을 치려야 입이 움직이지 않는다.

분녀는 질색하여 눈을 떴다.

허리가 뻐근하여 몸이 통세痛勢난다.

문득 짜장 놀라서 잉겁결에 소리를 치나 소리는 나오지 않는다. 입 안에는 무엇인지 틀어 막히고 수건으로 자갈을 물리어 있지 않은가. 손을 쓰려 하나 눌리었고 다리도 허리도 머리도 전신이 무거운 돼지 밑에 있는 것이다. 몸에 칼이 돋히기 전에는 이 몸도둑을 물리칠 수 없지 않은가.

어둠 속에서도 경풍驚風할 변괴에 부끄러운 생각이 났다. 어머니 앞에서도 보인 법 없는 몸뚱이를, 하고 옷으로 덮으려 하나 생각뿐이었다. 어머니는, 하고 가까스로 고개를 돌리니 윗목에 누웠고 그 너머로 동생의 코고는 소리가 들린다. 같은 방에 세 사람씩이나 산 넋이 있으면서도 날도둑을 들게 하다니 멀건 등신들이라고 원망할 수도 없는 것이 된 낮일에 노그라져서 함빡 단잠에 취하여 있는 것이다. 발로 차서 어머니를 깨우고도 싶으나 발이 닿기에는 동이 떴다.

삼경이 넘었을까 밤은 막막하다. 열린 문으로는 바람 한 숨 없고 방안이나 문 밖이 일반으로 가마득하다. 먼 하늘에는 별똥 하나 안 흐른다.

"원망할 것 없다. 둘만 알고 있으면 그만야. 내가 누구든―아무에게나 다 마찬가진걸."

더운 날숨이 이마를 덮는다. 부스럭부스럭 하더니 저고리 고름을 올개미 지어 매어주는 눈치다.

간단하고 감쪽같다. 도둑은 흔적 없이 '훔칠 것'을 훔치고 늠실하고 나가버렸다.

몸이 풀리자 분녀는 뛰어일어나 겨우 입 봉창을 빼기는 하였으나 파장 후에 소리를 치기도 객쩍다.

대체 웬 녀석인가. 뛰어나가 살폈으나 간 곳 없다. 목소리로 생각해 보아도 알 바 없고 맺혀진 옷고름을 만져보는 것 뜻 없다. 하늘이 새까

216

맣다. 그 새까만 하늘이 부끄럽고 디딘 땅이 부끄럽고 어두운 밤을 대하기조차 겸연스럽다.

몸이 무시근하다. 우물에서 물을 두어 두레 퍼 올려 얼굴을 씻고 방에 들어가 등잔에 불을 켰다. 어둠 속에서 비밀을 가진 방 안은 밝을 때엔 천연스럽다. 땅 그 어느 한구석이 무지러져 떨어졌을 것 같다. 몸뚱이가 한구석 뭉쳐 이지러진 것 같다. 반쪽 거울을 찾아들고 얼굴을 비치어 보았다. 코며 입이며 볼이며가 상하지 않고 제대로 있는 것이 도리어 신기하게 여겨졌다. 어차피 와야 할 것이겠지만 그것이 너무도 벼락으로 급작스리 어처구니없게 온 것이 분녀에게는 알 수 없이 겸연스러웠다.

얼굴과 몸을 어루만지며 어머니의 잠든 양을 물끄러미 바라보더니 별안간 소름이 끼치며 가슴이 떨린다. 무서운 생각이 선뜻 들며 어머니를 깨우고 싶다. 그러나 곤한 눈을 멀뚱하게 뜨고 상기된 눈망울로 이쪽을 바라보는 것을 보면 분녀는 딴 소리밖엔 못하였다.

"새까맣게 흐린 품이 천둥하고 비올 것 같으우."

묘포 감독 박추의 짓일까. 데설데설하며 얼부렁한 품이 아무 짓인들 못할 것 같지 않다. 계집아이들 틈에 끼어 인부로 오는 명준의 짓일까. 눈질이 영매스러운 것이 보통 아이는 아니나 워낙 집안이 억판인 까닭에 일껏 들어간 중등학교도 중도에서 퇴학하고 묘포 인부로 오는 것이 가엾긴 하다. 그러나 그라고 터놓고 을러댔다고 하면 응낙할 수 있었을까. 군청 사동 섭준이나 아닐까. 한길에서도 소락소락 말을 거는 쥐알봉수. 그 초나라면 치가 떨려 어떻게 하나.

잠을 설굳혀 버린 분녀는 고시랑고시랑 생각에 밤을 샜다. 이튿날은 공교로이 궂은 까닭에 비를 칭탈하고 일을 쉬고 다음 날 비로소 묘포로 나갔다. 같은 생각이 머리 속에 뱅 돌아 사람을 만나기가 여간 겸연쩍지 않다. 사람마다 기연미연 혐의를 걸어보기란 면란스런 일이었다.

하늘이 제대로 개이고 땅이 이지러지지 않은 것이 차라리 시쁘스럽다. 천지는 사람의 일신의 괴변쯤은 익지 않은 과실이 벌레에게 갉힌 것만큼도 대수롭게 여기지 않는 모양이다. 하긴 다행이지 몸의 변고가 일일이 하늘에 비치어진다면 기분이, 순야, 옥녀 모든 동무들에게 그것이 알려질 것이요 그들의 내정도 역시 속 뽑히울 것이다. 이런 생각이 들자 별안간 그들은 대체 성할까 하는 의심이 불현듯이 솟아오르며 천연스러운 얼굴들이 능청스럽게 엿보였다.

박추와 명준에게만은 속내를 들리운 것 같아서 고개가 바로 쳐들리지 않았다. 다시 살펴도 가잠나룻이 듬성한 검센 박추. 거드럼 부리는 들대밑. 이 녀석한테 당하였다면 이 몸을 어쩌노. 잠자코 풀 뽑는 무죽한 명준이, 새침한 몸집 어느 구석에 그런 부락부락한 힘이 들어 있을고. 사람은 외양으론 알 수 없다. 마치 그것이 명준이요 적어도 명준이었으면 하는 듯이 이렇게 생각은 하나 면상과 눈치로는 그가 근지 누가 근지 도무지 거니챌 수 없다. 이러다가는 평생 그 사람을 모르고 지나지나 않을까.

맡은 땅의 풀을 뽑고 난 명준은 감독의 분부로 이깔 포기에 뿌릴 약제를 풀어 무자위로 치기 시작하였다. 한 손으로 물을 뿜으며 다른 손으로 물줄기를 흔들다가 고무줄이 빗나가는 서슬에 푸른 약물이 옥녀의 낯짝을 쏘았다. 옥녀는 기급을 하여 농인 줄만 알고 "저 녀석 얼뜨개 같이 해가지고 요새 무슨 곡절이 있어" 하고 쏘아붙인다. 명준은 픽 웃으며 마침 손이 빈 분녀에게 고무줄을 쥐어주고 뿌려주기를 청하였다. 두 사람이 한 무자위로 협력하게 되자 옥녀는 더 말이 없었다.

통의 것을 다 쳤을 때 다시 물을 길을 양으로 분녀는 명준이 뒤를 따라 도랑으로 내려갔다. 도랑은 풀이 가리어 밭에서 보이지 않는다. 명준은 손가락으로 물탕을 치며 낯이 부드럽다.

"일하기 되지 않니?"

대번에 농조로,

"너 어떤 놈에게로 시집가련. 박추한테라도."

"미친것 다따까."

"시집 갔니? 안 갔니?"

관자놀이가 금시에 빨개진 것을 민망히 여겨 곧 뒤를 이었다.

"평생 시집 안 갈 테냐?"

"망할 녀석."

"난 이 고장에서 없어지겠다. 살 재미 없어. 계집애들 틈에 끼어 일하기도 낯없다. 일한대야 부모를 살릴 수 없고 잠단 세금도 못 물어 드잡이를 당하는 판이 아니냐. 이까짓 고향 고맙잖어. 만주로 가겠다. 돌아다니며 금광이나 얻어보련다. 엄청난 소리지. 그러나 사람의 운을 알 수 있니?"

"정말 가겠니?"

"안 가고 무슨 수 있니? 이까짓 쭉쟁이 땅 파야 소용 있나. 거기도 하늘 밑이니 사람이 살지 설마 짐승만 살겠니?"

물을 나르고 다시 도랑으로 내려왔을 때 명준은 다따까 분녀의 팔을 잡았다.

"금덩이를 지고 올 때까지 나를 기다려주련?"

눈앞에 찰락거리는 명준의 옷고름이 새삼스럽게 눈에 뜨이자 분녀는 번개같이 정신이 번쩍 들었다. 끝을 홀켜맨 고름이 같은 꼴의 제 옷고름과 함께 나란히 드리운 것이다.

"네 짓이었구나."

분녀는 짧게 외치고 고개를 떨어뜨렸다.

"언제까지든지 나를 기나리고 있으련?"

박추의 소리가 나자 두 사람은 날쌔게 떨어져 밭으로 갔다. 분녀는 눈앞이 아찔하며 별안간 현기증이 났다.

그뿐 명준은 다시 묘포밭에 나타나지 않았다. 다음 날도 다음다음 날도. 며칠 후에 짜장 만주로 내뺐다는 소문이 들렸다. 분녀는 마음이 아득하고 산란하여 일을 쉬는 날이 많았다.

2

분녀는 그렇게 눈떴다.

인생의 고패를 겪은 지 이태에 몸은 활짝 피어 지난 비밀의 자취도 어스레하다. 껍질에 새긴 글자가 나무가 자람을 따라 어느 결엔지 형적 形跡이 사라진 격이다.

이젠 아닌 때 별안간 불풍나게 두 번째 경험을 당하려고 하는 자리에 문득 옛 생각이 떠오르지 않을 수 없었다. 흐르는 향기같이 불시에 전신을 휩싼다. 피가 끓으며 세상이 무섭고 가슴이 두근거리며 손가락이 떨린다. 물동이를 깨뜨린 때와도 같이 목줄을 조인다.

대체 어떻게 하여서 또 이 지경에 이르렀나 생각하면 눈앞이 막막하다.

거리에 자주 삐쭉거린 것이 잘못일까. 만갑이에게는 어찌되어 이렇게 허름하게 보였을까. 돈도 없으면서 가게에 들어가서 이것저것 탐내는 것부터 틀렸다. 집안이 들구날 판에 든벌의 옷도 과남한데 단오빔은 다 무엇인가. 돈 있는 사람들의 단오 놀이지 가난한 멀떠군이의 아랑곳인가. 이곳 질숙 저곳 기웃하며 만져보고 물어보고 눈을 까고 한숨 쉬고 하는 동안에 엉뚱한 딴꾼에게 온전히 깐보이고 감잡히웠다. 만갑이는 가게에 사람이 빈 때를 가늠 보아 미처 겨를 사이도 없게 몸째 덜렁 떠받들어 뒷방에 넣고 안으로 문을 잠근 것이다.

부락스러운 꼴이 사내란 모두 꿈에서 본 돼지요, 엉큼한 날도둑이다. 훔친 뒤에는 심드렁하다.

"가지고 싶은 것을 말해 봐—무엇이든지 소용되는 대로 줄게."

"욕을 주어도 분수가 있지 사람을 어떻게 알고 이 수작이야."

분녀는 새삼스럽게 짜증을 내며 보기좋게 볼을 올려붙였다. 엄청난 짓을 당하면서 심상한 낯을 지닐 수도 없고 그렇게라도 할 수밖에 없었다.

"미워 그랬나?"

"몰라, 녀석."

쏘아붙이고는 팔로 눈을 받치고 다따가 울기 시작하였다. 사실 눈물도 나왔다. 첫 번에는 겁결에 울기란 생각도 안 나던 것이 지금엔 눈물이 솟는 것이다. 그 무엇을 잃은 것 같다. 다시 찾을 수 없을 것 같다. 안타까운 생각에 몸이 떨린다.

"울긴 왜, 사람은 다 그런 것이야—단오에 들것 한 벌 갖추어줄게."

머리를 만지다 어깨를 지긋거리면서,

"삽삽하게만 굴면야 이 가게라도 반 나눠줄걸."

가게에 인기척이 나는 까닭에 분녀는 문득 울음을 그쳤다. 부르다 주인의 대답이 없으니 사람은 나가버렸다. 만갑이는 급작스럽게 말을 이었다.

"여편네가 중풍으로 마저마저 거꾸러져 가는 판이니 그렇게만 된다면야 나는 분녀를 새로 맞어다 가게를 맡길 작정인데 뜻이 어떤가?"

울면서도 분녀는 은연중 귀를 솔깃하고 있었다.

"잘 생각해 볼 일이야."

듣짓이 눌러놓고 만갑이는 한 걸음 먼저 방을 나섰다. 손님을 보내기가 바쁘게 방문을 빼꼼히 열고 불러냈다.

"이것 넣어둬."

소매 속에다 무엇인지를 틀어넣어 주는 것이다. 분녀는 어안이 벙벙하였다.

집에 돌아와 소매 갈피를 헤치니 지전 한 장이 떨어졌다. 항용 보던 것보다는 훨씬 넓고 푸르다. 과남한 것을 앞에 놓고 분녀는 적이 마음이 느근하였다. 군청 관사에 아침저녁으로 식모로 가서 버는 한 달 월급보다 많다. 월급이라야 단돈 사 원으로는 한 달 요의 보탬도 못 된다. 화세로 얻어 부치는 몇 뙈기의 밭을 그래도 어머니와 동생이 드세게 극성으로 가꾸는 덕에 제철제철의 곡식이 요를 도우니 말이지, 그것도 없다면야 분녀의 월급만으로는 코에 바를 나위도 없을 것이다.

원곳에 가 있는 오빠가 좀 더 온전하다면 집안이 그처럼도 군색하지는 않으련만 엉망인 집안에 사람조차 망나니여서 이웃 고을 목탄조합에 가 있어 또박또박 월급 생애를 하면서도 한푼 이렇다는 법 없었다. 제 처신이나 똑바로 하였으면 걱정이나 없으련만 과당하게 건들거리다 기어이 거덜나고야 말았다. 늦게 배운 오입에 수입을 탕갈하다 나중에 공금에까지 손찌검을 한 것이다. 탄로되었을 때에는 오백 소수나 감춰낸 뒤었다. 즉시 그 고을 경찰에 구금되었다가 검사국으로 넘어간 것은 물론이거니와 신분 보증을 선 종가에 배상액을 빗발같이 청구하므로 종가에서는 펏질 뛰어들어 야기를 부리는 것이다. 집안은 망조를 만난 듯이 을시산하고 시년스럽다.

불의의 수입을 앞에 놓고 분녀는 엄청나고 대견하였다. 어떻게 했으면 옳을까. 집안일에 보태자니 빚 없고 혼잣일에 쓰자니 끔찍하고 불안스럽다. 대체 집안 사람들에게는 출처를 어떻게 말하면 좋을까. 관사에서 얻어내왔다고 해서 곧이 들을까. 가난에 과남은 도리어 무서운 일이다.

왈칵 겁도 났다. 술집 계집이나 하는 짓이 아닌가. 집안 사람도 집안 사람이려니와 명준에게 상구에게 들 낯이 있는가. 설사 만주에는 가 있다 하더라도 첫 몸을 준 명준이 아닌가. 그야말로 불시에 금덩이나 짊어지고 오면 어떻게 되노.

그러나 명준이보다도 당장 날마다 만나게 되는 상구에게 대하여서는 어떻게 한단 말인가. 확실히 그를 깔보고 오기는 했다. 그렇기 때문에 벌써 피차에 정을 두고 지낸 지 반 년이 넘는데도 몸 하나 까딱 다치지 못하게 하여왔다.

그 역 몸은 다칠 염도 하지 않았다. 그러나 그는 깔중 보일 인금인가. 명준이같이 역시 눈질이 보통 재물은 아니다. 학교도 같은 학교나 명준이같이 중도에서 폐학할 처지도 아니요, 그것을 마치고는 서울 가서 웃학교를 치를 생각이라니 그렇게만 된다면야 취직도 한층 높아 고을 학교만을 졸업하고 삼종 훈도로 나가거나 조합 견습생으로 뽑히는 것과는 격이 다르다. 다만 세월이 너무 장구한 것이 지루하다. 지금 학교를 마치재도 이태 웃학교까지 필함은 어느 천년일까. 그때까지에는 집안은 창이 날 것이다. 몸까지 허락하면 일이 됩데 틀어질 것 같아서 언약만 하여 놓고 손가락 하나 까딱 못 하게 한 것이다. 상구 역시 그것을 원하지 않고 공부에 유난스럽게 힘을 들이는 모양이다. 그러는 동안에 이 꼴이 되고 말았다.

허랑한 몸으로 상구를 어찌 대하노. 그렇다고 그를 당장에 단념할 신세도 못 되고 지은 죄를 쏟아 놓고 울고 뛸 수는 더욱 없는 것이다.

생각과 겁과 부끄러움에 분녀는 정신이 섞갈린다.

                                    3

　학교가 바쁜 지 여러 날이나 상구를 만날 수 없다. 눈앞에 면대하지 않으니 겁도 차차 으스러지고 도리어 마음은 허량하게만 든다.
　실상은 다음 날로라도 곧 가려 하였으나 겸연쩍은 마음에 그럴 수도 없어 며칠은 번졌다. 그라 부랴부랴 그곳을 나오느라고 만갑이 가게에 물건을 잊어둔 것이다. 물건도 물건 공칙히 손에 걸치는 옷가지인 까닭에 안 찾을 수도 없고 밤이 이슥하기를 기다려 분녀는 조심스러이 거리로 나갔다.
　한길에는 사람들이 듬성듬성하다. 전과는 달리 한결 조물거리는 마음에 사방을 엿보며 가게로 들어가자 기다리고 있던 듯이 만갑이는 성큼 뛰어나온다.
　"올 사람도 없을 듯하군."
　밀창을 드르렁드르렁 밀고 휘장을 치고 가게를 닫히는 것이다.
　"곧 갈 텐데."
　"눈어림만 했더니 맞을까."
　골방 문을 냉큼 열더니 만갑이는 상자를 집어낸다. 덮개를 여니 뾰족한 구두. 새까만 광채에 분녀는 눈이 어립다.
　팔을 나꾸어 쪽마루로 이끈다.
　분녀는 반갑기보다도 무섭다.
　"그까짓 구두쯤."
　불 하나를 끄니 가게 안은 어둑스레하다.

만갑이는 마루에 걸터앉자 강잉히 팔을 잡아끈다. 뿌리치고 빼다가 전봇대 모서리에서 붙들렸다.

"손가락 겨냥 좀 해볼까."

우격으로 끌리운다.

마루에 이르기 전에 만갑이는 날쌔게 남은 등불을 마저 죽여버렸다.

어두운 속에서 분녀는 씨름꾼같이 왈칵 쓰러졌다. 더운 날 숨이 목덜미를 엄습한다. 굵은 바로 얽어매인 것같이 몸이 가쁘다.

"미친것."

즐겨서 들어온 것은 아니나 굳이 거역할 것이 없는 것이 몸이 떨리기는 하나 거듭하는 동안에 마음이 한결 후하여진 것이다. 무엇보다도 어둠에는 눈이 없는 까닭에 부끄러운 생각이 덜하다.

별안간 밀창을 흔드는 인기척에 달팽이같이 몸이 움츠러들었다. 시치미를 떼려던 만갑이는 요란한 소리에 잠자코 있을 수 없어 소리를 친다.

"천수냐?"

하는 수 없이 문을 여니 천수가,

"야단났어요."

어느 결엔지 들어와서,

"병환이 더해서 댁에서 곧 들어오시라구요."

"더하다니?"

"풍이 나서 사람을 몰라봐요."

"곧 갈게. 어서 들어가."

천수가 약빠르게 불을 켜는 바람에 분녀는 별 수 없이 어지러운 꼴을 등불 아래 드러냈다. 움츠러들며 외면하였으나 천수의 눈이 등에 와 붙은 것 같다.

"녀석 방정맞게."

만갑이의 호통에보다도 천수는 분녀의 꼴에 더 놀랐다.

이튿날 상구가 왔다.

임시 시험이라고는 칭탈하나 5월도 잡아들지 않았는데 모를 소리였다. 어떻든 그를 만나기는 퍽도 오래간만이다. 거의 하루 건너로 찾아오던 것이 문득 끊어지더니 마침 두 장도막을 넘긴 것이다. 하기는 전 모양 그 모양 지닌 책보도 전의 것대로였다. 다만 얼굴이 좀 그슬렸고 눈망울이 그 무슨 먼 생각에 멀뚱하다. 필연코 곡절이 있으련만—그것을 꼬싯꼬싯 묻기에 분녀는 심고를 하며 상구의 말과 눈치가 될 수 있는 대로 자기의 일신의 변화 위에 떨어지지 않도록 발뺌을 하노라고 애를 썼다. 속으로는 상구한테서 정이 벌써 이렇게 떴나 하고 궁리 다른 제 심정을 아프고 민망하게도 여겼다. 거짓 없는 상구의 입을 쳐다보기도 죄망스럽다.

"시골 학교 재미 적다. 서울로나 갈까 생각하는 중이다."

새삼스런 소리에 분녀는 의아한 생각이 나서,

"아무 델 가면 시험 없나? 뚱딴지같이 다따가 서울은 왜?"

"조사가 심해서 책도 맘대로 읽을 수 없어. 책 권이나 뺏겼다. 서울 가면 책도 소원대로 읽을 거 동무들도 흔할 거."

"책 책 하니 학교 책이나 보면 됐지 밤낮 무슨 책이야."

책보를 끌러 헤치니 교과서 아닌 몇 권의 책이 굴러나왔다. 영어책도 아니요 수학책도 아니요 그렇다고 소설책도 아닌 불그칙칙한 껍질의 두꺼운 책들이다. 분녀는 전부터도 약간은 상구가 그러스럼한 책을 읽고 있는 것과 그것이 무슨 속인가를 짐작하여 행여나 하는 의심을 품고 오기는 왔다.

"집에 두면 귀찮겠기에 몇 권 추려 가져왔다. 소용될 때까지 간직했다 주렴."

"주제넘게 엉큼한 수작하다 망할 장본인야. 까딱하다 건수 윤패 꼴
되려구."

"함부로 지껄이지 말아. 쥐뿔도 모르거던."

상구는 눈을 부르댔다.

"너 요새 수상하더라. 태도가 틀렸지."

소리를 치며 책을 냉큼 들어 분녀의 볼을 갈긴다.

"어떻게 알고 그런 주제넘은 대꾸야."

돌리는 얼굴을 또 한 번 갈기다가 문득 고름 끝에 올겨매인 반지를
보았다.

"웬 것야?"

잡아채이니 고름이 떨어진다. 상구는 금시에 눈이 찢어져 올라가며
불이라도 토할 듯 무섭게 외친다.

"어느 놈팽이를 웃어 붙였니. 개차반. 천보."

머리채가 휘어잡혔다. 볼이 얼얼하고 이빨이 솟는 듯하나 분녀는 아
무 대답 없다. 모처럼의 기회에 차라리 죽지가 꺾이게 실컷 맞고 싶다.
미안한 심사가 약간이라도 풀려질 것 같다.

"숫제 그 손으로 죽여주었으면."

실토였다. 눈물이 솟는다.

"큰 것 죽이지 네까짓 것 죽이려 생겨났겐."

결착을 내려는 듯이 몸째 차 박지르고 상구는 홀쩍 나가 버렸다.

어쩐지 마지막 일만 같아 분녀는 불현듯이 설워지며 공연히 그를 설
굿친 것을 뉘우쳤다.

저녁 때 밭에서 돌아오기가 바쁘게 어머니는 황당하게 설렌다.

"들었니? 상구 말이다."

분녀의 얼굴에는 아직도 눈물 자국이 부숙부숙한 채로다.

"요새 더러 만나 봤니. 이상한 눈치 보이지 않더? —들어갔단다."

"예? 언제요?"

분녀는 눈이 번쩍 뜨인다.

"망간거리에서 소문 듣고 오는 길이다. 윤패 건수들과 한 줄에 달릴 모양이다. 사람 일 모르겠다."

"낮쯤 와서 책까지 두고 갔는데요."

"낌새 채고 하직차로 왔나 보다. 멀건 소소리패들과 휩쓸려 지내너니 아마도 그간 음특한 짓을 꾸민 게야."

"눈치가 이상은 하였으나 그렇게까지 되다니요."

사실 분녀는 거기까지는 어림하지 못하였다. 아까 상구와 끝내 말다툼까지 하다 그의 심사를 설궂치게 된 것도 실상은 그의 말이 전과는 달라 수상하게 나온 까닭이었다.

"녀석들의 연결 입었거나 그렇지 않으면 철모르고 새롱새롱 덤볐거나 한 게야. 사람은 겉볼안이 아니구면. 이 일을 어쩌노."

어머니로서는 공연한 걱정이었다.

"웃학교는 아시당초 틀렸지. 초라니 같은 것. 사람 잘못 가렸어."

슬그머니 딸을 바라본다. 분녀의 얼굴은 안온한 것도 같고 아득한 것도 같다.

"사람과 생각이 다른 것야 하는 수 없지요."

"넌 어떻게 생각하느냐 말이다. 분하지 않으냐?"

"분하긴요."

먼숙한 얼굴을 은연중 바라보며 어머니는 은근한 목소리로,

"너희들 그간 아무 일 없었니?"

분녀는 부끄러운 뜻에 화끈 얼굴이 달며 착살스런 어머니의 눈초리

에서 외면하여 버렸다.

"있었다면 탈이다."

수삽스러운 생각에 어머니가 자리를 뜬 것이 얼마나 시원한지 알 수 없다. 어머니에게 대하여서보다도 애매한 상구에게 대하여 더 부끄럽다. 일신이 별안간 더럽고 께끔하다.

어쩐지 어심하여 밤이 늦었을 때 분녀는 골목을 나갔다. 남문거리에 가서 한모퉁이에 서기만 하면 웬만한 그날 소식은 거의 귀에 들려온다.

한길 복판 게시판 옆에 두런두런 모여서들 지껄지껄하는 속에서 분녀는 영락없이 상구의 소문을 가달가달 훔쳐낼 수 있었다.

건수가 괴수였다. 모여서 글 읽는 패를 모으려다가 들킨 것이다. 학교에서는 상구 외에도 두 사람, 거리에서는 건수와 윤패네 세 사람. 상구가 건수에게서 책을 빌렸을 뿐이나 집을 속속들이도 수색당하고 학교에서는 나오는 대로 퇴학을 맞을 것이다.

상구도 이제는 앞길이 글렀구나 생각하면서 분녀는 발을 돌렸다. 이렇게 될 것을 예료하고 그를 숨기고 허랑하게 처신을 하여 온 것 같아 면목없고 언짢다.

집에 돌아오니 상구의 두고 간 책이 유난스럽게 눈에 뜨인다. 그립기보다도 도리어 책망하는 원혼같이 보여서 쓸어들고 아궁이 앞으로 내려갔다.

"차라리 태워버리는 것이 글거리가 남잖아 피차에 낫지."

불을 그어대니 속장부터 부싯부싯 타기 시작한다. 먹과 종이 냄새가 나며 두꺼운 책이 삽시간에 불덩어리가 된다. 어두운 부엌 안이 불길에 환하다. 상구와는 영영 작별 같다. 악착한 것 같아 분녀는 눈앞이 어질어질하다.

날을 지남을 따라 무겁던 마음도 차차 홀가분하여지고 상구에게 대하여 확실히 심드렁하게 된 것을 분녀는 매정한 탓일까 하고도 생각하였다. 굴레를 벗은 것같이 일신이 개운하다. 매일 곳 없으며 책할 사람 없다고 느끼는 동안에 마음이 활짝 열려져 엉뚱한 딴 사람으로 변한 것 같다.

어느 날 저녁 느직하게 돼지 물을 주고 우리에 의지하여 하염없이 들여다보고 있을 때 문득 은근한 목소리에 주물트리고 돌아서니 삽작문 어귀에 사람의 꼴이 어뜩한다. 홀태양복을 입고 철 잃은 맥고를 쓴 것이 갈 데 없는 만갑이다. 혹시 집안 사람에게라도 들키면 하고 밖으로 손짓하며 뛰어갔다.

"동문 밖까지 와줄 텐가. 성 밑에 기다리고 있을게."

만갑은 외면하여 돌아서며 다짜고짜로 부탁이다.

"의논할 일이 있어. 안 오면 낭패야."

대답할 여지도 없게 다짐하고는 얼굴도 똑똑히 보이지 않고 사람의 눈을 피하는 듯이 휙 가버린다. 어둠 속에 달아나는 꼴이 어렴칙하다. 약바른 꼴이 믿음직은 하나 너무도 급작스러워서 분녀는 미심하게 뒷모양을 바라본다. 여편네 병이 위중한가.

방에 돌아와 망설이다가 행티가 이상한 까닭에 담뽀를 내서 가보기로 하였다. 물론 그에게는 그만큼 마음이 익은 까닭도 있었다.

동문을 나서니 벌판이 까마아득하고 늪이 우중충하다. 오 리 밖 바다가 보이는지 마는지. 달 없는 그믐밤이 금시에 사람을 호릴 듯하다.

길 없는 둔덕으로 들어서 성곽 밑으로 다가서기가 섬칫하고 께름하다. 여우에게 홀리우는 것은 이런 밤일까. 여우보다는 사람에게 홀리우는 것이 그래도 낫겠지 하는 생각에 문득 성벽에 납작 붙은 만갑을 발견하였을 때에는 차라리 반가웠다.

사내는 성큼 뛰어와 날쌔게 몸을 끌었다. 무서운 판에 분녀는 뿌듯한 힘이 믿음직하여 애써 겨르려고도 하지 않고 두 팔에 몸을 맡겨버렸다.

"분녀."

이름을 부를 뿐 다른 말도 없이 급작스리 허리를 조이더니 부락스럽게 밀친다.

"다짜고짜로 개처럼 무어야, 원."

분녀는 세부득 쓰러지면서 게정거리나 어기찬 얼굴이 입을 덮는다. 팔이 떨리며 몸짓이 어색하다.

"말이 소용 있나."

목소리에 분녀는 웅끗하였다.

"녀석 누구야."

소리를 지르나 입이 막히운다.

"만갑인 줄만 알았니? 어수룩하다."

"못된 것. 각다귀."

손으로 뺨을 하나 올려쳤을 뿐 즉시 눌리워 꼼짝할 수도 없다.

"듣지 않을 듯해서 감쪽같이 만갑이로 변해 보였다. 계집을 속이기란 여반장이야. 맥고 쓰고 홀태양복만 입으면 그만이지."

천수도 사내라 당할 수 없이 빡세다.

"딴은 만갑이와 좋긴 좋구나, 여기까지 나오는 것 보니. 녀석도 여편네는 마저마저 거꾸러지는데 말 아니야. 물건을 낚시 삼아 거리의 계집들 다 망쳐 놓으니."

천수의 심청은 생각할수록 괘씸하였으나 지난 후에야 자취조차 없으니 할 일 없는 노릇이다. 마음속에 담고 있을 뿐 호소할 곳도 없으며 물론 말할 곳도 없다. 그러나 이상하게도 날을 지날수록 꽤씸한 마음은 차차 스러져갔다.

어차피 기구하게 시작된 팔자였다. 명준이 때나 천수 때나 누구인 줄도 모르고 강박으로 몸을 맡겼다. 당초에 몸을 뜯고 울고 하였으나 지금 와보면 명준이나 천수나 만갑이까지도—다 같다. 기운도 욕심도 감동도 사내란 사내는 다 일반이다. 마치 코가 하나요, 팔이 둘인 것같이 뛰어나지 못한 사내도 나은 사내도 없고 몸을 가지고만 아는 한정에서는 그 누구가 굳이 싫은 것도 무서운 것도 없다. 명준에게 준 몸을 만갑에게 못 줄 것 없고, 만갑에게 허락한 것을 천수에게 거절할 것이 없다.

다만 부끄러울 뿐이다. 벗은 몸을 본능적으로 가리우게 되는 것과 같은 심정으로 그것은 여자의 한 투다.

문만 들어서면 세상의 사내는 다 정답다. 천수를 굳이 꽤씸히 여길 것 없다.

분녀는 이렇게까지 생각하게 되었다. 마음이 허랑하여졌다고 할까. 확실히 새 세상을 알기 시작한 후로 심정이 활짝 열리기는 열렸다. 아무리 마음속을 노려보아도 이렇게밖엔 생각할 수 없다. 천수를 안된 놈이라고만 칭원할 수 없다.

정신이 산란하여 몸이 노곤하다. 살림은 나아지는 법 없고 일반인데다가 어느 날 또 발등에 불이 떨어졌다. 이웃 고을 재판소에서 검사국으로 넘어갔던 오빠의 재판이 열리는 것이다. 조합 당사자들에게 호출이 왔을 것은 물론이나 경찰에서 참량하여 집에도 통지가 왔다. 들어간후로는 꼴을 본 지도 하도 오랜 까닭에 어머니만이라도 참례하여 징역으로 넘어가기 전에 단 눈보기만이라도 하였으면 하나 재판을 내일같이 앞두고 기차로 불과 몇 시간이 안 걸리는 곳인데도 골육을 보러 갈 노자가 없는 것이다. 어머니는 딸을, 딸은 어머니를 쳐다만 보며 종일 동안 궁싯거릴 뿐이었다.

생각다 못해 분녀는 밤늦게 거리로 나갔다. 만갑이밖엔 생각나는 것이 없다. 통사정하면 물론 되기는 될 것이다. 말하기가 심히 거북하여서 주저될 뿐이다.

횡드렁한 가게에는 그러나 만갑의 꼴은 보이지 않는다. 구석에 박혀 있던 천수가 빈중빈중 웃으며 나올 뿐이다.

"만갑이 보러 왔니? 온천으로 놀러갔다."

위인이 없다면 말도 할 수 없기에 얼빠진 것같이 우두커니 섰노라니 천수는 민망한 듯이 덜미를 친다.

"요전 일 노엽니?"

뒤를 이어,

"무슨 일인지 내게 말하렴. 났으니 말이지 만갑이에게 말해도 소용없을 줄이나 알아라. 네게서 벌써 맘뜬 지 오래야. 요새는 남돗집 월선이와 좋아서 지내는 모양이더라. 여편네 병은 내일 내일하는데."

분녀는 불시에 뒤통수를 얻어맞은 것 같다. 눈앞이 아득하다.

"가게라도 반 떼어주겠다고 꼬이지 않던? 여편네가 죽으면 후실로 들여 가게를 맡기겠다고 하지 않던? 누구에게든지 하는 소리 그게 수란다."

기둥을 잃은 것 같다. 몸이 떨린다. 그를 장래까지 믿었던 것은 아니나 너무도 간특스럽게 속인 셈이다.

"만갑이처럼 능청스럽지는 못하나 네게 무엇을 속이겠니. 무슨 일이든 말하렴. 내 힘엔 부친단 말이냐?"

"아무것도 아니다."

"어떻게 생각할지 모르나 돈이라면 여기 잔돈푼이나 있다. 어떻게 여기지 말고 소용되는 대로 쓰려므나."

천수는 지갑을 내서 통째로 손에 쥐어준다. 분녀는 알 수 없이 눈물이 솟는다. 예측도 못한 정미에 가슴이 늠뿍해서 도리어 슬프다.

5

이머니는 재판소에 갔다 온 날부터 심화가 나서 누웠다 일어났다 하였다. 홀렁바지를 입고 용수를 쓴 오빠의 꼴이 눈앞에 어른거려 잠을 못 이루는 눈치다. 눈물이 마를 새 없고 눈시울이 부어서 벌겠다. 몇 해 징역이나 될까. 판결이 궁금하다니보다 무섭다. 엄징한 재판장의 모양이 눈에 삼삼하다. 종가에서는 발조차 일체 끊었다.

시산한 속에도 단오가 가까워 온다.

거리 앞 장대에서는 매년같이 시민 운동회가 성대하게 열린다는 바람에 거리 사람들은 설렌다. 일 년에 한 번 오는 이 반가운 명절 때문에 사람들은 사는 보람이 있는 듯하다. 씨름이 있고, 그네가 있고, 활이 있고, 자전거 경주가 있다. 사람들은 철시하고 새옷 입고 장대로 밀릴 것이다.

분녀는 정황은 못 되었으나 그래도 명절이 은은히 기다려진다. 제사지낼 떡은 못 빚을지라도 만갑에게서 갖추어 얻은 것으로 이럭저럭 몸치장은 될 것이다. 무엇보다도 올해는 그네를 뛰어 상에 들 가망이 있는 것이다.

"자전거 경주에 또 나가보겠다."

천수가 뽐내는 것을 들으면 분녀도 마음이 뛰놀았다.

"을손이를 지울 만하냐?"

"올에야 설마 짓구땡이지 어디 갈랴구. 우승기 타들고 거리를 돌게 되면 나와 살겠니?"

"밤낮 살 공론이야."

이렇게 말한 것이 실상에 당일에는 어찌된 일인지 도무지 신명이 나지 않는다.

못을 박은 듯이 빽빽이 선 사람 틈으로 자전거 경주를 들여다보고 있노라니 앞장 서서 달아나던 천수는 꽁무니를 쫓는 을손과 마주 스치더니 급작스런 모서리를 돌 때 기어이 왈칵 쓰러져 일어나는 동안에는 벌써 맨 뒤에 떨어져버렸다. 을손의 간악한 계교에 얼입었다고 북새를 놓았으나 을손이 벌써 일등을 한 뒤라 공론이 천수에게 이롭지 못하였다. 조마조마 들여다보던 분녀는 낙심이 되어 차례가 와서 그네에 올랐을 때에도 마음이 허전허전했다.

나조차마저 실패하면 어쩌노 생각하며 애써 힘을 주어 솟구기 시작하였다. 회뚝거리던 설개도 차차 편편하여지고 두 손아귀의 바도 힘차고 탐탁하게 활같이 휘었다 펴졌다 한다. 그네와 몸이 알맞게 어울려 빨리 닫는 수레를 탄 것같이 유쾌하다. 나갈 때에는 눈앞이 휘연하고 치맛자락이 너벼시 나부낀다. 다리 밑에 울며 줄며 선 사람들의 수천의 눈망울이 몸을 따라 왔다갔다 한다. 하늘에 오를 것 같고 땅을 차지한 것도 같다. 땅 위의 걱정은 어디로 날아간 듯싶다.

바에 달린 줄이 휘엿이 뻗쳐 방울이 딸랑 울릴 때도 얼마 남지 않은 것 같다. 아래에서는 연방 추스르는 말과 힘을 메기는 고함이 들린다. 몸은 펴질 대로 펴지고 일등도 멀지 않다.

그때였다. 들어왔다 마지막 힘을 불끗 내어 강물같이 후렷이 솟아나갈 때 벌판으로 달리는 눈동자 속에 문득 맞은편 수풀 곳의 요절한 한 점의 광경이 눈에 들어왔다. 순간 눈이 새까매지고 허리가 휘친 꺾이며 힘이 폭 스러지는 것이었다.

"왕가일까."

추측하며 재차 솟구며 나가 내려다보니 움직이지도 않고 그대로 서 있는 꼴이 개울 옆 수풀 그늘 아래 완연하다. 그 불측한 녀석은 참다 못해 그 자리에 선 것이 아니요, 확실히 일부러 그 꼴을 하고 서서 이쪽을 정신없이 쳐다보는 것이다. 아마도 오랫동안 그 목적으로 그 짓을 하고 섰던 것이 요행 주의를 끌어 눈에 띈 것이리라. 거리에서 드팀전을 하고 있는 중국인 왕가인 것이다.

"음칙한 것."

속으로는 혀를 차면서도 이상하게도 한눈이 팔려 분녀는 노리는 동안에 팽팽하게 당기던 기운이 왈싹 줄어들며 그네가 줄기 시작하였다. 허리가 꺾이고 다리가 허전하여지더니 다시 힘을 줄래야 줄 수 없다. 팔이 떨려 바가 휘친거리고 발에 맥이 풀려 설개가 위태스럽다. 벌써 자세가 빗나가고 몸과 그네가 틀리기 시작하였다. 거의 방울이 마저마저 울리려 하던 푯줄이 옴츠러들게만 되니 그네는 마지막이요, 일등은 날아갔다.

분녀는 아홉 숨음의 공을 한 숨음의 실책으로 단망할 수밖에 없었다. 줄 아래 사람들은 공중의 비밀은 알 바 없어 혹은 탄식하고 혹은 소리치며 다만 분녀의 못 미치는 재주를 아까워하는 것이다.

이렇게 된 바에야 하고 분녀는 줄어드는 그네 위에서 담대스럽게 녀석을 노려서 물리치려고 하였다. 그러나 이상한 것은 노리는 동안에 그를 물리치기는커녕 이쪽의 자세가 어지러워질 뿐이다. 오금에 맥이 빠지고 나부끼는 치마폭이 부끄럽다.

일종의 유혹이었다. 천여 명 사람 속에서 왕가의 그 꼴을 보고 있는 것은 분녀뿐이다. 말하자면 두 사람은 많은 총중의 눈을 교묘하게 피하여 비밀히 만나고 있는 셈도 된다. 왕가의 간특스런 손짓과 마주치는 분녀의 시선은 말없는 대화인 셈이다. 분녀는 부끄러운 생각에 얼굴이 붉어졌다.

줄에서 내렸을 때까지도 좀체 흥분이 사라지지 않았다.

좀 상에는 들었으나 상보다도 기괴한 생각에 몸이 무덥다.

이 괴변을 누구에게 말하면 좋은가. 혼자만 알고 있는 것이 옳을까 생각하며 천수를 찾았으나 많은 눈 속에서 소락소락 말을 붙일 수도 없어서 집으로 돌아와서야 겨우 기회를 잡았으나 천수는 홧김에 술이 거나하게 취하여 있다.

"개울가로 나오련? 요절할 이야기 들려줄게."

"분해 못 견디겠다. 을손이 녀석."

분녀는 혼자 먼저 나갔으나 시납시납 거닐어도 천수의 나오는 꼴이 보이지 않았다. 분김에 을손과 맞붙어 싸우지나 않는가.

양버들 숲을 서성거리는 동안에 어두워졌다. 개울까지 나갔다 다시 수풀께로 돌아오면서 할 일 없이 왕가의 생각에도 잠겨본다―초라한 꼴로 거리에 온 지 오륙 년이나 될까. 처음에는 마병 장사를 하던 것이 차차 늘어 지금에는 드팀전으로도 제일 크다. 실속으로는 거리에서 첫째 부자라는 소리도 있으나, 아직도 엄지락총각의 신세를 면하지 못하여 가끔 술집에 가서는 지전을 물쓰듯 뿌린다고 한다. 중국 사람은 왜 장가가 늦을까. 여편네가 귀한 탓일까……

수풀 그늘 속으로 들어가려던 분녀는 기급을 하고 머물렀다. 제 소리에 범이 있는 것이다. 왕가는 마치 그를 기다리고 있던 것같이 벙글벙글 웃으며 앞에 막아선다. 하기는 낮에 섰던 바로 그 자리이긴 하다. 도깨비에게 홀린 것도 같다.

쭈뼛 솟았던 머리끝이 가라앉기도 전에 몸이 왕가의 팔 안에 있다. 입을 벌리기에는 너무도 어처구니없고 삽시간이라 겨를 틈도 없다.

"평생이 이다지도 기구할까."

분녀는 혼자 앉았을 때 스스로 일신이 돌려보았다.

수풀 속에서 왕가에게 경박을 당하였을 때 악을 다하여 겯었다면 겯지 못하였을까. 가령 팔을 물어뜯는다든지 돌을 집어 얼굴을 찧는다든지 하였으면 당장을 모면할 수는 있지 않았던가. 그럼에도 그는 그것을 할 수 없었고 이상한 감동에 몸이 주저들자 기운도 의사도 사라져버려 그뿐이었다.

마치 당시에는 함빡 술에라도 취하였던 것싶다.

천수를 대할 꼴도 없다. 하기는 만갑과의 사이를 아는 그가 왕가와의 사이인들 굳이 나무랄 이치도 없기는 하다. 천수는 만갑에게서 그를 빼앗았고 차례로 왕가에게 빼앗긴 셈이다. 몸이란 나루에서 나루로 멋대로 흘러가는 한 척의 배 같다. 하기는 만약 그날 저녁 약속한 천수가 어김없이 개울가로 나와주었으면 그렇게 신세가 빗나가지는 않았을 것이다. 천수를 한할까 왕가를 원망할까.

분녀는 길게 한숨지으며 생각에 눈이 흐리멍덩하다. 천수를 한할 바도 못되거니와 왕가를 미워할 수도 없는 것이다.

생각하기도 부끄러운 일이나 사실 왕가는 특별한 인간이었다. 사내 이상의 것이라고 할까. 그로 말미암아 분녀는 완전히 눈을 뜨게 된 것이다.

왕가를 보는 눈이 전과는 갑자기 달라져서 은근히 그가 그리운 날이 있었다. 피가 수물거려 몸이 덥고 골이 띵할 때조차 있다. 그럴 때에는 뜰 앞을 지적거리거나 성 밖에 나가 바람을 쏘일 수밖에는 없었다. 그러나 그것만으로는 도무지 몸이 식지 않는 때가 있다.

하루밤은 성 밖까지 나갔다. 돌아오는 길에 거리를 거쳤다. 눈치를 보아 왕가와 만날 수가 있지나 않을까 하는 속심도 없는 바 아니었다.

두근거리는 마음에 남문을 지날 때 돌연히 천수를 만났다. 조바심하는 탓으로 태도가 드러나보였는지 천수는 어둠 속으로 소매를 이끌더니 첫마디에 싫은 소리였다.

"요새 꼴이 틀렸군."

영문을 몰라 맞장구를 쳤다.

"꼴이 틀렸다니 눈이 뒤집혔단 말이냐?"

"눈도 뒤집혔는지 모르지."

"무슨 소리냐."

"요새 환장할 지경이지?"

"또 술 취했구나. 을손이한테 지더니 밤낮 술이야."

"어물쩡하게 딴 소리 그만둬."

쏘더니 목소리를 갈아,

"사람이 그렇게 헤프면 못 쓴다. 아무리 너기로서니 천덕구니가 되면 마지막이야."

"무슨 말이냐?"

"그래도 시침을 떼니? 왕가와의 짓 말이야."

분녀는 뜨끔하여 입이 막혀 버렸다.

"수풀 속에서 본 사람이 있어. 하늘은 속여도 사람의 눈은 못 속인다."

따귀를 붙인다. 분녀는 주춤하며 자세가 휘었다.

"다시 그러면 왕가를 찔러라도 눕힐 테야. 치가 떨려 못 살겠다."

한참이나 잠자코 섰던 분녀는 겨우 입을 열었다.

"너 옷섶이 얼마나 넓으냐? 내가 네게 매었단 말이냐. 왕가와 너와 못하고 나은 것이 무엇 있니?"

그 후로 천수와의 사이가 뜬 것은 물론이어니와 분녀에게는 여러 가지 궁리가 많아서 얼마간 거리와 일체 발을 끊었다. 아침저녁으로 관사에 다니는 것도 일부러 궁벽한 딴 길을 골랐다. 관사에서 일하는 이외의 여가는 전부 집에서 보냈다.

빈 집을 지키며 울 밑 콩 포기도 가꾸고 우물물을 길어 몸도 퍼찔 씻고 하는 동안에 열이 식어지고 마음도 차차 잡혔다. 몸이 깨끗하고 정신이 맑은 데다 뜰 앞의 조촐한 화초 포기를 바라보고 있으면 지난 일이 꿈결같이밖에는 생각나지 않는다. 그 무슨 무더운 대병이나 치르고 난 것같이 몸이 거뿐하다. 모든 것이 지나간 꿈이었다면 차라리 다행이겠다고 생각해 보면 머리채를 땋아내린 몸으로 엄청난 짓을 한 것이 새삼스럽게 뉘우쳐진다. 명준, 만갑, 천수, 왕가 머리 속에 차례차례로 떠오르는 환영을 힘써 지워버리려고 애쓰면서 날을 보냈다.

그러나 사람의 마음처럼 조화 많은 것은 없는 듯하다. 언제까지든지 찬 우물물을 끼얹어 식히고 얼리울 수는 없었다. 견물생심으로 다시 분녀의 마음을 움직이게 한 변괴가 생겼다. 망측스런 꼴이 눈에 불을 붙여 놓았다.

여름의 관사는 까딱하면 개망신처가 되기 쉽다. 문이란 문, 창이란 창은 죄다 열어젖히고 대신에 얇은 발이 치면 방 안의 변이 새이기 맞춤이다. 문이란 벽 속의 비밀을 귀띔하는 입이다. 그 안에 사는 임자가 밤과 낮조차 구별할 주책이 없을 때에 벽은 즐겨 망신주기를 좋아하는 것 같다.

그날 저녁 무렵은 유난히도 무더웠다. 더우면 사람들은 해변에서나 집 안에서나 옷 벗기를 즐겨한다. 분녀는 이 역 유난스럽게도 일찍이 부엌일을 마치고는 목욕물을 가늠보러 목욕간으로 들어갔다. 물줄을 틀어 더운 물을 맞추면서 한결같이 누구보다도 먼저 시원한 물 속에 잠겼으면 하는 불측한 생각뿐이었다. 그러나 대체 주인 양주는 이때껏 무엇을 하고 있나 하고 빈지 틈에 눈을 대었다. 이 괴망스러운 짓이 실수였는지도 모른다. 빈지 틈으로는 맞은편 건넌방이 또렷이 보인다. 분녀는 하는 수 없이 방 안의 행사를 일일이 보지 않을 수 없었다.

거의 숨을 죽였다. 피가 솟아 얼굴이 확 단다. 목구멍이 이따금 울린다. 전신의 신경을 살려 두 손을 펴고 도마뱀같이 빈지 위에 납작 붙었다.

수돗물이 쏟아질 대로 쏟아져 목욕통이 넘쳐나는 것도 잊어버리고 분녀는 어느 때까지나 정신없이 빈지에 붙어앉았다. 더운 김에 서리어서인지 눈에 불이 붙어서인지 몸이 불덩이같이 덥다.

날이 지나도 흥분이 쉽사리 사라지지 않는다.

"그런 세상도 있구나."

거기에 비하면 지금까지 겪은 세상은 너무도 단순하고 아무것도 아닌―방 안의 세상이 아니요 문 밖 세상 같은 생각이 든다. 가지가지의 경험을 죄진 것같이 여기던 무거운 생각도 어느 결에지 개어지고 도리어 자연스럽고 그 위에 그 무엇이 부족하였다는 느낌조차 들었다.

관사의 광경은 확실히 커다란 꾀임이었다. 일시 잠자던 것이 다시 깨어나 이번에는 더 큰 힘으로 움직이기 시작하였다. 아무리 우물물을 퍼서 몸에 퍼부어도 쓸데없다. 한시도 침착하게 앉아 있을 수 없이 육신이 마치 신장대 모양으로 설레는 것이다.

만약 그날로 돌연히 상구가 눈앞에 나타나지 않았더면 분녀는 어떻게 일신을 정리하였을까.

요술과도 같이 뜻밖에 상구가 찾아왔다. 들어간 지 거의 달포 만이다. 얼굴은 부숭부숭 부었으나 어느 틈엔지 머리까지 깎은 후라 일신은 단정하다. 짜장 반가운 판에 분녀는 조금 수다스럽게 소리를 질렀다.

"고생했구나."

"맞았다! 동무들이 가엾다."

상구는 전과는 사람이 변한 것같이 속도 열리고 말도 걱실걱실 잘 받는 것이 분녀에게는 알 수 없이 반갑다.

"몸이 부은 것 같구나. 거북하지 않으냐?"

"넌 내 생각 안 했니?"

다짜고짜로 몸을 끌어당긴다. 분녀는 굳이 몸을 빼지 않았다.

"이번같이 그리운 때 없다."

"별안간 싼들한 것 같구나."

핑계 겸 일어서서 분녀는 방문을 닫는다.

상구에게 대한 지금까지의 불만도 뉘우침도 다 잊어버리고 상구의 하는 대로 몸을 맡겼다. 누구보다도 지금에는 상구가 가장 그리운 것이다. 지난날도 앞날도 없고 불붙은 몸에는 지금이 있을 뿐이다. 상구의 입술이 꽃같이 곱다.

다음 날 관사에 나갔을 때에 분녀는 천연스런 양주의 얼굴을 속으로 우습게 여기는 한편 천연스런 자신의 꼴을 한층 더 사특하게 여겼다.

그날 밤도 상구가 오기는 왔으나 간밤같이 기쁜 낯으로가 아니었다. 밤늦게 오면서도 그는 전과 같이 노여운 태도였다. 퉁명스런 목소리였다.

"너를 잘못 알았다."

발을 구르며,

"네까짓 것한테 첫 몸을 준 것이 아까워."

이어,

"짐승 같은 것. 너를 또 찾은 내가 잘못이었지. 그렇게까지 된 줄이야 알았니?" 기어이 볼을 갈겼다.

"소문 다 들었다."

"……."

"굳이 일일이 이름 들 것도 없겠지. 어떻든 난 쉬 떠나겠다."

7

상구는 말대로 가버렸다. 차라리 실컷 얻어나 맞았더면 시원할 것을 더 말도 못 들어보고 이튿날고 사라졌으니 할 일 없다. 서울일까. 사람이란 눈앞에만 안 보이게 되면 왜 이리도 그리운가.

그러나 상구의 실종보다도 더 큰 변이 생기고야 말았다. 마을 갔던 어머니는 황급한 성질에 펄펄 뛰어들더니 손에 몽둥이를 집어들었다.

"분녀야 정말이냐?"

분녀에게는 곡절이 번개같이 짐작되었다. 금시에 몸이 녹는 것 같더니 넋없는 몸뚱이가 허공을 나는 것 같다.

"허구한 곳 다 두고 하필 종가에 가서 이 끔찍한 소문을 듣다니 무슨 망신이냐."

올 때가 왔구나 느끼며 숨을 죽였다.

"일일이 대봐라. 행실머릴 이 자리에서."

첫매가 내렸다.

"만갑이, 천수 또 누구냐 대라. 치가 떨려 견딜 수 있나 몸치장이 수상하더니 기어이 이 꼴이야."

물매가 내리기 시작하였다. 분녀는 소같이 잠자코만 있다가 견딜 수 없어서 매를 쥔 팔을 붙들었다. 어머니는 더욱 노여워할 뿐이다.

"이 고장에 살 수 없다. 차라리 죽어라."

모진 매에 등줄기가 주저내리는 것 같다. 종아리에서는 피가 튄다. 분녀는 하는 수 없이 매를 벗어나서 집을 뛰어나왔다. 목소리는 나지 않고 눈물만이 바짓바짓 솟는다.

바다에라도 빠질까. 목이라도 맬까. 성문을 나서 환장할 듯한 심사에 정신없이 벌판을 달렸다. 큰길을 닫기도 부끄러워 옆길로 들었다. 허전거리다가 밭두둑에 쓰러졌다. 굳이 다시 일어날 맥도 없어 그 자리에 코를 박고 밤 되기를 기다렸다. 바다에까지 나가기도 귀찮아 풀 포기에 쓰러진 채 밤을 새웠다.

다음 날도 집에 들어가지 않고 그렇다고 갈 곳도 없어 사람 눈에 안 띄게 종일이나 벌판을 헤매다가 밭 속 초막 안에서 잤다. 그런 지 나흘 만에 벌판으로 찾아헤매는 식구의 눈에 띄어 하는 수 없이 집으로 끌려갔다. 어머니는 때리는 대신에 눈물을 흘렸다.

큰일이나 치르고 난 것 같다. 몸도 가다듬고 마음도 조여졌다. 딴 사람으로라도 태어난 것 같다. 관사에서 떨어진 후로는 들에 나가 밭일을 거들었다. 거리를 모르게 되고 밭과 친하였다.

여름이 짙어지자 벌써 가을 기색이었다. 들에는 곡식 냄새에 섞여 들깨 향기가 넘쳤다. 들깨 향기는 그윽한 먼 생각을 가져온다.

분녀는 날마다 들깨 향기에 젖어서 집에 돌아왔다. 그런 하루날 돌연히 낯선 청년이 찾아왔다.

"날 모르겠니?"

아무리 뜯어보아도 알 듯 알 듯하면서 생각이 미처 돌지 않는다.

"명준이야."

듣고 보니 틀림없다. 반갑다. 삼 년 만인가.

"만주 갔다 오는 길야. 나도 변했지만 분녀도 무던히는 달라졌군."

"금광은 찾았누?"

"금광 대신에 사람놈이나 때려죽였지."

명준은 빙그레 웃는다. 고생을 하였으련만 그다지 축나지도 않았다. 도리어 몸이 얼마간인 것 같다.

"고향은 그저 그 모양이군."

분녀는 변화 많은 그의 일신 위에 말이 뻗힐까봐 날쌔게 말꼬리를 돌렸다.

"어떻게 할 작정인구."

"밭떼기나 얻어 갈아볼까. 수 틀리면 또 내빼구."

말투가 허황하면서도 듬직하다. 생각하면 명준은 첫 사람이었었다. 귀찮은 금덩이를 가져오지 않은 것이 차라리 개운하다. 허락만 한다면 그와나 마음잡고 평생을 같이 하여볼까 하고 분녀는 생각하여 보았다.

들

들

1

꽃다지, 질경이, 냉이, 딸장이, 민들레, 솔구장이, 쇠민장이, 길오장이, 달래, 무릇, 시금치, 씀바귀, 돌나물, 비름, 능쟁이.

들은 온통 초록전에 덮여 벌써 한 조각의 흙빛도 찾아볼 수 없다. 초록의 바다. 초록은 흙빛보다 찬란하고 눈빛보다 복잡하다. 눈이 보얗게 깔렸을 때에는 흰빛과 능금나무의 자줏빛과 그림자의 옥색빛밖에는 없어 단순하기 옷 벗은 여인의 나체와 같던 것이—봄은 옷 입고 치장한 여인이다.

흙빛에서 초록으로—이 기막힌 신비에 다시 한 번 놀라볼 필요가 없을까. 땅은 어디서 어느 때 그렇게 많은 물감을 먹었기에 봄이 되면 한꺼번에 그것을 이렇게 지천으로 뱉어놓을까. 바닷물을 고래같이 들이켰던가, 하늘의 푸른 정기를 모르는 결에 함빡 마셔두었다가 그것을 빗물에 풀어 시절이 되면 땅 위로 솟쳐보내는 것일까. 그러나 한 포기의 풀을 뽑아볼 때 잎새만이 푸를 뿐이지 뿌리와 흙에는 아무 물든 자취도 없음은 웬일일까. 시험관 속 붉은 물에 약품을 넣으면 그것이 금시에 새파랗게 변하는 비밀—그것과도 흡사하다. 이 우주의 비밀의 약품—

그것은 결국 알 바 없을까. 한 톨의 보리알이 열 날로 나는 이치는 가르치는 이 있어도 그 보리알에서 푸른 잎이 돋는 조화의 동기는 옳게 말하는 이 없는 듯하다.

사람의 지혜란 결국 신비의 테두리를 뱅뱅 돌 뿐이요, 조화의 속의 속은 언제까지나 열리지 않는 '판도라의 상자'일 듯싶다. 초록 풀에 덮인 땅의 뜻은 초록 옷을 입은 여자의 마음과도 같이 엿볼 수 없는 저 건너 세상이다.

야들야들 나부끼는 초목의 양자는 부드럽게 솟는 음악. 줄기는 굵고 잎은 연한 멜로디의 마디마디이다. 부피 있는 대궁은 나팔 소리요, 가는 가지는 거문고의 음률이라고도 할까. 알레그로가 지나고 안단테에 들어갔을 때의 감동─그것이 봄의 걸음이다. 풀 위에 누워 있으면 은근한 음악의 율동에 끌려 마음이 너벗너벗 나부낀다.

꽃다지, 질경이, 민들레……, 가지가지 풋나물을 뜯어먹으면 몸이 초록으로 물들 것 같다. 물들어야 될 것 같다. 물들어야 옳을 것 같다. 물들지 않음이 거짓말이다. 물들지 않으면 안 될 것 같다.

새가 지저귄다. 꾀꼬리일까.

지평선이 아롱거린다.

들은 내 세상이다.

2

언제까지든지 푸른 하늘을 우러러보고 있으면 나중에는 현기증이 나며 눈이 둘러 빠질 듯싶다. 두 눈을 뽑아서 푸른 물에 채웠다가 라무네 병 속의 구슬같이 차진 놈을 다시 살 속에 박아 넣은 것과도 같이 눈망울이 차고 어리어리하고 푸른 듯하다. 살과는 동떨어진 유리알이다. 그렇게도 하늘은 맑고 멀다. 눈이 아픈 것은 그 하늘을 발칙하게도 오랫동안 우러러본 벌인 듯싶다. 확실히 마음이 죄송스럽다. 반나절 동안 두려움 없이 하늘을 똑바로 쳐다볼 수 있는 사람이란 세상에서도 가장 착한 사람이거나 그렇지 않으면 가장 용기 있는 악한이어야 할 것이다. 그렇게도 푸른 하늘은 거룩하다.

눈을 돌리면 눈물이 푹 쏟아진다. 벌판이 새파랗게 물들어 눈앞에 아물아물한다. 이런 때에는 웬일인지 구름 한 점도 없다. 곁에는 한 묶음의 꽃이 있다. 오랑캐꽃, 고들빼기, 노고초, 새고사리, 까치무릇, 대계, 마타리, 차치광이, 나는 그것을 섞어 틀어 꽃다발을 겯기 시작한다. 각색 꽃판과 꽃술이 무릎 위에 지천으로 떨어진다. 그것은 헤어지는 석류알보다도 많다.

나는 들이 언제부터 이렇게 좋아졌는지를 모른다. 지금에는 한 그릇의 밥, 한 권의 책과 똑같은 지위를 마음속에 차지하게 되었다. 책에서 읽은 이론도 아니요, 얻어들은 이치도 아니요, 몇 해 동안 하는 일 없이 들과 벗하고 지내는 동안에 이유 없이 그것은 살림 속에 푹 젖었던 것이다. 어릴 때에 동무들과 벌판을 헤매며 찔레를 꺾으러 가시덤불 속에 들어가고 소똥버섯을 따다 화로 속에 굽고 메를 캐러 밭이랑을 들치며 골로 말을 만들어 끌고 다니느라고 집에서보다도 들에서 더 많이 날을 지우던—그때가 다시 부활하여 돌아온 셈이다. 사람은 들과 떼려야 뗄 수 없는 인연에 있는 것 같다.

자연과 벗하게 됨은 생활에서의 퇴각을 의미하는 것일까. 식물적 애정은 반드시 동물적 열정이 진한 곳에 오는 것일까. 학교를 쫓기고 서울을 물러오게 된 까닭으로 자연을 사랑하게 된 것일까. 그러나 동무들과 골방에서 만나고 눈을 기여 거리를 돌아치다 붙들리고 뛰다 잡히고 쫓기고─하였을 때의 열정이나 지금에 들을 사랑하는 열정이나 일반이다. 지금의 이 기쁨은 그때의 그 기쁨과도 흡사한 것이다. 신념에 목숨을 바치는 영웅이라고 인간 이상이 아닐 것과 같이 들을 사랑하는 졸부라고 인간 이하는 아닐 것이다. 아직도 굳은 신념을 가지면서 지난날에 보던 책들을 들척거리다가도 문득 정신을 놓고 의미없이 하늘을 우러러보는 때가 많다.

"학보, 이제는 고향이 마음에 붙는 모양이지."

마을 사람들이 조롱도 아니요, 치사도 아닌 이런 말을 던지게 되었고 동구 밖에서 만나는 이웃집 머슴은 인사 대신에 흔히,

"해동지 늪에 붕어 떼 많던가?"

고기 사냥 갈 궁리를 하거나, 그렇지 않으면,

"십리정 보리 고개 숙였던가?"

하고 곡식의 소식을 묻게 되었다.

마을 사람들보다도 내가 더 들과 친하고 곡식의 소식을 잘 알게 된 증거이다.

나는 책을 외듯이 벌판의 구석구석을 샅샅이 외고 있다.

마음속에는 들의 지도가 세밀히 박혀 있고 사철의 변화가 표같이 적혀 있다. 나는 들사람이요, 들은 내 것과도 같다.

어느 논두덩의 청대콩이 가장 진미이며, 어느 이랑의 감자가 제일 굵다는 것을 알 수 있다. 새발고사리가 많이 피어 있는 진펄과 종달새 뜨는 보리밭을 짐작할 수 있다. 남대천 어느 모퉁이를 돌 때 가장 고기가 흔하다는 것도 알게 되었다. 개리, 쇠리, 불거지가 덕실덕실 끓는 여울과 메기, 뚜구뱅이가 잠겨 있는 웅덩이와 쏘가리, 꺽지가 누워 있는 바위 밑과 매재와 고들매기를 잡으려면 철교께서도 몇 마장을 더 올라가야 한다는 것과 쇠치네와 기름종개를 뜨려면 얼마나 벌판을 나가야 될

것을 안다. 물 건너 귀룽나무 수풀과 방치골 으름덩굴이 있는 곳을 아는 것은 아마도 나뿐일 듯싶다.

학교를 퇴학 맞고 처음으로 도회를 쫓겨 내려왔을 때에 첫 걸음으로 찾은 곳은 일갓집도 아니요, 동무 집도 아니요, 실로 이 들이었다. 강가의 사시나무가 제대로 있고 버들 숲 둔덕의 잔디가 헐리지 않았으며 과수원의 모습이 그대로 남은 것을 보았을 때의 기쁨이란 형언할 수 없이 큰 것이었다. 고향을 그리워하는 마음이란 곧 산천을 사랑하고 벌판을 반가워하는 심정이 아닐까. 이런 자연의 풍물을 내놓고야 고향의 그림자가 어디에 알뜰히 남아 있는가. 헐리어가는 초가 지붕에 남아 있단 말인가. 고향을 꾸미는 것은 사람이면서도 그리운 것은 더 많이 들과 시냇물이다.

3

시절은 만물을 허랑하게 만드는 듯하다.

짐승은 드러내 놓고 모든 것을 들의 품 속에 맡긴다.

새풀 숲에서 새 둥우리를 발견한 것을 나는 알 수 없이 기쁘게 여겼다. 거룩한 것을―아름다운 것을―찾은 느낌이다. 집과 가족들을 송두리째 안심하고 땅에 맡기는 마음씨가 거룩하다. 풀과 깃을 모아 두툼하게 결은 둥우리 안에는 아직까지 안은 알이 너덧 알 들어 있다. 아롱아롱 중이 선 풋대추만큼씩한 새알. 막 뛰어나려는 생명을 침착하게 간직하고 있는 얇은 껍질―금시에 딸깍 두 조각으로 깨뜨려질 모태―창조의 보금자리!

그 고요한 보금자리가 행여나 놀래고 어지럽혀질까를 두려워하여 둥

우리 기슭에 손가락 하나 대기조차 주저되어 나는 다만 한참동안이나 물끄러미 바라보고 섰다가 풀 포기를 제대로 덮어 놓고 감쪽같이 발을 옮겨 놓았다. 금시에 알이 쪼개지며 생명이 돋아날 듯싶다. 등 뒤에서 새가 푸드득 날아 뜰 것 같다. 적막을 깨뜨리고 하늘과 들을 놀래며 푸드득 날았다! 생각에 마음이 즐겁다.

그렇게 늦게 까는 것이 무슨 새일까. 청새일까, 덤불지일까. 고요하게 뛰노는 기쁜 마음을 걷잡을 수 없어 목소리를 내서 노래라도 부를까 느끼며 둑 아래로 발을 옮겨 놓으려다 문득 주춤하고 서버렸다.

맹랑한 것이 눈에 띈 까닭이다. 껄껄 웃고 싶은 것을 참고 풀 위에 주저앉았다. 그 웃고 싶은 마음은 노래라도 부르고 싶던 마음의 연장인지도 모른다. 다시 말하면 그 맹랑한 풍경이 나의 마음을 결코 노엽히거나 모욕한 것이 아니요, 도리어 아까의 똑같은 기쁨을 자아내게 한 것이다. 일반으로 창조의 기쁨을 보여준 것이다.

개울녘 풀밭에서 한 자웅의 개가 장난치고 있는 것이다. 하늘을 겁내지 않고 들을 부끄러워하지 않고 사람의 눈을 꺼리는 법 없이 자웅은 터놓고 마음의 자유를 표현할 뿐이다. 부끄러운 것은 도리어 이쪽이다. 나는 얼굴을 붉히면서 대중 없이 오랫동안 그 요절할 광경을 바라보기가 몹시도 겸연쩍었다. 확실히 시절의 탓이다. 가령 추운 겨울 벌판에서 나는 그런 장난을 목격한 일이 없다. 역시 들이 푸른 때 새가 늦은 알을 깔 때 자웅도 농탕치는 것이다. 나는 그 광경을 성내서는, 비웃어서는 안 되었다.

보고 있는 동안에 어디서부터인지 자웅에게로 돌멩이가 날아들었다. 킬킬킬킬 웃음소리가 나며 두 번째 것이 날았다. 가뜩이나 몸이 떨어지지 않는 자웅은 그제서야 겁을 먹고 흘금흘금 눈을 굴리며 어색한 걸음으로 주체스런 두 몸을 비틀거렸다. 나는 나 이외에 그 광경을 그때까지 은근히 바라보고 있던 또 한 사람이 부근에 숨어 있음을 비로소 알고 더 한층 부끄러운 생각이 와락 나며 숨도 크게 못 쉬고 인기척을 죽이고 잠자코만 있을 수밖에는 없었다.

세 번째 돌멩이가 날리더니 이윽고 호담스런 웃음소리가 왈칵 터지며 아래편 숲 속에서 사람의 그림자가 덥석 뛰어나왔다. 빨래함지를 인 채 한 손으로는 연해 자웅을 쫓으면서 어깨를 떨며 웃음을 금할 수 없다는 자세였다.

그 돌연한 인물에 나는 놀랐다. 한편 엉겼던 마음이 풀리기도 하였다. 옥분이었다. 빨래를 하고 나자 그 광경이매 마음속 은밀히 흠뻑 그것을 즐기고 난 뒤인 모양이었다. 그러나 나의 놀람보다도 옥분이가 문득 나를 보았을 때의 놀람—그것은 몇 곱절 더 큰 것이었다. 별안간 웃음을 뚝 그치고 주춤 서는 서슬에 머리에 이었던 함지가 왈칵 떨어질 판이었다. 얼굴의 표정이 삽시간에 검붉게 질려 굳어졌다. 눈알이 땅을 향하고 한편 손이 어쩔 줄 몰라 행주치마를 의미 없이 꼬깃거렸다. 별안간 깊은 구렁에 빠진 것과도 같은 그의 궁착한 처지와 덴 마음을 건져주기 위하여 나는 마음에도 없는 목소리를 일부러 자아내어 관대한 웃음을 한바탕 웃으면서 그의 곁으로 내려갔다.

"빌어먹을 짐승들!"

마음에도 없는 책망이었으나 옥분의 마음을 풀어주자는 뜻이었다.

"득추 녀석쯤이 너를 싫달 법 있니, 주제넘은 녀석!"

이어 다짜고짜 그의 일신의 이야기를 집어낸 것은 그의 주의를 다른 곳으로 돌리자는 생각이었다. 군청고원 득추는 일껀 옥분과 성혼이 된 것을 이제 와서 마다고 투정을 내고 다른 감을 구하였다. 옥분의 가세가 빈한하여 들고날 판이므로 혼인 뒤에 닥쳐올 여러 가지 귀치 않은 거래를 염려하여 파혼한 것이 확실하다. 득추의 그런 꾀바른 마음씨를 나무라는 것은 나뿐이 아니었다. 마을 사람은 거개 고원의 불신을 책하였다.

"배반을 당하고 분하지도 않으냐?"

"모른다."

옥분은 도리어 짜증을 내며 발을 떼놓았다.

"그 녀석 한 번 해내 줄까?"

웬일인지 그에게로 쏠리는 동정을 금할 수 없다.

"쓸데없는 짓 할 것 있니?"

동정의 눈치를 알면서도 시치미를 떼는 옥분의 마음씨에는 말할 수 없이 그윽한 것이 있어 그것이 은연중에 마음을 당긴다.

눈앞에 멀어지는 그의 민출한 자태가 가슴속에 새겨진다. 검은 치마폭 밑으로 드러난 불그레한 늠츳한 두 다리 — 자작나무보다도 더 아름다운 것 — 헐벗기 때문에 한결 빛나는 것, 세상에도 가지고 싶은 탐나는 것이다.

4

일요일인 까닭에 오래간만에 문수와 함께 둑 위에서 하루를 보낼 수 있었다. 날마다 거리의 학교에 가야 하는 그를 자주 붙들어 낼 수는 없다. 일요일이 없는 나에게도 일요일이 있는 것이다.

바다를 바라볼 수 있는 둑에 오르면 마음이 활짝 열리는 듯이 시원하다. 바닷바람이 아직 조금 차기는 하나 신선한 맛이다. 잔디밭에는 간간이 피지 않은 해당화 봉오리가 조촐하게 섞였으며 둑 맞은편에 군데군데 모여선 백양나무 잎새가 햇빛에 반짝반짝 나부껴 은가루를 뿌린 것 같다.

문수는 빌려갔던 몇 권의 책을 돌려 주고 표해 두었던 몇 구절의 뜻을 질문하였다. 나는 그에게는 하루의 선배인 것이다. 돈독하게 띄어 주는 것이 즐거운 의무도 되었다.

'공부'가 끝난 다음 책을 덮어 두고 잡담에 들어갔을 때에 문수는 탄식하는 어조였다.

"학교가 점점 틀려가는 모양이다."

구체적 실례를 가지가지 들고 나중에는 그 한 사람의 협착한 처지를 말하였다.

"책 읽는 것까지 들키었네. 자네 책도 뺏길 뻔했어."

짐작되었다.

"나와 사귀는 것이 불리하지 않은가?"

"자네 걸은 길대로 되어 나가는 것이 뻔하지. 차라리 그 편이 시원하겠네."

너무 궁박한 현실 이야기만도 멋없이 두 사람은 무릎을 툭 털고 일어서 기분을 가다듬고 노래를 불렀다. 아는 곡조로 모조리 불렀다.

노래가 진盡하면 번갈아 서서 연설을 하였다. 눈앞에 수많은 대중을 가상하고 목소리를 다하여 부르짖어 본다. 바닷물이 수물거리나 어쩌나 새들이 놀라서 떨어지나 어쩌나를 시험하려는 듯이도 높게 고함쳐 본다. 박수하는 사람은 수만의 대중 대신에 한 사람의 동무일 뿐이나 지껄이는 동안에 정신이 흥분되고 통쾌하여 간다. 훌륭한 공부이며 단련이다.

협착한 땅 위에 그렇게 자유로운 벌판이 있음이 새삼스러운 놀람이다. 아무리 자유로운 말을 외쳐도 거기에서만은 '중지'를 당하는 법이 없으니까 말이다. 땅 위는 좁으면서도 넓은 셈인가. 둑은 속 풀리는 시원한 곳이며, 문수와 보내는 하루는 언제든지 다시 없이 즐거운 날이다.

5

과수원 철망 너머로 엿보이는 철 늦은 딸기―잎새 사이로 불긋불긋 돋아난 송이 굵은 양딸기, 지날 때마다 건강한 식욕을 참을 수 없다.

더구나 달빛에 젖은 딸기의 양자란 마치 크림을 끼얹은 것과도 같아서 한층 부드럽게 빛난다.

탐나는 열매에 눈독을 보내며 철망을 넘기에 나는 반드시 가책과 반성으로 모질게 마음을 매질하지는 않았으며 그럴 필요도 없었다. 그것이 누구의 과수원이든 간에 철망을 넘는 것은 차라리 들사람의 일종의 성격이 아닐까. 들사람은 또한 한편 그것을 용납하고 묵인하는 아량도 가지고 있는 것이다. 나는 몇 해 동안에 완전히 이 야취野趣의 성격을 얻어버린 것 같다.

흐뭇한 송이를 정신없이 따서 입에 넣으면서도 철망 밖에서 다만 탐내고 보기만 할 때보다 한층 높은 감동을 느끼지 못하게 됨은 되레 웬일일까. 입의 감동이 눈의 감동보다 떨어지는 탓일까. 생각만 할 때의 감동이 실상 당하였을 때의 감동보다 항용 더 나은 까닭일까. 나의 욕심을 만족시키기에는 불과 몇 송이의 딸기가 필요할 뿐이었다. 차라리 벌판에 지천으로 열려 언제든지 딸 수 있는 들딸기 편이 과수원 안의 양딸기보다 나음을 생각하며 나는 다시 철망을 넘었다.

멍석딸기, 중딸기, 장딸기, 나무딸기, 감대딸기, 곰딸기, 닷딸기, 배암딸기…….

능금나무 그늘에 난데없는 사람의 그림자를 발견하자 황급히 뛰어넘

258

다 철망에 걸려 나는 옷을 찢었다. 그러나 옷보다도 행여나 들키지는 않았나 하는 염려가 앞서 허둥지둥 풀 속을 뛰다가 또 공교롭게도 그가 옥분임을 알고 마음이 일시에 턱 놓였다. 그 역 딸기밭을 노리고 있던 터가 아닐까. 철망 기슭을 기웃거리며 능금나무 아래 몸을 간직하고 있지 않았던가.

언제인가 개천 둑에서 기묘하게 만난 후 두 번째의 공교로운 만남임을 이상하게 여기고 있는 동안에 마음이 퍽이나 헐하게 놓여졌다. 가까이 가서 시룽시룽 말을 건 것도 그리 어색하지 않고 자연스러웠다. 그 역시 스스러워하지 않고 수월하게 말을 받고 대답하고 하였다. 전날의 기묘한 만남이 확실히 두 사람의 마음을 방긋이 열어 놓은 것 같다.

"딸기 따줄까?"

"무서워."

그의 떨리는 목소리가 왜 그리도 나의 마음을 끌었는지 모른다. 나는 떨리는 그의 팔을 붙들고 풀밭을 지나 버드나무 숲 속으로 들어갔다. 그의 입술은 딸기보다도 더 붉다. 확실히 그는 딸기 이상의 유혹이다.

"무서워."

"무섭긴."

하고 달래기는 하였으나 기실 딸기를 훔치러 철망을 넘을 때와 똑같이 가슴이 후둑후둑 떨림을 어쩌는 수 없었다. 버드나무 잎새 사이는 달빛이 가늘게 새어들었다. 옥분은 굳이 거역하려고 하지 않았다.

양딸기 맛이 아니요, 확실히 들딸기 맛이었다. 멍석딸기, 나무딸기의 신선한 감각에 마음은 흐뭇이 찼다.

아무리 야취의 습관에 젖었기로 철망 넘어 딸기를 딸 때와 일반으로 아무 가책도 반성도 없었던가. 벌판서 장난치던 한 자웅의 짐승과 일반이 아닌가. 그것이 바른가, 그래서 옳을까 하는 한 줄기의 곧은 생각이 한결같이 뻗쳐오름을 억제할 수는 없었다. 결국 마지막 판단은 누가 옳게 내릴 수 있을까.

6

　며칠이 지나도 여전히 귀찮은 생각이 머리 속에 뱅 돈다. 어수선한 마음을 활짝 씻어버릴 양으로 아침부터 그물을 들고 집을 나섰다.

　그물을 후릴 곳을 찾으면서 남대천 물줄기를 따라 올라간 것이 시적시적 걷는 동안에 어느덧 철교께서도 근 십 리를 올라가게 되었다. 아무 고기나 닥치는 대로 잡으려던 것이 그렇게 되고 보니 불현듯이 고들매기를 후려볼 욕심이 솟았다. 고기 사냥 중에서도 가장 운치 있고 흥있는 고들매기 사냥에 나는 몇 번인지 성공한 일이 있어 그 호젓한 멋을 잘 안다. 그중 많이 모여 있을 듯이 보이는 그럴 듯한 여울을 점쳐 첫 그물을 던져보기로 하였다.

　산 속에 오목하게 둘러싸인 개울―물도 맑거니와 물소리도 맑다. 돌을 굴리는 여울 소리가 티끌 한 점 없는 공기와 초록을 영롱하게 울린다. 물속에 노는 고기는 산신령이나 아닐까.

　옷을 활짝 벗어붙이고 그물을 메고 물속에 뛰어들었다. 넉넉히 목욕을 할 시절임에도 워낙 산골 물이라 뼈에 차다. 마음이 한꺼번에 씻겨졌다느니보다도 도리어 얼어붙을 지경이다. 며칠 내로 내려오던 어수선한 생각이 확실히 덜해지고 날아갔다고 할까. 그러나 그러면서도 마지막 한 가지 생각이 아직도 철사같이 가늘게 꿰뚫고 흐름을 속일 수는 없었다.

　'사람의 사이란 그렇게 수월할까.'

260

옥분과의 그날 밤 인연이 어처구니없게 쉽사리 맺어진 것이 의심쩍은 것이었다. 아무 마음의 거래도 없던 것이 달빛과 딸기에 꾀임을 받아 그때 그 자리에서 금방 응낙이 되다니. 항용 거기에 이르기까지의 두 사람의 마음의 교섭이란 이야기 속에서 읽을 때에는 기막히게 장황하고 지리한 것이었는데 그것이 그렇게 수월할 리 있을까. 들 복판에서는 수월한 법인가.

'책임 문제는 생기지 않는가?'

생각은 다시 솔솔 풀린다. 물이 찰수록 생각도 점점 차게만 들어간다.

물이 다리목을 넘게 되었을 때 그쯤에서 한 훌기 던져보려고 그물을 펴들고 물속을 가늠보았다. 속물이 꽤 세어 다리를 훑친다. 물때 낀 돌멩이가 몹시 미끄러워 마음대로 발을 디딜 수 없다. 누르칙칙한 물속이 적확히 보이지 않는다. 몇 걸음 아래편은 바위요, 바위 아래는 소가 되어 있다.

그물을 던질 때의 호흡이란 마치 활을 쏠 때의 그것과도 같이 미묘한 것이어서 일종의 통일된 정신과 긴장된 자세를 요구하는 것임을 나는 경험으로 잘 안다. 그러면서도 그때 자칫하여 기어이 실수를 하게 된 것은 필시 던지는 찰나까지도 통일되지 못한 마음이 어수선하고 정신이 까닥거렸음이 확실하다. 몸이 휘뚱하고 휘더니 횡하게 날아야 할 그물이 물 위에 떨어지자 어지럽게 흩어졌다. 발이 미끄러져 센 물결에 다리가 쓸리니까 그물은 손을 빠져 달아났다. 물속에 넘어져 흐르는 몸을 아무리 버둥거려야 곧추 일으키는 장사는 없다. 생각하면 기가 막히나 별수 없이 몸은 흐를대로 흐르고야 말았다.

바위에 부딪쳐 기어코 소에 빠졌다. 거품을 날리는 폭포 속에 송두리째 푹 잠겼다가 휘엿이 솟으면서 푸른 물속을 뱅 돌았다. 요행 헤엄의 습득이 약간 있던 까닭에 많은 고생 없이 허우적거리고 소를 벗어날 수는 있었다.

면상과 어깻죽지에 몇 군데에 상서가 있었다. 피가 돋았다. 다리에는 군데군데 시퍼렇게 멍이 들어 있음을 보았다. 잃어버린 그물은 어느 줄기에 묻혀 흐르는지 알 바도 없거니와 찾을 용기도 없었다. 고들매기는 물론 한 마리도 손에 쥐어보지 못하였다.

귀가 메이고 코에서는 켰던 물이 줄줄 흘렀다. 우연히 욕을 당하게 된 몸뚱아리를 훑어보며 나는 알 수 없는 부끄러움을 느꼈다. 별안간 옥분의 몸이—향기가 눈앞에 흘러왔다. 비밀을 가진 나의 몸이 다시 돌아보이며 한동안 부끄러운 생각이 쉽게 꺼지지 않았다.

7

문수는 기어코 학교를 쫓겨났다. 기한 없는 정학 처분이었으나 영영 쫓겨난 것과 같은 결과였다. 덕분에 나도 빌려주었던 책 권을 영영 빼앗긴 셈이었다.

차라리 시원하다고 문수는 거드름 부렸으나 시원하지 않은 것은 그의 집안 사람들이다. 들볶는 바람에 그는 집을 피하여 더 많이 나와 지내게 되었다. 원망의 물줄기는 나에게까지 튀어왔다. 나는 애매하게도 그를 타락시켜 놓은 안된 놈으로 몰릴 수밖에 없다.

별수 없이 나날을 들과 벗하게 되었다. 나는 좋은 들의 동무를 얻은 셈이다. 풀밭에 서면 경주를 하고 시냇가에 서면 납작한 돌을 집어 물 위에 수제비를 뜨기가 일쑤이다. 돌을 힘껏 던져 그것이 물 위를 뛰어가는 뜀수를 세는 것이다. 하나 둘 셋 넷 다섯 여섯 일곱 여덟—이 최고 기록이다. 돌은 굴러갈수록 걸음이 좁아지고 빨라지다 나중에는 깜박 물속에 꺼진다. 기차가 차차 멀어지고 작아지다 산모퉁이에 깜박 사라지는 것과도 같다. 재미있는 장난이다. 나는 몇 번이고 싫지 않게 돌을 집어 시험하는 것이었다.

팔이 축 처지게 되면 다시 기운을 내어 모래밭에 겨루고 서서 씨름을 한다. 힘이 비등하여 승패가 상반이다. 떼밀기도 하고 샅바씨름도 하고 잡아나꾸기도 하고 다리걸이 딴죽치기 기술도 차차 늘어가는 것 같다.

"세상에서 제일 장하고 제일 크고 제일 아름답고 제일 훌륭하고 제일 바른 것이 무엇이냐?"

되건 말건 수수께끼를 걸고,

"힘이다!"

하고 껄껄껄껄 웃으면 오장육부가 물에 헤운 듯이 시원한 것이다. 힘! 무슨 힘이든지 좋다. 씨름을 해가는 동안에 우리는 힘에 대한 인식을 한층 새롭혀 갔다. 조직의 힘도 장하거니와 그것을 꾸미는 한 사람의 힘이 크다면 더 한층 아름다운 것이 아닐까.

8

문수와 천렵을 나섰다.

그물을 잃은 나는 하는 수 없이 족대를 들고 쇠치네 사냥을 하러 시냇물을 훑어내려갔다.

벌판에 냄비를 걸고 뜬 고기를 끓이고 밥을 지었다.

먹을 것이 거의 준비되었을 때 더운 판에 목욕을 들어갔다.

땀을 씻고 때를 밀고는 깊은 곳에 들어가 물장구와 가댁질이다. 어린아이 그대로의 순진한 마음이 방울방울 날리는 물방울과 함께 하늘을 휘덮었다가는 쏟아지는 것이다.

물가에 나와 얼굴을 씻고 물을 들일 때에 분수는 다가와,

"어깨의 상처가 웬일인가?"

하고 나의 어깨의 군데군데를 가리켰다.

나는 뜨끔하면서 그때까지 완전히 잊고 있던 고들매기 사냥과 거기에 관련된 옥분과의 일건이 생각났다.

어떻게 할까 망설이다가 그에게까지 기일 바 못 되어 기어코 고기잡이 이야기와 따라서 옥분과의 곡절을 은연중 귀띔하여 주게 되었다.

이상한 것은 그의 태도였다.

"명예의 부상일세그려."

놀리고는 걱실걱실 웃는 것이다.

웃다가 문득 그치더니,

"이왕 말이 났으니 나도 내 비밀을 게울 수밖에는 없게 되었네그려."

정색하고 말을 풀어 냈다.

"옥분이―나도 그와는 남이 아니야."

어안이 벙벙한 나의 어깨를 치며,

"생각하면 득추와 파혼된 후로부터는 달뜬 마음이 허무해진 모양인데. 일종의 자포자기야. 죽일 놈은 득추지. 옥분의 형편이 가엾기는 해."

나에게는 이상한 감정이 솟아올랐다. 문수에게 대하여 노염과 질투를 느끼는 대신에―도리어 일종의 안심과 감사를 느끼는 것이었다. 괴롭던 책임이 모면된 것 같고, 무거운 짐을 벗어 놓은 듯이도 감정이 가벼워지고 엉켰던 마음이 풀리는 것이다. 이것은 교활하고 악한 심보일까. 그러나 나를 단 한 사람으로 생각하지 않는 옥분의 허무한 태도에 해결의 열쇠는 있다. 그의 태도가 마지막 책임을 져야 될 터이니까.

"왜 말이 없니? 거짓말로 알아듣나? 자네가 버드나무 숲에서 만났다면 나는 풀밭에서 만났네."

여전히 잠자코만 있으면서 나는 속으로 한결같이 들의 성격과 마술과도 같은 자연의 매력이라는 것을 생각하였다.

얼마나 이야기가 장황하였던지 밥 타는 냄새가 코를 찔렀다.

9

무더운 날이 계속된다.

이럴 때 마을은 더 한층 지내기 어렵고 역시 들이 한결 낫다.

낮은 낮으로 해두고 밤을—하룻밤을 온전히 들에서 보낸 적이 없다.

우리는 의논하고 하룻밤을 들에서 야영하기로 하였다.

들의 밤은 두려운 것일까—이런 의문도 있었기 때문이다.

이왕 의가 통한 후이니 이후로는 옥분이도 데려다가 세 사람이 일단의 '들의 아들'이 되었으면 하는 문수의 의견이었으나 나는 그것을 일종의 악취미라고 배척하였다. 과거의 피차의 정의는 정의로 하여 두고 단체 생활에는 역시 두 사람이 적당하며 수효가 셋이면 어떤 경우에든지 반드시 기울고 불안정하다는 의견을 가지고 있기 때문이다. 그러나 그것도 결국 나의 야성이 철저치 못한 까닭이 아닐까.

어떻든 두 사람은 들 복판에서 해를 넘기고 어둡기를 기다리고 밤을 맞이하였다.

불을 피우고 이야기하였다.

이야기가 장황하기 때문에 불이 마저 스러질 때에는 마을의 등불도 벌써 다 꺼지고 개 짖는 소리도 수습된 뒤였다. 별만이 깜박거리고 바닷소리가 은은할 뿐이다.

어둠은 깊고 넓고 무한하다.

창조 이전의 혼돈의 세계는 이러하였을까.

무한한 적막—지구의 자전 공전의 소리도 들리지 않는 것이다.

공포—두려움이란 어디서 오는 감정일까.

어둠에서도 적막에서도 오지는 않는다. 우리는 일부러 두려운 이야기 무서운 이야기로 마음을 떠보았으나 이렇듯한 새삼스러운 공포의 감정이라는 것은 솟지 않았다.

위에는 하늘이요, 아래는 풀이요—주위에 어둠이 있을 뿐이지 모두가 결국 낮 동안의 계속이요, 연장이다. 몸에 소름이 돋는 법도 마음이 떨리는 법도 없다.

서로 눈만 말똥거리다가 피곤하여 어느 결엔지 잠이 들어버렸다.

단잠을 깨었을 때에는 아침 해가 높은 후였다.

아영의 밤은 시원하였을 뿐이요, 공포의 새는 결국 잡지 못하였다.

10

그러나 공포는 왔다.

그것은 들에서 온 것이 아니요, 마을에서—사람에게서 왔다.

공포를 만드는 것은 자연이 아니요, 사람의 사회인 듯싶다.

문수가 돌연히 끌려간 것이다.

학교 사건의 뒷맺이인 듯하다.

이어 나도 들어가게 되었다.

나 혼자에 대하여 혹은 문수와 관련되어 여러 가지 질문을 받았다.

사흘 밤을 지우고 쉽게 나왔으나 문수는 소식이 없다. 오랠 것 같다.

여러 가지 재미있는 여름의 계획도 세웠으나 혼자서는 하염없다.

가졌던 동무를 잃었을 때의 고독이란 큰 것이다.

들에서 무료히 지내는 날이 많다.

심심파적으로 옥분을 데려올까도 생각되나 여러 가지로 거리끼고 주체스런 일이다. 깨끗한 것이 좋을 것 같다.

별수 없이 녀석이 하루라도 속히 나오기를 충심으로 바랄 뿐이다.

나오거든 풋콩을 실컷 구워 먹이고 기름종개를 많이 떠먹이고 씨름해서 몸을 불려줄 작정이다.

들에는 도라지꽃이 피고 개나리꽃이 장하다.

진펄의 새발고사리도 어느덧 활짝 피었다.

해오라기가 가끔 조촐한 자태로 물가에 내린다.

시절이 무르녹았다.

고사리

고사리

홍수는 축 중에서도 숙성하였다. 유달리 일찍이 앵돌아지게 익은 고추송이랄까. 쥐알봉수요, 감발적귀였으나 야무러지고 슬기로는 어른 빰쳤다. 들과 냇가에서는 축들을 거느리고 장거리에서는 어른과 결었다. 인동은 홍수를 어른같이 장하게 여겼다. 우러러만 볼 뿐이요, 아무리 바라도 올라갈 수 없는 나무 위 세상에 홍수는 속하고 있는 것이었다. 그가 살고 있는 세상은 아이의 세상이 아니요, 어른의 세상이었다. 어른의 세상은 커다란 매력이었다. 그러므로 홍수는 늘 존경의 목표요, 희망의 봉우리였다. 그는 약빨리 어른을 수입한 천재였다.

이튿날 장거리에서 김 접장과 으른 것만 해도 인동에게는 하늘같이 장하게 생각되었다. 당나귀 발에 징을 박고 있는 김 접장의 상투를 홍수는 뒤로 몰래 가서 보기 좋게 끄들어 흔든 것이다. 영문을 모르고 벌떡 일어서는 김 접장은 서슬에 당나귀 발길에 면상을 채였다. 약이 바짝 올라 쇠망치를 든 채 홍수를 뚜들겨 쫓았다.

"망종의 후레자식."

홍수는 엎어지락 쓰러지락 쫓겼다. 총중에는 홍수를 안 된 놈이라고 사설하는 사람도 있기는 있었으나 어른들은 차라리 심심파적으로 바라다들만 보고 있었다. 인동은 누가 이길까 주먹을 오므려 쥐고 속으로는 홍수 편을 부축하였다.

"요놈, 붙들기민 하면 네 이범하구 한데 묶어 강물에 띄울 테다."

"고치 번더지만한 상투를 아주 빼놀까 부다."

대거리하면서도 홍수는 지쳐서 소 장판으로 뛰어들었다. 그곳에는 말뚝이 지천으로 박혀 있다. 그것을 이용하자는 꾀였다. 가리산지리산 말뚝을 헤치고 날래게 몸을 뒤적거리는 홍수를 쫓기가 유들유들한 김 접장에게는 무척 거북한 듯하여 굽은 말뚝 한 개를 돌다가 기어이 다리를 걸쳐 나가 곤드라지고 말았다. 분김에 불심지가 올라 얼얼한 다리를 비비면서 바짝 길을 조였다. 손아귀에 움켜든 기름종개같이 홍수는 얼른 손 안에 움켜들렸다.

"어린놈이 어른에게 대들다니."

"그 잘난 어른."

"아이는 아이와 노는 법인 것을."

"난 어른야. 어른 하는 것 다 알고 있어."

"무얼 다 안단 말이야."

"무엇이든지 다 보았어."

"무서운 생쥐 같으니."

어린 볼을 사정없이 갈기고 다시 발칙한 짓 하겠느냐고 으르며 강종 받으려 하였으나 홍수는 홀홀히 휘이지 않고 어디까지든지 박서며 겨거니 틀거니 한참 동안이나 실랑이였다. 수많은 눈들과 웃음 속에서 철부지의 하룻강아지를 대수로 하고 그 짓임을 생각하고 김 접장은 열적고 경없어졌다. 사지를 한데 모아 달룽 들어 소장 더미에 갖다 동댕이를 치고 발길로 두어 번 엉덩이를 찼으므로 마음은 한결 누그러졌다. 홍수는 어떻게든지 하여 김 접장의 볼로 한 개 갈겨보려고 쓰러진 채 손을 휘젓고 애썼으나 헛수고였고, 발길은 돌리는 어른에게 침을 두어 번 뱉았다. 침발은 날려서 다시 얼굴 위에 떨어졌다.

인동은 보고 섰는 동안에 눈물이 돌았다. 오히려 눈물 한 방울 안 흘리고 박서는 담찬 홍수의 마음을 대신하였음일까. 눈물은커녕 홍수는 도리어 새빨간 얼굴에 입술을 꽉 물더니 벌떡 뒤치고 일어서 한층 노기를 띠었다. 돌멩이를 집어들고 다시 징 박기를 시작한 김 접장의 뒤로 갔다.

"객쩍은 자식한테 실없이 봉변했다. 여편네 하나 거느리지 못하는 맹추가 멀쩡한 뉘게 분풀이야. 느 여편네 요새 난질이 나서 넌실넌실 발광인 줄 모르니?"

돌멩이는 공교롭게 상투를 맞췄다. 김 접장은 어이가 없어 더 대거리도 하지 않았다. 다만 눈을 부릅뜨고 돌아섰을 때에는 홍수는 쏜살같이 거리를 달아나는 판이었다.

여편네가 난질이 났다는 말이 거짓말인지 정말인지 사람들은 다만 웃음을 머금었을 뿐이었고 김 접장도 더 그 말을 취사하지 않는 것 같았다.

축들은 홍수를 따라 거리를 벗어나 마을 앞으로들 달렸다. 인동도 그속에 있었다.

"어른과 싸우기 무섭지 않든?"

풀밭에 왔을 때에 홍수는 축들에게 둘러싸였다. 모두 앞을 다투어 그와 어깨동무 되려고들 하였다. 칭찬의 소리가 요란스럽게 풀잎을 무질렀다.

"무섭기는 그까짓 것 난 세상에 무서운 것 없어 마음이 개운하다."

"밤에 선왕 숲에 가도 무섭지 않든?"

"도깨비를 만나도 김 접장같이 해낼걸."

"넌 장사다. 어른이다."

"요담에 싸울 때 됩데 김 접장의 사지를 묶어 담 속에 처박으련다."

축들은 김 접장을 그만 팔불용으로 여기게 되고 홍수를 김 접장보다 훨씬 나은 장사로 생각하게 되었다. 알 수 없이 기운들을 얻어 뛰고 차고 쓰러지고 하였다. 조그만 발밑에서 풀포기가 짓으끄러져서 쓰러지면 옷자락이 푸르게 물들고 하였다.

홍수에게서 갑내집 이야기를 들었을 때 인동은 피가 불끈 솟으며 소름이 돋았다. 춤이 불같이 달다. 홍수의 한마디 한마디를 놓치지 않으려고 몸이 별안간 그에게로 기울어지며 콧방울이 긴장되었다.

"다 보았다. 젖꼭지까지도 발톱까지도 무어고 다 보았어. 무섭더라. 죄지는 것 같더라."

홍수를 그 자리에 때려눕히고도 싶고 그를 칭찬하고 위해 주고도 싶다.

"얼른 말을 이어라. 어떻게 해서 보게 되었는지."

"밤을 깊고 달은 밝은데 뒷모양이 아무리 보아도 갑내집이기에 필연 장거리의 어떤 놈팽이와 만나러 가는 눈치 같아서 슬며시 뒤를 따라보았다. 중간에서 두어 번 들켜서 쫓기우고야 말았다. 그러기 때문에 그가 가는 곳을 알게 된 것은 사흘 되던 밤이었다. 어디로 간 줄 아니?"

눈망울이 달빛을 받아 구슬같이 빛났다.

"개울가에 이르더니 조약돌 위에 옷을 홀홀 벗어던지고 뚝 밑 웅덩이 속에 풍덩 잠기더구나. 밤마다 그곳에 목물하러 가는 줄을 처음으로 알았다. 뚝 옆에 왜 큰 버드나무가 있잖니? 나는 숨을 죽이고 가지 위에 올라 개구리같이 줄기 사이에 배를 납작 붙이고 내려다보았다. 다 보았다. 옆구리에 박힌 점까지 알았다. 무섭더라. 하아얀 살결이 달빛에 쩔어 눈알이 둘러파이는 것같이 부시더라."

인동은 전신의 피가 수물거리며 머리가 아찔하였다. 숨이 가쁘다.

"장거리에 뜬 술장사가 많이도 오기는 왔지만 난 갑내집만한 일색을 모른다. 그런 품 속에서 하루라도 지내보았으면 어머니 품에서 자는 것보담 얼마나 좋겠니? 지금 생각하면 미친 짓 같으나 보고 있는 동안에 별안간 화가 버럭 나더구나. 아무리 그립다고 생각한대야 우리 같은 것에야 눈이나 한 번 바로 떠보겠니? 다 어른 차지야. 어른이 되는 수밖에는 없어. 심술 김에 나는 고의 가달을 걷어올리고 다리 사이에 오줌을 깔기기 시작했다. 갑내집은 별안간 빗방울이 듣는 줄만 알고 손바닥을 벌리고 하늘을 쳐다보더구나. 톡톡히 혼을 좀 뽑아보려고 난 목소리를 내서 황급스런 고함을 쳤다. 저것 봐라. 물 위로 떠가는 저 구렁이! 갑내집은 악 소리를 치더니 기급을 하고 철벙철벙 물가로 나와 치마폭으로 젖은 몸을 가리고 허둥지둥 돌밭을 뛰더구나. 구렁이라니 휘젓고 가는 그의 몸둥어리야말로 흰 구렁이같이 곱더라."

인동은 홍수에게 확실히 한 대 먹은 것 같았다. 그 역 갑내집에 대하여서는 홍수와 같은 생각을 가지고 있었다. 자기가 하고 싶던 것을 홍수가 한 걸음 먼저 가로채어서 해버린 셈이었다. 인동은 자기의 고림쟁이의 성질을 안타깝게 여기고 나무에 오르는 재주 없음을 한탄하는 수밖에는 없었다. 홍수는 민첩한 감동으로 인동의 심중을 족히 헤아릴 수 있었다.

"생각이 있거든 두말 말고 오늘 밤 내 뒤를 대서라. 나무에는 내 떠받들어 올려줄게. 오늘 밤엔 기막힌 장난 해보지 않으련? —갑내집이 물속에 들어갔을 때 몰래 가 벗어 놓은 옷을 집어다 감추는 것이다. 얼마나 난탕을 칠까. 우리 말을 듣거든 의젓이 항복을 받아 내주자꾸나. 갑내집과 친해 가지구 됩데 어른들에게 골탕을 먹이잔 말이다. 달이 벌써 높았다. 갑내집은 갔을 게다. 뛰어나가 보자."

꽁하게 맺혔던 인동의 심사도 적이 풀려 이제는 새로운 모험에 가슴이 두렵게 뛰놀았다.

둘은 짧은 그림자를 발 아래 밟으며 달 아래를 돌멩이같이 굴리 달이 났다.

갑내집의 자태는 보이지 않았다. 나무에 올라서 기다리기로 하고 홍수는 인동의 발을 떠받쳤다. 뒤미처 다람쥐같이 날쌔게 가지 위에 올랐다.

좁은 나뭇가지 위에서는 몸을 쓰기가 거북하였으나 홍수는 누웠다 섰다 앉았다 하여 교묘하게 몸을 쓰며 결코 무료를 느끼는 법이 없었다. 오래 되었어도 물 위에는 그림자가 나타나지 않았다.

별안간 나무 아래에 목소리가 들리기 전까지에는 갑내집은 안 오는 것으로만 생각되었다.

"요 가살이들, 나무에는 무엇하러 올라갔어?"

갑내집임을 알았을 때 인동은 몸이 으쓱해지며 두려운 생각이 났다.

"왜 이리 늦었우."

침착한 홍수의 태도도 인동의 설레는 마음을 가라앉히지는 못 하였다.

"멀쩡한 각다귀. 언제든지 속을 줄만 알았니. 어른을 노리갯감으로 알고—녀석들."

"어른은 어른 노리개밖엔 안 되나?"

"하는 소리가 너무 엉큼해. 이 녀석들을 어떻게 하면 좋아? 오늘 밤엔 혼을 좀 뽑아 놓겠다."

"오줌을 깔길까 부다."

홍수가 대거리를 하며 띠를 풀려고 할 때 갑내집은 돌연히 기급을 할 듯이 외면하면서 고함을 쳤다.

"에그머니 저것 보아라. 뱀? 나무 위에 서리서리 올라가는 저 구렁이, 에그머니나!"

가리산지리산 내렸다.

"으앗!"

나무에 들어붙었던 인동은 짧은 소리를 치며 정신을 잃었다. 팔에 맥이 풀리며 그대로 나무줄기를 미끄러져 떨어졌다. 그제서야 홍수는 일시에 겁을 먹고 어쩔 줄을 모르다가 황급히 떨어져버렸다. 요행 아래는 풀밭이라 다친 데는 없었으나 인동은 오래 있다 정신을 차렸다. 갑내집은 가고 없었다. 그렇게 그리워하던 것이 불시에 사라진 요물같이 생각되었다.

그 밤 일은 물론 둘만이 알고 있는 비밀이었다.

그 후로 인동은 넋을 떼운 듯이 기운을 잃고 비영거렸으나 들에 나가 뛰고 시내에 나가 잠기고 하는 동안에 차차 기운을 차려갔다. 홍수는 제 허물도 느끼고 하여 특히 두남두어 뭇 시발을 귀찮게 여기지 않았다. 선왕 숲에서 돌배를 두드려 털 때에는 굵은 것을 나눠주고 물가에서 삼굿을 할 때에는 잘 익은 옥수수 이삭을 인동에게 물려주곤 하였다.

그러면서도 속 궁리는 스스로 달랐다. 홍수는 늘 인동을 한풀 접어놓고 같은 대접을 하지 않았다. 인동을 아직도 풋동이라고만 생각하였기 때문이다. 그것이 인동에게는 맞갖지 않고 슬펐다.

인동이 가진 한푼의 동전을 탐내면서도 홍수는 속을 뽑힐까 봐서 터놓고 말을 하지 않았다. 제일 굵은 가래나무 열매와 바꾸자는 청이었으나 곧은 불림으로 말하면 거저라도 줄 것을 하고 인동은 녀석의 심중을 서글프게 여기면서 괘장 부리고 싶은 생각조차 들었다.

"무슨 소리인지를 말하려무나."

"싫거든 그만두어라."

되술래잡는 홍수를 야속하게 여기는 한편 두서없는 제 꼴도 경없게 생각되어 인동은 가래와 동전을 바꿔버렸다.

장날 저녁 때 해가 그윽할 때 풀밭에서 삼굿을 시작하였다. 구덩이를 파고 불을 피우고 조약돌을 모아 쌓고 뻘겋게 달게 달렸다. 신명들이 나서 뛰고 법석들이었으나 그때까지도 홍수의 꼴이 보이지 않음을 인동은 괴이히 여겼다. 또 한 구덩이에 삶을 것을 묻으려 할 때에 홍수는 비로소 뛰어왔다. 품에서 감자와 콩 꼬투리를 수북이 안고 왔다. 늦게까지 장판을 헤매인 눈치였다.

익힐 것을 모조리 묻고 단 돌에 물을 주고 제각각 흩어져 잠시 동안 쉬일 때 인동들은 잔버들 숲에 가서 앉았다.

홍수는 어디서 어떻게 후려 넣은 것인지 온개의 궐련 한 개를 집어내더니 불을 붙였다. 담배와 성냥과―인동에게는 무섭고 놀라운 것이다. 어떻게 피우나 하고 보고 있으려니 홍수는 제법 연기를 길게 마시더니 코와 입으로 휘하고 뽑았다. 눈물은커녕 기침도 하는 법 없다. 찔레같이 밋밋한 궐련이 두 손가락 사이에 간드러지게 쥐었다. 그 곤댓짓하고 거드름 부리는 꼴에 인동은 샘조차 느꼈다.

"어느 새 그렇게 배웠니? 늠름한 시늉이 어른 같구나."

"너두 한 모금 피워보렴. 아무렇지도 않단다. 눈 꾹 감고 목구멍으로 후욱 들여마시문 가슴이 시원하고 연기는 제절로 콧구멍으로 술술 새어나온다."

인동은 연기를 입 안에 물어본 적은 있어도 넘겨본 적은 없었다. 잘못하다가는 당장에 정신이 아찔하여지며 그 자리에 쓰러져 고꾸라질 것 같은 무서운 생각이 들었던 것이다. 넓은 도랑을 뛰어 건널까 말까 망설일 때와도 같았다.

그러나 닦달질하는 홍수의 권도를 못 이겨 결심하고 입에 한 모금 그득 머금은 연기를 죽을 셈치고 마셔보았다. 역시 홍수를 따를 수는 없었다. 금시에 가슴이 훌치는 것 같아 재채기를 하고 눈물이 솟았다. 풀 위에 가슴을 박고 쓰러져버렸다.

"애초부터 겁을 먹으니 그렇지. 물 마시듯 천연스리 마셔보렴. 아무렇지도 않지."

홍수는 보라는 듯이 허울좋게 푹푹 빨아서는 마시고 마시곤 하였다. 인동은 눈물 사이로 하염없이 그 꼴을 바라보았다. 끝끝내 뛰지 못할 도랑 건너편에 있는 홍수였다. 별안간 앵도라진 홍수의 얼굴이 쏜살같이 뒷걸음질쳐 손닿지 못할 먼 곳에 달아나곤 하였다.

"담배쯤에 겁을 먹으니 무엇이 되겠니? 넌 아직두 멀었어. 난 너와 놀기 싫다. 암만해두 어울리지 않어."

인동은 서글펐다. 한마디 더 하면 눈물이 푹 솟을 것 같다.

"이까짓 담배쯤에!"

홍수는 목소리를 떨어뜨리더니 귀에 입을 갖다 대었다.

"순자 말이다. 너를 좋아하는 눈치더라. 수명이더러 널 늘 데려와 놀라구 그러는 눈친데 녀석이 잊어버리는 것 같애. 거리에선 순자가 제일 낫다. 키두 제일 크구 나백이요, 섬도 들 대로 들었어. 그러나 너 겁을 먹으문 안 된다. 재채기를 하구 쓰러지문 다 틀려. 천연스럽게만 굴문 무서울 것 없어."

인동은 머리가 어찔어찔하고 눈이 부셨다. 담배보다도 독한 말을 들은 것 같다.

"여기 두 개 있다. 한 개 주마. 접때 넣어주던 동전으로 가만히 샀다. 오늘 장날 아니냐. 어른 몰래 사느라구 이렇게 늦었다."

인동은 두 눈을 말똥하게 뜨고 홍수의 손에 쥐인 것을 보았다. 큰일이나 저지른 듯한 현혹한 느낌이었다. 반지였다. 구리실로 가늘게 휘어 만든 노란 반지였다.

"하나는 내 것이다. 알지? 봉이 말이다. 봉이 손가락에 끼워주련다.

날더러 사달랬어."

요란스런 소리가 나며 벌써늘 삼굿으로 몰러들어가는 눈치에 홍수는 날쌔게 반지 하나를 인동의 주머니 속에 넣어주고 자리를 일어섰다.

인동은 무시무시한 생각이 나서 여러 차례나 반지를 풀밭에 내버릴까 궁리하면서 시남시남 홍수의 뒤를 따라 걸었다.

"순자년 혼자 집 지키기 무섭다더라."

수명은 누이를 년이라고 부르기가 일쑤였다.

인동은 겸연쩍으면서도 수명의 귀찮은 닦음질 바람에 뒤를 쫓았다.

물론 홍수가 있기 때문도 때문이었으나, 아버지는 나무 하러 가고 어머니는 촌으로 술 팔러 간 뒤를 수명 남매가 지키는 때가 많았다. 그런 때는 늘 축들을 불러 놓고 순자는 새로운 장난을 생각해 내곤 하였다. 막우발방의 홍수도 한 고패 위인 순자 앞에서는 한풀 죽고도 겁스럽게 굴었다.

숨바꼭질을 시작하였으나 네 사람만으로는 경없었다. 인동은 혼자 찾아다니는 동안에 뒤뜰에서 순자를 만났을 뿐이요, 수명과 홍수의 꼴은 종시 보이지 않았다. 어느 결엔지 살며시 내뺀 모양이었다.

구럭에 걸린 것 같아 인동도 멋쩍어 그 자리를 감치려 하였으나 순자에게 붙들려 버렸다.

"너 가버리문 나 어떻게 하니. 무서워서."

나중에는 두 손을 모으고 사정이었다.

"좋아하는 것 줄게."

뒷곁 헛간으로 끌고 가더니 겻섬 속에서 문배를 한두 가리 꺼냈다.

이빨에 군물이 도는 문배는 두려운 맛이었다. 인동은 배 맛도 좋은둥 만둥 한결같이 마음이 조물거렸다.

"이 집은 흉가란다. 밤에는 여기 도깨비가 나와."

인동은 섬뜩하여 모르는 결에 순자에게로 몸을 쏠렸다.

"난 보았다. 파아란 불이 하나 나타나문 이어서 어디선지두 모르게 둘셋 수없이 몰켜와 왔다갔다 하며 모였다 흩어졌다 하다가두 어느 결엔지 웅얼웅얼 부엌으로 몰려들어가 솥뚜껑 장난이야."

소름이 돋으며 손에 땀이 배었다. 순자의 품이 어머니의 품같이 믿음직하였다.

"무섭두 퍽 탄다. 애기같구나. 젖 좀 먹으련."

정신이 들었을 때 가슴에 가물가물 맞치는 것이 있었다. 주머니 속에 손을 넣으니 언제인가 홍수에게 얻은 반지였다. 쓰지 못한 반지였다. 홍수 생각이 났다. 모처럼 간곡히 떼어주던 것을 당해 보니 헛것이었다. 순자는 담배보다 갑절 더 무서운 것이었다.

인동은 그날을 잊을 수 없었다.

그것은 그가 세상에서 연—알 수 있는 처음이자 마지막 비밀이었다. 그 순간을 지경으로 인동은 그때까지의 세상에 작별한 셈이었다. 인동은 벌써 어른들의 세상을 엿본 것이요, 숙성한 홍수의 심중을 알게 된 것이다. 모두가 물론 홍수에게서 왔다.

망울 선 젖가슴이 유심히도 아프고 부어서 꼼짝달싹하기 싫은 것을 홍수에게 끌려서 인동은 그날도 강변에 목욕을 나갔다.

헤엄치고 가댁질하고 물싸움하는 동안에 비 맞은 풀포기같이 퍼들퍼들 살아났다. 파득거리는 조그만 짐승들이었다. 물속과 모래밭에는 발가벗은 짐승들이 고기 떼같이 오르르하였다. 휩쓸려 물싸움질을 시작하면 누구든지 하나가 물벼락을 맞고 고꾸라질 때까지 쉬들 않았다. 물방울같이 기운들이 그칠 줄 모르고 줄기차게 어느 때까지든지 뻗쳤다. 제 힘에 지치든지 싸움이 터지든지 하여야 비로소 기운은 쉬고 주저든다.

기어이 모래밭에서는 싸움이 터졌다.

패로 갈려 모래가 날으며 몸들이 부딪쳐 쓰러지며 하였다. 인동은 홍수에게 끌려 싸움에는 목을 보지 않고 씻혀진 기운을 간직한 채 동떨어진 나무 그늘로 들어갔다.

벌거벗어도 둘만은 피차에 부끄러운 것이 없었다. 씨름을 하다가 쓰러져 풀을 뽑았다. 씨름의 수로도 당할 수 없는 홍수라는 것을 우두커니 생각하고 있을 때 홍수는 문득 생글생글 웃음을 띠며 인동을 노려보았다.

"너 아직 모르니?"

인동의 따귀를 한 대 갈기며,

"녀석, 오늘은 다 가르쳐주마."

인동은 다 배웠다. 원숭이같이 홍수를 흉내내면 되었다. 부끄러운 생각에 몸이 달았다.

순간을 지경으로 인동은 알지 못해 안타깝고 야릇하던 어른의 세상을 철 이르게 가만히 밀수입한 것이었다. 알 수 없이 마음이 즐겁고 대견하고 흐뭇하였다.

완전히 홍수의 축에 들 수 있음이 말할 수 없이 기뻤다. 모래밭에서 싸움들하는 동무들을 바라볼 때 마음속 은근히 자랑이 솟아올랐다.

순자에 대한 생각이 달리 들었다. 도깨비같이 그를 무서워하고 질겁하던 일이 어리석게 여겨졌다. 그때와 다른 낯으로 대할 날이 언제일까를 마음속 은밀히 생각하여도 보았다.

그러나 여기에서도 또 홍수가 앞장을 섰다. 앞장을 선 것은 장하고 부러운 일이었으나 끔찍이도 무서운 결과를 가져오게 되었다.

하루 저녁 해가 아직도 길게 남았을 때 장거리는 요란한 소동에 한바탕 발끈 뒤집혔다.

술집과 술집 사이 밭둑 헛간에서 일은 터졌다.

홍수는 벌거벗은 채로 들리워냈다. 봉이가 울면서 뒤를 따라 나왔다. 들어낸 것은 봉이 아버지 박 선달이었다.

사람들이 모여들기 전에 든손 처사를 하려고 선달은 홍수를 멱살째 들어 두어 번 후려갈겨 길바닥에 던지고 딸 봉이의 머리채를 잡아끌고 집에 이르러 방구석에 처박았으나 그때에는 벌써 거리는 때아닌 장판을 이루어 두런두런 모여들어 요란히들 수물거리는 판이었다.

"세상이 무척 약아는 졌어. 우리 코 흘리던 나일세. 무서운 세월이야. 강릉집 자네 몇 살 때 시집갔나?"

요란스런 사이로 여인의 웃음소리가 날카롭게 찢어졌다.

"대체 철은 들었을까?"

새로 일어나는 웃음소리가 뒤를 이어 울명줄명 파도쳤다.

"하기는 어른 흉내 내는 것이 아이의 천성인가 부다."

공론은 그 점에 집중되었다. 의논이 분분하고 실랑이들을 쳤다. 어른들은 이제도 벌써 너그러운 태도로 아이들의 행동을 막아주고 변호하려는 것이었다.

그러나 김 접장과 갑내집만은 경우가 달랐다. 그들은 홍수가 저지를 일을 고소하게 여겼다. 그 언제와 같이 "망종의 후레자식, 엉큼한 각다귀"로 그를 불러댔다.

인동은 어른 숲에 들어 여러 가지 말을 들으며 엄청나고 두려운 생각이 났다. 홍수와 같이 생각하고 놀 때에는 그들의 하는 일이 모두 바르고 떳떳하게 생각되었으나 어른들 말을 들으면 어느 편이 바른지를 종잡을 수 없었다. 홍수를 대신하여 그 자신이 그 자리에서 갖은 모욕을 다 당하고 있는 것도 같았다. 한결같이 부끄럽고 두려웠다. 순자의 생각도 가슴 속에서 멀어졌다.

그러나 이튿날 홍수를 만났을 때에는 그런 생각은 사라지고 다시 그들 생각으로 돌아갔다.

"실없이 망신했다. 어제는 밤새도록 천장에 달아매어 아버지한테 얻어맞았다. 드러나지 않으문 아무 일 없는 것두 눈에 띄기만 하문 사람들은 법석이란다. 사람을 사람은 놀림감 만들기를 좋아하는 무도한 짐승이야. 뻔히 저도 하는 짓을 다른 사람이 하문 웃거든. 쓸데없는 짓야. 겁낼 것 없다. 어른이란 존 것 아니야. 어리석은 물건들이야. 하긴 우리도 이제는 어른이다만……."

홍수의 말을 들으면 인동은 다시 기운이 솟았다. 어른에게 대한 부끄러움도 두려움도 어디론지 사라져버리고 그들의 모든 것이 바르다는 생각이 한결같이 들었다.

김 접장과 갑내집을 톡톡히 해낼 날을 마음속에 그려도 보았다. 홍수의 말은 요술같이도 마음을 취하게 하였다.

인동의 가슴속에는 순자의 생각이 요번에는 떳떳하게 떠올랐다. 홍수와 같이 풀밭을 걸어가며 인동은 네 활개를 활짝 펴고 긴 기내지를 썼다.

메밀꽃 필 무렵

메밀꽃 필 무렵

여름장이란 애시당초에 글러서, 해는 아직 중천에 있건만 장판은 벌써 쓸쓸하고 더운 햇발이 벌여 놓은 전 휘장 밑으로 등줄기를 훅훅 볶는다. 마을 사람들은 거지반 돌아간 뒤요, 팔리지 못한 나무꾼 패가 길거리에 궁싯거리고들 있으나 석윳병이나 받고 고깃마리나 사면 족할 이 축들을 바라고 언제까지든지 버티고 있을 법은 없다. 춥춥스럽게 날아드는 파리 떼도 장난꾼 각다귀들도 귀치 않다. 얽둑빼기요 왼손잡이인 드팀전의 허 생원은 기어코 동업의 조 선달에게 낚아보았다.

"그만 거둘까?"

"잘 생각했네. 봉평장에서 한 번이나 흐붓하게 사본 일 있을까. 내일 대화장에서나 한몫 벌어야겠네."

"오늘 밤은 밤을 새서 걸어야 될걸?"

"달이 뜨렷다?"

절렁절렁 소리를 내며 조 선달이 그날 번 돈을 따지는 것을 보고 허 생원은 말뚝에서 넓은 휘장을 걷고 벌여 놓았던 물건을 거두기 시작하였다. 무명 필과 주단 바리가 두 고리짝에 꼭 찼다. 멍석 위에는 천 조각이 어수선하게 남았다. 다른 축들도 벌써 거진 전들을 걷고 있었다. 약빠르게 떠나는 패도 있었다. 어물장수도 땜장이도 엿장수도 생강장

수도, 꼴들이 보이지 않았다. 내일은 진부와 대화에 장이 선다. 축들은 그 어느 쪽으로든지 밤을 새며 육칠십 리 밤길을 타박거리지 않으면 안 된다. 장판은 잔치 뒷마당같이 어수선하게 벌어지고, 술집에서는 싸움 이 터져 있었다. 주정꾼 욕지거리에 섞여 계집의 앙칼진 목소리가 찢어 졌다. 장날 저녁은 정해 놓고 계집의 고함 소리로 시작되는 것이다.

"생원, 시침을 떼두 다 아네……. 충줏집 말야."

계집 목소리로 문득 생각난 듯이 조 선달은 비죽이 웃는다.

"화중지병이지. 연소패들을 적수로 하구야 대거리가 돼야 말이지."

"그렇지두 않을걸. 축들이 사족을 못 쓰는 것두 사실은 사실이나, 아 무리 그렇다군 해두 왜 그 동이 말일세, 감쪽같이 충줏집을 후린 눈치 거든."

"무어 그 애송이가? 물건 가지고 나꾸었나 부지. 착실한 녀석인 줄 알았더니."

"그 길만은 알 수 있나……. 궁리 말구 가보세나그려. 내 한턱 씀세."

그다지 마음이 당기지 않는 것을 쫓아갔다. 허 생원은 계집과는 연분 이 멀었다. 얽둑빼기 상판을 쳐들고 대어설 숫기도 없었으나, 계집 편에 서 정을 보낸 적도 없었고, 쓸쓸하고 뒤틀린 반생이었다. 충줏집을 생각 만 하여도 철없이 얼굴이 붉어지고 발밑이 떨리고 그 자리에 소스라쳐 버린다. 충줏집 대문에 들어서서 술좌석에서 짜장 동이를 만났을 때에 는 어찌된 서슬엔지 발끈 화가 나버렸다. 상 위에 붉은 얼굴을 쳐들고 제법 계집과 농탕치는 것을 보고서야 견딜 수 없었던 것이다. 녀석이 제 법 난질꾼인데 꼴사납다. 머리에 피도 안 마른 녀석이 낮부터 술 처먹고 계집과 농탕이야. 장돌뱅이 망신만 시키고 돌아다니누나. 그 꼴에 우리 들과 한몫 보자는 셈이지. 동이 앞에 막아서면서부터 책망이었다. 걱정 두 팔자요 하는 듯이 빤히 쳐다보는 상기된 눈망울에 부딪칠 때, 결김에 따귀를 하나 갈겨주지 않고는 배길 수 없었다. 동이도 화를 쓰고 팩하게 일어서기는 하였으나, 허 생원은 조금도 동색하는 법 없이 마음먹은 대로는 다 지껄였다―어디서 주워먹은 선머슴인지는 모르겠으나, 네게도 아비 어미 있겠지. 그 사나운 꼴 보면 맘 좋겠다. 장사란 탐탁하게 해야 되지, 계집이 다 무어야. 나가거라, 냉큼 꼴 치워.

그러나 한마디도 대거리 하지 않고 하염없이 나가는 꼴을 보려니, 도리어 측은히 여겨졌다. 아직두 서름서름한 사인데 너무 과하지 않았을까 하고 마음이 섬뜩해졌다. 주제도 넘지, 같은 술손님이면서두 아무리 젊다고 자식 낳게 된 것을 붙들고 치고 닦아 세울 것은 무어야 원. 충줏집은 입술을 쫑긋하고 술 붓는 솜씨도 거칠었으나, 젊은애들한테는 그것이 약이 된다고 하고 그 자리는 조 선달이 얼버무려 넘겼다. 너, 녀석한테 반했지? 애송이를 빨면 죄 된다. 한참 법석을 친 후이다. 담도 생긴데다가 웬일인지 흠뻑 취해 보고 싶은 생각도 있어서 허 생원은 주는 술잔이면 거의 다 들이켰다. 거나해짐을 따라 계집 생각보다도 동이의 뒷일이 한결같이 궁금해졌다. 내 꼴에 계집을 가로채서니 어떡헐 작정이었누 하고 어리석은 꼬락서니를 모질게 책망하는 마음도 한편에 있었다. 그렇기 때문에, 얼마나 지난 뒤인지 동이가 헐레벌떡거리며 황급히 부르러 왔을 때에는 마시던 잔을 그 자리에 던지고 정신 없이 허덕이며 충줏집을 뛰어나간 것이었다.

"생원 당나귀가 바를 끊구 야단이에요."

"각다귀들 장난이지, 필연코."

짐승도 짐승이려니와 동이의 마음씨가 가슴을 울렸다. 뒤를 따라 장판을 달음질하려니 거슴츠레한 눈이 뜨거워질 것 같다.

"부락스런 녀석들이라 어쩌는 수 있어야죠."

"나귀를 몹시 구는 녀석들은 그냥 두지는 않을걸."

반평생을 같이 지내온 짐승이었다. 같은 주막에서 잠자고, 같은 달빛에 젖으면서 장에서 장으로 걸어다니는 동안에 이십 년의 세월이 사람과 짐승을 함께 늙게 하였다. 가스러진 목뒤 털은 주인의 머리털과도 같이 바스러지고, 개진개진 젖은 눈은 주인의 눈과 같이 눈꼽을 흘렸다. 몽당비처럼 짧게 쓸리운 꼬리는, 파리를 쫓으려고 기껏 휘저어보아야 벌써 다리까지는 닿지 않았다. 닳아 없어진 굽을 몇 번이나 도려내고 새 철을 신겼는지 모른다. 굽은 벌써 더 자라나기는 틀렸고 닳아 버린 철 사이로는 피가 빼짓이 흘렀다. 냄새만 맡고도 주인을 분간하였다. 호소하는 목소리로 야단스럽게 울며 반겨한다.

어린아이를 달래듯이 목덜미를 어루만져주니 나귀는 코를 벌름거리고 입을 투르르거렸다. 콧물이 튀었다. 허 생원은 짐승 때문에 속도 무던히는 썩였다. 아이들의 장난이 심한 눈치여서 땀 밴 몸뚱어리가 부들부들 떨리고 좀체 흥분이 식지 않은 모양이었다. 굴레가 벗어지고 안장도 떨어졌다. 요 몹쓸 자식들, 하고 허 생원은 호령을 하였으나 패들은 벌써 줄행랑을 논 뒤요, 몇 남지 않은 아이들이 호령에 놀라 비슬비슬 멀어졌다.

"우리들 장난이 아니우. 암놈을 보고 저 혼자 발광이지."

코흘리개 한 녀석이 멀리서 소리를 쳤다.

"고 녀석 말투가……"

"김 첨지 당나귀가 가버리니까 온통 흙을 차고 거품을 흘리면서 미친 소같이 날뛰는 걸 꼴이 우스워 우리는 보고만 있었다우. 배를 좀 보지."

아이는 앙토라진 투로 소리를 치며 깔깔 웃었다. 허 생원은 모르는 결에 낯이 뜨거워졌다. 뭇 시선을 막으려고 그는 짐승의 배 앞을 가리어 서지 않으면 안 되었다.

"늙은 주제에 암샘을 내는 셈야, 저놈의 짐승이."

아이의 웃음소리에 허 생원은 주춤하면서도 기어코 견딜 수 없어 채찍을 들더니 아이를 쫓았다.

"쫓으려거든 쫓아보지. 왼손잡이가 사람을 때려."

줄달음에 달아나는 각다귀에게는 당하는 재주가 없었다. 왼손잡이는 아이 하나도 후릴 수 없다. 그만 채찍을 던졌다. 술기도 돌아 몸이 유난스럽게 화끈거렸다.

"그만 떠나세. 녀석들과 어울리다가는 한이 없어. 장판의 각다귀들이란 어른보다도 더 무서운 것들인걸."

조 선달과 동이는 각각 제 나귀에 안장을 얹고 짐을 싣기 시작하였다. 해가 꽤 많이 기울어진 모양이었다.

드팀전 장돌림을 시작한 지 이십 년이나 되어도 허 생원은 봉평장을 빼논 적은 드물었다. 충주 제천 등의 이웃 군에도 가고, 멀리 영남 지방도 헤매기는 하였으나, 강릉쯤에 물건 하러 가는 외에는 처음부터 끝까지 군내를 돌아다녔다. 닷새만큼씩의 장날에는 달보다도 확실하게 면에서 면으로 건너간다. 고향이 청주라고 자랑삼아 말하였으나 고향에 돌보러 간 일도 있는 것 같지는 않았다. 장에서 장으로 가는 길의 아름다운 강산이 그대로 그에게는 그리운 고향이었다. 반날 동안이나 뚜벅뚜벅 걷고 장터 있는 마을에 거지반 가까왔을 때, 거친 나귀가 한바탕 우렁차게 울면―더구나 그것이 저녁녘이어서 등불들이 어둠 속에 감박거릴 무렵이면, 늘 당하는 것이건만 허 생원은 변치 않고 언제든지 가슴이 뛰놀았다.

젊은 시절에는 알뜰하게 벌어 돈푼이나 모아둔 적도 있기는 있었으나, 읍내에 백중이 열린 해 호탕스럽게 놀고 투전을 하고 하여 사흘 동안에 다 털어버렸다. 나귀까지 팔게 된 판이었으나 애끓는 정분에 그것만은 이를 물고 단념하였다. 결국 도로아미타불로 장돌림을 다시 시작할 수밖에 없었다. 짐승을 데리고 읍내를 도망해 나왔을 때에는 녀를 팔지 않기 다행이었다고 길가에서 울면서 짐승의 등을 어루만졌던 것이었다. 빚을 지기 시작하니 재산을 모을 염은 당초에 틀리고 간신히 입에 풀칠을 하러 장에서 장으로 돌아다니게 되었다.

호탕스럽게 놀았다고는 하여도 계집 하나 후려보지는 못하였다. 계집이란 쌀쌀하고 매정한 것이다. 평생 인연이 없는 것이라고 신세가 서글퍼졌다. 일신에 가까운 것이라고는 언제나 변함 없는 한 필의 당나귀였다.

그렇다고는 하여도 꼭 한 번의 첫 일을 잊을 수는 없었다. 뒤에도 처음에도 없는 단 한 번의 괴이한 인연! 봉평에 다니기 시작한 젊은 시절의 일이었으나 그것을 생각할 적만은 그도 산 보람을 느꼈다.

"달밤이었으나 어떻게 해서 그렇게 됐는지 지금 생각해두 도무지 알 수 없어."

허 생원은 오늘밤도 또 그 이야기를 끄집어내려는 것이다. 조 선달은 친구가 된 이래 귀에 못이 박히도록 들어왔다. 그렇다고 싫증을 낼 수도 없었으나 허 생원은 시치미를 떼고 되풀이할 대로는 되풀이하고야 말았다.

"달밤에는 그런 이야기가 격에 맞거든."

조 선달 편을 바라는 보았으나 물론 미안해서가 아니라 달빛에 감동하여서였다. 이지러는졌으나 보름을 갓 지난 달은 부드러운 빛을 흐뭇이 흘리고 있다. 대화까지는 팔십 리의 밤길, 고개를 둘이나 넘고 개울을 하나 건너고 벌판과 산길을 걸어야 된다. 길은 지금 긴 산허리에 걸려 있다. 밤중을 지난 무렵인지 죽은 듯이 고요한 속에서 짐승 같은 달의 숨소리가 손에 잡힐 듯이 들리며, 콩 포기와 옥수수 잎새가 한층 달에 푸르게 젖었다. 산허리는 온통 메밀밭이어서 피기 시작한 꽃이 소금을 뿌린 듯이 흐뭇한 달빛에 숨이 막힐 지경이다. 붉은 대공이 향기같이 애잔하고 나귀들의 걸음도 시원하다. 길이 좁은 까닭에 세 사람은 나귀를 타고 외줄로 늘어섰다. 방울 소리가 시원스럽게 딸랑딸랑 메밀밭께로 흘러간다. 앞장선 허 생원의 이야깃소리는 꽁무니에 선 동이에게는 확적히는 안 들렸으나, 그는 그대로 개운한 제멋에 적적하지는 않았다.

"장 선 꼭 이런 날 밤이었네. 객줏집 토방이란 무더워서 잠이 들어야지. 밤중은 돼서 혼자 일어나 개울가에 목욕하러 나갔지. 봉평은 지금이나 그제나 마찬가지지. 보이는 곳마다 메밀밭이어서 개울가가 어디 없이 하얀 꽃이야. 돌밭에 벗어도 좋을 것을, 달이 너무도 밝은 까닭에 옷을 벗으러 물방앗간으로 들어가지 않았나. 이상한 일도 많지. 거기서 난데없는 성 서방네 처녀와 마주쳤단 말이네. 봉평서야 제일 가는 일색이었지."

"팔자에 있었나 부지."

아무렴 하고 응답하면서 말머리를 아끼는 듯이 한참이나 담배를 빨 뿐이었다. 구수한 자줏빛 연기가 밤 기운 속에 흘러서는 녹았다.

"날 기다린 것은 아니었으나 그렇다고 달리 기다리는 놈팽이가 있는 것두 아니었네. 처녀는 울고 있단 말야. 짐작은 되고 있으나 성 서방네는 한창 어려워서 들고 날 판인 때였지, 한 집안 일이니 딸에겐들 걱정이 없을 리 있겠나? 좋은 데만 있으면 시집도 보내련만 시집은 죽어도 싫다지⋯⋯. 그러나 처녀란 울 때 같이 정을 끄는 때가 있을까. 처음에는 놀라기도 한 눈치였으나 걱정 있을 때는 누그러지기도 쉬운 듯해서 이럭저럭 이야기가 되었네. ⋯⋯생각하면 무섭고도 기막힌 밤이었어."

"제천인지로 줄행랑을 놓은 건 그 다음날이렷다."

"다음 장도막에는 벌써 온 집안이 사라진 뒤였네. 장판은 소문에 발끈 뒤집혀 고작해야 술집에 팔려가기가 상수리고 처녀의 뒷공론이 자자들 하단 말이야. 제천 장판을 몇 번이나 뒤졌겠나. 허나 처녀의 꼴은 꿩 궈먹은 자리야. 첫날밤이 마지막 밤이었지. 그때부터 봉평이 마음에 든 것이 반평생인들 잊을 수 있겠나."

"수 좋았지. 그렇게 신통한 일이란 쉽지 않어. 항용 못난 것 얻어 새끼 낳고, 걱정 늘고 생각만 해도 진저리 나지─그러나 늘그막바지까지 장돌뱅이로 지내기도 힘드는 노릇 아닌가? 난 가을까지만 하구 이 생애와두 하직하려네. 대화쯤에 조그만 전방이나 하나 벌이구 식구들을 부르겠어. 사시장천 뚜벅뚜벅 걷기란 여간이래야지."

"옛 처녀나 만나면 같이나 살까─난 거꾸러질 때까지 이 길 걷고 저 달 볼 테야."

산길을 벗어나니 큰길로 틔어졌다. 꽁무니의 동이도 앞으로 나서 당나귀들은 가로 늘어섰다.

"총각두 젊겠다, 지금이 한창 시절이렷다. 충줏집에서는 그만 실수를 해서 그 꼴이 되었으나 섭게 생각 말게."

"처, 천만에요, 되려 부끄러워요. 계집이란 지금 웬 제격인가요. 자나 깨나 어머니 생각뿐인데요."

허 생원의 이야기로 실심해한 끝이라 동이의 어조는 한풀 수그러진 것이었다.

"아비 어미란 말에 가슴이 터지는 것도 같았으나 제겐 아버지가 없어요. 피붙이라고는 어머니 하나뿐인걸요."

"돌아가셨나?"

"당초부터 없어요."

"그런 법이 세상에……"

294

생원과 선달이 야단스럽게 껄껄들 웃으니, 동이는 정색하고 우길 수밖에는 없었다.

"부끄러워서 말하지 않으려 했으나 정말예요. 제천 촌에서 달도 차지 않은 아이를 낳고 어머니는 집을 쫓겨났죠. 우스운 이야기나, 그러기 때문에 지금까지 아버지 얼굴도 본 적 없고, 있는 고장도 모르고 지내와요."

고개가 앞에 놓인 까닭에 세 사람은 나귀를 내렸다. 둔덕은 험하고 입을 벌리기도 대근하여 이야기는 한동안 끊겼다. 나귀는 건듯하면 미끄러졌다. 허 생원은 숨이 차 몇 번이고 다리를 쉬지 않으면 안 되었다. 고개를 넘을 때마다 나이가 알렸다. 동이 같은 젊은 축이 그지없이 부러웠다. 땀이 등을 한바탕 쭉 씻어 내렸다.

고개 너머는 바로 개울이었다. 장마에 흘러 버린 널다리가 아직도 걸리지 않은 채로 있는 까닭에 벗고 건너야 되었다. 고의를 벗어 띠로 등에 얽어매고 반 벌거숭이의 우스꽝스런 꼴로 물속에 뛰어들었다. 금방 땀을 흘린 뒤였으나 밤 물은 뼈를 찔렀다.

"그래 대체 기르긴 누가 기르구?"

"어머니는 하는 수 없이 의부를 얻어가서 술장사를 시작했죠. 술이 고주래서 의부라고 전 망나니예요. 철들어서부터 맞기 시작한 것이 하룬들 편한 날 있었을까. 어머니는 말리다가 채이고 맞고 칼부림을 당하고 하니 집 꼴이 무어겠소. 열여덟 살 때 집을 뛰쳐나서부터 이 짓이죠."

"총각 낫세론 동이 무던하다고 생각했더니 듣고 보니 딱한 신세로군."

물은 깊이 허리까지 찼다. 속 물살도 어지간히 센 데다가 발에 채이는 돌멩이도 미끄러워 금시에 흘칠 듯하였다. 나귀와 조 선달은 재빨리 거의 건넜으나 동이는 허 생원을 붙드느라고 두 사람은 훨씬 떨어졌다.

"모친의 친정은 원래부터 제천이었던가?"

"웬걸요. 시원스리 말은 안 해주나 봉평이라는 것만은 들었죠."

"봉평, 그래 그 아비 성은 무엇이구?"

"알 수 있나요? 도무지 듣지를 못했으니까."

"그 그렇겠지" 하고 중얼거리며 흐려지는 눈을 까물까물하다가 허 생원은 경망하게도 발을 빗디디었다. 앞으로 고꾸라지기가 바쁘게 몸째 풍덩 빠져버렸다. 허위적거릴수록 몸을 걷잡을 수 없어 동이가 소리를 치며 가까이 왔을 때에는 벌써 퍽으나 흘렀었다. 옷째 쫄딱 젖으니 물에 젖은 개보다도 참혹한 꼴이었다. 동이는 물속에서 어른을 해깝게 업을 수 있었다. 젖었다고는 하여도 여윈 몸이라 장정 등에는 오히려 가벼웠다.

"이렇게까지 해서 안됐네. 내 오늘은 정신이 빠진 모양이야."

"염려하실 것 없어요."

"그래 모친은 아비를 찾지는 않는 눈치지?"

"늘 한번 만나고 싶다고는 하는데요."

"지금 어디 계신가?"

"의부와도 갈라져 제천에 있죠. 가을에는 봉평에 모셔오려고 생각 중인데요. 이를 물고 벌면 이럭저럭 살아갈 수 있겠죠."

"아무렴, 기특한 생각이야. 가을이랬다?"

동이의 탐탁한 등어리가 뼈에 사무쳐 따뜻하다. 물을 다 건넜을 때에도 도리어 서글픈 생각에 좀 더 업혔으면도 하였다.

"진종일 실수만 하니 웬일이오, 생원."

조 선달은 바라보며 기어코 웃음이 터졌다.

"나귀야. 나귀 생각하다 실족을 했어. 말 안 했든가. 저 꼴에 제법 새끼를 얻었단 말이지. 읍내 강릉집 피마에게 말일세. 귀를 쫑긋 세우고 달랑달랑 뛰는 것이 나귀 새끼같이 귀여운 것이 있을까. 그것 보러 나는 일부러 읍내를 도는 때가 있다네."

"사람을 물에 빠뜨릴 젠 딴은 대단한 나귀 새끼군."

허 생원은 젖은 옷을 웬만큼 짜서 입었다. 이가 덜덜 갈리고 가슴이
덜리며 몹시도 추웠으나 마음은 알 수 없이 둥실둥실 가벼웠다.

"주막까지 부지런히들 가세나. 뜰에 불을 피우고 훗훗이 쉬어. 나귀
에겐 더운물을 끓여주고. 내일 대화장 보고는 제천이다."

"생원도 제천으로……?"

"오래간만에 가보고 싶어. 동행하려나, 동이?"

나귀가 걷기 시작하였을 때, 동이의 채찍은 왼손에 있었다. 오랫동안
아둑시니같이 눈이 어둡던 허 생원도 요번만은 동이의 왼손잡이가 눈
에 띄지 않을 수 없었다.

걸음도 해깝고 방울 소리가 밤 벌판에 한층 청청하게 울렸다.

달이 어지간히 기울어졌다.

삽 화 挿話

삽화揷話

의외에도 재도 자신의 흉계임을 알았을 때에 현보는 괘씸한 생각이
가슴을 치밀었으나 문득 돌이켜 딴은 그럴 법도 하다고 돌연히 느껴지
졌다. 그제서야 동무의 심보를 똑바로 들여다본 것 같아서 몹시 불유쾌
하였다. 그날 밤 술을 나누게 되었을 때에 현보는 기어이 들었던 술잔
을 재도의 면상에 던지고야 말았다.

"사람의 자식이 그렇게도 비루하여졌더냐."

"오, 오해 말게. 내가 무엇이기로 과장이 내 따위의 말에 따라 일을
처단하겠나. 말하기도 전에 자네의 옛일을 다 알고 있네. 항상 그렇게
조급한 것이 자네 병이야. 세상에 처해 나가려면 침착하고 유유하여야
하네. 좀 더 기다려 보게나."

"처세술까지 가르쳐줄 작정이야?"

이어 술병마저 들어 안기려다가 현보의 손은 제물에 주저앉아 버리
구 말았다. 문득 재도의 위대한 육체가 눈을 압박해 오는 까닭이었다.
아무리 발악한대야 '유유한' 그 육체에는 당할 재주가 없을 것 같았고,
그 육체만으로 승산은 벌써 한풀 꺾이운 것을 깨달았다. 서로 떨어져
있는 몇 해 동안 불현듯이 늘어난 비대한 그 육체 속에는 음모와 권술
과 속세의 악덕이 물같이 고여 있을 듯이 보였다. 그와 자기와의 사이

에는 벌써 거의 종족의 차이가 있고, 건너지 못할 해협이 가로놓여 있음을 알았다. 사람이 그렇게까지 변할 수 있을까 하고 느껴지며 옛 일이 꿈결같이 생각되었다.

"아예 오해 말게. 옛날의 정이라는 것도 있잖은가."

"고얀 놈."

유들유들한 불따구니를 갈기고 싶었으나 벌써 좌석이 식어지고 마음이 글러져서 싸움조차가 어울리지 않음을 느꼈다. 거나한 김에 도리어 다시 술을 입에 품는 동안에 가늠을 보았던지 마침 재도 편에서 사리를 벌떡 일어나서 무엇인지 핑계의 말을 남기고 자리를 물러섰다.

"음칙한 것—"

또 한수 꺾이운 현보는 발등을 밟히우고 얼굴에 침을 뱉기운 것 같아서 속심지가 치밀며 그럴 줄 알았더면 당초에 놈의 볼따구니를 짜장 갈겨두었더면 하고 분한 생각이 한결같이 솟아올랐다.

그제 와서는 모든 것이 뉘우쳐졌다. 무엇을 즐겨 당초에 하필 그 있는 곳으로 자리를 구하려고 하였던가. 옛날에 동무가 아니라 동지이던 그 우의를 의지한 것이 잘못이었고, 둘째로는 그 자리를 알선하여 준 옛 스승이 원망스러웠다.

아무리 앞길이 막히우고 형편이 곤란하다 하더라도 구구하게 하필 그런 자리가 차례에 왔던가. 하기는 결과는 그제서야 알게 된 것이니 당초에야 짐작할 수도 없는 일이기는 하였으나 재도는 한 방에서 일보게 될 옛날의 동무를 거절하였던 것이다. 현보의 덮여진 전일을 들추어내서 과장의 처음 의사를 손쉽게 뒤집어버린 것임을 현보는 늦게서야 깨달았던 것이다.

사람이 그렇게까지 변할 수 있을까—현보에게는 수수께끼요, 신비였다. 그를 그렇게 만든 것은 무엇이었던가? 그의 여위었던 육체가 몰라

보리만큼 비대하여진 것같이 그의 마음의 바탕 그것을 믿을 수 없으리만큼 뒤집어 놓은 것은 대체 무엇이었던가―생각이 여기 이를 때에 현보는 현혹한 마음을 금할 수 없었다. 저지른 사건도 있고 하여 학교를 나오자마자 현보는 고향을 떠나 오랫동안 동경을 헤매었다. 운동 속으로 풀쑥 뛰어들어가지는 못하였으나, 그 가장자리를 빙빙 돌아치면서 움직이는 모양과 열정 등을 관찰하여 간신히 양심의 양식을 삼았다. 물론 그를 그렇게 떠나보낸 것은 젊은 마음을 움켜잡은 시대의 양심뿐만이 아니라 더 가까운 그의 가정적 사정이었으나 일개의 아전으로 형편이 넉넉지 못한데다가 그의 부친은 집 밖에 첩을 둔 까닭에 가정은 차고 귀찮아서 그 싸늘한 공기가 마침 현보를 쫓아 고향을 떠나게 하였던 것이다. 하기는 늘 그를 운동의 열정으로 북돋게 한 것도 직접 동력은 그것이었던지 모른다. 그가 동경에서 상식을 벗어난 기괴한 생활을 하고 있는 동안 고향과는 인연이 전혀 멀었다. 그 아득한 소식 속에서 재도는 학교 시대에 현보와 등분으로 가지고 있던 똑같은 사회적 열정을 헌신짝같이 버리고 오로지 일신의 앞길을 쌓아 올리고 안전한 출세의 길을 열기에 급급하였다. 물론 시세의 급격한 변화가 의외에도 갑작스럽게 밀려온 까닭은 있다면 있었다. 철학과를 마친 재도는 철학을 출세의 장기로는 부적당하다고 여겨 다시 법과에 편입하여 삼 년 동안이나 행정의 학문을 알뜰히 공부하였다. 갑절의 햇수를 허비하고 쓸모 적은 학위를 둘씩이나 얻어서 출세의 무장을 든든히 했던 것이다.

고등 문관 시험이 절대의 목표였으나 해마다 실패여서 아직껏 과장급에는 오르지 못하였으나, 그러나 이미 수석의 자리를 잡아 이제는 벌써 합격의 날을 기다릴 뿐으로 되었다. 여기에 이르기까지에는 뼈를 가는 노력을 한 것이니 그 노력을 하는 동안에 인간의 바탕이 붉은 것에서 대뜸 검은 것으로 변하였다. 너무도 큰 변화이나 그러나 그의 마음에는 조금도 꺼릴 것이 없게 되고 세상 또한 그것을 천연스럽게 용납하게 되었다. 다만 오랫동안 갈라져 있게 된 현보에게만—피차의 학교 시대만을 알고 그 사이에 시간의 긴 동안이 떨어졌던 현보에게만 그것은 놀라운 변화로 보였을 뿐이다. 중학교 시대부터 대학까지를 같이 한 그 사이의 가지가지의 이야기를 대체 어떻게 설명하면 옳은가 하고 현보는 마음속이 갈피갈피 어지러워졌다.

어린 때의 민첩한 마음을 뉘 것 할 것 없이 한 번씩은 다 끌어보는 것은 문학의 매력이다. 자라서 자기의 참된 천분의 길을 발견하고 하나씩 둘씩 떨어져 달아날 때까지는 그 부질없는 열정을 누구나 좀체 버리려고 하지 않는다. 현보와 재도들도 그 예에서 벗어나지는 못하였다.

숙성한 셈이어서 중학교 이년급 때에 벌써 동인 잡지의 흉내를 내었다. 월사금을 빌려 가지고 모여들 들어 반지를 사고 묵사지를 사서는 제 식의 원고를 몇 벌씩 복사하여 책을 매어 한 벌씩 나누어 보는 정도의 것이었으나 그 얄팍한 책을 가지게 되는 날들은 장한 일이나 한 듯이 자랑스런 마음을 얼굴에 드러내고들 하였다. 자연히 동인끼리는 친한 한패가 되어서 학교에서도 은연중에 뽐을 내고 다른 동무들의 놀림을 받고 그들과 동떨어지게 되는 것을 도리어 기뻐하였다. 잡지의 내용은 대개 변변치 못한 잡지 쪽에서 훔쳐온 글줄이거나 간혹 독창적인 것이 있다면 유치하기 짝없는 종류의 것이었으나 그렇게 모여든 기분만은 상 줄 만한 것이 있어 그것이 한 아름다운 단결의 실례를 보이는 때도 있었다. 잡지 첫 호 첫 장에 사진들을 실릴 수 없고 하여 각기의 필적으로 이름들을 적었으니 육칠 명 어지럽게 모여든 이름들 속에서 현보와 재도의 이름이 가장 큼직하게 눈에 띄었다. 자라서 의사도 되고 공학사로도 나가고 혹은 자취조차 감추어버리고들 한 가운데에서 현보와 재도만이 끝까지 인연을 가지게 된 것도 생각하면 기묘한 일이다.

달의 차례가 돌아와 현보의 집에서 모이게 된 날 밤늦도록 일을 하다가 마침내 심상치 않은 장난이라고 노려본 현보의 아버지에게서 톡톡히 꾸중을 당하게 되었다. 한마디 거역하는 수 없이 그대로 못마땅한 얼굴로 헤어질 수밖에는 없었으나 책임을 느낀 현보는 그날 밤에 미안한 김에 술집에 들러서 동무들을 위로하게 되었다. 이것이 술을 입에 대게 된 시초였다. 얼근한 판에 현보는 부친의 무지를 비난하고 술버릇으로 소리를 높여 울었다. 심사풀이로 다음 날부터 며칠 동안은 드러누운 채 학교를 쉬었다. 사흘 되는 날 재도에게서 그림엽서의 편지가 왔다. 고리키의 사진 뒤편에는 위안의 말과 함께 이 당대의 문호의 소식이 몇 자 적혀 있었다. 그 짧은 글과 사진은 현보에게는 말할 수 없이 아름다운 것이었다. 그 살뜰한 감격이 깨뜨려질까를 두려워하여 그 한 장의 엽서를 한 권의 책보다도 귀히 여겼다. 현대의 문호 고리키의 사적을 재도가 자기 이상으로 알고 있다는 것이 그에게는 한 큰 놀람이었고, 귀한 그림을 아끼지 아니하고 보내주는 동무의 마음씨가 고마웠고, 셋째로는 폐병으로 신음중에 있다는 그 문호의 애달픈 소식이 웬일인지 문학으로 향한 열정을 한층 더 불지르고 북돋았다. 다음 날부터는 갑절의 용기를 가지고 학교에 나갔다. 재도에게는 일종의 야릇한 사랑의 감정을 느끼게 되었다.

문학의 열정은 더욱 높아져서 그 후 동인잡지가 부서지고 동무들이 다시 심상한 사이로 돌아가게 되어버린 후까지도 재도와 현보의 뜻은 한결같았고 사이는 더욱 친밀하여졌다.

동인잡지가 없어지고 학년이 높아감에 따라 신문과 잡지에 투고하는 풍속이 시작되었다. 외단으로 실려진 시나 산문을 가지고 와서는 서로 읽고 비평하기가 큰 기쁨이었다.

투고 중에서 가장 보람있고 듬직한 것은 신년문예의 그것이었으니 재도들이 처음으로 그것을 시험한 것은 마지막 학년의 겨울이었다. 재도와 현보는 전에 동인잡지에 한몫 끼었던 또 한 사람의 동무를 꾀어 세 사람이 그 장한 시험을 헛일삼아 해보기로 작정하고 입학시험 준비의 공부도 잠깐 미뤄 놓고 학교를 쉬면서 각각 응모할 소설을 썼다. 추운 재도의 방에 모여 화롯불에다 손을 녹이면서 각각 자기의 소설들을 낭독한 후 격려하고 예측하고 한 그날 밤의 아름다운 기억을 배반하고 비웃는 듯이 소설들은 참혹하게도 낙선이고 다만 한 사람의 동무의 것이 선외 가작으로 뽑혔을 뿐이었다. 재도와 현보는 실망이 컸다. 더구나 재도는 조그만 그 한 일로 자기의 천분까지를 의심하게 되었고 문학에의 열정에 큰 타격을 받은 것도 사실이었다.

그때에는 벌써 두 사람 사이에는 숨어서 술을 즐기는 버릇이 늘어서 화가 나는 때는 항상 더 좋은 기회가 되었다. 낙선의 소식을 신문에서 본 날 밤 현보는 단골인 뒷골목 집에서 잔을 거듭하면서 울분을 토하고 기염을 올리면서 화풀이를 하고 있었다.

"그까짓 신문쯤이 명색이 무어야. 신문에 안 실리면 소설 낼 곳이 없나."

거나한 김에 재도는 눈을 굴리며 식탁을 쳤다.

"현보, 낙망 말게. 지금 있는 신문쯤에 연연한다면 졸장부. 참으로 위대한 문학과 지금의 신문과는 아무 관계도 없는 것이야. 현재 조선에 눈에 걸리는 소설가라고 한 사람이나 있나. 그까짓 신문쯤으로 위대한 작가를 발견할 수는 없단 말야."

현혹한 기염으로 방안의 공기를 휘저어 놓더니 현보의 무릎을 치며,

"홧김에라도 내 잡지 하나 기어이 해보겠네. 내 몫으로 차려진 백석지기만 팔면 그까짓 조선을 한 번 온통 휘저어 놓지. 옹졸봉졸한 소설가쯤이야 다 끌어다가 신문과 대거리해 볼 테야. 신문의 권위쯤이 무엇

이겠나. 자네 소설 얼마든지 실어줌세. 그때는 내 잡지에 실려야만 훌륭한 소설의 지표를 받게 될 것이니까. 가까운 데 것만 내려보고 대장부가 문학 문학 하고 외치는 것이 어리석은 짓이야. 낙담 말고 야심을 크게 가지세."

찬란한 계획에 현보는 눈이 부시고 정신이 얼떨떨하였다.

자라면 잡지를 크게 경영하여 보겠다는 것이 그의 전부터의 원이기는 하였다. 앞으로 올 백석지기가 있다는 것과 그것을 사용함이 온전히 그의 자유라는 것도 전부터 들어는 왔었다. 그러나 맹렬한 그 잡지의 열정도 결국은 자기의 문학의 욕심의 만족을 얻기 위한 것일 것이니 그의 그날 밤의 불붙는 희망은 문학에 대한 미련—따라서 낙망 이외의 아무것도 아니었음을 현보는 간파할 수 있었다. 확실히 그 무엇에 홀리었던 취중에 그날 밤이 지나고 맑은 정신의 새 날이 왔을 때에 현보는 자기의 간파가 더욱 적중하였음을 깨달았다. 낙망하지 말라고 동무를 격려한 재도 자신의 문학에 대한 낙망은 컸던 것이다. 거의 근본적으로 절망의 빛을 보였다. 야심을 크게 가지라고 동무에게 권한 그 자신의 야심은 날이 지날수록에 간 곳 없이 사라졌다. 하기는 문학에 대한 야심은 차차 다른 것에 대한 그것으로 형상을 변하여 모르는 결에 그의 마음속에서 점점 굵게 자라고 있었는지도 모른다.

문학의 사상과 혈족 관계가 가까운 듯하며 문학의 길은 사상의 길로 통하기 쉬운 것 같다.

재도와 현보가 중학을 마치고 예과를 거쳐 대학에 들어가게 되었을 때 다같이 철학적 사색을 즐겨하게 되었으며 시대의 사상에 민첩하였고 과외의 경제의 연구에까지 뜻을 두게 된 것도 전부터의 같은 혈연 관계가 시킨 것이 아니었을까? 약속이나 한 듯이 경제연구회의 임원으로 함께 가입하여 그것이 마침 해산을 당하게 될 때까지 회임원을 지속한 것은 반드시 일종의 허영심으로 시대의 진보적 유행을 쫓은 것만은 아니었다.

현보는 드디어 조그만 행동까지를 가지게 되었으며 당초에 문학을 뜻한 그로서 그것은 결코 당찮은 헛길은 아니었다. 그러나 연구회의 와해는 시대의 변천의 큰 뜻을 가지어서 그 시기를 한 전기로 젊은 열정들은 무르게도 산지사방으로 흩어져버렸다. 재도의 오늘의 씨를 품게 한 것도 참으로 이때였다고 볼 수 있다. 그때의 재도와 오늘의 새도를 아울러 생각함은 마치 붉은 해를 쳐다보다가 그 눈으로 별안간 검은 개천 속을 들여다보는 것과도 같아서 머리가 혼란하여지는 것이다. 그때의 재도는 그때의 재도로 생각하는 수밖에는 없다.

대학 예과에서는 일 년에 두어 차례씩의 친목의 모임이 있었다. 갓 들어간 첫 해 봄의 친목회는 다과를 먹을 뿐만의 것이 아니라 앞으로 발행할 조그만 잡지의 계획을 의논하여야 하는 것으로 일종 특별한 사명을 띤 것이었다. 의논이 분분하고 의견이 백출하여 자연 좌석이 어지럽고 결정이 늦었다.

여러 시간의 지루한 토론에 해는 지고 모두들 지쳐서 이제는 벌써 결정은 아무렇게 되든 속히 회합이 끝나기만 기다리는 지경에 이르렀다. 사람들이 모여서 한 번 입을 열게만 되면 이론은 간단하면서도 말이 수다스러워짐은 어느 사회나 일반이어서 조그만 지혜가 솟으면 그것을 헤쳐 보이지 않고는 못 배기고, 불필요한 말을 덧붙여서 자신의 존재를 알리고 싶어지고, 쓸데없는 고집으로 정당한 말을 일부러 뒤집어보려고 하는 것이 거의 누구나의 천성이어서 잠자코만 있으면 밑진다는 듯이 반드시 그 어느 기회에 입을 한 번씩은 열어보고야 만다. 그 어리석고 저급한 공기에 삭막한 환멸을 느끼며 무료한 하품들을 연발한 지경이었으나, 그러나 별안간의 벽력 같은 소리에 좌석은 문득 놀라지 않을 수는 없었다. 수다스런 의논에 싫증이 난 한 사람이 홧김에 찻잔을 던져 깨뜨린 것이다. 뭇사람의 눈총을 받은 그 당돌한 생각은 엄연히 서서 누구에겐지도 없이 고래 같은 목소리로 호통을 하였다.

"대체 이것이 무슨 꼴들인가? 요만한 일에 해가 지도록 의논이 분분해서 아직껏 해결이 없으니 그 따위의 염량들을 가지고 일을 하면 무슨 일을 옳게 할 수 있단 말인가? 냉큼 폐회하기를 동의한다."

돌연한 호담스런 거동에 진행 중의 의논도 잠깐 중지되고 모두들 담을 떼우고 할 바를 몰라 잠시 그 무례한 발성자를 우두커니들 바라볼 뿐이었다. 지친 판에 통쾌한 한 대였고, 동시에 주제넘은 한마디였다. 그 자신 홧김에 충동적으로 나왔을 것은 사실이나 그러나 또한 심중에 그 거동의 자랑스런 의식이 없었을까. 사실 그는 그 간단한 거동으로써 제 각각 영웅이 되어보려는 총중에서 가장 시기를 잘 낚아 효과적으로 손쉽게 영웅이 된 것이다. 확실히 행동 자체가 흐려진 분위기에 한 대의 주사의 효과는 있었으나 그 동기의 관찰이 좌중에 꼴사나운 인상을 준 것도 사실이었다. 더구나 초년급인 그는 하급생의 지위로서 상급생까지를 휘몰아 호통의 주먹을 먹인 셈이 되었다. 이윽고 상급생의 한 사람이 긴장된 장내를 헤치고 성큼성큼 앞으로 나가더니 분개한 꾸지람으로 아니꼬운 영웅을 여지없이 죽여 놓았다.

"주제넘은 친구가 누구냐. 버릇 없는 야만의 행동이라는 것이다. 거리에 나가 대로상에서나 할 일이지 어떻게 알고 이런 자리에서 그런 무지한 버르쟁이를 피우느냐. 누구를 꾸지람하자는 어리석은 수작이야. 일이 늦어지는 것은 아무의 탓도 아닌 것이다. 여럿이 일을 할 때에는 반드시 적당한 계제를 밟은 후에 결론에 이르는 것이니 쓸데없이 조급하게 구는 것은 예의를 모르는 어린애의 버릇에 지나지 못한다. 다시는 그런 버릇 없기를 동무로서 충고한다."

한마디의 대꾸도 없었다.

장내는 고요하고 긴장되어서 그 무슨 더 큰 것이 터질 듯 터질 듯한 무시무시한 침묵이 흘렀다. 좌중은 두 번째의 통쾌한 자극에 침체되었던 무료를 깨우치고 시원한 흥분 속에서 목을 적신 셈이었다. 상급생의 의젓한 꾸지람도 물론 시원스런 것이었으나 당초의 하급생의 통쾌한 거동의 자극이 너무도 컸던 것이다. 시비와 곡절은 둘째요, 사람들은 솔직하게 두 가지의 자극 속을 헤매는 것이 사실이었다. 이런 때의 승패는 이치의 시비에보다도 완전히 행동의 자극에 달린 것이다. 승리는 뒤보다도 앞으로 기울은 모양이었다. 더구나 꾸지람에 대하여 반 마디의 대꾸도 없이 고개를 숙이고 침착하게 주저앉은 것이 약한 것이 아니라 기실은 더 굳세다는 인상을 주어서 그 효과는 거의 만점이었다. 현보는 한편 자리에 앉아서 유들유들하고 뻔질뻔질한 그 동무의 뱃심을 놀라움과 신선한 감정 없이는 바라볼 수 없었다. 찻잔을 깨뜨린 그 무례한 영웅은 별사람 아니라 재도였다.

이 조그만 재도의 행사를 생각할 때 현보는 한 줄의 결론을 발견하지 않을 수 없었다. 호담스런 호통을 하고는 결국 꾸지람을 당한 것이 마치 중학 때에 자신 있는 소설을 투고하였다가 결국은 낙성을 하여버린 그 경우와도 흡사하였다. 두 번 다 나올 때는 유들유들하게 배짱을 부리고 나왔다가 결국은 그 무엇에게 보기 좋게 교만을 꺾이고야 말았다. 그러나 그 당초의 뱃심만은 소락소락 꺾이지 않고 끝까지 지긋이 간직하고 있는 것이다. 그것이 그의 성격인 것같이 현보에게는 생각되었다. 그 배짱 속에 항상 야심이 숨어 있고, 그 야심의 자란 방향이 오늘의 그의 길이 아니었던가.

호담스럽게 나왔다가 교만을 꺾인 예라면 또 한 가지 현보의 기억 속에 있었다.

대학 안에서의 연구회가 한창 성할 무렵이었다.

하루 저녁 예회 아닌 임시회를 마치고 늦은 밤거리에 나왔을 때 현보와 함께 또 몇 잔을 거듭하게 되었다. 술이 웬만큼 돌았을 때 재도는 불만의 어조였다.

"오늘 S의 설화를 어떻게 생각하나. 자랑과 아첨과 교만에 찬 비루한 길바닥 연설 이상의 것이 아니야. 학문의 타락을 본 것 같아서 불쾌하기 짝없었네. 대체 S라는 인간 자체가 웬일인지 비위에 맞지 않아. 혼자만 양심이 있는 체하고 안하무인이나 기실은 거만의 옷자락으로 앞을 가렸을 뿐이 아닌가. 회 자체까지도 나는 의심하게 되네. 모이는 위인인들에게서 자존심과 허영심을 제하면 뭐가 남겠나. 다른 사람과 구별되는 무엇이 있겠나. 마치 회원 아닌 사람들과는 종족이 다른 체하는 눈꼴들이 너무도 사납단 말야, 사실 그 축에 섞여 회원 되기가 부끄러워. 자네는 어떤가. 그 유에서 빠질 수 있겠나."

쓸데없는 불쾌한 소리에 현보는 짜증을 발칵 내며 빈 속에 들어간 술의 힘도 도와서 그의 손은 모르는 결에 재도의 볼을 갈기고 있었다. 갈기고 나서 문득 경솔함을 뉘우치게 되는 그런 거의 무의식중의 일이었다.

"자네 생각이 그르다는 것이 아니나 하필 그런 것을 생각하는 태도가 틀렸단 말이네. 그야 인간성을 말하려면 그 누구 뛰어난 사람이 있겠나. 그러나 우리의 문제는 하필 그런 것이어야 하겠나. 그런 것만 꼬집어내다가는 까딱하면 옳은 길을 잃고 빗나가기 쉬우니까 말이네."

의아한 것은 재도는 그 이상 더 대거리하려고도 하지 않고 현보의 말에 반박도 하지 않고 잠시 잠자코 있었음이다.

"그럴까. 내 생각이 글렀을까. 그러나 그런 것이 의식에 떠오르지 않는다면 새빨간 거짓말이지. 이 문제가 더 중요한 문제일는지도 모르니까."

"또 궤변이야. 내용이 좀 비지 않았나. 그런 소리만 할 젠."

"수제넘은 실례의 밀은 심가게— 회원이든 회원이 아니든 행동이 없는 이상 오십 보 백 보가 아닌가. 회원이라고 굳이 뽐내고 필요 이상의 교만을 피울 것은 없단 말이야. 그 위인들 속에 장차 한 사람이라도 행동으로 나갈 사람이 있겠나. 내 장담을 두고 보게."

"고집두 어지간히는 피운다."

"자네 생각과 내 생각은 아마도 근본적으로 틀리는 모양이네. 마치 체질이 서로 틀리듯이."

현보가 그만 침묵하여 버린 까닭에 말을 거기에서 끊어져버렸다. 재도의 괴망한 생각이 현보에게는 한결같이 위험하게만 생각되었다. 동무에게 볼을 맞으면서도 대거리는 하지 않으나 마음속에는 그의 독특한 배짱이 변함없이 서리어 있을 것이 현보에게는 분명히 들여다보였다.

그 후로 두 사람의 거리와 생활이 갈라지게 되었으므로 다정한 모임으로는 이것이 마지막이었으나 생각하면 재도의 마지막 한마디가 두 사람의 근본적 작별을 암시한 무의식 중의 한 선언이었던 듯이도 현보에게는 생각되었다.

개살구

개살구

서울집을 항용 살구나뭇집이라고 부르는 것은 바로 집 뒤에 아름드리 살구나무가 서 있는 까닭인데, 오대조서부터 내려온다는 그 인연 있는 고목을 건사할 겸 지은 집이언만 결과로 보면 대대로 내려오는 무준한 그 살구나무가 도리어 그 아래의 집을 아늑하게 막아주고 싸주는 셈이 되었다. 동네에서 제일 먼저 꽃피는 것도 그 살구나무여서 한참 제철이면 찬란한 꽃송이와 향기 속에 온통 집이 묻혀 무르녹는 꿈을 싸주는 듯도 하지만 잎이 피고 열매가 맺기 시작하면 집은 더 한층 그 속에 묻혀버려서 밖에서는 도저히 집 안을 엿볼 수 없는 형세가 되었다.

살구나뭇집이라도 결국은 하늘 아래 집이니 그 속에 살림살이가 있는 것은 다 같은 이치나 그 살림살이가 어떠한 것이며, 그 속에서는 허구한 날 무엇이 일어나는지 외따로 떨어진 그 집안의 소식을, 호젓한 나무 아래 사정을 동네 사람들이 알아낼 수는 없었다. 모든 것이 나무 속에 감추어져서 하늘의 별조차도 나무 아래 지붕은 고사하고 나무를 뚫고 속사정을 엿볼 수는 없었다. 푸른 열매가 익어갈 때 참살구 아닌 개살구의 양은 보기만 하여도 어금니에 군물이 돌았다. 집안의 살림살이도 별수 없이 어금니에 군물 도는 그 개살구의 맛일는지도 모르나 그 살구를 훔치러 사람들은 집 뒤를 기웃거리기가 일쑤였다.

도시 함석집이라고는 면 내에서는 면소와 주재소, 조합과 학교, 그러고는 서울집이어서 사치하기로는 기와집 이상으로 보였다. 장거리와 뒷마을과의 사이의 넓은 터전은 거의 다 김형태의 것이어서 그 한복판에다 첩의 집을 세웠다 한들 관계할 바 아니나 푸른 논 가운데 외따로 우뚝 서 있는 까닭에 회벽 함석지붕의 그 한 채가 유독 눈에 뜨이고 마음을 끌었다. 오대산에 채벌장이 들어서면서부터 박달나무의 시세가 한참 좋을 때에는 산에서 벤 나무토막을 실은 우찻바리가 뒤를 이어 대관령을 넘었다. 강릉 주문진 항구에 부려만 놓으면 몇 척이든지 기신에 싣고는 철로 공사가 있다는 이웃 항구로 실어 나르곤 하였다.

오대산 속에 산줄기가 가지고 있던 형태는 버리는 것인 줄만 알았던 아름드리 박달나무 덕택에 순시에 돈벼락을 맞게 되었다. 논 섬지기나 더 늘이게 된 것도 그 판이었고, 살구나뭇집을 세운 것도 그때였다. 학교에 돈백이나 기부하여 학무위원의 이름을 가졌고, 조합의 신용을 얻어 아들 재수를 조합의 서기로 취직시킨 것도 물론 그 무렵이었다. 흰 회벽의 집이 야청으로서밖에 소용이 없다고 생각하였던 동네 사람들은 그 깎은듯이 아담한 집 격식에 눈을 굴렸다.

뜰 안에 라디오의 안테나가 들어서고 유성기의 노랫소리가 밤낮으로 흘러나오게 되었을 때에는 혀를 말았다. 박달나무가 가져온 개화의 턱찌끼에 사람들은 온통 혼을 뽑혔던 것이다. 뒷마을 기와집 큰댁과 앞마을 살구나뭇집 작은댁과의 사이를 한가하게 어슬렁어슬렁 거니는 형태의 양을 사람들은 전과는 다른 것으로 고쳐보기 시작하였다.

꿈속 같은 호화스런 그 속에서도 가끔 변이 생겨 서울집은 두 번째 댁이었다. 첫 댁은 집이 서기가 바쁘게 강릉서 데려온 지 해를 못 넘어 달밤에 도망을 쳐버렸다. 동으로 대관령을 넘어서 강릉까지는 팔십 리의 길이었다. 아침에 그런 줄을 알고 뒤를 쫓는대야 헛일이었으며 강릉에 친가가 있는 것이 아니라 온전히 뜬 사람이었던 까닭에 찾을 길이 막막하였다.

다른 사내가 있었다는 말도 듣기도 하여 형태는 영동을 단념해 버리고 이번에는 앞대를 생각하게 되었다. 서로 서울까지는 문재 전재를 넘고 원주 여주를 지나 오백 리의 길이었다.

이틀 동안이나 자동차에 흔들려서 첫 서울의 길을 밟은 지 거의 달포만에 꽃 같은 색시를 데리고 첩첩한 산을 넘어 돌아왔다. 뜨물같이 허여멀쑥한 자그마하고 야물어진 서울 색시를 앞대 물을 먹으면 인물조차 그렇거니만 생각하면서 사람들은 자동차에서 내리는 그를 울레줄레 둘러쌌다. 하기는 그만한 인물이 시골에까지 차례지게 되기까지에는 상당한 재물의 희생이 있었으나 형태는 그번 길에 속사리 버덩의 일곱 말지기를 팔아버렸던 것이다. 들고나게 된 한 가호를 살려주고 그 값으로 외딸을 받아 가지고 왔다는 소문이었다. 장안에서도 일색이었다는 서울집이 시골 와서 절색임은 물론이었고 마을 사람들은 마치 여자라는 것을 처음 보는 것과도 같이 탄복하고 수근들 거렸다.

첫번 강릉집의 경우도 있고 하여 형태는 단속이 무서웠다. 별수 없이 새장에 갇힌 새의 신세였다. 형태는 집안 재미에 마음을 잡고는 즐겨하던 투전판에도 섞이는 법 없이 육중한 몸을 유들유들하게 서울집에 박혀 있는 날이 많았다. 검은 판장으로 둘러친 울과 우거진 살구나무와는 굳은 성벽이어서 안에서도 짐작할 수 없으려니와 밖에서 엿볼 수도 없었다. 그러나 단속이 심하면 심할수록 갇혀 있는 사람의 마음은 한층 허랑하게 밖으로 날아서 강릉집이 첩 너머 읍을 그리워하듯이 서울집 또한 영첩한 산을 넘어 앞대를 그리워하는 심정은 일반이었다.

집에 든 지 달포도 채 못 되어서 하룻밤은 별안간에 헛소동이 일어났다. 서울집이 집 안에 없음을 깨닫고 형태가 황겁결에 도망이라고 외쳤던 까닭에 이웃 사람들은 호기심도 솟고 하여 일제히 퍼져 도망간 서울집을 찾으러 들었다.

마침 그믐밤이어서 마을은 먹을 뿌린 듯이 어두운데 각기 초롱에 불들을 켜 가지고 웬만한 곳은 샅샅이 헤매었다. 어두운 속 군데군데에서 초롱불이 반딧불같이 움직이며 두런두런 말소리가 흘러왔다. 외줄 신작로를 동과 서로 몇 마장씩 훑어보고는 닥치는 대로 마을 안을 온통 뒤졌다.

뒷마을서부터 차례차례로 산기슭 수수밭 과수원을 들치고 앞으로 나와 성황 숲에서는 느릅나무와 느티나무의 테두리를 샅샅이 살피고, 거리를 사이로 아래 위로 훑어보고는 냇가의 숲 속과 물레방앗간을 뒤졌으나 종시 서울집의 자태는 보이지 않았다. 설레는 마음에 앞장을 서서 휘줄거리던 형태는 홧김에 초롱을 던지고는 말도 없이 발을 돌렸다. 뒤를 따르는 사람들도 입맛을 다시면서 풀린 맥에 초롱을 내저으며 자연 걸음이 느려졌다.

아무래도 서쪽으로 길을 들었을 것이 확실하니 날이 밝으면 강릉서 오는 자동차로 뒤를 쫓는 것이 상수라고 공론들이었다. 강릉집 때에 혼이 난 형태는 실망이 커서 그렇게라도 할 배짱으로 한시가 초조하였다. 담배들을 피우면서 웅얼웅얼 지껄이며 돌밭을 지나 물가에 이르렀을 때에 앞에 섰던 형태가 불시에 주춤하면서 걸음을 멈추고 어둠 속을 노렸다. 한 사람이 초롱불을 앞으로 휙 내밀었을 때 물속에서는 철버덩 소리가 나며 싯허연 고래가 한 마리 급스럽게 숲 속으로 뛰어들어갔다.

어둠 속에서도 유난스럽게 희고 퍼들퍼들한 몸뚱어리였다. 의외의 곳에서 그날 밤 사냥에 성공하고 마을 길을 더듬어 올 때 모두들 웃음에 허리를 꺾을 지경이었다. 도망했다고만 법석을 한 서울집은 좀체 나오기 어려운 기회를 타서 혼자 시냇가에 목물을 나왔던 것이다. 벌써

318

일 년 전의 일이었으나 그 일이 있은 후로 형태는 서울집의 심중에 적이 안심되어 덮어놓고 의심하지는 않게 되었다.

집안 사람들의 출입도 잦지 못한 집안은 언제든지 고요하고 감감하여서 그 속에 무슨 일이 일어나며 변이 생기는지 알 도리가 없었다. 푸른 살구가 맺혀 그것이 누렇게 익어갈 때면 마을 사람들은 드레드레 달린 누런 개살구를 바라보고 모르는 결에 어금니에 군물을 돌리곤 할 뿐이었다.

1

들에 보리가 익고 살구도 누런빛을 더하여 갔다.

달무리가 있는 이튿날 아침 뒷마을 샘물터는 온통 발끈 뒤집혔다.

당초에 말을 낸 것은 맨 처음 물 이러 온 금녀였고, 그의 말을 들은 것이 다음에 온 재천이었다. 재천이는 이어 온 춘실네에게 그것을 귀띔하고 춘실네는 괘사 옥분에게 전하고 옥분은 히히덕거리며 방앗집 새댁에게 있는 대로 털어버렸다.

간밤의 변사는 순식간에 입에서 입으로 온통 번설되고야 말았다. 뒤를 이어 모여든 한패는 물을 길어 가지고는 냉큼 갈 줄을 모르고 물동이를 차례차례로 샘 전에 논 채 어느 때까지나 눈길을 흘끗거리면서 뒤숭숭하게 수군거렸다. 한 번 말문이 터지면 좀체 수습하기 어려워서 있는 말 없는 말 주워섬기는 동안에 아침 시중이 늦어지는 줄도 모르고 횡설수설이었다. 새침데기이던 방앗집 새댁도 제법 말주머니여서 뒤에 오는 축들을 붙들고는 꽁무니가 무섭게 어느 때까지나 말질이었다.

"세상에 그런 법도 있을까. 집안이 언제나 감감하기에 수상하다고는 노렸으나—하필 김 서기일 줄야 뉘 알았을고. 환장이지 그럴 수가 있나. 무서워라."

두 동이째 물을 이러 온 금녀는 아직도 우물터가 와글와글 뒤끓는 것을 보고 별안간 무서운 생각이 들었다. 처음으로 말을 낸 경솔을 뉘우쳤으나 그러나 한 번 낸 말을 다시 입 안으로 걷어들일 수 없는 노릇이었다. 청을 받는 대로 간밤의 변을 몇 번이고 간에 되풀이하는 수밖에 없었다. 되풀이하는 동안에 하긴 마음은 대담하여 가고 허랑하여졌다.

"아마도 무엇에 홀렸던 게지, 아무리 달이 밝기로서니 아닌 밤에 살구 생각은 왜 나겠우. 살구 도둑 간 것이 끔찍한 것을 보게 된 시초니……."

금녀가 하필 그 밤에 살구나뭇집 살구를 노린 것은 형태가 마침 며칠 전에 읍내로 면장 운동을 떠난 눈치를 알아챈 까닭이었다. 개굿은 그가 출타한 이상 집을 엿보기쯤은 어려운 노릇이 아니었다.

논길을 살며시 숨어들어 살구나무에 기어올라 우거진 가지 속에 몸을 감추기는 여반장이었으나 교교하게 밝던 보름달이 공교롭게도 별안간 흐려지면서 누리가 금시에 캄캄하여 간 것은 마치 무슨 조화나 붙은 것 같았다. 알고 보니 그날 밤이 월식이어서 그때 마침 온통 어두워진 하늘에서는 검은 개가 붉은 달을 집어먹으려고 노리고 있는 중이었다. 모든 것이 물속에 빠진 듯이나 고요하고 어두운 가운데에서 길을 잃은 듯한 박쥐의 떼가 파닥파닥 날아들고 뒷산의 부엉이 소리가 다른 때보다 한층 언짢게 들렸다.

멀리서 달을 보고 짖는 개의 소리가 마디마디 자지러지게 흘러왔다. 지척을 분간할 수 없는 나뭇잎 속에서 금녀는 불길한 생각에 몸서리를 치면서 살구 생각도 없어지고 나뭇가지를 바싹 붙들었다.

변이라도 일어날 듯한 흉한 밤이었다. 하늘의 개는 붉은 달을 입에 넣고 게웠다 물었다 하다가 드디어 온전히 삼켜버리고야 말았다. 천지는 그대로 몽땅 땅 속에 묻혀버린 듯이 새까맣고 답답하여졌다. 부엉이 울음도 개 짓는 소리도 어느 결엔지 그쳐진 캄캄한 속에서 금녀는 무서운 김에 팔 위에 얼굴을 얹고 차라리 눈을 감아버렸다. 눈을 감으면 한결 귀가 밝아져서 어느 맘 때는 되었는지 이슥한 속에서 문득 웅얼웅얼하는 사람의 속삭임이 들렸다. 정신이 귀로만 쏠릴수록 말소리도 차차 확실해져서 바로 살구나무 아랫편 뒤안 평상 위에서 들려오는 것인 줄을 알았다. 방 안에는 등불이 켜지지 않았고 나무에 오르자 월식이 시작된 까닭에 당초부터 그 아래에 사람이 있는 줄은 몰랐던 것이다.

비록 얕기는 하여도 굵고 가는 한 쌍의 목소리가 남녀의 목소리임에는 틀림없었다. 여자의 목소리는 서울집의 것이라고 하고 남자의 목소리는 누구의 것일까. 부엌일 하는 점순이 외에는 남자의 출입이라고는 큰댁 식구들도 마음대로 못 하게 하는 형편에 아닌 밤에 서울집과 수군거리는 사내는 누구일까 하고 금녀는 무서움도 잊어버리고 이번에는 솟아오르는 호기심에 정신을 바짝 차리고 어둠 속을 노리기는 하나 워낙 어두운 데다가 나뭇잎이 우거져서 좀체 분간하기 어려웠다.

무시무시하면서도 한편 온몸이 근실근실하여서 침을 삼키면서 달이 밝아지기를 조릿조릿 기다렸다. 이윽고 하늘 개는 먹었던 달덩이를 옳게 삭이지 못하고 불덩어리채로 왈칵 게워버리고야 말았다. 웅켰던 구름이 헤어지고 맑은 하늘이 그 사이로 솟기 시작하자 달았던 불덩어리도 어느 결에지 온전한 보름달로 변하여 갔다. 하늘의 변화를 우러러보던 금녀는 어느 결에지 환히 드러난 제 꼴에 놀라 움츠러들며 나무 아래를 날쌔게 나뭇잎 사이로 굽어보다가 별안간 기급을 할 듯이 외면하여 버렸다.

수풀 속에서 뱀을 만났을 때의 거동이었다. 뒤안에 내논 평상 위에 뱀 아닌 남녀의 요염한 꼴을 보았기 때문이었다. 처녀인 금녀로서는 처음 보는, 보아서는 안 될 숨은 광경이었다. 그러나 더 놀라운 것은 그 남녀기 서울집과 조합의 김서기 재수란 것이다. 서울집의 소문은 이러쿵저러쿵 기왕부터 있기는 있어서 이제는 벌써 등하불명으로 모르는 부처님은 남편 형태뿐이라는 소문은 소문이었으나 사내가 재수일 줄야 그 아무도 짐작하지 못한 바이며 그러기 때문에 금녀의 놀라움은 컸다. 너무도 어처구니가 없어 다시 한 번 무시무시 아래를 훔쳐보았으나 속일 수 없는 밝은 달은 사정이 없었다.

금녀는 그것을 발견한 자기 자신이 큰 쇠나 진 것도 같아서 몸서리를 치면서 애비 아들의 기구한 인연을 무섭게 여겼다. 그들 둘이 아는 외에는 하늘과 땅만이 알 남녀의 속일을 귀신 아닌 금녀가 엿볼 줄야 어찌 짐작인들 하였으랴.

하기야 그래도 달을 두려워함인지 뒤안이 훤히 밝아지자 남녀는 평상에서 내려와서 방 안으로 급스럽게 들어가는 것이었으나 어지러운 그 뒤꼴들을 바라볼 때 금녀는 다시 새삼스럽게 무서워지며 하늘이 벼락을 내린다면 바로 이런 곳이 아닐까 하고 머리꼴이 선뜻하여져서 살구 생각도 다 잊어버리고 부리나케 나무를 미끄러져 내려왔다. 논길을 빠져 집까지는 거의 단숨에 달렸다. 밤이 맞도록 잠 한숨 못 이루고 고시랑고시랑 컴컴한 벽을 바라볼 뿐 하늘과 땅만이 아는 속일을 알았다는 두려움이 한결같이 가슴속에 물결쳤다.

그러나 시원한 아침을 맞아 샘물터에서 동무를 만났을 때에는 웅컸던 마음도 적이 누그러져 허랑하게 그만 입을 열게 되었다. 하기는 그 끔찍한 괴변은 차라리 같이 알고 있는 것이 속 편한 노릇이지 혼자 가슴속에 담아두기에는 너무도 무서운 것이었다.

그날은 샘터도 별스러이 소란하여서 아침물이 지나고는 조금 뜸하더니 낮쯤 해서 또 한바탕 들끓고야 말았다. 꽤 먼 마을 한끝에서까지 길러 가는 샘이므로 모이는 인물들도 허다한 속에 대개 아침 인물이 한두 사람씩은 끼어 있었다.

"사내가 그른가 계집이 그른고—하긴 그런 일에 옳고 그른 편이 있겠소만."

"터가 글렀어. 강릉집 때에도 어디 온전히 끝장이 났수. 오대를 내려온다는 그놈의 살구나무가 번번이 일을 치거든."

이렇게 수군거리는 패도 있었다.

"핏줄에서 난 도둑이니 누구를 한하겠소만, 면장 운동인가 무언가를 떠난 것이 불찰이지. 버젓이 앉아 있는 최 면장을 떼고 그 자리에 대신 들어앉으려니 그런 억지가 어디 있수. 박달나무 덕에 돈 벌고 땅 샀으면 그만이지 면장은 해 무엇한단 말요. 과한 욕심 낸 죄로 하면야 싸지. 군수하고 단짝이라나. 이번 길에도 꿀 한 초롱과 버섯 말이나 가지고 간 모양인데 쉬이 군수가 갈린다는 소문이니까 갈리기 전에 한몫 얻으려고 바싹 붙는 모양이야."

"애비보다두 자식이 못나고 불측한 탓이 아니오? 장가든 지 불과 몇 달 전에 아내를 뚜드려 쫓더니 그 짓이란 말야. 춘천 가서 웃 학교를 칠년 만에 마친 위인이니 제 구실을 할 수야 있겠소? 조합서기도 애비 덕에 간신히 얻어 한 것이 아니요?"

"자식과 원수된 것을 알면 형태는 대체 어떻게 할꼬."

샘물 둔지에는 돌배나무 한 포기가 서 있었다. 돌팔매를 던져 풋배를 와르르 떨어서는 뜻 없이 샘물 속에 집어던지면서 번설들이었다.

"이 자리에서만 말이지 까딱 더 번설들 맙시다. 형태 귀에 들어갔단 큰일날 테니."

민망한 끝에 발설을 한 것이 춘실네였다. 그러나 저녁때도 되기 전에 또 점순에게 그것을 귀띔한 것도 춘실네였다.

서울집 부엌데기로 있는 점순은 전날 밤을 집에 지내고 아침에 일찍이 나가 진종일 집에서만 일을 한 까닭에 그 괴변을 보지도 듣지도 못하였다. 다시 집으로 갔다가 저녁참을 대고 나올 때에 수수밭 모퉁이에서 춘실네를 만나 들으니 초문이었다. 재수는 전에 그에게도 한 번 불측한 눈치를 보인 일이 있어서 그의 버릇은 웬만큼 짐작은 하는 터였으나 역시 놀라지 않을 수 없었다. 서울집을 극진히 여기는 점순은 그의 변이 번설되는 것을 민망히는 여겼으나 변이 변인 만큼 가만있을 수도 없어 그 걸음으로 다시 집에 들어가 남편 만손에게 전하고 내친 걸음에 거리로 나가 가게 보는 태인에게도 살며시 뛰어주었다. 태인과는 만손 몰래 정을 두고 지내는 사이였다.

태인은 가게에 모이는 사람들에게 한두 마디씩 지껄이게 되고 만손은 그날 저녁 형태네 큰 사랑에 마을 가서 모이는 농군들에게 말을 펴놓게 되었다.

이렇게 하여 소문은 하루 동안에 재빠르게도 마을 안에 쫙 퍼지게 되었다. 이제는 벌써 당사자 두 사람과 출타한 형태만이 몰랐지 마을 사람들은 모두 형태 큰댁까지도 사랑 농군에게서 들어 알게 되었다.

큰댁은 놀라기는 무척 놀랐으나 제 자식의 처신머리가 노여운 것보다도 서울집의 빗나간 행동이 더 고소하게 생각되었다. 염라대왕에게 서울집 속히 데려가기를 밤낮으로 비는 큰댁은 남편이 돌아와 어떻게 이 일을 조치할까에 모든 생각이 쏠리는 까닭이었다.

2

그날 밤이 열엿샛날 밤이어서 간밤같이 월식도 없고 조금 늦게는 떴으나 달이 밝았다.

샘터 축들은 공연히 마음이 들떠서 달밤을 잠자코 지내기 어려운 속에서 옥분은 드디어 실무죽한 금녀를 충동여서 끌어내고야 말았다. 하룻밤 더 살구나무를 엿보자는 것이었다.

옥분은 금녀보다도 바라지고 앙도라져서 금녀도 모르는 세상을 벌써 재빠르게 엿본 뒤였다. 오대산에서 강릉으로 우차를 몰아 재목을 실어 나르는 박 도령과는 달에 불과 몇 번밖에는 만날 수 없어서 그가 장날 장거리까지 내려오거나 그렇지 못하면 옥분이 웃마을 월정 거리까지 출가 전에 눈을 훔쳐 가지고 올라가지 않으면 안 되었다.

그런 때에는 대게 밭에 일하러 간다고 탈하고 근 오릿길을 걸어 올라가 월정사에서 나오는 길과 신작로가 합하는 곳에서 박 도령을 기다렸다가 조이밭머리나 개울가에 가서 묵은 회포를 이야기하곤 하였다. 나중에 어떻게 되리라는 계책도 서지 못한 채 다만 박 도령의 인금만을 믿고 늘 두근거리는 마음에 위험한 눈을 훔치곤 하였다. 한 이태 더 모아서 돈 백이나 모이거든 강릉에 가서 살자고 번번이 언약을 하고 우차를 몰고 대관령 쪽으로 느릿느릿 걸어가는 뒷모양을 바라볼 때 번번이 가슴이 찌르르하였다.

거듭 만나는 동안에 남녀의 정이라는 것을 푹 안 옥분은 금녀와는 달라서 남녀의 세상에 유달리 마음이 쏠렸다.

금녀와 둘이 뒷마을을 나와 밭길을 들어갔을 때 달은 한참 밝아서 옥수수 수염과 피마자 대궁이 새빨갛게 달빛에 어리었다. 논둑에서 기다리고 있는 점순을 만나 한패가 되어서 지름길을 들어서 살금살금 살구나무께로 향하였다. 사특한 마음으로가 아니라 주인집 동정을 살펴서 잘 알고 있음이 부리우는 사람으로서 마땅한 일 같아서 점순은 저녁 시중이 끝나자 약조하였던 금녀를 기다리러 논둑에 나와 앉았던 것이다.

말없는 나무는 간밤이나 그 밤이나 같은 태도 같은 표정이었다. 금녀는 같은 나무에 두 번 오르기 마음이 허락지 않아 혼자 나무 아래에서 망을 보기로 하고 점순과 옥분을 올려보냈다. 집에서는 유성기 소리가 쉴 새 없이 들리더니 판이 끝나도 정신 없이 버려두어 판 갈리는 소리가 어느 때까지나 스르럭스르럭 들렸다.

나무 위에서 내려다보이는 집 안의 모양은 그 속에서 일할 때의 모양과는 퍽이나 달라서 점순은 모든 것을 신기한 것으로 굽어보았다. 평상 위에 유성기를 내놓고 금녀의 말과 틀림없이 서울집과 재수 단둘이 앉아 달 밝은 밤이라 월식엔 괴변은 없으나 정답게 수군거리고 있는 것도 신기하였으나 열어젖힌 문으로 들여다보이는 방 안의 광경도 그 속에 있을 때와는 다르게 조촐하고 호화롭게만 보였다.

부러운 광경을 정신없이 내려다보는 동안에 점순은 이상하게도 다른 생각에 다 젖혀 놓고 서울집 인물에 비겨 재수의 인금은 보잘것없고, 그러므로 서울집을 훔친 재수는 호박을 딴 셈이요, 서울집으로는 아깝다는 그 자리에 당찮은 생각이 불현듯이 솟기 시작하였다.

언제인지 한 번은 경대 위에 금반지를 훔친 일이 있어서 즉시로 발각되어 호되게 야단을 듣고 집을 쫓겨난 일이 있었으나 그런 변을 당하여도 점순은 서울집을 미워는커녕 더욱 어렵게 여기고 높이고 싶었다. 사내가 그에게 반하듯이 점순도 그에게 반한 셈이었다. 여자로 태어나 마을의 뭇 사내들이 탐내는 그의 곁에서 지내게 되는 것이 다행으로 여겼다. 그러기에 한 번 쫓겨나면서도 구구히 빌어 다시 그 자리로 들어간 것이었다. 삼신할머니가 구석구석 잔손질을 해서 묘하게 꾸며 세상에 보낸 것이 바로 서울집이라고 점순은 생각하였다.

손발이 동자같이 작고 살결이 물에 씻긴 차돌같이 희었다. 콧날이 붕긋 솟은 아래로 작은 입을 열면 새하얀 잇줄이 구슬을 머금은 것같이 은은히 빛났다.

점순이가 아무리 틈틈이 경대 속에 분을 훔쳐서 발라도 그의 살결을 본받을 수는 없었다. 검은 살결과 걱실걱실한 체대와 큰 수족을 늘 보이는 것이건만 그에게 보이기가 언제나 부끄러웠다. 열두 번 다시 태어난다고 하더라도 그의 몸맵시를 따를 수는 없을 것 같았다.

뒤안에 물통을 들여다 놓고 그 속에서 목물을 할 때 그 희멀건 등줄기를 밀어주노라면 점순은 그 고운 몸뚱어리를 그대로 덥석 안아보고 싶은 충동이 솟곤 하였다. 여름 한때 새끼손가락 손톱에 봉숭아 물이나 들이게 되면 누에 같은 손가락 끝에 붉은 꽈리알을 띄운 것도 같아서 말할 수 없이 귀여운 감동을 자아내는 것이었다. 그 서울집이 재수 따위의 손 안에서 허름하게 놀구 있음을 내려다보노라니 점순은 아까운 생각만 들었다. 즉시로 뛰어내려가 그 자리를 휘저어 놓고도 싶었다. 어느 때까지나 그대로 버려두기 부당한 속히 한바탕 북새를 일으켜 사이를 갈라놓고 싶은 생각이 불현듯이 솟기 시작하였다.

그대로 살면서 덮어만 둔다면 어느 때까지나 애매한 형태에까지 알려지지 않을 것이 한되었다. 재수에게 대한 샘이 아니라 참으로 서울집에 대한 샘이었다.

그러나 점순이 그렇게 오래 걱정하지 않아도 좋을 것은 간밤 이상의 괴변이 금시에 눈 아래 장면 위에 일어난 것이다.

세상에는 기묘한 일이 간단히 생기는 까닭인지 혹은 그 불측한 장면을 오래도록 허락하지 않으려는 뜻인지 참으로 뜻하지 않은 어처구니없는 일이 일어난 것이다. 그렇게라도 되지 않으면 형태에게 그 숨은 곡절을 알릴 길이 없었던 탓일까. 읍내에 갔던 형태가 별안간 나타난 것이다.

집을 떠난 지 여러 날 되기는 하나 하필 그 밤에 돌아오게 된 것은 귀신이 알린 탓이라고밖에는 생각할 수 없다. 하기는 어느 날 어느 때 그 자리에 당장 돌아올지도 모르면서 유유하게 정을 통하고 있는 남녀가 어리석은지도 모른다. 정에 빠진 남녀는 어리석어지는 법일까?

다따까 방문에서 불쑥 솟아 뒤안 툇마루에 나선 것이 형태임을 알았을 때 옥분은 기급을 하고 점순에게로 몸을 쏠렸다. 나뭇가지가 흔들리며 살구가 후둑후둑 떨어졌으나 나무 위로 주의를 보내기에는 뒤안의 형세는 너무도 급박하였다.

평상 위에 서로 기대앉았던 남녀는 화다닥 자세를 바로잡으면서 물결같이 갈라졌다. 그 황급한 거동 앞에 막아선 형태의 육중한 몸은 마치 꿈속의 무서운 가위 같아서 그 가위에 눌린 것이 별수 없이 두 사람의 꼴이었다. 움츠러들었을 뿐 쩍 소리도 없는 데다가 형태 또한 바위같이 잠자코만 서서 한참 동안 자리는 고요할 뿐이었다. 검은 구름을 첩첩이 품은 채 천등을 기다리는 무서운 순간이었다.

"대체 누구냐?"

지나쳐 상기된 판에 형태는 말조차 어리석었다. 하기는 재수가 아들임을 일순간 잊어버렸던지도 모른다.

"무엇들을 하고 있어?"

육중한 체대가 움직였을 때 서울집은 허둥허둥 평상에서 내려와 신을 신었다. 방으로 뛰어들어가려고 툇마루 앞에 이르렀을 때 말도 없이 형태의 손에 머리쪽을 쥐었다. 새 발의 피였다. 한 번 거세게 휘낚는 바람에 보잘것없이 풀싹 땅에 쓰러지고 말았다.

형태의 손찌검을 아는 점순은 아찔하여 그 자리로 기를 눌리우고 말았다. 그 밤으로 무슨 변이 일어날지를 헤아릴 수 없는 판에 나무에서 유유하게 주인집 변사를 내려다보기가 무서웠다. 한시가 바쁘게 옥분을 붙들어 먼저 내려보내고 뒤이어 미끄러져라 하고 급스럽게 나무를 타고 내려섰다. 뒤안에서는 주고받는 말소리가 차차 똑똑해지고 금시에 큰 북새가 시작될 눈치였다. 간밤의 변괴보다는 확실히 더 놀라운 변고에 혼을 뽑힌 셋은 웬일이지 그 밤의 책임이 자기들에게도 있는 것 같아서 다시 돌아다볼 염도 못 하고 꽁무니가 빠져라 하고 논길을 뛰어 나갔다.

이튿날 아침 소문은 도리어 뒷마을에서부터 났다. 새벽쯤 해서 점순이 서울집으로 일을 하러 집을 나갔을 때 길거리에서 춘실네에게 간밤의 소식을 듣게 되었다. 재수는 당장에서 물푸레나뭇가지로 물매를 얻어맞아 피를 흘리고 그 자리에 까무러쳐 쓰러진 것을 농군이 업어다가 뒷마을 집에 갖다 눕힌 채 아침까지 정신을 못 차리고 있다는 것이다. 전신이 부풀어올라서 모습까지 변한 것을 큰댁은 걱정하여 울며불며 일변 약을 지어다가 달인다, 푸닥거리 준비를 한다. 집안은 야단이라는 것이었다.

궁금해서 두근거리는 마음에 점순은 부리나케 앞마을로 뛰어나가 닫힌 채로의 서울집 대문을 열고 들어섰을 때 집 안은 비인 듯이 고요하였다. 겁이 덜컥 나서 마루에 뛰어올라 의거리 놓인 방문을 열었을 때 예료대로 놀라운 꼴이었다. 이불을 쓰고 누운 서울집을 벌써 운명이나 하지 않았나 하고 급히 이불을 벗겼을 때 살아 있는 증거로 눈은 뜨기는 하였으나 입에는 수건으로 재갈을 매었고 볼에는 불에 데인 흔적이 끔찍하였다.

몸을 움짓움짓은 하면서 일어나지 못하는 것은 굵은 바로 수족을 얽어맨 까닭이었다. 바를 풀고 재갈을 뺐을 때 서울집은 소생한 듯이 간신히 일어나 앉았다. 흩어진 머리와 상기된 눈과 어지러운 자태가 중병이나 치르고 일어난 병자 모양이었다. 이지러져 변모된 얼굴을 볼 때 점순은 눈물이 핑 돌았다.

"죄를 지었기로서니 이럴 법이 있나? 사람이 아니라 짐승이지."

이를 부드득 가는 서울집의 눈에도 눈물이 그렁그렁 어리었다. 구슬 같은 그 고운 얼굴이 벌겋게 데어서 살뜰하던 모습은 찾을 수도 없었나.

"사지를 결박하구 입을 틀어막구 인두로 얼굴과 다리를 지지데나그 려. 아무리 시골놈이기루서 그런 악착한 것 본 적이 있나. 제나 내나 사람은 매일반 마음은 다 각각이지 인두를 달군대야 사람의 마음이야 어찌 휘일 수 있겠나. 이런 두메에 애초부터 자청하구 올 사람이 누군가. 산 설구 물 설구 인정조차 다른데 게다가 허구한 날 안에만 갇혀 한 걸음 길 밖에도 못 나가게 하니 전중이 생활인들 게서 더 할까. 피 가진 사람으로서 어찌 고향인들 안 그립구 사람인들 안 아쉽겠나. 갇힌 새두 하늘을 그리워 할랴니 내가 그른지 놈이 악한지 뉘 알랴만 내 이 봉변을 당하구 가만있을 줄 아나. 당장 주재소에 가 고소를 하구 징역을 시키구야 말겠네. 그날이 나두 이곳을 벗는 날이야. 생각할수록 분하구 원통하구!"

입술을 꼬옥 무니 이슬 같은 눈물이 방울방울 솟아 상한 두 볼 위로 흘러내렸다.

점순도 덩달아 눈물이 솟으며 무도한 형태의 행실을 속으로 한없이 노여워하고 미워하였다. 만약 사내라면 그놈을 다구지게 해내고 싶은 생각도 들었고 간밤에 달려들어 말리지도 못하고 변이 일어난 줄을 알면서도 그 자리를 피해 간 비겁한 행동을 그지없이 뉘우치기도 하였다.

반드시 태인과 남편 만손의 사이에 든 자신의 처지를 생각하여서가 아니라 참으로 마음속으로부터 서울집의 처지를 측은히 여겨서였다. 그러나 위로할 말을 몰라 다만 콧물을 들이키면서 일상 쥐어보고 싶던 서울댁의 고운 손을 큰 손아귀에 지그시 쥐어볼 뿐이었다.

형태는 부락스러운 고집에 겉으로는 부드러운 낯을 지니나 속으로는 심화가 솟아올라 그 어느 때나 술기에 눈알을 붉게 물들이고는 장거리에서 진종일을 보내곤 하였다. 옆 사람들의 수군거리는 눈치와 소문을 유하게 깔아버리는 배포 유하게 거들거렸다. 화풀이로 면장 운동에 마음을 돌리는 수밖에는 없어서 술집에서 장 구장을 데리고 궁리와 책동에 해 가는 줄을 몰랐다. 장 구장은 기왕에 구장으로 있다가 최 면장이 들어서자 떨어진 축이어서 형태가 면장을 하게 되면 다시 구장으로 들어앉자는 것이 그의 원이었고 두 사람이 공모하는 뜻도 거기에 있었다.

원래 면장 운동은 갓 시작된 것이 아니라 벌써 오래 전부터 형태가 책모하여 오던 바였다. 박달나무로 하여 돈을 벌게 되자 마을에서 낯이 높아진 것이 그 원을 품게 한 근본 원인이었고 면장이 되면 웃마을과 뒷마을에 있는 소유의 전답에 유리하도록 마을 사람들의 부역을 내서 길과 도랑을 고쳐 내겠다는 것이 둘째 희망이었다.

그러나 그보다도 더 절실한 원인은 최 면장에 대한 감정이었으나 전에 역군을 다녔던 형태가 지벌이 얕다고 최 면장에게는 은근히 멸시를 받고 있는 것과 아들 재수가 최 면장의 아들 학구보다 재물이 훨씬 떨어지는 것을 불쾌히 여기는 편협심에서 오는 것이었다. 부전자전으로 자기가 글을 탐탁하게 못 배운 까닭으로 자식도 그렇게 둔재인가 하여 뒷치송할 재산은 있는데도 불구하고 재수가 단지 재주가 부실한 탓으로 춘천 고등보통학교도 칠 년 만에야 간신히 마치고 나오게 된 것을 형태는 부끄러워하고 한되게 여겼다. 한편 최 면장의 아들 학구는 재수와 동갑으로 한 해에 보통학교를 마쳤으나 서울 가서 웃학교를 마치고는 전문학교에까지 들어가게 되었다.

선비와 역군의 집안의 차이를 실제로 눈앞에 보는 것 같아서 형태로서는 마음이 괴로웠다. 최 면장은 어려운 가운데에서 자식 하나만을 바라고 그에게 정성을 다 바쳤다. 몇 마지기 안 되는 땅까지 팔아버렸고 그 위에 눈총을 맞아 가면서도 면장의 자리를 눅진히 보존해 가는 것은 온전히 자식 때문이었다. 학구가 학교를 졸업할 때까지는 아무런 일이 있어도 그 자리를 비벼 나갈 생각이었다. 그런 점으로 형태와는 드러나게 대립이 되어도 하는 수 없는 노릇이었다.

그러나 그뿐이 아니었다. 참으로 무서운 최 면장의 비밀을 형태는 손아귀에 움켜쥐고 있었다. 학비의 보충을 위하여 회계원과 짜고 여러 번째 장부를 고치고 공금에 손을 댄 것이었다. 면장 운동에 뜻을 둔 때부터 형태는 면장의 흠을 모조리 찾아내려고 하던 판에 회계원을 감쪽같이 매수하여 그에게서 공급 횡령의 비밀을 샅샅이 들추어내었던 것이다.

그런 눈치를 알아챘었는지 어쨌는지 최 면장은 모든 것을 모르는 체 다만 학구가 학교를 마칠 때까지를 목표로 시치미를 떼는 것이었으나 형태는 형태로서의 네 속을 다 뽑아쥐고 있다는 듯한 거만한 배짱으로 모든 수단이 다 틀리면 그 뽑아쥔 비밀을 마지막 술책으로 쓰리라고 음특하게 벼르고 있었다.

하기는 그는 벌써 최 면장이 좀체 속히 물러앉지 않을 줄을 짐작하고 이번 읍내길에서도 군수에게 공금의 비밀을 약간 귀띔하고 온 터였다. 군수는 기회를 보아서 내막을 철저히 조사시켜 폭로시킨 후 적당한 조처를 하겠다고 언약하였다.

군수를 그만큼까지 후리기에는 상당히 재물도 들었으니 이번 길만 하여도 꿀과 버섯의 선사뿐이 아니라 실상은 논 한 자리까지 남몰래 팔았던 것이다. 군수의 일상 원이 일등 명기를 앞에 놓고 은주전자 은잔으로 맑은 국화주를 마시는 운치였다. 일등 명기야 형태의 수완으로 어쩌는 수 없는 것이었으나 은주전자 은잔쯤은 그의 힘으로 족히 자라는 것이어서 이번 기회에 수백금을 들여 실속 있는 한 쌍을 갖추어준 것이었다.

군수가 사양하지 않은 것은 물론이며 그렇게 여러 번째 미끼를 흐뭇이 들여놓고 이제는 다만 속한 결과를 기다리게만 되었다. 평생 원을 풀 수만 있다면 그 모든 미끼의 희생쯤은 그에게는 보잘것없이 허름한 것이었다. 군수의 인품을 믿고 있는 것만큼 조만간 뜻대로의 결과가 올 것이 확실은 하였으나 될 수 있는 대로 그것이 속하였으면 하고 마음은 늘 초조하였다.

더구나 가정의 변이 생긴 후로는 어떠한 희생을 내서라도 기어이 뜻을 이루어야만 세상 사람들의 조롱과 웃음의 몇 분의 하나라도 설치가 될 것이요, 지금까지 애써온 보람도 있을 것이며, 맺힌 마음의 짐도 넌지시 풀어 부끄러운 집안의 변괴도 잊어버릴 수 있으리라고 생각되어 더욱 초조하였다.

술집에 자리를 잡고 허구한 날 거나하여서 출혈된 눈을 험상궂게 굴리곤 하였다.

장날 저녁이었다. 형태는 영월네 골방에서 장 구장과 잔을 거듭하다가 마침내 최 면장을 부르러 사람을 보냈다. 주석을 이용하여 마음을 떠보고 싸움을 거는 것이 요사이의 형태여서 장날과 평일도 헤아리지 않았다. 실상은 요사이 장 구장을 통하여 혹은 직접으로 그의 비밀을 한두 사람씩에게 차차 전포시키는 중이었다. 민심을 소란하게 하여 그를 배반하게 하자는 생각이었다. 최 면장은 굳이 안 올 리가 없으며 불과 두어 번 잔을 돌았을 때 형태는 차차 말을 풀어내기 시작하였다.

"정사에 얼마나 골몰한가. 덕택에 난 이렇게 술 잘 먹구 돈 잘 쓰고 태평하게 지내네만……."

돈 잘 쓴다는 말과 은근히 관련시키려는 듯이,

"학구 공부 잘하나. 들으니 한다하는 사상가라지. 최씨 집안에야 인물이구 말구. 그러나 쓸데없는 걱정 같지만 주의니 무어니 할 때 난난히 단속하지 않으면 까딱하다 큰일나리. 푸른 시절에는 물들기가 쉽구 저지르기두 쉬운 법이요. 더구나 이게 무서운 시절 아닌가. 어련하겠나만 사귀는 동무 주의하라고 신신당부해 주게."

비꼬는 말인지 동정하는 말인지 속뜻을 알 수 없어 최 면장은 대답할 바를 몰랐다. 장 구장과의 틈에 끼어 얼뻥뻥할 뿐이었다.

"다 아는 형편에 뒷치송하기 얼마나 어렵겠소만 면장, 이건 귓속말인데 사정두 딱하게는 되었소."

은근히 말눈치에 어안이 벙벙하여 있을 때 장 구장은 입을 가까이 가져오며 짜장 귓속말로 무서운 것을 지껄였다.

"미안한 말 같지만 사직을 하려거던 지금이 차라리 적당한 시기인가 하오. 더 끌다가는 큰 봉변할 것 같으니 말이오."

최 면장은 뜨끔도 하였거니와 별안간 홍두깨같이 불쑥 내미는 불쾌한 말투에 관자놀이에 피가 바짝 솟아오르며 몸이 화끈 달았다.

"무슨 소리요?"

단 한마디 짧게 퉁명스럽게 내써왔다.

"노여워할 것이 아닌 것이 지금은 벌써 공연히 비밀이 되었소. 거리의 사람뿐이 아니라 멀리 읍내에까지도 알려져서 면 내에서 모모 하는 사람들 사이에는 공론이 자자한 판이오."

"대체 무슨 소리란 말요?"

면장은 모르는 결에 얼굴이 불끈 달며 언성이 높아졌다. 구장은 반대로 이번에는 목소리는 낮추었으나 그러나 다음 마디는 천 근의 무게가 있는 것이었다.

"아마도 윤 회계원의 입에서 말이 난 모양이요. 세상에서 누구를 믿겠소."

붉어졌던 면장의 낯은 금시에 새파랗게 질리며 입이 굳어지고 말문이 막혔다. 형태와 구장은 듬짓이 침묵하고 던진 말의 효과를 가늠보고 있는 듯이 눈길을 아래로 향하였다. 불쾌한 침묵이었으나 그러나 면장은 즉시 침착을 회복하고 낯빛을 바로잡을 수 있었다. 설레지 않는 그의 어조는 막혔던 방 안의 공기를 다시 풀어버렸다.

"그만하면 말뜻을 알겠네만 과히 염려들 할 것은 없네. 일이라는 것이 나구 보아야 옳고 그른 것을 시비할 수 있는 것이지, 부질없이 소문에 사로잡힐 것은 아니야. 난 나로서 충분히 내 각오가 있으니 염려들은 말게."

밉살스러우리만큼 침착한 어조는 도리어 반감을 돋우었다.

형태의 말 속에는 확실히 은근한 뼈가 숨어 있었다.

"각오라니 무슨 각온지는 모르겠으나 일이 크게 되면 낭패가 아닌가. 들으니 읍에서는 군수두 쉬이 출장 와서 조사를 하리라는 소문인데 그렇게 되면 무슨 욕이 돌아올지 헤아릴 수 있나. 일이 터지기 전에 취할 적당한 방책도 있지 않을까 해서 이르는 말이 아닌가."

마디마디 꼭꼭 박아대는 말에 면장은 화가 버럭 나서 드디어 고성대갈 호통을 하였다.

"이르는 말이구 무엇이구 다 그만 둬. 그 속 다 알고 그 흉계 뉘 모르리. 군수를 끼고 책동하는 줄도 다 안다. 내야 어떻게 되든 어디 할 대루 해봐라."

"무엇을 믿구 큰소린구. 해 보구 말구 나중에 뉘우치지나 말게."

벌써 피차에 감출 것이 없어 속뜻과 싸움은 노골적으로 드러나게 되었다.

"뉘우칠 것두 없구 겁날 것두 없다. 무슨 술책을 써서든지 할 대루 해 바라."

면장은 붉은 낯에 입술은 푸르면서 육심이 부르르 떨렸다.

"이 사람 어둡기두 하다. 일이 벌써 어떻게 된 줄두 모르구 큰소리만 탕탕하니."

"고얀 것들. 이러자구 사람을 불러냈어? 같지 않은 것들."

차려진 술잔을 밀쳐버리고 면장은 성큼 자리를 일어섰다. 면장은 유들유들한 웃음소리가 터지자 참을 수 없는 노염에 술상을 발로 차버리고 문 밖으로 뛰어나갔다. 통쾌하다는 듯이 계획은 거의 다 성사되었다는 듯이 형태는 눈초리를 지그시 주름잡고 구장을 바라보면서 한바탕 웃음을 쳤다.

면장 운동에는 차차 성공하여 가는 형태지만 속은 늘 심화가 나고 찌부둥하여서 변괴가 있은 후로는 아직 한 번도 서울집에는 들어가지 않고 큰집이 아니면 거리에서 밤을 지내오는 것이었다.

은근히 기뻐하는 것은 큰댁이어서 아들이 앓아 누운 것을 보며 뼈가 아프기는 하였으나, 그러나 그것을 한 기회 삼아 한편 남편의 마음을 돌리기에 애쓰고 밖에 나가서는 일방 앓아 누운 서울집에 치성을 드리기가 날마다의 행사였다. 속히 일어나라는 치성이 아니라 그대로 슬며시 가버리라는 치성이었다.

밤은 어둑어둑만 해지면 남편 몰래 새옹에 메를 짓고 맑은 물을 떠가지고는 뒷동산 고목나무 아래나 성황 숲이나 개울가에 나가서 염라대왕에게 손을 모으고 비는 것이었다. 산귀신, 물귀신, 불귀신 귀신의 이름을 모조리 외우며 치마 틈에 만들어 넣었던 손각시를 불에도 사르고 물에도 띄우고 땅에 묻고 하여 은근히 서울집의 앞길을 저주하였다.

원래 강릉집 때부터 치성을 즐겨하여 강릉집이 기어이 실족이 된 것은 온전히 치성 덕이라고 생각하였다. 서울집이 오면서부터는 더욱 심하여서 어떤 때에는 오십 리나 되는 오대산에 가서 고산치성도 드렸고, 내려오던 길에 월정사에 들러 연꽃치성도 드렸다. 이번에 서울집에 변괴도 재수의 허물로는 돌리지 않고 치성 덕으로 서울집에게로 내려진 천벌이라고 생각하였다. 내친 걸음에 서울집을 영영 없애 달라는 것이 치성할 때마다의 절실한 원이었다. 형태로서는 치성은 질색이어서 큰댁의 우매한 꼴을 볼 때마다 한바탕 북새를 일으키고야 말았다.

재수가 자리에서 일어나자 하루 아침 가만히 도망을 간 것은 여름도 한참 짙었을 때 형태의 심중이 가지가지 일에 무덥게 지글지글 끓어 오를 때였다. 한편 걱정되지 않는 바도 아니었으나 차라리 한시름 놓은 것 같아서 시원도 했다. 신통하지도 못한 조합서기쯤 그만두고 멀리 가 버림이 마을 사람들의 기억에서도 사라질 것이요, 차차 죄를 벗는 길도 될 것으로 생각되어서 차라리 한시름 놓는 것 같았다. 다만 걱정되는 것은 불미한 생각을 일으키고 그 어느 구석에 가서 자진이나 하지 않았을까 하는 것이었다.

그날 아침 집안은 요란하게 설레고 마을을 아래위로 훑으면서 헤매었다. 주재소에 수색원까지 내고 들끓었으나 그러나 그렇게까지 걱정할 것이 없는 것은 실상은 재수의 도망은 큰댁의 지시요, 계책이었던 것이다. 그날 새벽 강에 나가 치성을 마친 큰댁은 아들을 속사리재 아래까지 불러내서 등대하고 있다가 강릉서 넘어오는 첫 자동차에 태워서 앞대로 내보낸 것이었다.

거리에서 차를 타면 들키울 것을 염려하여 오릿길이나 멀리 나와 섰던 것이다. 전대 속에 알뜰히 모아두었던 근 백여 소수의 돈을 전대 채로 아들에게 주면서 마을에서 소문이 사라질 때까지 어디든지 앞대로 나가 구경 겸 어느 때까지든지 바람을 쏘이라는 당부를 거듭하면서 운

전수가 재촉의 고동을 몇 번이나 울릴 때까지 찻전을 붙들고 서서 눈물 겨운 목소리로 서러워하였다. 그러나 물론 집에 돌아와서는 그런 눈치는 까딱 보이지 않으며 집안 사람에게 휩쓸려 도리어 아들의 간 곳을 걱정하는 모양을 보였다.

재수의 처치가 제물에 된 후에 파였던 형태의 마음 한구석이 파묻힌 것은 사실이었으나 그렇게 되면 서울집의 존재가 머리 속에 더 한층 똑똑하게 떠올랐다.

그러나 그대로 어느 때까지 버려두는 수밖에 별다른 처리의 방책은 없었다. 한 번 흠이 든 것이니 시원히 버려볼까도 생각하였으나 도저히 할 수 없는 노릇임을 깨달았다. 속사리 버덩의 일곱 마지기를 팔아버린 것이 아까워서가 아니라 아무리 흠이 들었다고는 하더라도 아직도 그에게로 쏠리는 정을 끊어버릴 수는 없었다. 정이란 마치 헝클어진 실뭉치 같아서 한쪽을 끊어도 다른 쪽이 매이고 끊은 줄 알았던 줄이 다시 걸리고 하여서 하루 아침에 칼로 베인 듯이 시원히 끊어버릴 수는 없는 노릇이었다.

포악스럽게는 굴었어도 아직도 서울집에 대한 정은 줄줄 헝클어져 그의 마음 갈피에 주체스럽게 걸리고 감기는 것이었다. 그 위에 세월이라는 것은 무서워 처음에는 살인이라도 날 것 같던 것이 차차 분이 사라졌고 봉욕에 치가 떨리고 몸이 화끈 달던 것이 지금은 그것도 차차 식어가서 그대로 가면 가을에 찬바람이 나돌 때까지에는 분도 풀리고 마음도 제대로 가라앉을 것 같았고, 일이 뜻대로 되어 면장으로나 들어앉게 되면 무서운 상처는 완전히 사라질 듯도 하였다. 다만 서울집의 마음이 자기의 마음같이 가라앉고 회복될까 하는 것이 의심이었다.

한때의 실책이었던지 그렇지 않으면 정이 벌어졌던 탓인지 그의 마음을 좀체 들여다볼 수는 없었다. 늘 밖을 그리워하는 눈치를 보아서는 마음속이 심상치 않은 것도 같았기 때문이다. 집에 누운 책 얼굴과 다리의 상처에는 약국에서 가져온 고약을 바르고 일변 보약을 달여 먹도록 시키기만 하고 형태는 아직 한 번도 들여다보지는 않았으나 서울집에 대한 의혹이 생길 때에는 불현듯이 정이 불꽃같이 타오르며 그를 만나고 싶은 생각이 유연히 솟아올랐다. 그럴 때에는 면장 운동보다도 오히려 더 큰 열정이 그를 송두리째 사로잡으며 서울집을 잃는다면 그까짓 면장은 얻어 해 무엇하노 하는 생각조차 들었다.

장미 병들다

장미 병들다

싸움이라는 것을 허다하게 보아왔으나 그렇게도 짧고 어처구니없고—그러면서도 싸움의 진리를 여실하게 드러낸 것은 드물었다. 받고 차고 찢고 고함치고 욕하고 발악하다가 나중에는 피차에 지쳐서 쓰러져버리는—그런 싸움이 아니라 맞고 넘어지고 항복하고—그뿐이었다. 처음도 뒤도 없이 깨끗하고 선명하여서 마치 긴 이야기의 앞뒤를 잘라버린 필름의 몇 토막과도 같이 신선한 인상을 주는 것이었다. 그 신선한 인상이 마치 영화관을 나와 그 길을 지나던 현보와 남죽 두 사람의 발을 문득 머무르게 하였는지도 모른다. 그러나 두 사람이 사람들 속에 한몫 끼어 섰을 때에는 싸움은 벌써 끝물이었다.

영화관, 음식점, 카페, 매약점 등이 어수선하게 즐비하여 있는 뒷거리 저녁 때, 바로 주렴을 드리운 식당 문앞이었다. 그 식당의 쿡으로 보이는 흰 옷에 흰 주발모자를 얹은 두 사람의 싸움이었으나 한 사람은 육중한 장골이요, 한 사람은 까무잡잡한 약질이어서, 하기는 그 체질에 벌써 승패가 달렸던지도 모른다. 대체 무엇이 싸움의 원인이며 원한의 근거였는지는 모르나 하루아침에 문득 생긴 분憤김이 아니요, 오래 두고두고 엉겼던 불만의 화풀이임은 두 사람의 태도로써 족히 추측할 수 있었다. 말로 겨루다 못해 마지막 수단으로 주먹다짐에 맡기게 된 것임은 부락스런 두 사람의 주먹살에 나타났었으니 약질의 살기를 띤 암팡진 공격에 한번 주춤하였던 장골은 곱절의 힘을 주먹에 다져 쥐고 그의 면상을 오달지게 윽박았다.

소리를 치며 뒤로 쓰러지는 바람에 문앞에 세웠던 나무분이 넘어지며 분이 깨뜨러지고 노가지나무가 솟아났다

면상을 손으로 가리어 쥐고 비슬비슬 일어서서 달려들려 할 때 장골의 두 번째 주먹에 다시 무르게도 넘어지고 말았다. 땅 위에 문질러져서 얼굴은 두어 군데 검붉게 피가 배고 두 줄의 코피가 실오리 같은 가느다란 줄을 그으면서 흘렀다. 단번에 혼몽하게 지쳐서 쭉 늘어졌음에도 불구하고 약질은 간신히 몸을 세우고 다시 한 번 개신개신 일어서서 장골에게 몸을 던지다가 장골이 날쌔게 몸을 피하는 바람에 걸어보지도 못한 채 또 나가 쓰러지고 말았다.

한참이나 죽은 듯이 고요한 속에서 코만 흑흑 울리더니 마른 땅에는 금시에 피가 흘러 넓게 퍼지기 시작하였다.

"졌다!"

짧게 한마디—그러나 분한 듯이 외쳤으니 그것으로 싸움은 끝난 셈이었다.

"항복이냐?"

장골은 늠실도 하지 않고 마치 그 벅찬 힘과 마음에 티끌만큼의 영향도 받지 않은 듯이 유들유들하게 적수를 내려다보았다.

"힘이 부쳐 그렇지, 그리 쉽게 항복이야 하겠나."

"뼈다구에 힘 좀 맺히거든 다시 덤비렴."

"아무렴, 그때까지 네 목숨 하나 살려둔다."

의젓하고 유유하게 대꾸하면서 약질이 피투성이의 얼굴을 넌지시 쳐들었을 때 현보는 그 끔찍한 꼴에 소름이 끼쳐서 모르는 결에 남죽의

소매를 끌었다. 남죽도 현장에서 얼굴을 피하며 재촉을 기다릴 겨를없이 급히 발을 돌렸다. 한참 동안 말이 없었다. 우연히 목도하게 된 그 돌연한 장면에서 받은 감격이 너무도 컸다.

강하고 약하고, 이기고 지고—이 두 길뿐. 지극히 간단하다. 강약이 부동으로 억센 장골 앞에서는 약질은 욕을 보고 그 자리에 폭삭 쓰러져 버리는 그 한 장의 싸움 속에서 우연히 시대를 들여다본 듯하여서 너무도 짙은 암시에 현보는 마음이 얼떨떨하였다. 흡사 약질같이 자기도 호되게 얻어맞고 피를 흘리며 쓰러져 있는 듯도 한 실감이 전신을 저리게 흘렀다.

"영화의 한 토막과도 같이 아름답지 않아요? 슬프지 않아요?"

역시 그 장면에서 받은 감동을 말하는 남죽의 눈에는 눈물이 어리어 보였다. 아름답다는 것은 패한 편을 동정함일까? 아름다운 까닭에 슬프고 슬프리만큼 아름다운 것—눈물까지 흘리게 한 것은 별수 없이 그나 누구나가 처하여 있는 현대의 의식에서 온 것임을 생각하면서 현보는 남죽을 뒤세우고 거릿목 찻집 문을 밀었다.

차를 청해 마실 때까지도 현보와 남죽은 그 싸움의 감동이 좀체 사라지지 않아서 피차에 별로 말도 없었다. 불쾌하다느니보다는 슬픈 인상이었다.

슬픔으로 인하여 아름다운 것이었음을 남죽과 같이 현보도 느끼게 되었다. 그렇게까지 신경을 민첩하게 일으켜 세우게 된 것은 잠깐 보고 나온 영화 때문이었던지도 모른다. 영화관에는 마침 '목격자'가 걸려 있어서 우연히 보게 된 그 아름다운 한 편이 장면장면 남죽을 울렸다.

전체로 슬픈 이야기였으나 가련한 주인공의 운명과 애잔한 여주인공의 자태가 한층 마음을 찔렀다. 억울한 혐의로 아버지를 여읜 어린 자식을 데리고 늙은 어머니가 어둡고 처량한 저녁에 무덤 쪽을 바라보는 장면과, 흐린 저녁 때의 빈민가 다리 아래 장면과는 금시에 눈물을 솟게 하였다.

다리 아래 장면에서는 거지의 자동풍금 소리에 집집에서 뛰어나온 가난한 구민들이 그 슬픈 음악에 맞추어 춤을 추기 시작하였다. 요란한 소리를 듣고 순검이 달려와서 춤을 금하고 사람들을 헤칠 때 억울한 혐의로 아버지를 재판한 늙은 검사는 양심의 가책을 조금이라도 덜려고 가난한 사람들을 위해 항의를 하나 용납되지 못하고 사람들은 하는 수 없이 비슬비슬 그 자리를 헤어진다. 그 웅성거리는 측은한 꼴들이 실감을 가지고 가슴을 죄었다. 어두운 속에서 남죽은 흐르는 눈물을 손수건으로 몇 번이고 훔쳐냈다. 눈물로 부덕부덕한 얼굴을 가지고 거리에 나오자 당면하게 된 것이 싸움의 장면이었다. 여러 가지의 감동이 한데 합쳐서 새 눈물을 자아내게 한 것이다.

하기는 남죽들의 현재의 형편, 그것이 벌써 눈물 이상의 것이기는 하다. 두 주일 이상을 겪고 가제 나온 것이 불과 며칠 전이었다. 남죽은 현재 초라한 꼴, 빈주머니에 고향에 돌아갈 능력도 없고 그렇다고 다른 도리도 없이 진퇴유곡進退維谷의 처지에 있는 셈이었다. '목격자' 속의 주인공들보다 조금도 나을 것이 없었다. 현보와 막연히 하루를 지우려 영화 구경을 나선 것도 또렷한 지향 없는 닥치는 대로의 길, 그 자리의 뜻이었다. 온전히 그날 그날의 떠도는 부평초요, 키 잃은 배요, 목표 없는 생활이었다.

극단 '문화좌'가 설립되자마자 와해된 것이 두 주일 전이었다. 지방 창립 지방공연이라는 점에 중점을 두려고 일부러 서울을 떠나 지방의 도회로 내려와 기폭을 든 것이었으나 그것이 도리어 화되어 엄격한 수준에 걸린 것이었다.

인원을 짜고 각본을 선택하고 모든 준비를 마친 후 첫째 공연을 내려왔던 것이 그렇다할 이유 없이 의외에도 거슬리는 바 되어 한꺼번에 몰아가 버렸다. 거듭 돌아보아야 그럴 만한 원인은 없었고 다만 첩첩한 시대의 구름의 탓임이 짐작될 뿐이었다.

각본을 맡은 현보는 고향이 바로 그곳인 탓인지 의외에도 속히 놓이게 되고 뒤를 이어 남죽 또한 수월하게 풀리게 되었으나 나머지 인원들은 자본을 댄 민삼, 연출을 맡은 인수, 배우인 학준, 그 외 몇몇은 아직도 날이 먼 듯하였다. 먼저 나오기는 하였으나 현보와 남죽은 남은 동무들을 생각하고 또 한 가지 자신들의 신세를 돌아보고 우울하기 짝없었다. 하는 노릇 없이 허구한 날 거리를 헤매는 수밖에 없던 현보와 역시 별 목표 없이 유행가수를 지원해 보았다 배우로 돌아서 보았다 하던 남죽에게 극단의 설립은 한 희망이요, 자극이어서 별안간 보람 있는 길을 찾은 듯도 하여 마음이 뛰고 흥이 나는 것이 의외의 타격에 기를 꺾이우고 나니 도로 제자리에 주저앉은 셈이었다.

파랗게 우러러보이던 하늘이 조각조각 부서져버리고 다시 어두운 구렁텅이로 밀려 빠진 격이었다.

현보의 창작 각본 〈헐어진 무대〉와 오닐의 번역극 〈고래〉의 한 막이 상연 예정이어서 남죽은 그 두 각본의 여주인공의 역할을 자기의 비위에 맞는 것으로 그지없이 사랑하였다. 예술적 흥분 외에 또 한 가지의 기쁨은 그런 줄 모르고 내려왔던 길에 구면인 현보를 칠 년 만에 뜻밖에 다시 만나게 된 것이었다. 이 기우는 현보에게도 물론 큰 놀람이자 기쁨이었다.

극단의 주무主務를 보게 된 민삼이 서울서 적어 내려 보낸 인원의 열 명 속에 여배우 혜련의 이름을 발견하고 현보는 자기 작품의 주연을 맡은 그 여배우가 대체 어떤 인물일꼬 하고 호기심이 일어났을 뿐 무심히 덮어두었던 것이 막상 일행이 내려와 처음으로 상면하게 되었을 때 그가 바로 남죽임을 알고 어지간히 놀랐던 깃이다. 헤런온 여배우로서의 예명이었다. 칠 년 전에 알고는 그 후 까딱 소식을 몰랐던 남죽은 그런 경우 그런 꼴로 우연히 만나게 될 줄야 피차에 짐작도 못 하였던 것이다.

지난날을 돌아보면서 그날 밤 둘은 끝없는 이야기와 추억에 잠겼다. 서울서 학교에 다닐 때 우연히 세죽 남죽 자매를 알게 된 것은 그들이 경영하여 가는 책점 대중원에 출입하게 된 때부터였다. 대중원은 세죽이 단독 경영하여 가는 것이었고 남죽은 당시 여학교에서 공부하는 몸으로 형의 가게에 기식寄食하고 있는 셈이었다. 세죽의 남편이 사건으로 들어가기 전에 뒷일을 예료하고 가족들의 호구지책으로 미리 벌인 것이 소규모의 책점 대중원이었다. 남편의 놓일 날을 몇 해고 간에 기다려 가면서 세죽은 적막한 홀몸으로 가게를 알뜰히 보면서 어린것과 동생 남죽의 시중을 지성껏 들었었다.

남죽은 어린 나이에도 철이 들어서 가게에 벌여 놓은 진보적 서적을 모조리 읽은 나머지 마지막 학년 때에는 오달지게도 학교에 일어난 사건을 지도하다가 실패한 끝에 쫓겨나고 말았다. 학업을 이루지도 못한 채 고향에 내려갈 수도 없어 그 후로는 별수 없이 가게 일을 도울 뿐, 건둥건둥 날을 지우는 수밖에는 없었다.

소설을 닥치는 대로 읽어대고 아름다운 목청을 놓아 노래를 불러 대곤 하였다. 목소리를 닦아서 나중에 성악가가 되어볼까도 생각하고, 얼굴의 윤곽이 어글어글한 것을 자랑삼아 영화배우로 나갈까도 꿈꾸었다. 그 시기의 그를 꾸준히 관찰할 수 있는 기회를 가졌던 현보는 그 남다른 환경에서 자라 가는 늠출한 처녀의 자태 속에 물론 시대적 열정과 생장도 보았으나 더 많이 아름다운 감상과 애끓는 꿈을 엿보았던 것이다. 단발한 머리를 부수수 헤뜨리고 밋밋하고 건강한 육체로 고운 멜로디를 읊조릴 때에는 그의 몸 그대로가 구석구석에 아름다운 꿈을 함빡 머금은 흐뭇한 꽃이었다. 건강한, 그러나 상하기 쉬운 한 송이의 꽃이었다.

참으로 아담한 꽃을 보는 심사로 현보는 남죽을 보아왔다. 그러나 현보가 학교를 마치고 서울을 떠날 때가 그들과의 접촉의 마지막이었으니 동경에 건너가 몇 해를 군 뒤 고향에 나와 일없이 지내게 된 전후 칠 년 동안 다만 책점 대중원이 없어졌다는 소문을 풍편風便에 들었을 뿐이지, 그 뒤 그들이 고향인 관북으로 내려갔는지 어쨌는지, 남죽과 세죽의 소식은 생각해 보지도 못했고 미처 생각에 떠오르지도 않았다. 그만한 여유조차 없는 것은 다른 사람의 생각은커녕 자신의 생활이 눈앞에 가로막히게 되었고, 무엇보다도 현대인으로서의 자기 개인에 대한 생각이 줄을 찾기 어렵게 갈피갈피로 찢어졌다 갈라졌다 하여 뒤섞이는 까닭이었다. 칠 년 후에 우연히 만나고 보니 시대의 파도에 농락되어 꿈은 조각조각 사라지고 피차에 그 꼴이었다. 하기는 그나마 무대 배우로 나타난 남죽의 자태에 옛 꿈의 한 조각이 아직도 간당간당 달려 있는 셈인지도 모르나 아담하던 꽃은 벌써 좀먹기 시작한 그 어디인지 휘줄그러진 한 송이임을 현보는 또렷이 느꼈다.

시간을 보고 찻집을 나와 현보는 남죽을 데리고 큰거리 백화점으로 향하였다. 준구와 만나자는 약속이었다. 가난한 교원을 졸라댐은 마치 벼룩의 피를 긁어 내려는 격이었으나 그러나 현보로서는 가장 가까운 동무이므로 준구에게 터놓고 남죽의 여비의 주선을 비추어 둔 것이었다.

남죽에게는 지금 '살까 죽을까 문제'가 아니라 〈목격자〉 속의 빈민들에게 거리의 음악이 필요하듯이 고향으로 내려갈 여비가 필요하였다. 꿈의 마지막 조각까지 부서져버린 이세 별수 없이 고향으로 내려가 몸도 쉬이고 마음도 가다듬는 수밖에는 없었다. 고향은 넓은 수성평야의 한가운데여서 거기에서는 형 세죽이 밭을 가꾸고 염소를 기르고 있다는 것이었다. 남편이 한 번 놓았다 재차 들어가게 된 후 세죽은 이번에는 고향에다 편편하게 자리를 잡고 책점冊店 대신에 평야의 한복판에서 염소를 기르게 되었다는 것이다. 도회에 지친 남죽에게는 지금 무엇보다도 염소의 젖이 그리웠다. 염소의 젖을 벌떡벌떡 마시고 기운차게 소생됨이 한 가지의 원이었다.

몇십 원의 노자쯤을 동무에게까지 빌리기가 현보로서는 보람 없는 노릇이었으나 늘 메말라서 누런 '현대의 악마' 와는 인연이 먼 그로서는 하는 수 없는 것이었다. 찻집이라도 경영해 볼까 하다가 아버지에게 호통을 들은 후부터는 돈을 타 쓰기도 불쾌하여서 주머니에는 차 한잔 값조차 동떨어질 때가 있었다. 누구나 다 말하기를 꺼려하고 적어도 초연한 듯이 보이려고 하는 '돈' 의 명제가 요사이 와서는 말하기 부끄러우리만치 자나깨나 현보의 머리를 차지하게 되었다. 그 '악마' 에 대한 절실한 인식은 일종의 용기를 낳아서 부끄러울 것 없이 준구에게 여비 일건을 부탁하고 남죽에게는 고향 언니에게도 간청의 편지를 내도록 천연스럽게 일렀던 것이다. 그러나 막상 휘줄그레한 포라 양복에 땀에 전 모자를 쓴 가련한 그를 대하였을 때 현보는 준구에게 그것을 부탁하였던 것을 일순 뉘우쳤다. 휘답답한 그의 꼴이 자기의 꼴과 매일반임을 보았던 까닭이다. 그래도 의젓한 걸음으로 층계를 걸어올라 식당에 들어가 두 사람에게 자리를 권하고 음식을 분부하고 난 후, 준구는 손수건을 내서 꺼릴 것 없이 얼굴과 가슴의 땀을 한바탕 훔쳐냈다.

"양해하게. 집에는 아이들이 들끓구 아내는 만삭이 되어서 배가 태산

같은데두 아직 산파도 못 댔네. 다달이 빚쟁이들은 한 두름씩 문간에 와서 왕머구리같이 와글와글 짖어대구…… 어쩌다가 이렇게 됐는지 이제는 벌써 자살의 길밖에는 눈앞에 보이는 것이 없네…… 별수 있던가. 또 교장에게 구구히 사정을 하구 한 장을 간신히 돌려 왔네. 약소해서 미안하나 보태 쓰도록이나 하게."

봉투에 넣고말고 풀없이 구겨진 지전 한 장을 주머니에서 불쑥 집어내서 현보의 손에 쥐어주는 것이다. 현보는 불현듯이 가슴이 찌르르하고 눈시울이 뜨거웠다. 손 안에 남은 부풀어진 지전과 땀 밴 동무의 손의 체온에 찐득한 우정이 친친 얽혀서 불시에 가슴을 조인 것이다. 남죽은 새삼스럽게 고맙다는 뜻을 표하기도 겸연쩍어서 똑바로 그를 바라보지도 못하고 시선을 식탁 위에 떨어뜨린 채 손가락으로 머리카락을 오리오리 매만질 뿐이었다. 낯이 익지도 못한 여자의 앞에서까지 가리울 것 없이 집안 사정 이야기를 터놓고 하지 않으면 안 되는 가난한 시민의 자태가 딱하고 측은하고 용감하여서—그 순간, 그 자리에서 살며시 꺼지고도 싶은 무거운 좌중의 기분이었다.

거리에 나와 준구와 작별한 뒤까지도 현보들은 심사가 몹시 울가망하였다. 현보는 집에 돌아가기가 울적하고 남죽 또한 답답한 숙소에 일찍 들어가기가 싫어서 대중없이 밤거리를 거닐기 시작하였다. 동무가 일껏 구해 준 땀내 나는 돈을 도로 돌릴 수도 없어 그대로 지니기는 하였으나 갖출 것도 있고 하여 여비로는 적어도 그 다섯 곱절이 소용이었다. 현보는 다른 방법을 생각하기로 하고 그 한 장 돈의 운명을 온전히 그날 밤의 발길의 지향에 맡기기로 하였다.

레코드나 걸고 폭스 트롯이나 마음껏 추어보았으면 하는 것이 남죽의 청이었으나 거리에는 춤을 출 만한 곳이 없고 현보 자신 춤을 모르는 까닭에 뒷골목을 거닐다가 결국 조촐한 바에 들어갔다. 솔내 나는 진을 남죽은 사양하지 않고 몇 잔이고 기듭 마셨다. 어느 결에 주량조차 그렇게 늘었나 하고 현보는 놀라고 탄복하였다. 제법 술자리를 잡고 얼굴을 붉게 물들이고 뭇 사내의 시선 속에서 어울려 나가는 솜씨는 상당한 것으로 보였다.

술이 어지간히 돌았는지 체면불구하고 레코드에 맞추어 몸을 으쓱거리더니 나중에는 자리를 일어서서 춤의 자세를 하고 발끝으로 달가닥 달가닥 춤을 추는 것이었다.

현보 역시 취흥을 못 이겨 군이 그를 말리지 않고 현혹한 눈으로 도리어 그의 신기한 재주를 바라볼 뿐이었다. 술은 요술쟁이인지 혹은 춤추는 세상의 도덕은 원래 허랑한 것인지 이해하기 어려운 것은 맞은편 자리에 앉았던, 아까 남죽의 귀에다 귓속말로 거리의 부랑자 백만장자의 아들이라고 가르쳐주었던 그 사나이가 성큼 일어서서 남죽에게 춤을 청하는 것이었고, 더 이상한 것은 남죽이 즉시 응하여 팔을 겨르고 스텝을 밟기 시작한 것이다. 그것이 춤의 도덕인가보다고만 하고 현보는 웃는 낯으로 한참이나 바라보고 있었으나, 손님들의 비난의 소리 속에서 별안간 여급이 달려와서 춤은 금물이라고 질색하고 두 사람을 가르는 바람에 현보는 문득 정신이 들면서 이 난잡한 꼴에 새삼스럽게 눈쌀이 찌푸려졌다. 남죽의 취중의 행동도 지나쳐 허랑한 것이었으나 별안간 나타난 부랑자의 유들유들한 심보가 불현듯이 쾌씸하게 느껴져서 주위에 대한 체면과 불쾌한 생각에 책임상 비틀거리는 남죽의 팔을 끌고 즉시 그 자리를 나와버렸다. 쓸데없이 허튼 곳에 그를 끌어온 것이 뉘우쳐도 져서 분이 좀체 가라앉지 않았다.

"아무리 부랑자기로 생면부지에 소락소락― 안된 녀석."

"노여워하실 것 없는 것이 춤추는 사람끼리는 춤을 청하는 것이 모욕이 아니라 도리어 존경의 뜻인걸요. 제법 춤의 격식이 익숙하던데요."

남죽의 항의에는 한마디도 대꾸할 바를 몰랐으나 그러면 그 괘씸한 심사는 질투에서 나온 것이었던가? 그렇다면 남죽을 얼마나 사랑하고 있는 셈인가 하고 현보는 자신의 마음을 가지가지로 의심하여 보았다.

"……참기 싫어요, 견딜 수 없어요—죄수같이 이 벽 속에만 갇혀 있기가. 어서 데려다주세요, 데이비드. 이곳을 나갈 수 없으면, 이 무서운 배에서 나갈 수 없으면 금방 미칠 것두 같아요. 집에 데려다주세요, 데이비드. 벌써 아무것두 생각할 수 없어요. 추위와 침묵이 머리를 가위같이 누르는걸요. 무서워. 얼른 집에 데려다주세요."

남죽은 남죽으로서 딴소리를—듣고 보니 오늘의 〈고래〉의 구절구절을 아직도 취흥에 겨운 목소리로 대로상에서 마치 무대에서와 같은 감정으로 외치는 것이었다. 북극 해상에서 애니가 남편인 선장에게 애원하고 호소하는 그 소리는 그대로가 바로 남죽 자신의 절실한 하소연이기도 하였다.

"……이런 생활은 나를 죽여요—이 추위, 무섬. 공기가 나를 협박해요—이 적막. 가는 날 오는 날 허구한 날 똑같은 회색 하늘. 참을 수 없어요. 미치겠어요. 미치는 것이 손에 잡힐 듯이 알려요. 나를 사랑하거든 제발 집에 데려다주세요. 원이에요. 데려다주세요……."

이튿날은 또 하루 목표 없는 지난날의 연속이었다.

간밤의 무거운 기억도 있고 남죽에게 대한 말끔하게 청산하지 못한 뒤를 끄는 감정도 남아 있고 하여 현보는 오후도 훨씬 늦어서 남죽을 찾았다. 아직도 눈알이 붉고 정신이 개운하지 못한 남죽의 청을 들어 소풍 겸 강으로 나갔다.

서선지방의 그 도회는 산도 아름다우려니와 물의 고을이어서 여름

한철이면 강 위에는 배가 흔하게 떴다. 나룻배, 고깃배, 석탄배 외에 지붕을 딩그렇게 단 놀잇배와 보드와 모터보드가 킹 위를 촘촘하게 덮었다. 놀잇배에서는 노래가 흐르고 춤이 보여서 무르녹은 나무 그림자를 띄운 고요한 강 위는 즐거운 유원지로 변한다. 산 너머 저편은 바로 도회에서 생활과 싸움으로 들복닥거리건만 산 건너 이편은 그와는 별세상인 양 웃음과 노래와 흥이 지천으로 물 위를 흘렀다.

현보와 남죽도 보트를 세내서 타고 그 속에 한몫 섞이니 시원한 물세상 사람이 된 듯도 싶었다. 백양나무가 늘어선 위로 흰 구름이 뭉실뭉실 떠서 강 위에서는 능라도 일대의 풍경이 가장 아름다웠다. 현보는 손수 노를 저으면서 물결을 거슬러 올라가 섬께로 향하였다. 속을 헤아릴 수 없는 푸른 물결이 뱃전을 찰싹찰싹 쳤다.

"언니에게서 편지가 왔는데…… 요새는 염소 젖두 적구 그렇게 쉽게 노자를 구할 수 없다나요."

남죽은 소매 속에서 집어낸 편지를 봉투째 서너 조각으로 쭉쭉 찢더니 물 위에 살며시 띄웠다. 별로 언니를 원망하는 표정도 아니요, 다만 침착한 한마디의 보고였다.

"며칠 동안 카페에 들어가 여급 노릇이나 해서 돈을 벌어볼까요?"

이 역 원망의 소리가 아니고 침착한 농담으로 들리기는 하였으나 그 어디인지 자포자기의 기색이 보이지 않는 것도 아니었다.

"차차 무슨 방법이든지 있을 텐데 무얼 그리 조급하게 군단 말요."

현보는 당치않은 생각은 당초에 말살시켜 버리려는 듯이 어세語勢가 급하고 퉁명스러웠다. 그러나 고향을 그리는 남죽의 원은 한결같이 절실하였다.

"어둠 속에 갇혀 있으면 추억조차 흐려지나 봐요. 벌써 머언 옛일 같어요……. 지금은 유월, 라일락이 뜰 앞에 한창이고 담 위 장미는 벌써 봉오리가 앉았을걸요."

이것은 남죽이 늘 즐겨서 외는 〈고래〉 속의 한 구절이었으나 남죽의 대사는 이것으로서 그치는 것이 아니었다. 물 위에 둥둥 떠서 멀리 사라지는 찢어진 편지 조각을 바라보며 남죽의 고향을 그리는 정은 줄기줄기 면면하였다.

"솔골서 시작해서 바다 있는 쪽으로 평야를 꿰뚫은 흰 방축이 바로 마을 앞을 높게 내닫고 있어요. 방축이라니 그렇게 긴 방축이 어디 있겠어요. 포플러 나무가 모여 서고 국제 열차가 갈리는 정거장 근처를 지나 바다까지 근 십 리 장간을 일직선으로 뻗쳤는데 인도교와 철교 사이를 거닐기에두 이십 분이나 걸려요. 물 한 방울 없는 모래 개천을 끼고 내달은 넓은 둑은 희고 곧고 깨끗해서 마치 푸른 풀밭에 백묵으로 무한대의 일직선을 그은 것두 같고, 둑 양편으로 잔디가 깔린 속에 쑥이 나고 패랭이꽃이 피어서 저녁해가 짜링짜링 쪼이면 메뚜기와 찌르레기가 처량하게 울지요. 풀밭에는 소가 누운 위로 이름 모를 새가 풀 위를 스치면서 얕게 날고 마을로 향한 쪽에는 조, 수수, 옥수수밭이 연하여서 일하는 처녀 아이가 두어 사람씩은 보이죠. 여름 한철이면 조카 아이와 같이 염소를 끌고 그 둑 위를 거닐면서 세월 없이 풀을 먹여요. 항구를 떠난 국제 열차가 산모퉁이를 돌아 기적 소리가 길게 벌판을 울려올 때, 풀 먹던 염소는 문득 뿔을 세우고 수염을 드리우고 에헤헤헤헤헤 하고 새침하게 한바탕 울어대곤 해요. 마을 앞의 그 둑을―고향의 그 벌판을―나는 얼마나 사랑하는지 몰라요. 그리운지 모르겠어요."

남죽의 장황한 고향의 묘사는 무대 위에서와는 또 다르게 고요한 강물 위를 자유롭게 흘러내렸다. 놀잇배에서 흘러나오는 레코드의 음악이 속된 유행가가 아니고 만약 교향악의 반주였던들 남죽의 대사는 마디마디 아름다운 전원교향악으로 들렸을 것이다. 그의 '전원교향악'에 취하였던 것은 아니나 그의 고향에 대한—적어도 현재 이외의 생활에 대한 그리운 정이 일마나 간절한가를 느끼며 현보는 속히 여비를 구해야 할 것을 절실히 생각하면서 능라도와 반월도 사이의 여울로 배를 저어 올렸다. 얕아는 졌으나 센 물살을 거슬러 저으면서 섬에 오를 만한 알맞은 물기슭을 찾았다.

"첫 가을이면 송이의 시절…… 좀 있으면 솔골로 풋송이 따러 가는 마을 사람들이 둑 위를 희끗희끗 올라가기 시작하겠어요. 봉곳이 흙을 떠받들고 올라오는 송이를 찾아 비칠 때의 기쁨! 바구니에 듬짓하게 따 가지고 식구들과 함께 둑길을 걸어내려올 때면 송이의 향기가 전신에 흠뻑 배지요. 풋송이의 향기…… 〈고래〉 속의 라일락의 향기 이상으로 제겐 그리운 것이에요."

듣는 동안에 보지 못한 곳이건만 현보에게도 그의 말하는 고향이 한없이 그리운 것으로 생각되었다. 모랫바닥이 보이는 강가로 배를 몰아 놓고 섬기슭을 잡으려 할 때. 배가 몹시 요동하는 바람에 꿈에 잠겼던 남죽은 금시에 정신이 깬 모양이었다. 백양나무가 늘어선 사이로 새풀이 우거져서 섬 속은 단걸음에 뛰어들어가고도 싶게 온통 푸르게 엿보였다. 발을 벗고 물속을 걷기도 귀치 않아서 남죽은 뱃전에 올라서서 한걸음에 기슭까지 뛰어 건너려 하였다. 뒤뚝거리는 배를 현보가 뒤에서 붙들기는 하였으나 원체 물의 거리가 먼데다가 남죽은 못 미치는 다리에 풀뿌리를 밟은 까닭에 껑청 발을 건너자 배가 급각도로 기울어지며 현보가 위태하다고 느꼈을 순간 풀뿌리에서 미끄러지며 볼 동안에 전신을 물속에 채워버렸다. 현보가 즉시 신발째로 뛰어들어 그의 몸을 붙들어 일으키기는 하였으나 전신은 물에 빠진 쥐였다. 팔에 걸린 몸이 빨랫짐같이도 차고 무거웠다.

하루의 작정이 흐려지고 섬의 행락이 틀어졌다. 소풍이 지나쳐 목욕이 된 셈이나 물에 빠진 꼴로는 사람들 숲에 섞일 수도 없어 두 사람은 외따로 떨어져 섬 속의 양지를 찾았다. 사람들이 엿보지 못하는 호젓한 외딴 곳에서 젖은 옷을 대충 말리는 수밖에는 없었다. 현보는 신과 바지를 벗어서 널고 남죽은 속옷만을 남기고 치마 저고리를 벗어서 양지쪽 풀 위에 펴놓았다. 차라리 해수욕복이나 입었던들 피차에 과히 야릇한 꼴들은 아니었을 것이나 옷을 반씩들 벗은 이지러진 자태―마치 꼬리와 죽지를 뽑히고 물벼락을 맞은 자웅의 닭과도 같은 허수한 꼴들은 한층 우스운 것이었다. 더구나 팔다리와 어깨를 온전히 드러내고 젖어서 몸에 붙은 속옷바람으로 풀밭에 선 남죽의 꼴은 더욱 보기 딱한 것이어서 그 자신은 그다지 스러워 여기지 않음에도 현보는 똑바로 보기 어려워 자주 외면하지 않을 수 없었다.

별수 없이 그 꼴 그대로 틀어진 반날을 옷 말리기에 허비하고 해가 진 후 채 마르지도 못한 축축한 옷을 떨쳐 입고 다시 배를 젓고 내려올 때, 두 사람은 불시에 마주 보고 껄껄껄 웃어댔다.

하루의 이지러진 희극을 즐겁게 끝막으려는 듯 웃음소리는 고요한 저녁 강 위에 낭랑하게 퍼졌다.

그 꼴로 혼자 돌려보내기가 가여워서 현보는 그 길로 남죽의 숙소에 들른 채 처음으로 밤이 이슥할 때까지 같이 지내게 되었다. 뜻 속의 것이었든지 혹은 뜻 밖의 것이었든지 그날 밤 현보는 또한 남죽과 모든 열정을 주고받았다. 그것은 반드시 한쪽만의 치우친 감정의 발작이 아니라 피차의 똑같은 감정의, 말하자면 공동합작이었으며 그 감정 또한 우연한 돌발적인 것이 아니요 참으로 칠 년 전부터 내려오는 묵고 익은 감정의 합류였다. 늦은 밤거리에 나왔을 때 현보는 찬란한 세상을 겪은 뒤의 커다란 피곤을 일시에 느꼈다.

일이 일인 만큼 큰 경험 후에 오는 하루를 현보는 집에 묻힌 채 가지 가지 생각에 잠겼다. 묵은 감정의 합류리고는 하더라도 하필 그 시간에 폭발된 것은 이때까지 피차에 감정을 감추고 시험해 왔던 까닭일까, 그런 감정에는 반드시 기회라는 것이 필요한 탓일까 생각하였다. 결국 장구한 시기를 두었다가 알맞은 때를 가늠 보아 피차에 훔쳐낸 감정에 지나지 않았다. 사랑이라기에는 너무도 어처구니없는 것인지는 모르나 그러나 사랑이 아니라고 할 수도 없는 것이, 비록 미래의 계획이 없는 한 막의 애욕극이었다고는 하더라도 거기에 이르기까지는 오랜 시간의 양해가 있었던 것이라고 생각하였다. 남죽의 마음 또한 그러려니는 생각하면서도 현보는 한편 남자된 욕심으로 남죽의 허랑한 감정을 의심도 하여 보았다. 대체 지난 칠 년 동안의 그에게는 완전히 괄호 안의 비밀인 남죽의 생활이 어떤 내용의 것이었을까 하는 것이었다. 그에게 있어서 간간이 생리의 정리가 필요하듯이 남죽에게도 그것이 필요하지 않았을까?

혹은 한번쯤은 결혼까지 하였다가 실패하였는지도 모르며—더 가깝게 가령 그와 다시 만나기 전에 친히 지냈던 민삼과는 깊은 관계가 없었을까 하는 생각이 갈피갈피 들었으나 돌이켜보면 그렇게 그의 결벽하기를 원하는 것은 순전히 자기 자신의 지나친 욕심이며 그것을 희망할 자격은 자기에게는 없다는 것을 느끼게 되었다. 괄호 안의 비밀, 그의 눈에 비치지 않은 부분의 생활은 그의 관계할 바 아니며 다만 그로서는 그에게 보여준 애정만을 달게 여기면 족한 것이라고 결론하면서 그의 애정을 너그럽게 해석하려고 하였다.

값으로 산 애정은 아니었으나 남죽의 처지가 협착한 만큼 현보는 애정에 대한 일종의 책임을 느껴서 그의 여비 일건을 더욱 절실히 생각하게 되었다.

그를 오래도록 붙들어둘 수 없는 이상 원대로 하루라도 속히 고향에 돌려보내는 것이 애정의 의무일 것같이 생각되었다.

　여비를 갖춘 후에 떳떳이 만날 생각으로 그 밤 이후 며칠 동안은 남죽을 찾지 않았다. 여비를 갖춘대야 생판 날탕인 현보에게 버젓한 도리가 있을 리는 없었다. 이미 친한 동무 준구에게 한 번 청을 걸어 여의치 못한 이상 다시 말해 볼 만한 알맞은 동무는 없었으며 그렇다고 그의 일신에 돈으로 바꿀 만한 귀중한 물건을 지닌 것도 아니었다. 옳은 길이라고는 생각지 않았으나 별수 없이 남은 한 길을 취할 수밖에는 없었다. 진종일을 노리다가 사랑 문갑에서 예금통장을 집어내기에 성공하였던 것이다. 은행과 조합의 통장이 허다한 속에서 우편예금 통장을 손쉽게 집어내서 도장까지 위조하여 소용의 금액을 감쪽같이 찾아내기는 하였으나 빽빽한 주의 아래에서 그것에 성공하기에는 온 이틀을 허비하였다. 가정에 대한 그 불측한 반역이 마음을 괴롭히지 않는 바도 아니었으나 그만한 희생쯤은 이루어진 애정에 대한 정성과 봉사의 생각으로 닦아버리려고 생각하였던 것이다.

　그 밤 이후 처음으로 만나는데 소용의 금액을 넌지시 내놓음이 받은 애정의 대상을 갚는 것도 같아서 겸연쩍기는 하였으나, 그러나 한편 돈을 가진 마음은 즐겁고 넉넉하였다. 마음도 가뿐하고 걸음도 시원스럽게 현보는 오후는 되어서 남죽의 여관을 찾았다.

　여관 앞은 전체로 감감하고 방에는 남죽의 자태가 보이지 않았다. 원체 아무 세간도 없는 방인 까닭에 텅 빈 방 안을 현보는 자세히 살펴볼 것도 없이 문을 닫고 아마도 놀러 나갔으려니 하고 거리로 나왔다. 찻집과 백화점을 한바퀴 돌고는 밤에 다시 찾기로 하고 우선 집으로 돌아왔을 때 뜻밖에 남죽의 엽서가 책상 위에 있었다.

　연필로 적은 사연이 간단하게 읽혔다.

왜 며칠 동안 갔다 오시지 않았어요? 노여운 일 계세요? 여러 날 폐만 끼친 채 여비가 되었기에 즉시로 떠납니다. 아마도 앞으로는 만나 뵙기 조련치 않을 것 같아요. 내내 안녕히 계세요.

남죽 올림

돌연한 보고에 현보는 기를 뽑히고 즉시로 되걸음을 쳐서 여관으로 향하였다.

여러 날 안 왔다고 칭원을 하면서 무슨 까닭에 그렇게도 무심하고 급스럽게 떠나버렸을까? 여비라니 다따가 오십 원의 여비를 대체 어떻게 해서 구하였을까? 짜장 며칠 동안 카페 여급 노릇이라도 한 것일까— 여러 가지로 생각하면서 여관에 이르러 다시 방문을 열어 보았을 때 아까와 마찬가지로 텅 빈 것이었으나 그런 줄 알고 보니 사실 구석에 가방조차 없었다. 경솔한 부주의를 내책하면서 그제야 곡절을 물어보러 안문을 들어서서 주인을 찾았다.

궂은일을 하던 노파는 치맛자락으로 손을 훔치면서 한마디 붙어대고 싶은 듯도 한 눈치로 뜰 안에 나서며 간밤에 부랴부랴 거둬 가지고 떠났다는 소식을 첫마디에 이르고는 뒤슬뒤슬 속 있는 웃음을 띠었다.

"그게 대체 여배우요, 여학생이오? 신식 여자들은 겉만 보군 알 수가 없으니."

무슨 소리를 하려는 수작인고 하고 그다지 반갑지는 않았으나 현보는 잠자코 있을 수만은 없어서,

"여학생으로두 보입디까?"

되려 한마디 반문하였다.

"그럼 여배우군. 어쩐지 행동거지가 보통이 아니야. 아무리 시체 여학생이기루 학생의 처신머리가 그럴까 했더니 그게 여배우구료."

"행동이 어쨌단 말요."

"하긴 여배우는 거반 그렇답디다만."

말이 시끄러워질 눈치여서 현보는 귀찮은 생각에 말머리를 돌렸다.

"식비는 다 치렀나요."

그러나 그 한마디가 도리어 풀숲의 뱀을 쑤신 셈이었다. 노파의 말주머니는 막았던 봇살같이 한꺼번에 터져 나오기 시작하였다.

"식비 여부가 있겠수. 푸른 지전이 지갑 속에 불룩하던데. 수단두 능란은 하련만 백만장자의 자식을 척척 끌어들이는 걸 보문 여간내기가 아닌 한다하는 난꾼입디다. 그런 줄 알구 그랬는지 어쨌는지 아마두 첫눈에 후려댄 눈친데 하룻밤 정을 줘두 부자 자식이 좋기는 좋거든. 맨숭한 날탕이든 것이 하룻밤 새에 지전이 불룩하게 쓸어든단 말요. 격이 되기는 됐어. 하룻밤을 지냈을 뿐 이튿날루 살랑 떠난단 말요."

청천의 벼락이었다. 놀라고 어처구니가 없어서 노파의 입을 쥐어박고도 싶었으나 그러나 실성한 노파가 아닌 이상 거짓말도 아닐 것이어서 현보는 다만 벌렸던 입을 다물 수 없었다.

"백만장자의 자식이라니 누 누구란 말요?"

아마도 말소리가 모르는 결에 떨렸던 성싶다.

"모르시오? 김 장로의 아들 말이외다. 부랑자루 유명한."

현보는 아찔해지며 골이 핑 돌았다. 더 물을 것도 없고 흉측한 노파의 꼴조차가 불현듯이 보기 싫어져서 뒤도 돌아다보지 않고 허둥허둥 여관을 나와버렸다.

'그것이 여비의 출처였던가.'

모르는 결에 입술이 찡그려지며 제 스스로를 비웃는 웃음이 흘러 나왔다. 김 장로의 아들이라면 며칠 전 바에서 돌연히 남죽에게 춤을 청한 놈팡이인데 어느 결에 그렇게 쉽게 교섭이 되었던가. 설사 여비를 구하기 위한 수단이라고 하더라도 어둠의 여자와 다를 바가 무엇인가 생각할 때 무서운 생각에 전신에 소름이 쪽 돋으며 허전허전 꼬이는 다리에 그 자리에 쓰러져 울고도 싶었다.

남죽은 그렇게까지 변하였던가. 과거 칠 년 동안의 괄호 속의 비밀까지가 한꺼번에 눈앞에 보이는 듯하여 현보는 속았다는 생각만이 한결같이 들어 온전히 제정신 없이 거리를 더듬었다.

우울하고 불쾌하고―미칠 듯도 한 며칠이었다. 칠 년 전부터 남죽을 알아온 것을 뉘우치고 극단이고 무엇이고를 조직하려고 한 것조차 원되었다. 속은 것은 비단 마음뿐이 아니고 육체까지임을 알았을 때 현보는 참으로 미칠 듯도 한 심정이었던 것이다.

육체의 일부에 돌연히 변조가 생기기 시작한 것은 다음 날부터였으나 첫경험인 현보는 다따가의 변화에 하늘이 뒤집힌 듯이나 놀랐고, 첫째 그 생리적 고통은 견딜 수 없이 큰 것이었다. 몸에는 추잡한 병증이 생기며 용변할 때의 괴로움이란 살을 찢는 듯도 하여 이루 헤아릴 수 없었다. 세상에서 흔히 말하는 병이 바로 이것인가 보다, 즉시 깨우치기는 하였으나 부끄러운 마음에 대뜸은 병원에도 못 가고 우선 매약점에를 들렀다가 하는 수 없이 그 길로 의사를 찾았다. 진찰의 결과는 예측과 영락없이 들어맞아서 하는 수 없이 의사의 앞에서 눈을 감고 부끄러운 치료를 받기 시작하면서 찡그린 마음속에는 한결같이 남죽의 자태가 떠올랐다.

마음과 몸을 한꺼번에 속인 셈이나 남죽은 대체 그런 줄을 알았던가 몰랐던가. 처음에는 감격하고 고맙게 여겼던 애정이었으나 그렇게 된 결과로 보면 일종의 애욕의 사기로밖에는 생각되지 않았다. 칠팔 년 전 건강하고 아름다운 꿈으로 시작되었던 남죽의 생애가 그렇게 쉽게 병

362

들고 상할 줄은 짐작도 할 수 없었던 것이다. 굳건한 꿈의 주인공이 칠 년 후 한다 하는 밤의 선수로 밀려 떨어질 줄은 생각할 수 없었던 것이다. 아담하던 꽃은 좀이 먹었을 뿐이 아니라 함빡 병들어 상하기 시작하지 않았던가. 책점 대중원 뒷방에서 겨울이면 화롯전을 끼고 앉아서 독서에 열중하다가 이론 투쟁을 한다고 아무나를 붙들고 채 삭이지도 못한 이론으로 함부로 후려대다가는 이튿날로 학교의 사건을 지도한다고는 조금 출출한 동무들이면 모조리 방에 끌어다가는 의론과 토의가 자자하던 칠 년 전의 남죽의 옛일을 생각할 때 현보는 금할 수 없는 감회에 잠기며 잠시는 자기 몸의 괴로움도 잊어버리고 오늘의 남죽을 원망하느니보다는 그의 자태를 측은히 여기는 마음이 끝없이 솟았다. 어린 꿈의 자라가는 것은 여러 갈래일 것이나 그 허다한 실례 속에서 현보는 공교롭게도 남죽에게서 가장 측은하고 빗나간 한 장의 표본을 본 듯도 하여서 우울하기 짝이 없었다.

부정한 수단을 써가면서까지 여비로 만든 오십 원 돈이 뜻밖에도 망측한 치료비로 쓰이게 된 것을 생각하고 그 돈의 기구한 운명을 저주하면서 답답한 마음에 현보는 그날 밤 초저녁부터 바에 들어가 잠겼다. 거기에서 또한 우연히도 문제의 거리의 부랑자 김 장로의 아들을 한자리에서 마주치게 된 것은 얼마나 뼈저린 비꼬움이었던가. 반지르하면서도 유들유들한 그 꼬락서니가 언제 보아도 불쾌하고 노여운 것이었으나 그러나 남죽 자신의 뜻으로 된 일이었다면 그도 하는 수 없는 노릇이며 무엇보다도 그 당장에서 그 녀석을 한 대 먹여서 꼬꾸라뜨릴 만한 용기와 힘 없음이 현보에게는 슬펐다. 녀석도 또한 그 자리로 현보임을 알아차리고 가소로운 것은 제 술잔을 가지고 일부러 현보의 탁자에 와 마주앉으며 알지 못할 웃음을 띠는 것이다.

"이왕 마주앉았으니 술이나 같이 듭시다."

어느결엔지 여급에게 분부하여 현보의 잔에도 술을 따르게 하였다. 희고 맑은 그 양주가 향기로 보아 솔내나는 진인 것이 바로 그 밤과 같은 것이어서 이 또한 우연한 비꼬움으로밖에는 생각되지 않았다.

"이렇게 된 바에 무엇을 속이겠소. 터놓고 말이지 사실 내겐 비싼 흥정이었었소. 자랑이 아니라 나도 그 길엔 상당히 밝기는 하나 설마 그런 흠이 있을 줄이야 뉘 알았겠소. 온전히 홀린 셈이지. 그까짓 지갑쯤 털린 거야 아까울 것 없지만 몸이 괴로워 못 견디겠단말요. 허구한 날 병원에만 당기기두 창피하구, 맥주가 직효라기에 날마다 와서 켰으나 이 몸이 언제나 개운해질는지 모르겠소."

술잔을 내고는 얼굴을 찡그리고 쓴웃음을 띠는 것을 보고는 녀석을 해낼 수도 없고 맞장구를 칠 수도 없어서 현보는 얼떨떨할 뿐이었다.

"……당신두 별수 없이 나와 동류항일 거요. 동류항끼리 마음을 헤치구 하룻밤 먹어봅시다그려."

하면서 굳이 술잔을 권하는 것이다.

현보는 녀석의 면상에 잔을 던지고 그 자리를 일어나고도 싶었으나—실상은 웃지도 못하고 울지도 못할 난처한 표정으로 그 자리에 빠지지 앉아 있는 수밖에는 없었다.

공 상구락부

공상구락부

"자네들, 무얼 바라구들 사나?"

"살아가자면 한 번쯤은 수도 생기겠지."

"나이 삼십이 되는 오늘까지 속아오면서 그래두 진저리가 안 나서 그 무엇을 바란단 말인가."

"그 무엇을 바라지 않고야 어떻게 살아간단 말인가. 말하자면 꿈이네. 꿈꿀 힘 없는 사람은 살아갈 힘이 없거든."

"꿈이라는 것이 중세기 적에 소속되는 것이지 오늘에 대체 무슨 꿈이 있단 말인가. 다따까 몇백만 원의 유산이 굴러온단 말인가. 옛날의 씨자에게같이 때아닌 절세의 귀부인이 차례질 텐가. 다 옛날 얘기지 오늘엔 벌써 꿈이 말라버렸어."

"그럼 자넨 왜 살아가나, 무얼 바라구?"

"그렇게 물으면 내게두 실상 대답이 없네만, 역시 내일을 바라구 산다고 할 수밖에. 그러나 내 내일은 틀림없는 내일이라네."

"사주쟁이가 그렇게 말하던가. 관상쟁이가 장담하던가."

"솔직하게 말하면—."

"어서 사주쟁이 말이든 무어든 믿겠나. 무얼 믿든 간에 내일을 생각하는 마음이야 일반 아닌가. 결국 그것 없이는 살아갈 수 없는 게니까.

악착한 현실에서 버둥버둥 허덕이지 말구 유유한 마음으로 찬란하게 내일이나 꿈꾸구 지내는 것이 한층 보람 있는 방법이야. 실상이야 아무렇게 되든 간에 꿈조차 꾸지 말라는 법이야 있겠나?"

"그렇구 말구. 꿈이나 실컷 꾸면서 지내세그려. 공상이나 실컷 하면서 지내세그려."

"꿈이다. 공상이다."

이렇게 해서 좌중에 공상이란 말이 시작되었고, 거듭 모이는 동안에 지는 법 없이 공상구락부라는 명칭까지 붙게 되었다.

구락부라고 해야 모이는 집이 따로 있는 것도 아니요, 부원이 많은 것도 아니요, 하는 일이 또렷한 것도 아닌—친한 동무 몇 사람이 닥치는 대로 모여서는 차나 마시고 잡담이나 하고 하는 정도의 것이었다. 다시 말하면 직업 없는 실직자들이 모여서 하는 일 없는 날마다의 무한한 시간과 무료한 여가를 공상과 쓸데없는 농담으로 지우게 된 것에 지나지 않는다. 공상구락부란 사실 허물없는 이름이었고, 대개는 하루의 대부분의 시간을 찻집에 들어가서 식어가는 커피 잔을 앞에 놓고 음악 소리를 들어가면서 언제까지든지 우두커니들 앉아 있는 꼴들은, 좌중의 어느 얼굴을 살펴보아도 사실 부질없는 공상의 안개가 흐릿한 눈동자 안에 서리서리 서리우지 않을 때가 없었다. 꿈이란 눈앞에 지천으로 놓인 값없는 선물이어서 각각 얼마든지 그것을 집어먹든 시비하는 사람은 없는 것이다. 그 허름한 양식으로 배를 채우려고 한 잔의 차와 음악을 구해서는 차례차례로 거리의 찻집을 순례하는 것이다. 솔솔 피어오르는 커피의 김을 바라볼 제, 그 김 속에 나타나는 꿈으로 얼굴을 우렷이 아름답게 빛내는 것은 유독 총중에서 얼굴이 가장 뛰어나고 문학을 숭상하는 청해 군뿐만 아니었다. 어느 때부터인지 코 아래에 수염을 까마잡잡하게 기르기 시작한 천마 군도 그랬고, 비행사 되기를 원하는 유난히 콧대가 엉크런 백구 군도 그랬고, 총중에서 가장 몸이 유들유들한 운심도 또한 그랬던 것이다. 꿈이라면 남에게 질 것 없다는 듯이 일당백의 의기를 다 각각 가슴속에 간직하고는 의자에 깊숙이 몸을 잠그고 앉아서 음악에 귀를 기울이고 있는 네 사람의 자태를 그 어느 날 그 어느 찻집에서나 발견하지 못하는 때는 없었다.

"남양의 음악을 들으면 난 조그만 섬에 가서 추장 노릇을 하고 싶은 생각이 번쩍 생긴단 말야."

그 추장 노릇의 준비 행동으로 코 아래 수염을 기르는 것일까. 총중에서 누구보다도 가장 추장의 자격이 있다면 있을 천마는 음악에 잠기면서 꿈의 계획을 피력하는 것이다.

"─세상에서 가장 이상적인 부락을 만들겠네. 섬에는 물론 새 문화를 수입해서 각 부문에 전부 근대적 시설을 베풀고, 한편으로는 농업을 힘써서 그 농업 면에도 근대화의 치장을 시키고, 농업 면과 공업 면이 잘 조화해서 조금도 어긋나고 모순되지 않도록, 즉 부락민은 농사에 종사하면서도 도회 면에서 살 수 있도록─그러구 물론 누구나가 다 일해야 하구 일과 생활이 예술적으로 합치되도록 그렇게 섬을 다스려보겠네. 노동이 있을 뿐 아니라 예술이 있고, 음악이 있고, 음악에 맞춰서 일이 즐겁고 수월하게 되는 부락─그 부락의 추장 노릇을 하고 싶은 것이 평생 원이야."

"그럴 법하긴 하나, 원두 자네답게 왜 하필 추장 노릇이란 말인가. 이왕 꿈이구 공상이라면 좀 더 사치하고 시원스런 것이 없나. 공중을 훨훨 날아본다든지 하는 비행가 되기가 내겐 천생 원인 듯하네. 꿈이 아니라 가장 가능한 일인 것을 시기를 놓쳐버리고 나니 별수 없이 되구 말았으나."

백구는 천마를 핀잔 주듯이 말하면서 은연 중에 자기의 공상을 늘어

놓는 셈이었다.

"추장이니 비행가니 공상들두 왜 그리 어린애다운가. 어른은 어른답게 어른의 공상을 해야 하잖나."

청해의 차례이다. 다른 동무들과 달라 그다지 부자유롭지 않은 처지에서 반드시 취직 걱정도 할 것 없이 안온하게 지내가는 그가 문학서를 많이 읽고 생활의 기쁨이라는 것을 유달리 느껴오는 탓일까. 그렇지 않으면 남보다 뛰어난 얼굴값을 하자는 수작일까. 하필 하는 소리가.

"두고 보지. 내 이십 세기의 클레오파트라를 찾아내지 않고 두는가. 세기의 미인, 만대의 절색—그 한 사람을 위해서는 천릿길을 걸어도 좋고 만릿길을 걸어도 좋은—그의 분부라면 그 당장에서 이 내 목숨 하나 바쳐도 좋은—그런 절색 내 언제나 구해 내구야 말걸. 이 목숨이 진할 때까지라도."

하는 것이다.

"찾아내선 어쩌잔 말인가. 지금 왜 절색이 없어서 걱정인가. 할리우드만 가보게. 클레오파트라 아니라 그 이상 몇몇 곱절의 이십 세기의 일색들이 어항 속의 금붕어 새끼들같이 시글시글 끓을 테니. 가르보나 셔러는 왜 클레오파트라만 못하단 말인가. 디트리히나 콜벨두 몇 대만에 태어나는 인물이겠구. 아이린 단이나 로저스두 천 사람 만 사람 가운데의 한 사람인 인물이네. 요새 유명한 다니엘 다류는 어떤가. 미인이 아니래서 한인가. 미인이 없는 것이 아니라 자네 차례에 안 가서 걱정이라네. 이 철딱서니 없는 동양의 돈환 같으니."

천마의 편잔에 청해는 가만있지 않는다.

"다류나 로저스를 누가 미인이래서. 그까짓 할리우드의 여배우라면 자네같이 사족을 못 쓰는 줄 아나. 이 통속적인 친구 같으니. 참된 미인은 스크린 위에 있는 것이 아니라 더 다른 숨은 곳에 있는 것이라네."

"황당하게 꿈속의 미인만을 찾지 말구 가까이 눈앞에서부터—자네 대체 미모사의 민자는 그만하면 벌써 후리게 됐나, 어쨌나. 민자쯤을 하나 후리지 못하는 주제에 부질없이 미인 타령은 무어야."

운심의 공격에 청해도 얼굴을 붉히면서 할 말을 모르는 것을 보면 미모사의 민자는 아직 엄두도 못 낸 눈치였다.

"어서 나와 같이 세계일주 계획이나 하세. 이것이야말로 공상이 아니라 계획이네. 세계를 일주해 봐야 자네의 원인 절색두 찾아낼 수 있지, 찻집 이 한구석에 가만히 앉아서야 이십 세기의 일색을 외친들 다따까 코앞에 굴러떨어지겠나. 내 뜻을 이루게 되면 그까짓 세계일주쯤이 무엇이겠나. 자네두 그때엔 한몫 끼어주리. 자네 비위에 맞는 미인을 얼마든지 구할 수 있도록. 자네뿐이겠나 천마 군의 추장의 꿈두, 백두 군의 비행기의 공상두 그때엔 다 실현하게 되리. 내 성공하는 날들만을 빌구 기다리구들 있지."

운심의 뜻이니 성공이니 하는 것은 그가 오래 전부터 꿈꾸고 생각해 오던 광산의 일건이었다. 고향이 충청도인 그는 특수광 지대인 고향 일대에 남달리 항상 착안해서 엉뚱하게도 광맥에 대한 욕망을 품고 있어 온 지 오래였다. 물론 당초부터 광산을 공부한 것도 아니요, 전문적 지식을 갖추고 있는 것도 아니요, 다만 막연히 상식적으로 언제부터인지 그런 야심을 가지게 되었던 것이다. 서울에서 공부를 마치고는 그대로 눌러서 날을 지우게 된 그로서 공상구락부에서 꾸는 그의 꿈은 언제나 광산에 대한 애착이요, 공상이었다.

그러나 세상에 기적이라는 것이 있듯이 공상도 간간이 가다가 공상의 굴레를 벗어나서 실현의 실마리를 찾는 것인 듯하다. 아마도 사람에게 공상이라는 것을 준 조물주의 농간이라면 농간이 아닐까. 운심은 다행인지 불행인지 그 조물주의 농간을 입어 그의 공상의 현실과의 접촉

점을 우연히도 찾게 되었던 것이다. 이때부터 그의 공상은 참으로 공상 아닌 현실을 띠고 나타나게 되었고, 그뿐 아니라 동무인 세 사람에게도 그것이 영향이 되어 그들은 벌써 공상만이 아니라 공상을 넘어서의 찬란한 계획을 차차로 생각하게 되었던 것이다. 신기한 일이었다.

고향을 다녀온 운심의 손에 이상한 것이 들려 있었다. 알고 보면 그 일 때문에 일부러 시골 있는 동무에게서 편지를 받고 내려갔던 것이나 근처 산에서 희귀한 광석을 주워 가지고 온 것이다. 여전히 공상의 안 개가 솔솔 피어오르는 찻집 좌석에서 운심을 주머니 속 봉투에서 집어 낸 그 광석을 내보이면서 설명하는 것이었다.

"돌멩이 속 틈틈에 거무스름한 납덩어리가 보이잖나. 손톱 자리가 쑥쑥 들어가는 것이 휘수연輝手鉛이라는 것이네. 모립덴이라구 해서 경금 속으로 요새 광물계에서 떠들썩하는 것인데 가볍기 때문에 비행기 제조에 쓰이게 되어 군수품으로 들어가거든. 시세가 버쩍 올라 한 톤의 시가가 육천 원을 넘는다네. 광석째로 판다구 해두 퍼센티지에 따라서 팔수록에 그만큼의 이익은 솟을 것이네. 고향에서 한 삼십 리 들어간 산 속에서 발견한 것인데 늘 유의하고 있던 동무가 내게 알려 준 것이네. 한 가지 천운으로 생각되는 것은 실상은 들어본즉 애초에 어떤 사람이 그 산을 발견해 가지고 일을 시작했다가 성적이 좋지 못하다고 단념하구 산을 버렸다는 것인데 아마도 그 사람은 휘수연의 광산이라는 것을 몰랐던 모양이구, 알았어두 그때엔 시세도 없었던 모양이네. 버린 것을 줍지 말라는 법이야 있겠나. 별반 수고도 하지 않고 남이 발견한 것을 차지한 셈인데 꼭 맞힐 듯한 예감이 솟네. 희생을 당하더래두 집 안을 홀두드려 파는 한이 있더래두 이 산만은 꼭 손을 대보구야 말겠네. 공상구락부의 명예에 걸어서래두 성공해 보겠네. 맞혀만 보게. 자네들 꿈은 하루 아침에 다 이루게 될 테니."

좌중은 멍하니들 앉아서 찬란한 그의 이야기에 혼들을 뽑히고 있었다. 금시에 천지가 바뀌고 해가 서쪽에서 뜨게 된 듯도 한 현혹한 생각들을 금할 수 없었고, 운심이란 위인을, 늘 보던 한 사람의 평범한 동무를 새삼스럽게 신기한 것으로들 바라보는 것이었다. 오돌진 그의 육체 속에 그런 화려한 복이 숨어 있었던가 하고 눈이 부실 지경이었다.

그렇게 되고 보니 운심은 제법 틀이 생기고, 태도조차 의젓해져서 거리를 분주하게 휘돌아치는 꼴조차 그 어디인지 유유한 데가 보였다. 우선 사사로운 몇 군데 광무소를 찾아 감정을 해보고, 마지막으로 식산국 선광 연구소에서 결정적 판단을 얻기가 바쁘게 지도와 인지를 붙여서 그 자리로 출원해 버렸다. 당분간 시굴을 해볼 필요조차 없이 곧 본격적으로 채굴을 시작하려고 즉일로 고향에를 내려갔다. 땅마지기나 좋이 팔아서 천원 돈을 만들자마자 부랴부랴 올라와서 속허원을 내서 광업권 설정을 하고 일 년분 광구세까지 타산해 놓고 앞으로 일주일이면 당장에 일을 시작하게까지 재빠르게 서둘러 놓았던 것이다.

동무들은 그의 활동력에 놀라면서 그가 다시 고향으로 떠나려는 전날 밤 송별연을 겸해 모였을 때에 그의 초인적 활동을 칭찬하고 성공을 빌면서 새로운 인격의 탄생인 듯이도 그를 찬양하였던 것이다. 지금까지의 공상들이 더 한층 현실성과 생색을 띠고 아름답게 빛났던 것은 물론이다. 백구는 그 자리에서 금시 한 사람의 비행가나 된 듯 비행기의 설화를 시작하는 것이다.

"속력이 무척 빠르고 원거리로 날 수 있는 것은 물론 군용기에 지나는 것이 없으나, 민간에서 쓸 수 있는 특수기라면 영국의 데 하비란드 코멧 장거리 비행기 같은 것이 가장 튼튼한 것인데, 사백사십팔 마력 최고 속도, 한 시간에 삼백칠십육 킬로―이만하면 세계일주두 편히 되지. 이런 장거리라 비행기가 아니라면 차라리 조그만 걸 가지구 가까운 곳에서 장난하기 좋은데, 가령 불란서서 시작한 부 드 쉘이란 것이 있지 않은가. 그깃도 속력이 한 시간에 백 킬로는 되거든."

"염려할 것이 있나, 무엇이든지 뜻대로지."

운심이 얼근한 김에 술잔을 들고는 동무를 응원하는 것이다.

"세계일주를 하거든 같이 맞서세나그려. 자네는 비행기로, 난 배로. 비행기로 일주일 동안에 세계를 일주한 기록이 천구백삼십삼 년에 서지 않았나 왜. 그러나 난 그런 급스런 일주는 뜻이 적은 것이라구 생각하네. 불란서 어떤 시인은 팔십 일 동안에 세계를 유람했구 세계일주 관광선이란 것두 넉 달 만에 한 바퀴 유람들을 하구 하지만 그런 것은 재미가 덜할 것 같아. 이상적 세계일주로는 역시 그 시조인 십육 세기 마젤란의 격식이 옳을 듯하네. 삼 년 동안이 걸리지 않았나. 그는 고생하노라고 삼 년이나 지웠지만, 나는 그 삼 년 동안을 각지에서 적당히 살면서 다니자는 것이네. 시절을 가려 적당한 곳을 골라서는 몇 달씩 혹은 한철을 거기서 살고는 다음 목적지로 향하는 것이네. 그렇게 각지의 인정, 풍속과 충분히 사귀고 생활을 즐기면서 다니는 곳에 참된 유람의 뜻이 있지 않나 하네. 가령 봄 한철은 파리에서 지내고 여름은 상모리츠에서 지내고 가을은 티톨에서 겨울은 하와이에서 다시 부에노스아이레스에서 다음에 서전에서—이렇게 해서 세계를 모조리 맛보자는 것이네."

"그 길에 제발 나두 동행하세나. 이십 세기의 절색을 찬찬히 구해 보게."

청해의 농담도 벌써 농담만은 아닌 듯 또렷한 환영이 눈앞에 보여와서 그는 눈동자를 빛내면서 술잔을 거듭 들었다.

"어떻든 내 자네들 구세주 되리, 공상구락부의 명예를 위해서래두. 그것이 동무의 보람이란 것이 아닌가."

운심은 어느덧 곤드레만드레 취해서 나중에는 혀조차 꼬부라지는 판이었으나 그래도 이튿날에는 말끔한 정신과 개운한 몸으로 동무들의 전송을 받으면서 늠름하게 출발의 첫걸음을 떼어 놓았다. 고향에서 내리기가 바쁘게 사람들을 모아 일을 시작하고 있다는 소식을 며칠 안 가 동무들은 듣게 되었다.

운심이 시골로 간 후 그에게서 소식은 자주 듣는다고 해도 아무래도 무료한 마음들을 금할 수 없었고, 공상의 불꽃도 전과 같이 활활 붙지를 못했다. 세 사람이 찻집에 모여들 보아도 좌중의 공기가 운심이 있을 때같이 활발하지 못했고 생활의 경우가 갈린 이상 마음들도 서로 떨어지는 것 같아서 서먹서먹한 속에서 공상구락부의 명칭조차 그림자가 엷어가는 듯한 기색이었다. 그러는 중에 생긴 한 가지의 큰 변동은 천마와 백구가 뒤를 이어 차례차례로 직업을 얻게 된 것이었다. 물론 다따가 돌연히 된 것이 아니라 어차피 무엇이든지 일을 가져야 하겠기에 두 사람 다 은연 중에 자리를 구해는 오던 중이었다. 그것이 공교롭게도 바로 이때 두 사람이 전후해서 천마는 신문사에, 백구는 회사에 각각 자리를 얻게 되었던 것이다. 근무 시간을 가진 두 사람은 낮 동안 온전히 매어 지내는 속에서 자유로이 시간을 가지지 못하고 밤에 들어서야 겨우 박쥐같이 거리로 활개를 펴고 날았으나 피곤한 몸과 마음에 꿈을 꾸고 공상을 먹을 여가조차 줄어가던 것이다. 결국 세 사람을 잃은 청해 혼자만이 자유로운 몸으로 허구한 날 미모사에 나타나 민자를 노리면서 날을 지우게 되었다. 공상구락부란 대체 그만 없어지고 만 것일까 하는 생각은 세 사람의 가슴속에 다 각각 문득 솟는 때가 있었다.

하루는 청해가 역시 미모사에서 차 한 잔을 앞에 놓고 우두커니 앉아 있으려니 별안간 눈앞에 나타난 것이 의외에도 운심이었다. 놀라서 멍하니 바라보고 있는 동안에 운심은 막 시골에서 올라오는 길이네 하고 앞자리에 털썩 주저앉는다. 사실 광산에서 그대로 빠져나온 듯이도 촌스러운 허름한 차림이었다.

"자네 내 주머니 속에 지금 돈이 얼마나 들었는지 짐작하겠나."

운심은 빙그레 웃으면서 두두룩한 가슴을 두드려보았다. 물론 속주머니에 가득 찬 것이 돈이라는 뜻임이 확실하였다.

"이럴 것이 없네. 남은 동무들을 속히 모으게. 취직을 했다는 소리는 들었네만 오래간만에 얘기두 많어."

그날 밤으로 천마와 백구를 불러 네 사람이 오래간만에 한자리에 모여 편편하게 가슴을 헤치게 되었다.

"난 지금 운명의 희롱을 받고 있다고밖엔 생각할 수 없네. 일이라구 시작은 했으나 이렇게 잘 필 줄은 몰랐구 너무도 어이가 없어 세상에 이런 수두 있나, 이것이 정말이까, 하는 생각이 하루에도 몇 차례씩 드네. 파기 시작한 지 얼마 안 돼서 소위 부광대富鑛帶를 만났는데 하루에도 몇 톤씩 나오데나그래. 사람을 조롱하는 셈인지 어쩌는 셈인지 조물주의 조화를 알 수나 있겠나. 한편 즉시 시장으로 보내군 하는데 벌써 돈 만 원의 거래는 됐단 말이네. 난 지금 꿈을 꾸고 있는 셈이지 결코 현실 속에 살고 있는 것 같지는 않아. 이렇게 된 바에야 더욱 전력을 들일 수밖에 없는데 번 돈 전부를 넣어서 우선 완전한 기계장치를 꾸미려고 하네. 이번엔 그 거래 겸, 자네들과 놀 겸해서 온 것이네만."

당사자인 운심 자신이 놀라는 판에 동무들이 안 놀랄 수는 없었다. 식탁 위 진미보다도 술보다도 눈앞의 명기들보다도 그들은 더 많이 운심의 이야기에 정신을 빼앗긴 것은 사실이었다.

"우리들의 공상도 이제는 정말 실현할 날이 얼마 남지 않았네. 일이 되기 전에는 세계일주니 비행기니 하는 공상이 아무래도 어처구니없는 잠꼬대같이 들리더니 지금 와서는 차차 현실성을 띠어가는 그 모양이 또 어처구니없게 생각된단 말이네. 세상에 사람의 일같이 알 수 없는 것이 있겠나. 땅 속의 조화와 같이 사람의 일이란 참으로 알 수 없는 신비야."

"공상 공상 하구 헛소리루 시작된 것이지 사실 누가 이렇게 될 줄야 알았겠나. 지금 세상 그 어느 다른 구석에 이런 일이 또 한 가지 있으리라고는 도저히 생각할 수도 없네."

"제발 이 일이 마지막까지 참말되어 주기를—운심은 최후까지 성공하기를 동무들의 이름을 모아서 충심으로 비는 바이네."

모두들 달뜬 마음으로 동무를 찬미하고 술을 마시고 밤이 늦도록 기쁨을 다할 수는 없었다. 넘치는 기쁨은 마치 식탁 위에 빌 새가 없는 술과 같이도 무진장이었다. 잔치는 하룻밤에 그치는 것이 아니었다. 이틀이 계속되고 사흘로 뻗혔다. 운심이 모든 준비를 갖추어 가지고 다시 고향인 일터로 떠났을 때에야 동무들은 비로소 마음을 가라앉히고 공상의 고삐를 조이고 각각 맡은 직업으로 나가게 되었다. 공상이 실현될 때는 실현되더라도 그때까지는 역시 사소한 맡은 일에 마음을 바침이 사람의 직분인 듯도 하다. 물론 직업이 없는 청해는 역시 자기의 맡은 일—미모사에 나가 다시 민자를 바라보게 되었던 것은 말할 것도 없다.

그러나 세상에 기적이라는 것이 간간이 가다가 생길 수 있는 것이라면 나타났던 기적이 꺼지는 법도 있을 수 있는 것이 아닐까. 운심은 이번의 자기의 성공을 설명하기 어려워서 사람의 일이란 알 수 없는 신비라고 탄식했고, 자기의 경우를 운명의 희롱이나 아닌가 하고 의심도 했다. 그러나 그 의심과 탄식도 결국은 시간이 해결해 주는 것일 것이며 그마따나 조물주의 농간에 맡기고 기다리는 수밖에는 없는 것이다.

참으로 사람의 일이 알 수 없는 것임은 두 번째 나타난 운심의 자태를 보지 않고는 모를 일이었다. 운심이 내려간 지 달포나 되었을 때였다. 청해가 여전히 미모사에서 건들거리고 있을 때 오후는 되어서 그의 앞에 두 번째 나타난 것이 운심임을 보고 청해는 놀라서 첫 번의 때와 똑같이 멍하니 앉아 있었다. 그때의 청해의 한 가지의 변화라면 전번과는 달리 달포 동안 진을 치고 있는 동안에 완전히 민자를 함락시켜 그를 수중에 넣고 뜻대로 휘게 되었던 것이다. 때마침 민자와 마주앉아 단둘 이야기에 잠겨 있던 판이다. 다따까의 동무의 출현에 사실 뜨끔하고 놀랐던 것이다.

"자넨 항상 기적같이 아무 예고두 없이 불쑥불쑥 나타나네그려. 이번엔 또 무슨 재주를 피우려나."

전번과 똑같은, 마치 산 속에서 그대로 뛰어나온 길인 듯한 허름한 차림임을 보고 청해는 농담을 계속했다.

"자네 내 주머니 속에 지금 돈이 얼마나 들었는지 짐작하겠나— 하고 왜 얼른 묻지 않나. 그 두두룩한 속주머니 속이 이번에두 지전으로 그득 찼겠지. 자넨 아무리 생각해두 보통 사람은 아니야. 초인이야, 영웅이야. —아니 수수께끼고, 신비야."

그러나 운심은 첫 번째 때와 같이 빙그레 웃지도 않으면서 동하지 않는 엄숙한 표정을 지닌 채 분부하는 듯 짧게 외쳤을 뿐이었다.

"동무들을 속히 모아주게."

한참이나 동안을 떼었다가 조건까지를 첨부했다.

"요전같이 굉장한 데를 고르지 말구 될 수 있는 대로 간단하구 조촐한 좌석을 잡아두게."

그날 밤 네 사람이 한자리에 모여 앉았을 때에도 물론 전번과 같이 좌중의 공기가 유쾌하지도 즐겁지도 않고, 알 수 없이 무겁고 서먹서먹한 것이었다. 물론 운심의 입이 천근같이 무거웠던 것이요, 그의 입이 떨어지기 전에는 아무도 감히 입을 열 수 없었던 까닭이다. 마치 제사의 단 앞에나 임한 듯 운심은 음식상을 앞에 놓고 간신히 무거운 입을 열었다.

"난 지금 운명의 희롱을 받고 있다구밖엔 생각할 수 없네."

별것 아닌 첫 좌석에서 말한 그 한마디언만 그의 심상치 않은 태도에 긴장하고 있던 동무들은 그 말 속에서 첫 번에 들었던 것과는 다른 뜻을 민첩하게 직각할 수 있었던 것이다.

"자네들의 공상의 책임을 졌던 나는 지금 말할 수 없는 괴로움과 두려움을 느끼고 있는 중이네. 내 운명이라는 것이 이제야말로 참으로 얼마나 무서운 것인가를 느끼게 됐네."

숨들을 죽이고 잠자코만 있는 동무들은 별수 없이 그들의 예감이 적중된 셈이어서 더 듣지 않아도 결과를 넉넉히 짐작할 수 있었다. 운심의 그 이상의 말은 다만 자세한 설명으로밖에는 들리지 않았다.

"사람의 일이라는 것이 아무리 생각해두 그렇게 만만하게 잘될 리는 만무한 것이야. 그것을 똑똑히 알게 됐네. 소위 부광대라는 것도 그다지 큰 것이 못 돼서 일을 시작하자마자 얼마 안 돼서 벌써 광맥이 끊어져버린 것이네. 원래 휘수연의 광맥은 단층이 져서 그다지 찾기 어려운 것이라군 하는데 광맥이 끊어진 위와 아래를 아무리 파가두 줄기를 찾을 수 없네그려. 아마도 지각의 변동이 몹시 심했던 것인 듯해서 기술자를 들여 아무리 살펴보아두 광맥의 단층이 정단층인지 역단층인지 수직단층인지조차도 알 수 없단 말야. 괜히 헛땅만을 파면서 하루에 기계와 인부의 비용이 얼마나 드는 줄 아나. 기계장치니 뭐니 해서 거의 수만 원이나 들여 놓고 이 지경을 만났으니 일을 중단할 수두 없는 처지요. 그렇다구 막대한 비용을 돌려낼 구멍조차 없어져버렸네. 어쨌으면 좋을는지 밤에 잠 한잠 이룰 수 있겠나. 물론 하소연할 곳조차 없는 것이구 이렇게 이런 좌석에서 자네들에게 얘기하는 것이 처음이네. 별

수 없어 운명의 희롱을 받은 셈이지 다른 것 아니야."

긴 설명을 듣고도 동무들은 다따가 대답할 바를 몰랐다. 자기일들만
같이 실망과 놀람이 너무도 커서 탄식했으면 좋을는지 동무를 위로했
으면 좋을는지 격려했으면 좋을는지 금시에는 정리할 수 없는 얼뻥뻥
한 심정이었다.

"사람의 일이란 알 수 없는 것이야. 당초에 그런 산을 발견할 줄도 모
른 것이요, 발견하자마자 옳게 맞힐 줄도 몰랐네. 그러던 것이 오늘 다
따가 맥이 끊어질 줄도 누가 알았겠나. 모두가 땅 속의 조화같이두 알
수 없는 것이야. 혹 앞으로 일을 계속하다가 다시 또 풍성한 광맥을 찾
을는지도 모를 일이지만 아무리 애써 봐두 벌써 일을 더 계속할 처지는
못 되는 것이네. 불가불 내일부터래두 모든 것을 던져버려야 하는데.
─지금의 마음을 도저히 걷잡을 수는 없어."

"자네 일을 말할 수 없이 섭섭하고 가여운 것이어서 어떻다 위로할
수도 없으나─지금까지의 호의가 마음속에 배어서 고맙기 한량 없네."

동무를 위로하는 천마의 가장껏의 말이 이것이었다.

"공상이란 물거품과도 같이 부서지기 쉬운 것! 사람의 힘으로나 어찌
눈에 안 보이는 일을 헤아릴 수 있겠나. 부서지는 공상 깨지는 꿈─난
웬일인지 이 자리에서 엉엉 울고 싶네. 자네 자태가 너무도 안타깝게
보여서."

사실 백구의 표정은 금시 그 자리에서 울 것도 같은 기색이었다. 기
생의 자태가 그의 옆에 없었던들 탓할 것 없이 목소리를 놓았을는지도
모른다.

"민자를 후리기를 잘했지. 어차피 미인 탐구의 세계일주의 길을 못
떠나게 될 바에는……."

애수의 장면을 건지려는 듯이 청해는 모든 것을 농담으로 돌렸으나

그러나 그의 마음속도 따져보면 쓸쓸하지 않은 것이 아니었다.

"어떻든 오늘 밤 모임이 공상구락부로서는 최후의 모임 같은 느낌이 자꾸만 드네. 화려한 꿈이 여지없이 부서져버린 것이네."

운심의 그 한마디부터가 마지막 한마디인 듯한 생각이 나면서 비장한 최후의 만찬을 대하고 있는 듯도 한 감상이 동무들의 가슴속을 흐리게 해서 모처럼의 별미의 식탁도 그날 밤만은 흥이 없고 쓸쓸하였다.

그날 밤의 그 쓸쓸한 기억을 남겨 놓고 운심은 다음 날 또 다시 구름같이 사라져버렸다. 고향으로 간 것은 틀림없는 것이나 사업을 계속하는지 어쩌는지는 물론 알 바도 없었다. 구만 리의 푸른 창공으로 찬란한 생각을 보내며 아름답게 피어오르는 구름을 잠깐 동안 잡았던 동무들은 순식간에 그 구름을 놓치고 한량 없이 빈 허공을 바라보는 격이 되었다. 천마는 분주한 편집실 책상 앞에 앉았다가는 그 어떤 서슬에 문득 운심을 생각하고는 사라진 추장의 옛 꿈을 번개같이 추억하다가는 별안간 책상 위에 요란히 울리는 전화의 벨 소리로 인해 꿈에서 놀라 깨어가는 것이었고, 백구 또한 무료한 회사의 책상 앞에 우두커니 앉아서는 까마득하게 사라진 비행기의 꿈을 황소같이 입 안에 되씹고 곱씹고 하는 것이었다. 청해 역시 잡았던 등불이나 잃어버린 듯 집에서 책을 읽는 때에나 미모사에서 차를 마실 때에나 운심을 생각하고는 풀이 없어지며 인생의 적막을 느끼곤 했다. 혹 가다가 토요일 밤 같은 때 세 사람이 찻집에서 만나게 되어도 그들은 생각과 일에 지쳐서 벌써 전과 같이 아름다운 공상의 잡담을 건네는 법도 없이 우울한 표정으로 찻집을 바라보면서 마음속으로는 인생의 답답함을 탄식하고 원망하였다.

"운심이 요새 어떻게 하구 지낼까."

"뉘 알겠나. 그렇게 되면 벌써 사람 일이 아니구 하늘 일에 속하는 것을. 하늘 일을 뉘 알겠나."

"우리 맘이 이럴 제야 운심의 심중은 어떻겠나. 꿈이라는 것이 구름 같이 항상 나타났다가는 꺼져버리는 것이기에 한층 아름다운 것이긴 하나 운심의 경우만은 너무두 그것이 어처구니없구 짧았단 말이네."

"꿈이라는 것이 원래 사람을 실망시키기 위해서 장만된 것이 아닐까. 우리가 조물주의 뜻을 일일이 다 안다면야 웬 살 재미가 있구 꿈이 마련됐겠나."

쓸데없는 회화로 각각 답답한 심경을 말하고 그 무슨 목표를 잡으려고들 애쓰는 그들이었으나 날이 지나고 달이 지나도 종시 이렇다 하는 생활의 표식을 찾을 수는 없었던 것이다. 다만 나날의 판에 박은 듯도 한 일정한 생활의 범위와 지리한 되풀이가 있을 뿐이었다. 그러는 중에서도 은연 중에 운심의 뒷일을 궁금히 여기는 그들에게 하루는 우연히도 한 장의 소식이 날아들었다.

뜻밖에 운심에게서 오는 한 장의 엽서를 받고 청해는 사연을 전할 겸 천마와 백구를 찾았던 것이다. 물론 기쁜 편지가 아니었고 궁금히 여기는 그의 곡절을 결정적으로 알렸을 뿐이었다.

내용은 간단했다.

일을 더 계속해 보았으나 이제는 완전히 실패임을 알고 모든 것을 던져버렸네. 그동안의 손해로 해서 얻은 것을 다 넣었을 뿐 아니라 도리어 수만 금의 빚으로 지금엔 벌써 몸조차 돌리지 못하게 되었네. 이 자리로 세상을 하직하고 죽어야 옳을지, 살아야 옳을지 지금 기로에 헤매고 있네. 수척한 내 꼴을 보면 모두들 놀라리. 아무래도 일을 다시 계속해 볼 계책은 서지 않네. 두 번째의 기적이 일어나기를 또 누가 바라겠나. 잘들 있게. 다시 못 만나게 될지 혹은 만나게 될지 지금 헤아릴 수 없네―.

세 사람이 엽서를 낭독하고는 그채 묵묵하니 말들이 없었다. 결국 기다리던 마지막 소식이 왔구나, 세상이 끝났구나, 하는 생각이 각 사람의 가슴 속에 서리어 있을 뿐이었다. 가엾구나, 측은하구나, 하는 감상의 여유조차 없는 그 이전의 절박한 심경이었다.

"운심은 죽을까 살까."

이어서 일어나는 감정이 이것이었다. 이 크고 엄숙한 예측 앞에서 동무들은 한 결심을 하지 않으면 안 되었다.

"죽어서는 안 돼. 전보래두 치세나."

세 사람은 허겁지겁 각각 전보도 치고 편지도 쓰고 하면서 그 절박한 순간에 있어서 문득 운심이 죽을 위인이 아니야 두고 보지 반드시 또 한 번 일어나서 그 광산으로 성공하지 않는가. 편지 속에도 그것이 약간 암시되어 있지 않는가. 두 번째 기적을 또 누가 바라겠나 한 속에 은근히 기적은 바라는 심정이 나타난 것이며 만나게 될는지 못 만나게 될는지 한 속에도 역시 만나게 될 희망이 은연 중에 번역되어 있지 않은가. 운심은 죽을 위인이 아니야. 보통 사람 아닌 초인적인 성격이 반드시 그의 핏속에 맥치고 있어—하는 생각이 들면서 얼마간 기운들을 회복하고 마음을 놓게 된 것이었다.

"운심은 사네. 다시 광산을 시작해서 이번에야말로 크게 성공해서—우리들의 공상도 다시 소생돼서 실현될 날이 반드시 있으리."

절박한 속에서의 이 한 줄기의 광명을 얻어 가지고는 세 사람은 그 자리에서 희망을 회복하고 그 한 줄기를 더듬어서 지난 꿈의 실마리를 다시 풀기 시작하면서 운심의 뒷일을 한결같이 빌고 축복하는 것이었다. 흐렸던 세 사람의 얼굴에 평화로운 기색이 나돌며 거리를 걸어가는 그들의 발자취 또한 개운한 것이었다.

산 정 山精

산정山精

여름 내나 가을 내나 그스른 얼굴이 좀체 수월하게 벗어지지 않는다. 아마도 해를 지나야 멀쑥한 제 살을 보게 될 것 같다. 바닷바람에 밑지지 않게 산 기운도 어지간히는 독한 모양이다.

"호연지기가 지나친 모양이지."

동무들은 만나면 칭찬보다도 조롱인 듯 피부의 빛깔을 걱정한다. 나는 그것을 굳이 조롱으로는 듣지 않으며 유쾌한 칭찬의 소리로 들으려고 한다.

"두구 보게. 역발산 기개세力拔山 氣蓋世 안 하리."

큰 소리도 피부의 덕인 듯, 나는 그을은 얼굴을 자랑스럽게 쳐들어 보이곤 한다.

학교에 등산구락부가 생기면서부터 신 교수, 박 교수와 세 사람이 하는 수 없이 단짝이 되어버렸다. 학생들을 인솔할 때 외에도 대개는 세 사람이 주동이 되어서 등산을 계획하고 실행하고—차례차례로 산을 정복해 왔다. 학교와 가정과 거리와 그 외에는 생각지도 못하던 세상— 산을 새로 발견한 셈이었다.

한두 번 오르는 동안에 산의 매력이 전신에 맥쳐 오면서 산의 맛을 더욱 터득하게 되었다. 동룡굴을 뚫고 묘향산을 답파한 데서부터 시작되어서 여름부터 가을 동안 차례로 장수산을 정복하고 대성산을 밟고 가까운 곳으로는 사동까지 나가고 주암산을 돌기는 여사로 되었다. 일요일만 돌아오면 으레 걸방들을 짊어지고 나서게 되었다. 거리에 나가 별일 없이 하루를 허비하거나 집으로 책자를 들척거리는 것보다도 한결 그 편이 더 뜻있음을 알게 된 것이다. 하룻길을 탈없이 다녀만 오면 가슴속이 맑아지고 몸이 뿌듯이 차져서 눈에 보이지 않는 힘이 그 어느 구석에 포개져 가는 것 같다. 사람의 일생은 물론 노동의 일생이어야 되나, 산에 오름은 결코 소비적인 행락이 아니요, 반대로 참으로 생산적임을 알게 되었다. 기쁨과 함께 오는 등산의 공을 몸과 혼을 가지고 느끼게 되었다. 동무가 말하는 호연지기가 그스른 피부 그 어느 구석에 간직해 있다면 산의 덕이 이에 더 큼이 있으랴.

스타킹 위로 벌거숭이 무릎을 통째로 드러내 놓고 등산모를 쓰고 륙색을 메고 피켈을 짚고 나선 모양은 완전히 세 사람의 야인이다. 선생이니 선비니 하는 귀찮은 직책과 윤리를 떠나서 평범한 백성으로 변한다. 그 자유로운 모양으로 거리를 지나고 벌판을 걸을 때 벌써 신 교수가 아니고 신 서방이며, 박 서방 이 서방인 것이다. 하기는 이 범용한 한 지아비될 양으로 거추장스런 옷 벗어버리고 등산복으로 갈아입는 셈인 것이다.

그 범속한 차림으로 거리에 나서 륙색 속을 더 충실히 채워 가지고는 목적지로 향하는 것이나 목적지는 처음부터 결정된 때도 있고 차리고 선후에 작정되는 때도 있었다. 그날 같은 날은 나선 후에 작정된 것이었다. 백화점에서 머뭇거리면서 어디로 갈까를 망설이던 끝에 작정된 것이 서장대 방면의 코스였다. 서장대로 나가 야산들을 정복하고 남포 가도로 나서서 돌아오자는 것이었다.

그날의 세 사람의 륙색 속을 별안간 대로상에서 수색 당했다면 요절할 광경을 이루었을는지도 모른다. 김말이 점심밥과 술병과 과실이 든 것은 별반 신기한 것이 못 되나, 항아리 속에 양념해 넣은 쇠고기와 석쇠와 숯이 그 속에 있을 줄야 누구도 쉽게 상상하지 못할 법하다. 산허리에 숯불을 피우고 석쇠를 걸고 맑은 공기 속에서 고기를 구워 먹자는 생각이었다. 별것 아니라 고깃집 협착한 방 안의 살림살이를 하늘 아래 넓은 자리 위로 그대로 이동시키자는 것이었다. 워낙 고기를 즐기는 박서방의 제안이었으나 그 기발한 생각은 즉석에서 두 사람의 찬동을 얻어 그날의 명물 진안이 된 것이었다.

  따끈 쪼이지도 않고 흐리지도 않은 알맞은 가을 날씨였다. 나뭇잎이 혹은 물들고 혹은 떨어지기 시작하고 과실점 앞에는 햇과실이 산더미같이 쌓이기 시작하는 시절이었다. 보통문을 지나 벌판에 나섰을 때 세 사람은 쇠고기 항아리와 석쇠와 숯과 밥을 짊어지고 다리가 개운들 했다. 시들은 잡초가 발 아래에 부드럽고, 익은 곡식 냄새가 먼 데서 흘러온다. 알지 못할 새빨간 나무 열매가 군데군데에서 눈에 뜨이는 것도 마음을 아이같이 즐겁게 한다.

  밭둑을 지나 산기슭에 이를 때까지도 신 서방의 이야기는 진하는 법이 없다. 거리에 있을 때에는 엄두도 안 내던 이야기가 일단 길을 떠나게 되면 세 사람 사이에 꽃피기 시작하는 것이었으나 총중에서도 신 서방의 오산 있었을 때의 가지가지의 쾌걸담은 늘 나의 귀를 끈다. 짧은 경력에도 불구하고 그는 거기서 많은 인생의 폭을 살아온 듯, 뒤를 잇는 이야기가 차례차례로 그림같이 내 눈 속에 새겨진다. 동료와 낚시질을 떠났다가 비를 만나 주막에 들어 소주 타령을 했던 이야기 —. 직원 가운데에 사냥 잘하는 포수가 있어 서해 바다로 물오리 사냥을 나가게 되면 해뜰 때, 해질 무렵이 한창 오리들의 날아오는 고패여서 아침 고패에 한바탕 잡아 가지고는 술집에 들어가 안주 삼아 하룻동안 술놀이를 하다가는 저녁 고패에 또 한바탕 사냥을 나서면 술 기운에 손이 떨려 총 겨냥이 빗나가기만 하고 결국 한 마리의 수확도 없이 집으로 돌아왔다던 이야기 —. 비등한 이야기에는 한이 없는 것이었다. 그날은 오산을 떠나던 때의 이야기였다. 구수한 말소리가 말할 수 없이 진귀한 것으로 내 귀에는 한마디 한마디 들려온다.

"……명색은 나를 보내는 송별연이지만 나두 내 몫을 내서 세 사람이 톡톡 터니까 합계 육십 원이라. 시간이 파하자 읍내로 나가서 제일 가는 청운루를 찾아 육십 원을 통째로 주고 이 몫의 치만 먹여달라고 도급을 맡기지 않았겠나."

어느 때까지나 놀았든지 곤드레만드레 취해서 나중에는 의식의 분별이 없게 되어 세 사람이 공교롭게도 함께 취중의 욕망에 사로잡히게 되었으나 기생이라고는 처음부터 끝까지 꼭 한 사람만이 시중하고 있었고 주인에게 술값의 세음을 따지니 단 십 원밖에는 남지 않았다는 것이란다.

"……어떻게 했겠나. 십 원을 자리에 놓고 제비를 뽑지 않았겠나. 공교롭게도 내가 맞췄다. 그렇게 되니 두 친구는 껄껄껄껄 앙천대소를 하면서 차라리 잘됐다구 보내는 한 사람을 위해서 담박한 심사로 나를 축수하네그려. 취한 판이라 십 원을 가지구 여자를 데리구 옆방으로 들어간 것은 물론이어니와 여자두 된 여자라 십 원은 도로 사양해서 술값에 넣어준단 말이네. 즉 밤은 늦은데 십 원어치 술이 더 남았단 말이네."

데설데설 웃으며 땀을 씻느라고 모자를 벗었을 때 신 서방의 머리카락은 바람에 우수수 흩어져서 벗어진 이마에 제법 훌륭한 풍채를 띤다. 벌써 반백이 되어 버린 희끔한 머리오리에 풍상 많은 과학자의 반생이 적혀 있는 듯, 인상 깊은 그의 자태와 그날의 이야기가 알 수 없는 조화를 띠고 나의 마음 속에 새겨진다.

"……벌써 날이 훤하게 밝은 새벽, 세 사람은 하는 수 없이 나귀를 세 내서 한 사람이 한 필씩 타고는 집으로 향할 때 어스러지는 달은 서천에 걸리구 찬바람이 솔솔 불어와 가슴속에 스며들구―그렇게 통쾌한 날두 드물었어……."

아직 청운의 뜻을 반도 이루지 못한 소장 과학자의 유쾌한 웃음소리가 산허리를 굴러내려 벌판 건너편으로 사라진다. 나뭇가지, 풀잎도 마음 있는 듯 나부끼는 양이 흡사 그 웃음소리에 뜻을 맞추려는 것인 듯도 하다. 확실히 그 웃음소리로 해서 우리들의 마음도 한결 가벼웠다.

산을 넘고 골짜기를 지나고 또 산을 넘었을 때 몸도 허출해지고 시계도 벌써 낮을 가리킨다. 과수원 옆 펑퍼짐한 산허리에 자리를 잡고 짐들을 내린다. 풀밭에 서서 아래를 굽어볼 때, 골짜기에는 인가가 드뭇하고 먼 벌판에는 철로가 뻗쳤고 산을 넘은 맞은편 하늘 아래에는 등지고 온 도회가 짐작된다.

목청을 놓아 노래를 부르면서 돌을 모아서는 화덕을 만든다. 검불을 긁어서 불을 피우고 숯을 얹으니 산비탈에 때아닌 아지랑이가 아롱아롱 피어오른다. 이윽고 고기 굽는 연기가 피어오르고 양념 냄새가 사방에 흩어지면서 조그만 살림살이가 벌어지고 사람의 경영이 흙과 초목 사이에 젖어든다. 금목수화토 오행이 모두 결국 사람들의 경영을 도와줄 뿐이요, 광막한 누리 속에 그득히 차 있는 그 무엇 하나 사람의 그 경영을 반대하고 멸시하는 것은 없다. 술잔이 거듭 돌아간 잎이 너볏너볏 퍼질 때 마음은 즐겁고 멀리 내려다보이는 속세가 아무 원한 없는 담담하고 하잘 것 없는 것으로 차라리 그립게 바라보인다.

별로 신기할 것도 없는 평범한 행사요, 하루연만 그것이 항간이 아니고 산인 까닭에 순간순간이 기쁨에 차진 것이요, 감격에 넘치는 것이었다. 짧은 하루가 오랜 하루 같고 인생의 중요한 고패를 넘는 하루 같다. 몇 시간 동안의 살림의 자취를 그 이름 모를 산비탈에 남긴 후 불을 끄고 뒷수습을 하고 산을 내려와 다시 벌판에 나섰을 때, 세상이 눈앞에 탄탄대로 같이 열리면서 그런 유쾌할 데는 없다. 전신에 꽉 배인 산의 정기를 느끼며 훤히 트인 남포가도를 걸으면 걸음걸음에 산 냄새가 떠돈다.

저녁 때가 되어서 거리에 다다를 때 세 사람의 자태는 거리에서는 완전히 타방의 나그네다. 아직까지도 거나해서 휘적휘적 걷는 세 사람의 야릇한 풍채가 사람들의 눈을 알뜰히 끈다. 이미 속세쯤은 백안시하고 흘겨볼 만한 용기를 얻은 세 사람은 그 무엇 하나 탄할 것도 부끄러워할 것도 없이 찻집에 들어가 한 잔 차에 목을 축이고는 그 길로 목욕탕으로 향해 더운 목욕물 속에 하루의 피로를 깊숙이 잠근다.

목욕물은 피곤을 풀어주고 산때를 씻어주면서도 몸 속에 배이고 배인 산 정기만은 도리어 북돋아주고 간직해 주는 듯, 목욕을 마치고 자리에 나서면 전신이 뿌듯하고 기운이 넘친다. 저울에 오르면 확실히 근수도 는 듯 흔들리는 바늘이 킬로를 가리키면서 언제까지든지 출렁출렁 춤을 춘다. 카메라 속에 남은 필름에다 그 벌거숭이의 몸들을 각각 찍어 수습하고 나면 그 하루 동안에 그 무슨 위대한 역사의 한 장이나 창조를 하고 난 듯한 쾌감과 자랑이 유연히 솟는다. 거리에 나섰을 때 참으로 세상은 내 것인 듯, 세 사람은 각각 가슴을 내밀고 심호흡을 거듭한다.

그날 저녁, 집으로 바로 돌아가기가 아까운 듯, 기어이 탈선을 해버린 것은 그 유쾌한 감정의 연장으로였다.

"한 군데 가볼까."

박 서방의 제의를 거역할 리는 없는 터에 세 사람은 결국 뒷골목의 그 수상한 집이라는 것을 찾아냈다.

날이 밝으면 다시 교직과 책임이 우리를 부르게 될 것이나 그날 하루는 마지막의 일순간까지라도 교직을 벗어난 세 사람의 자유로운 해방의 날이어야 한다.

청하지 않는 술이 뒤를 이어 대중없이 들어오고 단칸방에 여자는 세 사람이었다. 정체 모를 세 사람의 머슴 사이에 끼어 세 사람의 여자는 갖은 교태를 부리며 한없이 술을 권한다.

"신 서방의 허물이요."

낮의 산에서의 신 서방이 지난 때 이야기를 생각하고 이렇게 문책하는 것이었으나 물론 이것은 농담인 것이요, 신 서방의 허물은 세상 어느 구석에서든지 항상 되풀이되는 것이다. 다만 하나의 암시가 되었다면 되었을까—그 밤과 이 밤과 같다면 같고— 다른 것이 있다면 여자가 한 사람이 아니었다는 것이다. 즉 제비를 뽑아서 신 서방만을 이롭힐 것은 없었던 것이다.

온전히 야생의 날이었다. 문명을 벗어나서 야생의 부르짖음만이 명령하는 날이었다. 산의 죄가 아니요, 산의 덕이다. 전신에 흠뻑 배이고 넘치는 산 정기의 덕이었다. 더럽혀진 역사의 한 장이 아니고 역시 옳은 역사의 한 장이었다. 등산복을 입고 스타킹을 신고 있는 한 부끄러울 것 없는 밤이었다. 산은 야릇한 것 —나는 지금 아직 산때를 완전히 벗지 못한 피부를 바라보면서 산 정기를 또 한 번 불러본다.

향 수

향수

찔레 순이 퍼지고 화초 포기가 살아났다고 해도 원체가 고양이 상판만큼밖에 안 되는 뜰 안이라 자복히 깔아놓은 조약돌을 가리면 푸른 것 돋아나는 흙이라고는 대체 몇 줌이나 될 것인가. 늦여름에 해바라기가 솟아나고 국화나 우거지면 돌밭까지 가리워버려 좁은 뜰 안은 오종종하게 더욱 협착狹窄해 보인다. 우러러보이는 하늘은 지붕과 판장에 가리어 쪽보만큼 작고, 언덕 아래 대동강을 굽어보려면 복도에서 제기를 디디고서야만 된다. 이 소꿉질 장난감 같은 베이비 하우스에서 집을 다스리고 아이를 돌보고 몸을 건사해야 하는 아내의 처지라는 것을 생각하면 별수 없이 새장 안의 신세밖에는 안 되어 보이면서 반날을 그래도 밖에서 지울 수 있는 남편의 자리에서 보면 측은히도 여겨진다.

제 스스로 즐겨서 장 안에 갇히어진 '죄수'라면 이 역 하는 수 없는 노릇, 누구를 탄歎하려면 남편된 입장으로서 나는 사실 같은 처지의 세상의 수많은 아내들에게 한 조각의 미안한 생각이 없지 않다. 기껏해야 한 달에 몇 번씩 영화 구경을 동행하거나, 거리의 식당에서 점심을 먹거나 하는 것쯤으로 목이 흐붓이 축여질 리는 없는 것이요, 서양 영화에 나오는 넓은 집 안과 사치한 일광실 속에서 환상에 잠기다가 일단 협착한 현실의 집으로 돌아올 때 차지 않는 속에 감질이 안 날 리가 없다. 현대의 무수한 소시민의 생활의 탄식은 참으로 부질없는 감질 속에 숨어 있는 듯싶다.

아내의 건강이 어느 때부턴지 축나기 시작해서 눈에 뜨이게 되었을 때 나는 놀라며 그 원인을 역시 감질에 구하는 수밖에는 없었다. 구미가 떨어지고 불면증이 생기고 그 어딘지 없이 몸이 졸아들면서 하루 세 때 약그릇을 극진히 대한대야 하루이틀에 되돌아서지도 않는 것이다. 의사도 이렇다 할 증세를 집어내지 못하는 것으로 보아서 나는 그 원인을 감질로 돌려서 도시 도회 생활에서 오는 일종의 피곤증이라고 볼 수밖에는 없었다. 삼십 평짜리 베이비 하우스에 피곤해진 것이다. 협착한 뜰에 숨이 막히고 살림살이에 지친 것이다. 그 위에 그의 신경을 한층 피곤하게 만든 것은 남편의 욕심이라고 할까. 세상의 남편들같이 고집스럽고 자유로운 욕심쟁이는 없다. 아내의 알뜰한 애정을 받으면서도 그 밖에 또 무엇을 자꾸만 구하는 것이다. 집에 들어서는 범사에 봉건왕이요, 폭군 노릇을 하면서 마음속에서 항상 한없는 꿈과 욕망을 준비해 가지고는 새로운 밖 세상을 구해 마지않는다. 참으로 그리마의 발보다도 많은 열 가닥 백 가닥의 마음의 촉수를 꾸미고, 그 은실 금실의 끝 끝마다 한 개의 세상을 생각하고, 손닿지 않는 먼뎃것을 그리워하고 화려한 무지개를 틀어본다. 그 자기의 마음 세상 속에 아내는 한 발자국도 못 들어서게 하고 엄격하게 파수 보면서 완전히 독립된 왕국을 몰래 다스려간다.

일생에 있어서 가장 가까운 아내가 그 왕국에서는 가장 먼 것이다. 이것이 세상 남편들의 어찌는 수 없는 타고난 천성머리니 나 역시 그런 부류에서 빠진다고는 생각하기 어려우며, 세상에서 꼭 한 사람밖에는 없다고 생각해 주는 아내의 정성의 백의 하나도 갚지 못하게 됨을 부끄러워하지 않을 수 없다.

남자된 특권인 듯이도 부질없이 마음의 왕국을 세우면서 그것이 아내를 얼마나 상하게 하고 닳게 하나를 눈으로 볼 때 날카로운 반성이 솟으며, 불행한 것이 여자요, 악한 것이 남편이라는 생각만이 난다. 삼십 평 속에서 속을 달리고 신경을 일으켜 세우고 하는 동안에 아내는 몸이 어느 때부턴지도 모르게 피곤해진 것 같다. 나는 남편된 책임을 느끼고 과반의 허물을 깨달으면서 평화와 건강의 일을 생각하는 것이나─아무튼 도회의 삼십 평은 숨을 쉬기에는 너무도 촉박한 것이다. 이 촉박감이 마음을 한층 협착하게 하는 것이 사실이어서 어느 결엔지 막연히 그 무슨 넓은 것, 활달한 것을 생각하게 되었을 때, 아내는 하루 아침 문득 계획을 말하는 것이었다.

　"잠깐 시골이나 다녀오겠어요."

　새삼스런 뚱딴지같은 소리는 아니었다. 해마다 한 번쯤은 다녀오는 고향이었고, 이번 길도 착상한 지는 벌써 오래 동안에 현안 중에 걸려 있었던 문제다.

　"몸두 쉬이구 집안 형편도 살필겸……."

　그러나 막상 이렇게 현실의 문제로서 눈앞에 나타나고 보니 선뜻 작정하기도 어려워서,

　"글쎄."

하고 얼뺑뺑하게 대답하는 수밖에는 없었다.

　"제가 지금 제일 보고 싶은 게 무언데요.─울 밑의 호박꽃, 강낭콩, 과수원의 꽈리, 바다로 열린 벌판, 벌판을 흐르는 안개, 안개 속의 원두꽃……."

　"남까지 유혹하려는 셈인가."

　"제일 먹구 싶은 건 무어구요. 옥수수라나요, 옥수수. 바알간 수염에 토실토실한 옥수수 이삭, 그걸 삐걱하구 비틀어 뜯을 때 그 소리 그 냄

새―생각나세요. 시골 것으로 그렇게 좋은 게 또 있어요? 치맛폭에 그 득히 뜯어가지고 그저 깔 때 삶을 때 먹을 때―우유 맛이요, 어머니의 젖 맛이요. 그보다 웃질 가는 맛이 세상에 또 있어요? 지금 제일 먹구 싶은 게 옥수수예요. 바다에서 한창 잡힐 숭어보다두 뒤주 속의 엿보다 두 무엇보다두……."

"혼자 내빼구 집안은 어떻게 하라구?"

그러나 마침 일가 아이가 와 있던 중이었고 아내의 시골 행의 결심도 사실은 거기에서 생겼던 까닭에 이것은 하기는 헛걱정이기는 했다.

"나 혼자 남겨두구 맘이 달지 않을까."

"에이구 어서 없는 새 실컷 군것질해두 좋아요. 얼마든지 하라지, 지 금에 시작된 일인가 머. 이제 다 꿈만 하니."

"큰소리 한다. 언제 맘이 저렇게 열렸던구. 진작……."

장담은 해도 여린 아내의 마음이다. 두 마디째가 벌써 그의 마음을 호비는 것을 나는 안다. 눈썹을 찌푸리면서 그 말은 그만 그것으로 덮 어버리고 천연스럽게 말머리를 돌리는 아내의 눈치를 나는 더 상해서 는 안 된다.

"또 한 가지 이번 길의 이유로는―."

다 듣지 않아도 나는 뜻을 짐작한다. 늘 말하는 일만 원 건인 것이다. 그의 어머니보다도 오빠가 용돈으로 일만 원을 약속한 것이다. 그것을 얻으러 가겠다는 말이다.

"만 원은 갖다 무얼 하게. 그까짓 남의 돈 누가 좋아할 줄 아나? 사람 의 맘을 괜히 얽어 놀까 해서."

"아따 큰소리 그만둬요. 돈보고 춤만 흘렸단 봐라."

"지금 내게 그리울 게 무어게."

"그까짓 피아노 한 대 사 놓고 장담 말아요."

400

"방 안에 몇 권의 책이 있구 뜰 안에 몇 포기 꽃이 있으면 그만이지, 또 무어가 필요한데."

반드시 시인을 본받아 그들의 시의 구절을 외운 것이 아니라 사실 이런 청빈의 성벽이 마음속에 없는 바가 아니다. 때때로 사치를 원할 때가 없는 것도 아니나 뒤를 이어 청빈에 대한 결벽이 자랑스럽게 솟곤 한다. 이 두 마음 중의 어느 것이 더 바른지는 헤아릴 수 없으나 두 가지 다 한몫씩 자리를 잡고 있는 것은 사실이며, 지금에 있어서는 사치에 대해서 일종의 경멸과 반감을 가지고 있는 것도 속임 없는 사실인 것이다. 허나 아내의 말이 바른 것이라면, 그가 또 내 마음을 곁에서 한층 날카롭고 정직하게 관찰하고 있는지 모르는 것이기는 하다.

"만 원에 한 장도 어김없이 가져올게, 어서 이리같이 약탈이나 하지 마세요."

"내 마음 제발 이리 되지 맙소서!"

합장하는 나의 시늉을 흘겨보고는 아내는 그날부터 행장을 꾸리기에 정신이 없다. 행장이라야 지극히 간단한 것이나, 잘고 빈틈없는 여자의 마음씨라 간 뒤의 집안 살림살이의 요령과 질서까지를 일가 아이에게 틔어주고 거기에 맞도록 집안을 온통 한바탕 치우고 정돈하기에 여러 날이 걸리는 모양이었다. 눈에 뜨이리만큼 말끔하게 거두어진 것을 나는 신기하게 바라보았다. 그러나 집안이 정돈된 것보다도 더 신기한 일이 생겼다. 떠나는 그날 저녁 거리에서 돌아온 아내의 자태에 일대 변혁이 생겼던 것이니, 머리를 자르고 퍼머넌트를 건 것이다. 집안이 정리된 이상의 정리였다. 멀끔하게 추려서는 고슬고슬 지져 놓은 머리는 용모를 일변시켜 총명하고 개운한 자태로 만들어 놓았다. 굳이 펄쩍 뛰며 놀랄 것은 없었던 것이 퍼머넌트에 대한 의논도 오래 전부터 있었던 것으로 충충대고 권한 장본인은 결국 나 자신이었던 까닭이다.

여자의 머리로서 퍼머넌트를 나는 오래 전부터 모든 비판을 떠나 아름다운 깃으로 생각해 왔다. 모방이니 흉내니 한다면 이 땅에 그럼 현재 모방이 아니고 흉내가 아닌 무엇이 있단 말인가. 살로메가 요한의 머리를 형용해서 에돔 나라의 포도송이 같다고 한 머리, 그것을 나는 남녀 간의 머리의 미의 극치라고 생각해 왔던 까닭에 아내의 머리에 그 운치를 베풀자는 것이었다. 내가 놀란 것은 도리어 아내의 그 결단성이었다. 아무리 충충대도 오랫동안 주저하고 머뭇거리던 것을 그날로 단행한 그 결단성인 것이다.

그러나 거기에는 또 아내의 동무들의 실물 교육이 직접 도와 힘이 된 모양도 같다. 집에 놀러오는 그들이 하나나 그 풍습을 벗어난 사람이 없다. 아내가 그들이 보이는 모범에서 용기를 얻었을 것은 사실—어떻든 그날 저녁 그 변모로 나타난 아내의 자태에 비록 놀라지는 않았다고 해도 일종의 신기하고 청신한 느낌을 금할 수 없었던 것은 사실이다. 피곤하던 종래의 인상을 다소간이라도 떨쳐버린 셈이요—그 모든 아내의 행사는 결국 고달픈 피곤증에서 벗어나자는 일종의 회복책이었던 것이다. 도회의 피곤에서 향수를 느끼고 잠깐 전원으로 돌아가기로 결심한 그의 해방의 의욕의 표시였던 것이다. 머리를 시원스럽게 자르고 삼십 평을 떠나 넓은 전원의 천지에서 숨을 쉬자는 것이다. 바다로 열린 벌판에서 안개를 받고 원두꽃을 보고 풋옥수수를 먹자는 것이다. 내 자신 도회에 지쳐 밤낮으로 그것을 그리워하고 향수를 느끼고 하던 판에 원래부터 찬성하는 바이다. 아내의 전원행은 어느 결엔지 자연스럽게 응낙되었다. 같이 떠나지 못하는 것이 한될 뿐 별수 없이 나는 서리우는 향수를 가슴속에 포개 넣은 채 마음속으로 시골을 그리는 수밖에는 없게 되었다.

이튿날로 아내는 짙은 옥색으로 단장하고 퍼머넌트를 날리고 홀가분한 몸으로 길을 떠나는 것이었으나, 차창에서는 금시 눈물을 머금고 쉬이 돌아올 것을 거듭 말한다. 차가 굽이를 돌 때까지도 작아가는 얼굴을 창으로 내놓고 손수건을 흔드는 것을 보고는 그럴 것을 그럼 왜 떠나는구 하는 동정도 솟았으나, 한편 이왕 떠나는 것이니 어서 실컷 시골 맛이나 맡고 몸이나 튼튼해져서 오라고 축수하는 나였다. 호박꽃 강낭콩 실컷 보고, 옥수수 숭어 실컷 먹고, 좀 거무잡잡한 얼굴로 돌아오기를 원하는 것이었다. 아내가 간 후 집 안이 텅 빈 것 같고, 삼십 평이 좁기는커녕 넓게만 여기지면서 휑휑한 느낌을 금할 수 없었으나, 그가 돌아오기를 기다리는 것도 또한 기쁨이 되었다.

일만 원이니 무어니 도시 아내의 꿈이란 것이 좁은 삼십 평의 세계 속에 묻혀 있게 된 까닭에 포태된 것인데, 그의 꿈의 실마리도 이 집과 함께 시작된 것이다. 넓은 집을 바라는 곳에서 일만 원의 발설을 알뜰히 명심하게 되었고, 그것이 은연중에 여행의 계획도 된 모양이었다. 행인지 불행인지 아내의 동무들이라는 것이 어찌어찌 모이다 나니 거개 수십만대급에 가는 유한부인들로서 퍼머넌트의 실물교육을 하듯이 이들이 어린 아내에게 사치의 맛과 속세의 철학을 흠뻑 암시해 준 모양도 같다.

이웃에서는 며느리를 가진 안늙은이들 입에 오르리만큼 소문이 나서 모범주부로 첫손을 꼽게 된 아내라고는 해도 아직 스물을 조금밖에는 넘지 않은 어린 나이인 것이라, 속세의 철학에 구미가 안 돌 리가 없다. 물욕에 대한 완전한 초월 해탈이라는 것은 산 속에 숨어 있는 도승에게나 지당할는지 속세에 살면서 그것을 무시하기는 어려운 노릇이어서 적어도 사치 아닌 것보다는 사치에 마음이 기우는 것은 여자—뿐이 아니겠지만—의 본성일 듯도 싶다.

그러나 사치의 한도란 대체 얼마인 것인가. 천에서 만족할 수 있으면

백에서도 만족할 수 있으려니와, 천에서 만족하지 못할 때 만에선들 만족할 수 있을까. 필요한 것은 만이나 십만의 한계가 아니요, 천에서라도 만족할 수 있는 심정이 아닐까. 십만 대급의 유한부인들의 철학을 나는 속으로 비웃으면서 아내의 일만 원의 일건을 위태하게 여기며 하회를 기다리는 것이었다.

아내의 친가는 결혼 당시만 해도 몇십만 대의 호농으로 시골서는 뽐내는 편이었으나, 그 시기에 농가의 몰락이란 헐어지는 돌담을 보는 것 같이 빠르고 가엾은 것이었다. 재산이라는 것이 대개는 농토나 산림인 것을 무엇을 하느라고인지 은행과 회사에 모조리 넣은 것이 좀체 빠지지는 않아서 우물쭈물하는 동안에 한몫이 파여 나가기만 했다. 낙엽송의 묘포를 하느니 자동차회사를 경영하는 동안에 불끈 솟아오르지는 못하고 점점 쓸어만 가는 것이다. 일찍 아버지를 여의고 어머니와 두 남매—아내와 오빠, 즉 이 오빠의 손에서 가산은 기우는 형세를 당했다. 눈에 보이지 않는 속에서 문덕문덕 나가기 시작한 것이 불과 몇 해가 안 지난 것 같은데 집안은 후출하게 줄어들고 말았다. 도무지 때와 곳의 이를 얻지 못한 것이 보기에 딱할 지경이나 생각하면 등 뒤에 그 무슨 조화의 실이 이리 당기고 저리 끌면서 농간을 부리는 것만 같아 어쩌는 수 없다는 느낌도 난다. 부근에 제지회사가 되면서부터 벌목이 성하게 된 까닭에 한 고장의 산이 유망하다고 그것을 잔뜩 바라고 있는 것이나, 그것이 십만 원에 팔릴 희망도 지금 같아서는 먼 듯하다. 아내는 오빠에게 이 산에서의 오만 원의 약속을 받은 것이나 어쩌랴. 아내의 꿈은 오빠의 운명과 발을 맞추지 않으면 안 되게 되었다. 지금 당장의 일만 원이란 것도 필연코 읍 부근의 토지의 매매에서 솟을 것인 듯하나, 이 역시 운이 대단히 이로워야 차례질 몫일 듯 골패 쪽의 장난같이도 허황한 것이다.

일만 원이나 오만 원의 꿈은 어서 천천히 꾸기로 하고 시급한 건강이나 회복해 가지고 오라고 마음속으로 축원하고 있을 때 대망을 품고 고향으로 내려 간 아내에게서 며칠만에 간단한 편지가 왔다. 대망을 품은 폭으로는 흥분도 감격도 없는 담담한 서면이었다. 어머니의 흰 머리칼이 더 늘었다는 것과 둘째 조카딸이 어여쁘게 자란다는 것을 적어 보낸 것이다. 호박꽃 이야기도 과수원 이야기도 옥수수 이야기도 한마디 없는 것이요, 도리어 놀란 것은 진찰한 결과 신경쇠약의 증세로 판명되었다는 것이다. 도회의 병원에서는 증세를 바로잡지 못하는 것이 왜 하필 시골 병원에서 판명된단 말인가. 신경쇠약의 선언을 받으려고 일부러 시골을 찾은 셈이던가. 만약 말과 같이 신경쇠약이라면 그 원인을 만든 내 허물이 한두 가지가 아닐 듯해서 애처로운 생각조차 났으나, 어떻든 병이 병인 만큼 일부러 전지요양도 하는 판에 시골을 찾은 것만은 잘되었다고 안심도 되었다. 살림 걱정도 잊어버리고 활달한 자연과 벗하고 지내는 동안에 차차 회복될 것으로 생각한 까닭이다. 될 수 있는 대로 오랫동안 지니고 간 약이나 먹으면서 마음 편히 지내기를 나는 회답하면서 마음속으로는 과수원도 거닐고 풋콩도 까고 조카아이들과 놀고 거리의 부인들과도 휩쓸리면서 모든 것 잊어버리고 유유히 지내고 있을 그의 자태를 상상해 보는 것이었다.

뒤를 이어 사흘돌이로 편지가 오는 것이 어느 한 고패를 번기는 법이 없이 ─ 한가한 전원의 풍경을 그려 보내느냐 하면 그렇지도 않고 멀리 이곳 집안의 걱정과 살림살이의 주의를 편지마다 세밀히 적어 보낸다. 생선을 소포로 보내 온다 편지봉투 속에 돈을 넣어 보낸다 하면서 면밀한 주의는 가려운 데 손이 닿을 지경이다. 그리고는 이곳에 대한 끊임없는 걱정과 조바심인 것이다. 향수를 못 잊어 고향을 찾는 그의 마음이니 응당 누그러지고 풀리고 놓아야 할 것임을 그같이 걱정이 자심하고야 누그러지기는커녕 도리어 안타깝게 죄어드는 판이니 그러다가는 병을 고치기는새려 도리어 더치기가 첩경일 듯싶었다. 혹을 떼러 갔다 혹을 붙여 올 것도 같다.

하기는 걱정이라면 내게도 걱정이 없는 것이 아니었고, 무엇보다도 그를 보내고 나니 일상의 불편이 이루 한두 가지가 아님을 당면하게 되었다. 아침저녁으로 대하는 음식상으로부터 주머니 속에 드는 손수건 하나에 이르기까지가 손이 달라지니 불편하고 맛 같지 않은 것이다. 아내란 상 위의 찌개 그릇이요, 책상 위의 옥편이라고 할까. 무시로 눈에 뜨일 때에는 심드렁해서 대수롭게 여기지도 않으나 일단 그것이 그 자리에 빈 때에는 가지가지의 불편이 뼈에 사무치게 알려지면서 그 값을 비로소 깨닫게 된다. 아내 없는 불편을, 더구나 집안을 거느리고 있을 때의 그 불편을 절실히 느껴가면서 웬만큼 정양하고 그만 돌아왔으면 하고 내 편에서도 느끼게 되었다.

대체 세상에서 마지막으로 편안하고 마음 놓을 곳이 어디인지 아무도 모르는 것일까. 그립고 안심을 얻을 마지막 안식처가 어디요, 고향이 어디임을 말해 주는 이 없을 듯싶다. 내가 아내 없는 불편으로 해서 그렇게 안달을 하고 갈망을 하지 않아도 아내 편에서 도리어 조바심을 하고 제 스스로 또다시 돌아온 것이다. 별안간 전보를 치고는 그날로 떠난 것이었다. 불과 한 달도 못 되어서 협착하다고 버리고 간 도회를 다시 찾아왔다. 그리 원하던 옥수수 시절도 채 못 맞이하고, 우유 맛이요 어머니의 젖만 같다던 그 즐기는 옥수수 한 이삭 먹어보지 못한 채 도회에서는 좀 있으면 피서들을 떠난다고 법석들을 할 무더운 무렵에 무더운 도회로 다시 돌아온 것이다. 향수에 북받쳐 고향을 찾은 그에게 그리운 것이 또 무엇이 있던가. 향수란 결국 마지막 만족이 없는 영원한 마음의 장난인 것인가. 말할 것도 없이 아내는 고향에서 두 번째의 향수─도회에 대한 향수를 느낀 것이다. 도회가 요번에는 고향같이만 보였을 것이 사실이다. 시골로 떠날 때와 똑같은 설레고 분주한 심정으로 집을 떠나 삼십 평을 찾아든 것이다. 안타깝고 감질이 나던 삼십 평이 조촐하고 알맞은 안식처로 보였을 것이다. 모든 것이─뜰의 꽃 한 포기까지가 새롭고 귀하고 신기한 것으로 보였을 것이다. 집안의 구석 구석이 시골보다도 나은 곳으로 보였을 것이다. 물론 한 해를 살아가는 동안에 피곤해지면 또 시골이 그리워질 것이요, 시골로 갔다가는 다시 또 이곳을 찾을 것이요, 향수는 차례차례로 나루를 찾는 나룻배같이 평생 동안 그칠 바를 모르는 것이다.

차에서 내리는 아내의 신색은 떠날 때보다 조금 나아진 것도 같고 도리어 못해진 것도 같다. 퍼머넌트를 날리고 옷맵시가 개운하게 보이는 것은 떠날 때와 일반이나─어쨌든 올 곳에 왔다는 듯 얼굴에는 안도의 빛이 떠오르는 것은 사실이다.

"그렇게 푸지게 있을 걸 왜 그리 설레긴 했든구?"

"어때요. 이만하면 얼굴 좀 그슬렸죠─군것질 너무 할까봐 걱정이 돼서 뛰어왔죠."

"그래 옥수수 먹을 동안두 못 참았어?"

"수염이 바알개지는 걸 보구 왔어요─익거든 철도 편으로 두어 푸대 뜯어 보내라구 일러는 두었지만."

"이 가방 속에는 이게 모두 지전으로─만 원이 들어찼으렷다."

"찰 뻔했어요."

아내는 조금 겸연쩍은 듯이 빙그레 웃으면서 재게 걷는다.

"일만 원의 꿈 깨뜨려지도다, 아멘."

"노상에서 자세한 이야기를 드릴 수는 없지만─거리에는 군대가 들어와 양식고가 선다구 땅 시세가 갑자기 올라 발끈들 뒤집혔는데 철도를 가운데 두구 바른편 터가 군용지로 작정되구 왼편 땅이 미끄러질 줄을 누가 알았겠어요? 바로 작정되는 날까지두 어느 쪽으로 떨어질 줄을 몰라 수물들 거리다가 그 지경이 되구 보니 한편에서는 좋아라구 뛰는 사람, 한편에서는 낙심해서 우는 사람—오빠는 사흘이나 조석을 굶구 헤매이는 꼴 차마 볼 수 있어야죠."

"아멘!"

"운이 박할 때는 할 수 없는 노릇 같아요— 다음 기회를 노릴 수밖에 어쩌는 수 있나요."

"안 되기를 잘했지. 옳게 떨어졌다간 그 만 원 때문에 또 무슨 걱정이 생겼게. 그저 없는 것이 제일 편하다나."

사실 당치 않은 꿈 깨어진 것이 도리어 마음 편하고 다행한 노릇이라고 생각한 것은 물질이 가져오는 자질구레한 근심을 잘 아는 까닭이었다. 현재 굳이 만 원이 없어도 좋은 것이다. 아내가 돌아온 것만으로도 불편하던 집이 펼 것 같아서 반가웠다. 고기를 놓친 것이 아까울 것도, 애틋할 것도 없이 빈손으로 간 아내가 빈손으로 온 것이 얼마나 시원한 노릇인지 모른다.

"두고 보세요. 다음 기회는 영락없을 테니. 사람의 운이 한 번은 이로울 날 있겠지요."

"암, 꿈이란 자꾸 멀리 다가갈수록 좋은 것이라나. 그렇게 수월하게 잡혀선 값이 없거든."

집에 이르렀을 때 아내는 좁은 뜰 안에 한 걸음 들어서자 만면 희색을 띠고 우거진 숲을 바라보는 것이었다.

"어느 새 이렇게 만발이야—카카리아, 샐비어, 프록스, 애스터, 달리아, 국화, 해바라기—온통 한창이니."

무지개를 보는 아이와도 같다. 조금 오도깝스럽게 수다스럽게—기쁨이란 그렇게 표현하는 것이 가장 정당한 듯도 싶다. 카카리아의 꽃망울 하나를 뜯어 가지고는 손가락으로 문질러 물을 들이고 향기를 맡고 하는 것이다.

"호박꽃보다 못하지 않지?"

"호박꽃두 늘 보니까 싫증이 났어요. 흡사 새 집 새 세상에 처음으로 온 것만 같아요."

복도로 뛰어올라서는 공연히 방 안을 서성거리며 부엌을 기웃거리며 마루방을 쿵쿵거리며 현관문을 열어 보며 제기를 디디고 언덕 아래 강을 굽어보며—흡사 새 집으로 처음 들어온 신부의 날뛰는 양이다. 집을 한 바퀴 횅하니 살펴보고야 비로소 안심한 듯이 방에 와 앉으면서 놓이는 마음에 잠시는 어쩔 줄을 모르고 멍하니 뜰을 내려본다.

"다시는 시골을 간다구 발설을 하구 법석을 안 하렸다."

"시골을 다녀왔으니까 오늘의 이 기쁨이죠—맘이 이렇게 편하구 기쁠 때는 없어요."

그 즉시로 신경쇠약증이 떨어져버린 듯이도 건강한 신색에 기쁨을 담고는 새로운 감동의 발견에 마음이 흐붓이 차 있는 모양이었다. 그가 그날 찾아온 데는 삼십 평의 집이 아니라 삼만 평의 집이었는지도 모른다. 그날의 그보다 더 기쁠 사람이 또 있었을까.

일표一票의 공능功能

일표一票의 공능功能

낮쯤 해 학교로 전화를 걸고 다짐을 받더니 사퇴하고 집으로 돌아오기가 바쁘게 건도는 자동차를 가지고 왔다. 끌어앉히다시피하고는 거리를 내려가 남쪽으로 훨씬 나가더니 뒷골목 한 집으로 다다랐다. 뜰 안의 초목과 조약돌은 저녁물을 뿌린 뒤라 푸르고 깨끗하다. 낯설은 집은 아니었으나 양실만이 있는 줄 알았던 터에 층 아래에 그렇게 조촐한 '자시키'를 본 것은 처음이어서 안내를 받아 복도를 고불고불 깊숙이 들어가니 그 한 칸의 푸른 자릿방이었다. 또 한 가지 나를 서먹거리게 한 것은 방으로 들어섰을 때 상 건너편에서 방긋 웃음을 띠인 한 송이 색채가 우리를 반기는 것이다. 그 역 낯설은 사람은 아니었으나, 그날 저녁의 그 모든 당돌한 배치가 불시에 끌려나온 내게는 도무지 뜻밖의 일이었다. 건도의 그날의 목적을 짐작하지 못하는 바는 아니었으나, 그만쯤의 목적을 위해서는 지나치게 거창한 행사였다.

"만난 지 오래기에 하룻밤 얘기나 해볼까 해서……."

설매도 그와 같은 표정으로 웃어보인다. 이 해의 유행인지 치잣빛 적삼이 철에 맞아 화려하다. 술이 자꾸 뒤를 이어 들어오고 요리가 그릇마다 향기를 달리한다. 웬만큼 술이 돈 때에야 비로소 건도는 부附회의원 선거의 일건을 슬그머니 집어냈다. 선거기가 임박했다는 것, 심심파

적으로 출마해 보겠다는 것을 말했을 때 나는 이미 나의 일 표를 원하는 그의 심중을 응당 살피고,

"그까짓 내 뜻이 무어게, 오늘 저녁 대접은 과해. 몇백 표를 얻는 데 이렇게 일일이 턱을 썼다간 자네 봉 빠지게."

"일일이야 낭비를 하겠냐만―자네 혹시 다른 곳에 승낙하지나 않았나 해서……."

"거 다행이네. 놓치지나 않을까 해서 이렇게 조급히 서둔 거야."

대체 선거라는 것부터가 내게는 귀 설은 것이어서 선거권이 있는지 없는지도 당초에는 몰랐었고, 있다고 해도 그 시민적 특권을 그다지 달갑게 여기지는 않았다. 선거에 관한 주의서가 부에서 개인명으로 나오게 되어 동료의 몇 사람이 내 한 표의 뜻을 설명하며 친구들의 모모가 그것을 원한다는 말을 전했을 때 비로소 내가 이 고장에 온 지 몇 해며 일 년에 바치는 세금이 얼마가량이라는 것이 막연히 머리 속에 떠오르며 의원의 덕으로 부민에게 얼마나의 이익이 올 것인지는 모르나 차려진 의무는 차려진 대로 하는 것이 옳으려니도 생각하기 시작했다. 그러나 후보자 속에 얼마나 뛰어난 사람이 있는지 몰라도 나로 보면 그 한 표쯤 아무에게 준들 안 준들 일반인 것이다. 가까운 친구가 그것을 기다리고 있었을 줄야 어찌 알았으랴.

"자네가 출마할 줄 꿈이나 꾸었겠나. 내 한 표가 긴하다면야 두말 있겠나."

그러나―하는 표정으로 그를 보았을 때, 그도 민첩하게 그 표정 속에 숨은 출마는 해서 무엇 한단 말인가, 자네도 그런 부류의 인간이었던가 하는 뜻을 눈치챈 모양,

"자네 경멸할는지도 모르나―이것두 생애의 한 체험으로 생각하려네."

하는 변명의 어조였다.

"체험. 파란 많은 자네 생애엔 벌써 체험도 동이 난 모양이지 ─ 운동을 못 해봤나, 교사 노릇을 못 했나, 기자 생활을 안 겪었나……."

기자 생활을 청산한 후로는 변호사 시험을 보아오는 것이 몇 해 동안 실패만 거듭하고 있다. 시험에 성공한다면 그 자격으로서 또 의원의 자리를 바랄는지는 모르나 지금 같아서는 시험에 실격한 것이 출마의 원인일 듯도 싶다. 기자 생활을 버리고 변호사 시험을 원한 것부터가 그에게는 큰 생애의 변동이었고, 이제 의원으로 출마하게 된 것은 다시 백 보의 변동으로서, 그 과정이 내 눈앞에는 여지없이 차례차례로 나타나고 그의 심경의 변화해 감도 짐작할 수 있기는 하다. 사상에 열중했을 때와 의원을 원하게 된 오늘과의 먼 거리를 캐서는 안 될 것이, 시간의 길이와 변천의 고패에 착안함이 그를 충실히 이해할 수 있는 유일의 실마리일 듯싶으니 말이다.

"오늘 이 당장에 내게 그것밖엔 할 일이 무엇이겠나. 돌부처같이 가만히 있을 수 있다면 또 몰라두……."

변화라는 것이 그에게는 몸에 지닌 철학이자 처세의 원리라는 듯도 하다. 도리어 반문하는 듯이 어세가 높은 그의 태도 속에 그가 지금까지 자기류로 살아온 모든 배포가 들여다보인다.

"그게 이번 출마의 이유란 말인가 ─ 하긴 자넨 잠시도 가만있지 못하는 활동객이니깐."

"전에는 사상으로 행세했지만 지금에야 행세의 길이 달라지지 않았나."

"거리에서 꼭 행세를 해야 값이 있단 말인가?"

"행세를 못 하구야 또 산 값이 무어겠나."

당초보다는 그의 생각이 퍽도 달라졌다. 사상으로 행세하던 때의 그의 입에서 나는 지금과 같은 말투를 들어본 적이 없었다.

지금에는 빌써 그의 따지는 이치가 완고하리만큼 굳은 듯하다. 속은 무르면서 겉만을 그렇게 굳게 무장하고 있는지도 모르기는 하다.

"어서 뜻을 얻어 마음대로 행세하도록 하게나. 내 표는 염려말구."

"북촌에서만두 근 십여 명이 출마를 했으니 적어도 이백 표는 얻어야 바라보겠는데. 요행 교사 시대와 기자 시대에 사귀어둔 사람들이 있어서 그들의 말이 헛것이 아니라면 이럭저럭 희망이 있네만 사람이 말만 가지구야 믿을 수 있어야지."

"설마 나까지야 못 믿겠나?"

"다 자네 마음 같은 줄 아나."

"이렇게 야단스런 상을 받구야 턱 값이래두 해야 하잖겠나."

웃으니까 그도 따라 웃고, 설매도 입을 열고 고운 잇줄을 구슬같이 내보인다. 이때까지 다른 술좌석에서 설매를 만난 일이 여러 번이었어도 그가 건도의 짝일 줄은 몰랐다. 익숙한 두 사람의 눈치로 보면 여간한 사이가 아닌 듯하다. 그 원앙 같은 쌍이 합심해서 내게 베푸는 정성을 생각하면 거나한 김에 마음이 따끈해지면서 나도 건도를 위해서 마음의 정성을 베풀어야 할 것을 가슴속에 굳게 먹게 되었다.

그날 밤 술이 과했던지 이튿날 개운치 못한 정신으로 교단을 오르내리면서 건도의 일건이 머리 속을 떠나지 않았다. 부회의원─선거─한 표를 얻기 위한 그 극진한 대접─설매의 아슬아슬한 아첨─건도의 장황한 설화─의원이 되어야 면목이 서고 행세를 할 수 있다고 거듭 되풀이하던 그의 조바심이 내 일만 같이 마음속에 살아나왔다. 이날부터 내게로 뒤를 이어오게 된 우표 없는 약속우편의 무수한 편지들 속에 건도의 것도 끼기 시작했다. 한 사람이 여러 차례씩이나 비슷한 판에 박은 선거 희망의 서장을 보내오는 속에서 건도의 것도 그들과 다름없는 같은 격식, 같은 내용의 것이었다. 그를 후원하는 후원회에서 보낸 추천장에는 십여 명의 후원자의 열명 아래에 그의 학력과 경력과 인물을 세세히 적어 후보자로서 가장 적당함을 증명했고, 그 자신이 보낸 서장 속에는 피선된 후의 포부와 계획을 당당 오륙천 자의 장황한 문자로 논술 설명해 왔다. 교육기관의 확충, 특히 초등 교육의 충실, 시가지 계획, 위생시설, 사회적 시설, 산업 조장 등의 항목을 들어 부의 행정시설을 검토하고 장래 부세에 대한 설비를 계획해서 부정의 백년대계를 세우겠다는 위대한 기개였다.

수십 명이 차례차례로 보내온 비슷한 글발을 뒤적거리면서 나는 그 자신들의 흥분과는 인연이 멀게 나중에는 지쳐서 하품이 날 지경이었다. 그들이 감언이설로 유혹하나 나는 첫째로 그들에게 부탁할 말이 없는 것이요, 그들의 힘에 의지해서 부탁하고자도 않는다. 거리의 목마다 입후보의 흰 간판이 늘어서고 부민들이 선거의 화제로들 수물거린대도 내게는 선거라는 것이 도무지 경없는 일로만 보이면서 흥분은커녕 마음은 차게 가라앉을 뿐이었다. 일면식도 없는 그들 군소 정객에게서 받은 수십 매의 편지를 거리에 뿌려지는 광고지만큼도 긴히 여기지 않으면서 드디어 선거의 날을 당하게 되었다.

오월도 끝무렵이라 날이 무더워가는 때였다. 마침 일요일이었던 까닭에 나는 아침부터 뜰에 나서 꽃을 매만지고 있었다. 선거 투표는 오후 다섯 시까지였던 까닭에 조급히 집을 나서지 않아도 좋았던 것이요, 선거보다도 내게는 솔직히 화단의 꽃이 더 소중했던 것이다. 벌써 꽃 피기 시작한 양귀비 포기를 만지며 물도 주고 잎사귀도 가지런히 추어 주며 한가하게 속사를 잊어버리고 있는 동안에 어느덧 오정이 울렸다. 행여나 투표를 잊어서는 안 된다고 한가한 마음을 깨워주려는 듯이 뜻밖에 불쑥 들어온 것이 건도였다. 별반 필요가 없었던 까닭에 요정에서 만난 후 처음이었다. 가장 분주한 날일 텐데 웬일이냐고 물으니까 며칠 동안 들볶아친 판에 피곤도 하고, 그날 특히 자기에게 맡겨진 일도 없기에 수선스런 선거 사무소를 빠져나왔다는 것이었다. 마침 잘 왔다고 나는 차리고 나서면서 거리로 이끌었다. 일전의 호의에 대한 답례도 할 겸 투표까지의 시간을 함께 지우려는 것이었다. 그릴에서 점심을 먹고 맥주 잔을 기울이노라니 놓이는 마음에 내게는 내 고집이 생기면서 그의 말에 맞장구만을 치지 않고 내 유의 반성이 솟기 시작해 자연 입이 허랑해졌다.

"자네 낯이 넓으니까 염려야 있겠냐만 운동한 결과 낙자가 없을 것 같은가?"

"삼백 표를 약속 받았으니 반만 믿더라두 일백오십이 아닌가. 일백오십 표면야……."

"그럼 내 한 표쯤은 부뚜막의 소금 한 줌 폭두 못 되겠네그려."

"삼백 분지 일이니까 비례로는 적으나 그러나 자네 같은 정성이야 자네를 놓고야 삼백 중에서 또 누구에게 바라겠나."

"정성—자네 부회의원 돼서 거리에서 행세를 잘하라는 정성 말이지……. 이 며칠 그 정성에 대해 조금 반성하기 시작했는데……."

단숨에 잔을 내고 다시 맥주를 받으면서,

"—자네 보낸 그 야단스런 포부두 읽구 계획두 들었네만.—초등 교육 문제니, 인도교 가설 문제니, 위생시설 문제니 그것이 왜 내겐 그림 엽서나 포스터 속의 빛 낡은 선전문 같이만 보이는지 모르겠네. 좀 더 알뜰히 생각해 보려두 맘이 자꾸 빗나간단 말야. 확실히 필요한 조목인데두—자네들의 실력을 얕잡아보는지는 모르겠으나."

그렇게 터놓고 말하는 것이 반드시 친구의 비위를 건드리지는 않은 듯 그도 속임 없는 한 꺼풀 속 심경을 감추지는 않았다.

"……사실 나두 그게 격식이라기에 뭇사람을 본받아 흉내는 내봤으나 일을 하면서도 흡사 연극을 하고만 있는 것 같으면서 맘속이 텁텁해 못 견디겠어. 대체 무슨 큰 수가 있어서 그것을 하노, 하구 피곤한 뒤에는 반드시 맘 한귀퉁이가 피곤해. 내게 무슨 할 일이 없다구 그 짓을……."

과는 달랐어도 함께 학문을 공부하고 학술을 연구한 그 동기동창의 솔직한 마음속일 듯싶었다. 삼십을 갓 넘은 젊은 학사의 속임 없는 하소연인 듯싶었다.

"의원의 하는 일이 불필요야 하겠나만, 자네를 그 구실에 앉힌다는 것이 아무래두 희극이야. 양복을 입구 고깔을 쓴 것 같아서 격에 어그러져 뵈거던."

"내 할 일을 내가 간대루 모르겠나—."

동창의 얼굴은 불그레 물들고 눈은 온화하게 빛난다. 상 위에는 맥주병이 어느 새 수북히 늘어섰다.

"—나이가 늦었다면 또 모르거니와, 적수공권의 알몸이라면 또 모르거니와……."

"그러게 말이네. 앞이 아직 훤한 우리가 무얼 못 해서. 더구나 자네의 의기와 경제력을 가진다면야 앞날의 대업을 위한 준비를 하는 것이 차라리 값있는 일이겠구……."

"시험에 성공했다면 또 모르거니와 내게 무슨 계획인들 없었겠나. 제일 가까운 수로 만주나 동경으로 내빼려구까지 맘 먹었었네. 그런 것이 차일피일 거리에 묵고 있는 동안에 이 궁리를 하게 된 것이라네."

"망발이야. 아무리 생각해두 수치면 수치지 당선한댔자 영광은 못 돼. 삼십 세의 소장 법학사가 부회의원이라니. 의회 석상에서 부윤 이하 늙은이 의원들을 앞에 놓구 자네 웅변이 아무리 놀랍구, 거리의 명성을 한몸에 차지한다구 치더라두 자네 하는 구실이 희극배우감밖에는 못 돼."

지나친 조롱이 그의 가슴을 후볐는지 동무는 자조의 웃음을 빙그레 띠더니,

"섣불리 돈푼이나 있는 게 내게는 얼마나 불행인지 모르겠네. 무슨 계획을 세우든 미지근해서 배수의 진을 치구 부락스럽게 나서질 못한 단 말야……. 그러나 계획은 계획, 눈앞은 눈앞, 일단 출마한 바에야 뒤 로 물러서는 수야 있겠나."

"당선돼야 한단 말인가?"

온화하던 눈망울이 긴장해지면서 결의를 보인다.

"암. 이겨야지. 근 반 달 동안을 고생해 놓구 지금 내 앞에 남은 결과 가 이기는 것밖엔 더 있겠나. 나선 바엔 성공해야지. 그 후에 또 다른 일을 계획하든 어쩌든 그건 이것과는 별 문제거든."

"자네 당선된다는 게 반가운 일 같지는 않어. 새옹마의 득실로 실패 함으로서 참으로 큰 결의가 올는지 뉘 아나?"

"두구 보게 성공하잖나."

술병이 빈 것을 알고 나는 시계를 보았다. 이야기에 열중하느라고 시 간 가는 줄을 모르고 있는 동안에 오후가 훨씬 지나 투표도 앞으로 두 어 시간을 남겼을 뿐이었다. 나는 내 의무를 생각하고 조금 급스럽게 자리를 일어섰다. 너무도 한가한 오찬의 시간이었다.

"나만큼 자네를 생각하는 사람도 드무이. 어떻든 내 정성을 다하고 올게. 차차 또 만나세."

가게를 나와 건도와 작별하고 홀몸으로 나의 소속된 투표장을 향했 다. 북부北部 투표 분회장인 S소학교 강당까지 이르기에 술도 거나한 까 닭이었지만 나는 유쾌하다고 할까 우습다고 할까 북받쳐 오르는 내 스

스로의 유머를 못 이겨서 휘전휘전 정신이 없었다. 교문에는 순사가 삼엄하게 지키고 섰고, 휑한 운동장에는 입후보의 간판이 일렬로 늘어선 앞으로 마치 입학시험의 마당같이 군데군데 몇 사람씩 성글게 모여 서서는 수군들거리는 것이 모두 내 유머의 비밀의 배경을 이루어 내게는 유쾌한 것이었다. 도착 번호표를 받는다, 명부 대조소에서 승인을 받는다, 투표 교부소에서 주소 성명을 자칭한다―넓은 강당 이모저모에서 밟아야 할 절차가 단순하지는 않았다.

　회장 한 모에 놓은 단을 모으고 그 위에 부윤 이하 칠팔 명이 회장을 향해 엄연히 앉아 있다.―투표 용지를 들고 한구석에 이르렀을 때 집어 든 붓대가 내 손끝에서 약간 떨렸다. 세모로 접은 복판 줄에다 나는 내 친구인 입후보자 박건도의 성명을 정성스럽게 적어야 하는 것이요, 그 목적으로 그곳까지 이른 것이다. 박건도의 획수를 마음속에 그리면서 순간 몸이 움칫하며 붓 끝이 종이 위를 달렸다. 일 분이 걸려야 할 이름이 일 초가 채 안 걸렸다. 달막거리는 가슴을 억제하면서 용지를 제대로 집어 들고 투표함 앞에 이르러 '정성의 한 표'를 넣었다. 내일로 내 경멸의 뜻을 알리라, 외치고 싶은 충동을 느끼면서 거나한 눈으로 그들을 쏘아붙이고는 회장을 나왔다. 운동장을 나서 집으로 향할 때 그 지난 일 초 동안의 유머가 나를 한없이 통쾌하게 했다. 감독관과 선거 행위에 대해서 날카로운 비판의 화살을 던졌을 뿐 아니라, 사랑하는 동무 건도에게 대해서도 나는 내 마음의 정성을 다한 것이다. 반생 동안에 그렇게 통쾌한 유머와 풍자의 순간을 맛본 적이 없다. 다리가 비틀비틀 꼬이면서 한길 복판에서 목소리를 높여 웃고 싶으리만큼 즐거운 심정이었다. 세계 선거 역사상에 전례가 없을 특출한 순간의 걸작을 내놓은 그 선거의 하루가 내게는 오래 잊을 수 없는 독창적인 만족을 주는 것이었다.

이튿날은 아침부터 본회장에서 개표가 시작되었다. 신문은 선거의 기사로 전면을 채우고 따로 호외까지를 발행했다. 그 야단스런 거사가 별안간 엄숙하게 여겨지면서 나는 어제의 내 행동을 생각하며 마음이 어느 정도로 흥분하지 않는 것도 아니었다. 대체 건도의 하회가 어떻게나 되나 궁금해하면서 사퇴한 후 저녁 거리에 나섰을 때 큼직한 목마다 세운 각 신문사 속보판速報板이 시간마다의 개표의 결과를 보도했다. 일렬로 늘어선 백여 명 후보자의 이름 아래서 숫자가 시시각각으로 경쟁을 했다. 건도의 이름 아래로 주의를 보낸 나는 기뻐해야 옳을는지 슬퍼해야 옳을는지 그의 성적은 상당히 우수한 편이어서 열 스물씩 오르는 것이 다른 후보자의 결코 밑을 가지 않았다. 나는 목구멍이 근질거리는 일종 야릇한 심정을 느끼면서 백화점에 들렀다 찻집을 찾았다 하다가는 다시 속보판을 들여다보는 것이었으나 건도의 성적은 단연 우수해서 뭇 적수를 물리치고 내가 집으로 돌아갈 때까지는 거의 백점을 바라보는 것이었다.

개표는 다음 날까지 계속되었다. 건도는 역시 거리에서는 상당히 유력한 편이로구나 부민들의 원이라면 그도 괜찮을 테지 생각하면서 냉정한 태도로 그의 성격의 발표를 주의하는 것이었으나 이날은 웬일인지 대단히 불리해서 낮까지에 일백삼십 표까지 오르고는 저녁 때에 이르기까지 조금도 요동하지 않는다. 다른 후보자들이 거의 이백 표를 바라볼 때까지 그는 종시 일백삼십에 머무르고 말았다. 물론 그것이 결코 적은 표수는 아니어서 그 아래로는 층이 많고 심지어 백 표에 차지 못하는 사람도 많았으나, 반면에 그보다 윗수도 많아서 높은 것이 이백을 넘으려는 것이었다. 나는 저녁 불이 들어올 때까지 거리에 머물렀으나 도무지 까딱하지 않는 건도의 고정수 일백삼십을 한도로 집으로 들어갔다. 전날의 놀라운 성적에 비겨서 웬일인고 생각하며 나는 기쁜지 섭섭한지 거의 표정과 말이 없이 걸었다.

반 달을 두고 끌어온 수선스런 선거의 행사는 그날로 완전히 끝난 것이었다. 이튿날 신문은 호외를 가지고 당선된 새로운 부회의원의 이름을 발표했다. 건도의 이름은 그 속에 없었다.

야릇한 것은 일백삼십이 참으로 당락의 분기점이었던 것이다. 일백삼십일 점부터 당선이요, 일백삼십 표가 낙선—건도는 하필 그 공교로운 분기의 숫자로서 낙선의 비운을 맞은 것이다. 일백삼십과 하나—한 표를 더 얻었더라면 당선이다. 한 표를 놓쳤기 때문에 낙선이다. 한 표, 운명의 한 표! 공교로운 한 표!

"건도 만세."

신문을 들여다보는 동안에 너무도 신기한 생각이 나서 모르는 결에 속으로 외쳤다.

"한 표로 그대의 운명이 작정되다. 건도 만세. 낙선 만세."

불운하게 당선이 되어서 부회의원이 됐댔자 거리에서 행세를 한다고 휩몰아치다 소성에 안심한 채 몸을 버리기가 첩경 쉬울 뿐이다. 낙선이야말로 그에게 새로운 결심을 주고 새로운 길을 보일 것이다.—이것이 나의 처음부터의 생각이고, 그에 대한 정성이었다. 그는 요행 낙선했다. 한 표의 부족으로. 그 한 표를 거절한 것이 참으로 나였던 것이다! 뜻하지 않은 그 공교로운 결과를 괴이한 것으로 여기면서 투표하던 날의 그 순간의 걸작을 나는 마음속에 되풀이해 그려보았다.

건도의 표정은 지금 대체 어떠한 것일까. 불만의 표정일까. 만족의 표정일까. 장차는 내게 얼마나 감사해야 옳을 것인가. 그의 낯짝을 구경하고 낙선 턱을 우려내리라—고는 생각하면서도 차일피일 즉시로는 만나지 못하고 그가 찾아올 날을 기다리고 있는 동안에 삼사 일이 지난 날 저녁이었다.

학교 동료들과의 조그만 모임이 있어 강을 내다보는 요정에서 마침 부른다는 것이 설매였다. 건도를 족쳐낼 작정인 내게는 그 또한 다행한 일이었다. 붙들고는 첫마디가,

"건도 소식 들었나?"

설매도 마치 그 질문을 기다리고 있었던 듯이,

"첫날은 풀이 죽었더니……."

"다시 살아났단 말이지. 꼴 좀 보구 싶어."

"이를 갈아물구 결심이 단단한 모양예요."

"턱을 톡톡히 받아야 할 텐데……."

"낙선 턱 말이죠?"

"아무렴."

"만나면 말씀 전해 달라더만요."

"전화나 걸어볼까."

든손 일어서려는 나를 설매는 붙들어 앉힌다.

"장거리 전화를 거실 작정인가요?"

"장거리는 왜?"

"동경으로 갔어요. 그저께 밤 부랴부랴 떠났어요."

"동경으로. 흐음―."

나는 마치 내 자신의 계획이 맞아떨어진 것같이 무릎을 칠 듯이도 쾌연한 심사였다.

"거리에 더 무죽거리구 있을 면목두 없는 터에 몇 해 공부를 하겠다구 급작스럽게 차려 가지구 떠났죠. 선생님두 만날 체면이 없는지 뵙거든 소식을 전해 달라구 신신부탁을 하면서."

"잘했어. 바로 내 바라는 거야."

결말을 들으면 간단한 것이나 건도의 심정을 생각하면 내 심중도 복

잡하지 않은 것은 아니다. 그러나 마음이 고요하게 가라앉아가면서도 한편 유연히 솟는 기쁨을 금할 수는 없었다. 동무를 한 사람 그런 방법으로 구해 냈다는 것이 반드시 내 유의 독단은 아닌 듯하며 그의 경우를 아는 사람이라면 나와 의견이 같을 것을 믿는다. 술을 마시고 잔을 설매에게 권하면서,

"설매두 건도가 이제야 옳은 길을 잡았다구 생각하잖나. 무엇을 어떻게 공부해 오든 봉지를 떼어봐야 알 일이지만 의원이니 무어니 때꼽쟁이 감투를 쓰고 거들거리는 것보다는 수가 몇 층이나 윗길인가."

"저두 잠시는 섭섭하지만 잘하였다구 생각해요. 젊은 양반이 괜히 똑똑하다구 거리에서들 추스르는 바람에 까딱하다간 사람 버리기 일쑤죠. 뚝 떠난 게 잘하구 말구요."

"그래 그를 뚝 떠나게 한 게 누군 줄이나 아나.─꼭 한 표로 낙선됐는데, 그 한 표로 그를 떨어뜨린 게 누군 줄 아나?"

무엇을 말하려노 하고 설매는 나를 바로 바라본다.

"나다 나, 나."

"선생님이라니요?"

"건도를 떨어뜨려 동경으로 떠나보낸 것이 바로 나야."

"승낙하신 한 표를 주시지 않았단 말인가요?"

"왜 주기야 줬지. 그러나 건도를 쓰지 않았어."

"어쩌나."

"이름을 안 쓰구 장난을 쳤어. 투표지에다 작대기를 죽 내려그었어."

"위반 행위를 하셨군요."

"그게 건도를 생각하는 정성이라구 생각했거든. 건도의 이름을 썼댔자 오늘의 건도가 났겠나. 어쩌다 그 한 표가 맞혔는지 생각할수록 신기하단 말야."

"그러니 약속하신 한 표를……."

"아무렴. 모두 내 공이야. 내 공이 커."

설매는 천만의외라는 듯 놀라는 표정이 좀체 사라지지 않는다. 기쁜지 슬픈지 분간할 수 없는 눈매로 뚫어져라 하고 내 얼굴을 바라보는 것이다.

"왜 설매는 반댄가. 내 한 일이 그르단 말인가?"

"천만에요. 그르기야 왜. 잘하셨소. 청춘 하나 살리셨죠."

"건도가 있었더라면 얘기를 하구 한바탕 껄껄걸 웃으련 것이 그만."

"편지로래두 제가 일러드리죠. 그간의 곡절을……."

"편지는 나두 할 작정이야. 좀 장황하게 내 공을 자랑하구, 요 다음 만날 때 톡톡히 예를 받아내게."

"선생님두 원, 못하는 것이 없으셔."

설매도 내 심정을 터득했는지 활달한 웃음을 지었다.

"자, 우리 둘이 건도 만세나 불러줄까."

병을 들어 설매에게도 따라주니 그도 나와 마주 잔을 대었다.

"건도 만세!"

"건도 만세!"

가느다란 목소리로 합창을 하고 술을 머금을 때, 동료들은 무슨 일인고 하고 우리들을 빙그레 바라보는 것이었다.

사 냥

사냥

　연해 두어 번 총소리가 산 속에 울렸다. 몰이꾼의 행렬은 산등을 넘고 골짜기를 향하여 차차 옴츠러들었다. 발밑에 요란히 울리는 떡갈잎, 가랑잎의 어지러운 소리에 산을 싸고 도는 동무들의 고함도 귀 밖에 멀다. 상기된 눈앞에 민출한 자작나무의 허리가 유난스럽게도 희끔희끔 어린다.

　수백 명 학생이 외줄로 늘어서 멀리 산을 둘러싸고 골짜기로 노루를 모조리 내리모는 것이다. 골짜기 어귀에는 오륙 명의 포수가 등대하고 섰다. 노루를 빼울 위험은 포수 편에보다도 늘 포위선에 있다. 시끄러운 책임을 모면하기 위하여 몰이꾼들은 빽빽한 주의와 담력으로 포위선을 한결같이 경계하여야 된다. 적어도 눈앞에서 짐승을 놓쳐서는 안 되는 것이다.

　"학년 사이에 연락을 긴밀히! X학년 우익 급속 전진!"

　전령이 차례차례 흘러온다.

　일제히 내닫느라고 산이 가랑잎 소리에 묻혀버렸다. 낙엽 속은 걷기 힘들다. 숨들이 막힌다.

　학년의 앞장을 선 학보도 양쪽 동무와의 간격을 단단히 단속하면서 헐레벌떡거린다. 참나무 회초리가 사정없이 손등과 낯짝을 갈긴다. 발

이 낙엽 속에 빠진다. 홧김에 손에 든 몽둥이로 나뭇가지를 후려치기도
멋없다.

"미친 짓이다. 노루는 잡아 무엇한담."

아까부터―실상은 처음부터 이런 생각이 마음속에 뱅 도는 것이었
다. 노루잡이가 그다지 교육의 훈련이 될 듯도 싶지 않으며 쓸모 없는
애매한 짐승을 일없이 잡음이 도무지 뜻 없는 일 같다. 소풍이면 소풍,
거저 하루를 산 속에서 뛰어 노는 편이 더 즐겁지 않은가.

"인간이란 제 생각밖에는 못하는 잔인한 동물이다. 노루잡이는 무의
미한 연중 행사이다."

기어이 입 밖에 내서까지 중얼거리게 되었다. 땀이 내배 등허리가 끈
끈하다.

별안간 포위선의 열이 어지럽게 움직이더니 몽둥이가 날며 날쌔게들
뛰어든다. 고함 소리가 산을 흔든다.

"노루, 노루, 노루!"

"우익 주의!"

개암나무 숲에 가리워 노루의 꼴조차 못 보고 어안이 벙벙하여 있는
서슬에 송아지만한 노루는 별안간 학보의 곁을 쏜살같이 지나 포위선
을 뚫었다. 학보는 거의 반사적으로 몽둥이를 휘두르며 쫓았으나 민첩
한 짐승은 순식간에 산등을 넘어버렸다.

"또 한 마리. 놓치지 마라!"

고함과 함께 둘째 마리가 어느 결엔지 성큼성큼 뛰어오다 벼르고 있
는 학보의 자세를 보더니 옆으로 빗뛰어가 이 역 약빠르게 뒷산으로 달
아나버렸다.

껑충한 귀여운 짐승―극히 짧은 찰나의 생각이나 학보는 문득 놓친
것이 아까웠다. 동시에 겸연쩍고 부끄러운 느낌이 났다. 조롱하는 동무

430

들의 말소리가 얼굴을 달게 하였다.

"바보, 노루 두 마리 찾아내라."

이런 말을 들을 때에 확실한 몽둥이로 한 마리라도 두드려 잡았더면 얼마나 버젓하였을까 생각이 났다. 골 안에는 벌써 더 짐승이 없었다. 동무들의 조롱을 하는 수 없이 참으면서 힘없이 산을 내려가는 수밖에는 없었다.

요행히 잡은 것은 있었다. 망아지만한 한 마리가 배에 탄창을 맞고 쓰러져 있다. 쏜 포수는 쏠 때의 형편을 거듭 말하며 은근히 오늘의 수완을 자랑하는 눈치였다. 다른 포수들은 잠자코만 있었다. 소득이 있으므로 동무들의 문책은 덜해졌으나 학보는 검붉은 피를 흘리고 쓰러진 가여운 짐승을 볼 때 문득 반항심이 솟아오르며 소득을 기뻐하는 몹쓸 무리가 한없이 미워지고 쏜 포수의 잔등을 총부리로 쳐서 거꾸러뜨리고도 싶은 충동이 솟았다.

품 안에 들어온 두 마리의 짐승을 놓친 것이 얼마나 다행인가. 위대한 공같이도 생각되었다. 잃은 한 마리를 찾노라고 애닯은 가족들이 이 밤에 얼마나 산 속을 헤맬까를 생각하면 뼈가 결렸다. 인간의 잔인성이 갑절로 미워지며 '인간 중심주의'의 무도한 사상에 다시 침뱉고 싶었다.

죽은 짐승을 생각하고 며칠을 마음이 언짢았다. 삼사 일이 지난 후에 겨우 입맛도 돌아섰다. 때가 유난스럽게도 맛났다. 기어이 학보는 그 날 밤의 진미의 고기를 물어보았다.

"장에 났더라. 노루 고기다."

어머니의 대답에 불현듯이 구미가 없어지며 숟가락을 던져버렸다.

"노루 고긴 왜 사요?"

퉁명스런 짜증에 어머니는 도리어 어안이 벙벙한 모양이었다. 학보는 먹은 것을 모두 게우고도 싶었다. 결국 고기를 먹지 말아야 옳을까. 하기는 다시 더 생각이 날 것 같지도 않았다.

은은한 빛

은은한 빛

　먼지 냄새라는 걸 처음 맡아보기나 하는 욱郁은 진열장을 만지작거리
고는 거머쥔 손가락을 코끝으로 가져가는 것이었다. 비좁고 퀴퀴한 가
겟방 가득한 고물古物들 위에 훔치고 닦고 하는 동안에 어느 틈엔가 먼
지는 쌓이고 쌓여 그 자체가 하나의 가치를 주장하거나 하는 것 같았
다. 낙랑樂浪과 고구려를 주로 하여 고려, 이조시대의 것을 합쳐서 오백
점은 착실히 되는 도자기 이외에 수백 장의 기와 등속이 줄줄이 늘어선
장 속에 그득히 진열되어 있었다. 흙 속에서 주워낸 이들 정물靜物은 제
각각 예대로의 의지를 지닌 듯 욱은 며칠이고 시골을 나가 돌다가 가겟
방으로 돌아오면 조용한 벽 속에 영혼의 숨소리를 듣는 것만 같아서 먼
지 냄새가 유난히 다정스러웠다.

　진열창으로 오후의 희미한 햇빛이 들이비치고 봉당에는 희푸른 그늘
이 퍼져 있다. 가겟방은 바로 좁은 행길을 면하고 만주 호두나무 가로
수가 그 나무 그늘 속에 가겟방을 몽땅 싸 덮고 있어서 봉당은 언제나
어둑하게 그늘져 있었다.

　밤새 내린 비로 나무는 거의 이파리를 떨치고 병원이나 과물전이니
다닥다닥 들어앉은 골목 안에 가득히 낙엽을 퍼뜨려 그 언저리 물구덩
이고 유리창께고 할 것 없이 주책없이 몰아치고는 소조한 계절감을 더

욱 짙게 하고 있었다.

욱은 한 사나흘 강서 방면의 시골을 막 어젯밤 돌아온 길이었다.

추수가 끝난 마을 밭에서는 낡은 기왓장을 수십 점 주워낼 수가 있었다. 뜻밖의 수확으로 흐뭇해진 그는 피곤을 잊고 정리에 골똘 중이었다. 어지러진 홈 구멍에 파고든 흙을 할퀴어 내고 있노라면 먼지 냄새에 뒤섞여 흙냄새가 향긋하게 번졌다. 분류장分類欌 빈 곳에 다시 그 수십 점의 새 유물이 첨가된 장관은 욱을 황홀경에 이끌기에 충분하였다.

"틀림없는 고구려시대 것입니다. 색채로 보나 선으로 보나 의장으로 보나 어느 모로 그보다 젊진 않습니다. 천 년쯤 세월을 족히 경과했겠다……인제, 기와로선 수효에 있어서나 질에 있어서나 박물관 장품을 훨씬 능가하게 된 셈이지요."

혼잣말로 한 것은 아니었으나 대청마루에 단좌하여 벼루에 먹을 갈고 계시던 아버지는 무뚝뚝한 표정으로 아무 대꾸도 없었다. 벼룻집 옆에는 지필이 준비되어 있었다. 가겟방에 앉아 있는 무료함에서 언제부턴가 심심파적으로 서도―를 시작해 보신 것이었다. 여생도 얼마 남지 않으신 아버지는 외톨 아들인 욱이 그 젊은 나이로 골동 취미에 몰두하여 푼푼치 못한 살림에도 군소리 하나 없이 지내고 있는 양이 못마땅하신 것이었다. 가겟방은 당신한테 맡겨 놓고 달리 어엿한 직업을 잡든지 해서 집안 꼴을 바로잡아 주었으면 싶었다. 기왓장 한 개나 도기陶器 한 개쯤 찔끔찔끔 팔아먹으면 무엇을 하누 하고 입이 쓰도록 타일러보지만 아들의 고질이 되어버린 취미를 이제 와선 어쩌는 수가 없었다. 욱의 광적인 흥분과 감격에 대해선 언제나 서먹서먹하게 외면을 하고 마는 아버지였다.

"확실케 하기 위해 관장한테 가서 알아보구 오겠습니다. 대개 제 감정에 틀림은 없을 것이지만―문제는 낙랑시대의 것이냐 고구려시대의 것이냐 그 점이지요. 절대루 그 이후의 것은 아닙니다."

"……어, 참 깜박 잊었었군."

아버지는 욱의 말을 듣고 비로소 무엇인가 생각난 모양이었다.

"그저께던가 호리관장이 왔었지. 네가 오면 전해 달라구 이걸 두고 갔어."

손궤짝에서 한 장의 명함을 꺼내 주었다.

그 굽히기 싫어하는 관장이 무엇 때문에 모처럼 발길을 옮겼을까 하고 뒤집어 보니 연필로 흘려 쓴 글씨로 뵙고 싶은 즉, 귀가하시는 대로 곧 나오시길 바란다―는 의미의 말이 적혀 있었다.

"급하게 서두르는 꼴이었어. 무슨 일이냐고 물어두 물론 대답이 없었지."

명함을 만지작거리면서 별로 놀란 티도 보이지 않고 한참을 말없이 앉았던 욱은 차라리 냉연하게 중얼거렸다.

"―알겠어요. 그것 말이겠지요. 필시."

"뭐.―도검刀劍 말인가."

아버지도 대개 짐작이 가 있었던 모양이었다.

"필시 그거지요. 요 달포 동안 손발이 닳도록 빌다시피 절 못살게 굴어 왔거든요. 이제 와서 생각하니 보여주지 말았더라면 합니다. 꼭 미친놈마냥 매달려 조르는군요. 그렇지만 누가 양보합니까? 우리 가게 걸 다 주는 한이 있더라두 그것만은 줄 수 없습니다. 절대로 못 주겠습니다."

"너야말루 미친놈이 아니냐. 고구려의 무엔진 모르겠으나 그 녹슨 고도古刀의 어디가 좋단 말이냐. 내 눈으로 본다면 서푼어치 값두 없는 것 같은데."

"그 물건의 값어치를 알지 못한다면 이 땅에 태어난 걸 수치로 알아야 합니다. 그건 오랜 영혼의 소립니다. 천 년 뒤에까지 남아서 옛 자랑을 말하려 하는 것이지요."

욱은 흥분하였다. 아버지도 욱의 그러한 심정을 이해 못 할 바는 아니었으나 그보다도 목에 닿은 현실적인 문제를 제쳐 놓고 그러한 것 따위에 고지식하게 집착한다는 것은 어리석기 짝이 없는 노릇이라고밖에 생각되지 않는 것이었다.

"관장은 너만 생각이 있다면 함께 와서 일을 해달라구 자리까지 마련해 놓구 친절을 다하구 있지 않느냐 말이다. 하찮은 고도가 다 뭐냐. 차체에 모든 것 다 뿌리쳐버리구 굳건하게 살림을 꾸리도록 하면 어떠냐. 집안사는 중언부언 안 해두 네 눈으로 보는 바다. 콧구멍 막히는 가겟방 꼴은 대관절 어떻게 된 셈이냐?"

그것이 언제나 입버릇인 아버지와 옥신각신해도 부질없는 노릇이라 생각하자 욱은 기왓장을 두어 개 싸들고 가겟방을 나섰다.

잘 끼이지 못한 유리창문이 군색스리 빠져나갔다. 여러 해를 수리하지 않은 채 견디어 온 것이어서 비단 유리창문만 아니라 기울어진 판자벽의 페인트 칠도 벗겨진 지 오래여서 바깥에서 보면 더욱 촌스러운 오막살이 같은 인상을 주었다. 기왓고랑에 쌓인 낙엽이 밑으로부터 쳐다보일 만큼 낮은 지붕에 흰 바탕에 고려당高麗堂이라고 푸르게 부조浮彫한 옥호가 비스듬히 넘어진 것이 이지러진 인상을 집 전체에 주었다.

만주 호두나무 밑에 기대어 놓은 애용의 자전거도 고물의 하나로서 촌길 흙 구덩 속에 빠지고 밭둔덕 진흙을 차며 달리고 하는 차바퀴는 언제나 흙투성이었으며 페달도 혹사에 견디지 못해 한쪽의 반조각이 어디선가 떨어져 나가고 없다.

그 한 조각의 페달조차도 마음대로는 새것과 바꿔 끼지 못하고 있는 형편이었다.

438

그러한 것을 바로 눈앞에 보는 욱에게 집안 사정이 가슴 아프게 느껴지지 않을 리는 없었다. 그저 잠자코 있는 게 수였다. 아버지에게나 자기 자신에게 잠자코 있는 게 수였다.

눈을 먼 일점에 집중시키고 발밑 현상에 대해서는 냉연히 대하리라 애쓰고 있는 것이 —좋으나 궂으나 욱에게 남겨진 유일한 방법이었다. 비겁한 일일까 하고 생각할 때도 있었으나 그의 경우 그것은 이미 가장 자연스러운 틀이 잡힌 생활방식이었다.

지리한 전차를 버리고 모란대 고갯길에 이르렀을 때엔 욱의 상념은 벌써 옆구리에 낀 기왓장과 고도에 쏠리고 있었다. 백양나무 벚나무 낙엽이 아름답고 만산이 짙은 추색이었다. 멀리 중턱 골짜구니에 석조石造의 산뜻한 박물관 모습이 쳐다 보였다. 언제고 걸어도 즐겁고 다정스러운 길이었다.

—문제는 고구려 고도라는 것은 욱이 한 달포 전에 입수한 것으로 그날의 감격을 길이 잊을 수는 없었다. 강서고분 벽화 모사模寫로 떠나기 위해 여느 때보다 일찌감치 채비를 하고 있을 참에 매양 새 발굴품을 얻어들고 찾아오는 상오리 사는 한 농군이 달려왔다.

"굉장한 놈이 튀어나왔구료. 능금밭을 파노라닌간, 글쎄 오 척도 넘는 장검이 나오지 않았겠나요. 보러 오시지요."

그 말을 들은 편에서 도리어 당황해할 지경으로 욱은 자전거를 끌고 농군을 따라서 강을 낀 아침 오솔길을 십리 이상이나 상류 쪽으로 더듬었다.

마을서도 높직한 언덕바지의 비탈께였다. 과목을 옮겨 심은 자리에다 오막을 세운다 하여 밭은 구석구석 파헤쳐져 있었다.

오륙 척 길이의 한 그루 나무 밑에서 나왔다고 하는 그 흙투성이 고도를 눈앞에 보았을 때 욱은 덥석 잡은 채 한참 동안은 목메인 느낌이었다. 수십 원은 가지고 있었던가. 주머니를 다 털어 사례를 쥐어주곤 그 희한한 발견물을 꽉 손에 쥐어 잡았던 것이다.

대성산 기슭에 그 언저리 일대는 고구려시대의 궁전과 불사佛寺의 텃자리로서 종래로도 흔히 불상이나 고물 등속이 발굴되어 선망거리가 되어온 것인데 그날 아침의 고도도 고구려시대의 것임이 분명하여 욱의 기쁨은 비길 데 없었다. 낙랑시대의 도검은 박물관에도 그 장품은 풍부했으나 고구려시대의 것이 되면 그 수효도 극히 영세하여 그럴수록에 귀중히 여겨짐도 각별하였다. 욱의 기쁨이 그런 것으로 해서 배가 된 것은 사실이었다.

칼집은 떨어져 없을망정 오 척에 가까운 도신刀身에는 녹벽碌碧의 반점이 아름답고 고색창연한 속에 넉넉히 고대의 모습을 추상할 수 있었다. 집에 와서 자세히 닦고 살펴보니 순금으로 된 환상環狀의 칼자루는 은은한 금빛에 빛나고 날밑鍔인 성싶은 곳에는 조각물을 새긴 정교한 의장이 아로새겨져 왕후王侯의 패물다운 고귀한 구조였다. 칼끝도 이 빠진 데가 없고 칼등마루의 일선도 또렷이 그만큼 온전하게 원형을 지니고 있는 것은 희한한 일이었다.

욱은 골동에 손을 댄 지 십수 년이나 되지만 그날만큼 감동한 적은 없었다. 하루 종일 만지작거리면서 쾌재를 부르짖은 것이었지만 감정을 부탁하기 위하여 호리관장에게로 가지고 간 것이 애당초 고민거리를 사기에 이른 시초였다. 그 틀림도 없는 고구려의 고도를 관장은 첫눈에 소망하였다. 골동취미에서뿐만 아니라 박물관의 소장품목에 첨가하고 싶다는 것도 하나의 절절한 소원에서였다. 흉허물 없는 사이에서 욱은 주저했으나 이번만큼은 그도 끝내 고집을 세웠다. 속살에 껴안다시피 해가지고 집에 돌아오는 길에서 무슨 일이 있어도 내놓지 않으리라 마음속으로 굳게 맹세하였다. 그 이래로 궤짝에 넣어 집안 깊숙한 곳에 간직하고 가보로서 숭상해 온 것이었다.

　박물관은 문 닫힌 뒤여서 뒤꼍 사택에 돌아가 보니 여느 때 없이 고미술애호회의 후쿠다 영감도 마침 와 있었다.

　욱이 기와를 보이자 호리관장은 대충 검토해 본 다음 훌륭한 걸 가져오셨구려, 틀림없는 고구려시대의 유물이요, 기념으로 박물관에 두고 가시면 어떠냐고 웃는 얼굴로 말끝을 흐리고 일어서면서,

　"후쿠다 옹두 오시고 했으니 우리 같이 산보나 나갈까요?"

　하고 말을 내자 후쿠다는 벌써 빙글거리는 얼굴로 신발을 걸치고 있었다. 욱도 무슨 영문인지 의아스러운 대로 두 사람과 어깨를 나란히 하고 나섰다.

　을밀대로부터 부벽루, 전금문으로 해서 산을 한 바퀴 돌아 강 언덕을 따라서 강 기슭의 시가로 들어서자 잠깐 쉬어 가자 하고 깨끗이 치워진 고풍한 집 앞에 발걸음을 멈추었다.

　욱은 별수 없이 그 뜻밖의 향연에 불린 결과가 되었는데 어느 틈에 연락이 있었던지 월매까지 나타나서 좌흥이 일기 시작했을 즈음 해서야 그날 밤의 관장의 속셈을 겨우 알아차릴 수 있었다.

　"달리 까닭이 있어서가 아니라 오래간만에 조선음식을 먹구 싶어서……"

　그렇게 말은 했으나 월매에게까지 생각이 미칠 만큼 주도한 솜씨에는 얼떨떨할 수밖에 없었다.

　남월매가 호리관장과 가까이 하는 한편 욱과도 기묘한 관계를 가지게 된 것은 수년 전의 왕관 사건 이래의 일이었다. 지금은 항간의 기억에서도 멀어졌지만 그 당시에는 전선적全鮮的인 화제를 던진 것으로 주인공인 월매도 덕분에 기계妓界에서 한때 날린 것이었다. 월매에 대해서 웬만큼 딴 생각이 있었던 당대의 지사가 취흥에 맡겨 박물관에 비장되

어 있는 신라조의 왕관을 유두분면油頭粉面의 월매에게 씌우고선 기념으로 사진에 찍은 것인데 그 일의 길잡이를 선 것이 호리관장이었다. 이 하룻밤의 은밀한 놀음이 한번 항간에 드러나게 되자 시시비비의 소리가 물 끓듯 하여 국보의 존엄을 모독한 지사의 경거에 대한 비난의 소리가 높아 신문기자와 변호사들로 구성된 일단은 지방행정관의 부패를 탄핵하기 위하여 궐기하였다. 월매네 집에 숨어들어가서 문제의 사진을 훔쳐내어 사회면에 폭로하고 시민의 여론에 호소하여 지사들의 책임을 철저히 규명하기로 되었다. 지사는 부득이 실각하기에 이르렀으며 호리관장은 지위로 보아서 간신히 유임만은 허락되었다. 일단 속에는 욱도 끼어서 한몫 담당하였다. 기이한 일로는 이 일건이 있은 후로 욱과 관장 사이는 한층 격의 없는 것이 되고 월매와도 욱은 맺어지게끔 되었다.

'왕관기생'의 영명令名을 드날린 월매이긴 했으나 그것을 계기로 거리의 인기는 이미 내리막이어서 그런데서 오는 남모를 번민을 진심으로 털어 놓을 수 있는 것은 욱 정도뿐이었다.

둘의 사이는 날로 가까워지고 주석에서는 반드시 월매를 부르기로 돼 있었으며 관장도 좌흥으로 지금도 그에게 술을 따르게 하기를 즐겨했다. 그날 밤의 그같은 호들갑스러운 향응은 욱에게는 아무리 해도 심상치 않은 것으로밖에 생각되지 않았다.

"요즘은 조선음식도 점점 격이 떨어지는 것 같애. 어딜 가나 순수성이 상실돼 있단 말야. 더구나 요정에서 내는 건 말할 수 없거든. 어딧건지 알 수 없는 것들이 밥상 위에 버티고 있단 말야. 난 경주하고 경성서 두어 번 진짜 조선음식을 먹어봤는데 그 흥긋한 풍미는 지금도 못 잊겠어. 그런 걸 좀 더 아끼고 보급시킬 방법은 없을까?"

그날 밤의 요점은 웬만해선 얼른 꺼내지 않고 관장은 잡담을 늘어놓기 시작했고 후쿠다도 그와 동조한다는 태도였다.

"먹는 것뿐만 아니라 격이라는 말이 났으니 건축이나 복색두 그 모양이라 언덕배기에다 양관 세울 것은 꿈꾸어도 기와나 통나무로 마련인 멋진 조선식 주택은 깨끗이 잊어버리고 있는가 하면, 괴상한 양장보다는 헐거운 조선옷이 얼마나 고상하구 좋은지 모르겠는데 덮어놓구 고래의 물건을 멸시하구 외래의 물건에만 눈이 벌개지고 있는 형편이거든, 이건 들은 이야기지만 어떤 전문 정도 교육을 받은 청년이 서양 사람 집에 놀러 갔다가 객실에 장식해 놓은 낡은 조선 목갑과 놋그릇을 보구 비로소 그 아름다움을 깨닫고 집에 돌아와서 곧 그것을 애용하기 시작했다는 이야기가 있는데, 이 역수입을 한 청년은 그래두 기특한 편이지. 전연 불감증인 젊은 사람은 처치 곤란이란 말야."

이렇게 말하구 껄걸 웃어대는 데는 욱은 낯이 화끈거릴 지경이었다. 욱은 말하면 웃고 말 일은 아니었다.

"일반적으로 그러한 풍조 같은데요. 가탄할 일입니다. 자기 자신에 관한 건 아무것도 아는 것이 없으면서 남의 흉내내기만 열중하고 있거든요. 가난 속에서 자라났으니까 헐 수 없는 노릇이겠지만 자기의 장점만은 똑똑히 알아둬야지."

"허지만 현군처럼 너무 고지식한 고집불통두 곤란하거든."

후쿠다는 욱의 말을 하고 대견스레 웃음을 계속했다.

"딴건 고사하구 노랫가락만 하더라두 시체 기생들은 유행가가 고작이지 옛 노래는 하나두 모른단 말야. 시조나 수심갈 못 부른다면 허다 못해 잡가나 단가 한 구절쯤은 부르지 못해선 될 말인가. 예전 기생은 노랫가락을 잘할 뿐만 아니라 무고舞鼓에 통한 데다가 서화를 잘했구 시를 읊는가 하면 사서四書를 죽죽 내리읽었거든. 지금의 기생은 쇠통 무재주란 말야. 어때, 월매. 자네 같은 사람은 참 신통하단 말야. 역시 왕

관기생은 다르지. 오늘밤은 옛것을 한 곡 불러 달라구. 자, 거게 가야금
이 있겠다."

관장은 능숙한 솜씨로 달래더니 마침내 월매에게 한 곡 뜯게끔 하였
다. 노련한 선율에 정확한 격조의 고풍한 가곡이 애조를 띠고 휘늘어지
게 흘렀다. 노래와 술의 흥을 타 관장이 별안간 말을 끄집어낸 것은 아
니나다를까 고도의 일건이었다. 한 번만 더 보여 달라는 청에 욱은 하
는 수없이 보이에게 분부하여 가겟방에서 일부러 그것을 가져오게 하
지 않을 수 없었다.

포장한 상자에서 꺼낸 거대한 고도의 기백에 눌리어 방 안 공기는 일
변했다. 벽록의 도신刀身에는 일종의 귀기마저 서리고 주흥도 깨일 지경
으로 좌중의 신경은 긴장되었다. 관장은 칼자루를 잡고 간신히 한 손으
로 들어 전등빛에 추켜세웠다. 고구려의 장검은 섬세한 현대인의 흰 손
에는 벅찬 것이었다. 위태위태한 몸가짐에 겁을 집어먹고 월매는 부지
중 뒤로 물러 앉았다.

"나는 이곳에 와서 이십 년, 조만간 뼈도 이 땅에 묻히게 될 터인데
자그마한 박물관을 가지고 주야로 애쓰기는 해보지만 뜻한 만큼의 성
적은 올리지 못했소. 낙랑고분의 모형을 만들어 본 게 얼마만큼의 업적
이라면 업적이랄 수 있을까, 나머진 보시는 바와 같은 빈약한 것으로
참으로 부끄러운 일이오. 다만 조선을 사랑하는 마음에 있어서는 남에
게 뒤지지 않는다고 생각하오. 토지에 대한 커다란 애정 없이 이같은
눈에 안 띠는 일은 할 수 없는 것이라구 그 점은 다소간 자부하고 있는
셈이지만 아무튼 무엇보다도 관館을 충실하게 해 나가구 싶은 욕망 이
외에 솔직한 말이지 아무것도 없소이다."

고도가 보고 싶다고 한 것은 그것을 양보해 달라는 의미였다. 거듭거
듭 부탁하는 열망에 욱은 정말 난처하였다. 거짓 숨김이 없는 관장의

심정을 알고 있기에 더욱 괴로운 것이었다. 옛 흙을 그리는 정이 욱만큼 강한 사람은 없었으나 그 경우 그러한 애정의 경중을 서로 측량해 보는 것은 무의미한 노릇이었다.

"아무것도 알지 못하는 농군한테서 이걸 양보해 받을 때만 하더라두 오래도록 몸에 지니고 싶다구 한 말도 있구 해서 지금 이걸 내어놓는 것은 순진한 마음을 배반하는 것이 됩니다."

"내놓는다 하지만 버리는 건 아니구 박물관의 유산은 당신의 유산이기도 하오. 보관 장소가 바뀐다 뿐이지. 그리구 그렇게 하는 편이 널리 누구에게나 아낌을 받는 게 되지 않겠소?"

마침내 후쿠다도 가담하여 조언하는 것이었다.

"난 나 자신을 갖구 싶어요. 내 몸에 지니구 언제나 가지고 있구 싶단 말입니다."

"나두 모처럼 말을 꺼낸 것이구 서루 미술애호회원으로서의 정분도 있구 적당하게 타협을 짓지 않겠소? 이걸루 싫다면 이걸루면 어떻겠소?"

하고 관장은 손가락 하나를 둘로 해보였다. 욱은 당황해하면서 왈칵 낯을 붉히었다. 약간 입술이 경련했다.

"욕 뵈어도 너무 심합니다. 당신들은 내 심정을 바로 보질 못했습니다."

손가락 두 개는 이천 원이란 의미였다. 천 원으로 양보해 주지 않겠느냐고 매양 졸라오던 것이 이제 기회를 타서 그것을 배가한 셈이었다. 욱은 차츰 창백해지고 침착해졌다.

"분명히 저는 가난한 장사를 하고 있습니다만, 이 칼에 관해서는 벌써 장사친 아니란 말입니다……. 좋은 말들 해주었소. 당신이 그것을 말해 주었기 때문에 나는 거절하기 쉽게 됐소. 딱 잘라서 거절하겠소.

절대로 양보할 수 없소."

"아, 그렇게 화내지 말라구. 천천히 다시 한 번 생각해 주시오."

"아아뇨, 안됩니다. 두말 안 해요."

'미션'의 중학교에 근무하는 백빙서가 어디서 들었던지 고도를 보러 와서 그날 밤의 이야기가 나오자, "자네다운 행동일세. 하지만 이런 물건은 나한텐 한푼어치 값어치두 없단 말야. 지금이 어느 때라구 자네 같은 보노마니아는 그것만으로서 충분히 골동적 가치는 있으렷다."

하고 차라리 야유하는 어조였다. 욱은 후쿠다 영감에게서 들은 서양 사람의 집에서 조선 식기를 역수입한 청년의 이야기를 말하고 자네야말로 그런 부류의 인간일 것이라고 나무랐더니,

"그럴지두 몰라. 그게 수치란 말이지? 허지만 이쪽의 장점을 발견해 준 건 솔직히 말해서 그들일지두 모르지. 적어두 타인의 풍부함이 우리에게 반성을 환기해 준 것이라고 말할 수 있지 않을까."

백빙서는 태연하게 말했다.

"파렴치한 소릴 작작하게. 이쪽의 장점이란 이쪽에 본래부터 가지고 있는 것이야. 남의 가르침을 받아서 겨우 깨닫는다면 그런 따위는 없어두 좋아. 치즈 하구 된장 하구 어느쪽이 자네 구미에 맞는가. 만주 등지를 한 일주일 여행하구 집엘 돌아왔을 때 무엇이 제일 맛나던가. 조선 된장과 김치가 아니었던가. 그런 걸 누구한테서 배운단 말인가. 체질의 문제고 풍토의 문제야. 그것에까지 외면을 하는 자네들의 그 천박한 모방주의만큼 망칙하고 타기할 것은 없단 말일세."

욱의 어조가 뜻밖에 격렬했던지 백은 잠자코 말귀의 마디마디를 되씹고 있는 모양 같더니,

"문제는 현재란 말이지. 자네의 심정을 모를 바 아니지만 이 시절에

옛날 자랑에 매달려보았댔자 그게 무슨 소용이 있단 말인가. 현재의 가난을 자각하면서두 일부러 남의 넉넉함을 시기하는 건 고의적인 반발이요, 울며 겨자먹기요, 괜히 손해를 볼 뿐이란 말일세."

"손해라는 건 꼭 자네가 할말일세마는 나는 좀 더 중요한 걸 말하구 있는 판일세. 필요한 건 정신이다. 거지 같은 썩어빠진 정신으로 연명하기보다는 깨끗이 사라지고 마는 편이 낫지 않느냐 말이다."

"너무 흥분 말게."

백도 마침내 못 당하겠다는 듯이 얼굴의 긴장을 풀어놓는 것이었다.

"나두 이 고도의 기품은 알 수 있어. 다만 지금의 나한텐 필요두 없거니와 가치 있다고도 생각되질 않는단 그뿐일세. 고도보다두 차라리 이편이 근사한 것일지도 모르지. 자네가 좋아할 만하기에 서울 다녀온 선물로 사왔어. 마음에 들면 월매한테라두 전해 주게."

이렇게 말하고 손가방에서 꺼낸 것은 여자용의 꽃신 한 켤레였다. 평평한 가죽창 바닥 위에 주舟자 모양으로 화사한 테가 둘리고 그 연못빛 바탕 위에 빨강·파랑·노랑의 꽃무늬를 수놓은 것이 흙에 묻히기도 아까울 만큼 고아하고 화려하였다. 꽃다발을 펼쳐 놓은 듯 주위가 환해졌다.

"어, 참 근사하군. 이런 것의 좋은 점은 자네두 분별할 만한 안목이 있나 보군. 전부터 갖고 싶었는데 고맙게 받아두겠어."

욱의 반색하는 표정을 보고 백도 잘했다고 다소 득의한 낯빛이었다.

"조선된장보다두 좋은 게 있어. 여자의 옷복색이야. 신여성의 짧은 치마두 좋지만 자락을 질질 끌 정도로 긴 치마두 좋거든. 여름의 엷은 것두 좋거니와 춘추의 무색 겹옷을 입는 시절두 좋구 밤색 저고리와 파랑치마에 이 꽃신을 신은 우아한 양자樣姿는 아마 천하일품이 아닐까 생각하네. 어디다 내놓아두 손색이 없을 거야. 태평하고 아취雅趣 있는 품은 독창 바로 그것이란 말일세"

"엉뚱한 데서 감동하는군. 여자한텐 무얼 입히든 이뻐 뵈는 법야. 그렇게 좋다면 이번 미국 갈 때 잔뜩 해가지고 가면 어때? 역수입이 아니라 직수입이지. 저쪽 가서 대대적 선전을 해서 조선 여성을 위해 기염을 토하고 오라구."

"그래. 한 재산 만들어 가지구 올까. 마네킹이라도 데리구 가면 팔리긴 틀림없을 텐데."

백빙서는 얼마 후면 학교에서 안식년의 휴가를 얻게 되는데 그 휴가를 이용하여 한 일 년 미국을 유람하고 오기로 되어 있었다. 실은 그 일로 '미션'의 본부와 영사관과 절충하기 위하여 요즈음 서울로 여행이 잦았다. 연래의 희망의 실현이니만큼 서양 문화의 싱싱한 면을 마음껏 완미하고 와서 동서東西를 비교연구하겠노라 하며 뽐내고 있는 판이다.

"농담은 그만두고 월매한테 그 신 신긴 장면을 한 번만 보여주게. 아름다운 걸 혼자 차지하란 법은 없거든."

"그래, 틀림없이 반색을 할거야. 월매한텐 다른 사내두 많을 게구, 반드시 나만을 받아들일 여자두 아니지만—그러는 중에 보여줄 테니깐."

약속은 했었으나 욱은 이럭저럭 바쁜 일에 쫓기어 월매에게 꽃신을 줄 겨를도 없는 채 사나흘 지난 후 또다시 백빙서에게 끌리어 춘향전 연극을 보러 갔다가 뜻하지 않게 거기서 월매와 마주치게 된 것이었다.

서울에서 온 정평이 있는 극단인 만큼 즐거운 기대로 초일初日의 극장은 만원이었다. 욱은 특별히 연주를 즐기지는 아니었으나 이제까지 어느 단체고 간에 그다지 성공을 거두었다곤 생각되지 않는 그 고전주의 연출방법과 고대의상의 고안서껀 보고 싶기도 해서 가자는 대로 동행한 것이었다. 뜻밖의 열연으로 정녀貞女 춘향 수형受刑의 장면에 선 욱은 부지중 눈시울이 뜨거워 질 지경이었다. 같은 감회를 받았던 모양으로 어느 틈에 어디서 나타났는지 곁에 와 있던 월매도 발그레한 눈에 손수건을 대고 있었다.

"당신한테 갈려구 늘 생각하면서두 여태 못 갔었는데…… 연극 구경 나오다니 한가한 모양이구먼."

"혼자서 온 게 아니에요. 하는 수 없이 끌려 나왔지요."

넌지시 손가락으로 가리키는 앞좌석에는 정해두가 우두커니 난간에 기대어 앉아 있었다. 옳거니 하고 욱은 고개를 끄덕이면서 철공장을 가지고 최근의 경기로 착실히 돈푼이나 모았다는 그 뚱뚱한 사나이의 둥근 옆 얼굴을 바라다보았다. 무대의 조명을 받아 코부리며 부어오른 뺨 언저리가 유들유들 빛나 보였다. 정신없이 추근추근 따라다니는 통에 월매도 어지간히 난처한 모양이다.

기적妓籍에 몸은 두었을망정 지나치게 고정해서 딱할 지경인 그의 최근의 그 같은 고민을 욱도 눈치지 못하는 바는 아니었다.

"딱 질색이에요. 요즘 매일 스무 시간은 꽁무닐 쫓아다녀요. 산보로 끌어내구 영화두 데려가구 고마울 것 뭐예요?……잠깐만 바깥에 나가지 않겠어요? 할 얘기가 있어요. 그보다두 연극이 중하신가요?"

단도직입적으로 말하는 데는 당황하지 않을 수 없이 다시 한 번 정해두 쪽을 건너다 보려니까 괜찮아요, 혼자 내버려 두세요 하고 월매는 팔을 끌어당기다시피 하였다. 욱은 정보다도 백빙서에게 미안한 감이 들었지만 만 백의 빙그레 웃는 얼굴을 만나자 그럼 갈까 하고 마음놓고 월매의 뒤를 따라 나섰다.

극장 밖은 다방 거리였다. 근처의 어떤 집에 들어가자 월매가 성급하게 꺼낸 이야기는 사실상 심각한 이야기는 아니었다.

"……어머니가 나쁜지두 몰라요. 자꾸만 갖다 바치구 사탕발림을 하구 하니깐 그만 정이 하자는 대루 돼버렸단 말이에요. 적당히 발을 빼구 살림을 차리라구 입버릇처럼 말하던 어머니가 아니겠어요? 어느 틈에 정과 약혼이 돼 있었던지 요즈막엔 무상출입으로 집에 드나드는가 하면 어머닌 날 덮어놓구 야단 친단 말이에요."

"당신 어머니두 탈이야. 그래두 춘향이 어머니만큼의 기골은 가져야지."

"시외 언덕배기에 집을 사느니 어쩌니 하구 봄부터 법석을 대구 있더니만 어느 틈에 글쎄 천 원이나 전도금을 정에게 내게 해서 지불하지 않았겠어요? 최근에 그 사실을 알구 실은 깜짝 놀라구 있는 판이에요. 경솔한 일을 저지르고선 어머니구 그 땜에 꼼짝을 못하구 계신 모양이지만 자작지얼이 아니냐구 한껏 비웃어주고 싶어요. 다만 못 견딜 것은 내 탓이라 해서 나한테 심하게 해요. 정말 생지옥 같아요."

"천 원짜리 올개미라, 딱한 일이로군."

욱에게는 힘에 겨운 난제였다. 다급하다고는 하나 아무에게나 할 이야기는 아니고 할 만도 해서 한 이야기니 만큼 그것을 들은 욱은 괴로웠다. 믿고서 말하는 여자의 자태란 가련한 것으로 월매의 약간 내리깐 눈매를 여느 때 없이 아름답다고 생각하였다.

"차라리 이것저것 다 집어치우구 집을 나와버릴까 그렇게두 생각해요. 이대루 가다간 무슨 일이 일어날지 모르겠어요. 몸 하나쯤 어디든지 용납이 되지 않을 리두 없을 테구."

월매가 욱에게 그런 줄 없이 무엇을 원해 온 것은 왕관 사건 이래의 일이었다. 그의 표정의 의미를 백 번도 더 잘 알고 있으면서도 어디까지나 냉정하게 대하지 않으면 안되는 처지가 욱은 부끄러웠다. 나이를 훨씬 지난 오늘날까지도 아직 자립을 못하고 여자 하나쯤을 짐으로 알고 멀리하지 않으면 안되는 지금의 처지가 서글펐다. 그러한 그의 망설임을 채찍질이나 하듯 지금의 월매는 암시를 갈망하고 있는 것이다. 욱은 자기의 무능에 뼈를 깎이는 느낌이었다.

"어떡하면 좋을까? 세상사가 나한텐 어려워지기만 하는구나."

이제는 월매의 일보다도 자기의 말을 하고 있는 것이었다. 쓴 차를 앞에 하고 해결이 나지 않는 밤을 한탄하는 것만 같기도 하였다.

뜻하지 않은 번민을 얻어 가지고 욱은 지혜도 결단도 없이 며칠 동안 마음만 썩이고 있었다. 가겟방에 있노라면 까닭없이 아버지에게서 꾸중만 듣게 되고 초조한 신경을 농락 당할 따름이었다.

급기야 아버지와 심한 언쟁을 한 날 욱은 표연히 거리의 한증막으로 들어가 있었다. 백빙서 같은 축이 보면 야인 취미라고 한마디로 경멸당할 것이지만 욱은 수년래로 그 원시적인 풍습을 가까이 하여왔다. 모닥불로 열한 컴컴한 흙동굴 속에 너더댓이 한패가 되어 가마니를 뒤집어 쓴 채 엎드리고 있노라면 온몸이 익어 터지는 것 같은 느낌이었다. 가마니 눈는 냄새와 매캐한 연기에 목이 막혀 눈은 안 보이고 호흡은 가쁘고 의식은 혼돈하여 그대로 타죽지나 않을까 느껴지는 그 초열지옥을 욱은 즐겨 '망각의 굴'이라 부르고 있었다. 살인적 고행 속에서는 사바세상의 일은 이미 먼 망각의 피안에 몰입해 버리고 말기 때문이었다.

오후 네 시면 첫째 탕이 가장 뜨거운 시각이어서 단련이 돼 있는 욱도 그날만큼은 삼백을 못다 헤기 전에 배겨날 수 없게 되었다.

상대방의 직업도 사람도 알 바 없이 그저 알몸뚱이로 모여서 몸을 비비대고 사이좋게 한 화덕 속에 엎드리는 관습이지만 그 집에 모이는 축들은 거개가 노인네들이라 욱은 그들에게서 젊은 사람답지 않게 기특하다는 말들을 듣고 있는 터이지만 그날은 분명히 여느 때 같지가 않았다.

열기가 콧구멍을 막아서 호흡이 곤란할 뿐만 아니라 온몸이 비틀리는 듯한 고통을 느꼈다. 옆에 사나이는 태연하게 콧노래를 부르면서 거침없이 셈을 세어간다. 그것이 꼭 지옥에서의 염불인양 들리었다. 오백까지 세자 욱은 창피함을 접고 가마니를 걷어차고선 화덕을 뛰쳐나왔다. 오백을 세는 시간은 한 십 분쯤 걸리는 것으로 한증막의 상객常客으로서는 부끄러운 숫자였다.

노천의 돌 마룻바닥에 서니 내리쬐는 햇빛이 눈부시고 살구처럼 익은 피부는 만지면 벗겨질 듯 아릿아릿 아팠다. 탄내가 주위에 떠돌았다. 욕실에 들어가서 목간통에 걸터앉으니 온몸이 노곤해졌다. 아버지와의 언쟁을 다시 생각하고 있었는지도 모른다. '망각의 굴'도 그날만은 별 효능이 없었다.

"내년은 아버지의 회갑이니 일생에 한 번인 잔치두 제대루 못한대서야 이웃 간에 웃음거리가 되구 말아. 그 준비두 지금부터 해두지 않음 어떻게 해댄단 말이냐?"

어머니께서 찬찬히 말씀하시는 옆에서 시무룩해 계시던 아버지는,

"그런 일에 정신 차릴 만한 자식을 가졌다면 난 이 나이 되기까지 고생은 안 했어. 고도 따위에 정신이 팔리다니 세상 사람들이 어떻게 알구 있는지를 좀 생각해 보려무나. 그따위 건 팔아버리란 말이다. 무슨 일에나 때가 있는 법이야. 지금 처리하는 것이 관장헌테 대해서두 체면이 선다는 말이다."

"제 물건입니다. 제 손으로 어떻게 하든 내버려두십시오."

욱도 마침내 버럭 화를 내고 쓸데없는 잔소리 그만두라는 듯 음성을 높인 것이 아버지의 노여움을 사게 되었고 이 후레아들 같으니, 불효자식 같으니, 그런 호통을 듣고서 가겟방을 뛰쳐나온 것이었다.

월매의 일을 생각하고 있던 참이라 천 원의 전도금 문제랑 아버지의 회갑잔치 문제랑 한데 엉클어져 가지고 잔뜩 마음을 조이고 있는 판이

었다. 막다른 골목에 쫓겨든 것처럼 솟아날 구멍이 없는 괴로움이 어쩔 수 없는 초조감을 더욱 부채질했다. 한증막은 너무도 뜨거워 망각이니 뭐니 할 여부조차 없었다.

너끈히 천은 세고서 시뻘겋게 타 가지고 나온 축들의 오늘은 웬일인가, 오백으로 뛰쳐나오다니, 노형답지 않으이 하고들 빈정대는 말에도 대꾸를 못하고 욱은 멍하니 생각에 잠겨 있는 형편이었다.

"모두가 나를 못살게 하고 있어. 아버지나 어머니나 월매나 모두 한패가 돼서 나 하나만을 놀림감을 만들려는 게지. 넘어갈 줄 아나. 절대로 안 넘어갈 테다. 고도를 내놓지 않을 테다."

격노에 흥분한 심정 속에는 자조의 뜻도 다분히 섞여 있었다.

목욕탕을 나왔어도 곧장 집으로 발길을 돌리지 않고 반나절을 거리를 서성대면서 집 없는 개처럼 비참한 심정이었다.

다 저물어서 가게 문을 들어섰을 때 안의 텅 빈 공기에 의아해하면서 안방으로 들어서자 부엌일을 보고 계시던 어머니가 어딘지 당황해하는 빛을 보이고 묻지도 않은 말을 하는 것이었다.

"어딜 갔다 왔느냐? 가겟방을 비워서. 아버진 급한 볼일이 생겨서 아까 막 성천읍으로 나가셨단다."

"성천이라니 무슨 급한 일인가요?"

욱이 성급하게 추궁하자 어머니는 주저주저 아들의 낯빛을 살피면서,

"뭐 토지를 보신다든가, 중개인 허구 같이 가셨어."

"토진 봐서 뭘해요?"

"창평에 사흘갈이 보리밭 말이다. 아버진 여태 어떻게 그걸 탐내구 계셨는지 모른단다. 마침 팔겠다는 말을 들으신 참이라 다시 한 번 수중에 넣을 수 있나 해서 요 며칠 동안 조마조마하구 계신 모양이다. 보리밭 뒤켠엔 대대의 산소도 있구 해서 아버지두 뼈를 거기다 묻고 싶으

신 의향 같으시다."

욱의 일가가 창평 마을에서 이 시내로 이사해 온 지도 벌써 십 년 가까이 되었다.

얼마 안 되는 것이긴 했으나 대대로 갈아먹던 토지를 팔아버린 것이 아버지로서는 골수에 사무치게 유감되는 일이 아닐 수 없었다.

시내 살림이란 노인에게는 걱정거리가 적지 않은 것으로 되도록이면 다시 한 번 시골로 돌아가 여생을 흙과 풀에 묻혀 살고 싶으시다는 아버지의 숙원을 욱도 모르는 바 아니었다.

"허지만 입수한다 하더라두 삼천 평이나 되는 밭이 어떻게 가난뱅이 우리들 손에 쉽사리 들어올 수 있나요? 무엇을 믿고 그런 무리한 일을 하시는 거요?"

아픈 데를 찔리어 어머니는 말문이 막힌 모양이었으나 곧 침착한 목소리로 변했다.

"필경은 말해야 할 일이었지만—성내지 말아라— 그 고도를 아버진 오늘 관장헌테 가지구 가셨단다. 사례금은 아직 안 받았지만서두."

"뭐, 뭐라구요. 다시 한 번 말해 보세요."

욱은 등허리가 경련하고 코 언저리부터 파랗게 질리어 갔다. 입술이 바르르 떨리었다.

"사례금은 아직 안 받았다니, 그것 팔아 가지구 밭 살 요량이었군요? 저, 정신 없는……"

"그렇게라두 안함 한평생 무슨 뉘를 보겠니? 아버지 의견에 틀림은 없을게다."

"어쩜 그렇게 상스런 짓을……그래 그렇게두 염치가 없담?……"

욱은 말로 해서만은 미적지근해서 도무지 가만있을 수가 없어서 근질거리는 팔에다 책상 위에 놓였던 벼루를 집어들었던 모양이다. 선반

위의 도기陶器에 명중하고 덜그렁 소리와 함께 커다란 파편이 부서졌다. 왜 이러느냐고 어머니가 겁에 질려 나와 보았을 때엔 시가 수십 원을 하는 이조시대의 낡은 항아리는 볼 수 없는 몰골로 변해 있었다.

욱의 눈은 시뻘겋게 살기로 차 있었다.

"멋대루 내버려두니깐―. 건 내가 발굴한 보배다. 누구한테든 손가락 하나 얼씬하게 하나 보란 말이다."

헝클어진 꼴을 한 채 드르륵 유리창문을 여는 것을 보자 어머니는 그만 당황하지 않을 수 없었다.

"어델 가느냐. 그렇게 성내고 어쩔 셈이냐?"

욱은 되돌아보지도 않은 채 꾸부정한 자세로 가게를 나와 버렸다.

……한 식경이나 지난 후였을까. 박물관 뒤 모란대의 모색暮色 속을 시내 쪽을 향하여 홀홀 걸어 내려오는 그림자가 있었다.

오른손에는 등신대에 가까운 고도를 치켜들고 있었다. 욱이었다. 관장한테 덤벼들어 고구려의 고도를 도로 찾아 가지고 오는 길이었다.

청량정에 이르자 단청이 벗겨진 처마밑을 더듬어 들어가 난간에 기대어 섰다. 발밑을 대동강이 굽이굽이 흐르고 능라도의 버드나무 숲에도 추색은 소조하게 깊었다.

강 건너는 벌판이 이어지고 그 끝에 나직한 산의 윤곽이 거무스름하게 보인다. 보름밤이 가까운 때라 약간 이지러진 달빛으로 희뿌옇게 훤한 속에 몇천 년의 세월을 두고 변함없는 강산이 침묵하고 있었다. 예하자면 이천 년도 옛 고구려의 황혼에 사람은 이 같은 강가에 서서 이제나 다름없는 강물을 바라보았겠거니 생각하면 욱에게는 감상마저 솟구쳐 올라 그러한 감상 속에서는 멀리 오른손 편으로 내려다보이는 황망한 시가의 모습은 감개 깊은 것이었다.

정자를 나와 오솔길에 다다르면 정면에 펼쳐지는 시가는 끝없이 이어지고 그 속에 우글거리는 몇십만 창생의 삶은 내 손아귀 속에 쥐어져 있다는 엉뚱한 환각이 솟아올라 호담豪談한 심정이 되는 것이었다. 온몸의 힘을 다하여 고도를 뽑아 치켜들었다. 도신刀身은 간신히 어깻죽지를 지나서 하늘로 흔들흔들 올라갔는가 하자 무게로 해서 제물에 솔솔 흘러 내려왔다. 내려오는 힘을 이용하여 길섶에 풀을 탁 베어 넘기곤 다시 치켜들고 그렇게 어린아이 장난이나 다름없는 짓을 몇 번이고 되풀이하면서 흥에 겨워 있는 욱이었다.

"월매두 아버지두 관장두 모두가 한패가 돼 가지구 날 놀림감으로 하려 했지. 누가 넘어갈 줄 아나. 누가 오건 절대루 양보하진 않을 테니깐."

중얼거리는 그의 모양을 그때 지나가다가 눈 여겨본 사람이 있다면 그를 머리가 돈 것이라고는 생각지 않았을까.

"이걸 내놓을 판이라면 차라리 내 목숨을 넘겨주고 말지. 밭이구 계집이구 어디 문제가 되느냐."

녹슨 벽록의 고색은 혼연히 어스름 속에 녹아들고 금빛 칼자루가 달빛을 받아 은은히 빛났다. 정녕 욱은 머리가 돌았는지도 모를 일이었다.

여전히 칼을 휘두르고 있는 팔뚝에는 더욱 더 기운이 차고 얼굴은 상기하고 눈은 형형하게 빛나고 있었다.

산 협 山峽

산협山峽

공재도가 소금을 받아오던 날 마을 사람들은 그의 자랑스럽고 호기로운 모양을 볼 양으로 마을 위 샛길까지를 줄레줄레 올라갔다. 새참 때는 되었을까 전 놀이가 지난 후의 깨나른한 육신을 잠시 쉬고 싶은 생각들도 있었다.

마을이라고는 해도 듬성한 인가가 산허리 군데군데에 헤일 정도로밖에는 들어서지 않은 펑퍼짐한 산골이라 이쪽저쪽의 보리밭과 강낭밭에서 흰 그림자들이 희끗희끗 일어서서는 마을 위로 합의나 한 것같이 모여들 갔다.

"소가 두 필에 콩 넉 섬을 싣고 갔었겠다. 소금인들 흐붓이 받아 오지 않으리."

"반 반으로 바꾸어두 두 섬일 테니 소금 두 섬은 바위보다두 무겁거든. 참말 장에서 언젠가 한 번 소금섬을 져본 일이 있으니까 말이지만……."

"바닷물로 만든다든가. 바다가 멀다 보니 소금은 비상보다 귀한걸. 공 서방도 해마다 고생이야."

봄이 되면 소금받이의 먼 길을 떠나는 남안리 농군들이 각기 소 등허리에 콩섬을 싣고 마을길로 양양하게들 들어서는 습관이던 것이 올해는 거반 가까운 읍내에 가서 받아 오기로 한 까닭에 어쩌다 공재도 한 사람이 남아버렸다.

원주 땅 문막은 서쪽으로 삼백 리나 떨어진 이웃 고을의 나루였다. 양구더미를 넘고 횡성 벌판을 지나 더던 소를 몰고는 꼭 나흘의 길이었다. 양구더미를 넘는 데만도 너끈히 하루가 걸리는 데다가 굼틀굼틀 구불어 들어가는 무인지경의 영은 깊고 험준해서 울창한 참나무 숲에서는 대낮에도 도둑이 났다. 썩은 아름드리 나무가 정정이 쓰러져 있는 개울기의 검게 탄 자리는 도적이 소를 잡아먹은 곳이라고 행인들은 무시무시해서 머리털을 솟구면서 수군거렸다.

문막 나룻강가에는 서울서 한강을 거슬러 올라온 소금섬이 첩첩이 쌓여서 산골에서 나온 농군들과의 거래로 복작거리고 떠들썩했다. 대개가 콩과 교환이 되어서 이 상류 지방에서 바뀌어진 산과 바다의 산물은 각기 반대의 방향으로 운반되는 것이었다. 흥정이나 잘돼서 후하게 받은 소금짐을 싣고 다시 양구더미를 무난히 되돌아 넘어 멀리 자기 마음의 산골짜기를 바라보게 될 때 재도는 비로소 숨을 길게 뽑았다. 내왕 열흘이나 걸리던 먼 길에서는 번번이 노독을 얻었고 육신이 나른히 피곤해졌다. 소금받이는 수월한 노릇이 아니었다.

강낭밭에서 풀을 뽑고 있던 안증근이 삼촌의 마중을 나가려고 호미를 던지고 골짜기로 내려와 사람들 틈에 끼었을 때에는, 산 너머 무이리까지 마중 갔던 재도의 사촌 아우 공재실은 한 걸음 먼저 산길을 뛰어내려오면서 얼마간 흥분된 낯빛이었다.

"자네들두 놀라리. 내 세상에 원— 삼백 리나 되는 문막 길을 가서 재도가 무얼 실어 오는 줄 아나?"

"소 두 필에 산더미 같은 소금 바리를 싣고 오겠지 별것 싣고 오겠나. 소 등허리가 부러져라구 무거운 소금섬으로야 일 년을 먹고도 남겠지."

460

"두 필이었겠다. 확실히. 그 두 필의 소가 한 필이 됐다면 이건 대체 무슨 조화일 건가. 그리구 그 한 필의 잔등에두 무엇이 타구 오는 줄 아나?"

"소금섬 대신에 그럼 금항아리나 싣고 온단 말인가?"

"금항아리. 또 똥항아리래라. 사실 똥 든 항아리를 싣고 오는 폭밖에는 더 돼? 열흘 동안이나 건들거리구 제일 바쁜 밭일의 고패를 버리구 떠나서 원 그런 놈의 소갈머리라니."

대체 무슨 곡절이기에 재실이 이렇게 설레누 하구들 있는 판에 바로 당자인 재도의 자태가 산길 위에 표연히 나타났다. 음—옳지—들 하고 입을 벌리면서 사람들은 눈알을 굴렸다. 하필 소의 고삐를 끌고 느실느실 걸어오는 재도의 모양은 자랑스런 것인지 낙심해하는 것인지 짐작했던 것보다는 의젓한 데다가 끌고 오는 소 허리에는—한 사람의 여인이 타고 있는 것이다. 먼 눈에도 부여스럽게 흰 단정한 자태이다. 가까워옴을 따라 얼굴 모습이 차차 뚜렷이 드러날 때 사람들은 모르는 결에 수선들거리며 소곤소곤 지껄이기를 시작했다. 재도는 여인을 위로나 하는 듯 연해 쳐다보면서 무엇인지 은근히 말을 던지는 꼴이 가깝게 보니 낙심해하는 것이 아니라 역시 자랑스러워함을 알 수 있었다. 조그만 소금섬이 여인의 발 아래에 비죽이 내다보인다.

"새로 얻은 색시라나. 사십 중년에 두 번 장가라니 망령두 분수가 있지, 암만 해두 마을 사람들을 웃길 징조야."

재실은 좀 여겨들으라는 듯이 좌중을 휘둘러보면서 눈에 핏대를 세우고 빈정거린다.

"그럼, 기어이 소원성취네그려. 첩 첩 하구 잠꼬대같이 외더니. 자식 없는 신세가 돼보면 무리는 아니렷다. 송씨의 몸에서나 생긴다면 몰라두 후이 없는 것같이 서운한 일은 없거든."

이렇게 재도의 편을 드는 것은 같은 자식 없는 설움의 강 영감이었으나, 그런 심정은 도대체 재실의 비위에는 맞지 않았다.

"지금부터래두 큰댁의 몸에서 늦내이로 생길지도 모르는 일이거니와 첩의 몸에서라구 어김없이 있으리라구는 누가 장담하겠나. 생겼댔자 그게 자라서 한몫을 볼 때까지 아비가 세상에 붙어나 있겠나."

"증근이 너 삼촌댁 하나 더 생겼다구 좋은 모양이지. 너두 올해는 장가들 나이에—네 색시 하구 젊은 삼촌댁 하구 까딱하면 바꿔 잡을라."

"삼촌댁이구 쥐뿔이구 내 소는 어떻게 된 거야. 남의 황소를 끌구 가더니 지져 먹은 셈인가."

씨름으로는 면 내에서 증근을 당하는 사람이 없었다. 단오날 창말서 열리는 대회에서는 해마다 상에서 빠지는 적이 없었고 지난해에는 황소 한 마리를 탔다고 이름이 군 내에 떨쳤다. 그 황소를 빌려 가지고 떠날 때 애걸복걸하던 삼촌이 지금 터무니없이 맨손으로 돌아오는 것이다.

"황소와 색시와 바꿨단 말인가. 그럴 법이. 그게 어떤 황손데. 나와 동무 하구, 나와 잠자구, 내가 타구 하던 것을 갖다가—지금 어디서 내 생각을 하구 있을꾸."

"이런 말버릇이라니. 삼촌댁을 그렇게 소홀히 여기면 용서가 없어. 소가 다 무어게. 씨름에서 이기면 또 얻을걸. 사내 자식이 언제면 지각이 들꾸."

핀잔을 받고 증근은 쑥 들어갈 수밖에는 없었으나 삼촌이 사람들과 지껄지껄하고 있는 동안 슬며시 소 잔등에 눈을 보냈다가 구슬같이 말간 색시의 행동에 그만 마음이 휘황해지면서 눈이 숙여졌다. 저렇게 젊은 색시가 왜 삼촌댁이 되는구 생각하니 이상스런 느낌에 공연히 마음이 송송거려져서 이게 여간한 일이 아니구나, 얼른 삼촌댁에게도 일러 주지 않으면 하고 총중을 빠져나와 단걸음에 집으로 달려갔다.

뒤안 베틀에서 베를 짜고 있던 삼촌댁 송씨는 곡절을 듣고 뜨끔해 놀라는 눈치더니 금시 범연한 태도로 조카 증근을 듬짓이 내려다보았다.

"삼촌은 입버릇같이 언제나 나를 돌소 돌소 하고 욕 주더니 그예 계집을 데리고 왔구나. 내가 돌손지 삼촌이 빙신인지 뉘 알랴만 나두 자식을 원하는 마음이야 삼촌에게 지겠니. 아무리 속을 태워두 삼신할머니가 종시 원을 들어주지 않는구나. 첩의 몸에서 자식이나 생기는 날이면 나는 이 집을 하직하는 날이야……. 앞대 여자는 인물두 좋다는데."

"그렇게 고운 여자두 세상에 있나 싶어. 달같이 희멀건 게."

"어디 보구나 올까. 마중 안 나왔다구 삼촌께 책을 듣기 전에."

한숨을 지으면서 송씨가 틀에서 내려서 앞뜰까지 나섰을 때 골방에서 삼을 삼고 앉았던 늙은 시모는 무슨 일이냐고 입을 벙긋벙긋했다. 증근이 큰 소리를 질러 곡절을 말해도 귀가 안 들리고 말도 못 번기는 노망한 노파는 안타까워서 손만 휘휘 내어저었다.

논길을 걸어내려오는 행렬을 보고 송씨는 휘황한 느낌에 눈이 숙여졌다. 소를 탄 색시의 자태는 사람들 위로 우뚝 솟아서 높고, 그 발 아래 편에 남편과 마을 사람들이 줄레줄레 달려서 누구나가 슬금슬금 색시의 모양을 우러러보는 것이었다. 소 목에 단 방울 소리가 덜렁덜렁 울리는 속으로 사람들의 말소리가 지껄지껄 들리는 것이 흡사 잔칫집 행렬이었다. 내 혼례 때에두 저렇게 야단스럽지 못했겠다. 눈을 감고 가마를 탔을 뿐이지 저렇게 자랑스럽지는 못했겠다.

송씨가 그런 생각에 잠겨 있을 때 증근은 또 제 생각에 잠겨 내가 씨름해서 황소를 타 가지고 돌아올 때두 저렇게 야단스러웠던가. 마을의 젊은 축들이 뒤에서 떠들썩하고들 따라왔을 뿐이지 저렇게 의젓하지는 못했던 것 같다―고 작년 일을 생각하고 있었다. 따뜻한 볕을 담뿍 받으면서 흔들흔들 가까워 오는 색시의 자태를 바로 눈앞에 바라보았을 때 그것이 꿈이 아니고 짜장 생시의 일임을 깨달으면서 송씨는 아찔해짐을 느꼈다.

이튿날은 잔치라고 마을의 여자란 여자는 죄다 재도의 집에 모여들었다. 인가가 듬성한 마을 어느 구석에 사람이 그렇게도 흔하게 박혔던지 마당과 부엌과 방에 그득들 넘쳤다. 급하게 차리노라고 대단한 잔치도 아니었으나 그래도 국수그릇과 떡 조각에 기뻐들 하면서 사내들은 탁주 잔에 거나해지면서 각시의 평론으로들 왁자지껄했다. 송씨는 어제 날에 놀람과 탄식은 씻어버린 듯 범상한 낯으로 부지런히 서둘렀다. 큰댁 앞에서 새각시의 인물을 한정없이 출 수도 없어서 여자들은 기연미연한 말솜씨로 그 자리를 얼버무려 넘겼다. 저녁 무렵은 되어 외양간에 짚과 멍석을 펴고 신방이 차려질 때까지도 돌아가려고들 안 하고 외양간 빈지 틈으로 첫날밤의 풍습을 엿볼 양으로 눈알을 굼실굼실 굴리며들 설렜다. 소의 본성을 본받아 잘 낳고 잘 늘라는 뜻이기는 했으나 그 당돌한 첫날밤의 풍습에 색시는 얼굴을 붉히며 서슴거리는 것을 여자들은 부끄럽긴 무에 부끄러워서, 소같이 튼튼한 아들을 낳아서 송씨 일문의 대를 이어야만 장한 일인데라고 우겨서 외양간 안으로 밀어넣은 것이다. 늙은 신랑이 이도 겸연쩍은 듯이 고개를 숙이고 그 뒤를 따라 들어간 후 빈지를 닫고 나니 사람들은 주춤주춤들 헤어져 혹은 집으로 가고 혹은 다시 사랑으로들 밀렸으나, 여자들은 찹찹스럽게 외양간 주위를 빙빙 돌면서 젊었을 시절의 꿈들을 생각해 내서는 벙글벙글 웃고 킬킬거리면서 수선을 떨었다.

"얼른들 와 좀 봐요. 촛불이 꺼졌어."

"공 서방두 복 있는 사람이야. 평생에 두 번씩이나 국수를 먹이구. 그 둘째 각시는 천하일색이니 죽어서 다시 저런 일색으로 태어난다면 열두 번 죽어도 한이 없겠다."

"여자는 인물보다두 그저 자식내이를 잘하구야. 큰댁은 왜 색시 때 일색이 아니었나?"

"큰댁도 속 무던히 상하겠다. 여식이래도 하나 낳았더라면 이런 꼴 안 봤을 것을.—어 어디를 갔는지 아까부터 자태가 안 보이니."

송씨는 남모르는 결에 집을 나와 뒷골 우물 둔덕에 와 있었다. 칠성 단에 정한 물을 떠놓고 그 앞에 무릎을 꿇고 요 십 년째 아침저녁 한 번 도 번긴 적이 없는 기도를 올리고 있었다. 눈을 감고 합장하고 정성을 다해 치성을 드리는 단정한 얼굴이 어둠 속에 희끄무레 솟아 보인다.

"아침이나, 저녁이나, 이 자리에 무릎 꿇고 합장하고 삼신님께 뵈옵 는 건 한 톨의 씨를 이 몸에 줍소사고 인자하신 삼신님께 무릎 꿇고 합 장하고 아침이나 저녁이나……."

웅얼웅얼 외는 목소리는 산 속에 울리는 법도 없이 샘을 둘러싸고 있 는 키 높은 갈대밭으로 꺼져 들어가면서 그 소리에 화하는 것은 얕은 도랑물 소리뿐이었다. 집 안의 인기척도 밭 건너편에 멀고 금시 어둠 속에 삼신의 자태가 의렷이 나타날 듯도 한 고요한 골짜기였다. 사시나 무와 자작나무 잎새도 오늘밤만은 살랑거리지도 않는다.

"……오늘은 혼인날에 요란히 기뻐하는 속에 내 마음 한층 쓰라리구 어지럽사오니 가엾은 이내 몸에도 여자의 자랑을 줍사 공가에 내 핏줄 을 전하게 하도록 합소사고 삼신님께 한결같이……."

모았던 손을 풀고 손바닥을 비비면서 조용조용 일어섰다가는 엎드리 면서 단 앞에 절을 한다. 항아리 속에 준비했던 백 낟의 콩알을 한 개씩 헤면서 백 번의 절을 시작했다. 일어섰다가는 엎드리고 일어섰다가는 엎드리고 하는 그 피곤을 모르는 가벼운 거동이 점점 짙어지는 어둠 속 에 사라지고는 나중에는 산신령의 속삭임과도 같은 웅얼웅얼하는 군소 리만이 아련히 남았다. 외양간의 첫날밤의 거동보다도 한층 엄숙한 밤

경영이었다.

이렇게 남몰래 마음을 바수는 것은 송씨 한 사람뿐이 아니라 재도의 종제 재실과 그의 아내 현씨도 잔칫집 뒷설거지를 대충 마치고 삼밭 하나 사이에 둔 자기들 집으로 돌아왔을 때 처음으로 조용히 자기들의 처지를 돌보게 되었다.

"꼴이 다 틀린걸. 이렇게 될 줄은 몰랐다."

재실은 한숨과 함께 중얼거리면서 일득이 놈은 자는가 하고 아랫방을 내려다보고 어린 외아들이 때아닌 잔치 등살에 피곤해 잠들어 있는 것을 보고는 다시 아내에게로 고개를 돌렸다.

"일이야 될 대로 됐지. 철없는 외자식을 양자로 주군 무얼 믿고 살아간단 말요?"

"또 덜된 소리. 누가 주구 싶어서 주나. 이 살림 꼬락서니를 생각해 보면 알 일이지."

재실의 심보는 일득이를 큰집에 양자로 들여보내서 대를 잇게 하고 그 덕에 어려운 살림살이를 고쳐보자는 것이었다. 부근 일대의 전토와 살림을 독차지하다시피 해서 재도가 마을에서 일등 가는 등급인데 비기면 근근 집 한 채밖에는 지니지 못하고 몇 자리의 형의 밭을 소작해서 지내가는 재실의 처지는 고달프기 짝없는 것이었다. 당초부터 그렇게 고달팠던 것이 아니라 조부 때에 분재를 받아 두 대째 온전히 지켜오던 가산을 재실은 한때의 허랑한 마음으로 읍내에서 노름에 정신을 팔고 창말서 장사를 하느라고 흥청거리다가 밑을 털어버린 것이었다. 다시 형의 앞에 나타날 면목조차 없었으나 목숨이 원수라 몇 자리의 밭을 얻어 생애를 다시 고쳐 시작하는 수밖에는 없었다. 마음을 갈아 넣었다고는 해도 어려운 살림에 시달리느라니 심사가 흐려지는 때도 많아서 형에게 후손 없는 것을 기회 잡아 외아들 일득을 종가로 들여보낼 계획이었던 것이다.

"형두 당초에는 그 요량으로 있었던 것이 웬 바람인지 알 수가 없어. 인물에 반했는지 원. 소 한 필과 바꿨다니 소금 대신에 계집을 사온 셈이지. 젊은 대장장이의 여편넨데 그 녀석 소가 탐이 나서 여편네를 팔게 됐다나."

"뭐, 뭐요, 소와 여편네를 바꾸다니. 계집두 계집이지 아무리 살기가 어렵기로 원 세상에 별일도 다 많지."

"후일 시비가 있어두 해서 사내는 쪽지를 다 써주었다니까 정말두 거짓말두 없어. 대장장이 여편네라두 앞대 여자는 인물이 놀랍거든. 녀석 지금쯤은 필연코 후회가 나렷다."

"숫색시가 아니라두 핏줄만 이으면 그만이야 그만이겠지. 양자를 들이긴 제발 제발 싫다구 하던 판에."

"그래 이 집 꼴은 무어람. 일득이를 준다구 해서 아래웃집에서 영영 못 보게 될 처지두 아니구 내년 봄에는 창말 사숙에나 읍내 학교에도 넣어야 할 텐데―일 다 틀렸지. 남의 밭을 평생 부치면서야 헤어날 재주 있나."

재실이 밤 패는 줄을 모르고 궁리해 보아야 할 일 없는 노릇, 재도의 속심은 처음부터 빤한 것이었다. 큰댁 몸에서는 벌써부터 그른 줄을 알고 첩의 몸에서라도 자식을 얻어보겠다고 벼르던 것이 이번 거사로 나타났던 것이다. 만약에 혈통이 끊어지는 일이 있다면 선조에 대해서 다시 없는 죄를 지는 셈이 되는 까닭이었다.

조부의 대에 어딘지 북쪽 땅에서 이 산골로 옮아왔을 때에도 아무것도 가지지 못한 맨주먹에 족보 한 권만을 신주같이 위해 가지고 있었다. 족보의 계도에 의하면 공문 일가는 근원을 멀리 중국 창평 땅에 두고 만고의 성인을 그 선조로 받들고 있다고 기록되어 있었다. 기록한 옛 성인의 후손이라는 바람에 마을 사람의 공경과 우대를 한몸에 모으고 부지런히 골짜기와 산허리의 땅을 일구기 시작한 것이 자수성공으로 당대에 수십 일 갈이의 밭과 여러 섬지기의 논을 장만하고 부근 일대의 산까지를 손 안에 잡아서 마을에서는 일등 가는 거농이 되었다. 한 번 일군 가산은 좀해 흔들리지 않아서 두 아들을 낳고 이 고을에서 삼 대째 재도의 대에 이르게 되매 집안은 더욱 굳어졌다. 불미한 재실만이 두 대째 잘 이어온 재산을 선친이 없어진 것을 기회로 순식간에 탕신해 버리는 것을 종형 재도는 아픈 마음으로 바라보고 있었다. 아니나 다를까, 재실이 알몸으로 마을에 돌아왔을 때는 전토는 벌써 남의 손에 들어간 후였다. 비위 좋게 외아들의 양자 봉양을 궁리해 왔으나 재도는 처음부터 마음이 당기지 않았다. 삼 대나 걸려 알뜰히 장만한 토지를 길이길이 다스려가려면 아무래도 제 핏줄이 필요하다고 생각하고 있었다. 자기 한 몸이 없어진 후 행여나 재산이 다른 사람 손으로 넘어가게 되어 선조의 무덤을 돌보는 자손도 없이 그 제사를 게을리하게 된다면 사람의 자식된 몸으로서 그보다 죄스러운 일은 없다고 생각하고 있었다. 일정한 땅에 목숨을 박고 그것을 다스리게 됨은 그것을 다음 대에 물려주자는 뜻이라는 것을 굳게 믿고 있었다. 될 수만 있다면 먼 타관에서 인연을 구해 왔으면 하고 해마다 봄이 되어 소금받이를 떠날 때마다 그 궁리이던 것이 문막 나루터는 산에서 자란 그의 눈을 혹하기에 넉넉했다. 어쩌다가 올해는 바로 그 소원이 이루어진 것이다.

혼례가 지나 며칠이 되니 새각시는 집 일이 익어서 서름서름해하는 법도 없이 부지런히 일을 거들었다. 부엌에서 큰댁과 나란히 서서 심상하게 지껄거리며 거짓말같이 화목해하는 모양을 남편 재도는 만족스럽게 바라보았다. 시모와 남편을 섬김에 조금도 소홀이 없도록 하려고 하는 조심성스러운 마음씨도 그를 기쁘게 하기에 넉넉했다.

누가 부르기 시작했는지 원줏집이라고 불리우게 되어서 이 칭호는 마을사람들에게 일종 그리운 느낌을 주었다. 원주는 근방에서는 제일 개화한 읍이었다.

문명의 찌끼가 원줏집을 통해서 이 궁벽한 두메에까지 튀어온 것이다. 원줏집은 세수를 할 때 팥가루 대신에 비누라는 것을 썼고, 동그란 갑에 든 향내 나는 분가루는 창말장에서 파는 매화분 따위는 아니었다. 무명지에는 가느다란 쇠반지를 꼈고 시모의 눈 닿지 않는 곳에 숨어서는 뒤안 같은 데서 흰 권련을 태웠다. 엽초밖에는 모르는 마을 사람들에게 그 향기는 견딜 수 없이 좋아서 사랑에 머슴을 살고 있는 박동이는 증근을 추켜서는 그 하얀 권련 한 개를 제발제발 빌곤 했다.

재도의 누이의 아들 안증근은 삼십 리쯤 되는 산 너머 마을에 출가했던 누이가 죽은 후 남편마저 그 뒤를 쫓아 떠나게 되니 의지가지 없는 신세에 하는 수 없이 삼촌의 집에 몸을 붙이게 되었다.

가까운 혈육이기는 하나 성이 다른 조카를 내 자식으로 들일 의사는 없었으나 송씨가 물을 찌워 기른 보람이 있어 어느 결엔지 늠름한 장정으로 자라서 머슴과 함께 밭일을 할 때에는 어른 한몫을 넉넉히 보았다. 안씨 문중의 몇 대조이든지 조상에 산 속에서 범을 만나 등허리에 발톱 자국을 받았을 뿐 맹수의 허리를 안아서 넘어뜨린 장골이 있었다는 이야기를 어릴 때부터 들어온 증근은 자기도 그 장골의 피를 받았거니 하고 팔을 걷어 힘을 끊아보곤 했다. 어릴 때부터 익어온 송씨를 백모라고 부르기는 당연하고 자연스러웠으나 생판 초면인 젊은 원줏집을 향해서는 쑥스러운 생각이 먼저 들면서 아무리 해도 같은 말이 입으로 나오지 않을 뿐더러 자기의 황소와 바꾸어 왔다는 생각을 하면 화가 나는 때조차 있었다. 날이 갈수록 송씨는 기운을 못 차리면서 진종일 안방에 박혀 있거나 그렇지 않으면 베틀에 올라서 북을 덜거덕거리면서 길삼내이로 날을 보내곤 했다. 그 쓸쓸한 자태가 증근의 가슴을 에는 듯도 해서 원줏집 잔소리나 삼촌의 책망을 받을 때마다 백모를 막아주고 싶은 생각뿐이었다.

어느 날 저녁 무렵 증근이 나뭇짐을 지고 돌아와 보니 부엌에서 백모와 원줏집이 한바탕 겨루고 있었다. 저녁 준비로 그릇들이 어지럽게 놓인 부엌 바닥에 산발한 머리채를 마주잡고 떠들썩하게 노려댔다. 아침저녁으로 시중을 들러 오는 현씨는 어쩔 줄을 모르고 서성거리면서 아궁이 밖에 기어나온 불 끄트머리도 건사하지 못하고, "일득아. 얼른 가서 삼촌들을 데려오지 못하고 무얼하니" 하며 쉰 목소리로 어린것을 꾸짖을 뿐이었다.

누가 소처럼 일하려구 이 두메로 왔다든? 넌 종일 베틀에만 올라 엎드리구 있으니 물을 긷구 여물을 끓이구 부엌 설거지를 하구 혼자 손으로 이 큰 살림을 어떻게 보란 말이야 하고 원줏집이 입술이 파랗게 떨면서 소리를 치는 것을 보면 일이 고되다는 불평인 듯싶었다. 호강하자는 첩이더냐 잘난 체 말구 너도 시달려봐야 두메맛을 아느니라. 나도 놀구만 있는 게 아닌데 일 끝마다 남의 말을 꼭꼭 찌르는 이 가사리 같으니 하고 백모도 대꾸하면서 한데 얼려서는 함께 나무검불 위에 쓰러졌다.

찬장을 다친 바람에 기명들이 왈그렁 뎅그렁 바닥에 쏟아졌다. 년이 돌소면서 심술은 고작이지 큰댁이라구 장한 체 나둥그러진 건 너지 누구야. 이럴 줄 알았으면 누가 이 산골로 올까. 삼백 리나 되는 이 두메 산골로. 이 말에 백모는 불같이 발끈 달아서 잇몸에서 피를 뱉으면서 무엇이 어쩌구 어째, 또 한 번 지껄여봐라. 또 한 번 그 혓바닥을 빼버릴 테니. 소리소리 지르며 법석을 치기는 했으나 제 분에 못 이겨 제 스스로 탁 터지고야 말았다. 돌소라는 말같이 그에게 아픈 욕은 없었다.

470

더 싸울 기력도 잃어버리고 자기 설움으로 흑흑 느껴 우는 소리를 듣고 시모가 방 문턱까지 기어나와 그 아닌 꼴들에 놀라 입을 벙긋벙긋 열면서 손을 내저으나, 흥분된 두 사람에게는 벌써 어른의 위엄도 헛것이었다. 증근이 쫓아 들어가서 두 사람을 헤쳤을 때에는 널려진 부엌 바닥도 볼 만은 했지만 산발하고, 옷을 찢고, 피를 흘린 두 사람의 꼴은 차마 보기 어려운 것이었다. 현씨도 덩달아 울면서 코를 훌쩍거렸다.

그날 밤 송씨의 자태가 없어진 채 늦도록 나타나지 않았다. 원줏집만을 달래고 있던 재도도 비로소 웬일인가 하고, 집 안은 또 설레기 시작했다. 베틀에도 없고 방앗간에도 없다면 대체 어디로 간 것일까 하고 재도와 증근은 물론 재실 부부와 박동이까지도 초롱에 불을 켜들고 샘물 둔덕으로부터 뒷산을 더듬어도 안 보인다. 점점 불안해져서 패를 나눠 가지고 묘지 근처와 골짜기 개울가를 샅샅이 찾아보기를 했다. 증근은 혼자서 어둠 속에 초롱을 휘저으면서 행여나 나뭇가지에 드리운 식은 시체를 만나면 어쩌누, 겁을 잔뜩 집어먹구 슬금슬금 통물방앗간 안을 엿보았을 때 깊은 구석 볏섬 앞에 웅크리고 앉은 백모의 모양을 보고 주춤 뒷걸음질을 쳤다. 마음을 다구지게 먹고 달려가 보니 나뭇가지에 목은 안 맸을망정 꼼짝 요동 안 하고 눈을 감은 채 숨결이 가쁜 모양이다.

조그만 항아리가 구르고 독한 간수 냄새가 코를 찔렀다. 소금섬 아래에 받쳐두었던 항아리의 간수를 먹은 것임을 알고 증근은 끔찍한 짓두 했지 하고 황망히 설레면서 무거운 몸을 일으켜 등에 업고 급히 방앗간을 나왔다. 건너편 뒷산 허리에 번쩍번쩍 움직이는 초롱불들이 보였으나 소리를 걸지 않고 잠자코 논두렁 길을 걷고 있으려니 몸 더위로 등허리가 후끈해 오면서 그 무릎 아래에서 이십 년 동안이나 양육을 받아 온 백모를 이제 자기 등허리에 업게 된 것을 생각한즉 이상스러운 느낌이 생기면서 알 수 없이 잔자누룩해지는 마음에 엉엉 울고도 싶었다.

"……그게 즈 증근이냐?"

밤바람에 얼마간 정신을 차렸는지 백모는 가느다란 목소리로 간신히 지껄였다.

"왜 아직 목숨이 안 끊어졌을까……. 돌소 돌소 하지만 난 돌소가 아니야. 아무에게두 말할 수는 없지만 알고 보면 삼촌이 불용이란다. 무이리 무당이 내게 가만히 뙤어주었어."

"이주머니야 왜 나쁘겠수. 윈줏집의 소갈머리가 글렀지. 앞대에서 왔다구 독판 잘난 척하구 툭하면 싸움을 걸군 하면서."

"윈줏집이 아이를 낳을 줄 아니? 두구 보렴. 삼촌이 불용이다. 다 삼촌의 허물이야. 아무도 그런 줄 모르니 태평이지. ……아이구 가슴이야 배야. 아마도 밸이 끊어졌나 부다. 이렇게 뒤틀릴 젠. 으으으응……."

"맘을 든든히 잡수세요. 세상이 다 알게 될 일이니……."

간수가 과했던 까닭에 송씨는 몹시 볶이우고 피를 토하며 자리에 눕게 된 것이 반 달가량이 지나니 차차 누그러지는 날씨와 함께 의외에도 속히 늠실하고 일어나게 되었다. 허전허전해는 하면서도 별일 없었던 듯이 시치미를 떼고 윈줏집과 심상하게 지껄이면서 일을 거드는 품이 또다시 평온한 날로 돌아가는 듯이도 보였으나 뒷동산 밤꽃이 피기 시작할 무렵이 되어 송씨에게는 이도 쇠약한 몸 걱정이 아니라 한꺼번에 마음을 잡아흔들고 속을 뒤집히게 하는 일이 생겼다. 어느 결엔지 윈줏집의 몸이 무거워진 듯 음식도 잘 받지 아니하고 구역질만 하면서 자리에 눕는 날이 많아진 것이었다. 설마 그럴 수야 있을까 하고 마음을 태평히 먹고 있었던 것만큼 송씨는 벼락이나 맞은 듯 정신이 휘둘리우면서 멍하니 한자리에 주저앉아 일어날 기맥조차 없어지는 때가 있었다. 현씨가 달래면 간신히 일어나서 원망하는 듯이 하늘을 우러러보는 그

초췌한 자태는 차마 볼 수 없어서 재실은 하루는 창말서 용하다는 점장이 한 사람을 데리고 왔다. 반백이 된 수염을 드리운 판수는 정한 상 위에 동전을 굴리고 산죽가지를 놓고 하면서 음성을 판단하고 사주를 풀어 길흉을 점쳤다. 괘가 좋소이다. 걱정할 것이 없어, 하고 한참 후에 감은 눈을 꿈벅거리고 비죽이 웃으면서 결과를 고했다. 길한 날을 받아 동쪽으로 칠십 리를 가 백 날 동안 고산치성을 드리면 그날부터 서조가 있어 옥 같은 동자를 얻는다는 괘외다. 길사는 빠를수록 좋은 법이니 하루라도 속히 내 말을 좇으소. 판수는 자랑스러운 낯으로 수염을 쓰다듬었다. 지금까지 아무 관상쟁이도 사주쟁이도 안 하던 말을 이렇게도 수월하게 쏟아놓을 제는 필연코 팔자에는 있나 보다고 송씨는 반생 동안 그날같이 반가운 적이 없었다. 판수의 한마디로 순간에 병도 떨어진 듯이 기운이 나면서 기쁜 판에 정성을 다해 판수를 대접했다. 돈 열 냥과 쌀 한 말을 짊어지고 판수는 벙글벙글하는 낯으로 재실에게 끌려 창말로 돌아갔다.

뜻밖인 길보에 남편인 재도는 반갑지 않지도 않은 듯 여러 가지로 길 떠날 준비를 거든다. 택한 날에는 외양간의 거동도 치른 후 기쁜 낯으로 아내를 떠나 보냈다. 동쪽으로 칠십 리를 간 곳에는 이름난 오대산이 있고, 그 중허리에 유명한 월정사가 있었다. 석 달분 양식에다 기명과 옷벌까지도 소 등에 싣고 증근은 기쁘게 백모를 동무해 떠났다.

송씨들이 떠난 후 농사가 바쁜 때이라 집안은 어지럽고 복작거리기는 했으나 큰댁과의 옥신각신이 뺀 것만으로도 원줏집은 시원해서 아무 데서나 권련을 푹푹 피우면서 기릏할 것 없이 내로라고 활개를 폈다. 재실의 한 집안이 죄다 오다시피 해서 일을 거드는 까닭에 부엌일도 송씨와 으릉대고 있었을 때같이 고된 것은 아니었고, 송씨 앞에서는 어려워하는 현씨도 원줏집과는 허름한 생각에 뜻을 잘 맞추어주는 까닭에 모든 것이 탈없이 되어 나갔다. 단지 밭일이 너무 고되어서 조밭에 풀 뽑기, 삼밭에 손질, 논에 갈 꺾기 등으로 손이 부족해 재도와 박동이는 죽을 지경이었으나 고대하고 있던 증근은 의외에도 빠르게 떠난 시 열흘 만에 돌연히 돌아와서 장정들을 반갑게 했다. 떠날 때보다는 풀이 죽어서 맥이 없어 보임은 필연코 노독의 탓이거니 생각하고, 어떻든가 먼 길이라 되지? 박동이가 물으면 돌아다보지도 않고 경없는 듯이 딴 전을 보는 것이었다.

"산 산 하니 오대산같이 큰 산이 있을까. 아름드리 박달나무와 참나무가 빽빽이 들어서서 낮에도 범이 나올 지경이여. 절에는 불공 온 사람들이 득실득실 끓어서 산 속이라도 동네와 진배없고. 스님이 여러 가지로 돌보아주는 덕으로 방도 한 칸 얻고 새벽 첫닭이 울 때 일어나서 새용에 메를 지어 가지고는 불당에 올라가 부처님 앞에 백 번 절을 한다나. 백 번씩 백 날 백 일 불공을 드린대. ……내가 아는 건 그것뿐이야."

"타관 물 먹더니 너 아주 어른됐구나. 올 때 진부 장터 봤겠지? 강릉 가는 신작로가 나서 창말보다두 크다는데."

"크구말구, 신작로는 한없이 곧게 뻗친 위를 우차가 늘어서고 자동차가 하루에두 몇 번씩 달아나데. 자동차 처음 보구 뜨끔해서 길가에 쓰러졌다네. 돼지같이 새까만 놈이 돼지보다도 빠르게 달아나거든. 우레 같은 소리를 지르면서……. 세상이 넓지. 마당 같은 넓은 길을 걷고 있노라면 이 산골로 다시 돌아올 생각이 없어져. 어디든지 먼 데루 내빼구 싶으면서……."

"너 말두 늘구 생각도 엉큼해졌구나. 수작이 아주 어른이야. 어느 결엔지 어른됐어. 목소리까지 굵어진 것이."

박동이가 어깨를 치는 바람에 정신없이 지껄이던 증근은 주춤하면서 몸을 비틀고 외면한 채 밭 있는 쪽으로 달려갔다. 그 뒷모습을 바라보며 정말 달라졌어. 전에는 저렇게 수줍어하고 어색해하지 않더니 얼굴도 좀 빠진 것이……라고 박동이는 모를 일이라는 듯 고개를 갸웃거렸다.

단오절도 올해는 증근에게는 그다지 신명나는 것이 아니어서 억지로 끌려 나가 씨름을 해도 해마다 판판이 져오던 적수에게 보기 좋게 넘어가 황소를 타기는커녕 신다리에 멍까지 들엇다. 박동이는 그 꼴을 보기 딱해서 제 무릎을 치면서 저런 놈의 꼬락서니 봐라, 정신이 번쩍 나게 좀 때려줄까 보다 하고 홧김에 벌떡 일어서기까지 했다.

이 날 증근은 생전 처음으로 장판 술집에 들어가 대중없이 술을 켜고 잠뿍 저물어서야 집으로 돌아왔다. 삼촌 재도가 너 요새 웬일이냐 잔뜩 주렵이 들어 기운을 못 차리는 것이 말 못할 걱정이 있느냐고 물어도 대답도 없고 고개를 숙인 채 어두운 길을 더듬어 뒷산으로 올라가 버렸다. 밤새도록 돌아가지 않더니 이튿날 낮쯤은 돼서 햇 개만한 노루 새끼 한 마리를 가슴에 부둥켜안고 너슬너슬 내려왔다. 산에서 밤을 새운 것이었다. 한잠을 자려고 싸리나무 수풀 속으로 들어갔을 때 마침 그 자리가 노루 집이어서 놀란 새끼들이 소리를 치면서 껑청껑청 뛰어났다는 것이었다. 어둠 속을 쫓아가서 기어이 한 마리를 잡아 안고 숲 속에서 하루 밤을 새웠다는 것이다. 잃어진 새끼를 찾는 어미 노루의 울음소리가 밤새도록 골짜기에 울렸다고 한다. 증근은 그날부터 뜻밖에 노루 새끼로 말미암아 얼마간 기운을 차린 듯, 사람의 새끼보다 귀엽거든. 잘 먹여서 기를 테야, 하고 외양간 옆에 조그만 우리를 꾸민다, 싸리잎을 뜯어다 먹인다, 하면서 반 나절을 지우곤 하였다. 겁을 먹고 비실비실하던 노루도 점점 사람을 가리지 않으며 저녁 때쯤 되니 싸리도 잘 받아 먹게 되었다.

일에서 돌아온 박동이는 그 꼴을 보고 어이없어서 산에서 자는 녀석이 어디 있니, 밤새도록 얼마나 걱정을 했게 책망하면서,

"씨름에 진 녀석이 노루 새끼 뭐야. 노루보단 소를 타오진 못하구. 이까짓 노루 새끼를 무엇에 쓰겠게."

"짐승을 다쳤다간 그냥 두지 않을 테다. 네까짓 게 열 번 죽었다나 봐라. 이렇게 귀엽게 태어날까."

"분이보다두 귀여우냐. 가을에는 잔치를 지내고 임 서방의 사위가 될 녀석이 언제까지나 그렇게 지각 없는 짓만 할 테냐. 분이 얼굴을 넌 아직 똑똑히는 못 보았겠다. 여름이 되면 건너 산에 딸기를 따러 갈 테니 밭이랑에 숨었다가 가만히 여겨 보렴. 첫눈에 홀딱 반할라."

"잔소리 작작해. 분이는 누가 얻는다던? 그렇게 탐나거든 왜 너 색시나 삼으렴."

"두메놈이 큰소리한다. 욕심만 부리면 누가 장하다든? 그렇지 않으면 마음에 드는 사람 따로 생겼니? 너 요새 눈치가 수상하더구나.…… 어디 좀 만져보자. 얼마나 컸나. 언제 색시를 얻게 되겠나."

"이 미친 녀석이, 이놈이 지랄이야."

박동이가 데설데설 웃으면서 희롱 삼아 손을 벌리고 달려드니 증근은 얼굴이 새빨개져 뒤로 물러서면서 금시 울상이었다. 망신 주면 이놈 너 죽일 테다, 떨리는 손으로 진정 낫을 쥐어드는 것을 보고는 박동이도 실색해서 이번에는 자기 편에서 되도망을 쳤다. 살기를 띤 증근이의 눈을 보니 소름이 치고 겁이 났다.

산골의 여름은 빨라서 모가 끝난 후 보리를 거두어들이고 나니 골짜기에는 초목이 울창해지고 산에는 나무가 우거져서 한결 답답하게 되었다. 옥수수 이삭에서는 붉은 수염이 자라고, 삼은 사람의 키를 훌쩍 넘게 되어서 마을은 깊은 그림자 속에 잠기고 공씨 일가는 밤나무와 돌배나무 그늘에 온통 덮일 지경이었다. 장마가 져서 큰물이 난 후로는 볕이 따갑게 쪼이기 시작해서 마을 사람들은 쉴 사이 없는 일에 무시로 땀을 철철 흘렸다. 재실은 피곤할 때에는 모든 것이 성가시고 귀찮아서 밭둑에 한없이 앉아서는 생각에 잠기곤 했다. 원줏집이 몸이 무겁다면 벌써 일득이에게 소망을 걸 수도 없게 되어서 앞으로의 근 반생 동안은 어떻게 고달프게 지낼 것인구 하고 눈앞이 막막해졌다. 차라리 다 집어치우고 금전판엘 가든지 그렇지 않으면 앞대에 가서 뜬벌이를 하든지 하는 것이 옳겠다고 박동이와 마주 앉아서는 한없이 궁리에 잠겼다.

아내 현씨는 그런 남편의 심중을 헤아릴 까닭도 없어서 큰집에 박혀서는 원줏집과 부산하게 서두를 뿐이었다. 재도는 장마 때 터지는 봇살을 막노라고 덤비다가 흙탕물 속에서 가시를 밟은 것이 덧나 부은 발로 꼼짝 못하고 누워 있던 것이 바쇠를 달궈서 지진다, 풀뿌리를 이겨서 바른다 하는 동안에 차차 낫기 시작해 지금에는 일어나 걸어다니게까지 되었다. 달포 동안 방에 번듯이 누워 점점 불러가는 원줏집의 배를 바라보는 것은 더없는 기쁨이기는 했으나 다시 일어나 근실거리는 두 팔로 몰킨 일을 시작하는 것도 또 없는 기쁨이었다. 밭 속에서, 혹은 산 위에서 멀리 집 안에 움직이고 있는 아내의 모양을 바라보는 것도 흥겨운 일이었다.

홍이 과해서 하루는 아닌 변이 생기고야 말았다. 수상한 아내의 모양을 보고 황겁지겁 산을 뛰어내린 것이었다. 건너산 골짜기에 칡덩굴을 뜨러 가 있던 재도에게는 점심이 지나고 사내들은 밭으로 나간 후의 조용한 집 안이 멀리 내려다보였다. 문득 안뜰에 조그만 그림자가 움직이더니 주위를 살피는 듯 슬금슬금 방 안으로 들어가는 것을 보고 그것이 박동이인 줄을 알았을 때 뒤켠 조이밭에 가 있어야 할 녀석이 아닌 때 무슨 까닭일꾸 하고 재도는 숨을 죽이고 바라보았다. 한참이나 있다가 박동이가 늠실하고 방 안에서 나오는 뒤로 원줏집이 권련을 물고 따라나오는 것을 보고는 재도는 눈이 뒤집힐 듯 노기가 솟아 부르르 육신을 떨면서 지게도 칡덩굴도 내버린 채 허둥지둥 골짜기를 뛰어내렸다.

　아내를 믿고 지내오지 않은 것은 아니었으나 한 번 의심하기 시작하니 환장이나 할 듯이 마음이 뒤집히는 것이었다. 둘이 아무리 방패막이를 해도 마음이 듣지를 않아서 물푸레나무 가지로 번갈아 물매를 내리나 아내는 청하기에 적삼을 잡아매주고 내친 김에 권련을 한 개 주었다는 것 이상으로는 입을 열지 않았다. 나중에는 도리어 짜증을 내면서, 이렇게 욕을　받으려면 차라리 고향으로 나가겠노라고 주섬주섬 세간을 기두는 것이었다. 그래도 재도는 노염이 풀리지 않아서 기어이 여물을 써는 작두날에다 박동이의 목을 밀어 넣고 다짐을 받았을 때 박동이는 비로소 손을 빌고 눈물을 흘리면서 고했다. ―사실은 그렇게 허물을 지은 듯이 보여서 원줏집에게다 억울한 죄를 씌워 그를 집에서 내쫓자는 계책이었다는 것, 그 계책에 재도가 옳게 걸려 왔다는 것, 그 모든 계획은 재실의 뜻과 지칭에서 나왔다는 것이었다. 재도는 놀랐지만 원줏집도 그런 흉계 속에 감쪽같이 옭혀 들어갔음을 알고 어이가 없어 못된 녀석들 하고 이번에는 박동이를 책하기 시작했다. 재도는 겨우 마음이 가라앉으면서 밤낮 모를 궁리에만 잠겨 있는 재실이 녀석이니 그럴 법도 하겠다고 박동이를 시켜 곧 불러보았으나 재실은 그렇게 될 줄을 예료하고서인지 밭에도 집에도 자태가 보이지 않았다.

　그날부터 종시 집에 돌아오지 않았다. 아마도 어느 금전판이나 먼 앞대로나 간 것이려니 생각할 수밖에는 없던 것이 며칠 후 창말로 장 보러 갔다 온 사람 말을 들으면 술집에서 여러 날이나 곤드레만드레 뒹굴고 있더니 깊은 산에 가 치성을 드리고 삼을 찾아보겠다고 하루는 표연히 홍정리 심산으로 들어가겠다는 것이었다. 삼을 캐서 단번에 천금을 쥐자는 생각이지만 그런 바르지 못한 심청머리에 삼신산의 불사약이 그렇게 수월하게 눈에 뜨일 줄 아나 하고 재도는 도리어 측은히 여겼다.

남편을 잃어버린 현씨의 설움은 남 모르게 커서 개일 줄 모르는 눈자위를 벌겋게 해가지고는 어린것을 데리고 큰집에 들어박히다시피 했다. 박동이는 재실의 입바람에 당치 않은 짓을 했던 것이 겸연해서 이도 여러 날 동안이나 창말로 빙빙 돌면서 돌아오지 않는 것을 왕사는 왕사로 하고 바쁠 때 그대로 둘 수만도 없다고 재도가 손수 가서 데려온 까닭에 다시 사랑에서 거처하게 되었다.

이 의외의 변에 누구보다도 놀라고 겁을 먹은 것은 증근이었다. 삼촌이 박동이의 목을 자르겠다고 작두날 아래에 넣고 금시 밟으려던 순간을 생각만 해도 몸서리가 치고 무릎이 떨렸다. 일상 때에 용하기만 하던 삼촌이 그렇게도 당차고 무서운 사람이었던가 싶었다. 견디기 어려운 무더운 날 백낮이면 나무 그늘에 쉬면서 흡사 재실이 하던 것과 같이 하염없이 생각에 잠기곤 했다. 한층 마음이 서글프게 된 것은 하루 아침 우리 속에 기르던 노루가 달아났음이다. 길이 들었다고만 여기고 우리 빈지를 빼꼼히 열어 놓은 것이 마당 앞을 어정대는 줄만 알았더니 어느 결엔지 뒷산으로 날쌔게 달아나버린 것이었다. 울화가 나서 일도 잡히지 않는 동안에 더위도 가고 여름도 지났을 때 월정사에서 송씨가 돌아왔다. 백일 불공의 효험이 있어 석 달이나 되는 무거운 몸으로 나타났다. 증근은 반가운지 두려운지 가슴이 떨리기만 하는 바람에 이날부터 산에서 어두워진 다음에야 내려왔다.

원한을 풀고 돌아온 송씨의 소문이 마을에 자자해지자 사람들은 창말 판수의 공이 신기하게 여기고 금시에 아들 복을 누리게 된 재도의 팔자를 부러워했다. 아들 없음을 누가 한할까. 창말 판수에게 점치면 그만인 것을 하고 여자들은 지껄거렸다. 재도는 지금 같아서는 세상에 더 부러운 것이 없어 얼굴에 웃음을 머금고 사람들의 말시답을 하기에 겨를이 없었다. 마당 앞에 서서 터 아래로 골짜기까지 뻗친 전토, 전토를 바라보면서 자자손손이 그를 잘 다스려 먼 후세까지 일가가 번창해 조상의 이름을 날릴 것을 생각하면 지금 눈을 감아도 한이 없을 듯싶었다. 다시 시작된 두 아내의 옥신각신을 말리는 남편으로서 두통스러웠으나, 큰 기쁨 앞에서 그것도 대단한 일은 아니었다. 작은집이 거만하게 배짱을 부리면 큰집도 질 사람이 어디 있느냐는 듯 핀둥핀둥 게으름을 부리면서 앙알거리는 두 사람의 자태를 차라리 대견한 낯으로 바라보는 때도 있었다.

그해 가을은 예년에 없는 풍년이 들어 추수는 어느 때보다도 흡족했다. 마당에는 볏단과 조잇단의 낟가리가 덤덤이 누른 산을 이루었고 뒤주간에는 잡곡이 그득 재어졌다. 낟이 굵은 콩도 여러 섬이 되어서 내년 봄 소금밭이에도 흔하게 싣고 갈 수 있을 것이다. 밤 대추의 과실도 제사에 쓰고도 남으리만큼 뜯어 들였고 현씨는 마을 여자들과 날마다 먼 산에 가서는 서리 맞은 머루 다래 돌배에다 동백을 몇 광주리고 따왔다. 집 안에는 그 열매 냄새와 함께 잘 익은 오곡 냄새가 후끈후끈 풍기고, 두 사람의 아내는 부를 대로 부른 배에 진종일 머루를 먹었다. 반년 동안 신공한 덕이라고는 해도 배를 두드리며 지낼 한가한 겨울이 온 것을 생각할 때 재도는 몸을 흐붓이 적시어주는 행복감에 마음이 깨나른해짐을 느꼈다.

이 가장 행복스러울 때 불행도 왔다. 그 불행이 오려고 그때까지의 행복이 준비되어 있었던지도 모른다. 어이없는 커다란 불행이 재도에게는 그렇게밖에 여겨지지 않았다. 안온하던 마음이 뒤집힐 듯 번져지면서 한 몸의 불운을 통곡하고 싶었다.

밭에서 남은 조잇단을 묶고 있을 때 뒷산에 참새 모는 소리가 요란히 나면서 증근이 숨이 가쁘게 뛰어와서 전하는 말이, 웬 타관놈 같은 낯모를 사내가 와서 원춧집과 호락호락 말을 걸고 있다는 것이었다. 그것이 제 아내를 찾으러 문막서 온 대장장이일 줄야 꿈에나 알았으랴. 마당으로 내려와 행장을 한 그 젊은 사내를 물끄러미 바라보는 동안에 재도의 안색은 푸르게 질리면서 입까지 더듬어졌다.

"당신두 놀라겠지만 처를 찾으러 왔소이다. 공연한 짓을 하구 얼마나 뉘우쳤는지. 동네를 안 대준 까닭에 이곳을 찾느라고 큰 고생을 했소. 문막을 떠난 지가 한 달이 넘었는데 군 내를 구석구석 모조리 들칠 수밖엔 있어야죠."

"지금 새삼스럽게 그게 무슨 소린가. 사람들 보고 있는 속에서 작정한 일이 아닌가."

"소와 사람을 바꾸다니 그럴 데가 어디 있겠수. 사람들한테서 내가 얼마나 욕을 받고 조롱을 받았는지 소는 그 뒤 얼마 안 가 죽었구. 값을 치러드리죠. 장만해 가지고 왔으니."

"쪽지는 무엇 때문에 썼나. 지장까지 도두라지게 찍구. 여기 다 있어. 재판소엘 가도 누가 옳은가 뻔한 일이야."

"그땐 여편네와 싸운 후라 내가 환장했었어유. 바른 정신으로야 누가 지장을 찍겠수……."

"지금 와서 될 말인가. 반년 동안이나 한 집에서 같이 산 사람을 지금 와서."

"아무래도 데려가야겠어요. 우리끼리 정하기 어려우면 여편네더러 정하라구 그러죠. 도로 가든지 여기 있든지."

사내는 자신 있는 듯이 여자 편을 보았으나 지난날의 아내는 반드시 그 뜻을 받아들이려고 하는 것도 아니었다. 변변치 못하고 게으른 대장장이에게 시집 가 몇 해 동안에 맛본 신고란 이루 헤아릴 수 없었다. 그렇다고 그 자리에서 재도에게 두말 없이 몸을 맡길 수도 없는 노릇, 그도 난처한 경우에 서게 되어 그 의외의 변에 재도와 함께 안색이 푸르게 질리고 벙어리같이 입이 열리지 않았다.

"나두 차차 자식 생각두 나구요. 내 자식 내 얻어가는 데야 무슨 말 있겠수. 제 핏줄야 아문들 어떻게 한단 말요."

"누, 누구 자식이라구? 농이냐 진정이냐? 괜히 더 노닥거리다간 큰일 날라."

"거짓말인 줄 아시우? 쪽지를 쓸 때엔 벌써 두 달째 됐을 때라우. 아이 어미에게 물어보시우. 어디—나 같은 죄인은 천하에 없어요."

"머 뭣이라구? 머, 대체 그게. 놈이……."

재도는 금시에 피가 용솟음치며 앞뒤 분별을 잃고 사내의 옷섶을 쥐어잡는 동안에 원줏집은 고개를 숙인 채 한마디도 없이 안으로 뛰어들어가 버렸다. 이게 대체 무슨 일이란 말이구, 하구 재도는 사내를 때려눕힐 기력도 없이 제 스스로 그 자리에 쓰러질 듯도 했다. 모든 것이 꿈이었구나 하고 미칠 듯이 마음이 뒤집혔다.

등신같이 허전허전한 몸으로 이튿날 사내와 함께 창말로 재판을 갔으나, 주재소에서도 면소에서도 낡은 쪽지를 펴들고 두 사람을 바라볼 뿐 그 괴이한 사건을 쉽사리 다루지는 못했다. 한 사람의 아내를 누구에게 돌려보냄이 옳은지 바른 재판을 하기가 어려웠다. 고개를 갸웃거리면서 반나절을 궁리해도 좋은 판결이 안 나서 두 사람은 실망할 뿐이었다.

갑자기 결말이 나지 않을 듯함을 알고 대장장이는 창말에 숙사를 정하고 날마다 조르러 오기 시작했다. 재도는 기운을 못 차리고, 살고 있는 성싶지도 않았다. 송씨에게만 희망을 걸기로 하고 아내는 단념한다고 해도 한 번 맺어진 원줏집과의 인연을 끊기는 몸을 에는 것보다도 아픈 일이었다. 원줏집도 같은 느낌, 같은 생각이었으나 자식의 권리를 주장하는 전남편에 대한 의리도 있고 해서 한숨만 짓고 있는 동안에 사내의 위협이 날로 급해짐을 어찌는 수 없어 잠시 몸을 풀 때까지 창말에서 사내와 함께 지내기로 했다. 방 한 칸을 빌려서 궁색한 대로 조그만 살림을 차리게 되었다. 아내의 뜻이라면 하는 수 없는 노릇이라고 재도는 잠자코 있는 수밖에는 없었으나 저러다 몸이나 푼 후에 그대로 눌러 술장수를 하지 않나 두구 보게, 사내두 벌써 고향으로 나가기가 싫다고 창말에 눌러 있을 작정인 모양인데, 하고들 사람들의 수군거리는 것을 듣고는 치가 떨려서 견딜 수 없었다.

원줏집이 창말로 떠나는 날 그래도 그동안 정이 든 현씨는 작별의 눈물을 흘리고 박동이도 논둑까지 걸어 나오면서 왜 이리 사람 일이 변하는고 싶어서 눈시울이 뜨거워졌다. 삽시간에 일어난 변화를 생각하고 재도는 세상 일 알 수 없다고 스며드는 가을 바람에 목이 메어졌다. 흡족한 추수도, 넓은 전토도 지금엔 그다지 마음을 즐겁히는 것이 못 되었다. 빈 방에 앉으니 장부답지 못하게 눈물이 솟았다.

그러나 그것으로 부족한 듯 재도에게는 참으로 가을 바람은 살을 에는 듯 모질었고 몸과 마음을 한꺼번에 쓰러눕힐 날이 기다리고 있었다. 내 몸의 서글픔을 깨닫고 견딜 수 없는 쓰라림에 통곡하게 될 날이 기다리고 있었다.

원줏집이 간 후 집안이 쓸쓸해지고 손도 부족해진 탓으로 재도는 증근에게 봄부터 말이 있던 임 서방의 딸 분이를 짝지어 주려고 했으나 증근은 고집스럽게 사절하면서 종시 말을 안 듣는 것이었다. 겨울 동안 매 사냥도 하고 창애로 꿩이나 족제비를 잡아서 농사보다 사냥으로 살아가는 임 서방은 고달픈 살림살이에서 한 사람이라도 좋으니 얼른 식구를 떨어버렸으면 하는 생각으로 함 속에서 단벌의 치마저고리까지 준비해 주어 가지고 잔칫날만 기다리고 있었던 것이 증근의 고집스런 반대를 알고 적지 아니 황당해했다. 분이가 낙망해서 딴 짓이나 하지 않을까. 괜한 걱정까지 얻어 가지고 아내와 마주앉으면 밤낮으로 그 이야기뿐이었다. 증근이만큼 장골이고 민첩하고 무슨 일을 시키든지 한몫을 옳게 보는 총각은 마을에는 없었다. 왜 싫단 말이냐, 네 주제엔 과하단다, 바느질은 물론 질쌈으로도 마을에서 분이를 당하는 처녀가 없는데. 재도도 임 서방에게 말을 주었던 터라 좀 황당해서 조카를 책망해도 증근은 여전히 쇠 귀에 경 읽기였다. 밤에 사랑에 아무도 놀러오는 사람이 없고 박동이와 단 둘이 마주 앉아서 새끼를 꼴 때 증근은 문득 손을 쉬고는 재실 아저씨는 지금 어디 가 있을까 동삼 한 뿌리만 캐면 그 한 대로 돈벼락을 맞으렷다. 나도 아무 데나 가봤으면. 마당같이 넓은 신작로가 그립구나. 동으로 가면 강릉이요, 서로 가면 서울인데 아무 데나 좋으니 가고 싶어 하면서 중얼거렸다. 너 재실이같이 내뺄 작정이구나. 그래서 분이도 안 얻겠단 말이지. 박동이가 가늠을 보면 증근은 그렇다고도 그렇지 않다고도 말하지 않고 멍하니 잠자코만 있었다. 그럴 때의 그 근심을 띠인 부드러운 눈동자에 박동이는 말할 수 없는 감동을 받으면서 그렇게 고운 눈은 지금까지 본 적이 없었던 것같이 느껴졌다.

임 서방이 사윗감으로 증근을 원하는 이유가 또 하나 있었다. 사냥의 재주가 자기도 못 미치게 놀라웠던 까닭이었다. 같은 눈 속에 창애를 고여 놓을 때에도 증근에게는 남 모를 특수한 묘리가 있는 듯, 모이를 다는 법이며, 창애를 묻는 법이며, 꿩이 흔하게 내릴 듯한 자리를 겨냥대는 법을 임 서방은 오랜 경험으로도 알아낼 수가 없었다. 해마다 잡아들이는 꿩의 수효는 임 서방보다도 훨씬 많았다. 증근은 그것을 장에서 팔아다가는 한겨울 동안 모으면 돼지 한 마리 살 값이 되었다. 그런 증근에게 자기의 묘리까지도 가르쳐주어 그 고장에서 제일 가는 사냥꾼을 만들겠다는 것이 임 서방의 원이었다.

그해 겨울만 해도 중근은 뜻밖에 큰 사냥을 해서 임 서방을 놀랬을 뿐이라, 마을 사람들을 탄복시키게 되었다. 홍정리로 넘어가는 산비탈에 함정을 파고 커다란 곰 한 마리를 잡은 것이었다. 홍정리 산골에서 곰이 간간이 산을 넘어와서는 밭곡식을 짓무지리고 가는 것을 알면서도 창말서 포수가 몰이꾼을 데리고 와도 한 번도 옳게 쏘지는 못했다.

증근은 여러 날이 걸려 거의 우물 깊이나 되는 함정을 파고 그 위에 검불을 덮어두었을 뿐으로 그 사나운 짐승을 여반장으로 잡은 것이었다. 곰 다니는 길을 잘 살펴두었던 것이요, 함정 위에는 옥수수 이삭을 묶어서 달았다. 실족을 한 짐승은 깊은 함정 속에서 밤새도록 구슬프게 울었다. 아침에 증근은 사람을 데리고 커다란 돌을 함정 속에 굴려 떨어뜨려서 짐승의 한 목숨을 끊었다. 마을은 그날 개력이나 한 듯이 요란하게 떠들썩들 했다. 죽은 짐승을 끌어내 집 마당까지 들여왔을 때 십 리나 되는 무이리 꼭대기에서까지 농군들이 몰려왔다. 조상에 범과 싸워서 이긴 장사가 있었다더니 그 후손은 곰을 잡았구나, 하면서들 반나절을 요란들이었다. 곰은 당일로 창말 소장수가 사다가 도수장에서 헤쳐본 결과 커다란 웅담이 나왔다고 증근은 거의 소 한 필 값을 받았다. 곰 한 마리 잡는 편이 일 년 농사 짓기보다도 낫다고 남안리 젊은 축들은 부러워들 했다.

증근의 자태가 사라진 것은 그날부터였다. 홍정이 잘됐으니 성앳술 한턱 쓰라고들 졸라도 그날만은 한 모금도 술을 안 먹고 눈이 희끗희끗 날리는 장판을 오르내리면서 집으로 갈 생각은 안 하더니 그 길로 사라져버렸다. 여러 날이 지나도 안 돌아왔다. 기어이 내뺐구나. 신작로로 나서 필연코 강릉이나 서울로 갔으렷다. 박동이는 마치 기다리고 있던 당연한 일이 온 것같이 별반 놀라지도 않고 맥이 없어보였다. 오랫동안 궁리하고 있었던 계획이요, 그 때문에 이것저것 준비하고 있는 눈치도 박동이는 대강 눈치채고 있었다. 곰을 잡아서 노자를 만든 것이 좋은 기회가 되었을 뿐이다. 곰을 못 잡았다면 아마도 꿩 사냥이 끝날 때까지 기다렸을 것이다. 박동이는 사랑에서의 가지가지의 이야기와 눈치를 생각해 내면서 그렇다고는 해도 어릴 적부터 정들어 온 마을을 왜 지금 와서 버리지 않으면 안 되었을까, 남 모르는 사정이 있으련만 거기에 대해서는 까딱 한마디도 못 들었음이 한되게 여겨졌다.

송씨는 방 안에 누운 채로 증근의 실종에 대해서는 한마디도 말이 없었다. 남편이 사연을 말하면서 무엇을 걱정하고, 무엇이 불만이고, 무엇 때문에 집이 싫어졌는지 도대체 알 수가 없다고 의심쩍어할 때 송씨는 얼굴빛도 동하지 않고 묵묵히 벽 쪽으로 돌아눕더니 괴로운 듯 신음하면서 옷소매에 얼굴을 묻어버렸다. 오대산에서 돌아왔을 때부터 그렇게 경없어 하고 수심이 있어 보였는데 알 수 없는 일이야. 혹시나 눈치채지 못했느냐고 나다분히 곱씹어 말하는 것이 귀찮은지 송씨는 벌떡 자리를 차고 일어나서는 일도 없는데 부엌으로 나가버렸다. 그런 아내의 거동조차 알 수 없는 것이어서 제기 집안이 모두 이렇게 화를 내고 틀어지니 다 내 죄란 말인가 하고 재도 자신까지 화를 내는 것이었다.

겨울도 마저 가 그해가 저물려 할 때 원줏집은 창말 한 칸 셋방에서 여식을 낳았다. 재도는 그다지 감동도 보이지는 않았으나 그래도 산모의 수고를 생각하고는 쌀과 미역을 지고 가서 위로하기를 잊지 않았다. 변변치 못한 대장장이는 별반 벌이도 없이 허송세월 하노라고 나날의 양식조차 걱정이 되어서 재도의 베푸는 것을 사양하려고도 하지 않았다. 이 꼴이다가는 짜장 이제 술장사나 하는 수밖에는 없으렷다 하고 원줏집의 신세가 가여워졌다. 이제는 벌써 큰댁의 몸에밖에는 희망을 걸 데가 없었다. 무어니 무어니 해도 조강지처만이 나를 져버리지 않누나 하고 느즈막이 깨닫게 되었으나, 그 깨달음조차 자기를 져버릴 줄이

486

야 어찌 알았으랴.

원줏집보다는 석 달이 떨어져 다음 해 춘삼월 날씨가 활짝 풀리기 시작했을 때 송씨도 몸을 풀었다. 창말 판수가 장담한 것같이 옥 같은 동자였다. 이 날 재도는 아랫마을 강 영감 집에서 암소가 새끼를 낳는다는 바람에 불려 가 있었다. 이 해 소금받이에는 그 집 소를 빌려갈 작정이었다. 박동이가 달려와서 고하는 바람에 소를 돌볼 겨를도 없이 집으로 뛰어갔다. 햇볕이 짜링짜링 쪼이는 첫참 때는 되었을 때 갓난애의 목소리라고는 할 수 없는 굵은 울음소리가 마당 안에 가득히 넘쳐 흘렀다. 모이를 쪼던 수탉들이 시뻘간 맨드라미를 곧추세우고 그 울음소리에 귀를 기울이고 있는 듯도 한 정경이었다. 대강 손익음이 있는 현씨가 산모 옆에서 몽실몽실한 발가둥이를 기저귀에 받아내는 한편 부엌에서는 노망한 늙은 어머니가 벙글벙글 웃으면서 서투른 솜씨로 불을 때면서 미역국을 끓이고 있었다.

중년을 잡아서의 초산인지라 아내는 정신을 잃은 듯이 짚단 위에 나란히 누워 있었으나, 현씨의 말에 의하면 초산인 푼수로는 비교적 수월해서 모체에는 별 탈이 없다는 것이었다. 아이가 이렇게 크구야 잘 익은 박덩이 한 개의 무게는 되니. 현씨의 말에 재도는 저절로 얼굴이 벌어졌다. 아비보다 열 곱 윗길이다, 동네에서 제일 가는 장골이 되렷다. 기쁘겠다고 충충대는 바람에 웬일인지 거짓말 같은데 이렇게 큼직한 복이 정말일까. 하늘에서 떨어진 것같이 지금 와서 이런 복덩어리가 굴러들었다니 꼭 거짓말만 같아, 하고 재도는 아이같이 지껄였다. 경사든 날에 쓸데없는 말을 하는 법이 아니라우. 정말이구 말구, 요런 몽실몽실한 애기가 요게 왜 정말 핏줄이 아니겠수. 불공을 드린 효험이 있어서 삼신할머니가 주신 거지. 받은 이상은 정성껏 공들여 길러야만 해. 현씨는 익숙한 말씨로 일러 듣기면서 삼신께 바치는 삼신주머니라고 흰 무명 자루에 정미 한 되를 넣어서는 벽 구석에 걸어두었다.

재도는 늦게 얻은 그 외아들을 만득이라고 이름 짓고 마을로 돌아다니면서 자랑스럽게 외이곤 했다. 강 영감들의 지시로 하루는 사랑에 사람들을 청하고 득남 턱을 차렸다. 돼지까지 잡고 혼례 때 잔치에 밑지지 않게 놀랍다고 얼굴들을 불그레 물들여 가지고 칭찬들이 놀라웠다. 글줄이나 읽은 축들은 적선지가積善之家에 필유여경必有餘慶이라고 외면서 칭송을 하면 재도는 마음이 흡족해서 짜장 앞으로는 경사도 더러는 있어야 할 때라고 독판 착한 사람인 양 스스로 느껴졌다. 그러나 그런 기쁨도 삽시간에 꺼지고 무서운 날이 닥쳐왔다.

사월이 되니 재도는 문막으로 소금받이를 떠나려고 빌려온 소를 걸려도 보고 섬에 콩도 넣고 하면서 문득 원줏집을 생각해 보곤 하는 때였다. 산후 한 달이 되어 간신히 일어나 앉게 된 아내가 어느 날 무엇을 생각했는지 또 간수를 먹은 것이었다. 일상 때에 늘 걱정스러워하던 태도와 두 번째의 그 과격한 거동으로 재도는 비로소 심상치 않은 아내의 괴로움을 살피고 문득 무서운 고비에 생각이 이르렀다. 그러나 그것은 밝혀볼 겨를도 없이 겨우 달이 넘은 아이가 돌연히 목숨을 끊었다. 아내가 다시 소생되어 난 것쯤으로는 채울 수 없는 커다란 상처를 주었다. 그 하루살이 같은 목숨을 받은 내 자식을 바라보고 한편 겨우 한 달로서 어미로서의 생애를 마치고도 그다지 슬퍼하는 양이 없이 차라리 개운해하는 듯이 누워 있는 아내를 바라보는 동안에 재도에게는 어찌된 서슬엔지 문득 한 가지 무서운 의혹이 솟아올랐다. 어미가 말하는 것같이 정말 병으로 급히 목숨을 버린 것일까, 하는 밑도 끝도 없는 당돌한 생각이 솟자 그 자리로 슬픔도 사라지면서 무서운 느낌에 소름이 쪽 끼치면서 정신없이 방을 뛰어나와 버렸다. 그 무서운 것에 닿지 말자는 요량이었다. 닿았다가는 그 자리로 목숨이 막혀 쓰러질 것도 같았

488

다. 소 등허리에 콩섬을 싣고 그 길로 문막을 향해 마을로 떠났다. 어느 해와도 다름없는 같은 차림이기는 했으나, 지난 한 해 동안의 번거로운 변동을 치르고 난 오늘의 심중은 찢어질 듯이 아팠다. 한시도 참고 있을 수가 없는 까닭에 길을 뚝 떠난 것이다. 다른 해와 다름없이 올해도 또 소금을 받아 가지고 돌아올 것인가.―재도 자신에게도 그것은 모를 일이었다.

"무슨 까닭으로 올해는 이렇게 담 떨어지는 일만 생길까. 꼭 십 년 감수는 했어.―이 집은 대체 어떻게 된단 말인구. 사내꼬치라곤 없는 이집은……. 일찍이 아비라도 돌아왔으면 좋으련만."

방에 송씨와 단둘이 남게 된 현씨는 거듭 당하는 괴변에 등골수라도 얻어맞은 듯 혼몽한 정신에 입을 벌리기도 성가셨다.

"내가 얼른 죽어야 끝장이 나련만, 이 목숨이 왜 이렇게 질긴지 끊어지지 않는구료. 지금 와선 목숨이 원수 같아."

송씨는 혼잣말같이 중얼거리고는 동서의 손목을 꼭 쥐면서 애끓는 눈으로 그를 바라본다.

"……우리끼리니 말이지만―동세, 세상에 나같이 악독한 년은 없다우……. 동세가 들으면 이 자리에서 기급을 하고 쓰러질 것 같아서 말할 수가 없구료."

현씨도 웃동서의 손을 같이 뿌듯이 잡으면서 말하지 않아도 다 안다는 듯도 한 침착한 낯으로,

"쓸데없는 말을 지껄이지 않는 것이 좋을지 몰라. 내 생각하구 있는 것과 같을지도 모르니깐."

"……동세. 저 자식은 잘 죽었다우. 세상에 이 집 가장같이 불쌍한 사람은 없어.……저 자식은―저 자식은 남편의 자식이 아니었어."

"그만둬요. 말하지 않아도 다 안다니깐.―증근이 내뺀 곡절이며 뭐며

다 알아요."

"알구 있었수. 동세.―불륜의 씨로 가장을 기쁘게 하려도 소용이 없나 봐. 팔자에 없는 건 어쩌는 수가 없나 봐. 난 죄 많은 계집이요. 왜 얼른 벼락이 떨어져 이 목숨을 채가지 않는지 이상해 죽겠구료. 그렇게 되기만을 기다리고 있는데……."

말하다 말고 쓰러져 탁 터져버렸다. 현씨도 젖어 오는 눈썹을 꾹 짜면서 동서의 애꿎은 팔자에 가슴이 휘답답해 왔다.

소를 몰고 뒤도 돌이보지 않고 소금받이를 떠난 재도의 심중에 편적인 무서운 생각도 이와 같은 것이었을까. 아내의 입으로 굳이 듣지 않아도 다 느끼고 있었던 까닭에 더 파 묻지도 않고 황망히 집을 버리고 마을을 떠난 것이었을까.

며칠이 되어 재도의 소문이 마을에 퍼지자 젊은 축들은 모여 서서,

"올해도 작년처럼 또 소 잔등에 젊은 색시를 얻어 싣고 올까."

"그 성품으로 다시 이 마을에 발을 들여놓을 줄 아나. 근본 있는 가문이더니 단지 하나 후손이 없는 탓으로 재도도 고생이 자심해."

"그럼 그 집은 대체 어떻게 된단 말유. 알뜰히 장만한 밭과 산과 소, 돼지는 다 어떻게 된단 말유."

하고들 남의 일 같지 않게 궁금해하는 것이었다.

엉겅퀴의 장

엉겅퀴의 장

데파트의 지하층 같은 데서 꽃묶음을 보다가 현顯은 난데없이 당황하는 때가 있다. 새빨간 서양 엉겅퀴의 노기를 품은 듯한 드센 모양에 아내의 얼굴이 겹쳐오기 때문이었다. 장식 단추처럼 작게 불타며 듬직하게 자리잡고 있으면서 어딘지 모르게 화려하고도 분방한 꽃봉오리는 거기에 그대로 아사미阿佐美의 인상을 의탁하고 있는 듯 생각되었다. 서둘러 집에 돌아가 다다미 방바닥에 둥글둥글 누워 있는 그녀의 모습을 보았을 때 마음이 놓이는 것 같은 느낌이 들곤 한다.

"있었구먼. 나가지 않았는가 해서 서둘렀는데."

"바람맞힐까봐 당신 늘 걱정인 거죠. 호주머니가 이렇게 가벼워서야 거리엔들 나갈 수 있어야죠."

"지친 얼굴을 하고선 때만을 노리고 있는 듯한 그런 눈초리란 말야 언제나. 허지만 좋다 그때는 그때대로—꽃을 사가지고 왔지. 당신이 좋아하는 엉겅퀴."

"당신답지도 않게. 귀엽구 깨끗하네요."

아사미는 일어나 다발 채 단지에 꽂고는 다다미 바닥에 덮어둔 책 있는 데로 돌아왔다.

"온종일 독서삼매讀書三昧예요. 이 한달 동안 꽤 읽었네요. 책꽂이의 소설들 대개 읽었어요."

"지금 같은 때 열심히 공부해 두는 게 좋아. 이러다가 곧 내가 틀어박혀 있게 될지도 모르니까. ─신문이 아무래도 안 될라나봐."

"끝내 폐간이 되나요?"

어렴풋이 짐작은 하고 있던 터라 그녀도 생각보다 대수롭지 않은 목소리다.

"우리 신문사뿐만 아니라 이 계제에 두세 사를 함께 문 닫게 할 모양인데, 시국에 따르는 것이라면 할 수 없지. 아마 이달 한 달이면 그만일 거야. 별수 없지. 다시 한 번 무직자로 되돌아가는 거지."

"당분간 휴양할 수 있어서 당신한테는 되려 잘된 일인지 모르죠. 아무 일 없어도 힘든 때가 많은데 편집하는 일은 이것저것 힘들 일인 모양이죠."

"안간힘을 써봤자 별수 없지. 당신한텐 대단히 미안하게 생각해."

"무슨 수가 있겠죠. 사람의 일인데요 뭐."

언제나 그렇듯 그녀의 낙관론적이 이런 경우 조금은 기분을 돌려놔주기는 했지만 현은 침울해지는 기분을 어찌할 수가 없었다. 어딘지 모르게 섬약하고 늘 잔병이 떠나지 않는 아사미에게 가정에 들어앉아 여자로서의 편안함을 맛보게 한 것도 겨우 반년밖에 되지 않은 것을 생각하면 남자로서 너무나 듬직하지 못한 게 가슴에 찔렸다. 곤로에 알코올을 부어 얼마남지 않은 커피를 끓이고 있는 바지런한 손놀림을 바라보면서 이 여자는 정말로 끌려 있다. 끌려 있지 않으면 이렇게 믿음직스럽지 못한 살림에 하룬들 견딜 수 있을 리 없지 하고 차분히 생각하는 것이었다. 정열이라고 부르기에는 너무나 저돌적인 그 광적인 발작 비슷한 격정이 용케도 지금 까지 지속되어 온 것을 생각하면 현에게는 이상한 느낌조차 들었다.

처음 있었던 일의 기억부터가 그러했다. 아직도 오싹 추운 비오는 밤에 아사미가 근무하고 있는 술집에서 현은 사오명의 회사 동료들과 테이블을 둘러싸고 앉아 있었다. 안개인지 버킷인지도 분간할 수 없는 냉습한 것이 창 틈으로 흘러 들어와 다른 손님이 없는 텅 빈 방 안은 냉기를 머금어 다들 추위에서 피하려는 듯 거푸거푸 술 컵을 거듭하는 사이 완전히 흉금을 털어놓고 말았다. 목욕에서 막 돌아온 아사미도 드물게 사람들의 기분을 맞춰줘 대부분 건네는 술잔을 물리치지 않을 뿐 아니라 자진해서 활기 좋게 잔을 비우는 것이었으나 금방 화장 전의 맨살이 빛을 띠고 동그란 눈동자가 번쩍번쩍 빛나기 시작했다. 마치 무대에 서서 각광을 받았을 때처럼 요염하리만큼 젖어서 빛나는 그 아리따운 눈동자를 현은 그날 밤만큼 아름답다고 느낀 적은 없었다. 스으쓰 아래 포개져 있는 맨다리는 수액을 머금은 푸른 나무의 살결처럼 싱싱하고 작은 발이 우윳빛으로 향긋했다. 아사미는 주변에서 대단한 평판을 받는 편이었다.

물론 장난기로 한 짓이기는 하지만 정신을 차릴 수 없을 정도록 취해 있었던 탓이었을 것이다. 흔히 취한 힘을 빌려서 터무니없이 어리석은 행동을 하는 때가 있다.

"아사미를 차지하는 녀석은 어떤 복 있는 놈일까. 난다긴다하는 거리의 멋쟁이들이 우글우글 모여 와서 집적대고 있는데 언제까지나 새침 떼고 있으니 도대체 의중의 사람은 누구냐."

라고 하나가 말을 꺼낸 것이었다.

"그게 알고 싶어요? 당신이 아니라서 미안하네요."

아사미가 서슴없이 응수하는 바람에 말을 꺼낸 친구가 오히려 수세에 몰린 꼴, 졌다 하는 시늉으로 얼굴을 숙인 채 뒤통수를 한 손으로 펑하게 두들기며 잔뜩 찌푸린 상을 하고 있다가는 바로 새빨개진 얼굴을 대뜸 쳐들었다.

"그렇게 잘라 말해 버리면 사내 체면이 말이 아니잖나. 내가 아니어서 안심이지만.―그럼 우리 이 한패 중에는 없단 말이야."

"천만에, 있어요."

"있어? 누, 누구야. 누구란 말이야?"

"아직 말할 수 없어요."

"비겁하다, 겁쟁이. 왜 말할 수 없나. 언제까지나 애태우지 말고 빨리 말해 주는 편이 다른 친구들도 단념할 수 있고 자네도 그만큼 빨리 해결이 되는 게 아냐?"

"서둘지 않아도 괜찮아요. 둘의 일인데요 뭐. 걱정도 팔자."

아사미가 눈꼬리에 미소를 띠고 가슴에 두 팔을 낀 채 침착해 있는 것을 보자 친구는,

"좋다, 무슨 수를 써서라도 말하게 만든다. 한번 꺼낸 바에는 누구에게 행운의 화살이 꽂히는지 이 눈으로 지켜봐야겠다."

라고 용을 쓰면서 비틀비틀 이어섰다.

"기찬 생각이 있다. 신발명의 방법이야.―이렇게 해줄 테니 사양할건 없어. 좋아하는 그 녀석 목덜미에 물고 늘어지는 거야. 이보다 나은 간결직재簡潔直裁한 표현은 없다. 자고로 사랑은 어둠을 선택하는 모양이니까."

무슨 짓을 저지르려는 심보일까 하고 모두들 망연하게 앉아 있는 동안에 슬슬 벽 쪽으로 가까이 갔는가 했는데 순식간에 방 안은 깜깜한 어둠으로 변했다. 스위치를 건드린 모양이었다.

"꺼려할 건 없다. 자 상대를 고르는 거다. 대담 솔직한 것이야말로 새시대의 성격이 아니냐."

"좋아요. 골라주죠."

취해 있는 것은 사내들뿐만이 아니었다. 아사미의 상기되어 들떠 있는 어투도 결코 정상적인 것이라고는 말할 수 없었다. 위험한 한때였다.

모두들 그랬을 것이다. 현은 도대체 어떻게 될 것인가 하고 마른침을 삼키면서 조금은 떨리는 마음으로 분명히 무엇인가를 잔뜩 기다리는 기분이었다. 그리하여 어둠 속에 쓱 움직이는 아사미의 그림자를 확인한 순간 느닷없이 얼굴에 뜨거운 숨결을 느끼고 뜨끔했던 것이었다.

"오해하지 말아요. 난 취하지 않았어요. 이건 오래 전부터의 기분이에요."

간지러운 속삼임에 현은 온몸을 기분 좋게 빨리는 느낌이었다. 진정한 고백치고는 지나치게 당돌하고 대담했다.

"반평생 걸려서 오직 당신 한 사람 찾아낸 거예요. 조롱하지 말아줘요. 난 지금 울어도 좋아요."

"고맙다. 나중에 천천히 얘기하지."

말을 마치자마자 등불이 반짝 켜져 방 안은 전대로 밝아졌다. 묘한 꼴이 된 두 사람이 모습에 눈이 부시듯 눈을 깜박이면서 그러나 원망스러운 것 같지는 않고 친구는 명랑한 웃음소리를 터뜨렸다.

"그랬나, 그랬나, 그랬었구나. 야! 미안했다."

다음 날부터 현과 아사미는 바로 아파트의 방 하나를 빌려서 공동생활을 시작했다. 오래지 않아 현이 신문사에서 응분의 우대를 받게 되자 아사미는 술집을 그만두고 지금의 작은 집을 빌려서 둘만의 꿀 같은 단란한 생활이 시작되었다. 아사미의 격정에는 기폭도 많았지만 반년 동안의 안온한 생활이 현에게는 희귀한 것으로만 생각되었다. 퇴근하고 돌아오는 길에 거리를 어정거리면서 문득 아사미의 마음속에 무슨 일이 일어나고 있는 게 아닌가 하고 저도 모르게 당황해하는 일이 한두 번이 아니었다. 그것은 마치 언젠가는 무슨 일이 틀림없이 일어날 것이라고 그것을 은연중에 기다리는 기분과 같은 것이었다…….

달이 바뀌어 끝내 현이 직장에서 떨려나고 보니 길은 하나밖에 남아 있지 않았다.

"나 다시 한 번 일하러 나갈래요."

아사미가 옷을 차려입고 조용히 말하는 것을 들으면서 현은 말도 없이 입을 다물고 있었다. 이제와서 새삼 미안하다 용서해라 하고 말할 수도 없었다.

단독주택을 차지하고 사는 것도 분에 넘치는 것 같아서 아파트로 되돌아갈 의논을 꺼내자 아사미는 간단하게 찬성했다. 어느덧 조금씩 수가 불어난 허섭스레기를 이끌고 또다시 좁은 방으로 되돌아가야만 했다. 아사미가 간단히 찬성한 데는 이유가 없는 것이 아니다. 그 골목 안의 독채에서는 즐거운 기억만이 아니라 가지가지 치욕의 추억까지도 강요되었던 것이다.

저녁때 같은 때 골목 입구에 접어들면 그 근방에 어정거리고 있는 여편네들의 시선은 정해 놓고 집요하게 아사미 쪽에 집중되었다. 억지웃음을 띠거나 가볍게 인사를 하거나 하면서도 어딘지 모르게 꺼림칙한 비천한 눈초리가 아사미의 신경을 어디 없이 찔러대고 남의 일은 왜 모르는 체하고 내버려두지 않는가 하고 이웃사람들의 염치없는 비례에 성이나 있었다.

아파트는 좁은 대신에 같이 사는 사람들의 이해심도 있어서 그러한 정신적 고통이 덜해서 아사미는 속이 시원할 정도였다. 이삼 일도 안되어 이웃방에 사는, 역시 어디 바엔가 나가고 있는 듯한 젊은 여자와 친구가 되어 저녁때 가게로 나가는 시간이 같을 때는 나란히 아스팔트 길을 걸으면서 터놓고 개인 신상에 관한 이야기를 듣게 되었다.

"나는 혼자니까 마음은 편하지만 그 대신 무척 쓸쓸한 때가 있어요.'

미도리상이라고 했지만 그 말이 아사미에게는 가련할 만큼 실감 있게 울려왔다.

"나는 그 반대.―쓸쓸하지는 않지만 여러가지로 편치가 않아요."

아사미는 활짝 웃어보이고는,

"그럼 자주 방에 찾아오는 남잔 그건 아무것도 아니에요."

"아무것도 아니구 말구요. 난 이래봬도 무척 건실해요. 그 사람에겐 아직 아무것도 허락하지 않았어요. 정식으로 짝이 되어 살 수 있을 때까지는 깨끗하게 하고 있고 싶어서."

그 말에 아사미는 충격을 받으면서, 좋겠네요 하고 일종의 감동조차 느끼고 있었다.

"일자리는 힘들고 올바른 결혼을 해서 안정된 생활을 하고 싶어요. 적당히 한 몸이 되어 질질 끌려가는 것은 싫어요. 하지만 그 사람의 부모가 허락할 것 같지 않아서 걱정하고 있는 중이에요."

아사미는 자기네들 사정과는 매우 닮았구나 하고 생각하면서 미도리상의 착실한 기백에 압도당하는 꼴이었다. 역시 현의 부모가 허락하지 않은 채로 질질 그대로 간단히 지금에 이른 것이 언제까지나 원망스러운데 지금 미도리상네 경우를 듣고 있으니 너무 쉽게 격정에 몸을 맡기고만 자기의 무모함이 새삼스럽게 후회스러워 견딜 수 없었다. 여자로서는 그것이 생애의 최대의 표지였다.

"나도 벌써 스물넷이에요. 언제까지나 우물거리고 있을 수 없게 됐어요."

"힘을 내요. 틀림없이 잘될 거예요. 당신처럼 그렇게 착실하게 하고 있으면."

스물넷이라면 아사미보다 두 살 아래였다. 그 젊은 또래의 견고한 마음가짐에 아사미는 머리가 숙여지는 생각이 들고 가게가 파하고 밤늦게 아파트로 돌아왔을 때 하루의 피곤도 겹쳐 아직 일어나 있는 현에게 불쑥 짜증도 부리고 싶어지는 것이었다.

"난 성발 경솔했어. 언제까지나 이대로라니 아이 시시해."

'뭐야.—피곤하다 이거지."

"이웃의 미도리상 말예요. 여간 단단하지 않아요. 식을 올릴 때까지는 어떠한 일이 있어도 같이 안 산다는 거에요."

"응, 그런 일이야."

"그런 일이라니요 그렇게 간단하게 말하지 말아요."

"내가 나쁜 게 아니야. 난들 부모한테는 정이 떨어졌어. 다시는 집에 들어가지 않을 꺼야."

"누가 나쁘단들 마찬가지예요. 당신 그 일 때문에 얼마나 노력했죠?"

"그처럼 중요한 것이라곤 생각지 않기 때문이야."

"그런 식이니까 틀렸어요. 남의 일생을 병신으로 만들 거예요?"

아사미의 격해지는 말투를 만나 그녀의 고민이 생각보다 심각한 것을 알자 현은 다음날 내키지 않은 마음으로 끊은 지 오래된 부모한테 발걸음을 옮기지 않으면 안되었다.

애초에 집을 등지고 위태로운 독립을 시작한 것도 아사미와의 일로 완강한 반대에 부딪쳤기 때문이었던 만큼 지금에 와서 새삼 그 반대를 꺾고 뜻을 뒤집어 놓는다는 일은 생각할 수 없는 일이기는 했다. 이십년 가까이 관직에 몸을 담았던 터이기는 했지만 옛 기질로 완고하게 굳어진 아버지에겐 현들의 분방한 행동은 제멋대로 하는 짓으로밖엔 생각할 수 없고 오류의 정도를 장황하게 설득하면서 혈연의 격차가 심한 혼인은 정상이 아니라는 까닭을 타일러 말하는 것이었다.

현이 올바른 결혼을 할 때까지는 장유의 질서로서 나이든 아우나 누이들도 출가할 수 없다는 것, 아버지는 그것을 큰 방패로 삼아 모든 책임을 현 탓으로 돌려 몰아붙였다. 물론 그러한 뒤에 숨어 있는 하나의 심통을 알고 있다. 명문 집안으로 문벌이 무척 높은 한 아가씨의 이름을 아버지가 늘 입에 오르내리고 있다는 것을 현은 누이동생의 입을 통하여 자주 듣고 있었다. 쓸데없는 짓은 집어쳐. 요즘 그런 것 꼬치꼬치 따진다는 게 얼마나 시시한 건지 아니, 하고 일언지하에 물리치며 혼을 낸다. 그러면 누이는 난 몰라요. 아버지와 어머니가 열심이라는 것뿐이죠 하며 슬쩍 피해 버린다. 그러한 골치 아픈 분위기에 구역질이 나서 분연히 집을 뛰쳐나온 것을 시작으로 그 후 되도록 근접하지 않기로 하고 있는 것이다.

그날 밤 아사미가 가게에서 돌아온 시각까지도 현은 아파트에 나타나지 않았다. 방 열쇠는 현이 가지고 있었기 때문에 아사미는 할 수 없이 미도리상네 방에 들어가서 기다리기로 하였다. 한 시경이나 돼서 고요히 잠든 복도에 발소리가 나고 현이 그제사 돌아왔다. 몹시 초조하게 기다리고 있던 아사미가 뛰어나가 맞이하자 뭉클 익은 감 냄새가 나고 눈초리도 몽롱한 곤드레만드레의 꼴이었다. 방에 들어서자마자 문을 꽝하고 닫았지만 그것만으로는 부화가 가라앉을 것 같지 않았다.

"이렇게 늦게까지 어디 있었어요?"

"좋은 데서 마시고 왔지."

"능청스럽게 굴면 용서 못해요."

"난들 가끔은 술이라도 마시지 않으면 견딜 수가 없지 않겠나? 영감하고 말다툼을 했어. 그래서 난 처음부터 가기 싫다고 했잖아."

"여보, 그게 언제나 하는 말투예요. 그 말을 하려고 다녀오는 거나 다름없어요. 양반집 색시를 보란 듯이 골라놓고 있어서 그래서 기뻐서 마셨다는 것예요?"

"멋대로 말하면 나도 성낼 거야. 남의 마음을 몰라주고 막말은 하지

마."

"고약한 냄새. 저리 가요. 또 마늘을 먹었군요."

"용서해라. 그게 나오면 나도 모르게 자연 손이 가지는걸. 할 수 없어."

마늘 소동은 그것이 처음이 아니었다. 현은 가끔 몸에 이상이 생겨 향토요리가 먹고 싶어 그때마다 심한 냄새를 지니고 돌아오곤 했다. 그 것이 아사미에게 혐오감을 일으키게 하는 것을 알고는 있었지만 기호 가 그러니 어쩔 수 없는 일이었다. 살짝 먹고 와서 아사미의 코를 교묘 히 피할 수 있는 때가 더러는 있었지만 대개는 민감하게 냄새를 맡아 알아채게 되어 언짢은 경우가 되곤 하였다. 어쩔 수 없는 숙명 하고도 같은 것이었다.

"아이 원통해. 울고 싶어져요."

신음하듯 중얼거리고 아사미는 현으로부터 얼굴을 돌리고 고통스러 운듯 몸부림치며 방에서 나갔다. 멍하고 있는 사이에 복도의 계단을 내 려가는 소리가 멀어지고 주변이 몹시 조용해졌을 때 현은 비로소 정신 이 들어 이런 한밤중에 어딜 가는 거야 하고 조금은 당황한 마음으로 뛰 쳐나가 보았지만 아사미는 이미 어디론지 아파트를 나가버린 뒤였다.

다음 날 하루종일 거리를 찾아다녔지만 행방을 알 수 없어 현은 저녁 때 근무가 시작되는 시각을 기다려 바에 가서 겨우 아사미를 찾아냈다.

다른 여자들이 둘 사이를 알고 있기 때문에 현은 계면쩍어 그 가게에 가는 것을 삼가고 있는 터였으나 그것을 알아차린 듯 아사미는 아무말 도 하지 않고 핸드백을 내주면서 아파트로 돌아가라는 눈짓을 하였다. 무언 속에 간단히 화해는 이루어졌던 것이다.

방에 돌아와 무심코 핸드백 속을 들여다보니 한 장의 청결한 종이 쪽 지가 나왔다. 호텔의 계산서였다. 고급스런 용지에 일금 칠 원이라는 하루 저녁의 방값이 기입되어 있었다. 현은 저도 모르게 쓴웃음을 지으면서 아사미의 화사한 기질을 가슴속에 반추해 보았다.

"제기, 호텔에 묵었구나. 호사스런 녀석이야."

밤, 아사미가 돌아올 때까지 일어나 있었더니 그녀는 문에 들어서자마자 안겨들어 미친 듯한 열정을 쏟는 것이었다.

"화났어요? 화내지 말아요. 나 어제 하루 동안 기분을 가라앉힐 수가 없어서 그렇게 할 수밖에 없었어요."

"나 취했었어. 친구들과 홧김에 술을 퍼마셨거든."

"새삼스럽게 결혼식 같은 건 아무래도 좋아요. 당신 부모들이 틀렸다고도 생각하지 않아요. 이제부터 마늘을 먹어도 괜찮아요. 어쩔 수 없는 일인걸요. 나도 애써 그것에 익숙해지도록 하겠어요."

차분한 어조로 드문 것이라 생각하면서 현은 그녀의 부드러운 눈길을 말없이 바라보았다.

"다만 난 슬퍼요. 주위 사람들이 모두가 우리를 둘러싸고 못살게 구는 것 같아서 그런 것이 외롭고 쓸쓸한 거예요. 각오는 하고 있었지만 세상이란 심술궂고 냉담한 것이군요. 이대로 가다가는 싸워 나갈 수 있을는지 모조리 자신을 잃어버렸어요."

"단단히 마음먹지 않으면 안 돼. 그런 것이거니 하고 다 들면 되는 거야. 세상은 우리들을 위해 호락호락하게 돼 있지 않으니까."

"당신이 좋아. 누구보다도 좋아. 그래서 화를 내고도 싶어지고 슬퍼지기도 하는 거예요. —어쩐지 슬픈 결말이 될 것 같아서 그것이 견딜 수 없어요."

난폭한 격정의 분출이었다. 현 쪽이 절절 맬 정도로 폭풍과도 같이 격렬해서 그런 때만은 슬픔도 거리낌도 망각 속에 묻히고 마는 것이었다.

활짝 갠 일요일이 마침 노는 날이어서 현은 아침부터 아사미를 데리고 산책에 나섰다. 마음 편히 둘이서 걷는 것도 오랜만이었다. 가을 햇살이 빛나고 하늘은 바다와 한 빛, 아사미의 짙은 물빛 차림에도 하늘빛이 옮아 비친 듯한 느낌이었다. 아사미는 한복으로 차려본 것이었다.

현의 요청으로라기보다도 자기가 좋아서 무엇보다도 한복을 사랑했다. 가게나 아파트에서는 일본옷이나 양복으로 때우지만은 현과 둘이서 나들이 할 때에는 그 향토의 의상을 입는 경우가 많아 저고리 아래 치마 주름이 잘게 접혀지고 그 치마폭 아래로 뻗은 다리 모양은 양복을 입었을 때보다도 더 화사했다.

"세 종류의 복장 중에서 난 역시 이것이 제일 좋아요. 몸매의 이쁜 점이 구석구석 다 잘 나타나거든요."

아사미는 몸매에 자신이 있었던 만큼 그날의 차림새가 자랑스럽기 그지없었다. 그 즐거운 듯한 목소리를 들으면서 어깨를 나란히 하고 걷고 있으면 현은 문득 묘한 착각이 생겨 아사미가 일본옷을 입었을 때와는 딴사람이 된 듯한―가까이들 오고가는 똑같은 의상을 입은 여자들과 같은 혈연의 한 사람인 것처럼 생각되었다.

지금 자기와 걷고 있는 사람은 언제나의 아사미가 아니라 새로 바뀌 태어난 다른 사람이다, 라는 느낌이 들어서 갑자기 뚫어지게 돌아보면은 한점의 어색함도 없이 번듯하게 잘 익숙해진 그녀의 모습이 거기 있었다.

조용한 거리를 빠져나가 두 사람은 차차 사람들이 몰려들기 시작한 덕수궁의 뜰 안에 발을 들여놓았다. 하얀 길 양쪽에 물들기 시작한 나무들의 잎이 상쾌하고 넓은 잔디밭에서는 남은 푸른빛이 선명하게 젖어 있었다. 연못의 분수는 차디차게 햇빛에 빛나고 배경인 백아의 박물관도 그것 때문에 차디차게 조용히 숨죽이고 있었다. 아사미의 화사한 모습은 그 뜰 가운데에서 더욱 돋보여 현은 자랑스럽게까지 느끼면서 한 점 모자람이 없는 사랑의 만족감에 젖어 있었다.

"이렇게 옛날 그대로의 고풍스런 건물 사이에 서 있으면 나도 이 의상대로 이 땅에 태어나 여기서 자라난 것 같은 느낌이 들어요. 이 행복감 속에서 이대로 슬쩍 꺼져버리고 싶을 만큼."

"그런 기분을 짓밟고 박해는 언제나 외부로부터 닥쳐오거든."

"언젠가 한번 비원에 데려다 줘요. 옛날 궁인들이 소요했던 그 우아한 자연 속을 조용히 걸어보고 싶어요."

"좋지. 어디서든 당신은 틀림없이 아름다울 거야. 옛날 왕비처럼 기품 있어 보일걸."

박물관 안을 죽 한번 훑어보고 뒤안의 정원에 들어가니 아이들 놀이터에는 어머니들의 손에 이끌려온 어린애들이 우글우글 모여 있고 누우렇게 물들기 시작한 등나무 시렁 아래에도 사람 그림자가 하나둘 언뜻 언뜻 움직이고 있었다. 새들을 키우고 있는 철상 앞의 사람 떼 가운데 섞여 구관조의 동그란 발음에 귀를 기울이고 있을 때였다.

"누군가 했더니 미호코상 아냐."

높직한 목소리에 깜짝 놀라 돌아보니 양복 차림의 중년 사내가 벙글벙글 웃음을 머금고 서 있었다.

"너무나 뒷모습이 근사해서 뒤를 밟아 왔는데 당신인 줄 알고 깜짝 놀랬어. 참 잘 어울리는 한복이군. 걸작이야."

미호코는 가게에서 통하는 아사미의 이름이었기에 사내는 어쨌건 가게에 오는 손님의 하나임에 틀림없었다. 그 방자한 어딘지 천박한 목소리가 사람들의 주의를 끌게 되어 중인의 환시 속에서 아사미는 어쩔 줄 몰랐다.

"그렇게 무례하게 고함지르지 말아요. 볼썽사납지 않아요."

"아냐, 너무 보기 좋아서 감탄삼탄인데. 왜 가게에서 입지 않지? 인기가 대단할 텐데. 틀림없어. 당장 내일 밤부터라도 시험해 봐."

아사미는 어이가 없어서 한마디 대꾸도 하지 못하고 그곳을 떠나자 아직도 못다 한 말이 있는 듯 사내는 뒤쫓아왔다.

"미호코상, 실례가 될 질문인지 모르지만 당신 혹시 여기 태생이 아닌가. 그렇지 않고서는 그렇게 잘 어울릴 리가 없잖아.'

"별꼴 다 보네. 언제까지 이렇게."

아사미가 눈에 칼날을 세워 성을 냈을 때 현도 참다 못해,

"야, 그만둘 수 없어, 왜 그렇게 칙칙한가."

라고 소리치고 말았다.

"너는 누구냐?"

사내도 얼굴빛이 변했지만,

"아사미는 내 아내다."

라는 말을 듣자 웃음을 띠면서,

"그래 미안. 그런 줄은 모르고."

사과한 것은 좋았는데 아사미 쪽으로 돌아서서,

"미호코상두 사람이 나빠요. 이렇게 어엿한 주인이 있으면서 가게에서는 낌새도 안보이고 모두에게 몸 달게 해."

현은 확 치밀어 올라 손을 불끈 쥐고 앞으로 덤비는 자세를 취했으나,

"괜찮아요. 내버려둬요."

아사미가 말리는 바람에 미워 죽겠다는 눈초리를 상대로 노려보는 것으로 그치고 아사미와 더불어 재빨리 그 자리에서 멀리 물러났다.

"또 마시러 갈 거야. 다시 한 번 그 한복 모습을 보게 해줘."

뒤에 남은 사내도 지지 않고 묘하게 심통스럽게 말을 남기고는 반대 방향으로 걸어가 버리고 말았다.

모처럼 가진 한가로운 기분도 망가지고 말아 불유쾌한 느낌을 어찌

506

할 바 몰라 서둘러 아파트에 돌아오자 아사미는 울고만 싶어 방바닥에 엎드리고 말았다. 다음날도 일어나는 것이 힘에 겨워서 그대로 이삼 일 누워 있는 동안에 진짜로 병이 나고 말았다.

"가게 같은 거 그만둬도 돼. 퇴직수당도 조금은 남아 있고 그러는 동안에 나도 어디 자리가 날 듯도 하니."

"그런 푼돈 금방 바닥나고 말아요. 가난처럼 무서운 것이 없는걸요."

"언제까지나 고생시켜서 미안해. 정말 어떻게 될 듯하니 그만두고 쉬는 게 좋아."

아사미의 몸을 아껴주는 것으로 현의 감정은 가득 차 있었다. 단단히 해 나가지 않으면 안된다고 자기의 우유부단함을 실컷 나무라기도 했다.

아주 가벼운 감기 기운이었기에 한 주일쯤 지나자 아사미는 언제 그랬느냐는 듯이 말끔히 일어났으며 하루 종일 들어박혀 있는 것도 지루하다고 또 가게로 나가기 시작하는 것이었다. 타성이라고나 할까, 현이 굳이 말리는 것도 듣지 않고 시각이 되면 아무렇지 않게 나갈 차비를 했다.

"진이 다할 때까지는 일하겠어요. 세상 놈들과 싸워 나가야죠."

"싸우는 건 좋지만 언제나 당하는 건 이쪽이 아냐. 불유쾌한 꼴을 당하고 또 기진맥진해도 난 몰라."

"그때는 그때대로 될 대로 되라죠."

라고 말은 했지만 며칠이고 나가지 않다가 어느 날 밤 가게로부터 돌아 오는 길에 돌연 취한에게 쫓겨 기다시피 방에 당도했을 때는 별수 없이 전신이 사시나무 떨듯 덜리고 금방 울음을 터뜨릴 듯 당황했으며, 현은 현대로 내가 뭐랴 하고 나무라면서도 측은하게 여겼다.

"언젠가 그놈이에요. 덕수궁 뒷동산에서 치근치근 굴던 그 녀석."

"아직 거기 우물거리고 있나. 다리를 분질러버리고 말 테다."

현은 서둘러 밖에 나가 보았지만 취한의 모습은 벌써 어디에도 없었다. 여기저기 훑어보고 거리를 잠시 배회해 보아도 소용히 잠든 거리의 어디에도 그럼직한 사람 그림자는 움직이고 있지 않았다. 방에서는 아사미가 아직도 두근대는 가슴이 가라앉지 않은 듯 옷도 갈아입지 않고 책상 앞에 기대고 있었다.

"그놈이 오늘밤 일찍부터 가게서 마시고 있었어요. 이것저것 트집을 잡기에 매섭게 몰아붙이니까 언제까지나 주정을 부려서 혼났어요."

"어짜자는 건가. 더러운 자식."

"나보고 지금 행복하냐는 둥. 일본에 돌아가고 싶지 않느냐는 둥, 그밖에 당신한테는 말할 수 없는 당치 않는 말을 지껄이는 거예요. 통 대거리 않고 경멸해 주었더니 앙갚음으로 거리 모퉁이에서 숨어 기다렸던 모양이에요. 어디서부턴지 끈질기게 뒤를 밟고 와서 자칫 잘못했으면 붙잡힐 뻔했어요."

"당신에게 인생의 선택을 잘못했다고 충고할 심산인 게지. 우리를 불행하게 하는 건 그런 도배야."

"원통하기 짝이 없어요. 그놈의……."

"한 사람에게 복수한들 뭐가 돼. 그런 놈들은 얼마든지 위에서 준비되어 있는 것이니까,……어때 이젠 질렸지. 다시는 일하러 간다는 말 안하겠지."

한탄해 본들 도리가 없어서 현이 도리어 대범하게 웃기 시작하자 아사미는 웃을 일이 아니에요, 라고 말할 듯이 날카롭게 흘기고는 그대로 구르듯 다다미 위에 무너지고 말았다.

이번만은 아사미에게도 결심이 서서 그 일이 있고 나서는 가게를 그만두고 말았다. 매일같이 이십사 시간을 현과 얼굴을 마주게 되어 이것

508

저것 말다툼이나 자잘한 시비가 끊이지 않았지만 빈둥빈둥 뒹굴고 있는가, 아무 근심없이 거리를 거닐기도 하면서 집을 마련하고 살던 때의 거리낌없는 생활로 돌아가 기분이 느슨했다. 초조한 것은 현 쪽이어서 예금통장의 내용이 하루하루 야위어가는 것을 보면 불안하기만 하여 직장을 찾아 열심히 거리를 쏘다녔다. 현이 없는 낮 시간을 아사미는 미도리상과 같이 산책을 하거나 얘기를 나누거나 하여 그 손아래 친구의 젊디 젊은 희망 속에서 마음까지도 부풀듯한 따뜻한 것을 느끼기도 하였다.

어느 날 힐끗 방 안을 들여다보니 마침 언제나 오는 남자가 와 있어서 소곤소곤 속삭이고 있는 것 같아서 급히 돌아서려는 것을 미도리상한테 굳이 끌려 들어가 처음으로 그 연인이라는 사람을 소개받았다.

"우리도 오랫동안의 소원이 이루어져 떳떳한 결혼을 하게 됐습니다."

문학을 하고 있다는 얼굴이 희고 키가 가냘프게 큰 그 사나이는 도수가 높은 근시 안경 속에서 가는 눈을 깜빡이며 웃음을 띠었다.

"축하합니다. 기쁘시겠습니다."

"이 양반 그야말로 일편단심였어요."

미도리상도 도리없이 웃음을 누를 길없어 아사미의 눈앞이라는 것도 가리지 않고 사랑스러운 듯 연인을 정답게 쳐다보고 있었다.

"—부모 앞에서 비수를 뽑아들고 허락해 주지 않으면 죽는다고 위협했대요. 눈에는 눈물을 가득 띠우고요. 외아들이 소중함에 그렇게도 완고했던 부모도 항복하고 두말않고 승낙했어요. 어때요. 가냘파 보여도 꽤 대단하죠."

익살스런 말에 아사미가 웃음을 터뜨릴 뻔한 만큼 순진한 미도리상의 기쁨은 대단했다. 그 외곬의 진실성에는 웃을 수가 없었다. 그대로 가슴에 와 닿는 것이 있었다.

"목숨을 건 연기를 했습니다. 부모란 뜻밖에 무른 것이어서 도리어 나한테 절이라도 할 뻔한 정도였습니다. 첫째 소망이 이루어지고 보니 이제부터는 문학 공부에도 전력을 다할 수 있을 것 같습니다."

"교외에 작은 집을 짓는다고 그래요. 그 사이에 나도 발을 빼고 내달쯤 식을 올릴 거예요."

"참 좋은 일이예요. 착실하게 잘해요."

두 사람의 순진한 정열이 부럽기도 하고 눈물겹기도 하여 아사미는 그 이상 무엇이든 듣는 것이 고통스러웠다. 방에 돌아와 아직 현이 돌아오지 않는 혼자만의 자리에서 여러가지 고민하고 있자니 벌써 깨끗이 씻어버렸다고만 생각됐던 슬픔이 또다시 가슴에 치밀어 왔다.

쓸데없는 미련 같은 건 말끔히 잊어버리고 싶다고 소망하지만 한 번 이루지 못한 소원에 대한 집착은 언제까지나 꼬리를 물고 마음 밑바닥에 떠올랐다 가라앉았다 하며 사라지지 않았다. 그들의 젊디 젊은 꿈 앞에서는 자기네들의 현실은 아무래도 빛이 바래고 누더기가 된 것 같아 마음이 쓰라렸으며 어쩐지 인생도 이미 대충 반은 지난 듯한 느낌이 들어 이제부터 도대체 어떻게 될 것인가 하고 앞날이 걱정이 되어 견딜 수 없었다. 그렇다고 해서 요즘 현의 노고를 생각하면 지쳐 돌아오는 그를 붙들고 그러한 자기 마음속을 털어놓을 수도 없고 다만 그의 애정을 믿고 그것에 매달려 자기 힘으로 어쩔 수 없는 모든 것으로부터 해탈하려고 노력하는 일뿐이었다. 참으로 외곬으로 쏟는 현의 애정을 생각할 때만이 그녀의 마음은 기쁨에 빛났으며 그럼으로써만이 사는 보람을 느끼고 있는 것이었다.

그러므로 일단 그것을 의심하기 시작한 때의 아사미의 고통은 그야말로 자살적인 것이어서 무엇에 호되게 얻어맞은 것처럼 신음하고 몸부림치며 모든 것이 끝장이 난 것 모양으로 미쳐버릴 것같이 앞뒤를 가

510

리지 못하였다.

현이 외출한 사이에 배달된 한 통의 편지를 별 뜻 없이 개봉한 데서 온 것이었다. 누이동생이 현에게 보낸 것으로 부모들의 여전한 노여움을 알리고 전부터 진행되어 오던 혼담을 부모들 사이에서 이미 정혼해 놓았으니 하루속히 지금의 생활을 청산하고 집에 돌아와 달라는 뜻을 자세히 적고 있었다. 지금까지 아무것도 아는 게 없었던 그 당돌한 내용에 아사미는 놀라 부들부들 떨며 편지 속에 나타난 한 여성의 이름에 참을 수 없는 노여운 불길이 당장에 타올랐다.

현이 돌아왔을 때 아사미는 확 치밀어올라 잔뜩 쥐고 있던 편지를 내던졌다.

"배신자."

현은 구겨질 대로 구겨진 알맹이를 읽고 겨우 영문을 알자, 아니 이런거야, 라고 가볍게 웃음으로 얼버무렸지만 아사미는 더욱더 격해져서 부들부들 떨기에 이르렀다.

"비겁한 자, 나 몰래 이런 일을 꾸미고 있었지. 사람을 짓이겨 놓고 제멋대로 결혼하려고, 악당 아니 악마야."

"터무니없는 오해다. 다들 무슨 짓을 하든 내가 알 바가 아냐. 그 혼담 같은 건 내겐 정말 아닌 밤중에 홍두깨야."

"거짓말 거짓말쟁이. 여희가 누구예요? 모른다고는 말 못 할걸. 비밀을 지니면서 아무렇지도 않은 얼굴을 하다니, 아휴 능글맞어."

"냉정하게 하고 나를 믿어줘. 내 뜻에 어긋나게 무슨 짓을 한들 결국 쓸데없는 짓이니까."

"그래도 이러니저러니 말도 안되는 변명을 늘어놓는군요. 아이구 분해."

책상 위의 꽃병을 들어서 던진 것이 경대에 맞아 거울에 커다란 금이

가고 파편이 흩어졌다. 깨진 단지에는 꽃이 튀어나오고 물이 흘러나와 다다미랑 책들을 적셨다. 깨진 거울에 비춰진 아사미의 얼굴은 분노와 설망으로 몹시 일그러져 보였다.

"좋아요. 당신 소원대로 해줄 테니 헤어지는 건 아무것도 아녜요. 나도 전부터 그렇게 하는 편이 좋다고 생각하고 있었어요."

"흥분하지 말아줘. 볼썽사납잖아."

"아뇨. 난 조용히 말하고 있는 거예요. 아무래도 잘 안돼요. 첫째 주위가 나쁘고 악의와 모멸로 가득 차 있고, 거기에다 당신까지도 그럴 줄은 꿈에도 생각 못했어요. 감쪽같이 속았어. 아아 이걸 어째."

"당신이야말로 묘한 말거리를 만드는 것 같은데 정말 이상하잖아. 어떻게든 말해 봐. 슬픈 건 이쪽이야."

항변할 방법이 없다고 알자, 현은 도리어 쌀쌀하게 안정되었다. 시간의 힘을 빌려 설명할 수밖에는 없다. 그러는 동안 이해해 줄 것이다 라고 생각하고 무슨 말을 퍼부어도 묵묵부답하기로 했다. 완강하게 침묵으로 대해 오니 아사미는 점점 속이 타서 어찌할 바를 몰라 거칠게 이불을 뒤집어쓰자 어깨 언저리가 가늘게 떨리기 시작했다.

한 방 안에서 며칠이고 서로 아무 말도 걸지 않고 있는 것은 견딜 수 없는 일이기는 했지만 두 사람 다 제각기 제 고집을 부리지 않을 수 없는 처지가 되고 말았다. 둘 다 무표정한 표정으로 식당에 갈 때도 책을 읽을 때도 잠자리에 들 때도 따로따로였다. 현이 아침 식사를 마치고 무뚝뚝한 채 일찍 집을 나가면 아사미도 질세라 나갈 차림을 하고 정처 없이 거리로 나간다. 사흘이고 나흘이고 두 사람은 끈기 있게 그렇게 계속했다.

하루는 현이 드디어 어느 출판회사 편집부에 일자리가 정해져 그 기뽐을 전하기 위해서 아사미와 입을 열어도 좋다고 한 걸음에 뛰어와 보니 그녀는 집을 비우고 없었다. 어떻게든 그날 안으로 집에 알리고 싶은 충동을 누를 길 없어 거리의 그럴 만한 곳을 여기저기 다니다가 단골 다방에 들렀을 때 거기에 아사미는 앉아 있었다. 뜻밖에도 그녀 옆에 친구인 아오키의 모습이 눈에 띄자 현은 훅하고 얼굴이 달아오르는 것 같았다. 계면쩍고 부끄럽고 느닷없이 따귀를 얻어맞았다는 느낌이었다. 하는 수 없이 뚜벅뚜벅 걸어가 두 사람 앞자리에 앉아 두세 마디 말을 걸었지만 아사미는 입을 꽉 다물고 대답하지 않고 아오키는 아오키대로 역시 말수 적게 그저 빙글빙글할 뿐이었다. 잠시 후 아사미는 발딱 일어나 아오키를 재촉하여 뒤도 돌아보지 않고 다방을 나가버렸다. 현은 욱하고 일어나 당장 쫓아가 두 사람을 그 자리에 후려갈겨 쓰러뜨리고 싶었으나 꾹 참고 쓰디쓴 담배에 불을 붙이고 손목시계의 초침의 움직임을 내려다 보고 있었다.

아사미의 기질을 누구보다도 잘 알고 있는 만큼 보아라 하는 허세이고 본때 보이기 위한 것이라고는 알고 있었지만 아파트로 돌아와서도 현은 좀처럼 분노가 가라앉지 않고 오만가지 생각이 가슴에 오고가서 신경을 싹둑싹둑 난도질당하는 고통이었다. 아사미가 돌아올 때까지의 수시간이 지옥의 업고와도 같았다. 아무렇지 않은 그녀의 얼굴을 대했을 때 현은 완전히 자제력을 잃고 있었다.

"나를 모욕했지 너. 그것으로 네 기분은 풀렸다는 거냐. 매춘부하고 뭐가 다를 게 있니?"

느닷없이 뺨을 얻어맞고 나서 아사미는 주춤주춤 비틀거리며 한때는 말도 할 수 없었다. 얼굴을 쳐들었을 때 눈썹에 큰 눈물방울이 매달려 있었다.

"대단한 참견이군요. 무슨 짓을 하든 내 자유예요. 정말 이젠 헤어져요. 남의 몸에 함부로 손대지 말아줘요."

"헤어진다 헤어진다 하는 게 네 유일한 말대꾼가. 그런 말투로 위협한다고 까딱이나 할 줄 알아."

"위협 같은 건 하지 않아요. 정말 이제 헤어질 때가 왔어요. 언젠가는 오리라고 생각하고 있었는데 드디어 오늘 왔어요. 모욕을 당하고 있는 건 도리어 내 쪽이에요. 큰소리만 치지 말고 아래층에 내려가 봐요. 무엇이 기다리고 있는지 잘 알 테니까요."

서두르지 않고 조급해하지 않고 한마디 한마디 조용히 말하고 난 아사미는 아아 하고 무너지듯 쓰러져 울며 흐느끼기 시작했다.

"어떤 의미인지 좀 더 납득할 수 있게 말해 봐."

"……오늘이 최후예요. 이젠 아무것도 묻지 말아요."

도대체 무슨 일인가 하고 현이 거칠게 문을 열고 복도에 나선 바로 그때였다. 그가 내려가는 앞에서 계단을 올라오는 발소리가 나더니 두 여자가 나타났다. 누이동생인 것을 알자 현은 우선 뜨끔하면서 쓰디쓴 예감이 등줄기를 휙 쓸고 지나갔다.

"요전 편지 읽었죠? 너무 집에 들르지 않으니까 그것을 쓰라고 하셨어요. 모두들 얼마나 걱정하는지 오늘은 여희 씨를 모시고 왔어요. 어떨까 하고 생각했지만 괜찮죠. 소개하게 해주세요."

라고 누이는 좀 떨어져서 부끄러운 듯 비켜서 있는 같이 온 사람을 눈으로 가리키면서 현한테 웃음을 보냈지만 현은 그쪽에는 눈도 돌리지 않고 소리쳤다.

"이 바보야 왜 쓸데없는 짓을 하니, 남의 생활을 엉망으로 만들 작정이냐. 건방진 녀석 같으니."

"아니 오빠, 너무해요. 여희 씨 눈앞에서 무슨 실례의 말씨예요. 오빠야말로 제멋대로 아녜요. 이런 형편없는 생활에 언제까지나 집착하다니 부모님이나 우리들 일도 조금은 생각해 줘요."

"말이라고 다 하면 되는 줄 아니. 너희들은 모두 한패가 되어 멋대로 트집을 잡는 거야. 내게 상관 말고 무슨 짓이든 하란 말야."

"아이구 지독해라. 머리가 어떻게 된 게 아니에요."

"시끄럿. 가! 가란 말야."

걷잡을 수 없을 정도로 심하게 퍼붓고는 두 사람을 세워둔 채 방으로 돌아왔다.

"기가 막힌 것들 같으니. 뻔뻔하기 짝이 없단 말야."

혼잣말로 중얼거리며 아사미의 심정을 헤아려 밉살스럽게 혀를 찼다.

"용서해 줘, 아사미. 내가 잘못했어. 손찌검까지 하고. 당신 심정 잘 알아. 나를 믿어주기만 하면 돼. 누가 무슨 짓을 하든 상관없어."

물론 아사미는 입을 다물고 한마디도 대답하지 않았다. 대답을 하려 해도 울음에 목이 메고 어깨가 떨려서 어쩔 수 없는지도 몰랐다. 그런 것을 현은 이제 납득이 간 줄로만 알고 폭풍은 자취 없이 지나간 것이라고 착각했던 것이다.

그날 밤 완전히 방심하고 방을 비운 것이 잘못이었던 모양 늦어서 얼근한 취기로 돌아와 보니 문의 열쇠 구멍에 열쇠가 꽂혀 있는 채 방에는 아사미의 모습이 보이지 않았다. 아사미가 없을 뿐만 아니라 여행용 트렁크도 옷장 속의 옷들도 화장도구류도 깡그리 없어서 방 안은 어딘지 썰렁하게 텅 빈 느낌이었다. 적어 놓은 종이쪽지 한 장 없는 안타까움에 옆방의 미도리상을 찾으니,

"어딘지 잠깐 여행을 떠난다고 오직 그 말만 하고 있던데요."

라고 간단히 아무렇지도 않게 대답했다. 현이 난처해하는 것을 보고, 그럼 서로 합의한 것이 아니었느냐고 미도리상은 도리어 의아스런 얼굴을 했을 정도였다.

"헤어진다는 것은 바로 이것이었나. 이것이 헤어지는 수단이었단 말인가."

아무리 생각해 보아도 현에게는 아사미의 심정이 확연하게 잡히지 않았다. 그러한 기상인 여자이기에 반드시 한 번은 파탄이 올 것이라고 일찍부터 생각하고는 있었지만 그것이 이토록 어이없게 올 줄은 예측 못했다. 현은 자주 거기를 걸으면서 문득 혹시 아사미가 못 견뎌하고 있지나 않을까 하고 서둘러 돌아올 때의 일 같은 것은 회상했다.

언젠가 호텔에서 묵었던 밤처럼 뜻밖에 어딘가 시중에 좀 숨어 있다가 아장아장 돌아올지도 모를 거라고 눈이 빠지게 기다렸으나 사흘이 되고 닷새가 지나도 끝내 종무소식이었다. 한 주일째를 맞이했을 때 현은 차차 당황하게 되고 제정신이 아닐 만큼 괴로워했지만 달리 어찌할 바를 몰랐다.

두 주일이 훨씬 지난 무렵 겨우 한 장의 엽서가 날아들어 아사미는 고향인 구마모토에 돌아가 있다는 뜻을 알려 왔다. 작고 간단한 문면에는 감정도 표정도 없어 과연 그녀의 행동과 어울린다고 생각되었지만 어머니 밑에 돌아오자마자 병이 나 일주일이나 입원하고 있다는 소식에 현은 놀랍고 마음이 아팠다.

그렇지만 대단하지는 않으니 여기까지 쫓아온다든가 하는 짓은 그만 둬요. 곧 일어나게 될 것이고 거기다 꼴불견이니 당신을 언젠들 잊겠어요. 다만 난 몹시 지쳐 있어요. 피로가 풀릴 때까지 당신을 안 만날 작정.

어디까지나 기질이 강한 그녀였다. 현은 천만다행이라고 가슴을 쓸어내리면서 미소를 금할 수 없었다. 서양 엉겅퀴처럼 작게 새빨갛게 타올라 귀엽게 노기를 품은 듯한 그녀의 얼굴이 눈앞에 떠올랐다.

"남을 간 떨어지게 해놓고 정말 어쩔 수 없는 녀석야."

환상을 향하여 씨부리면서 여러 가지 그녀와의 추억에 젖어들기 시작했다.

언젠가는 꼭 돌아올 것이다 라고 그날의 일을 생각하면서 현은 일터에도 열심히 나가 일했지만 며칠 후 단골 다방에서 아오키를 만났을 때 아오키는 여전히 빙글거리면서 그날의 일을 털어놓았다.

"말할 나위도 없이 오해 같은 건 안 하겠지만 그날 하루 동무해 달라고 아사미상이 굳게 약속 지켜달라고 해서. 자네한테는 미안했지만 이상한 기분이었네."

"굉장한 역할이었잖아. 이젠 그런 일도 없겠지만 말야."

이제 와서는 현도 대범하게 웃으면서 응답할 만큼 느긋한 기분이었다.

"아사미상 여간 단단한 게 아냐. 사내 이상 기질이 강한 거야. 그만큼 믿음직할밖에."

"너무 강해서 곤란할 지경이지 정말 거리끼는 게 많아."

"아사미상을 차지했을 때 자네는 제일가는 행복한 친구였으니까 그만한 고생은 견딜 작정이었겠지."

"무어라 해도 보상이 너무 무거워. 사랑은 굉장한 말괄량인가봐."

현은 응답하면서 정말로 이제부터 아사미와의 운명은 어떻게 될 것인가, 아직도 몇 차례 파탄을 이겨 넘어야만 할 것인가 라고 아득한 미래를 헤아려 생각하면서 다시 한 번 그녀의 얼굴을 떠올려 생각해 보았다.

일 요일

일요일

잡지사에서 부탁 온 지 두 달이 되는 소설 원고를 마지막 기일이 한 주 일이나 넘은 그날에야 겨우 끝마쳐가지고 준보는 집을 나왔다. 칠십 매를 쓰기에 근 열흘이 걸렸다. 그의 집필의 속력으로는 빠른 편도 느린 편도 아니었으나, 전날 밤은 자정이 넘도록 책상 앞에 앉았었고, 그날은 새벽부터 오정 때까지 꼬박 원고지와 마주대하고 앉아서야 이루어진 성과였다. 그런 노력의 뒷마침이라 두툼한 원고를 들고 오후는 되어서 집을 나설 때 미상불 만족과 기쁨이 가슴에 넘쳤다. 손수 그것을 가지고 우편국으로 향하게 된 것도 시각을 다투는 편집자의 초려를 생각하는 한편 그런 만족감에서 온 것이었다. 더욱이 그날은 일요일이다. 일요일의 한가한 오후를 거리에서 지내고 싶은 생각도 없지 않았던 것이다.

십일월이 마지막 가는 날이언만 날씨는 푸근해서 외투가 휘답답할 지경이다. 땅은 질고 전차는 만원이다. 시민들은 언제나 일요일의 가치를 잊지들은 않는다. 평일을 바쁘게 지냈든, 놀면서 지냈든, 일요일에는 일요일대로의 휴양의 습관을 가짐이 시민생활의 특권이라는 듯도 하다. 치장들도 하고 어딘지 없이 즐거운 표정들로 각각 마음먹은 방향으로 향한다. 전차 속의 공기가 불결하고 포도 위의 군중이 답답하다고 해도 그것은 아무의 허물도 아닌 것이다. 준보는 관대한 심정으로 차 속 한구석에서 원고를 펴들고 있었다. 붓을 떼자마자 가지고 나온 까닭에 추고는커녕 다시 읽어보지도 못했던 것이다. 촉박한 시간의 탓으로 까다로운 그의 성미로서도 어쩌는 수 없는 노릇이었다. 체면불구하고 한 손에 붓을 쥔 채 더듬이 내려썼다.

연애의 일건을 적은 소설이었다. 두 사람의 연애에 대해 세상이 얼마나 무지하고 부질없는 번설을 일삼았던가, 그런 상식과 악의에 대한 항의, 사랑의 자유의지의 옹호─그것이 이야기의 테마였다. 어지러운 소문과 비방에도 불구하고 두 사람의 뜻은 더욱 굳어가서 드디어 결혼을 결의하게 되었다는 것, 여주인공이 잠시 여행을 떠나게 되었을 때 마치 육체의 일부분을 베어나 내는 듯 남주인공의 마음은 피가 돋아날 지경으로 아팠다는 것을 장식 없이 순박하게 기록한 한 편이었다. 세상에 사랑을 표현하는 맘은 천 마디 만 마디 되고 준보는 기왕에 사랑의 소설을 많이도 써왔지만 그 한 편같이 진실한 것은 드물었다고 스스로 생각했다. 그런 문학적인 자신이 그날의 만족을 한 겹 더해 준 것도 사실이었다.

국에서 서류우편으로 원고를 부치고 나니 무거운 짐이나 내려놓은 듯 마음은 상쾌하다. 다음 일이 생길 때까지 당분간 편하게 쉬고 조바심을 안 해도 좋다는 기대가 한꺼번에 마음을 풀어준 것이다. 가벼운 마음에 거리는 어느 때보다도 즐거운 것으로 보인다. 땅 위에 벌어진 잔치다. 그 어디서인지 횃불이 타오르고 웃음소리가 터져 오르는 것이 들리는 듯도 하다.

혼잡한 네거리의 표정을 화려하고 야단스럽다. 잔치에 초대를 받은 사람들은 감정을 치장하고 그 분위기에 맞추어 걸음도 가볍다. 오늘 이 지구의 제전에 먼 하늘에서는 축하의 사절을 보내렴인지 구름 사이로 푸르게 갠 얼굴을 빼꼼히 기웃거리고 있다. 준보도 초대객의 한 사람인 양 밝은 표정으로 사람들 속에 휩쓸린다. 사랑의 소설을 쓰고 사람들의 감정을 헤아릴 수 있는 그야말로 누구보다도 가장 즐거운 한 사람일지 모른다. 사람들의 그 기쁨의 열쇠나 잡은 듯이 자랑스런 표정이었다.

꽃가게에는 온실에서 베어온 시절의 꽃들—카네이션, 튤립, 난초, 금잔화의 묶음과 동백꽃의 아람이 봄같이 피어 있다. 꽃묶음은 그대로 일요일의 상징이다. 꽃가게는 잔칫날 만국기를 단 장식장이다.

영화관은 사람들의 인기를 끌어 잔치마당의 특별관이라고 할까. 그 훈훈하고 어두운 굴 속은 꿈을 배는 보금자리다. 현실과 꿈의 야릇한 국경선을 헤매면서 사람들은 벌겋게 상기되어 문을 밀치고 드나든다. 이날 유난히도 복작거리는 백화점은 여흥의 추첨장이라고 함이 옳을 듯싶다. 여자들의 인기를 독점하는 듯 치장한 그들의 뿜는 향기가 가게 안에 욱욱히 넘친다. 준보에게는 그들이 모두 아름답고 신선해 보인다. 세상 인류의 반을 차지하고 있는 이 반쪽들은 남은 반쪽들의 한평생의 가장 큰 희망의 대상으로 조물주가 작정해 놓은 모양이다. 희망과 포부와 야심과 광명의 근원을 이 반쪽에게서 찾도록 마련해 놓은 듯하다. 각각 한 사람씩 잡아서 그 작정된 반쪽들을 서로 찾아내면 그만인 것이나 그릇된 숙명의 희롱으로 말미암아 간간이 비극이 꾸며지곤 한다. 준보가 아내를 잃은 지 이미 일 년이 된다. 어쩌다 이 비극의 제비를 뽑게 된 그에게는 일시 세상에서 태양이 없어져버린 듯, 온실의 보일러가 꺼져버린 듯 커다란 고독과 적막이 엄습해 왔었다. 그러나 사람은 비극으로 말미암아 자멸되지 않으려면 그것을 정복하는 수밖에는 없다. 각각 반쪽을 찾아내는 술래잡기에서 상대자를 잘못 잡아서 생긴 비극이라면 필연코 예정된 배필은 또 달리 있을 것이 아닐까. 그 예정된 판도라를 마음속에 그리면서 두 눈을 싸맨 채 한정 없는 인생의 술래잡기를 계속하는 수밖에는 없었다. 아내를 동반했을 때에는 거리의 여자들이 거의 무의미한 것으로 대수롭지 않게 보이던 준보였건만 이제 외로운 눈에 그들은 새로운 뜻을 가지고 등장하는 것이었다. 인간생활의 마지막의 성스러운 표지를 한 몸에 감춘 듯 보이는 화려한 그들 앞에서 자랑스럽고 교만하던 준보도 초라하고 시산한 심정을 어쩌는 수 없었다. 다구지게 마음을 벋디뎌 보아야 흡사 꽃밭에 선 거지와도 같아서 한 몸의 외로움이 돌려다 보일 뿐이다. 백화점은 꽃밭이었다. 준보는 욱욱한 파도 속에서 몸을 헤어내면서 전신의 감각과 감정을 한때 찬란하게 장식해 보는 것이었다.

이 카니발의 자극에서 벗어나서 준보는 찻집에서 피난처를 발견한다. 조용한 가게 안은 잔칫날의 사교실이다. 웅성웅성하는 말소리와 놀 같은 담배 연기에 섞여 야트막한 실내악이 방 안의 분위기에다 독특한 한 가지의 성격을 준다. 그 성격 속에 화해 들어가는 동안에 준보는 차차 꽃다발같이 열렸던 관능의 문이 조개같이 옴츠러 들어가고 그 대신 정신의 문이 열리기 시작함을 느낀다. 음악은 정신의 문을 열어주는 신기한 요술쟁이다. 마음속에 조그만 우주의 신비를 자유자재로 계시해 보이는 기막힌 요술쟁이다. 땅 위의 생화에서 판도라의 다음가는 행복은 음악이라고 준보는 생각한다. 모차르트와 베토벤의 천재는 바로 조물주의 천재의 버금가는 것이었다. 음악은 참으로 잔칫날의 반주로는 행복되고 즐거운 것이다.

잔칫상의 초대를 준보는 가장 점잖은 자리로 받아야 한다. 호텔로 전화를 걸어 식사의 준비를 분부해 놓고 찻집에서 아무나 자리에 마주앉을 동무 한 사람을 잡아내면 그만이었다.

"자네 무얼 제일 진미로 생각하나?"

"무엇일꾸, 제일 먹구 싶은 것, 오래간만에—버터, 그래 버터나 먹었으면 하네, 가짜 말구 진짜 말야. 모두가 가짜의 세상이니 원."

"진짜 버터를 내는 곳은 한 군데밖에 없다네."

호텔의 식탁은 희고 정결하다. 꽃묶음이 놓이고 상 옆에 등대하고 섰는 깨끗한 여급사—이건 또 하나의 덤이요 우수리인 꽃이다. 알맞은 절차와 예의—이건 일요일의 또 하나의 덤이요, 우수리인 행복이다.

포도주와 빵과—이 두 가지의 만찬의 원소 위에 수프와 고기와 과실과 차가 더함은 열두 제자의 절도 위에 현대의 행복을 더함이다. 준보들은 확실히 옛사람들의 희생의 행복보다도 현대적인 문화의 혜택 속에 사는 보다 행복된 후손들이다. 오늘 일요일의 행복은 호텔의 식탁에서 그 마지막 봉우리에 다다른 셈이다. 오찬으로는 늦을 정도의 이른 만찬의 식탁에서 그 차려진 반날의 절차를 준보는 즐겁게 생각하는 것이었다. 자주 거리에 나오지 않는 그에게 사실 그 하루는 특별히 신선한 인상과 즐거운 감동을 주라고 마련된 것과도 같았다.

"빵과 포도주로 예수의 살과 피를 상징할 줄만을 알았지 옛사람들은 버터로 지방과 비계를 상징할 줄은 몰랐나 부지. 난 버터를 먹을 때같이 행복을 느끼는 때는 없네. 구라파 문명의 진짜 맛이 여기에 있단 말야."

동무도 그날의 만찬에는 적이 만족해하는 눈치였다. 소태를 씹어 머금은 것같이 일상 쓴 표정을 하고 있는 시니컬한 그 동무로서는 가장 솔직한 고백이었다. 세상의 어둠 속밖에는 보고 살아오지 못한 듯한 그에게까지 일요일의 행복을 나눈 것이 준보의 만족을 두 겹으로 더했다.

"행복이라는 건—아무럼 버터를 먹을 때, 자네 얼굴의 주름살이 펴지는 걸 보면 사실 행복이라는 건 바로 그것인가 하네."

"사탕을 먹을 때의 어린애의 표정을 주의해 본 일이 있나? 그것이 행복의 표정이라는 것일세."

"우유를 입 안에 가득 머금을 때—모차르트의 소나타를 들을 때—

하늘의 비늘구름을 우러러 볼 때―아름다운 이의 시선을 받을 때―청받은 소설 원고를 다 썼을 때―이런 것이 행복이라면 난 어느 날보다도 오늘 그 모든 행복을 한꺼번에 맛본듯두 하네."

"개혁가가 단두대에 오를 때―예수가 십자가에 오를 때―그런 것은 행복이 아닐까?"

"맙소서. 오늘은 땅 위의 행복을 말하는 날이네. 정신주의자들의 가시덤불의 행복은 내 알 바 아니야."

"아름다운 것을 잃을 때의 불행―나두 사실 반생 동안 그 수많은 불행으로 얼굴의 표정까지 이렇게 되고 말았네만, 오늘 자네의 이런 행복의 날에도 내겐 또 한가지 불행이 기다리구 있다네."

동무는 식탁의 행복에서 문득 그날의 현실로 돌아가면서 소태를 씹어 머금은 것 같은 일상의 쓴 표정을 회복했다.

"죽음을 당할 때같이 맘 성가신 노릇은 없는데, 왜 사랑과 함께 죽음이 마련됐는지 모를 노릇이야. 난 오늘 죽음을 기다리구 있다네. 좀 이따가 내게로 올 죽음을 맞이해야 된단 말야."

"기어코 자넨 나까지 불행 속으로 끌고 들어가고야 말 작정인가? 왜 하필 오늘 이 식탁에서 그런 불길한 소리를 해야 한단 말인가? 주, 죽음이라니, 무슨 죽음을 맞이한단 말인가?"

준보는 찻숟가락을 접시 위에 내던지면서 적지 아니 불유쾌한 어조였다. 하루의 행복이 동무의 그 한마디로 금세 사라지는 것과도 같았다. 사랑의 소설을 끝마치고 거리의 행복에 잠겼던 그의 마음에 다시 우울의 그림자가 덮치기 시작했던 것이다. 가혹한 운명의 장난같이 그것은 모르는 결에 왔다.

"연이라면 자네두 앎직한 미인으로 이름 높은 음악가가 있잖았나? 동경서 돌연히 세상을 떠나서 그 주검이 오늘 이곳에 도착된다네. 나두 그것을 맞으러 나가야할 사람의 하나란 말야."

연을 사모해서 동경으로 유학을 떠난 사람은 열 손가락에도 남았다. 연은 땅 위의 태양이었다. 가까이 가서는 스스로 몸을 태워버리는 것이 사람들의 작정된 운명이었다. 수많은 희생을 요구한 태양은 스스로 자멸할 때가 왔던 것이다. 아름다운 것은 꺼지는 법—꺼지는 것만을 아름다운 것으로 작정해 놓은 제우스의 당초부터의 법칙이었던 것이다.

동무도 연을 사모해 온 사람들 중의 하나였던가, 혹은 자진하고, 혹은 실성해지고, 혹은 도망가고 한 중에서 동무는 그 태양체를 멀리다두고 오르지 한 줄기의 고요한 심회를 돋워 온 것이었을까? 그는 주검을 맞이하라 함을 고요히 말하면서 그것이 도착하기까지의 시간을 호텔에서 준보와 같이 지우고 있는 것이다. 그의 슬픔도 그와 같이 고요한 것이었던가.

"앞으로 몇 시간만 있으면 아름다운 주검을 실은 검은 수레가 바로 이 앞길을 고요히 지날 테구, 나두 그 뒤를 따르는 한 사람이 될 것일세."

"자넨 결국 자네 할말을 다한 셈이지. 나의 오늘 하루를 완전히 밟아버리구 부셔 놓았단 말이지. 하필 자네를 고른 것이 오늘의 내 불찰이구 불행이었네. 어서 주검이든지 무엇이든지 맞으러 가게나. 자, 오늘 자네와는 작별이네. 행복의 파괴자, 불길한 그림자."

준보는 동무를 버려둔 채 횡하니 호텔을 나섰다. 흡사 뒤를 쫓는 불행의 마수에서 몸을 빼치려고 하는 것과 같은 시늉이었다. 식탁 위의 진미도 꽃도 여급사도 등 뒤에 멀어졌다. 동무가 말한 몇 시간 후에 그 앞길을 지날 검은 수레가 눈앞에 보여오는 것 같아서 몸서리를 치면서 호텔 앞을 잰 걸음으로 떠났다.

가버린 아내의 기억이 새삼스럽게 마음을 점령하기 시작하면서 그 하루의 거리의 현실은 벌써 먼 옛일같이 멀어져가는 것이었다. 가장 아픈 상처인 아내의 기억을 들치는 것같이 무서운 노릇은 없어서 일상에 조심하고 주의해 오던 것이 그 우연한 시간에 동무의 말로 말미암아 다시 소생될 때 마음은 도로 저리기 시작했다. 저리기 시작하는 마음에 즐겁던 하루의 인상은 종적없이 사라져가는 것이었다. 만찬의 기쁨도, 음악의 신비도, 백화점의 관능도, 꽃묶음의 사치도 한꺼번에 줄달음질치면서 비누거품같이도 허무하게 꺼져버리는 것이었다.

두 달 장간을 병석에 누웠던 아내는 마지막 시기에는 병원 침대에서 호흡조차 곤란해 갔다. 산소 탱크를 여러 통씩 침대 밑에 세우고 그 신선한 기체를 호흡시킨다고 했댔자 단 돌에 한 방울 물만큼의 효과도 없었다. 가슴을 뜯으며 안타까워 하는 동안에 육체의 조직은 각각으로 변해 갔다. 운명한 후 육체는 한때 말간 밀같이 참으로 아름다웠다. 초조도 괴로움도 불안도 없이 고요한 안식이었다. 그것이 죽음이라는 것이었다. 영혼은 금세 어디로 도망해 버렸는지 남겨진 육체만이 흰 관 속에서, 어두운 무덤 속에서, 영원한 절대의 어둠 속에서 차차 해체되고 분해될 것을 생각할 때 준보는 무딘 쇠몽둥이로 오장육부를 푹푹 찔리는 것 같아서 그 아프고 마비된 감각 속에서는 아무것도 헤아릴 수가 없었다. 왜 그런 마련인구? 생명과 함께 왜 반드시 죽음이 있어야 하는구? 그 허무한 죽음 앞에서 이 현실이란 대체 무엇인구? 현실과 죽음과 어느 편이 참이구 어느 편이 거짓인구? 아무것도 알 수가 없었다. 진정으로 라사로의 기적을 믿어보려고 아내의 차디찬 몸 앞에 우두커니 앉아보았으나 참혹하게도, 가혹하게도 기적은 종시 일어나지 않았다. 어두운 날을 둘러싸고 일월성신의 운행만이 전날과 같이 계속될 뿐이었다. 발버둥을 치고 통곡을 해보아야 까딱 동하지 않는 무심하고 냉정한 우주의 운행이었다.

이때부터 준보에게는 우주의 운행에 대한 커다란 불신이 생기기 시작했으나 너무도 위대한 우주의 의지 앞에 그 불신쯤은 아무 주장도 가지지 못하는 하잘것없는 것이었다. 그러면 그럴수록 한 줄기의 회의는 여전히 날카롭게 솟아올랐다. 아내는 대체 어디로 간 것일까? 아내와 동무의 애인 연이와 그들 이전에 현실을 버린 수많은 영혼들은 대체 어디로 간 것일까? 그들만이 꾸미고 있는 또 하나의 세상이라는 것이 있지 않을까? 이 현실의 등 뒤에 커다란 제이 세계라는 것을 생각하는 것이 왜 그른 것일까? 그렇다면 현실의 세계는 그 제이 세계의 단순한 껍질에 지나지 않는 것일까? 지금 가령 지구의 표피를 한 꺼풀 살며시 벗겨서 드러내버린다면 그 뒤에 무엇이 남을 것인가? 광막한 황무지에 여전히 사랑이며, 야심이며, 만족이며, 행복이며 하는 것이 남을 것인가? 잔칫날같이 번화한 거리의 행복이—꽃묶음이, 백화점의 관능이, 음악의 신비가, 만찬의 기쁨이 남을 것인가? 그렇다면 이런 것들은 대체 무엇하자는 것인가? 얼마나 허무하고 하잘것없는 것인가? 지구의 제전은 허공 위에 널쪽을 깔고 그 위에서 위태한 춤을 추는 광대의 놀음과 무엇이 다르단 말인가? 인생이란 너무도 속절없고 어처구니없고 야속한 것이다. 무엇을 믿고, 무엇에 의지하고, 무엇을 위해서 살아갈 수 있으며, 살아가야 할 것이랴!

준보는 사실 아내와 함께 자기도 세상을 버렸으면 하고 생각해 본 적이 한두 번이 아니었다. 사랑없는 생활은 너무도 견디기 어려운 것이었고 고독은 엄청나게 정신을 메마르게 하는 것이었다. 고독은 사람을 귀족으로 만드는 것이 아니라 거지로 만들었다. 쓸쓸하고 초라한 거지의 신세로 살아서는 무슨 일을 칠 수 있을까 생각되었다. 잠들 때에나 잠을 깰 때 눈물이 자꾸만 줄줄 흘러서 베개를 적시는 것은 세상에서 단 한 사람 자기 혼자만이 아는 노릇이었다. 우유를 따뜻하게 데울 때에나 커피 냄새를 맡을 때 문득 아내의 생각이 나면서 목이 막혀 느끼곤 한다. 다시 두 번 결코 해도 달도 볼 수 없는 아내의 처지를 생각할 때 지구가 여전히 돌고 세상일이 여전히 진행되어 나가는 것이 알 수 없는 노릇이었다. 불측하고 교만하고 이상스런 일이었다. 가는 날 오는 날 아내가 부활되는 기적은 일어나지 않고 막막한 고독만이 허무한 운행만이 남을 뿐이었다.

이날은 또 하루 그런 쓰라린 적막심을 품고 준보는 집으로 향하게 되었다. 모처럼 즐겁게 시작된 날이 우연한 실마리로 인해 불행한 추억 속으로 뒷걸음질쳐 들어가서 일찟 느끼기 시작한 행복감이 산산이 부서져버렸다. 이제 되걸어나가는 거리는 몇 시간 전 들어올 때와는 판이한 인상을 가지고 비치기 시작했다. 아내의 추억과 연이의 죽음 앞에서 거리는 응당 엄숙하고 경건해야 할 것이다. 잔치가 끝난 뒷마당가의 너저분히 어지러운 행길은 허분허분하고 쓸쓸하다. 이 거리의 껍질을 다시 한꺼풀 살며시 벗겨놓는다면 참으로 얼마나 더 쓸쓸할 것인가. 준보는 마음속으로 그 쓸쓸함을 족히 느끼는 것이었다.

차 속 사람들은 화장이 지워지고, 웃음을 잃었고, 포도 위 걸음에는 어딘지 없이 풀이 빠져보인다. 하늘은 흐려 눈이라도 나릴 듯 어둡고 답답하다—일요일의 오전과 오후는 성격이 이렇게도 달라졌다. 사랑의 소설로 시작된 오전은 우울한 불행의 오후로서 끝나라는 것이었다.

밤은 조용하고 괴괴하다.

준보는 방에 불을 지피고 아이들을 데리고 책상 앞에 앉았다.

마루방 난로에 불을 지피고 음악을 들을까 하다가 별안간 기온이 내리며 방이 추워질 것 같아서 온돌에 불을 때기로 했다.

따뜻한 방바닥에 몸을 붙이고 어린것들과 동무하고 앉으니 평화로운 마음에 한 줄기 고요한 빛이 솟기 시작했다. 예측하지 않았던 이것은 또 하나 다른 행복이었다.

풍로에 우유를 끓여서 사탕을 넣고 어린것이 그것을 입 안에 머금은 그 행복스런 표정을 살피노라니 준보의 마음에도 점점 그 따뜻한 감정이 옮아오기 시작했다.

아이들은 신통하게도 간 엄마를 찾아서 보채지 않는 것이 준보에게는 큰 도움이었다. 준보는 도리어 자기가 눈물을 흘리게 될 때 아이들에게 들킬까 겁이 나서 외면하고 살며시 눈을 훔치고 한숨을 죽이는 때가 많았다.

우유들을 마시고 나더니 그림책을 들척거리고 색종이와 가위를 내서 수공을 시작하고 하는 것이었다.

밝은 등불 아래에서 재깔거리는 그 무심한 양을 바라보면서 책상 앞에 우두커니 앉아 있는 준보에게는 낮에 거리에서 느낀 것과는 또 다른 행복감이 유연히 솟아올랐다. 어른 세상의 행복이 아니라 아이들 세상의 행복이었다. 어린 혼들의 자라가는 기쁨을 바라보는 데서 오는 맑은 행복감이었다. 흠 없고 무욕하고 깨끗한 행복감이었다. 어느 결엔지 마음이 따뜻하게 녹아지면서 차차 그 어린 세상 속에 화해 들어감을 느꼈다.

"옳지, 이것을 쓰자. 아이들의 소설을 쓰자. 어린것들의 자라는 양을 그리자!"

책상 위에는 원고지와 펜이 놓였다. 때묻지 않은 하아얀 원고지가 등불을 받아 눈같이 희고 눈부시다. 그 깨끗한 처녀지 위에 적을 어린 소설을 생각하면서 준보의 심경도 그 종이와 같이 맑아갔다.

"일요일의 임무는 또 한 가지 남았던 것이다─어린 세상을 그리는 것이다. 인류에 희망을 두고 다른 행복을 약속할 것이다"

아침에 사랑의 소설을 쓴 준보는 이제 또 다른 행복을 인류에게 선사하려고 잉크병 속에 펜을 담뿍 담았다. 흰 원고지 위에 까맣게 적힐 이

이야기를 기대하면서 등불은 교교히 빛나고 있다.

　조용한 밤 적막 속에 어린것들의 재깔거리는 소리만이 동화 속에서나 우러나오는 듯 영롱하게 울리는 것이었다.

찾아보기

겉볼안: 겉을 보면 속을 짐작할 수 있다는 말.(p228)

게정거리다: 불평불만을 표시하다.(p231)

겯다:대나 갈대 따위를 엮어 짜다. 풀어지지 않게 어긋나게 끼거나 걸치다. 여기에서는 두 번째 뜻.(p238)

결김: 홧김.(p288)

경없다: 경황없다.(p272)

고패: 일정한 두 곳 사이를 한 번 오고가는 것을 세는 단위.(p405)

고패를 치다: 어떤 물건이 세차게 올랐다 내렸다 하는 것을 비유적으로 이르는 말. 마음이나 심정 따위가 격하여 세차게 굽이치는 것을 비유적으로 이르는 말.(p53)

곤댓짓: 뽐내어 우쭐거리며 하는 고갯짓.(p278)

공칙하다: 일이 공교롭게도 잘못되다.(p215)

괘장: 처음에는 할 듯하다가 갑자기 판전을 부리고 하지 않음.(p277)

괴망하다:괴망怪妄하다. 말이나 행동이 괴상하고 망측하다.(p270)

구조: 구조口調. 어조語調.(p135)

군물: 군침.(p319)

궁싯거리다: 잠이 오지 아니하여 누워서 몸을 이리저리 뒤척거리다. 어찌 할 바를 몰라 이리저리 머뭇거리다. 여기에서는 두 번째 뜻.(p287)

근실근실: 잇따라 조금씩 가려운 느낌이 드는 모양.(p321)

깐보이다: 깔보이다.(p221)

끼치다: 영향ㆍ해ㆍ은혜 따위를 입게 하다. 어떠한 일을 후세에 남기다.(p167)

ㅣ ㄴ ㅣ

나꾸다: 남을 꾀다.(p156)

나다분하다: 자질구레한 물건이 널려 있어 갈피를 잡을 수 없다. 말이 길고 수다스러워 조리가 서지 않다.(p486)

나빡: 나이배기. 겉보기보다 나이가 많은 사람.(p279)

나지미: 나지미馴染み. 친한 사이 혹은 친하여 진 사람. 친한 사이의 남녀. 한 노는 계집을 세 번 이상 불러서 단골이 되는 것. 혹은 단골손님.(p55)

난질: 여자가 정을 통한 남자와 도망가는 것.(p273)

난질꾼: 주색에 빠져 행실이 안 좋은 사람.(p288)

너볏너볏: 몸가짐이나 행동이 번듯하고 의젓함을 이르는 말.(p250)

널다리: 널빤지를 깔아서 놓은 다리. 판교(板橋).(p295)

노서아: 노서아露西亞. 러시아의 음역어.(p31)

농탕: 농탕弄蕩. 남녀가 서로 희롱하며 놀아대는 짓.(p288)

누덕감발: 누더기 옷에 발감개를 한 남루한 차림새.(p30)

느른하다: 맥이 풀리거나 고단하여 기운이 없다.(p26)

늠실: 물결 따위가 부드럽고 가볍게 움직이다.(p216)

ㅣㄷㅣ

다따가: 갑자기. 별안간.(p191)

대거리: 상대하여 맞서서 대듦, 또는 그러한 언행.(p288)

대근하다: 견디기 힘들고 만만하지 않다.(p295)

대모테: 바다거북의 껍데기로 만든 안경테.(p23)

데설데설하다: 성질이 털털하여 꼼꼼하지 못함.(p217)

됩데:도리어.(p223)

두남두다: 두둔하다.(p277)

드레드레: 물건이 많이 매달려 있거나 늘어져 있는 모양.(p319)

드팀전: 온갖 피륙을 파는 가게. 포목전.(p287)

든벌: 집에서 입는 옷이나 신발 따위를 이르는 말.(p220)

든손: 일을 시작하는 손. 일하는 김. 망설이지 않고 곧.(p283)

등글개: 등글개첩. 등의 가려운 곳을 긁어 주는 첩이라는 뜻으로, 늙은이가 데리고 사는 젊은 첩을 이름.(p208)

딴꾼: 언행이 궂은 사람.(p221)

뙤어주다: 뚱겨주다. 깨닫게 해주다.(p472)

ㄹ

라무네: 레모네이드lemonade.(p250)

ㅁ

마바리: 짐을 실은 말.(p215)

마병장수: 헌 물건을 가지고 다니며 파는 사람.(p237)

마우자: 나우재. 러시아 사람을 일컫는 말.(p23)

말시답: 말대꾸.(p479)

맞갖다: 마음이나 입맛에 맞다.(p277)

맥고: 밀짚모자.(p230)

면란스럽다: 면난面難. 남을 대하기가 부끄럽다.(p218)

무자위: 양수기. 물을 높은 곳으로 퍼올리는 기계.(p218)

무죽하다: 야무지다.(p218)

무지러지다: 중간이 끊어져 두동강이 나다.(p155)

문덕문덕: 큰 덩어리로 뚝뚝 끊어지는 모양.(p404)

미두: 미두米豆. 현물 없이 쌀을 사고파는 일. 실거래를 목적으로 한 것이 아니라 쌀의 시세를 이용하여 거래하는 일종의 투기행위.(p24)

ㅂ

바: 볏짚이나 삼, 칡 등의 줄을 세 가닥을 지어 굵다랗게 드린 줄.(p156)

바께스: 양동이bucket의 일본식 표기.(p26)

바리: 마소에 짐을 싣는 단위.(p287)

바쇠: 바소. 곪은 데를 째는 침. 길이는 네 치, 너비는 두 푼 반가량이고 양쪽에 날이 있음.(p477)

바수다: 여러 조각 나게 잘게 부수다.(p206)

바심: 타작打作.(p206)

백중: 음력 7월 15일에 열리는 백중제.(p291)

버덩: 높고 평평하며 풀이 우거진 거친 들.(p317)

번더지: 번데기.(p272)

번설: 번설煩設. 너스레. 너저분한 잔말.(p319)

번차례: 번차례番次例. 번갈아 돌아오는 차례.(p96)

벋디디다: 발에 힘을 주고 버티어 디디다. 테두리나 금 밖으로 내어 디디다.(p524)

봉욕: 봉욕逢辱. 욕된 일을 당함.(p338)

부락스럽다: 말을 잘 듣지 않는다. 생김새가 험상궂고 행동이 거칠다.(p289)

불심지: 분하거나 흥분할 때 격하게 일어나는 마음.(p215)

불풍나다: 바쁘게 들락날락하다.(p220)

비영거리다: 몸을 제대로 가누지 못하다.(p277)

빈지: 널빈지. 한 장씩 끼었다 떼었다 할 수 있게 만든 문.(p241)

뻥끼: 페인트paint의 일본식 표기.(p24)

ㅅ

사경: 사경私耕.사래. 새경. 머슴이 한햇동안 일한 대가로 받는 돈이나 물건.(p207)

산모롱이: 산모퉁이의 휘어 돌아간 곳.(p32)

산사: 산사자山査子. 산사나무의 열매.(p208)

삽삽하다: 태도나 마음씨가 마음에 들게 부드럽고 사근사근하다.(p221)

새려: 커녕.(p149)

서껀: 여럿 가운데 섞어서.(p448)

서름서름하다: 서먹서먹하다. 관계가 친밀하지 않다.(p289)

설치: 설치雪恥. 설욕.(p333)

세부득: 시세부득이의 준말. 일의 형세가 그렇게 하지 않을 수 없음을 이름.(p231)

수삽스럽다: 부끄럽다. 머뭇머뭇하다.(p229)

순시: 순시瞬時. 삽시간.(p316)

스으쓰: 스으쓰ス−ツ. 수트. 상하의를 같은 천으로 만들어진 한 벌의 양복.(p495)

시뻐스럽다: 못마땅하다.(p218)

신다리: 넓적다리.(p475)

실심: 실심失心. 근심걱정으로 맥이 빠지고 마음이 산란함.(p294)

심청: 마음보. 심술.(p231)

쓰메에리: 쓰메에리詰め襟. 양복의 세운 깃. 세운 깃의 학생복.(p115)

쏠리우다: 꼬리 등이 땅에 쓸려 짧게 말려 올라가다.(p290)

씨돝: 씨돼지.(p155)

‖ ㅇ ‖

아둑시니: 아둔해서 눈치가 없는 사람. 본래는 어둠의 귀신을 뜻함.(p297)

안늙은이: 여자 노인. 노파.(p403)

암돝: 암돼지.(p156)

앙토라지다: 샘이 나서 토라지다. 팩 토라지다.(p290)

애란: 애란愛蘭. 아일랜드.(p104)

약빠르다: 눈치나 행동 따위가 재빠르다. 약삭빠르다.(p271)

양자: 양자樣姿. 모양새.(p250)

어기차다: 매우 굳세다.(p231)

어심하다.: 어스름하다. 어두침침하다.(p229)

억판: 매우 가난한 처지.(p217)

얼다: 어우르다.(p206)

얼부렁하다: 실속 없이 겉만 번지르르하다.(p217)

얼입다: 남의 허물로 인해 해를 입다.(p235)

얽둑빼기: 얼굴에 얽은 자국이 성기게 있는 사람을 낮춰 이르는 말.(p287)

엄지락총각: 떠꺼머리 총각.(p237)

연소패: 나이 어린 무리.(p288)

오도깝스럽다: 경망스럽다.(p408)

오랍뜰: 오래뜰. 문정門庭. 대문 안에 있는 뜰.(p212)

오종종하다: 작고 둥근 물건이 한데 모여 있다.(p397)

ㅈ

질소하다: 질소質素하다. 꾸밈없고 수수하다.(p95)

짜장: 과연. 정말로.(p189)

ㅊ

초라니: 하회 별신굿 탈놀이에 등장하는 인물의 하나. 매우 가볍고 방정맞은 성격을 지녔다.(p217)

총중: 총중叢中. 한 떼의 가운데.(p206)

춤: 침.(p400)

춥춥스럽다: 매우 추접스럽다. 춤빠지다(화살이 떨며 나가다). 성정이 비루하다.(p287)

충충대다: 마음을 움직이게 충동질하다.(p401)

칭탈하다.: 핑계를 대다.(p217)

ㅋ

코론타이, 왓시리사: 1920년대 사회주의 사상이 팽배하던 당시, 계급과 사랑을 논할 때면 종종 언급되던 이름. 코론타이(콜론타이)는 러시아의 여성 정치가·작가이며, 왓시리사는 그녀의 작품 《적연Vasilisa Malygina》의 주인공 이름이다.(p148)

ㅌ

통세: 통세痛勢. 몸이나 마음이 아픈 상태.(p216)

툽툽하다: 튼튼하기만 할 뿐 멋이 없다.(p24)

ㅍ

판장: 판장板墻. 널판장. 널빤지를 대어 만든 울타리.(p397)

팔불용: 몹시 어리석은 사람. 팔불출. 팔불취.(p274)

피마: 다 자란 암말. 빈마牝馬.(p296)

필: 피륙의 길이를 재는 단위.(p287)

ㅎ

하리코미: 하리코미張り込み. 잡다, 포위하다라는 뜻의 동사 하리코무張りこむ의 명사형.(p136)

해깝다: 가볍다.(p296)

해어: 바다물고기.(p210)

행티: 행동.(p230)

호모: 호모毫毛. 매우 가는 털이라는 뜻으로, 아주 근소함을 비유적으로 이르는 말.(p121)

호비다: 후비다. 좁은 틈이나 구멍을 긁거나 파내다. 일의 내막을 캐내다. 여기에서는 첫 번째의 뜻.(p400)

홀태: 통이 좁은 양복.(p230)

화중지병: 화중지병畫中之餠. 그림의 떡. 보기만 했지 실제로는 얻을 수 없음. 실속 없음을 비유한 말.(p288)

확적히: 정확히, 뚜렷하게.(p293)

후출하다: 뱃속이 비어 출출하다.(p404)

흐붓하다: 넉넉하다.(p287)

흘치다: 물살에 쓸리다.(p261)

히야카시: 히야카스冷やかす. 놀리다. 희롱하다. 구경만 하다.(p37)

:: **이효석 연보**

1907년   2월 23일 강원도 평창군 봉평면 창동리에서 이시후와 강경
　　　　　홍의 장남으로 출생. 아호는 가산可山, 필명은 아세아亞細亞,
　　　　　효석曉晳.

1925년   경성제국대학 예과 입학. 조선인 학생회인 '문우회'에 참가.
　　　　　《매일신보》신춘문예에 〈봄〉이 입선. 문우회 기관지인 《문
　　　　　우》와 예고 학생회지인 《청량》에 유진오 · 이희승 · 이재학
　　　　　등과 함께 시 발표.

1927년   대학 예과 수료 후 법문학부 영어영문학과 진학.《청년》에
　　　　　단편 〈주리면……─어떤 생활의 단편〉을 ,《현대평론》에 번
　　　　　역소설 〈밀항자〉 등을 발표.

1928년   《조선지광》에 단편 〈도시와 유령〉을 발표하여 문단의 주목
　　　　　을 받기 시작함.

1929년   《조선지광》에 〈기우〉를,《조선문예》에 〈행진곡〉을 발표.《중외
　　　　　일보》에 2월 28일부터 4월 1일까지 시나리오 〈화륜〉을 연재.

1930년   경성제국대학 영어영문학과 졸업(졸업논문 〈The plays of J.
　　　　　M. Synge〉).《조선강단》에 〈노령근해〉를,《대중공론》에 〈깨
　　　　　뜨려진 홍등〉〈상륙〉을,《신소설》에 〈추억〉〈북국사신〉을 발표.

1931년   이경원과 결혼.《동광》에 〈노령근해〉〈프렐류드〉를 발표. 동
　　　　　지사에서 첫 창작집 《노령근해》 발간.

1932년   함경북도 경성으로 이주. 경성농업학교에 영어교사로 취직.
　　　　　장녀 나미 출생.《삼천리》에 〈북국점경〉〈오리온과 능금〉 등
　　　　　을 발표.

1933년   김기림 · 이종명 · 김유영 · 유치진 · 조용만 · 이태준 · 정지
　　　　　용 · 이무영 등과 구인회 결성.《삼천리》에 〈시월에 피는 능
　　　　　금꽃〉〈수탉〉을,《조선문학》에 〈돼지〉를 발표.《신여성》에 장
　　　　　편 〈주리야朱利耶〉 연재(미완).

1935년	차녀 유미溜美 출생.
1936년	숭실전문학교 교수 취임. 평양 창전리로 이사.《삼천리》에 〈산〉을,《중앙》에 〈분녀〉를,《신동아》에 〈들〉을,《조광》에 〈인간산문〉〈메밀꽃 필 무렵〉을,《사해공론》에 〈천사와 산문시〉〈고사리〉 등을 발표.
1937년	장남 우현寓鉉 출생.《백광》에 〈약령기〉를,《조선문학》에 〈마음에 남는 풍경〉 등을 발표.
1938년	숭실전문학교가 폐교됨에 따라 교수직 퇴임.《삼천리문학》에 〈장미 병들다〉를,《광업조선》에 〈공상구락부〉를,《사해공론》에 〈부록〉 등을 발표.《동아일보》에 5월 5일부터 14일까지 〈막〉을 연재.
1939년	차남 영주 출생. 대동공업전문학교 교수 취임.《조광》에 〈화분〉을,《문장》에 〈산정〉〈향수〉를,《여성》에 〈애수〉를,《인문평론》에 〈일표의 공능〉 등을 발표. 단편집《해바라기》《성화》, 장편소설《화분花粉》발간.
1940년	부인 이경원과 사별.《국민신보》에 〈녹색탑〉을,《삼천리》에 〈괴로운 길〉을 발표. 일본잡지《문예》에 일본어로 〈은은한 빛〉을 발표.《매일신보》에 1월 25일부터 7월 28일까지 《창공》을 연재(1941년 단행본으로 간행될 때에는《벽공무한》으로 개제).
1941년	《문장》에 〈라오콘의 후예〉〈소복과 청자〉〈하루빈〉을,《춘추》에 〈산협〉 등을 발표.《국민문학》에 일본어로 〈엉경퀴의 장〉을 발표.《이효석 단편선》《벽공무한》발간.
1942년	《삼천리》에 〈일요일〉을,《춘추》에 〈풀잎〉을 발표. 단편집《성제》발간. 5월 25일 결핵성 뇌막염으로 별세. 평창군 진부면 논골에 안장.

한국문학대표작선집 24

메밀꽃 필 무렵

초판 인쇄 | 2005년 11월 1일
초판 발행 | 2005년 11월 5일

지은이 | 이효석
펴낸이 | 전성은
펴낸곳 | (주)문학사상
주소 | 서울특별시 송파구 오금동 91번지(138-858)
등록 | 1973년 3월 21일 제1-137호

편집부 | 3401-8543~4
영업부 | 3401-8540~2
팩시밀리 | 3401-8741~2
한글도메인 | 문학사상
홈페이지 | www.munsa.co.kr
이메일 | munsa@munsa.co.kr
지로계좌 | 3006111

ISBN 89-7012-722-4 03810